二見文庫

失われた愛の記憶を

クリスティーナ・ドット／出雲さち＝訳

親愛なるスコット。これまでに書いた五十冊は、あなたの信頼と支えがなければどれひとつとして完成させられませんでした。

あなたを愛することは私にできる最高のこと。

あなたに愛してもらえることは私への最高のプレゼントです。

『失われた愛の記憶を』の世界が完成するまでの道のりは、困難で、不気味で、おもしろおかしく、ロマンティックで、難解で、わくわくするものだった。セント・マーティン・プレス社の的確な助言と支援がなければ、とても完成させられなかっただろう。

ジェニファー・エンダーリンの助言と編集手腕は比類なくすばらしかった。これからの長い友情を楽しみにしている。

アーヴィン・セラーノ率いる美術チームの表紙には心を揺さぶられた。

広報チームのアン・マリー・タルベルグ、ステファニー・デイヴィス、アンジェラ・クラフト、ジーン・マリー・ハドソン、ニック・スモールは、『失われた愛の記憶を』の広報イベントを開き、ずっと支援してくれた。

本書を熱心な読者の手に届けてくれたブロードウェイと五番街の販売チームにも感謝したい。

編集長のアメリー・リテル、制作部のジェシカ・カッツに深謝。

膨大な細かい作業をこなしてくれたケイトリン・ダレフ。あなたに天の恵みを。

セント・マーティン・プレス社代表サリー・リチャードソン。

そして最後に、私とこの本を信じてくれたマシュー・シア。あなたは未来のためにすばらしい編集チームを残してくれた！　心より感謝を捧げます。

失われた愛の記憶を

登　場　人　物　紹　介

エリザベス・バナー	地質学者
ギャリック・ジェイコブセン	エリザベスの元夫。FBI捜査官
チャールズ・バナー	エリザベスの父親
ミスティ・バナー	エリザベスの母親。故人
マーガレット・スミス	ギャリックの里親
デニス・フォスター	保安官
ブラッドリー・ホフ	画家
ヴィヴィアン・ホフ	ブラッドリーの妻
アンドルー・マレーロ	著名な地質学者
ルイーザ・フォスター	デニスの母親
カテリ・クワナルト	ヴァーチュー・フォールズの 沿岸警備隊部隊長
レインボー・ブリーズウィング	オーシャンヴュー・カフェのウエイトレス
ウォルター・フラウンフェルター	医師
イヴォンヌ・ルダ	看護師
サンディ・フリスク	エリザベスの伯母
パトリシア	マーガレットの孫
ルーク・ベイカー	アンドルーの研究チームのメンバー
ジョー・クルーズ	アンドルーの研究チームのメンバー
ベン・リチャードソン	アンドルーの研究チームのメンバー
エイヴリー・レイン	バーテンダー

プロローグ

サンフランシスコ、昨夜

バーテンダーのエイヴリー・レインは、店で最も機嫌の悪い客にモヒートを出した。「俺は家を買ったんだ」客は言った。「その家を、あいつはきれいさっぱり空にしちまった。家財道具だけじゃない。製氷皿まで取りやがった。製氷皿を取るなんてどういう女だよ？ うちには自動製氷機があるんだぜ。なのにあいつはどうしても予備の製氷皿を買うと騒いで、その二週間後にはいなくなっちまった。いったいなんなんだ？ なんの意味があるんだよ？」客の名前はカール・リンチといった。エイヴリーや彼女の同僚からすれば、ただの酔っ払いのろくでなしだ。バセットハウンドみたいな顔をして、店に来るたびにくだを巻く。

エイヴリーは興味のあるふりをしてうなずいた。彼女がこのアスク・ミー・クラブで働きだして丸四年になる。まだ新米の店員だった頃、セクシーな黒人ミュージシャンに誘惑された。今は二歳の子を持つシングルマザーだ。不運な身の上のエイヴリーと同じく、カールもここしばらくずっと災難続きで落ちこんでいる。

エイヴリーはアスク・ミー・クラブで一番長く働いていた。ここにずっと勤めたいわけではないが、最終学歴はサンノゼ高校中退だ。不景気で街に仕事は少なかった。また彼女は、飲み物を作るのとよそ者に優しくするのが上手だった。

ダレン・フェルギアはことあるごとに彼女にプロポーズする。たいていは酒に酔ったときと、妻から電話がかかってきて門限を過ぎているのに帰らないとか、酒に金を使いすぎるなどと文句を言われたあとだ。

とはいえ、この店ではどの男もプロポーズしてくる。たっぷり酒を飲み、エイヴリーの黒いミニスカートからのぞく長い脚を存分に拝んだあとで。

ショーン・ヘンドリックスは二、三カ月に一度、仕事でサンフランシスコを訪れるたびに店へ来る。彼はレモンを搾ったドライマティーニをストレートで二杯飲み、ときどきパリにいる恋人に電話をかける。もちろんエイヴリーはパリの恋人など信じていない。薄い黒髪を撫(な)でつけた禿(は)げ頭はとてもセクシーには見えない。しかし、エイヴリーは彼がフランス語で話すのを聞いたことがある……少なくともそう聞こえた。それにこの客は、彼女が気づいていないふりをしているときに遠くから見つめてくるだけだ。エイヴリーとしては、高級スーツに身を包み、口もファスナーも閉じているのが一流の男の証(あかし)だと思っている。

マヤ・フローレスがカウンターに寄ってきた。「男なんてこの世にいなけりゃいいのに。一見よさそうなのでも中身はカスだもの」

「同感」エイヴリーは言った。「どうしたの？　カールにお尻をつねられて痣にでもなった？」

マヤがヒップをさすった。「カールじゃないわ。脂男よ」

「グリージー？　ボスの？」背が高く棒のように痩せた、醜い四十五歳のグリージー？

マヤが上唇の下から歯をのぞかせた。今にも飛びかかろうとしているピットブルのようだ。

「オーケー、グリージーに迫られたのね。気持ち悪いやつだと思ってたけど……よくもまあ娘ほど年の離れた相手に」

「あいつは豚よ」マヤはちょうどエイヴリーがアスク・ミー・クラブで働き始めた頃と同じ二十一歳だが、当時のエイヴリーより賢かった。おそらくグリージーはマヤから股間に一発お見舞いされただろう。思わず笑いがこみあげる。

「もう帰らなきゃ。代わってもらっていい？」エイヴリーはブロンドを束ねていたゴムを外し、シンク下のタッパーウェアに放りこんだ。戸棚にかけてあったネイビーブルーのベストを取って袖を通し、ファスナーを顎まで引きあげる。そしてレジスターから現金引き出しを抜いた。「これをグリージーのところへ持っていくついでに、彼に氷がいるかどうか見てくるわ」

驚いたことに、マヤは笑わなかった。「私の仕事が終わるまで待ってたら？　ラストオーダーまでたった一時間だし。ここ最近の連続殺人事件が気になるから」

なんの話かエイヴリーにはすぐわかった。べつにベイエリアで毎日山ほど殺人が起きているわけではないが、今回は……。「あれはサンタクルーズの話でしょ」

「同じことよ。犯人は沿岸部を行ったり来たりしてるもの。でも、最初の事件はサンフランシスコで起きたのよ。今夜はずいぶん霧が濃いし」

「霧の中ならしょっちゅう歩いて帰ってるわ。言っておくけど、相手に姿を見られるほうがずっと危ないわよ」これには一理あるはずだ。

しかし、マヤは動じなかった。「これまでに何人殺されたと思うの？　六人？　八人？」

エイヴリーは現金引き出しを持つ手に力をこめた。「さあ、知らない。七人目のことは聞いたけど。どうやらマリン郡で起きたらしくて、その女性の娘も殺されたみたい」地元メディアは事件を事細かに伝えていた。「連邦捜査局（FBI）の話ではこの地区に連続殺人犯がいるんだって。私たちにわからないとでも思ってるのかしら」

マヤが身を乗りだした。「ＦＢＩはサンディエゴの事件も調べてるの。去年、女性の遺体が見つかったのよ。別れた夫が彼女を殺して子どもをメキシコに連れ去ったと見られてたけど、それも怪しいみたい」

そのとき、グラスの氷が鳴った。「おい！　どっちとやりゃあ、酒を作ってもらえるんだよ？」カールがすでにいつもの攻撃態勢に入っている。

マヤがとびきり愛想よくほほえんだ。カールは大変な目に遭うだろう。「そんなことはしなくていいのよ、カール。今夜はモヒートだけ？」マヤがアイリッシュ・ウイスキーを注ぎ、ライムとミントを添えて彼の前に置いた。

モヒートにラム酒が必要だなんて、誰が決めたの？。

エイヴリーがグリージーのオフィスに向かうとき、後ろでカールが酒にむせて咳きこむのが聞こえた。

エイヴリーはにんまりした。つくづく懲りない男だ。マヤにかまわなければいいのに。

グリージーはズボンをくるぶしまでおろして局部を調べている。

彼は世にも恐ろしい目でエイヴリーをにらみつけ、怒りをぶつけた。「おまえら女ときたら男をなめやがって！　自分たちは頭がいいと思ってるんだろ！」

「そんなことない。私は頭がよくないわよ」エイヴリーは現金引き出しをテーブルに置き、さっさと部屋を出てつぶやいた。「それに、べつに笑ってないし」

エイヴリーがバーに戻ると、カールはおとなしくなり、ダレンがマヤを口説き、ショーンは髪を直していた。何をしたってどうせ禿げているのに。

マヤは何ごともなかったかのように話の続きに戻った。「メディアは犯人をシザーハンズと呼んでるわ。被害者はみんなブロンドよ、あなたみたいな。しかも子どものいる」マヤは自分は安全と言うように三つ編みにした黒髪を振ってみせた。「犯人は被害者につきまとってあとをつけて、ハサミで襲うのよ」

エイヴリーはお手あげのポーズをした。「なら、どうすればいいの？　ベビーシッターは今度私の帰りが遅くなったら辞めるって言うのよ。しかもカーターは夜驚症だし。急に目を覚まして泣き叫ぶの。まだ二歳で、ほんの少しでも家でひとりにするわけにいかないのよ」

ベビーシッターのグレースは初めはとてもよかったのに、だんだんおかしくなってきた。最近エイヴリーは、グレースが子守中にマリファナを吸っているのかもしれないと思っている。

「もう行かなきゃ」

マヤは不満げだが、それ以上強くは言えないようだった。「せめて髪を染めて」

エイヴリーは肩の長さのブロンドボブに手をやった。「わかった、明日は黒髪にしてくるわ。チップが減るのは痛いけど……しかたないわね」

「やっぱり不安なんでしょ」

「そりゃあね。だって犯人は……ずいぶんと年季が入ってるようだから。子どもが殺されるようになって初めて、警察は同じ犯人の仕業だと気づいたんでしょ。でも、とにかく今夜は帰らなきゃ」カーターが生まれてから、自分のことはいつもあとまわしだ。子どもは心配と頭痛の種ではあっても、ほかのものには代えられない。「気をつけるわ。携帯電話もあるし」

「どの被害者もそうだったのよ」

「私は催涙スプレーとれんがを持ち歩いてるの。悲鳴のあげ方も逃げ方も知ってる。下手に戦う気もないし」

「道ですれ違う男を片っ端から撃っていたら――」

「銃を持つべきよ」

「世界はよりよい場所になる」

エイヴリーは笑った。「ほんと。とにかく、また明日ね」

「くれぐれもシザーハンズに気をつけてよ」マヤはショーンの二杯目のマティーニをトレイにのせてカウンターの向こう側にまわった。

エイヴリーは急いで更衣室へ行き、ロッカーを開けてハイヒールからランニングシューズに履き替えた。携帯電話とベビー用品、道端で拾ったれんがの入った大きなバッグを取りだす。家の鍵と催涙スプレーをベストの左右のポケットに入れ、店の裏口に向かった。

マヤの言うとおりだった。外は霧が濃く、顔の前に手を出しても見えないほどだ。これなら路地の向こうに連続殺人犯がハサミを光らせて待ち伏せていてもわからないだろう。エイヴリーは催涙スプレーのノズルを外側に向けて握りしめ、道に一歩出た。

周囲には誰もいなかった。不気味なほど人影がない。ほかの時間帯なら通行人がいて、話し声や明かりがある。だが今はホームレスさえ汚れたブランケットにくるまっているか、宿泊施設に消えていた。この時刻には誰も表を出歩かない。たとえ連続殺人犯のニュースがなくても。

そう、誰も……エイヴリーのような仕事をしている女以外は。

マヤにあんな話をされたのにはまいった。ただでさえ死ぬほど怯(おび)えているのに。

みすぼらしいワンルームのアパートメントまで歩いて一キロ半以上ある。彼女は街灯を見あげた。風はなく、濃密な霧が漂っていた。そこに満ちる悪意と邪悪なほほえみが街の音を消し、エイヴリーの足音だけをうつろに響かせる。

ひんやりした霧に頬を撫でられながら、彼女は足早ににぎやかな通りへ出た。曲がり角の街灯の下で足を止め、少し迷った。タクシーだ。出費は痛いが、タクシーを拾おう。

でも、だめだった。今夜は流しのタクシーが一台もない。誰かの足音が近づいてきたので、エイヴリーはふたたび歩き始めた。

元フットボール選手のような大男ふたり組が霧の向こうから現れた。いかにも酔った様子だ。彼らはエイヴリーを見て驚いた顔をし、やがてにやにやしだした。彼女を娼婦(しょうふ)だと思っているのだ。

まずい、厄介なことになった。エイヴリーは催涙スプレーをさらに強く握りしめた。

大きいほうの男が前後にふらつきながら言った。「よお、ハニー、ちょうど探してたんだ」男はエイヴリーの胸をつかんだ。

エイヴリーは催涙スプレーを噴射したが、狙いを外し、連れの男にかかった。

連れの男が悲鳴をあげて目をこする。

彼女はれんがの入ったバッグを振りまわした。バッグは胸をつかんだ男の股間を直撃した。

男が叫んで手を離した。

エイヴリーは通りを横切った。皮肉にも、ずっと待っていたのに来なかったタクシーの前に飛びだす格好になった。

胸をつかんだ男がタクシーの後部をまわりこんで追ってきた。バンパーに肘をぶつけてよろめいたものの、ふたたび追いかけてくる。

霧が出ていたのは幸いだった。彼女は一軒のタウンハウスの戸口に身を隠した。

男は気づかずに走り過ぎていった。

エイヴリーは携帯電話を出そうと必死にバッグを探った。最初に手に触れたのはれんがだ。それからウエットティッシュ。サイズが合わなくなった紙おむつ。財布。ヘアブラシ。ぼろぼろに砕けたチェリオスの入ったジップロック。そして……ディスプレイが割れた携帯電話。れんがにあたって壊れてしまったのだ。

これでは警察を呼べない。どこの家もドアを開けてくれないだろう。次のタクシーが通りかかるのを待っている余裕はない。グレースが出ていくまでに帰らなければ。

エイヴリーは泣きだしたいのをこらえ、懸命にいいように考えた。さっきの男に見つからなかったのだから、シザーハンズに狙われることもないだろう。彼女は走って通りの反対側に戻り、聖地のように闇の濃い住宅地へ入った。こちらは道幅も建物の間隔も狭い。平屋の建物の窓には、錆びた鉄の横棒がはまっている。自宅まではあと少しだ。

車が一台、何かを探すようにゆっくりと走っていくのが見えた。

汗と疲労を感じながらエイヴリーは道端のゴミ箱の後ろに隠れ、やがてふたたび走りだした。

ようやく自宅の狭い玄関ポーチの小さな黄色い明かりが目に入った。速度を緩め、大きく息を吐く。遅くなってしまうと心配でならなかったが、今回もなんとか間に合った。午前一時二分なら、グレースはまだいるはずだ。それならたとえカーターが目を覚ましても……。

ふいにエイヴリーの首筋に鳥肌が立った。今のは何？

振り返って闇に目を凝らしたが、あたりを漂う霧しか見えない。しかし、たしかにさっき……音がした。息遣い。重い足音。シザーハンズが追いかけてきたのだろうか。

なぜ？　どうしてこんなことが？　エイヴリーは脚が長く、体も健康だ。どう考えても殺人犯に追いつかれることはない……彼女が何かへまをしたか、相手が最初からここにいたのでない限り。

警官は殺人犯をストーカーだと言った。つまり男はエイヴリーを何日も、いや何カ月も見張っていたのだ。帰宅する時間も知っていて、ここでずっと待っていた……。

彼女はふいに強い母性本能に駆られた。アパートメントから離れなくてはならない。殺人犯を息子から遠ざけなければ。

激しい動悸を覚えながら、アパートメントの前をそのまま通り過ぎた。胸の谷間を汗が伝う。死にたくはない。だけど、あどけないブラウンの瞳のカーターがベッドで殺されることを考えたら……。

何者かが闇から飛びだしてきて彼女の肘をつかんだ。

エイヴリーは悲鳴をあげ、催涙スプレーを吹きつけた。今回は命中した。

殺人犯は両目を押さえて後ろにさがった。

エイヴリーはふたたび前を向いて走りだした。そして気づいた。「グリージー？」

グリージーが殺人犯？　ああ、それも考えられる。彼は反社会的だ。家族もいない。さっきオフィスで会ったとき、こちらを憎んでいるようだった。グリージーはすべての女性を憎んでいる。でも……本当にグリージーが？

「なんてことをするんだよ！」グリージーが叫んだ。「ちくしょう、タクシー代を払ってまで伝えに来てやったってのに……あの髪のある野郎が……」彼はエイヴリーにつかみかかってきた。

エイヴリーは夢中でバッグを振りまわした。

グリージーは舗道に倒れ、それきり動かなくなった。

エイヴリーは荒い息をつきながらその場に立ち尽くした。

いったいどういうこと？　グリージーは死んだの？　殺人犯だったの？　さっき何を言いかけていたの？　〝あの髪のある野郎〟って？

エイヴリーはふらふらとアパートメントに引き返した。耳を澄まして鍵を取りだし、震える指で鍵穴に差しこむ――そのとき、背後でハサミの鳴る音がした。

まさか、気のせいよ。

彼女が振り向いたとき、グレーの影がすばやく逃げた。

誰かがそこにいた。

気のせいではない。彼がいる。

背後ではじかれたようにドアが開いた。

エイヴリーはよろめき、階段で尻もちをついた。手にしていた催涙スプレーが転がる。

ベビーシッターのグレースがわめきたてた。「ちょっと、遅いじゃない！」

エイヴリーは尻もちをついたまま、体をひねってグレースを押した。「ドアを閉めて！」

「ドアを閉めろって何よ？　このくそあま！　誰があんたの言うことなんか聞くもんか！　もう辞めてやる！」グレースは半狂乱になっていた。おそらくマリファナを吸ったのではなく、コカインを打ったのだろう。

アパートメントの奥で、カーターが火のついたように泣きだした。

そのあいだも、男の形をしたグレーの影が霧の向こうに立っていた。

エイヴリーは立ちあがった。「早くドアを閉めて！」

その声から恐怖を感じ取ったか、もしくは同じものを目にしたのだろう。グレースがドアを閉め、アパートメントの奥に逃げこんだ……エイヴリーを殺人犯のいる外に残したまま。

霧の向こうから手が伸び、エイヴリーにハサミを見せた。長い刃先がなめらかな音とともに開閉する。

「あなたは誰？」エイヴリーは尋ねた。ああ、なんて落ち着いた声が出るのだろう。

相手が霧の向こうから姿を見せた。クラブの客、ショーン・ヘンドリックスだった。高級スーツに身を包み、フランス人の恋人がいる、禿げ頭の。

しかし、彼は禿げ頭ではなくなっていた。頭が黒髪に覆われている。

〝あの髪のある野郎が〟

ああ、グリージーは襲いに来たのではなかった。警告しに来てくれたのだ。彼は今、血を流して気絶している。私は自分の命を救ってくれるかもしれない唯一の人を倒してしまった。

バッグのストラップを両手で握りしめ、エイヴリーは落ち着いた声で質問を続けた。「あなたは私が妊娠してた頃から店に来てたわね。同じ女を二年もつけまわすなんて普通じゃないわよ」ただし警官の話では、犯人はほかの被害者たちも二年間ストーキングし、そのあと殺していた。

エイヴリーはバッグを振りまわした。ハサミを持つ手めがけて。

しかし相手はエイヴリーの動きを読んでいたのか、もう片方の手でバッグのストラップをつかんで彼女を引き寄せ、ねじりあげた。

ストラップをつかんでいた指の骨が折れ、エイヴリーは鋭い悲鳴をあげた。

男がバッグを投げ捨て、彼女を顔から石壁に叩きつける。

苦しみのさなか、エイヴリーは運命を悟った。

カーターは助からない。

ショーンが耳元でささやいた。「先にきれいな髪を切り落としておこう。血で汚したくないからな」

1

ワシントン州ヴァーチュー・フォールズ
八月十五日、午後六時十五分

たとえ町の住民に噂(うわさ)されていることに気づいても、エリザベス・バナーは反応しなかった。いや、そもそも彼女は気づかなかった。物心ついて以来、父親が母親をハサミで殺害する光景を目撃した女の子として周囲の人々に噂されてきたからだ。

二十三年間、エリザベスはヴァーチュー・フォールズに足を踏み入れなかった。それでも、ミスティ・バナー殺害事件は今もまだ多くの人の記憶に残っていた。つまり、エリザベスは一種の有名人だった。彼女が帰郷したという知らせは小さな町に一瞬で広まった。まるで近い将来、必ず襲ってくると科学者が警鐘を鳴らしている津波のように。

ヴァーチュー・フォールズの住民は、エリザベスが父と再会するために帰ってきたのだと憶測した。しかし実際には、彼女はオナー・マウンテン・メモリー養護施設をわずかな時間だけ訪問したあとは足を向けることもなく、環太平洋地殻構造プレートや、沈み込み帯や、沖積鉱床の調査ばかりしていた。

もしくは似たようなほかのことを。

べつにおかしなことではない——チャールズ・バナーはまさにこの分野の草分けだったし、娘のエリザベスも二十七歳にして多くの肩書きを持つ地質学者なのだから。

口さがない一部の住民は、エリザベスが科学以外のことで父のあとを追わなければいいが、などと陰口を言った。

しかしほとんどの住民はそんなふうには思わなかった。プラチナブロンドに大きなブルーの瞳、体つきも歩き方もセクシーなエリザベスは、父親ではなく母親似だった。

ヴァーチュー・フォールズの男たちはこぞってエリザベスの気を引こうとした。しかし彼女が無表情な大きな目で見つめ返し、火成岩や地殻変動のレクチャーを始めると、どんなに自信のある男も退散するしかなかった。

インターネット上のエリザベスのプロフィールには離婚歴がある。

ほとんどの男はその理由を知っていた。要するに、彼女がどうしようもなく退屈なのだ。それでも男たちはエリザベスと別れた夫を史上最低の間抜けと考えていた。肝心なのはエリザベスの話の中身ではない。話しているときのセクシーな唇のほうだ。

エリザベスは今、オーシャンヴュー・カフェのいつもの席について——初めて来たとき、この店から海がまったく見えないことにあきれたものだ——調査ノートを読み返していた。

フーフー・ベリー・ジョーンズ・ソーダを何度か口にしたあと、彼女は思った。なぜこんなものを注文したのだろう？

よく考えたら、ルートビアを注文したはずだった。そもそもフーフー・ベリーとはどんな代物だろう？　たしかピンクの……。

「ほら、エリザベス」ウエイトレスのレインボーがテーブルに皿を置いた。「冷めないうちに食べてよ」

その日の調査を終えたあと、エリザベスは自宅に帰ってシャワーを浴び、トリーバーチの新しいサンダルと淡い水色のコットンのサマードレスに着替えていた。ドレスはワンサイズ大きなものだ。そうしないと、男たちが胸ばかり見る。

正確にはどんな服を着ても胸を見られるのだが、大きめのサイズを着ているときのほうが相手と比較的普通に目を合わせることができる。

レインボーがエプロンで手を拭いた。「仲間がいなくて寂しい？」

フライドポテトにケチャップをつけて口に運ぼうとしていたエリザベスは手を止めた。

「どうして？」

「チームのほかの人がタホの学会に行っているあいだ、あんたはたったひとりで調査してるんでしょ。人けのない谷で、三日間もずっとひとりで。話し相手もなくて、寂しくならないの？」

「ならない」エリザベスはきっぱりとうなずいた。「どのみち、みんなすぐに帰ってくるわ。向こうで研究発表を褒められて、意気揚々とね。アンドルーは腕のいい研究者よ。ずば抜けて優秀ではないけど」

「それ、本人には言わないほうがいいわね」レインボーが言った。

「言わなくてもアンドルーはわかっているわよ。でなければあそこまで人の意見をあてにしないわ」エリザベスは手作りのパンの端まで丁寧にマスタードを塗った。

「ハニー、言っとくけど〝わかっている〟と〝認める〟は別よ。アンドルー・マレーロはただでさえあんたのお父さんの下で働いてたことを気にしてるし、今でもあんたに引け目を感じてるんだから」

エリザベスはそれについて考えてみた。「ええ、父の論文は私も読んでるわ。身内だから言うのではなく、チャールズ・バナーは掛け値なしに優れた研究者よ。でも、そのことがどうしてアンドルー自身の自己評価に関係するのか理解できない」

「あんたには理解できないでしょうよ。でも、そういうものなの」

エリザベスはレインボーを見つめ、いぶかしむように首をかしげた。

レインボーがため息をついた。「オーケー、こう言えばわかるかしら。マレーロは見た目がいいでしょ？　黒髪、黒い瞳、浅黒い肌の、いわゆる典型的なラテン系の色男。だけど、背が低いわ。本人は百七十五センチって言ってるけど、実際は百七十そこそこでしょうよ。

まあ、百七十三かもしれないけど。彼、あれは立派よ。でも、そんなことを言いふらすわけにもいかないじゃない。だからシークレットブーツを履いてるの。背の低い男ってそういうものなのよ」

レインボーの意外な一面を知り、エリザベスは興味を引かれた。「アンドルー・マレーロと寝たの？」

「特にあたしの好みってわけじゃないけどね。でも、おもしろかったわよ。よくからかって遊んだわ」レインボーは満足げにまぶたを閉じた。

「だけど、あなたはたしか……」エリザベスは言いかけ、慌てて口を閉じた。

レインボーが目を開いた。「レズビアンのはずって言いたいの？」

ああ……間に合わなかった。

「バイセクシュアルなら週末デートの楽しみも二倍よ」レインボーは愉快そうに笑い、エリザベスの腕を叩いてカウンター席に向かった。

エリザベスはハンバーガーを頬張りながら、レインボーが客の相手をするのを眺めた。日焼けした三人の観光客がその日のビーチの様子を熱心に話している。

エリザベスが子どもの頃から、レインボーはオーシャンヴュー・カフェのウエイトレスだった。二十三年経った今も同じなんて、エリザベスにとっては死ぬより恐ろしい人生だ。ルートビアの注文をフーフー・ベリー・ジョーンズ・ソーダに間違えるのもひどいが、一日中ずっと人に囲まれて過ごすなんて、考えただけで身の毛がよだつ。

エリザベスは岩が好きだった。

そして、人間が嫌いだった。経験的に言って、人間なんてほとんどが唾棄すべき存在だ。浅はかで、どうしようもないほど詮索好き。何よりひどいのは、彼らがエリザベスの無関心ぶりに腹を立てることだ。

ただ、レインボーだけはエリザベスの興味を引いた。普通の人とまったく違ったからだ。レインボーは背が高く、体つきもごつくて肩幅があり、白髪まじりの頭をしていた。人柄はあたたかく朗らかで、相手が地元客だろうと観光客だろうと分け隔てなく話しかける。暇さえあればおしゃべりに興じ、客にあれこれ質問し、求められてもいないアドバイスをする。

当初、エリザベスはレインボーにどう接すればいいのかわからなくて困惑した。レインボーはテーブルに来るたびにあれこれ話しかけてきた。エリザベスが特に聞きたくもない、仕事の邪魔になる無駄話ばかりした。

こちらが何も言わなくても、レインボーは勝手に会話を始める。たとえばエリザベスが初めて店に入ったとき、レインボーは言った。「あたしね、こんな年でレインボーなんて常識外れの変な名前だから、みんなに気の毒がられてるのよ。あたしはヘイト・アシュベリー出身なの。一九六八年生まれ。例のサマー・オブ・ラブ（一九六七年夏に起こった社会現象。ヒッピーがサンフランシスコに集結し、文化的、政治的な主張を行った。ヘイト・アシュベリーはその中心地と言われた）のあとよ」そしてエリザベスの返事を待つように間を置いた。

エリザベスは微妙にずれたタイミングで反応した。「両親はヒッピーなの？」

「ヒッピー？　ええ、そうよ。マリファナとサイケデリック・ミュージックとフリーセックスを広めた元祖ヒッピー」レインボーは嘆かわしげに首を振った。「いまだに変わらないわ。両親はあたしが生まれたあと、都会は子育てによくないからってシエラネバダに移住した。そこでネイティヴ・アメリカンの女性に曾祖母（そうそぼ）の代から伝わる織物を教わったのよ。ふたりともうまいの。あんたも名前を知ってるかもしれない」

「知らないと思うけど」

「メトロポリタン美術館の特別展に作品を出したこともあるのよ。両親の名前は、アルダーとエルフ・ブリーズウィング」

エリザベスは目を白黒させた。「どっちがお父さんでどっちがお母さん？」

「決まってるじゃない。父がアルダーで母がエルフよ。ブリーズウィング展、知らない？」

エリザベスは目をしばたたいた。

レインボーは大きな手を腰にあてた。「あんたって岩のこと以外、なんにも知らないのね」

「そんなことないわ。沖積鉱床についても知ってるし、ヴァーチュー・フォールズ沿岸沖の海洋底の構造から、この地域に大津波が発生することも知ってるわよ」エリザベスは精いっぱい気のきいた返事をしたつもりだった。

レインボーは外国語でも聞かされたような顔をした。「ああ、よくわかったわ。あんた、本当にお父さんと同じね。じきに食事を持ってきてあげる。フライドポテトを余分につけるようシェフに言っとくわ」

父と同じとはどういう意味なのか、エリザベスは尋ねたかった。自分たちが一緒に暮らしていた頃から、レインボーは父と知り合いだったのだろうか？

しかしそれまでの苦い経験から、エリザベスはチャールズ・バナーについて何も言わないのが賢明とわかっていた。そこで、別の質問をした。「私はマッシュポテトを頼んだのよ」

「それとは別によ。あんた、もっと脂肪をつけなきゃ」

そんな必要はまったくない。エリザベスはグラマーだった。それもかなり。細身の女性が多いカリフォルニアではこの体形は不利だった。服選びに苦労するのは言うまでもない。パンツのヒップのサイズがちょうどいいと、ウエストが大きすぎる。十一歳で胸がCカップになって以来、前開きのシャツは着られなくなった。伯母はエリザベスを母親似だと言った。伯父は彼女を外国人ダンサーのようだと言った。本人に聞こえていないと思って言ったので、エリザベスは大目に見てあげることにしたが。伯父は悪い人ではなかった。いつも働きすぎで自分の子どもたちにかまう暇さえなく、エリザベスとはなおさら打ち解けなかった。何しろ彼女は、発話能力を取り戻したあともろくに口をきかない姪だったから。

自分の外見が他人の官能を刺激してしまうと自覚していたため、エリザベスはまわりの世界と距離を置いた。日頃から対人関係を築く努力を放棄し、ごくたまに知り合いの話の輪に入って天気の話をするだけだった。そんな調子だから、誰とも会話がスムーズにできたためしがなかった。ギャリックとさえも。

ギャリックとは特にうまくいかなかった。

よそう、彼のことを考えるのは。

エリザベスは改めて調査ノートに集中した。そのため、店の隅に座っていたひとりの老人が彼女を指さしながら観光客に語り始めたことに気づかなかった——幼かったエリザベス・バナーがいかにして父が母をハサミで殺す場面を目にしたかを。

2

「ヴァーチュー・フォールズ・リゾートは、すでに創立百周年を越えました」

観光客たちがどよめいた。

「この四階建ての瀟洒(しょうしゃ)なリゾートホテルは、一九一三年にサー・ジョン・スミスによって建てられました。スミス家は当時、千エーカーの森林と製材所、山頂に邸宅を持つ資産家でした。太平洋を臨む断崖に建てられたこのホテルが、そこにさらなる富をもたらしました」

マーガレットは杖(つえ)にもたれ、新たに訪れた客たちの感嘆の声に耳を傾けた。

一行はガイドツアーの最後からふたつ目となる大広間にいた。マーガレットはこの話を少なくとも五千回は繰り返している。苦に感じたことは一度もない。語りが上手なのはアイルランド人の血と、人と話すのが好きな性格のおかげだ。

客たちは美しい節目のあるマツ材を張った高い天井、ダグラス産のモミを用いた梁(はり)などをよく見ようと首を伸ばし、二十世紀初期のアンティーク家具に手を触れた。マーガレットは気にしなかった。客にこの大広間のすばらしさを充分に感じてほしかった。さらには、スミス家の一員になったように感じてもらいたかった。そう感じれば、客はまたやってくる。今日もそんなひと組の夫婦が訪れていた。ターナー夫妻は以前ハネムーンでここを初めて訪れ、今回は若い息子を連れてふたたび来てくれた。

客とのそういったつながりが、マーガレットは何よりうれしかった。「不幸にも、第一次世界大戦でスミス家の長男が出征し、フランスで戦死しました。父のジョンも心痛から来る病にかかってこの世を去りました。ミセス・アイダ・スミスと次男のジョニーは資産を管理する力がなく、しかも当時は大恐慌で、生き延びるには特別な力が必要でした。ミセス・アイダ・スミスが一九三八年にアイルランドを訪ねたときは、スミス家の財産はほとんどなくなりかけていたのです。幸い、彼女は私に出会いましたが」そこでマーガレットは、客たちの笑いが静まるのをうなずきながら待った。「当時、私は十六歳でした」嘘だ。本当は十五歳だった。「ミセス・スミスは私を雇うことを決め、アメリカに連れてきました。結局、私はジョニーと結婚することになりました」ジョニーは何かする暇もなかった。アメリカへ来て三カ月もしないうちに、マーガレットのほうから迫って結婚したのだ。「以来、ジョニーと私は最高のチームメイトでした」

「何年くらい結婚されていたんですか？」オーロラ・トンプソンはひとり旅をしている中年女性で、左手の薬指に指輪の跡が白く残っていた。

この人は最近離婚し、今はまだ自己憐憫に浸っているのだろうとマーガレットは思った。

「三十年足らずでした」マーガレットは言った。「その後、ほかの男性からの申し込みはありません」

「いや、たくさんあるでしょう」ジョスエ・トーレスはきらめくブラウンの瞳をしたハンサムな男性で、まだ二十代と思われた。

「まあ、お上手ね」マーガレットはほほえみかけ、相手の結婚指輪に目をやった。既婚者だ。妻はどうしたのだろう？　なぜひとりでここに？　さては女遊びでもしに来たのかしら？

「あなた、私の花婿に立候補なさるおつもり？」

「僕が独身であれば、ぜひ」彼は大げさにため息をついた。「残念ですが明日、妻と合流するんです」

マーガレットは胸に手をあててのけぞり、アイルランド訛りで言った。「なんてこと。胸が張り裂けてしまったわ」彼女は背中をまっすぐにしてオーロラを見た。「実際のところ、私は夫のいない生活を楽しんでいますよ。昔かたぎだけれど、わがままな女ですから。結婚生活は妥協と献身の連続でしょう」

うなずくオーロラの眉間から皺が消えた。

そうよ、結婚していた頃の苦労と、これからできることを考えてごらんなさい。もっと楽しくなるわ。捨てられた妻に今後のヒントを与えられたことに満足し、マーガレットは先を続けた。「私がヴァーチュー・フォールズにやってきたときは、すでにスミス家所有の森林と製材所はなくなっていました。けれども、私たちはここを世界有数のリゾートホテルに育てあげました。ミセス・スミスは一九六七年に八十八歳で亡くなりましたが、彼女は一族の財産を残せたことを喜んでいました。私はその前年に愛する夫ジョニーを亡くしており、子どもたちもすでに独立していました。そこで山頂の邸宅はワシントン州に史跡として寄付し、こちらに移りました。今は海を見晴らせるスイートルームに住んでいますが、眺めは最高です。もちろんヴァーチュー・フォールズ・リゾートは、どの部屋からの眺めも最高ですよ」

観光客たちはささやいたり、うなずいたりした。

「では、ガイドツアー最終地点のテラスでグラスワインをお楽しみいただくことにしましょう。その前に、何かご質問は？」

この時期に西海岸を北上する旅はなんとも贅沢だ。南部から来た年配のダニエルズ夫妻は、ここの景色とホテルを絶賛していた。ミセス・ダニエルズが上品な声で質問した。「あそこの壁にいくつか飾ってある複製画は、ブラッドリー・ホフの作品じゃありませんか？　たしかホフはヴァーチュー・フォールズと縁が深いとか。本人とお会いになったことはあります？」

「ありますとも」マーガレットは言った。「会っただけでなく、この部屋で何度も一緒に食事をしましたよ。それにあそこに飾ってあるのは複製画ではなく、すべて原画です」

ミセス・ダニエルズが夫を見た。「言ったでしょう」

ミスター・ダニエルズがため息をついた。「ああ、わかった、わかった。おまえが正しい。それでも私は、あの手の絵をオフィスの壁に飾るのはごめんだ」その言葉がマーガレットの気に障ったかもしれないと気づいて言った。「どうか気を悪くしないでください」

「ええ、ちっとも。芸術に関しては個人の好みが最優先です。それに批評家たちもブラッドリーには好意的ではありません。おかげで彼はいつも銀行に泣きついているそうです」

一同が笑った。ミスター・ダニエルズまでも。

「実際の彼は、テレビに出ているときと同じように感じのいい人ですか?」ミセス・ターナーが尋ねた。

「愛すべき人ですよ。奥さまのヴィヴィアンと同様にね」実際には、マーガレットはヴィヴィアンのことを、酢の効きすぎたサラダドレッシングのようにぎすぎすした女だと思っていた。だが、どうやらブラッドリーはヴィヴィアンに惚れこんでいるらしい。割れ鍋に綴じ蓋ということわざもある。「ヴィヴィアンはブラッドリーのマネージャーで、彼の時間や才能を大切に守っています。そうでなければ、彼は一日中キャンバスに向かっているでしょう。だから最高のコンビなんです」

「先日、彼女はご主人と一緒にアトランタのモーニングショーに出ていましたよ」ミセス・ダニエルズが言った。「彼女の話では、ブラッドリーはヴァーチュー・フォールズにずいぶんと寄付をなさったそうね」

「そのとおりです。地元の高校の体育館が火事で焼けたとき、彼の基金で再建されました。それでブラッドリー・ホフ・スポーツセンターという名前がついています」あれには少々腹が立った。というのも、マーガレットは何年にもわたってさまざまな場面でヴァーチュー・フォールズに多額の寄付をしてきたからだ。今も小さな公共図書館を支援している。それでも、建物のれんがひとつにさえ彼女の名前はない。

とはいえ、ブラッドリーが〝自然派芸術家〟として成功し、数々の絵を世に送りだしている一方、マーガレットが老いた偏屈なホテルのオーナーであることは彼のせいではない。自分には感謝の心も足りないのだろう。なぜなら……マーガレットは背後の壁にかかるブラッドリーの絵を示した。「ブラッドリーはあの絵をこのテラスで描きました。私の八十五歳の誕生日のプレゼントとして額に入れて飾ったのです。私はあの絵の、海と空の境が溶けあったような表現が特に気に入っています」

「これほど価値あるものに囲まれてお暮らしになって、将来になんの心配もなくていいですね」オーロラが言った。

「ええ」マーガレットはきびきびと言った。「おかげさまで。ほかにご質問は?」

「ぜひ彼のアトリエをのぞいてみたいわ。この町にお住まいなの?」ミセス・ダニエルズが言った。

ミスター・ダニエルズが肩を落とした。

「今は新作発表のツアーで不在のはずですよ。どちらにせよ、アトリエに入ることが許可されているのは奥さまだけです」ミスター・ダニエルズがふたたび胸を張り、マーガレットは彼にほほえみかけた。「ブラッドリーはすばらしい人ですが、なんといっても芸術家ですからね。それなりに癖のある」

ティーンエイジャーの少年が手を振った。

マーガレットも手を振り返した。「はい、そこの若い方」

「あなたは何歳ですか?」

「メイソン・ユージーン・ターナー!」母親がショックを受けたように言い、それから――答えを期待する表情になった。

「いいんですよ」マーガレットは鷹揚(おうよう)に言った。「そろそろ自慢してもいい年になりましたから。九十一歳です」

「すごい」少年が笑顔になった。「とってもクールだ!」

観光客たちが笑った。

「ありがとう、私もそう思うわ。長寿にかなうものなしよ」マーガレットは一同を見渡した。

「ほかにご質問は?」

「ミセス・スミスはなぜあなたをアイルランドから連れてきたんですか? 第二次世界大戦直前というタイミングが、偶然にしてもできすぎに思えて」その質問をした女性は四十代前半と思われ、いかにも〝今、処女作を書いています〟という顔をしていた。

マーガレットは心の中で、この女性とはかかわるまいと決めた。作家は往々にして細かい部分をつついてくる。

「ええ、たしかにいいタイミングでした。ミセス・スミスが私を連れてきたのは、私があることで彼女を助けたからです」相手の女性がそれについて質問をする前に、マーガレットはスタッフに合図を送り、三面のフレンチドアをすべて開けさせた。

太平洋の海風が大広間に吹きこみ、客にあらゆる雑念を忘れさせた。

「こうしてさわやかな風に吹かれると、視界が広くなって頬にも生気が戻ります」マーガレットは満足げに言った。

一同はテラスに出て、すばらしい眺めに歓声をあげた。若者は手すりに駆け寄り、十五メートル下の岸壁に打ち寄せる波を見おろした。年配の客はスタッフから手渡されたウールのブランケットを肩に巻いた。

ホテルに滞在している客たちもテラスに出てきてツアー客と歓談し、一緒にワシントン産ワイン、地ビール、瓶詰めされたミネラルウォーターなどを楽しんだ。

いつもどおり、マーガレットは海の音にしばらく耳を傾けた。

アイルランドのダブリン生まれの幼いマギー・オブライエンにしてみれば、これは恵まれた人生だ。本当に恵まれている。

そこまで考えて、彼女は木の手すりにそっと手を置いた。

悪いことが起きませんように。

そう思う程度には、マーガレットは人生を知っていた。

3

デニス・フォスター保安官はデスクに置かれた書類をぱらぱらめくった。

上司の自分が町にいるときですら、秘書のモナは無能だ。ましてや自分がオークランドで開かれた会議で留守にしていたときは、ずっと爪の手入れでもしていたらしい。モナは書類をファイルしていなかった。弁護士からの報告書も、メール文書も、FBIからの通知も。FBIの通知はデスクの縁から落ちかかっていた。当局の大きなレターヘッドが目に入る。

最初に法の執行に携わるようになったとき、デニスはFBI捜査官になって全国を飛びまわり、悪と戦う自分を思い描いていた。しかし実際には、ヴァーチュー・フォールズにどっぷりつかり、自宅で母の面倒を見ている。母のことは愛しているが、母は長らく病気を患い、いつも黒板を爪で引っかいたような声でわめく。

そんなわけで、デニスは機会さえあれば遠方の会議に出かけ、出張費をちょろまかしていた。

ここでは自分が最高責任者だと、デニスは自らを納得させていた。天国でしもべであるよりも、地獄の王であるほうがましだ。

デニスは封筒のひとつを手に取って封を切り、息を吹きこんで中身を取りだした。どこかの女性誌の下着のダイレクトメールだった。

なぜ俺のところに女性誌からダイレクトメールが送られてくるんだ？

デニスはダイレクトメールをリサイクル用のゴミ箱に放りこんだが、すぐに思い直してシュレッダーにかけた。モナがゴミ箱をあさり、デニスが女性の下着をつけているなどと噂を流さないとも限らない。ショーツをはいてパトロールしているとか。

例の通知は、まだデスクの縁から落ちかけたままになっている……。

ＦＢＩから何か送られてくるたびに飛びついて読んでいた頃を思いだしつつ、デニスは別の書類を手に取り、そこに書かれている世間の出来事に目を走らせた。今から二十三年前、チャールズ・バナーが妻を惨殺したとき、ＦＢＩの地方局が捜査を引き継ぎたいと言ってきた。デニスと同じく、彼らもまた沿岸部の田舎で起こるつまらない事件に飽き飽きしていたのだ。あのときデニスはにっこりして言い返した。「そうはいかない。こいつは俺の事件だ」メディアが注目する派手な殺人事件を捜査すれば、自分の名前が地方局に知れ渡ると思った。

実際そのとおりだった。選挙のたびに、彼は邪悪なチャールズ・バナーに公正なる裁きをもたらした男として自分の名前を宣伝した。有権者は選挙のたびに彼に投票した。どこの会議に出かけても、誰かがミスティ殺害事件を覚えていて、詳しい話を聞かせてもらいたがった。デニスも喜んで応じた。時が流れ、事件が人々の記憶から薄れるにつれ、彼の名前も忘れられていったが。

何もデニスは、またあんな事件がヴァーチュー・フォールズで起こってほしいと願っているわけではなかった。もちろんそんなことは思わない。ただ人々が、自分の名前をもう少し長く覚えていてくれればいいのにと思う。

もし郵便物の山に肘でもあたったら、その通知は床に落ち、見なくてすむかもしれない。

もっとも、通知がそこにあるという事実に変わりはない。

いったい何が怖いのか、自分でもよくわからなかった。ほとんどの通知は紙の無駄でしかない。カナダのドラッグが沿岸部から密輸されることへの注意喚起とか、そんなたぐいのものだ。詳しいことは自分も知らない。

デニスは手を伸ばして通知を取り、一行目を読んだ。

そのあとすぐさま椅子を手探りし、荒々しく引き寄せて腰をおろした。

また殺人事件が起きていた。今度は四人だ。母親。ベビーシッター。巻き添えを食ったらしきバーのオーナー。そしてカーターという幼い男の子。

場所はサンフランシスコだった。デニスがベイエリアの会議に出席した日に起きた。

襲撃の間隔は短くなっていた。残忍さも増している。明らかに連続殺人犯の仕業だった。

何者かは不明だが——とはいえ連続殺人犯はたいてい男だ——犯人は必ず子どもまで殺す。

恐れる理由は何もない。動揺する必要もない。このデニス・フォスターが手を震わせる必要などないのだ。恐怖と自己嫌悪にさいなまれて夜中に家を歩きまわる必要もない。

デニスは通知を乱暴に丸め、ゴミ箱に投げ捨てた。

この殺人事件は自分になんの関係もない。まったくの管轄外だ。ただし、それらの事件は必ず沿岸部で起きている……彼が仕事で出かけた日に。

ただの偶然であることはわかっている。自分には事件とのつながりなどないのだから。

この連続殺人事件と自分はまったく関係ない。

断じてない。

4

沿岸警備隊部隊長のカテリ・クワナルトは、ヴァーチュー・フォールズ沿岸警備隊詰め所の休憩室で円テーブルの席につき、ポーカーのチップを数えていた。「沿岸警備隊がこんなに楽だなんて、誰も言わなかったわ」

「そう思うのも勝ってる今のうちですよ」J・G・ランドン・アダムズ、通称〝新米水夫(ランドラバー)〟は負けず嫌いだった。

負けず嫌いなのはルイス・サンチェス少尉も同じだが、彼はここの勤務年数がアダムズより長い。「カテリはいつも勝つ」

「いかさまでもするんですか?」アダムズが望みをつなぐように言った。

「腕がいいんだよ。そのうえ運も強いときてる」サンチェスの声にはいらだちとあきらめが混じっていた。

アダムズは最近ニューヨーク港から赴任してきたばかりの新人だ。ニューヨーク港のような花形の職場にいられたのは、彼の伯父が上院議員であるおかげだとカテリはにらんでいた。

しかし、どんな運も続かない。彼の伯父は女性問題で失脚し、アダムズはここワシントン州沿岸の、ヴァーチュー・フォールズ港にほど近い、海抜六メートル、築五十年の詰め所に飛ばされた。彼は今、東部生まれの白人少年が太平洋沿岸部のカルチャーに触れてショック状態に陥っている感じだ。夏に押し寄せる観光客の群れ。ヒッピーの残党。露骨に敵意をむき出しにするネイティヴ・アメリカン。スピード違反を繰り返すカナダ人。徹底した平等主義。くたびれたソックスにサンダル履き。オーガニック野菜への信奉。

憐(あわ)れなランドラバーにとって、ワシントン州はショックの連続らしかった。彼はこの土地が何ひとつ気に入らないのだ。自分につけられたランドラバーというあだ名さえも。それでますますおもしろがられてそう呼ばれている。

東部の人間も、たまにはその鼻持ちならない態度を改めたほうがいい。

カテリはカードを切り、男たちに笑いかけた。

みんなが退屈しきっている。

カテリも退屈していた。

この詰め所は冬は最高だ。大嵐、高潮、違法操業の漁船、領海に入ってくる怪しげな外国船。ひっきりなしにトラブルが持ちあがり、仕事はいくらでもある。

夏場になると、どこかの間抜けな観光客が海でボートをひっくり返したあとの処理や、自宅で栽培した大麻を持ちこもうとする強欲な売人の取り締まりに忙しくなる。しかし、太陽がさんさんと照り、空が青く澄み渡り、海が鏡のように穏やかな八月は基本的にすることがない。まるで消防隊員のようだ。暇、暇、暇、暇……そうかと思うと、突如として修羅場がやってくる。

そんなわけで、今は港に監視船が三隻あるだけで、八人の隊員が休暇を取っている。特にすべきこともなく、わずか十六人の隊員で任務にあたっていた。最低人数だが、同時にすべての監視船を出す事態にでもならない限り大丈夫だ。

というわけで、彼らは休憩室でポーカーをしていた。

「以前、カジノでディーラーをしてたの。だからカードがわかるのよ」カテリはアダムズを見た。「でも、あなたもなかなかのものよ、ランドラバー」

「前までは自分でもそう思ってましたよ」彼は赤い顔をしていた。本当に負けず嫌いらしい。

カテリは気にしなかった。カードを配り、自分が勝つことだけを考えてゲームを進めた。

食をとっていた。

5

チャールズ・バナーは、オナー・マウンテン・メモリー養護施設のダイニングルームで夕食をとっていた。

入所者の多くと違い、彼はここに隔離されることが苦ではなかった。チャールズはワラワラのワシントン州立刑務所からこの施設へ移された。二十三年間の服役後、彼は初期のアルツハイマー病にかかっていることを自ら申しでて、考えられる原因も訴えた。再審請求を出し続けたことによる精神的ストレス。幼い娘のエリザベスがトラウマにさいなまれ、父親を必要としているのに何もしてやれなかった悲しみ。ほかの囚人に暴力をふるわれ、繰り返し頭を殴られた影響。

州は再三にわたる再審請求を拒み続けた。事件があまりに広く知れ渡っていたため、この期に及んで証拠を調べ直す気がなかったのだ。警察はあくまでも自分たちの捜査によって凶悪事件が解決されたという姿勢を崩さなかった。無実を裏づける新たな証拠が提出されない限り、チャールズ・バナーが釈放される見通しはなかった。

これまで少なからぬ数の弁護士が冤罪（えんざい）を疑い、彼に接触してきたが、結局誰もが同じ結論に行き着いた。チャールズの無実を示す新たな証拠は出なかった。ただのひとつも。

エリザベスを取り巻く状況は悲惨だった。賢く、感受性が豊かで、両親を心から愛していたエリザベスは、母を目の前で殺されて精神的に打ちのめされた。しかも、愛する父からも引き離された。幼い子にとってこれほどひどいことはない。チャールズは一連の出来事が娘の心に深い傷を残すことを恐れ、義姉夫婦が支えてくれることをひたすら祈った。

だが、ミスティの姉とその夫はいわゆる中産階級の保守派だった。真面目に働き、娯楽はもっぱらテレビ、教会通いに熱心で――自分たちが属している狭い世界以外にほとんど目を向けない人々。

チャールズは娘のこともよく理解していた。父親似のエリザベスは、あらゆるものごとになぜと質問する子どもだった。きっと伯父や伯母にも問い続けただろう。なぜお母さんは死んだの？　なぜお父さんに会わせてもらえないの？

いったい義姉夫婦はそれにどう答えたのだろう。なんとかエリザベスと連絡を取れないものか……しかし、詮ない望みだった。

刑務所内の暴力については、チャールズはもちろん格好の標的になった。ほかの囚人は彼をばかにした。厳しい環境で仕事にあたるこわもての看守たちは、彼を忌み嫌った。チャールズは誰より頭がいいだけでなく、人生で一度も喧嘩（けんか）に勝ったためしがなかった。実際の話、彼は刑務所に入るまで、一度も喧嘩をしたことがなかった。

もちろん、レイプされたこともなかった。

すべてが生まれて初めての経験だった。

正気を失ったことも。

ある日、チャールズは刑務所内の図書室を訪れ、自分の専門であるヴァーチュー・フォールズ峡谷に関する最新論文を調べた。その論文の隅に走り書きがあった。そのときチャールズはそのメモが正確で、しかも自分の筆跡であることに気づいた。しかし、そのメモを残した記憶が完全に抜け落ちていた。

チャールズはその足で医務室に向かった。

当然ながら、ドクター・ウォルター・フラウンフェルターはチャールズの自己診断を受け入れた。チャールズとミスティがヴァーチュー・フォールズで暮らしていたとき、フラウンフェルターはそこの内科医だった。彼が刑務所で診療するようになると、チャールズは同じ科学者の話し相手ができたことを喜んだものだ。

しかし、それが裏目に出た。刑務所長はふたりの交流を問題視し、フラウンフェルターの診断に疑義を挟んだ。チャールズが介護施設に移ることが許可されるまでには、多くの精神鑑定と複数の医師による検査、仮出所を決定する諮問委員たちの厳しい審査を経る必要があった。

最終的に、ある女性犯罪学者の手で二十三年前は存在しなかった新しい手法による証拠の再捜査が行われた。そして、チャールズの犯行とするには合理的な疑問が残るという意見が出された。いまだにミスティの遺体が発見されておらず、殺人が実際にあったかどうか自体が謎のままであること、チャールズが模範囚であること、認知能力の低下といった点を考慮すれば、精神病院か介護施設に移すのが相当であると。

そこで州は、いかにもお役所的な無神経ぶりを発揮した。彼を事件前まで暮らしていたヴァーチュー・フォールズに戻したのだ。

戻った時点で、アルツハイマーと診断されてからすでに二年が過ぎており、チャールズは刑務所での記憶の大半を思いだせなくなっていた。ただ、今いる場所が前にいた場所より快適であることはわかった。ここなら誰にも殴られず、誰にも小突きまわされず、本を読んでいても科学論文を読んでいても文句を言われなかった。

当初、施設のスタッフはチャールズをほかの入所者から離した。夜は部屋に鍵をかけ、常に監視し、世話をするときも厳格な態度を崩さなかった。

やがて、初年の途中あたりから人々の態度が変化した。おそらく彼が無害であることが認められたのだろう。スタッフはマニュアルどおりの対応をやめ、ときにはチャールズをナーステーションに入れ、ヴァーチュー・フォールズの地質について講義するのを許しさえした。講義がつまらないと文句を言うスタッフはいなかった。むしろ、彼の声が耳に心地よく、心が癒やされると好評だった。

ほかの多くの入所者もチャールズを怖がらなかった。ただし、認知症を患うジョージ・クックだけは声を張りあげて攻撃した。ひょっとしたら、認知症が相当深刻な状態まで進んでいるのかもしれない。ジョージは何かというとチャールズにつきまとい、責めたてた。自分もハサミで妻を殺し、しばらく刑務所の厄介になったあと、小ぎれいな介護施設で州政府の世話になりながら自由を謳歌したかったなどと言うのだった。

ジョージがチャールズにつきまとっているとき、女性の入所者は皆、チャールズを恐れた。ジョージがつきまとってくると、チャールズは誰かに喧嘩の仕方を習っておけばよかったと思った。誰かがあの男に礼儀を教えるべきだ。

とはいえ自分は喧嘩をする柄でないとわかっているから、チャールズはジョージを無視した。

今もチャールズはジョージに後ろに立たれ、椅子を揺すられても素知らぬ顔でデザートを食べ続けていた。

「ミスター・クック。席についてもらえないかしら」看護師のイヴォンヌがたまりかねたように言った。しかし、実際にジョージをどかせることはなかった。女性スタッフは自ら手をくだそうとはしない。

ジョージがせせら笑った。「なんだよ？　てめえのお気に入りの患者が女房を殺したことを思いだされたくないってのか？　こいつはよ、ハサミで女房を何度も突き刺して死体をバラバラにしたんだ。それで、刑務所でのんびり暮らしてたんだぜ。それに引き換え、俺は製材所でずっと働き通しさ。しかも中国人のやつらが森を買収したとたんお払い箱だよ」

「ミスター・クック。お願いだから席についてて」イヴォンヌが厳しい声で言った。

ジョージはまるで気にしなかった。「いいか、チャールズ・バナーはハサミをこんなふうに持って、女房の喉を切り裂いたんだ。女房がよその男とやりまくってたからな！」

女性の入所者のひとりが小さな悲鳴をあげ、喉を押さえた。

「もしこいつが本物の男だったら、女房だってほかの男とやらなくてもすんだだろうによ！」ジョージはふたたびチャールズの椅子を揺らし、節をつけて歌いだした。「女房を刺した、女房を刺した、ミスティを刺した、ミスティを……」

唐突に記憶がよみがえり、チャールズは椅子の中で凍りついた。

彼は家の中で、何が起きたのか理解できずに血の海を見ていた。自分の両手に目を落とすと血まみれだった。パニックに襲われ、必死にミスティを捜した。エリザベスを捜した。

フォークを持つチャールズの手が震えだした。

「ミスター・バナー？」イヴォンヌが心配そうに言った。「大丈夫？」

「見ろ！　俺をフォークで刺す気だぞ！　おお、怖い。なんて怖い地質学者だ」

ジョージは椅子の背もたれに体あたりし、チャールズを椅子とテーブルのあいだに挟みこんだ。「かかってこい、この臆病者め！　俺を刺してみろ！」

ダイニングルームは混乱の渦と化した。イヴォンヌがアラームを鳴らし、医療スタッフが駆けこんできた。入所者たちは大声で泣きわめいて、自分たちの部屋に戻ろうとドアに殺到した。

チャールズは脈が乱れ、息が苦しくなって動悸がした。

血だ。血。ミスティ。エリザベス。ミスティ。

そのとき、女性の優しい声がした。「チャーリー、食事中に邪魔して悪いけど、こっちに来てくれる？」

とたんにチャールズは落ち着いた。

オナー・マウンテン・メモリー養護施設のすばらしいところは……ミスティが訪ねてきてくれることだ。

いつものように、チャールズはミスティの姿を目にして胸がいっぱいになった。彼女はいつにも増して美しく、プラチナブロンドがふわりと肩にかかり、ブルーの瞳が優しくほほえみかけていた。彼女はダイニングルームの脇に立ち、窓の反対側の壁際に来るよう手招きしている。

チャールズは、ジョージやほかの入所者やスタッフに目をくれることなく席を立ち、美しい妻のもとへと向かった。「もちろんだよ。なんの用だい？」

ミスティは彼の手を取って撫でた。「しばらく私とここにいて。そのほうが安全だから」

地震でダイニングルーム中央の天井が落下したとき、ジョージ・クックが下敷きになって意識を失ったのに、チャールズがかすり傷ひとつ負わなかったのは、そういうわけだった。

6

レインボーがテーブルにブルーベリーパイを置くと、エリザベスはノートから顔をあげた。

「フライドポテトはほとんど食べたわよ」

レインボーが皿に目をやった。「よくそんな細いウエストで毎日、谷まで通えるわね」

「たいして遠くないわ」

レインボーはハンバーガーの食べ残しをさげながら言った。「三キロあるわよ」

「私の歩数計によれば二・五六キロよ」これはまっとうな答えだとエリザベスは思った。少なくとも事実だ。けれども、返ってきたのはレインボーのうんざりしたまなざしだった。

会話というのは難しい。自分は黙っていたほうがいい。それなら得意だから。

事件のあと、エリザベスは一年半にわたってひと言もしゃべらなかった。そして気づいた。エリザベスが言葉を話さないと、大人は彼女が耳も聞こえないのだと思い、彼女や事件やトラウマについて好き勝手なことを話しだす。彼らは殺人を引き起こした原因についても憶測をたくましくした。結論はいつもひとつだった——ミスティ・バナーが不倫していたのだ。

それが理由で、チャールズ・バナーは妻を殺した。彼はもの静かな男だが、静かな川は深く流れるという。チャールズの嫉妬はすさまじい怒りとなり、家中と彼自身と四歳の娘エリザベスを血まみれにした。

エリザベスが六歳になる頃には、殺害現場の様子をいろいろと耳にした。あまりにも聞きすぎたため、初めて事件現場の写真を見たとき、前から知っているような気がしたものだ。

しかし、エリザベスは何も覚えていなかった。精神分析医は（事件後、彼女はあちこちの心療クリニックに連れていかれた）エリザベスの症状を子ども特有の記憶喪失だと言い、心配はいらないと伯母に言った。たいていの子どもは五歳以前の記憶がないのだから、エリザベスが何も思いだせなくても特に驚くことはなかった。

ただし、伯母のサンディは違った。

人の最初の記憶というのは、たいていトラウマ的だ。たとえば店で迷子になったこと。車のドアに指を挟んだこと。近所の子どもに嚙(か)みつかれたこと。そういった記憶がしばしば五歳児を悩ませる。

サンディはエリザベスに事件を思いださせようとした。なぜなら、ミスティの亡骸(なきがら)がまだ見つかっていなかったからだ。彼女は妹の遺体を見つけてきちんと埋葬したいと思っていた。

事件から一年半後、エリザベスの第一声は、事件について思いだすよう伯母に強く言われたときに出た……。「いや！」

サンディは驚き、事件を思いだすよう促すのをやめた。代わりに裁判所が指定した精神科医のもとへエリザベスを引っ張っていき、改めて検査を受けさせた。今でもエリザベスは、見知らぬ人と話をし、相手が自分のことを精神障害患者の例として医学専門誌に書くつもりだと知った場面を想像すると、肌が粟立つ。安心して話ができるのはギャリックだけだった。なぜなら、ギャリック自身も何かを恐れているようだったから。

でも、本当のことなど誰にもわからない。彼は何も言わなかった。エリザベスと秘密を分かちあってくれなかった。

ギャリックとテーブルで向かい合わせに座りながら孤独を味わっていた頃を思えば……町の住民に気味悪がられながらカフェにひとりでいるほうがずっといい。

レインボーが腕に触れてきて、窓を指さしてなだめるように言った。「ほら、あそこのハンサムボーイを見て。ミセス・マンの飼い犬のキーノよ。たいしたもんね」

エリザベスも窓の外に目を向けた。スコッチテリアが道路を渡っている。犬はとてもかわいらしかった。黒とグレーのまだらで、澄ましながらも上機嫌に歩いているので、通りの車は文句も言わずに停まって待っていた。

キーノの様子が突然変わった。一度だけ鋭く吠えると、犬はその場に身を伏せ、小さく身を丸めた。

レインボーが口を開いた。「なんなのかしら、あれ――」

出し抜けに地震が起こった。突きあげるような衝撃に、ブルーベリーパイがエリザベスの顔に飛んだ。

観光客たちが悲鳴をあげた。

カフェの建物が大きくきしみながら上下に揺れる。エリザベスが座っていた椅子が後ろにひっくり返った。床が大きく波打ち、彼女はキーノのように足を抱えて身を丸めた。

最初の思考が頭をよぎった。来た！

ずっと待っていた巨大地震。それが今まさに起こっている。

次の思考が浮かんだ。チームを呼ばないと！

エリザベスはバックパックをつかみ、ノートに手を伸ばした。

「だめ、ハニー」レインボーがエリザベスを窓際から引き離し、店の奥のほうへ押しやった。

大きな揺れが来て、エリザベスは膝をついた。バックパックを背負って床に両手をつき、比較的強度のあるカウンターのほうに向かった。

厨房からシェフが片手にスパチュラを持ったまま飛びだしてきた。口を大きく開けている。

スツール席の日焼けした旅行者たちが目に入った。遊園地の乗り物にでも乗っているかのように大きく揺れながら目を見開いている。

建物の壁がいやな音を立て、石膏ボードから釘がバラバラと抜け落ちた。背後で窓ガラスが次々に音を立てながら割れた。強化ガラスの破片が料理の皿に降り注ぐ。

エリザベスの血がわいた。

少なくともマグニチュード8はある。いいえ、8・5かも。史上最大規模ではないとしても……ああ、まだ終わらない。まったくおさまらない。

海の方角からやってくる大地のうねりがますます強くなっていた。

カウンターの奥の食器棚が大きく傾いた。中のグラスが倒れて砕け、次の揺れでいっせいに床に落ちた。ディズニーのアニメーションに出てくる擬人化した食器のように。コーヒーポットが加熱器から飛び跳ねて自殺を図り、熱い液体を宙にまき散らした。同情した磁器のマグカップたちがあとを追う。

エリザベスは畏敬の念に打たれた。床が裂けて五十センチほど持ちあがり、次の瞬間には同じだけ逆方向に沈みこんだ。もちろん、地震がすさまじいことはさまざまな文献を読んで知っている。しかし、まさか自分が実際に体験できるとは思っていなかった。

カウンターの奥にかかっていたアンティークの鏡が鋭い音とともにひび割れた。金箔(きんぱく)の貼られた額の中でしばらく持ちこたえていたガラスが、耐えかねたように一片ずつ床に落ちて砕け散る。

レインボーが何か叫びながらエリザベスのウエストに手をまわして抱えあげ、カウンターの奥に投げ飛ばした。エリザベスは床に両手と膝をつく形で叩きつけられた。鋭い痛みが手のひらに走る。

レインボーが骨張った体でエリザベスをカウンターの下に押さえつけ、荒れ狂う大地の揺れから守った。

エリザベスはゆっくりと手のひらを顔に近づけてみた。

大きなガラスの破片が刺さっている。傷口から血があふれるさまを、彼女はじっと見つめた。

痛い。世界が崩壊するかと思うほどの状況にありながら、なぜこんな小さな怪我の痛みに注意が向くのだろう。

レインボーがエリザベスをさらにカウンターの下に押しこんだ。フットボールのラインバッカーにするように。

エリザベスはまだ地震を観察できずにいた。自分の手の傷に気を取られてしまっていた。

彼女が手のひらからガラスの破片を抜き取ると、真っ赤な血が噴きだした。

地面がぐらぐらする。ただし、地震のせいではない。

血を見たことで、体が震えだしたのだ。額に冷や汗が浮かび、顔から血の気が引いていくのがわかる。彼女はカウンターに頭をつけ、こみあげる吐き気を抑えようと深呼吸した。

レインボーが気づいた。「ああ、だめだわ」倒れたスタンドから紙ナプキンの束をつかみ取り、エリザベスの傷口に押しあてた。「いつ切ったの？　いいえ、答えなくていい。これは縫わないとだめね」

エリザベスは周囲を見た。「どこで医師が見つかるかしら？」愚かなことを言ったと思い、気を取り直した。「地震がおさまったら、医師は重傷者の手当てで忙しくなるわ」

「そうね」レインボーが酔っ払った船乗りのように揺れながらプラスチック製の書類棚のところへ這（は）っていき、引き出しを開けた。留め具が外れ、引き出しが大きな音を立てて床に落ちた。レインボーは必死の形相で何かを探している。

地面はまだ揺れていた。天井からスプレー式の発泡断熱材が雨のように降ってきた。観光客たちがますます大声で叫び、どこかで女性が何度も金切り声をあげた。

いや、あれは女性ではない。シェフのダックス・ブラックだ。彼があんな甲高い声を出せるなんて誰も知らなかったに違いない。

レインボーが這いながら戻ってきた。きれいなタオルと絆創膏（ばんそうこう）をひとつかみ分持っている。彼女は紙ナプキンを傷口からはがした。

血が噴きだした。

エリザベスは顔をそむけた。

「血が怖いの？」レインボーが言った。「怖がってる場合じゃないわよ。きっと大勢死んでるわ」

「実際のところ、地震で人はそう死なないのよ。たとえこの規模でも」われながらもっともらしい言い方をしている。本当は今にも吐きそうなのに。気絶したい気分なのに。本当に死傷者が出ているかもしれないのに。

どうりでギャリックによくいらいらされたわけだ。

レインボーがエリザベスの傷口のまわりを拭いて絆創膏を貼り、タオルを巻いてきつく縛った。

痛かった。尋常でないほどに。しかしレインボーはとても手際よく、エリザベスが傷を見なくてすむようにしてくれた。

「これでいいわ」レインボーが満足そうに言った。「医師に診てもらうまで持ちこたえられるでしょ」

「ええ」エリザベスは蚊の鳴くような声で言い、思い直してはっきり言った。「ええ、ありがとう」目の前に赤い斑点が浮かんでいたのが消えた。ものが普通に見えるようになった。

これで状況を観察できる。記録を取れる……。

地面の揺れ方が遅くなった。ほんの一瞬だが、たしかに遅くなった。

ふたたび大きな揺れが来た。さっきよりも激しい。そして、また遅くなった。

「おさまったみたい」レインボーが安堵(あんど)したように言った。

エリザベスは叫びたかった。だめ！　まだ終わらないで！　気分が悪くなったばかりに、ずいぶん時間を無駄にしてしまった。それなのにもう終わり？

シェフの悲鳴がおとなしくなった。

誰かが大きな声で言った。「ああ、よかった!　助かった!」神に祈りを捧げる声がした。

レインボーが用心深く立ちあがる。

エリザベスも立ちあがった。

旅行者たちもまだ揺れているカウンターにつかまりながら立ちあがった。

エリザベスはあたりを見まわした。

カフェは見るも無残なありさまになっていた。客席部分はめちゃくちゃに壊れ、断熱材が散乱し、天井から空調の吹き出し口や電気コードが垂れさがっている。ガラスの割れた窓の向こうには、破壊された町並みが広がっていた。

しかし何より目を引いたのは、店内や通りにいる人々の姿だった。誰もが土まみれの顔で、目を大きく見開いて口を動かしている。ただし声は出ていない。話すことはおろか、脳さえまともに働かないかのように、ただ口をぱくぱくさせている。

エリザベスは初めてあることに気づいた。ここにいる人々は皆、地面がいつも揺るぎなく、永遠に変わらないものと信じて生きていたのだ。

これで足元の地面を信じられる人はいなくなった。

そう、地震とは破壊の物語だが、それが破壊するのは物に限らない。地震は安全を破壊する。自己満足を破壊する。地震はそれを経験した人の心を変えてしまう。

太陽は変わることなく輝いていた。そこら中に散らばったカトラリーに日差しが反射し、散乱した椅子やひっくり返ったテーブルが照らしだされている。

観光客の女性が大声で笑いだした。「バートを見て！　パイまみれよ！」彼女はいつまでもヒステリックに笑い続けた。

バートと呼ばれた男性は、自分のシャツにべったりついたパイのメレンゲをぬぐった。

「誰もビーチにいなければいいが。もし津波が……」

「そうだわ！」エリザベスが鋭く息をのみ、奇跡的にまだ肩にかかっていたバックパックを探った。「津波が来る！」

レインボーがエリザベスの腕をつかんだ。「行っちゃだめ！」

エリザベスは腕を振りほどいてドアから飛びだした。

たとえ一瞬でも、どうして忘れたりできたのだろう？

津波が来る。こちらに向かっている。

一秒でも早くヴァーチユー・フォールズ峡谷に行かなくては。

おろしたてのトリーバーチのサンダルが足の下でみるみるつぶれた。

7

オーロラ・トンプソンはマーガレットを囲む小さなグループに入り、会話が途切れるのを待って質問した。「スミス家はどの時代にもリゾートを所有していたということですか？」

「そのとおりです」マーガレットはスミス家に生まれたわけではないが、遺産を誇りに思っていた。

「あなたもそろそろ引退なさるんでしょうね？」オーロラが言った。

マーガレットのほほえみが消えた。「とんでもない。墓に骨を埋めるまで、あと二十年は頑張るつもりですよ」

それを聞き、ある人は笑い、ある人はショックを受けた表情になった。

「引退イコール死ではないですよ」オーロラがなだめるように言った。

「活動的な女にとって、引退とはプルーンジュースを飲みながらカードゲームで暇をつぶすことにすぎません。それに頭の働きが鈍くなった年寄りを監視する人は、私がジュースにアイリッシュ・ウイスキーを垂らすのを許してくれないでしょう」マーガレットは鷹揚に言った。「そんなのは願い下げです。私は最後までホテルのオーナーを続けますとも」

「でも、それなりに充分な条件が提示されたら……」オーロラは思わせぶりに言葉を切った。

マーガレットは背筋を伸ばした。なるほど、この憐れな独身女は不動産業者だ。おそらく孫娘が差し向けたのだろう。ミセス・スミスの遺志とマーガレット自身の志で続けてきた事業を手放させるために。

オーロラに対するそれまでの親切心が吹き飛んだ。マーガレットはホテルのスタッフや息子たち、亡き夫に向けていたきつい口調で言った。「神から与えられた仕事と家を手放すのに充分な条件などありません」

このホテルで快適に滞在できるかどうか怪しくなっていることにオーロラは気づいていないらしい。まるで大人が幼い子どもや老人に対して使うような猫撫で声で言った。「神はすべての人が人生の終わりにゆっくり休息することをお許しになっているんです」

「それなら、私に人生の終わりが来たらあなたにお知らせしますよ」マーガレットは歯をむいてほほえんだ。

そこまで言われてようやく、この愚かな女は自分の誤りに気づいた。

幸い、ホテルの支配人であるハロルド・リドリーが様子を見ていた。彼はマーガレットの怒りに気づき、緊急事態が起こったふりをして彼女を呼んだ。

マーガレットはその場を離れ、支配人のあとについてワインテーブルに向かった。ワイナリーから来た給仕係がグラスにワインを注いでくれた。普段は夕食前には飲まないマーガレットだが、このときは杖を腕にかけ、礼を言ってグラスを受け取った。

ハロルドが低い声で言った。「彼らは皆、愚か者です。特に彼女は」

「あの女が何を言ったか知りもしないくせに」マーガレットはワインをひと口飲んで顔をしかめた。フローラル系の味は好みではない。

「いい考えがあります。彼女はさっき質問したでしょう」ハロルドは背が高くひょろりとしており、ベトナム戦争で片脚を失った。仕事も家も持たず、アルコールとドラッグに溺れていたのをマーガレットに拾われた。人生をやり直す機会を待っていたハロルドは悪習をきっぱり断ち、以来三十年間彼女の片腕となってきた。

「できれば……」マーガレットは言葉を切り、驚きと混乱の入りまじった表情で椅子が揺れるのを見つめた。

椅子が勝手に揺れている。

建物全体が冷たい風に身を縮めるように震えた。足元のテラスががくんと沈む。マーガレットはよろめいてテーブルにぶつかり、グラスを落とした。グラスは床にあたって砕け、赤ワインが飛び散った。

何？　どういうこと？

一瞬パニックに襲われ、最も恐れていたことが脳裏をかすめた。

脳卒中だ！

体のバランスを保つことができなかった。めまいもする。間違いなく脳卒中だ。

それ以外に何があるというの？

しかし、割れたのはマーガレットのグラスだけではなかった。テーブルに並んでいたほかのグラスも、開封されたボトルも宙を飛び、大きな音を立てて砕け、赤ワインも白ワインも飛び散った。

誰かが叫んだ。「地震だ！」

身勝手にも、マーガレットは一瞬ほっとした。異変は年のせいではなかった。ベッドに横たわって死に神が来るのを待つばかりの体になったのではない。

ただの地震だった。

マーガレットは——そしてこのホテルも——過去の地震に耐えてきた。

大地がうねり、大きく揺れた。

ハロルドがマーガレットの腕をつかんで支えた。しかし次の瞬間にはバランスを崩して倒れかけ、義足で踏ん張った。

何度も訓練してきた地震の際のマニュアルに従い、客を屋内に避難させなければならなかった。しかし、これほど大きな地震を想定した訓練はしていない。誰もここまでの地震は想定しなかった。ホテル全体が嵐の吹き荒れる北海に出た船のように激しく上下し、スタッフも客もテラスに取りつけられたアウトドア仕様の鉄のベンチに叩きつけられた。

揺れに抵抗するように建物が大きなきしみ音を立てるのに対し、客たちは衝撃のあまり目を見開くばかりで不思議なほど静かだった。

地震は続いた。とても長く。マーガレットが沿岸部に暮らしてきた月日の中で、これほどすさまじく大規模な地震は初めてだった。

彼女はテーブルにつかまったまま振り向いて叫んだ。「中へ！　みんな落ち着いて中に入って！」

客たちは恐怖に引きつった青い顔で彼女を見た。

マーガレットはいつもの毅然（きぜん）とした態度で屋内を指した。

全員が開け放されたフレンチドアに向かう。

そのとき、マーガレットは杖がないことに気づいた。地震の衝撃で手放したのだ。杖を持たずにテーブルから手を離すのは危険だった。しかしぼやぼやしているわけにもいかない。もしテラスが崩落したら、海に真っ逆さまだ。

ハロルドがマーガレットの状況に気づいたものの、何もできなかった。彼自身が同じ状態だった。

マーガレットはなんとかしてフレンチドアに向かおうとした。

ふいにジョスエ・トーレスが現れた。さっきと同じ魅力的で気さくな笑みを浮かべている。

「こんな魅力的な女性を腕に抱く機会をずっとうかがってたんですよ。かまいませんか?」

ジョスエは返事を待つことなく、マーガレットを抱きあげて大広間に走った。

振り向くと、ワイナリーのスタッフがハロルドに手を貸して室内に向かおうとしていた。

大広間に入ったとき、暖炉の上に飾られていたヘラジカの頭部が床に落下した。中国製の背の高い花器がのった細長いサイドテーブルもひっくり返った。花器は床に落ちて砕け散った。彫刻が施された陶器の破片と水が飛び散る。あたりにユリの香りが立ちこめた。それでもなお、四階建ての建物全体が航海中の船の船首楼のように揺れ続けている。

よかった。このホテルに免震装置を導入するのに莫大な費用をかけておいて。

スタッフが客たちを誘導しようと声をあげた。しかしパニックに陥った客は、農場のトラックに乗せられた羊のように部屋の中央に固まって耳を貸さない。

マーガレットはジョスエに目を向け、壁に取りつけられた巨大な日本製の銅鑼（どら）を指さした。勘のいいジョスエはすぐにマーガレットの意図を理解した。揺れる床で足を踏ん張り、ベルベットに包まれた木槌（きづち）のそばまで近づく。

木槌は瀕死（ひんし）の魚のように跳ねていた。マーガレットは二度失敗しながら木槌の柄をつかんで壁から外し、揺れ動く銅鑼に打ちつけた。ガラスの割れる音と木材のきしみが満ちる大広間に、銅鑼の音が鳴り響く。

誰かの指示を求めていた客たちはいっせいにマーガレットを見た。

マーガレットは叫んだ。「スタッフについて上の階へ行ってください！」

「いやよ！」オーロラが人々のあいだから出てきて叫んだ。「ここは今にも崩れそうじゃない！　外に出るべきよ！」

この愚かな女はマーガレットにやりこめられたことを根に持っているのだ。

マーガレットはふたたび銅鑼を鳴らした。

それに合わせるように、地震がようやくおさまりだした。

マーガレットは声を張りあげた。「この建物は真冬の嵐も、暴風雨も、不吉な前兆とされる日食も耐え抜きました」彼女はほほえんだ。「だから、今回も大丈夫でしょう。どうぞスタッフに続いてください。安全な高さまで避難し、展望デッキから津波を見ましょう」

その言葉に誰もがはっとした。誰もが今の状況を生き延びることしか頭になかった。

ぐずぐずするなと警告するように地震がぶり返し、建物が大きく揺れた。

客たちは雪崩を打って階段に向かった。

ジョスエもマーガレットを腕に抱いたままあとに続く。

自分で歩けると言おうかどうか、彼女は迷った。

しかしジョスエは若く、マーガレットを抱えながらも軽々と移動した。一行は二階に行き、続いて三階にのぼった。窓ガラスが割れているせいで、潮風が階段を吹きおろしてくる。

三階に着くと、スタッフはガラス片に注意するよう促しながら、客たちを展望デッキへ案内した。

「四階まであがって」客の一部がついてくるのを承知で、マーガレットはジョスエに言った。

三人の客がついてきた。メイソン・ターナーとその両親だ。すっかりマーガレットを頼りにしているらしい。判断を誤って彼らの信頼を裏切らないことを願うばかりだ。

最上階に着くと、最後の揺れがおさまった。

ジョスエがマーガレットをおろし、腕を貸す。

マーガレットはジョスエにつかまり、狭い展望デッキに通じるドアに向かった。

ジョスエが一歩さがった。「僕は出たくない」

そう、展望デッキは海面から二十七メートルの高さにある。ジョスエは怖いのだ。こういうことはよくある。

「そこにいなさい。そこからでも見えるわ」マーガレットは端まで行って手すりにつかまった。

メイソンと両親がついてきた。

「本当に津波が来るの？」メイソンが尋ねた。

「あそこに断層があるのよ」マーガレットは沖を顎で示した。「それがときどきずれて、ちょっとした高波が打ち寄せることがあるの」

「今回はちょっとした高波ではすまないでしょうね？」ミセス・ターナーが声を震わせた。

「ええ」心の中で、マーガレットにはそれがはっきり見えていた。「今回は亀裂の入った海底が跳ねあがって、海水に大きな段差が生まれて津波になるでしょう。ポセイドンの馬がやってくるわ……」彼女は言葉を切った。

客たちはわけがわからないようで、怯えた目でマーガレットを見つめた。

マーガレットはガイドをするときの気持ちに切り替えた。彼らは安心させてもらいたがっている。彼女は落ち着いた声で言った。「ここの崖は切りたっています。地質学者の見解が正しいなら……切にそう願いますけど、私たちは岸壁に押し寄せる津波をここから見おろすだけですむでしょう」

「だったら、なぜこんな高いところまであがったんです?」ミスター・ターナーが尋ねた。

「地質学者の言うことはあくまでも予想にすぎません」マーガレットは言った。「万にひとつでもお客さまを危険にさらすわけにはいきませんから」

「見てください」いつのまにかジョスエがやってきていた。「あれを見て!」

青い水平線がふくらむのが見えた。北から南まで見渡す限り、海面がきらめきながら盛りあがっていく。

「これは大きいわ」マーガレットは胸の前で十字を切った。「どうか神のご加護を」

8

書類仕事はデニス・フォスターにとって悩みの種だった。保安官になって二十一年のうちに、仕事量は倍増した。さらにひどいことには、これらのうちほとんどが法の執行とはなんの関係もなかった。書かなければならないのは、たとえば環境保全にかかる報告書だ。それから人種融和政策の取り組みに関する報告書。州警察と郡政委員への報告書。管轄内の各自治体への報告書、地元警察の仕事に首を突っこみたがる独善的な州知事への報告書など。コンピュータは保安官の仕事を楽にしてくれるはずなのに、実際はインターネットの普及であらゆる人々が彼に情報を求めてくるようになった。誰もがそれぞれのことだけかまっていればいいものを。

デニス自身も、サンフランシスコの事件など気にせず自分のことだけかまっていたかった。しかしさまざまなことが脳裏をよぎって夜も寝られず、良心がさいなまれ、したくもないことを決心するところにまで追いこまれていた。

コンピュータのディスプレイが後ろに跳ねあがったとき、デニスはとうとう自分の頭がどうかしたのだと思った。

しかし次の瞬間、座っているオフィスチェアが勝手に滑りだした。デニスはデスクにつかまりながら立ちあがった。椅子はそのままフロアを滑っていった。

そして彼は耳にした。ゼリーのように崩壊していく大地の響きを。

助かった。本当に助かった。これであの忌まわしい連続殺人犯のことで決断をしなくてすむ。口実が見つかった。とてもいい口実だ。地震。しかも大地震だ。

まるでデニスが地震を止められるかのように、モナが彼に向かってなんとかしてとわめきだした。

まったく、どこまでばかな女なんだ。表の銃声が聞こえないのか？　どこかの愚か者が早々と世界の終わりを決めこんだのか？　人々を天国に送りだすために拳銃を使ったのか？　老朽化した郡庁舎を出ようと玄関ホールへ走っていくと、亀裂の入った天井から漆喰(しっくい)がバラバラと落ちてきた。デニスは正面玄関の巨大な木製ドアをつかんだ。しかし、どんなに力をこめてもドアが開かない。激しい揺れのために戸枠がゆがんでしまったのだ。しかし次の瞬間、別方向に力がかかってドアが一気に開いた。

弾みで両腕をあげて後ろにさがったものの、デニスはふたたび走りだしながら拳銃を抜いた。表の高いコンクリートの階段に立ったとき――自分が耳にしたのは銃声ではなかったと知った。

郡庁舎の正面のファサードかられんがが次々に落下し、舗道で砕けて赤い砂煙をあげている。一部はあたたまったアスファルトにめりこむほどの衝撃だった。

舗装された道がぱっくりと裂けた。だが次の瞬間地面が大きくうねり、亀裂は巨人の口のようにふたたび閉じた。それが何度も繰り返され、そのたびに土埃が舞い、水が噴きあがる。

道路の中央で車が停まっていた。運転者の女性はハンドルを握りしめている。そうしていればこのすさまじい状況をなんとかできると思っているかのように。後続の車の運転者は、クラクションを鳴らしていた。彼女がどいてくれればどこか安全な場所に行けると思っているのだろう。

安全な場所などなかった。この状況ではどこにも。

顔見知りの地元住民、見たことのない旅行者たちが、電柱にしがみついたり、舞い飛ぶ土埃をよけようと頭を抱えてその場にしゃがみこんだりしていた。舗道で五歳くらいの子どもが上を向いて泣いている。

デニスは拳銃をホルスターに戻して駆けだした。

そのとき、れんがが落ちてきて背中を直撃した。別のひとつが道路で砕けて飛び散り、破片が耳にあたった。首筋をあたたかい血が伝う。

デニスは子どもに駆け寄って抱きあげ、道路の中央に運んだ。クラクションを鳴らしている運転者に指を突きつける。

ようやく男が耐えがたい騒音を止めた。

しかし、耐えがたい騒音はほかにもあった。通りの反対側にある米国聖公会の鐘が鳴り続けている。デニスが見あげたとき、教会の尖塔部分がスローモーションのようにゆっくりと屋根の上に倒れこんだ。

背後で誰かの叫び声がした。振り向くと、郡庁舎の渦巻き装飾のファサード部分がそっくり落下し、停まっている車三台を押しつぶした。一台は郡のパトカーだ。

別の誰かがデニスに呼びかけた。女性が車から出てきて叫んでいる。

「その子をこっちへ！」デニスが抱いている子どもに両手を差し伸べていた。

この子の母親ではないが、デニスの状況を察して申しでてくれたのだ。

デニスは女性に子どもを渡し、つぶれた車に駆け寄った。なぜかはわからない。誰か乗っていたとしても死んだに決まっているのに。

車には誰もいなかった。その頃には人々もどうすべきか理解し、高い場所からおりたり這ったりしながら道路の中央に集まってきた。崩壊する建物と、断線した電線にはねあげられて落下する信号機を避けて。

保安官たちが瓦礫を避けながらデニスのほうに走ってきた。

善良なる保安官。彼らは自らの命を危険にさらしても地域住民のために尽くすだろう。たとえこの地震が恐ろしい牙をむいて道路を引き裂き、住宅や公共の建物を崩壊させているあいだでも、保安官たちをヴァーチュー・フォールズ全域に散らばらせよう。デニスにはわかっていた。自分は今からこの災害処理に全神経を注ぐ。今日が終わる頃には持てる体力と叡智(えいち)を使い果たしているに違いない。自らの責務を果たすため、サンフランシスコの事件をつかの間忘れたとしても誰も責めはしない。

そう、誰も俺を責めることはできないはずだ。

9

カテリはチップの山をかき集め、席を立った。「私はコーヒーを飲むわ。誰かいる?」

「いいや、飲みたいのは酒だ」サンチェスが言った。

「勤務中でしょう」カテリはにやりとして言い返した。

サンチェスは冗談を言っているのだ。わかっている。ポーカーの達人である自分に、アダムズと揃ってこっぴどくやられたから。サンチェスに手を焼いたことはないが、アダムズはよくむくれる。

もちろん、ほかの男性たちがアダムズをからかうのはどうしようもなかった。彼女はテーブルを離れてコーヒーポットに近づきながら考えた。アダムズは自分を困らせようとして面倒を引き起こすだろうか? それとも、配置転換を希望するだろうか?

もっとも、まともに襲撃されるとは思ってもいなかった。彼女はいきなり背中を強打されて床に倒れこんだ。すばやく体勢を立て直し、こぶしを固めて臨戦態勢に入るも——なぜか酔っ払いのように足元がふらついた。

地面が嵐の中の船のように揺れている。

それは間違いなく襲撃だった。ただし相手はアダムズではない。地球そのものだった。

カテリの母方の部族には昔から言い伝えがある。巨大なカエルの神が海に出て、太陽をなめようと飛びあがったとき大地が裂ける。別の言い伝えもある。いわく、この土地の河口付近では、周期的に海が陸をのみこむ現象が起こる。州政府がヴァーチュー・フォールズ港に沿岸警備隊の拠点を置いたのは愚策だ、いつか災害が起こると年長者は言った。

それが今まさに起こっている。

だが、カテリはこの日に備えてきた。何をすべきかもわかっていた。

足元が揺れて戸棚が倒れる中、彼女は叫んだ。「全員出動！　人々を港から避難させるのよ！　船に乗ってる人には防波堤を越えてなるべく沖へ出るよう伝えて！　そのあと監視船を港から出して！」

隊員たちはぽかんとしてカテリを見つめた。

「津波が来るわ」彼女はガタガタ鳴る窓を指した。その向こうに青い海が見える。

ショック状態に陥っていた隊員もやっと理解した。冷徹なプロ意識が戻ってくると、彼らは激しい揺れの中、すぐさま装備にかかった。

ただひとり、アダムズを残して。

彼は冷ややかな目をしてその場に立ち尽くしていた。「なぜわかるんです？」

「津波が来ること？　わかるからわかるの」カテリは救命胴衣を身につけた。「巨大な波が来る。港にあるものすべてが内陸部に流されるわよ」床が大きく沈み、また持ちあがった。この地震は凶器だ。文字どおりの。「監視船も内陸に打ちあげられるわ」

「たかが津波で沿岸警備船が持ちあがるものか」アダムズが言った。

「このばかが！」サンチェスがドアに向かいながら言った。「日本が津波でどうなったか知らないのか？」

窓の外を、隊員たちがまだ身につけていない装備を手にしたまま走り、ボートの人々に指示を叫んでいるのが見えた。

漁師たちはすでに行動に移っており、漁船を防波堤の向こうに出していた。彼らは海を知り尽くしている。

観光客は市街地に向かって走っていた。恐怖に顔を引きつらせて。

一方、カテリは恐怖も感じないほど愚かなアダムズと詰め所にふたりきりでいた。

「あなたはジニアをお願い」彼女は出口に向かった。「任務を果たしなさい、アダムズ中尉」

カテリがドアのところから振り向くと、アダムズは地震に抗って足を踏ん張っていた。

「いたければそこにいればいいわ」カテリは言った。「津波は海岸を一掃するわよ。すべてが終わったら、あなたの死体を軍法会議にかけてやる」

ようやくアダムズが装備を手にした。まだ津波が来ることを信じていない。それがあからさまに態度に出ている。窓の向こうでは、隊員たちが港に向かって駆けだしていた。それを見て、ようやくアダムズも事態の深刻さを感じたようだった。

最低限の人員しかおらず、防波堤の向こう側に出すべき船は三隻ある。津波の第一波が押し寄せる前にまっすぐ沖に向かえば波をやり過ごせるかもしれない。もしも間に合わなければ……転覆するか沈没するか、さもなければ内陸に押し流されて大破するかだ。

カテリは覚悟を決め、最後列の船のアイアン・サリヴァンに向かった。

残された時間はわずかだ。

10

エリザベスはオーシャンヴュー・カフェからヴァーチュー・フォールズ峡谷の切りたった崖まで走り続けた。祈る思いで何度も目を凝らし、感謝祭の祈りを口にする。「ああ、神さま、神さま、神さま」

間に合った。第一波はまだ来ていない。

バックパックをおろすと、興奮で体が震えた。

それとも、余震だろうか？

足元で土が崩れ、谷底に落ちていった。

エリザベスは少し後ろにさがった。ほんの少しだけ。自分は地質学に対して、チームに対して、父の遺産——殺人ではなく地質学のほうだ——に対して責任を負っている。

大地震と津波という、人生において最も大きなふたつの自然現象のはざまにいる。

しかしバックパックからビデオカメラを取りだしたとき、彼女の注意は猛り狂う大地ではなく、痛みに向いた。レインボーが巻いてくれたタオルに血がにじんで赤くなっている。

壮大な自然現象に比べれば、そんな傷は取るに足りない。エリザベスは慎重な手つきでレンズのキャップを外した。大きく静かに深呼吸する。

これは人生で最も重大な時間だ。二・五六キロも走り続け、まだ息を切らしていることなど誰も知らなくていい。ガラスで手を切り、血を見て失神しかけたこともどうでもいい。とにかく思考を集中させ、明瞭な声を出さなければ。

カメラを東の上流に向け、彼女は撮影を開始した。「バナー地質学研究所のエリザベス・バナーです。私は今、ワシントン州ヴァーチュー・フォールズ郊外に来ています。日付は八月十五日、時刻は午後七時三十八分。地震がやんでからおよそ二十五分が経過しています。ここに来た理由は、ひとつは地震がこの地域にどのような地形的変化をもたらしたかを見るため、もうひとつは津波を観測するためです。ここから東に目を向けるとヴァーチュー・フォールズの町があり、ヴァーチュー川が花崗岩（かこうがん）の断崖から十二メートル下のヴァーチュー・フォールズ峡谷に注ぎこんでいる様子がわかります。川はそこから十一キロ離れた太平洋まで流れています」彼女は東から西へとゆっくりビデオカメラを動かした。

ちらりと海に目を向けたとき、海水の状態にまだ変化はなかった。波は高いが、それは太平洋のいつもの姿だ。研究調査で解明されたことがすべて真実なら、津波は必ず来る。それもかなり短時間のうちに。どのくらいでやってくるのかは、断層のずれた位置と沿岸部からの距離次第だ。

「私はこの地域を特に重点的に調査してきました。チャールズ・バナーが初めて谷を撮影した日から、二十五年にわたって記録された写真を検証しました。過去十カ月、研究チームの一員として現地調査を行い、ヒッチハイクや野宿をしながら地層を調べています。ご覧のとおり、これほど大規模な地震のあとでも地形は変わっていません。川は同じ場所を流れています」

エリザベスは川床を写し、そこからビデオカメラをゆっくりと対岸の断崖に向けた。「樹木や茂みは変わりなく崖の斜面に生えています。あ、あそこを見てください！　木の生えていた部分が崩れ落ちて、新しい地層がむき出しになっています。次は反対側を見てみましょう。西はご覧のとおり谷が広がっています」ゆっくりと西側にビデオカメラを向けた。

最後に目にしてから数分のうちに、海の様子は変わっていた。

エリザベスはこみあげそうになる興奮を抑え、冷徹な研究者の声で続けた。「ヴァーチュー川はここで海に流れこんでいます」河口全体を撮影した。「津波が来る前は潮が退き、岩や砂浜や海底がむき出しになって魚が空中に飛び跳ねることがあります」

津波の襲来については何度となく聞かされたし、撮影された映像も見て、実際に体験した場合を想像してきた。今、自分がその場に居合わせている。研究チームの中で幸運にもひとり、その瞬間に立ち会うことができた。

今、エリザベスの肩に多くのことがかかっていた。この映像が今後、大学や学会で多くの研究者に検証され、テレビで一般の人々に視聴されるだけではない。エリザベスは世間が向けるまなざしに応え続けなければならないのだ。彼女がしたことではなく、彼女の両親がしたことについて世間が向けるまなざしに。自分は美しき妖婦だった母ミスティと同じではないと証明しなければならない。同じく、怒りで人を殺める父チャールズとも同じではないと。もし自分がこの状況を理性的に記録できれば、世間は二度と疑いの目で見ることはないだろう。陰でこそこそと根も葉もない噂を流すこともないだろう。

ギャリック——やっぱり私は自分自身に何かを証明したいだけかもしれない。

エリザベスは精いっぱい落ち着いた声で言った。「今回、明らかにその兆候が見えます。ヴァーチュー・フォールズ峡谷の地質調査では、過去に津波が川をバスタブのようにあふれさせながら上流へと遡ったことがわかっていますが……あれを見てください。沖のほうで……あれは波でしょうか？」

激しい動悸がして、耳の奥がうるさいほどだった。

沖に見えたのはたしかに波だった。いつもなら気にもとめない光景だ。

しかしその波は水平線を北から南まで見渡す限り長く伸び、とても速く動いていた。エリザベスはビデオカメラをおろし、液晶モニターではなく直接景色を見つめた。波は高さを増しながらどんどん近づいてくる。一番高い中央部分が、ちょうどエリザベスの立っている場所に押し寄せてきた。

一気に興奮が高まり、エリザベスはコメントを続けた。「これまで地質学者たちは、ヴァーチュー・フォールズ峡谷の河口部の海底が遠浅になっている構造から、津波が非常に大きくなると仮説を立てていましたが……それが正しかったことが証明されました」津波の波頭が砕け、想像を絶する轟音とともに河口を遡っていく様子をエリザベスは撮影した。岸辺に生えていた高い樹木が根こそぎはね飛ばされた。峡谷の縁が水に削り取られていく。巨大な岩が次々にはじき飛ばされる。まるで少年が無頓着にビー玉を投げあげているかのようだ。波が川を遡るにつれて水の色が茶色く濁り、やがて真っ黒になった。エリザベスは声をあげた。「すさまじい轟音で地面が震動しています。これは津波のせいなのか、地震なのかわかりません。私は高い場所にいますが、地質時代に水がこれほどの高さまで迫ったことはありませんでした。しかし、何ごとにも最初というものがあります。大変危険な状態です」

本当に危険だった。水はエリザベスがいる高さまでも届きそうだ。そうなったら彼女はさらわれ、死体は永遠に見つからないだろう。

それでも逃げるつもりはなかった。自分はこの瞬間を見届けるために生まれてきたのだ。何度も夢に見、心に思い描いてきた。父が教えてくれた古い地殻変動の話を今も鮮明に覚えている……。

チャールズは太陽に焼かれた岩の上にエリザベスと並んで座っていた。父は海を指さし、身ぶりを交えて幼いエリザベスに地球の絶え間ない活動を熱心に語った。揺るぎなく見える大地が一瞬にして変化しうること、あるときは真っ赤な火を噴き、あるときは青く凍りつき、激しく震えたり裂けたりすることを。

エリザベスは目をみはって話に聞き入った。そのうち母が父の首に手をまわし、頰にキスをしながら言った。「チャーリー、そのくらいにしてあげて。エリザベスが夢でうなされてしまうわ」

「そんなことはないだろう、エリザベス？」父が尋ねた。

「うなされたりしない！」エリザベスはきっぱり言った。

父が母のほうを向いた。「ほらね？　この子はあくまでも私の子なんだ。君とほとんど変わらないくらい美しいことを除けば」痩せて髪が薄くなり、目のまわりに皺が増えてきた父は母にほほえみかけた。

母は父の唇にキスをした。ただし、父のゴルフシャツの襟を握りしめる母の手は、なぜか指の節が白くなるほどこわばっていた。母は顔をあげ、エリザベスにほほえみかけた。「エリザベスが大きくなったら、私よりずっと美人になるわ。でも、とりあえず今は食事の時間よ」

父はしぶしぶ母から手を離し、愛おしそうな目で母を見た。エリザベスの心はあたたかくなった。自分が守られている気がした。

しかし、母のことはなぜか父ほどには信じられなかった。母は本当に美しかった。つややかなブロンドと深いブルーの瞳を持つ母。そんな母のすべてをエリザベスは愛していたのだが。

お母さん……。


地鳴りと水の音がやんだ。

エリザベスははっとした。

すばらしくも恐ろしい思い出が途切れる。

肝心なのは今この瞬間だ——思いがけない危険が迫ってきた。

波が泡立ちながら巨大な渦を作った。飢えた獣がぱっくりと口を開いたように渦を巻く。

峡谷の側壁をのみこみながら、どんどん上昇してくる。エリザベスは初めて恐怖に襲われた。

逃げて！　エリザベス、逃げるのよ！

次の瞬間、峡谷の中ほどの高さまで来ていた水が、一気に海のほうへ引いていった。崖の側壁が削られ、やわらかくなった地面がさらに削り取られていく。

エリザベスは崖から後ずさりした。恐怖を感じている自分をごまかしながら——恐怖を感じるのはあたり前だ——映像を撮り続けた。自然の脅威を目のあたりにした興奮を声にこめる。「今、津波の第一波が退いていきます。ですが地震の規模を考えると、少なくとも第三波まであるでしょう」

第二波で渦のことがもっとよくわかるだろう。次は危険にならないうちに退避しよう。こと危険について、ギャリックはエリザベスを非常識だと言った。

おそらくそうなのだろう。ずっと昔から。しかし、彼女は失敗から学ぶタイプだった。それについてはギャリックも同じのはずだ。

11

一時間のあいだに、三つの波が恐ろしくも圧倒的な破壊力で押し寄せては引いていった。第二波が最もすさまじく、峡谷を半分の高さまで満たし、エリザベスの足元の地面を揺るがしながら瓦礫を奪い去っていった。エリザベスは終わってほしくなかったが、地震は徐々に小さな余震になり、波はまるで力尽きたかのように退いていった……どのみちビデオカメラのバッテリーもほとんど切れかけている。興奮と疲労のためにかすれた声で、エリザベスは締めくくった。「日没が迫ってきました。今回の自然の猛威は、最悪の部分が終わったと思われます。研究チームが戻り次第、ヴァーチュー・フォールズ峡谷のこれまでの調査箇所が……おそらく全地球測位システム(GPS)で特定しなければならないでしょうが、地震と津波によってどう変化したか調べたいと思います。日が暮れつつある今、こうして自分の足元にある大地の息遣いを感じていると、明日は何が起こるのかと考えずにはいられません。ヴァーチュー・フォールズ峡谷より、エリザベス・バナーの報告を終わります」

興奮とわずかな恐怖の名残に身を震わせつつ、彼女はビデオカメラをバックパックにしまい、それを地面に置いた。最悪の時間が過ぎてあたりが暗くなってきた今、町に戻るべきだ。しかし、まだ興奮で胸が高鳴っていた。この大災害の詳細をもっと観察し、何か発見して学びたいという欲求が体中を駆け巡っている。

あとひとまわりだけして帰ろう。自分と父が証明しようとしたことすべてを裏づける破壊的な光景を、もう一度だけこの目に焼きつけよう。

地面が削れて急斜面になった箇所のすぐ近くを歩きながら、エリザベスは目を皿のようにして周囲の景色を見つめた。自分がこの瞬間にこの場所に居合わせていることを感謝し、自らの体に腕をまわす。自然の力はかくまでに残酷で圧倒的だ。

ふたたび手の傷がうずいた。意識が自分のちっぽけな命の営みに引き戻される。できればいつまでもここにいたかったが、町に戻って医師に傷を診てもらうべきなのは明らかだ。

崖の急斜面の六メートルほど下に樹木の残骸が引っかかっており、そこに何か白いものが見えた。

あそこに見えるもの……あれはなんだろう？　もしかして人間の骨？

エリザベスは崖の上からのぞきこみ、折れた木の幹や枝につかまりながら斜面をおりていった。足元で土が崩れ落ちた。

あれは脚の骨？　人間の大腿骨（だいたいこつ）？　研究者魂が刺激され、胸が躍った。津波によって、考古学的に価値のあるお宝が地表に出てきたのだろうか？　父の大災害の予言が真実だったと証明されただけでなく、先史時代の人が作った野営地が地表に出てきたのだとしたら、どんなにすばらしい発見だろう。

　近くの藪（やぶ）で何かが動いた。

　エリザベスは思わず悲鳴をあげかけて胸を押さえた。一匹のガーターヘビが逃げていった。父の言葉がよみがえる。〝おまえよりも相手のほうがずっと怖がっているんだよ〟

　本当にそうだろうか。野生動物のたぐいはたいてい平気だが、ヘビだけはどうしても苦手だ……エリザベスは身震いした。

　やはり引き返すべきだ。津波のせいで本来の居場所を失った生き物はヘビだけではないだろう。どの生き物も一様に混乱し、攻撃的になっているはずだ。目指す木々の残骸は、津波の最高水位の位置にある。周囲の地面は不安定で、今にも崩れそうにもろい。わずかな余震でもエリザベスが滑り落ちる危険性があった。そうなったら、岩か瓦礫にぶつからない限り止まらない――新たにできた崖から谷底まで真っ逆さまに落ちるかもしれない。

　まあ、少なくともビデオカメラは崖の上のバックパックの中だ。

　愚かしい考えだが、例の骨が呼んでいた。夕日を浴びて輝いているその骨に向かって、エリザベスは身を乗りだした。手を最大限に伸ばして骨に触れ、ようやくつかみ取る。

　骨はさほど古いものではなさそうだった。

　もちろん古いことは古い。肉はきれいになくなっている。しかし化石化しておらず、ひびも入っていない。彼女は骨を手の中で何度もひっくり返した。そもそも人骨かどうかも定かではない。いったい自分は何を考えていたのだろう？　おかしな興味に取りつかれ、身の危険も顧みずにこんなところまでおりてくるなんて。

上から男性の鋭い声がした。「そこで何をしてる？」

エリザベスはぎょっとして骨を取り落とした。とっさに手を伸ばして受けとめる。その拍子に足を滑らせ、勢いよく尻もちをついた。そのまま滑り落ちて瓦礫の山に突っこみ――運よく止まった。怪我をした手に激痛が走り、あまりの痛みにエリザベスは目を閉じた。ふたたび思考が戻ってくるのを待つ。

それから崖を見あげた。

暗くなりかけた空を背景に、男性のシルエットが浮かんでいた。つばの広い帽子をかぶり、両手をベルトにかけている。ベルトには拳銃が挿してあった。

保安官のデニス・フォスターだ。まるでエリザベスが悪事でも働いていたかのようににらみつけている。

エリザベスの胸に後ろめたさがこみあげた。「私……あの、この骨を見つけたんです」骨を保安官に見せた。「その……考古学的な発見かと思って」

彼は相変わらずにらみつけている。

「わかるでしょう。先史時代の祖先たちが暮らしていた場所が津波で出てきたのかもしれないと……」

フォスターは昔からエリザベスを嫌っていた。

エリザベスは自分を嫌ったり怪しんだりする人に慣れていた。しかしフォスターは初めて会ったときから、エリザベスにことのほか敵意を抱いているように見えた。彼は父の有罪の決め手となった証拠を提出した人物でもある。エリザベスは保安官が内心で自分のことをあざけっているか、もしくは憐れんでいるのだろうと考えていた。だがオーシャンヴュー・カフェで初めてエリザベスと目が合ったとき、フォスターはあからさまに不快そうな顔をした。

もしかすると、彼はエリザベスを見てミスティを思いだしてしまうのかもしれない。伯母にも似たところがあった。エリザベスが母に瓜ふたつであることが不愉快でならないらしい。

「たったひとりでこんなところに来て」保安官が言った。「万一何か起こっても、この先ずっと誰にも発見してもらえないぞ」

その言い方は……恐ろしかった。「わかってます」

「しかも町は非常事態だというのに」

「もちろんです」骨を脇に挟むと、エリザベスは斜面をのぼり始めた。怪我をしていないほうの手で瓦礫の木の枝をつかみ、体を引っ張りあげるようにして一歩一歩進む。

フォスターはいっさい手を差し伸べることなく黙って見ていた。自分でおりられたのだから、あがるのも自力でできると思っているのだろう。しかし、彼は相変わらずその場に立っていた。身動きもせず、いらだちをにじませて。別の逃げ道が見つかるものなら、エリザベスはそちらを選びたかった。

やっとの思いで、崖の上に這いあがった。

フォスターは後ろにさがった。ほんのわずかだけ。

エリザベスは立ちあがってあたりを見渡し、バックパックを見つけた……保安官のすぐ後ろだ。

「気がすんだか？」答えを聞く権限があるかのように、フォスターが尋ねた。

エリザベスは脇に挟んでいた骨を手に取り、改めてよく見た。「考古学は専門外ですが、この骨はせいぜい百年か二百年ほど前のものだと思います」

彼はほとんど目もくれずに言った。「娼婦の墓から出てきたんだろう」

かつて母に向けられたことのあるその言葉を保安官がばかにしたように言うのを聞き、エリザベスは衝撃を受けた。自分に向かって言われたわけではないのに――なぜか侮辱された気がした。「なんのことですか？」

「地元の連中の話によれば、ヴァーチュー・フォールズには十九世紀後半に娼館が栄えていた。そこの娼婦が死んだとき、町の女たちは自分たちと同じ墓地に埋葬するのをいやがって、崖の上の平らな土地に埋葬したそうだ」保安官の声は事務的で冷ややかだった。

「本当ですか？」エリザベスは骨を両手で握りしめた。

「わからない。だが、たぶんそうだろう」

「そんな」そう言いながら、エリザベスは自分が武器を構えるように骨を持っていることに気づいた。「なんて心ないことを」

相手のいらだちがどこか殺気に近いものに変わった。「俺は町をどうにか落ち着かせて、助けを求めている人がいないかどうか走りまわって確認した。そのうえ、大昔の骨に気を遣えというのか？」

保安官は自分が心ないと言われたと思っていると、エリザベスはしばらくしてから理解した。「そうじゃありません！　その……町の女性たちが亡くなった娼婦をこんな寂しい場所に埋めたことを言ったんです」

「ああ、そっちか」保安官がすばやく手を振った。

エリザベスはびくっとした。

相手の目に満足そうな表情が見えた。

この人は私をいたぶって喜んでいる。

しかし、エリザベスに危害を加えることはない。なんといっても保安官なのだから。

だが、もし彼がその気になれば、町から二・五キロ離れたこの場所でエリザベスが悲鳴をあげても誰にも聞こえない。彼女を崖から突き落とし、町の人々には例の頭がどうかした男の娘が津波を撮影中に崖から落ちて死んだと言えばいいだけだ。

「負傷者は出てますか？」出ていないことを祈りつつ、エリザベスは尋ねた。

「今のところ死者は見つかってない。しかし、大勢が瓦礫の下敷きになってる。医療関係者は大わらわだ。君も町に戻って手の傷を縫ってもらえ」

エリザベスは相手の後ろにまわり、地面に置かれていたバックパックのストラップをつかんだ。「なぜ私の怪我のことを知ってるんです？」

保安官がふたたびいらだたしげな表情を見せ、はねつけるように言った。「レインボー・ブリーズウィングがやってきて、君が大量に出血しているはずだから早く見つけろとわめきたてた。そうでなければ、こんなところまで見に来たりするものか」

「そうですか。ありがとうございます。ご親切に」エリザベスはバックパックを肩にかけ、骨を棍棒のように構えながらじりじりと離れた。

「それをこっちによこすんだ！」フォスターがすばやく動き、彼女の手から骨を取りあげた。

エリザベスは身を翻して走った。

フォスターは内に凶暴性を秘めている。彼が怒りを爆発させるところには絶対に居合わせたくなかった。

12

ギャリック・ジェイコブセンは、住み始めて八カ月になるラスベガスの自宅アパートメントに帰宅した。テレビをつけ、椅子にスーツのジャケットを投げ、夕食の入った発泡スチロールの容器をキッチンカウンターに置く。ベッドルームへ向かったとき、腹が鳴った。

ＦＢＩにバッジを取りあげられて以来、食事時間はでたらめだった。しかし今夜初めてすべきことがわかったとたん、これまでに復讐(ふくしゅう)するかのように食欲が戻ってきた。

なんともめでたい。

ベッドルームはがらんとしていた。窓のブラインド、ベッド、スタンド、読書用ランプ。彼は引き出しを開け、持っていてはならないはずの拳銃を見おろした。それを取りだし、重さを感じ、ちゃんと弾がこめられているかどうか確かめる。大丈夫だ。安全装置もかかっている。拳銃をもとどおりに戻し、引き出しを閉めた。

彼はドレスシューズを脱ぎ、クローゼットに向かって蹴飛ばした。蹴飛ばされた靴は、安物の木製クローゼットの引き戸の中に順に飛びこんだ。

ギャリックはノードストロームの警備員として働いていた。ネクタイは店を出てすぐに緩めた。ジャケットは裁判所命令で通っているセラピストの診察室に着いてすぐに脱いだ。今からはTシャツとジーンズになる。彼はそれらを、ごくたまにしか着ない人のように几帳面(きちょうめん)に身につけた。

彼はふたたび引き出しを開き、拳銃を取りだした。それをベルトに挿してキッチンへ戻る。捨てられたピザの箱は横に蹴り飛ばした。キッチンカウンターに置いた発泡スチロールの容器の蓋を開け、賛美の目で中をのぞく。

そう、これだ。炭火焼きの分厚いレアステーキ。心臓専門医も発作を起こしそうなほどたっぷりチーズがのったポテトグラタン。インゲン豆とベーコンのソテー。

このインゲン豆は残そう。特に嫌いではないが、体にいいものを食べることに今さらなんの意味がある?

別の容器にはティラミスが入っていた。それから、紙製のカップ入りのエスプレッソ。

いいぞ。

彼はスキレットをコンロの火にかけ、バターを充分に熱し、ステーキを放りこんだ。表面がカリッとするまで焼きつける。皿にインゲン豆とポテトグラタンを移し、電子レンジに入れた。フォークとステーキ用ナイフ——実際にはナイフではなく短剣(スティレット)だが、所有してはいけないことになっているのでステーキ用ナイフということにしている——を出し、コーヒーテーブルに置いた。

テレビでは『CSI：科学捜査班』の再放送が流れていた。ギャリックが見たがっているとでも思っているのか、義務だの名誉だのチームスピリットだの、いいかげんなことを垂れ流している。チャンネルを変えると『パニッシャー』（コミックが原作の映画。家族を殺されたヒーローが、ギャングに復讐を果たす）を放映していた。史上最も暴力的かつ低級な映画だ。

彼はステーキをひっくり返し、じゅうじゅう焼ける肉を見ながらさらに一分待った。そして電子レンジから皿を出し、湯気をあげているポテトグラタンの横に愛おしげにステーキをのせた。カウチまで持っていって腰をおろし、テーブルに皿を置き、ベルトから拳銃を抜いた。すぐ手が届くよう、皿の横に置く。

映画はすでに終わっていて、地方局がニュースを伝えていた。世の中の本当に大切な問題は無視し、ラスベガスで起きたどうでもいい出来事を大声で伝えている。リモコンの消音ボタンを押して音声を消すと、ギャリックはナイフとフォークを取り、注意深く肉を切った。

完璧だ。白い皿に赤い肉汁が流れ、ポテトに堰(せ)きとめられる。

エリザベスが見たら顔をそむけただろう。彼女はめったにステーキを食べず、食べるときは必ずウェルダンだった。彼女は血を怖がった。以前ギャリックが撃たれたとき、彼女は緊急救命室に駆けこんできて、彼を見るなり卒倒した。あまりにも勢いよく倒れたために脳震(のうしん)

盪を起こし、そのまま病院で経過観察になったほどだ。

そんなわけで、ギャリックは結婚生活のあいだステーキをずっとミディアムで食べていた。だからエリザベスから離婚したいと言われたとき、彼はステーキに関して自分が払ってきた犠牲を訴えた。しかし、エリザベスは例の頭にくるほど冷静な口調で言った。あなたのような肉好きが夫でなければ、自分は菜食主義者になっていた、どのみちパートナーに合わせて食事を我慢するのは幸せな結婚生活ではないと。

まったくそのとおりだ。

ギャリックはやわらかな肉を頬張ってじっくり味わい、飲みくだして笑みを浮かべた。天国だ。

フォークでインゲン豆を突き刺し、目の前に掲げた。「これは君のだ、エリザベス」それも口に入れた。

エリザベスを思ったとたん、つかの間の喜びが一気に引いた。なんていまいましいんだ。彼女が恋しくてならない。ギャリックはエリザベスをまったく理解できなかった。彼女が大切にしていたものも！　岩に地震に火山。そんなものはギャリックにとって退屈以外の何物でもなかった。犯罪や情熱や暴力など、世の中でもっと重要なことに興味を持たせようとすると、彼女は言った。人は変化し、生まれては死んでいく。けれども、地球は永遠に変わらないと。エリザベスはいつももの静かで、論理的で……他人行儀だった。

ただし、ベッドでは別だ。ああ、あんな女性はほかにいない。冷徹で探究心に満ちた研究者の顔の下に、火のような情熱を宿した女性。ギャリックには多くの望みがあった……ほとんどがエリザベスに関するものだ。しかし、今となってはすべて手遅れだった。

ギャリックは肩をすくめた。過ぎたことはどうにもならない。あきらめの境地に達するまで、たっぷり一年かかった。今さらくよくよ思い返すのはよそう。

改めて食事に集中した。チーズたっぷりのポテトグラタンとステーキ、インゲン豆とベーコンのソテーに。

一杯のグラスワインを楽しむのも悪くなかったが、自分の決意をアルコールのせいだったとあとから他人に思われるのは気に食わなかった。

最後の晩餐(ばんさん)としてはまったく悪くない。死刑囚ならさぞ喜ぶだろう。彼は料理を食べ終えると——インゲン豆も残さずきれいに平らげた——カウチの背にもたれ、シナモンとホイップクリーム入りのエスプレッソを飲んだ。

これで女性でもいれば最高なのに。しかしエリザベスが出ていって以来、ギャリックはそっち方面が苦手になっていた。それが問題の根源だと彼は思っていた。性生活の欠如は圧力弁の不在を意味する。だからＦＢＩきっての優秀な捜査官と言われながら、組織のルールに耐えかねて暴力事件を起こし、身の破滅を招くことになったのだ。まったく。

そう、食後のデザートに女性はいらない。夜の街に勇んで出かけ、肝心のものが使えないのではあまりに惨めだ。

彼は拳銃に手を伸ばした。

仕事で使っていた銃ではない。そちらは取りあげられた。昔の西部劇の保安官がバッジをむしり取られるように。ギャリックはこのコルトを質屋で買った。銃は手によくなじんだ。頑丈で、冷たくて、非情で……。

彼は自分の決心に満足感を覚えた。

マーガレットは憤り、嘆き悲しみ、傷つくだろう。それについては申し訳なく思う。エリザベスも悲しむだろう。しかしあれほど自分を慈しんでくれたマーガレットとは疎遠になっているし、エリザベスはもう妻ではない。そのことについてはいやになるほど考え抜いた。自分が父と同じ道をたどっていると知りながら生きることはできない。故意でなかったとはいえ、人を殺した。

ギャリックはテレビの消音モードを解除し、音量をあげた。銃声をかき消すことはできなくても、『パニッシャー』と同じような番組を見ていると隣人に思ってもらえるだろう。

彼は銃を持ちあげ、銃身を口にくわえた。

そして銃をおろし、顔をしかめた。これまで何度となく銃を扱ってきたが、味わったのは初めてだった。金属と油の味で、口に残っていたすばらしい食事の後味が台なしだ。

残念だったな。

彼は改めて銃を持ちあげた。なんといっても、銃の最悪なところは味ではない。

テレビでは、ブラウンの髪をブロンドに部分染めした男が神妙な面持ちでニュースを告げていた。「ワシントン州の西海岸沖で、マグニチュード8・1の地震が発生しました。アラスカからサンフランシスコに至る広い範囲で激しい揺れが観測され、シアトルでは建物からのれんがの落下や河川の決壊で十六人が死亡するなど大きな被害が出ています」続いて写真やビデオ映像が映しだされた。「また津波が沿岸部を直撃し、内陸部まで及びました」画面がヘリコプターからの空撮写真に切り替わった。海から押し寄せる波が海岸をのみこんでいる。「フォークスでは特に大きな被害が出ています。では現場から――」

ギャリックは拳銃をテーブルに置き、身を乗りだした。「ヴァーチュー・フォールズはどうなんだ？」テレビに向かって問いかける。

テレビ画面に、投光照明に照らされた瓦礫の前で目を大きく見開いて立ち尽くしている女性が映った。「ご存じのとおり、この小さな町は『トワイライト』の小説と映画で有名になりましたが、今回の地震で甚大な被害が――」

「おまえたちの報道はどこまでが真実でどこからが虚構なんだ？」ギャリックは立ちあがって椅子にかけたジャケットを取り、ポケットから携帯電話を出してヴァーチュー・フォールズ・リゾートにかけた。

つながらない。

彼はヴァーチュー・フォールズの保安官の番号にかけ直した。

やはりつながらない。

テレビはすでに地震のニュースからボブ・ディランが実際に弾いたギターを受け継いだ地元女性の話に移っていた。なぜなら、もちろんそれが重要だからだ。

地震の詳しい情報を得るため、ギャリックはインターネットに接続した。

例のニュースはひとつ間違いのない情報を与えてくれた。ヘリコプターからの映像は、巨大な津波が沿岸部を直撃し、川を遡って低平地をのみこんでいく様子を克明に伝えていた。

エリザベス。

彼はかつてエリザベスと結婚していた。ヴァーチュー・フォールズ峡谷に関する彼女の論文も、彼女が父親の始めたプロジェクトのチームに参加してそこで調査していることも知っていた。

地震が起こったとき、エリザベスは谷にいたのだろうか？

まさかそれはないだろう。地震が起こったのはかなり遅い時間だ。

しかしギャリックはエリザベスという人間を知っていた。ひとたび岩に夢中になったら、時間が過ぎてもまったく気づかない。

マーガレットはどうなっただろう？　ホテルは太平洋を臨む絶壁に立っている。いかに補強工事に金をかけていたとはいえ、海から押し寄せる津波に建物が耐えられただろうか？

ギャリックは航空会社に電話をかけて問いあわせた。

シアトル行きは欠航していた。余震がおさまるまですべての便の発着を見あわせるという。ポートランド行きの便もなかった。空港が被害を受けたそうだ。

ギャリックはベッドルームに行ってダッフルバッグを引っ張りだした。仕事で急に遠方へ行かなければならなくなったときのため、いつも準備してあるのだ。長くしみついた習慣は簡単には消えない。

彼は靴下とランニングシューズを履いた。

白のフォードのピックアップトラックF250に乗っていこう。ネヴァダは制限時速百二十キロだが、自分はまだFBIの身分証明書を持っている。

喧嘩でなくしたと申したてたのだ。

上司は彼の言葉を信じると言った。

そんなわけで、これまで運転中に少なくとも四回警察に止められたが、その身分証明書を見せるとたいてい大目に見てもらえた。

ついている日なら、ヴァーチュー・フォールズまで二十時間で行くことができる。

今日がついている日であることを願おう。

車のキーとナイフをつかむと、ギャリックは拳銃を部屋に残してアパートメントを出た。

13

あたりがすっかり暗くなった頃、エリザベスはヴァーチュー・フォールズの町の入口に着いた。彼女は足を止め、呆然と町を見つめた。

人々が路上で発動機を使ってライトをつけ、倒壊した建物と押しつぶされた車を照らしていた。男性も女性も叫ぶか、声もなく泣くか、自分の体に腕をまわして立っている。幼い子どもたちは眠い目をこすりながらぐずるか、もしくは泣くこともできないほど怯えた大きな目で周囲を見ていた。

驚くことはない。地震で被害が出たのは知っている。町を出るときも数箇所目にしたし、フォスター保安官も大きな被害が出ていると言っていた。しかしそうした悲惨な状況に置かれている人々を目のあたりにし、エリザベスは今初めて心の底から衝撃を受けていた。

自分の手に巻かれたタオルに目を落とす。町の惨状に比べたら、こんな傷はまったく問題にならない。

これからどうするか決めかねて歩いているうちに、ブラニオンズ・ベーカリーの前に来た。

二階建ての店は見事につぶれていた。まるで子どもがレゴブロックを散らかしたように、路上にれんがが散乱している。男女のグループが殺気立った様子でれんがを脇に投げていた。誰かが言った。「救助犬が必要だ。この瓦礫の下にミセス・ブラニオンがいるはずだが、どこかわからない」

高齢のミセス・ブラニオンは、いつも真っ赤な口紅を上唇の皺に塗りこめ、ピンクの頬紅をべったりつけ、エリザベスがくしゃみをするほどたっぷり香水をつけていた。腰は曲がっているが体格がよく、補聴器をつけることを頑として拒むものだから、とんでもなく大声だった。エリザベスは自分がミセス・ブラニオンにどう思われているか承知していた。というのも、ミセス・ブラニオンは以前、黙らせようとする娘を無視してわざとエリザベスに聞こえるように言ったのだ。「カエルの子はカエルって言うだろう。あのエリザベスって子もそのうち、母親みたいなあばずれか父親みたいな人殺しになるよ。もしくはその両方にね」

あのときエリザベスは聞こえないふりをした。そのほうが楽だった。

いつもそうだった。

ミセス・ブラニオンを救おうと手あたり次第に瓦礫をかき分けている人々を、エリザベスはじっと見つめた。意地の悪い老人だったけど……だからといって暗闇に閉じこめられ、脱水症状と痛みと緩慢な窒息で死んでいいわけはない。

あきらめの深いため息をつくと、エリザベスは両手と両膝をついて瓦礫の山によじのぼり、においを嗅ぎまわった。間もなく強烈な香水が鼻をつき、くしゃみが出た。エリザベスはほかの捜索者がいないところに向かった。怪我をしていないほうの手でれんがをいくつか取り除く。「ミセス・ブラニオン?」彼女は呼びかけた。「エリザベス・バナーです。そこにいるんですか?」すると、かすかなうめき声が聞こえた。「ミセス・ブラニオン?」エリザベスはさらに大きな声で呼びかけた。

ほかの捜索者たちが顔をあげた。

折れた間柱や石膏ボードが折り重なった瓦礫の下から、ミセス・ブラニオンのかすれた声が返ってきた。「おお、いやだ。あのおっかないエリザベス・バナーだよ。身動きできない私を殺しに来たのかい?」

エリザベスは瓦礫の上で正座し、大きく息をついた。またくしゃみが出た。

とりあえずミセス・ブラニオンが無事とわかってよかった。

エリザベスはほかの捜索者に呼びかけた。「彼女の声が聞こえたわ。この下よ」瓦礫からおり、救出はほかの人に任せることにした。

あの意地悪な老人がどこに埋まっていようとどうでもよかったのだが、実際に救出活動に加わったことでエリザベスにも少し隣人愛がわいてきた。

彼女は膝についた泥を払い、自宅へ向かった。沈痛な気分で路上の瓦礫のあいだをすり抜け、迂回し、ときには乗り越えて。

多くの建物が被害を受けていた。人々の怯えた表情がいくつもライトに照らしだされていた。皆、道端のそこかしこに座りこみ、体を震わせて泣いている。エリザベス自身もかつて味わったことのない不安に心が震えていた。

なぜだろう？　あのアパートメントは自分の本当の家ではないのに。自分の持ち物にも大切なものはひとつもない。はるか昔に、いつまでも一緒にいられるものなどこの世にないと学んだ――友人も、おもちゃも、両親も、もちろんギャリックも。

それでも、エリザベスはヴァーチュー・フォールズに愛着を抱くようになった。理由はおそらく、ここで一生の仕事を見つけたからだろう。もしくは、子ども時代の町の記憶が意識しないまま残っていたのかもしれない。

アパートメントへ近づくにつれて鼓動が乱れた。ついに目の前に、一九三〇年代に建てられた二階建てのアパートメントが現れた。外壁がケーキの砂糖衣のようにはがれ落ち、屋内が丸見えになっている。投光器の強烈な明かりの中に、彼女が暮らす二階の部屋が浮かびあがっていた。乱れたままのベッド、ドアの開いた冷蔵庫。中に見える牛乳パックとチーズの容器がなんとも寒々しい。チェストの引き出しが飛びだし、床に下着が散乱していた。ライムグリーンの人工皮革のジャケット、ワシントン州時代に苦労して集めた写真のアルバムも。

スクラップブックのアルバムは、彼女が伯母から家族の写真と絵を盗んで作ったものだった。写真と絵のほかに、母の行動と父の業績について書かれた新聞記事も切り抜いて貼った。

記憶のない時期については、地元出身の有名画家ブラッドリー・ホフの美しい絵のコピーを貼った。

そうやって作ったアルバムが、残骸と化したアパートメントの二階の床に半分だけ引っかかっている。

それまでエリザベスは、自分は大切なものなど何も持っていないと思っていた。しかし今この建物が崩れたら、思い出が失われてしまう。父のように愛もなくただひとり、世界に置き去りにされてしまう……。

大げさな。いとこたちがいたら容赦なくばかにするだろう。少しまわりを見ただけでも、ほかの住民がどれほど多くを失ったかわかる。

わかっていても、エリザベスの肩からバックパックが力なく滑り落ちた。彼女は聖杯でも見るようにアルバムを見あげた。

町の消防士のひとりが足を止めた。若くてハンサムなたくましい男性だ。犠牲者がいないかどうか倒壊した建物を調べているらしく、体中が土埃にまみれている。どこの誰なのかまったくわからなかった。これまで話しかけてきたことのない男性だ。しかし相手はエリザベスの顔も住所も知っているようだった。「今夜はここにはいられないよ、ミス・バナー。避難所に行かないと」

「あのアルバムをあんなところに残して行けないわ」エリザベスは指さした。「あれには私の……」胸がいっぱいになって声が震えた。「私の両親のすべてが詰まってる。お願い、私にはあれが必要なの」

消防士はあきれた顔をした。「デジタル保存してないのか？」

「写真はデジタル保存してあるわ。でもあそこには母が……母が撮影した写真もあるの。母が伯母に宛てて書いた手紙も。コピーは取ってないのよ。ほかにも私が三歳か四歳のときに母が描いた絵がある。私にとってはそれが母の一部なの」ばかげている。ばかげているし、非科学的だし……とにかくばかげている。それでも訴えずにいられなかった。それが心からの思いだった。

「僕がアルバム一冊のために命の危険を冒す男に見えるかい？」消防士が勘弁してくれという顔をした。

しかしエリザベスの目に涙が浮かぶのを見ると——芝居ではなく心からの涙だった——彼はため息をついた。

「わかったよ、ミス・バナー。僕が取ってくる。あとで酒をおごってくれよ」

「もちろんよ」エリザベスは言った。恐ろしい体験をし、伯母の家の前に立った子ども時代の気持ちに戻って、エリザベスは消防士が瓦礫をよじのぼり、見るも無残にむき出しになった階段から自分の部屋に入っていくのを見守った。

周囲に人が集まってきた。彼らの話し声が耳に入る。

「何をしているの？」

「あんなところに行っちゃだめだ」

「猫を助けようとしてるのか？」

「この町の消防士をひとり失うことにならなければいいけど」

エリザベスは、最後の言葉を言った女性を見た。女性は喉元で両手を握りあわせてエリザベスのアパートメントを見つめていた。今日一日でたくさんの恐ろしい光景を目にしたらしく、怯えきった表情をしている。

エリザベスは改めてアパートメントを見た。自分の感情を脇に置き、いつもの冷静な目で。アパートメントの床は傾いていた。かつて外壁があったところはバラバラに砕け、道路に崩れ落ちている。もし今この瞬間に余震が町を襲ったら――いや、余震は確実に起こる――建物全体が崩壊するだろう。

彼を行かせるべきではなかった。

消防士は四つん這いになってアルバムに近づこうとしている。

エリザベスが見守る中、彼は何かつぶやきながら細い木の枝を歩く猫のように床の具合を確かめつつ、少しずつ前進した。エリザベスは息を詰めた。おりてくるように言おう。たかが古い写真のために彼が怪我をするようなことになったら耐えられない。「やめて」彼女はささやいた。それからもっと大きな声で言った。「やめて！　もういいの！　そこまでしてもらうようなものじゃないから！」

消防士が動きを止めて彼女を見た。そしてうんざりした顔で首を振った。ここまできて怖(お)じ気(け)づくなんて信じられないとばかりに。彼は腹這いになって腕をいっぱいに伸ばし、崩れかけた床の端に引っかかっているアルバムを回収した。彼がアルバムを小脇に抱えるのを見て、エリザベスはほっと息をついた。

そのとき、地面が揺れた。

14

アパートメントの二階の床が、焼きすぎたトーストの縁のようにぼろぼろと崩れた。先ほどまでの慎重さとは打って変わり、消防士は大急ぎで後ずさりした。ドアの向こうに引っこむのとほぼ同時に一階に現れ、バラバラと落ちてくる天井の壁を避けながらあっという間に戻ってきた。彼が道路に出ると、余震がおさまった。

見物人たちがほっと息を吐いた。

消防士がエリザベスにアルバムを渡した。「一杯おごってもらうよ。それと、キスもいいかな?」

エリザベスは相手の考えを見透かそうとするように見つめた。「今日はみんなが死と隣り合わせだった。あなたはハンサムな男性で、私は魅力的な女性。キスをすることでこれまでの緊張も少しはやわらぐ。それに、あなたは私のアルバムのために命を張った。だからキスがしたい。そういうこと?」

彼はため息をつき、ズボンのサスペンダーに指を引っかけた。「ミス・バナー、君は男のプライドを萎えさせるのがまったくうまいね」

エリザベスは驚いた。「どうして? 私は喜んでキスするわよ。あなたに魅力がないとか、年齢が釣りあわないとか言ってないでしょう?」

消防士は鼻に皺を寄せた。

エリザベスは尋ねた。「キスしたくないの?」

「したいとも」彼はエリザベスがアルバムを地面に置くのを待たなかった。彼女を腕に抱いてのけぞらせ、舌まで入れる濃厚なキスをした。

エリザベスは面食らい、快感とは別の理由で息を切らした。そらした背中が痛い。

しかし消防士が彼女を放すと、見物人たちが拍手をした。

「もう酒はおごらなくていい。反対にいつかおごらせてもらうよ」彼はエリザベスとのキスが気に入ったようだ。「僕の名前はペイトン・ベイリー。覚えておいてくれ」

「ペイトン・ベイリー」エリザベスは繰り返した。「ありがとう」

ペイトンは得意げにほかの消防士たちのもとへ去っていった。

エリザベスは後ろ姿を見送った。彼はハンサムで、髪は緩やかにウェーブしたブロンド、明るいグリーンの目をしていた。ワシントン州の地震で救出活動にあたる消防士として、『USAトゥデイ』の一面で紹介されそうだ。まわりの女性たちの視線からすると、どうやらエリザベスはうらやましがられているようだった。ところが、もうどのくらいかわからないほど長くパートナー不在でありながら、エリザベスは彼にまったく魅力を感じなかった。どうかしている。それでもギャリックにも、あの消防士と変わらないくらい共通点が見いだせなかったのに。それでもギャリックにはどうしようもなく惹かれた。しょせん、すべて相性なのだ……そして自分は、誰とも相性がよくない。

その日の出来事の悲惨さに、エリザベスは初めて圧倒された。人々が地震や津波で死ぬこと、実際に死んだという事実に打ちのめされた。エリザベスと同年代のあのハンサムな若い消防士は、命をかけて町の住民や観光客を救い、さらにエリザベスのアルバムのために身を危険にさらした。なぜならとても繊細そうには見えない外見でありながら、エリザベスの絶望を感じ取り、それに応えようとしたから。

年配の消防士が角から現れて指示を飛ばすと、彼らは次の救助活動に向かっていった。

ふいに、レインボーが後ろからエリザベスを力いっぱい抱きしめた。「無事だったのね！」

エリザベスは彼女の腕をほどいた。

そして、手の中のアルバムを見おろした。「ええ」

レインボーがエリザベスの両腕をつかんで揺すった。「地震がやんでもいないうちに店を飛びだしていくんだもの！　それにみんなが津波が来るって言ってたから」

「ええ、大きかったわよ」これは控えめな表現だ。「ところで、死者が出たかどうか知ってる？」

「警察はいないと言ってる。旅行者は沖に出たか、崖にあがって間に合ったって。みんながそこまで分別を持って避難できたなんて信じられないけど、たぶん日本の津波の報道を見たことで本当に怖いと思ったんでしょうね」

「ええ、そう願うわ」エリザベスはアルバムをバックパックにしまい、肩にかけた。

「ミセス・ブラニオンを見つけたんですって？」

「ええ。香水をぷんぷんにおわせることの利点がやっとわかった」

レインボーは爆笑したが、すぐに口を閉じた。「カテリが行方不明なの」

「えっ！　まさか！」カテリはエリザベスにとってヴァーチュー・フォールズにおける数少ない友人だった。「知らなかった……津波は港も直撃したの？」

「一帯を全部さらっていったわ。でも、カテリが船に乗ってる人たちに防波堤を越えて沖に出るよう指示したの。みんなは津波を乗り越えて、それで助かった。カテリは沿岸警備隊の二隻も沖に出したけど、自分が乗っていた船は人員がまったく足りてなくて、しかも目撃者の話ではジニアが前方をふさいでたらしいわ。彼女は船を後退させて横を抜けようとしたけど、旋回する前に津波が防波堤を越えてきたの。防波堤の上を完全に越えたのよ。ほかの船はどうにか沈没を免れたけど、彼女の船は転覆した」レインボーは目をぬぐった。

「第一波で転覆したの？」エリザベスはその波を目撃していた。第二波のほうが大きかったのに……。「船はどうなったの？　一緒に乗っていた隊員は？」

「彼女が乗っていたのはアイアン・サリヴァンよ。船は海岸に打ちあげられて、ボブズ・シュリンプ・シャックがあった場所に横倒しになってるわ。隊員たちは甲板にいて……半分溺れかけたけど、普通の人より心得があるから、波にのって岸まで運ばれた。タイミングを計って飛び降りて、引き潮にさらわれないよう死に物狂いで丘まで走って助かったの。行方がわからないのはカテリだけ。彼女はずっと操縦室で舵取りをしてたのよ。津波で窓が割れて……それで波にさらわれたって」

「そう」エリザベスと同じく、カテリもどこか周囲から浮いた存在だった。ネイティヴ・アメリカンとおそらく白人の血を引いており、沿岸警備隊でただひとりの女性隊員で、責任者だった。彼女は男たちに指示を与え、新入りが来るたびに自分の指導力を証明しなければならなかった。

そのカテリが行方不明。おそらく亡くなっただろう。

もうたくさん――町や港がこれほど破壊され、人々の命や暮らしが奪われたなんて――地震や津波に興奮していた自分がなんとも浅はかに思える。「私は身勝手だった」エリザベスは言った。

「何？　地震のこと？　ハニー、誰もあんたに特別なことは期待していないわ。しかもあんたは……」レインボーはそこで口ごもった。

エリザベスはフォスター保安官の言葉を思いだした。「娼婦と殺人犯の娘？」

「そうじゃないわよ。ここのほかの住民とは違うってこと。あんたはこの土地で生まれたけど育ったのは別の場所だし、研究者で変わり者でしょ」レインボーはふたたびエリザベスを抱きしめた。「ミセス・ブラニオンのことだけど、瓦礫から無事に助けだされたとき、あんたに感謝していたそうよ」

エリザベスは疑り深そうにレインボーを見た。

「まあ、あの人にしちゃ感謝したんだと思う。それより、私はあんたに腹を立てたのよ。ろくでもない調査のためにあんなふうに飛びだしていったりして、てっきり死んだと思ったわ」意外にもレインボーは本気で怒っていた。

「もちろん死なないわよ。死んだら望む成果が得られないもの。特に私は幸運にも、今日ここに居合わせた唯一の才能ある科学者なんだから」ビデオカメラにおさめた驚くべき映像の数々を思いだし、エリザベスはバックパックを叩いた。

「きっと建設業者の連中も自分たちを幸運だと思うでしょうよ。木の葉が落ちる頃までに、イナゴみたいに大挙してやってくるわよ」そこでレインボーは急に話題を変えた。「お父さんはどう？」

「何？　どうして？　無事だと思うけど」

「ホームの天井が崩れて、高齢の男性がひとり病院に運ばれたらしいわよ」

エリザベスは奇妙な感情にとらわれた。

チャールズ・バナーが……？　嘘だ。あの人が怪我をするはずがない。あの人は人殺し。他人に怪我をさせるほうだ。

おかしな理屈であることはわかっていた。地震の残虐さの前にはどんな人間もかなわない。気づくとエリザベスは無意識に言っていた。「それは父じゃないわ。あそこには高齢の男性がたくさんいるから、たぶん別人よ」バックパックに手を入れた。「電話をかけてみる」

「無理よ。中継塔が倒れたから」

「ああ、そうよね」

「固定電話もつながらないの」レインボーが言った。「今は通信状態がかなり悪くなってる。車で直接行って確かめないと無理よ」

「そうね。そのとおりだわ」レインボーは正しい。町にとどまって救助を手伝うこともできるが、オナー・マウンテン・メモリー養護施設も救助を必要としているかもしれない。入所者の家族であるエリザベスは望ましい人手だ。

それに彼女は……行く理由があった。ただの興味とは少々違う。

エリザベスは唾をのみこんだ。彼女は心配だった。父のことが。伯母の厳しい反対意見を押しきり、エリザベスは父のそばに移住して接触することに決めた。父がなぜ母をあれほどむごたらしく殺したのか突きとめたかったのだ。

しかし実際には施設をたった一度訪ねただけで怖じ気づいてしまい、それきり足を向けていない。

父は……本当に怪我をしたのだろうか？　ひょっとして死ぬだろうか。そうなったら自分と過去をつなぐ唯一の接点が失われてしまう。自分の人格と人生を形作った恐ろしい出来事について、真実を解き明かすことができなくなる。あれほど温厚で優しくて愛情深かった人がなぜあそこまで恐ろしい行為ができたのか、永久に理解できないままになる。

エリザベスは硬い表情でレインボーにうなずきかけ、その場を去ろうとした。「ありがとう。行ってくるわ」

「くれぐれも気をつけて」レインボーが後ろから呼びかけた。「途中の道がどうなってるかわかったもんじゃないから！」

15

アパートメントには駐車スペースがなく、エリザベスは町外れの駐車場を借りていた。正しい選択だった。その場所には倒壊するような建物はなく、彼女の一九六六年製のフォード・マスタングは無傷だった。

ただし、路面の状態はよくなかった。車に近づく途中、エリザベスは見えないアスファルトの塊につまずいて片膝を地面についた。怪我した手を地面についてしまい、痛みで小さな悲鳴がもれた。しぶしぶバックパックから携帯電話を取りだし、懐中電灯として使った。電力会社がすぐに復旧工事に来ないことはわかっているし、携帯電話の電池は間もなく切れそうだ。

エリザベスは車の運転席に乗りこんだ。空気がこもっていたのでドアのハンドルをまわしてウインドウをおろし――彼女のマスタングはパワーウインドウではなかった――耳を澄ました。

町のざわめきが聞こえた。どこかで車の盗難防止装置が鳴り響いている。

エリザベスは車を発進させた。マスタングのエンジンは静かだ。彼女の大学のチームは、ガソリンと電気を組みあわせた新設計の車を競う南カリフォルニアのコンクールで優勝した。普段なら、静かなモーター音が好きだ。高速道路で男たちの車を追い越すときに見つめられるのと同じように。しかし、今は内燃エンジンの音が恋しかった。音があれば、招かれざる客のような車内の沈黙を打ち負かしてくれる。亀裂や凸凹を避けながら駐車場を出ると、彼女はハンドルをきつく握りしめ、ふたたび道路の亀裂や凸凹を避けながら進んだ。

生まれて初めて、彼女はひとりのドライブをいやだと思った。オナー・マウンテンまでの道のりがどんなものかはわかっている。家もなく、人もなく、片側一車線の暗い道の両側に森があるだけ。冷え冷えとした空にまばらに星が見えるだけ。星、森、大地……もしそれらに心があるなら、人類が地上から消えることを喜ぶだろう。

ずっと変わらない無機物の分子に自分の感情を投影するとは、思った以上に地震に影響されているようだ。

アスファルトのかけらや倒木を避けながらのドライブは、長く危険で神経をすり減らした。余震も何度もあり、根元を揺さぶられた木が恐ろしい音を立て、また静まり返ることが繰り返された。一度ならず引き返そうかと迷った。それと同時に、繰り返す余震で帰り道が閉ざされないか不安にもなった。

二時間後——通常なら三十分で着く距離だ——明かりが見えた。介護施設の巨大な発動機が動いている。よかった。静まり返る森、揺れ続ける地面、終わりの見えないドライブにすっかりまいっていた。とにかく人に会いたかった。

駐車場に入り、最初に目についた無傷のロットに車を入れた。バックパックをつかむと、急いでエントランスに向かった。天国への入口にも思える。

しかしそこでさえも、周囲は不気味に静まり返っていた。

エリザベスは金属製のドアの横にある呼び出しボタンを押した。耳障りなブザー音が響き、彼女はほっとして壁にもたれた。エリザベスが金属線で補強されたガラス窓から薄暗い明かりに照らされた玄関ホールをのぞきこんでいると、向こうから中年の女性看護師が足早に近づいてきた。花柄のスモックにグリーンの手術用ズボン、フラットシューズを身につけている。

看護師がガラス窓に顔を寄せた。エリザベスを見ると目を輝かせてほほえみ、ドアを開けてくれた。「ミス・バナー、どうやってここまで来たの？　さあ入って！」

「車で来ました」この人と前に会ったことがあるだろうか？　エリザベスは覚えていなかった。「あまり快適なドライブじゃ——」

「私はイヴォンヌ・ルダ。夜間シフトの責任者よ」イヴォンヌはエリザベスを中に招き入れ、ドアを閉めた。「町に支援を要請したら、道がふさがっていて無理だと言われたの」

「場所によっては――」

「ほかに優先すべきところがあるんでしょうね」常に時間に追われる医療スタッフらしく、イヴォンヌは廊下を足早に歩きながら言った。「ああいった地震がどれほど患者を動揺させるか想像できる？　ミスター・クックをレントゲン検査のために車に乗せて送りだすのにずいぶん苦労したわ。無事に病院に着いたのか、どんな容態かもわからないけど」

「聞いた話では――」

「はるばる車で来てくれたのに私がしゃべってばかりね。お父さんが無事かどうか確かめに来たんでしょう？」

間違いなくこの女性とは初対面だ。もし以前会っていたら、最後までしゃべらせてくれない看護師として印象に残っているはずだ。「ええ」同じく花柄のスモックを着て疲れきった表情で通り過ぎる別の看護師に、エリザベスはうなずきかけた。「父は無事ですか？」

「無事よ」ふたりは患者の部屋の入口で足を止めた。イヴォンヌが常夜灯に照らされて眠っている痩せた男性を示した。「見てのとおり」

枕にのった顔が父だと気づくまで、しばらく時間がかかった。おかしな話だ――寝顔だと父かどうかわからないなんて。もっとも、ヴァーチュー・フォールズに戻った最初の日に訪ねたときを除き、写真以外で父の顔を見るのは二十三年ぶりだ。面会のときは、後ろで母が殺されたことについて大声でわめく年老いた男や、父が自分をミスティと呼ぶことや、過去の記憶を失った人々でいっぱいの病院を目のあたりにしたショックで気分が悪くなった……ひょっとすると父の顔をろくに見ていなかったかもしれない。

エリザベスは父にゆっくり近づき、手枕をして横向きに寝ている姿を見おろした。

一番古い父の記憶は、背が高くて肩幅が広く、優しそうなブルーの目をし、頭のブラウンの癖毛がすでに薄くなりかけた姿だった。今の父は……ずっと小さく見える。背中を丸めているとはいえ、肩幅は決して広くない。髪はほんのわずかしか残っておらず、目は……閉じているのでわからない……皺の寄ったまぶたに血管が透けていた。

エリザベスをいつも怯えさせ、社会のあらゆる場所でつまはじきにされるようにした怪物は……すっかり老いさらばえている。「まだ六十五歳なのに」エリザベスは小声で言った。

「前にも見たことがあるわ。刑務所暮らしは人を老けさせるの」イヴォンヌが言った。

「そうでしょうね」刑務所でどんな目に遭って老けたにせよ自業自得なのだろうが、今の父は見るからに憐れだった。

イヴォンヌが元気づけるように言った。「今日はとても奇妙だったわ。チャールズは自分の席で食事をしていたの。その後ろでミスター・クックが騒いでね」

ミスター・クックというのはあの気味の悪い老人のことだろう。「あの人はいつも騒いでばかりなんですか?」

「認知症になると、一部の人は礼儀作法が守れなくなってすぐに怒りだすの。ミスター・

クックは不愉快な人で、奥さんは夫を厄介払いできてせいせいしてるわ。ほとんど訪ねてこないの。わかるでしょう?」イヴォンヌは愛情深い手つきでチャールズの薄くなった髪を撫でた。

「ええ」口にするには思いがけず勇気が必要だったが、エリザベスは尋ねた。「父はどうです? 強い怒りを見せたことがありますか?」

「一度もないわ。あなたのお父さんが初めてここに来たとき、私たちはみんな怖かった。ほかの患者とふたりきりにしないよう注意していたのよ。寝るときは拘束具もつけた。でも、あなたのお父さんはとてもおとなしい人よ。誰にでも親切だし、ほとんどひとりで過ごしてるし、トラブルを起こしたことは一度もない。あなたのお母さんのことは別だけど」イヴォンヌはおかしそうに笑った。「彼が……殺人犯だなんて。ここじゃ誰も信じてないわ」

エリザベスはイヴォンヌを見た。「本当に?」

イヴォンヌは体を引いて興味深そうにエリザベスを見た。「もちろんあなたも信じていないでしょう?」

エリザベスは相手をまじまじと見つめ、いとこたちにおまえの父親は妻を殺したんだとはやしたてられたことを思いだした。あのいとこたちはミスター・クックと同じだ。ただもっと若く、もっと意地悪だった。あれからエリザベスは他人と接するとき、用心するようになった。

「ああ、ごめんなさい」イヴォンヌがエリザベスの腕を軽く叩いた。「チャールズ・バナーはどこまでも優しい人よ」

エリザベスは首を振った。「あなたは人がよすぎます」

「本当に？　もしチャールズが本当にあなたのお母さんを殺したのなら、お母さんが今もずっと彼のそばについていると思う？」

16

思考力や記憶の衰えた人々に囲まれて仕事をし続けたことで、この看護師は正気を失ったのだろうか？「私の母は死にました」エリザベスは慎重に言った。

「彼はたまにあなたのお母さんに話しかけてるわよ。まるでそこにいるかのように自分の隣を見て」イヴォンヌはそれで説明がつくとばかりにうなずいた。

「でも、父はアルツハイマーです」

「わかってるわ」イヴォンヌがエリザベスを見た。ブラウンの大きな瞳はどう見てもまともだ。「今日、地震が起こる直前、チャールズはダイニングルームのテーブルについて、ミスター・クックにつきまとわれながら夕食をとっていたの。そうしたら急に空中に向かって話しだした」

エリザベスは口を挟んだ。「父は母と話しているつもりだったということですか？」

「そうだと思うわ。彼は相手に同意するようにうなずいて、席を立って壁際に移動した。ミスター・クックは雄のチャボみたいに得意げにチャールズの席に座ったわ。まるで自分が追い払ったみたいに。そうしたら地震が起こったの。ドーン！」イヴォンヌが手を打ち鳴らした。「みんな、よろめいたりひっくり返ったりしたわ。でも、天井の壁が崩れたのはあなたのお父さんが座っていた場所だけ。タイルや金属の補強材が落ちて、ミスター・クックを直撃したの。私たちは彼を病院に送りだしたわ。脳震盪とおそらく鎖骨骨折、ほかにもあるかもしれない。もしチャールズがあそこにいたら……彼はミスター・クックより小柄で華奢でしょう。落ちてきた天井があたって死んだかもしれないわ」

「つまりあなたは、母が父を避難させたと思っているんですか？」

「それ以外に説明がつく？」

「ただの偶然でしょう。もしくは運がよかったか」イヴォンヌの確信に満ちた表情が、エリザベスには気味が悪かった。

「もしくはあなたのお母さんが守ったか。私なら、愛する男が無実の罪を着せられて苦しんでいたら、ひとり寂しく死なせたりしない。会いに来るわ」

とても長く異様な一日だった。この静まり返った介護施設で、誰もいない廊下、いびきをかいて眠っている患者たちを目にすると、エリザベスは薬で幻覚でも見ている気分になった。

「でも、父は苦しんで当然のことをしたんじゃありませんか？　自分の近くに母がいると思うのは、父が罪を犯してそのことを自覚しているからじゃないでしょうか」

「そうかもしれない」イヴォンヌはエリザベスの疑うような顔を気にする様子もなく言った。

「今夜はここに泊まるしかないわね」

エリザベスは町に戻る困難な道のりと、アパートメントに残してきたものを思い浮かべた。手に巻かれたままになっている、血が乾いて固くなったタオルに目を落とす。「ええ……そうですね。余っているブランケットを貸してもらえたら、適当な場所で寝ます」

「スタッフ専用のシャワールームがあるし、ナースステーションの奥に休憩室と簡易ベッドがあるわ。二交代のときにそこで何時間か仮眠を取るの。簡易ベッドは快適ではないけど、何もないよりましでしょう」

「でも私がそこで寝たら、あなたが寝られなくなってしまう」

イヴォンヌはため息をついた。「どのみち横になるのは無理よ。代わりの人がいないから。その手はどうしたの？」

「ガラスで切りました。地震のときに」

「ついてきて。診てあげる」イヴォンヌは三つの廊下が合わさった場所にあるナースステーションにエリザベスを招き入れ、タオルをはがした。傷を見てもらうあいだ、エリザベスはずっとイヴォンヌの頭の上だけを見ていた。「深いわね」イヴォンヌが言った。「本当は医師に診てもらわないといけないけど、今は看護師しかいないの」エリザベスのこわばった顔を見た。「大丈夫、腕は確かだから。シーラを呼ぶわね。これだけ長時間働いたあとでも、彼女は絶対にミスをしないの。もちろん、私より若いけど」

言われてみれば、イヴォンヌは目の下に隈ができていた。ブラウンのポニーテールは背中に力なく垂れさがり、笑顔でないときは疲れきったように口角がさがる。しかし、彼女はとても親切そうだった。手放しで父を褒めてくれたことを思うと、気が進まないながらも感謝の気持ちがわいた。

どこまでも続いているかのような廊下を見ながら、エリザベスは尋ねた。「ここでは肉体よりも先に心が現実世界を離れて、現実と空想の境が曖昧になって、ひとりまたひとりと死んでいくみたい……廊下に幽霊が紛れこんでいそう」そこで自分の言葉にぎょっとした。

イヴォンヌはエリザベスをほとんど慈しむように見た。「町の人はあなたを論理的で頭がよくて感情がないなんて言ってるけど、私はそうは思わなかった。間違っていなかったわ」

「たぶん、場合によってはほんの少し感情が出てくるんです」そんなつもりはなかったのに、エリザベスは父の部屋に目を向けた。彼女はどんな感情もいらなかった。自分が感じる好ましい感情は——希望も愛も——必ず苦しみに変わる。例外なく。「あなたの家族や自宅は大丈夫ですか？」

「私の夫はトラック運転手で道を走っているから無事よ。子どもたちはもう大きくなってよそにいるわ。自宅については、建物の脇にヒマラヤスギが生えていて、だんだん家のほうに傾いてきてるから切ろうと相談していたの。きっと今頃は屋根の上に倒れてると思うけど、そうだとしてもしかたないわね」軽い調子で言いながらも、イヴォンヌはため息をついて窓の外を見つめた。それからはっとしてエリザベスを見た。「あなたの家は？」

「アパートメントはつぶれました。明日からどこで寝ればいいのか。たぶん避難所ですね」

「リゾートに行けばいいじゃない」

「リゾート？　ヴァーチュー・フォールズ・リゾートですか？」エリザベスはまばたきした。

「それはできないわ」

「あなたはミセス・スミスの養子と結婚していたんじゃなかった？」エリザベスが驚いた顔をするのを見て、イヴォンヌは笑った。「お父さんが教えてくれたの」

「なぜ父が知っているのかしら？」

「囚人もインターネットを見られるのよ。彼は娘のあなたの動向をずっと追ってきた。高校を飛び級で卒業したことも、研究や学位のことも知ってるわよ。あなたが今の仕事に就いたことを喜んでいたわ」彼女は当然だとばかりに言った。

エリザベスはぞっとした。ネット上でストーキングされていたなんて。それも、実の父親に。

エリザベスの表情が変わったのを、イヴォンヌは勘違いしたようだった。「あなたの結婚相手のことは誰にも言っていないと思うわ。私も誰にも言ってないし」

「私たちは離婚しました。それに……ミセス・スミスには私からは会いに行ってません。彼女が訪ねてきてくれたときに会っただけで……家族のつながりを断ちきった私がこんなときだけ頼るなんてずうずうしいわ」エリザベスは言いながら、いたたまれない気持ちになった。

イヴォンヌは軽く言い返した。「私は教会でミセス・スミスに会うけど、彼女は伝統的なカトリック教徒よ。あなたがいったんギャリックと結婚したら、神の前ではずっとギャリックと夫婦なの。だからあなたはミセス・スミスの家族よ。迎え入れてもらえるわ」

エリザベスが反論しようとしたとき、別の棟からシーラがやってきた。ゴム底のシューズで音もなく歩き、同じ花柄のスモックにグリーンの手術用のズボン姿だ。

ふたりの女性は小声でやり取りし、やがてイヴォンヌがエリザベスに手を振り、シーラがやってきた方角に立ち去った。

シーラはエリザベスの傷を丁寧に洗浄した。あふれだす血を見たエリザベスがめまいを起こしてリノリウムの床に倒れてもあきれたりはしなかった。シーラは蝶(ちょう)形絆創膏を貼り、これはなんでもないものだと念を押しながら注射したが、薬品の瓶に抗生物質の表示があった。

「わかったわ」エリザベスは言った。「看護師としては医師の指示なくそういう薬を処方することは許されない。でも今処置しておかないと、感染症を起こすかもしれないんでしょう」

シーラはエリザベスを見つめ、あきらめたように首を振ってエリザベスの肩に手を置いた。

「いい？　私はあなたに何も注射していないから」

「あなたは私に何も注射していない」エリザベスはおとなしく繰り返した。「ありがとう」

「そこに横になっていて。イヴォンヌを呼んでくるから」シーラはふたたび音もなく廊下を去っていった。オナー・マウンテン・メモリー養護施設に出没する幽霊のように。

不気味な連想。不気味な場所。でも、かまわない。長時間のストレスがこたえ、エリザベスはまぶたを閉じた。

何かが腕に触れ、彼女ははっと目覚めた。

「私よ」イヴォンヌがなだめるように言った。

エリザベスは体を起こして立ちあがったが、体がぐらりと揺れた。「地震?」

「いいえ、あなたがふらついたのよ。すっかり疲れきってるのね」イヴォンヌは備品の戸棚を開け、清潔なガウンとローブを手渡した。「はい。これを着て寝るといいわ」

エリザベスは大きな目でそれを見つめ、最後に誰が着たのだろうと考えた。

「新品よ」イヴォンヌが言った。「寄付されたの」

「わかりました。ありがとう」おかしなことだと思うが、死んだ患者が着ていたかもしれないものを着るのは気が進まなかった。

「スタッフのトイレはそこ。ベッドは向こうね」イヴォンヌがナースステーションの奥のふたつのドアを指さした。

「携帯電話とビデオカメラのバッテリーを充電させてもらってもいいかしら? ここには発電機があるし、次にどこで充電できるかわからないから——」

「もちろんかまわないわよ。携帯電話とビデオカメラとケーブルをちょうだい。ここに差しておいてあげる」

「ありがとう。それから、もうひとつありがとう。その……よく見てくださって」

「お父さんのこと？」

「ええ。父の世話をしてくださってありがとうございます」

「それで稼いでるんだもの」

エリザベスは相手が冗談で言ったのかどうかわからず、イヴォンヌをぽかんと見つめた。

「ああ、ハニー、かわいそうに」イヴォンヌがそうせずにいられないというようにエリザベスを抱きしめた。「私はお父さんの面倒を見るためにここにいるのよ」

17

数時間後、エリザベスはそれまでの深い眠りから一転して恐怖に身をこわばらせた。目を開けなくても、誰かが自分をのぞきこんでいるのがわかった。

父だ。血塗られたハサミを握っている。

見てはだめだ。決して見てはならない。

でも、以前もこういう悪夢を見た。これは現実ではない。

彼女は思いきって目を開いた。

すると、本当に父がいた。ナースステーションの照明にシルエットを浮かびあがらせ、こちらをのぞきこんでいる。

エリザベスは悲鳴をあげようとした。しかしこれまで悪夢を見たときと同じく喉が締めつけられ、口を開いて叫ぼうとしても叫べなかった。死を前にして、声そのものを失ってしまった。

「しいっ」チャールズが唇に指をあてて体を引いた。「もうすぐ来る」

「何が？」エリザベスはかすれた声でささやいた。父を驚かせて妙な真似をさせたくない。

「余震だよ」父が言うと同時に地面が揺れだした。大きな揺れではない。簡易ベッドが少し動く程度だ。

「本当ね」エリザベスは父の背後のナースステーションに目を向けた。

揺れが大きくなった。

イヴォンヌはデスクの椅子に座り、腕を組みあわせて顎を胸にうずめている。

こんな揺れの中、寝ていられる人はいない。きっと彼女は死んでいるのだ。

いや、違う。どこからも血が出ていない。しかもいびきをかいている。

疲れきった看護師は余震の中でも眠れるのだ。実際、イヴォンヌはぐっすり眠っていた。

余震が小さくなった。

揺れに合わせてイヴォンヌが船を漕ぐ。チャールズはその揺れを始まる前に察知した。

偶然だ。偶然に決まっている。

「震度は5弱ほどだな」チャールズが言った。「地震計がないと判断しにくいが」

「なぜ地震が来るとわかったの？」

「ミスティが教えてくれた」

エリザベスは父を見つめ、そしてドアを見た。とらわれる前に逃げられるかどうか考える。

チャールズは床に座りこんで脚を交差させた。黒縁の眼鏡を押しあげ、年老いたハイイロリスのような瞳を輝かせてエリザベスを見つめる。「昨日の地震は大きかった。まさにわれわれが予想した規模の揺れだ」

エリザベスは懸命に落ち着こうとした。ここでパニックを起こしてもどうにもならない。悲鳴をあげたら患者たちを騒がせるだけだ。イヴォンヌも睡眠を必要としている。

〝ミスティが教えてくれた〟オーケー。父が幻覚を見ることはイヴォンヌから聞いた。怯える必要はない。なぜなら父は……遠い昔に死んだエリザベスの母が話しかけてきたと言っているだけなのだから。

いや、怯えるべき理由はある……母が地震を正しく予測したことだ。

急な動きで相手を驚かさないよう気をつけながら、エリザベスは上体を起こして肘をつき、目にかかる髪を払った。「お母さんにはよく会うの？」

チャールズは首を傾け、エリザベスを視界におさめるように見つめた。そして笑顔になった。「もちろんだ。君は私の娘だな。すっかり大きくなった」

「ええ」

「早く気づくべきだった。とても美しい。同じ年頃だったときのミスティにそっくりだ」

エリザベスは思わず言った。「お母さんは私の年まで生きなかったわ」

眼鏡で拡大された父の目が見開かれた。「どういうことだ？」

覚えていないの？　それとも、とぼけている？　いや、母を殺したこの人は嘘をつくことなど考えもしない。自分はやっていないとずっと否定し続けてきた。

エリザベスには武器があった。ナイフだ。バックパックの中の頑丈なポケットナイフ。必要なときにロープや木の枝を切ったり、土を掘り返したりするのに使っていた。自分の身を守る使い方も心得ている。ギャリックが教えてくれたのだ。知っておくべきだと言って。

父はエリザベスが警戒していることに気づいていないらしい。膝に肘を置いて頬杖をつく姿は年老いた妖精のようだ。「私はミスティが二十歳のときに出会った。知っていたかい?」

エリザベスは首を振った。両親がいつどこで出会ったか、なぜ結婚したのかはずっと謎だった。伯母のサンディにはきけなかった。エリザベスが母のことを話すと、伯母は腹を立てた。まるでエリザベスが伯母の悲しみを理解していないかのように。いや、エリザベスには悲しむ権利などないかのように。ミスティの死が娘であるエリザベスの人生に何か影響を与えたとは思いもしないように。

伯母はその大きな体に母の思い出をがっちり取りこみ、独り占めした。エリザベスとは何も分かちあってくれなかった。

今、母の思い出を分かちあってくれようとする人がいる。もっともその相手は、エリザベスが細心の注意を払いながらバックパックを開き、ナイフを探らずにはいられない信用ならない人物だけれど。「どうやってお母さんと知りあったの?」彼女はいかにも興味津々の様子で丁寧に尋ねた。

「私は客員教授として一年間カリフォルニア大学バークレー校にいた」

エリザベスはバックパックの中にあるアルバムの合成皮革の表紙に指を這わせた。喉を切られそうになったらこれを盾に使おう。「教えるのは好きだった?」

「まったく好きではなかった! メキシコのプロジェクトの資金が底をついて、ワシントン州の新しいプロジェクトの予算もめどが立たなかったので、やむをえず引き受けたんだ」チャールズはかすかに笑った。「生徒も気の毒に。私は自分の研究に精通してはいるが、教えるほうはどうも……」父は身を震わせた。「私は夢中になりすぎるところがある。地球が見せる驚くべき現象に心を奪われ、地道に基礎を固めることは苦手だ。本来はそれこそ学生が身につけるべきものなのに」

エリザベスはポケットナイフを探りあて、静かにバックパックから取りだした。刃を一枚出し、握ったまま寝具の下に滑りこませる。「お母さんとはバークレーで出会ったの?」

「そうだよ。覚えているかい、ミスティ?」父は隣に座っている誰かを見るように横を向いた……誰もいないのに。「覚えているかい? 私は三十七歳で、君は二十歳だった。君は自然科学の単位が必要で、私のクラスを取った。思いだしたかな?」

18

チャールズは教室から出ていく学生たちに向かって教壇から呼びかけた。「次週までに教科書の五章と六章を読んでおくように！」

二百三十七人の学生たちは、呼びかけられても誰ひとり手も振らなかった。

「テストをするぞ！」

数名がうめき声をあげた。どうやらチャールズは真空に向かって叫んでいたのではなかったらしい。

それにしても、なぜテストをするなどと言ってしまったのだろう？　おかげで問題を作らなければならなくなった。彼はため息をつき、デスクの椅子にかけた。椅子は壊れており、バランスを崩して傾いた。チャールズは慌てて腰を浮かせた。

終身在職権を得ていない教授にはろくな備品が与えられない。

「先生？」女性の声がした。「バナー先生？」

「はい」顔をあげると——教壇に彼女がいた。

三列目の真ん中の席に座っていた学生だ。

美女の多いカリフォルニアでも、彼女はずばぬけて美しかった。綿菓子のように繊細なプラチナブロンドの髪、ラピスラズリのような深いブルーの目、磨かれた水晶のように透明で、ほのかに血色のある肌。体つきも魅力的だった。カリフォルニアでよく見かけるスリムな体形ではなく、第二次世界大戦の頃のピンナップガールのようにセクシーで……。いい年をして学生をそんな目で見るのは不謹慎だ。相手は緊張した面持ちで唇を噛んでいる。「何か?」チャールズは尋ねた。

「私はミスティ・ウィンストンです。先生の授業を取っています。科学分野の単位が必要だったので選んだんですが、コース選択したときに思っていたのと授業内容が違いました」

「放棄したいのかい?」よくわかる。美人はとにかく見た目が武器だ。

「違います」

では、次の仮説だ。「授業レベルをさげてほしいとか?」

「違います! 先生の説明の仕方も、研究に対する情熱的な姿勢も好きです。ただ、私には背景知識が足りないので、できたら……」彼女はそこでほほえんだ。「授業のあとで個人的に教えてもらえないかと思って」

チャールズは面食らい、たっぷり一分ほど言葉を失った。

相手は彼の目を見てほほえみながら辛抱強く返事を待っている。

チャールズはようやくわれに返った。「地質学に関する基礎解説のビデオテープのリストをコピーしてあげよう。ビデオテープは図書館にあるし、ビデオデッキを持っていなくてもそこで見られる」

「ビデオデッキなら持ってます。演劇専攻なので――」

「君は女優なのか？」

「はい。だから自分がカメラにどう映っているか確認することが不可欠なんです」

「そうか」彼女が映っているビデオテープを夜にひとりで見られないものだろうか。だめだ！　何を考えている？　相手は学生で、しかも教え子だ。そして自分は……地質学者。年を食った退屈な研究者だ。

チャールズは言った。「それを見ることが、いい手始めになるだろう。つまり、地質学の勉強の」

「見たあと、質問しに来てもいいですか？」

彼はミスティのピンク色の唇から目を離すことができなかった。「もちろんかまわない。ビデオテープだけで満たされないなら」

なぜこんな言い方をする？　セクシャルハラスメントの疑いをかけられるかもしれない。もしくは平手打ちをされるか。

相手の目を見ることができず、チャールズは早口で言った。「その、君の疑問について。

ビデオテープを見ても疑問が残るなら来ればいい」彼はノートを探った。「リストをコピーしに行こう」

ミスティはドアまでついてきた。

チャールズは脇にどいて先に相手を行かせ、レギンスとミニスカートに包まれた形のいいヒップから目をそらした。

ミスティはチャールズが続くのを待って尋ねた。「どっちの方向ですか?」そして、彼の腕に手をかけてきた。

人生でこのときほど恐ろしかったことはない。恐ろしく思うと同時に胸がときめき、しかも……欲情した。チャールズは少なくともミスティより十五歳は年上だった。相手から見ればくたびれた年寄りだ。彼女の役に立つためにリストをコピーしようとしているだけの、退屈で冴えない年寄り。自分はただ歩けばいい。「君のような生徒のために補助教材として作っておいたんだ」歩くことなら一歳のときからやっている。一歩ずつ……交互に……足を……出すだけ……だ。

「すごい千里眼だわ」ミスティが笑った。「それとも、先見の明? いつも使い方を間違えるんです」

チャールズはつい彼女と目を合わせた。

ミスティはまたほほえみかけていた。気さくな明るい表情で。警戒心を抱くべきなのに、チャールズはとろけそうになった。

有頂天になり、親戚の伯父がするような、この場にふさわしいほほえみを返す。チャールズは彼女をコピー室に導いた。コピー機は一度しか紙詰まりを起こさず、うまく使えた。彼はミスティを出ていかせた。

彼女が無事にコピー室から出ていくと、チャールズは壁にもたれ、心と体の落ち着きを取り戻そうとした。帰り道の廊下で変態男と見なされて逮捕されないように。

「先生?」後ろからミスティが小さく呼びかけた。

焦って振り向いたので、チャールズはコピー機で膝を強打した。激痛が走ったが、膝をさするために前かがみになる口実ができ、興奮の証をごまかすことができた。「なんだい?」

「サンアンドレアス断層がバークレー校のキャンパスの真下を通っていて、もうすぐ大きな地震が起こる可能性が高いんですよね」

「違う、違う。ここのキャンパスの下を通っているのはヘイワード断層だ。サンアンドレアス断層はもっと東だよ」彼はどうにか体を起こした。「だが、たしかにヘイワード断層は三十年以内に三十パーセントの確率で、マグニチュード6か7以上の地震を起こすと予想されている。それがどうしたんだい?」

「地質学ってとてもおもしろいですね。ほかの科学とまったく違うわ。体を通り抜けていくだけの目に見えない陽子(プロトン)とか、最初から決まってるDNAと違って、実際に私たちの身にいつ降りかかってくるかわからない話だもの！」

チャールズは興奮するミスティにほほえみかけている自分に気づいた。「ああ、まったく同感だ」

ミスティがまた彼の腕に手をかけてきた。

なぜだろう？

「コーヒーを飲みに行きませんか？　私は……地質学について何も知らないけど……先生はなんでも知っているから」彼女はドアに向かって歩きだした。

チャールズはおとなしくついていった。逆らおうとは思いもしなかった。

エリザベスは笑いたい気分だった。父はさぞ驚いただろう。「お母さんのほうから誘惑したの？」

チャールズは戸惑ったような、はにかんだような笑みを浮かべた。「そのとおり！　いったい彼女の目に私はどう映っていたんだろうな？　岩をたくさん持ちあげていたから、体は引きしまっていた。しかし背は高くないし、ハンサムだったためしもない。髪もそのときにはすでに薄くなり始めていた。ただし、女性を知らなかったわけじゃない。そこは誤解しないでくれ」

「もちろんしないわ」エリザベスはささやいた。女性経験がないと思われたい男性などいない。

父は話を続けた。「それでも、女性から積極的に言い寄られたことはなかった。それに私はたいてい、デスヴァレーやチリやパナマでプロジェクトに携わっていた。そういう仕事の事情や、女性のいない暮らしの長さからして……結婚など考えたこともなかった」

お母さんはお父さんをいい人だと思ったのよ。

それとも、あまり賢くなかったのかも。

エリザベスは唇を噛んだ。

「結婚したあと、ミスティは教室で初めて私の講義を受けたときから好きだったと言った。研究への熱意を感じたと。学生を……たとえ見た目がいいだけでも尊重してくれるところもすてきだと言った」チャールズはまだほほえんでいたが、頰を伝う涙をぬぐい、低い声で続けた。「ミスティのように美しく魅力的な女性ならよその男に恋をすると承知しておくべきだった」

エリザベスは耐えられなくなった。「お母さんはお父さんの夢を打ち砕いた……だから殺したの？」

19

チャールズは困惑した顔でエリザベスを見た。「ミスティを殺した？　まさか。私がほんの少しでも彼女を傷つけたりするものか。たしかにミスティはもう私を愛していないかもしれない。しかし、私は愛している。この先もずっと」

まだ母が生きているかのような言い方だ。エリザベスはできれば父を信じたいという思いと、父の頬を思いきり引っぱたきたいという思いのはざまで揺れた。

チャールズはエリザベスの表情の変化に気づかなかった。いや、気づいたのかもしれない。父は静かになった。まるで何かに耳を澄ますように頭を傾け、指を一本立てた。「また来る」

「またって……何が？」余震だ。今回は、飛行機事故のように突然襲ってきた。エリザベスは簡易ベッドから転げ落ちそうになり、片方の手を壁につき、もう片方の手でベッド枠につかまった。

イヴォンヌが椅子から転げ落ちた。

廊下の先の部屋から患者たちの悲鳴が起こる。

イヴォンヌはナースステーションのデスクにつかまってチャールズとエリザベスのほうを見た。次に廊下に目を向けて決断したらしく、患者の部屋へと走っていった。

揺れが続く中、チャールズが言った。「あれほどの規模の地震のあとは、マグニチュード6かそれ以上の余震が何度も起こると予想される。わかってはいても、来るたびに驚かされるが。恐怖心もあおられる。前の地震よりさらに大きな揺れにならないか、皆、死ぬんじゃないかと」

「最初の地震を超える揺れが起こるとは考えられない。だけど、お父さんと私にはわかっている……」なぜこんなことを言ってしまうのだろう？「地震は突然起こるもので、だからこそわくわくすると」

チャールズが目に笑みを浮かべて身を乗りだした。「あのとき外にいたのかい？　津波を見たか？　どのくらい大きかった？」父はすっかり興奮していた。初めて『バットマン』の映画を見た子どものように。

「外にいたわ」エリザベスは言った。「津波は想像していたよりずっと大きかった」

「そうだと思った」チャールズは膝の上で節くれだった手を握りしめた。映像を頭に思い描くように目を閉じる。「できれば私も……いや」目を開き、冷静そのものの声で言った。「私にはかなえたい望みがたくさんある。津波を見ることは優先順位としては低い」

エリザベスはゆっくりと――今もまだ父を刺激したくなかった――体を起こした。「津波の映像をビデオカメラで撮ったの」

「なんだって？　録画したのか？」彼は淡いブルーの瞳を輝かせた。

「ええ。町から谷まで走って、第一波が来るのに間に合った」彼女はまわりを見た。イヴォンヌは充電器をコンセントに差し、ビデオカメラをベッド脇のみすぼらしいデスクに置いてくれていた。「見てみたい？」

父の頬に赤みが差した。興奮に震えている。「かまわないのか？　見せてくれるのか？」

父はエリザベスが覚えている昔の姿に戻ったように見えた。海岸で幼い彼女に世界の不思議について教えてくれたときの姿に。エリザベスの中で、恐怖があるべき場所に戻った気がした。

「もちろん」エリザベスはビデオカメラのプラグを抜き、液晶モニターを開いた。

チャールズがすばやく姿勢を変えてエリザベスの隣に並び、簡易ベッドに背中をつけた。

横から父の興奮が伝わってきた。エリザベスはビデオカメラの再生ボタンを押し、最初の映像に見入った。ナレーションが流れだす。「バナー地質学研究所のエリザベス・バナーです……」起こった出来事に改めて圧倒された。ビデオカメラを持つ手が震えだす。

チャールズが彼女の手首に手を添えて支えた。

ふたりは津波が峡谷をのぼっていく様子をつぶさに見た。

父は何度も声をあげた。「私の言ったとおりだ！」とか、「ああ、これは予想できなかった」など。一度はエリザベスに映像を止めさせ、彼女が気づかなかった渦を示した。別の箇所ではコメントの間違いを指摘した。

専門家として記録した津波の姿について、別の専門家とこんなふうに話しているのは不思議な気がした。アルツハイマーは、父がどこで何をしたかという記憶を消し去ったかもしれないが、チャールズ・バナーという偉大な研究者としての知識や知性を奪うことはなかった。彼が自分の父であるという事実に、エリザベスは誇らしさを覚えた。

エリザベスがナレーションを締めくくると、チャールズは手で膝を抱えながらうなずき、考えこんだ。やがてすばやく顔をあげて尋ねた。「骨はどうなった？」

「骨」エリザベスの口元が引きつった。「骨？」

「骨を見つけたんじゃなかったのか？」

エリザベスは衝撃に身をこわばらせ、驚きと恐怖のまなざしで父を見つめた。「なぜ知ってるの？」

「ミスティが教えてくれた」

エリザベスは息ができなかった。考えることも、言葉を発することも、まともな質問をすることもできない……どう考えてもこれは筋が通らない。

父は床に座りこみ、首をわずかに傾け、知的かつ無垢(むく)な瞳で彼女を見つめている。本来なら父が犯した罪を忘れられるはずがなかった。血の海だった自宅の光景も。それなのに、エリザベスは忘れていた。子ども時代の記憶を一時的に頭から消し去っていた。

父は過去の出来事を忘れている。

エリザベスも同じだった。

今のふたりにどれほど違いがあるというの？

ドアのほうからイヴォンヌの穏やかな声が聞こえた。「ミスター・バナー、いつの間にベッドを抜けだしてここに来たの？」

チャールズが振り返った。「エリザベスが来ているとミスティが教えてくれた。それで会いに来てみたら、君は眠っていた。起こしたくなかったんだ」

「ありがとう。優しいのね」イヴォンヌが入ってきてチャールズを立ちあがらせた。「エリザベスは疲れてるわ。あなたもベッドに戻らないと明日が大変よ」

「興奮して眠れないよ。君もあの映像を見るといい。エリザベスが津波を撮影したんだ！」

「さぞかし貴重な映像だったでしょうね」イヴォンヌがチャールズをドアに導いた。「ベッドに戻ってじっくり考えたら？」

「そうするよ」イヴォンヌにつき添われて自室に戻っていくチャールズの興奮した声が廊下を遠ざかっていった。

エリザベスは震える手で膝を抱え、突然父が現れたことについて思いを巡らせた。ビデオカメラで撮った映像を見ているあいだ、父はごく正常だった。少なくとも、繰り返す地震のせいで暗い介護施設に閉じこめられた、アルツハイマー患者としては。

それにしても、最後の骨の話はあまりに異様だった。

娼婦の墓の話を父が誰かに聞いて知っていたとしよう。それが津波で流されたと父が考えたとする。しかし何トンもの瓦礫が海にさらわれる中、エリザベスが人骨を発見する可能性は限りなく低い。それについて質問するというのは……それに母の遺体は見つかっていない。

イヴォンヌがドアの向こうから声をかけた。「お父さんはもう眠ったわ」

エリザベスは看護師を見つめた。過去の記憶に苦しむ人の目……もしくは記憶を失った人の目で。

イヴォンヌは疲れているようにも、申し訳なさそうにも見えた。「ひとりにしてしまってごめんなさいね。彼と一緒にいても危険はないと思うけど、怖かったでしょう。もうたた寝はしないから」

「ええ、ありがとう」エリザベスはふたたび枕に頭をのせ、顔を伏せながらつぶやいた。

「父は骨のことを尋ねた。なぜ知っていたの？」

眠りに落ちる直前、エリザベスは寝具の下に忍ばせたナイフの刃に触れ、少し安心した。

20

アンドルー・マレーロは、ヴァーチュー・フォールズの地震のせいですっかり価値のさがった自分の論文の発表を終えた。聴衆席はほとんど空っぽだった。来ると期待していたベテラン地質学者はひとりも来ておらず、地元の短大から来たらしい、にきび面の学生がまばらにいるだけだ。

自分に敬意を表すべき地質学の仲間はどこへ行った？

おそらく、バーでインターネットに群がっているのだ。ワシントン州で起きた地震の映像を食い入るように見ているに違いない。研究チームの部下ですら発表を聞いているふりをしながら膝の上のｉＰｈｏｎｅを見ている。いまいましい連中め。

儀礼的な短い拍手がやむと、アンドルーは会場の照明をつけさせた。「質問は？」聴衆に向かって問いかける。

何人かがすばやく手をあげた。

アンドルーは、長い脚にぴちぴちのミニスカートをはいたブロンドの若い女性を指さした。

「では、そこのミス――」

後ろの席からひとりの男が厚かましく声をあげた。「地震でこの地域はどう変わってしまうと考えますか？」

「さっきも言ったとおり、地震がこの地域をどう変えるかはなんとも言えません。しかし、ヴァーチュー・フォールズ峡谷で起こる津波が私の説を証明するでしょう」彼はふたたび若い女性を指さし、質問を促そうとした。

同じ男がまた大きな声で問いかけた。「ということは、この地域で大きな津波があったと考えるんですね？」

「間違いないでしょう」アンドルーはきびきびと言った。「発表を聞いていなかったんですか？」

「ええ、遅れてきたので」男は照明の届かない後方の席から前にやってきた。若くハンサムで真剣な顔をしている。「あなたの経歴を見ました。ワシントン州沿岸部で有名な地質学研究者ですね」

アンドルーの研究チームで二番目のリーダーであるルーク・ベイカーは、ようやく上役の機嫌を取る気になったようだ。「そのとおりだ」ルークが男に言った。

男はルークを見ようともしなかった。アンドルーだけに注意を向けている。「そんなお偉い専門家の先生が、今回の地震を予測できなかったんですか？　われわれが災害に備えられるよう地震を事前に予測できないなら、地質学になんの意味があるんです?」

今度はジョー・クルーズが割って入った。「何を素人じみたことを! 地震の予測なんて不可能だ」

若者が振り返った。「あなたたちは?」三人に尋ねる。

「私の研究チームのメンバーだ」アンドルーは言った。「ルーク・ベイカー、ジョー・クルーズ、ベン・リチャードソンだ」

男はぞんざいに手を振り、アンドルーに向き直った。「僕は記者のノア・グリフィンです」

記者だと? アンドルーはうめきたい気分になった。

ノアは毛先だけがブロンドがかっているブラウンの髪をかきあげながら言った。「社から急に取材してくるよう言われて――」

ミニスカートの女性がくすくす笑いながらノアに向かってまつげをしばたたいた。「誰かを怒らせでもしたの?」

ノアも彼女にほほえみ返した。若々しい魅力的な笑顔だ。「まあそんなところです。でも、チャンスはどこにでも転がってる。地震が起こったおかげで、ここへ取材に来たことが大きなチャンスになりました」ふたたびアンドルーを見据えた。「それで、あなたたちはこの場所にいるせいで地震を逃したってことですか?」あたかもアンドルーが故意に仕事をさぼったかのような言い方だ。

「研究チームのひとりが現場に残っている」アンドルーは言った。

「誰です？」ノアが尋ねた。

「エリザベス・バナー。優秀な地質学者だ」ジョーが力をこめて言った。

　ルークがジョーを黙らせるように肘でつついた。

　手遅れだった。

「エリザベス・バナー？」ノアがタブレット端末を調べだした。「バナー地質学研究所の？そこの創設者で、妻をハサミで刺し殺したチャールズ・バナーとの関係は？」

　アンドルーは恐ろしい目でジョーをにらみつけた。「彼の娘だ」

「なるほど」ノアは熱心にタブレット端末の情報を読んだ。

　アンドルーはなんとか挽回しようとした。「しかし彼女は自らの功績から今の地位に就いたのであって、血縁はまったく関係ない」

「わかりました」ノアはタブレット端末をしまい、作り笑いを浮かべた。「重要な情報をどうも、ドクター・マレーロ。質問ができたら、また電話をかけます」

「どうぞ遠慮なく」専門家としてのプライドを傷つけられて、アンドルーは演壇をおりた。

　アンドルーが〝ミニスカート〟に近づこうとすると、ノアが振り向いた。

「ひとつおききします。地質学会の天才とされた研究者の娘を、あなたはなぜ雇ったんですか？」

アンドルーは歯を食いしばりながら答えた。「さっきも言ったとおり、彼女がほかの誰より高い資質を備えていたからだ」彼はノアが聴衆席を立ち去り、ドアを開けるのを見届けてから〝ミニスカート〟に目を向けた。

聴衆は席を立ち、ドアに向かっていた。

「待ってください」ノアが叫んだ。「もうひとつだけ質問があります。エリザベス・バナーはなぜ悲惨な事件が起きた場所に……しかも彼女はそれを自分の目で見ているのに、わざわざ戻ってきたんです？」

アンドルーは無視した。

しかし、またしても口の軽いジョー・クルーズが答えた。「エリザベスの父親は刑務所を出て近くの介護施設に入ってる」

「なるほど」ノアがまた言い、ドアを乱暴に閉めた。

「あの男をどうします、教授？」ルークはアンドルーが怒っていそうなときだけ〝教授〟と呼びかける。

ルークは正しい。今、アンドルーはとてつもなく怒っていた。「何もしない。地元メディアがわざわざ金をかけてあの男をヴァーチュー・フォールズまで取材に行かせたりするものか」

長身で頭の切れる、もの静かなベン・リチャードソンが立ちあがった。「あれはフリーの記者じゃないですか？　パパラッチみたいな」

「パパラッチが地質学会に来るか？」ジョーがせせら笑って立ちあがった。

「タホにはパパラッチが大勢いる」ベンが言った。「大規模地震の報道がひととおりすんだら、今度は地震を予測できない地質学研究者が槍玉にあげられるものだ」

「やつはそのネタを探しに来て、まんまと手に入れたわけか」ルークが考えこむように言った。「最初に思っていたのとは違うネタだろうが、エリザベスと父親の話は蒸し返す価値があるだろう」

〝ミニスカート〟が興味津々と彼らを見つめた。

アンドルーはさえぎるようにあいだに入った。「気にする必要はない。ヴァーチュー・フォールズへ行く道は今のところない。あったら僕がここにいるはずがないだろう」

「もちろんです、教授」ルークはアンドルーの意図を察し、ほかのふたりをドアのほうに押しやった。「さもなければ、あなたがかわいそうなエリザベス・バナーをあのひどい状況に放っておくはずがありません。あなたは大変な責任を担っておいでだから」

〝ミニスカート〟がふたたびアンドルーに視線を戻した。

アンドルーは黒いロマンティックな瞳で見つめ返し、彼女に手を差しだした。

後ろでジョーがつぶやくのが聞こえた。「なんでもその気になりゃ、道はあるはずだ」

ギャリック・ジェイコブセンは、ネバダ州の砂漠を時速百九十キロで飛ばしていた。銃身の味のする過去を捨て、育ての母と元妻という不幸に向かって。彼女たちと自分自身を救うのが手遅れにならないことを祈りながら。

21

ブラッドリー・ホフは、コロラド州デンバーにあるウェスティンホテルのスイートルームにいた。かつて自分が妻ヴィヴィアンのどこを魅力的だと感じたのか思いだせたらいいのにと考えながら。

ヴィヴィアンは背が高かった。黒髪を手のこんだシニョンにまとめている。ここ数年は目が落ちくぼみ、細身の年配女性によくあるやつれた印象が強くなってきた。それでも彼女は今も美しい。夫を画家として成功させるために今も昼夜なくプロモーションをこなしているし、マネージャーとしての手腕についても彼女の右に出るものはいない。

それなのに今、ヴィヴィアンは腰に両手をあて、首を突きだして言い放った。「私はヴァーチュー・フォールズには行かないわ」

ブラッドリーは妻の首を絞めてやりたかった。

残念ながら、ヴィヴィアンは首を絞めて殺せると男に思わせるようなか弱い女性ではなかった。

ヴィヴィアンの瞳は大きなブラウンで、氷のごとく冷ややかだった。彼女は相手を傷つける言葉の使い方を心得ていた。男のエゴの弱点を鋭く探りだして攻撃する。

ブラッドリーは気持ちを落ち着け、低い声で言った。「われわれはヴァーチュー・フォールズに戻る必要があるんだ。町は今、広く注目してもらわなければならない。われわれが行けばそれがかなう」

「電気もない。水もない。自宅がどんな状態かもわからない。修理できる人もいない。慌てて行く必要はないでしょう」ヴィヴィアンは足で床を鳴らした。「デンバーなら少しは文明がある。とにかく、今日ヴァーチュー・フォールズに行くなんてお断りよ」

「自宅に滞在しなくてもいいんだ。アトリエは地震に耐えられる設計になっている。近くに倒れる危険性のある高い木もない」ブラッドリーは美しく染められた芸術的なスタイルの黒髪に手をやった。「あそこに泊まればいい」

「私はアトリエなんかに泊まれないわ。シングルベッドがひとつあるだけじゃない。顔料とテレピン油のにおいがするし。それに……」ヴィヴィアンは言葉を途切れさせた。

「なんだ？」

ヴィヴィアンはお決まりの非難を始めた。「あそこは嫌い。あなたの場所だもの」

ブラッドリーはこの闘いに勝たなければならなかった。ヴァーチュー・フォールズに行く必要がある。

そこで、いつもの手に出ることにした——ヴィヴィアンの強欲さに訴えるのだ。「私の絵が心配じゃないのか？　簡単にあきらめたら損だぞ」

無駄になった作品のことを考えただけでヴィヴィアンが胸を痛めたのがわかった。しかし彼女は骨の髄まで現実主義者だ。「あなたの言うとおりアトリエは頑丈にできているから、損害といってもキャンバスや絵の具が落下した程度よ。それに私は作品をあきらめたりしないわ。でも、起こったことはどうしようもないでしょう。それだけの話よ」

「行けば作品を救うことができる。ヴィヴィアン、芸術家としての私に少しは敬意を払ってくれ」

「〝自然派芸術家〟ね」彼女は笑った。「私に言っても無駄よ。いったい何年あなたにつきあってきたと思っているの？　もう二十四年よ。あなたが思うよりずっとあなたのことをわかっているわ。自分の作品を本当はどう思っているかも」

「ばかを言え」私が自分の作品をどう思っているかなど、誰が知るものか。

ヴィヴィアンはクローゼットに近づき、ハンガーから薄手のセーターを手に取った。「友達と出かけるわ。朝には帰ってくる。下のバーにでも行って飲んできたらどう？　なんなら誰か誘って楽しめばいいわ。このベッドを使ってもいいのよ。私たちには無用の長物なんだから」

ヴィヴィアンのそばにいると、自分が少しずつ削り取られ、いつか消えてなくなってしまう気がする。「そういう言い方は不愉快だ」

「ベッドがいらないこと？　それとも、あなたが使い物にならないこと？」

ブラッドリーはヴィヴィアンの肩をつかんだ。

ヴィヴィアンが肘でブラッドリーのみぞおちを強く突いた。

ブラッドリーは思わず息を吐いた。痛みのあまり、体をふたつ折りにしてもだえる。

「私に触らないで」ヴィヴィアンが彼の髪をつかんで顔をあげさせ、目の高さを合わせた。

「離婚されたくなければね」

ブラッドリーは息を切らしながら言った。「そっちに別れる気がないだろう」

「ええ、ないわ。別れたら儲からないもの」彼女はブラッドリーを放して背筋を伸ばした。

部屋の出口に近づき、ドアを開ける。

「私ひとりでも行く」ブラッドリーは言った。

ヴィヴィアンが立ちどまって振り返った。いらだった目で彼を見つめる。

「本気だ」ブラッドリーは胸に手をあてながらゆっくりと体を起こした。

「本気ですって？　身のまわりのことも何ひとつできないくせに？　すべての請求を私が支払い、広報を仕切り、ウェブサイトやソーシャルメディアを管理しているのよ。移動の段取りも。空港も道もふさがっている場所にどうやってひとりで行くの？」

「なんとか方法を考える。ヴィヴィアン、ヴァーチュー・フォールズは私の故郷なんだ。作品もある」ブラッドリーは繰り返した。「私の故郷なんだ」

ヴィヴィアンはため息をついた。「ごめんなさい、ブラッドリー。感情的になってしまって。あなたの言うとおりだわ。あなたには故郷を守るイメージがある。明日になったらヴァーチュー・フォールズに戻るための手配を始めるわ。ただし、今回のことはビジネスと考えて。企画として動きましょう」

「できるだけ早く戻らなければならない」ヴァーチュー・フォールズがどうなっているのかわからないことが、ブラッドリーの胸に大きな不安となってのしかかった。

「なぜそれほど急ぐの？」ヴィヴィアンがいつもの薄笑いを浮かべた。「恋人の安否でも確かめたいの？」

「結婚以来、君以外の女性と寝たことはない」

「だったら、それがあなたの問題ね」ヴィヴィアンは本気でそう思っているようだった。

「わからないのか？」ブラッドリーは訴えるように手を掲げた。「これは金や女の問題じゃないんだ。そうじゃなくて――」

「ええ、ええ、わかっている。前にも聞いたわ。あそこはあなたの心の故郷、インスピレーションの源だっていうんでしょう」彼女はわかっていなかった。ただの一度も理解したことがない。「必ず朝一番に手配するわ。人々が何を必要としているか情報を集めて――」

「どうやって？　まるで連絡手段がないんだぞ」

「赤十字社から地震に見舞われた地域が通常必要とする物資のリストをもらって、それを持っていくことにするわ。ヴァーチュー・フォールズを救うことができて、同時に宣伝もできる。まあ、見ていて」彼女はブラッドリーのところへ戻ってきて頬を軽く叩いた。「できるだけ急いでやるわ。だからそれまでは……お願いだから好きに遊ばせて」

22

エリザベスは早い時間に起きた。とても早かったので、服を着替えて休憩室の外に出てオナー・マウンテン・メモリー養護施設の窓の外を見たとき、周囲はまだほの暗く、太陽は建物のすぐ近くの鬱蒼（うっそう）とした暗い森の木々のあいだにようやく顔をのぞかせたところだった。

おかしなものだ。昨日の午後までは、森という場所は青々とした楽園のような、野生の生き物が自由に活動するところであり、エリザベスが人々の好奇の目や心ない中傷から逃れて新鮮な空気を胸いっぱい吸える場所だった。しかし今となっては、幽霊や魔物がうごめく暗くて不気味な場所にしか見えない。

〝骨はどうなった？〟

エリザベスは幽霊も魔物も信じていなかった。子どもの頃でさえ信じなかった。信じているのは事実、科学、地球の営み……しかしそれらが今、目の前で変わろうとしている。

変化があるのは当然だ。前から知っていた。

しかし、ただ知っているのと実際にこの目で見るのは別だ。父が殺人犯であることを知っていて、そのうえで骨のことを尋ねられるのは不気味だった。この森のように。

〝骨を見つけたんじゃなかったのか？〟

頭の中で父の声がこだまして、背筋が寒くなった。そのとき、後ろからいきなりイヴォンヌに声をかけられて飛びあがった。

「もう起きたの！　さっきの余震で目が覚めてしまったのね」

「ええ」父が部屋に戻ってから一睡もできなかったとは言わないことにした。

イヴォンヌがエリザベスを見つめた。「すてきな服ね」

「あとは全部アパートメントです。いつ取りに戻れるかわかりません」落ち着いた声が出たのが自分でも不思議だった。ついさっきまで簡易ベッドに横たわって顎までブランケットを引きあげ、今にも父が戻ってくるか、もしくは母の幽霊が入ってくるかと怯えながらドアのほうに目を凝らしていたのだ。

そう、母が来るかもしれないという恐怖が、イヴォンヌや父と同様にエリザベスの神経をかき乱した。

「しゃれたサンダルだわ」イヴォンヌが言った。「歩きにくくない？」

エリザベスはすっかりひしゃげてしまったトリーバーチのサンダルを見おろした。「ええ。津波を撮影するためヴァーチュー・フォールズ峡谷まで走っていくまでは大丈夫だったけど」

「あなたって本当に変わった子ね」イヴォンヌが何気なく言い、すぐさま後悔した表情になった。

「ええ」そのとき、エリザベスは廊下の向こうの動きに注意を引かれた。

グレーの髪で少し前かがみの、白いジャケット姿の男性がこちらに向かってくる。老いたバセットハウンドみたいだ。

「あの人は誰ですか?」エリザベスは男性を示した。「患者のひとり?」

イヴォンヌが振り向き、喜びの声をあげた。「ドクター! 来てくれたんですね!」

エリザベスは畏怖と混乱を覚えながら男性を見つめた。医師はベルトの上から腹の肉をはみださせ、鳥の巣じみたぼさぼさの髪をし、取ってつけたような赤い口ひげを生やしていた。彼に比べたら父のほうがよっぽど医師に見える。

「やあ、イヴォンヌ。もちろん来たよ。あちこち遠まわりさせられたがね」彼はファゴットのように深みのあるもの悲しい声で言った。

イヴォンヌがエリザベスに言った。「ドクター・フラウンフェルターは本当は引退しているけど、今も介護施設で患者を診てくださってるの。自分がしなければほかにする人がいないと言って」

「介護施設は保険の額が少ないうえに、書類をたくさん書かなければならないから?」エリザベスは言った。

「ドクター、こちらは――」「そうよ」イヴォンヌがフラウンフェルターに向き直った。「ドクター、こちらは――」

「君はミスティの娘だ。おそらく娘だね」「言わなくてもわかる」フラウンフェルターはエリザベスを上から下まで見まわした。「君はミスティの幽霊か、もしくはミスティの娘だ。おそらく娘だね」

「エリザベス・バナーです」エリザベスは硬い声で言った。

「会えてうれしいよ、エリザベス・バナー」彼はエリザベスと握手し、そのまま手を握り続けた。

エリザベスはあまりにも不快で手を引っこめることもできなかった。「母をご存じなんですか?」

「ああ。彼女がここに暮らしていたとき、私は主治医だったからね。美しい人だった。内面も外面も」彼はエリザベスの手を強く握りしめた。「チャールズは幸運な男だ」

いったいなんと言えばいいのだろう? だったら、なぜ父は母を殺したの? 「母は幸運ではなかったと考える人もいるでしょうね」エリザベスは落ち着いて言った。

「ミスティにはチャールズほどの学識はなかったが、こと人間関係に関しては強く、現実的だった。彼女はチャールズや君のことを深く愛していた。卑劣な犯罪の件でお父さんを責める前に、そのことを考えてみたほうがいい」ドクター・フラウンフェルターは淡いブルーの目を半分閉じた。「君が生まれるとき、私が取りあげたんだ。知っていたかい?」

「いいえ、知りませんでした」エリザベスは下着を盗み見されたかのような不快感を覚えた。

フラウンフェルターは気づいていない様子だった。彼はイヴォンヌに言った。「チャールズは地震のときどんなふうだった?」

「たっぷり楽しんでましたよ」

「だろうな」フラウンフェルターがほほえんだ。

「あなたのお父さんが刑務所に収容されていたあいだ、ほぼずっとドクター・フラウンフェルターが担当医だったの」イヴォンヌがエリザベスに言った。「ふたりはすっかり意気投合して、いろいろ話をしたみたいよ」

〝骨を見つけたんじゃなかったのか?〟

ドクター・フラウンフェルターが大きな肩をすくめた。「われわれは同じ言語で会話できた――あの場所では珍しいことだ。チャールズをもっと早く出してあげられたらよかったんだが。早い時期に投薬を始めていたら、脳の退行を今より遅らせることができたかもしれない」彼はようやくエリザベスの手を放した。「もっとも、そうなるとチャールズはミスティの幽霊に会えなかったかもしれないが」

「つまり父は、脳がうまく機能しなくなったせいで母の幽霊が見えるようになったということですか?」昨夜をここで過ごしたエリザベスは、そうだという返事を期待した。

「彼女が見えると思いこむようになったということだ。会えてうれしかったよ、エリザベス」フラウンフェルターはイヴォンヌの腕を取った。「今日はどこからまわればいい?」

ふたりは廊下を去っていった。エリザベスは医師が母の幽霊の存在を信じていないとわかって安堵し、このあとすべきことを考えた。一刻も早くオナー・マウンテンをあとにしたかったが、なんの挨拶もせず出ていくのは失礼だろう。かといって、イヴォンヌとドクター・フラウンフェルターのあとにくっついて施設をまわる気にもなれない。

結局エリザベスは荷物をかき集め、ビデオカメラとノートを忘れていないことを二度確認した。ナースステーションに置き手紙をして、玄関へ向かう。昨夜ここに着いたときは本当にうれしかったが……今は出ていけることがうれしい。

車に乗りこみ、発進しながらバックミラーに目をやると、イヴォンヌとシーラが駐車場を走ってくるのが見えた。

エリザベスは車を止めた。しかたがない。

ふたりの看護師は息を切らしながらほほえんだ。

エリザベスはウインドウをさげた。「早く誰か来てくれることを祈ります」

「来るわよ」イヴォンヌが言った。「ドクター・フラウンフェルターはここに向かう前に町で負傷者の手当てをしたの。ほとんどは命に別状がなくて、重傷者についてはミセス・スミスが費用を負担してポートランドの病院にヘリコプター輸送するそうよ。ヴァーチュー・フォールズはついてるわ。私たちみんながついてる」

「ミスター・クック以外はね」シーラが言った。

〝骨はどうなった？〟

「あのろくでなしはどうしてるかしらね？」イヴォンヌが言った。

シーラがイヴォンヌの脇腹をつつく。

イヴォンヌは力なくほほえんだ。「いいかげん疲れたのよ」

エリザベスは軽くアクセルを吹かした。「お世話になりました」

「どういたしまして」イヴォンヌが言った。

「手をお大事に」シーラが言った。

エリザベスがこぶしを握ると、傷口が引きつれた。「わかりました」

「海岸には近づかないで！」イヴォンヌが窓越しに呼びかけた。「リゾートに直行するなら、海岸沿いではなく内陸のルートを通って。崩れているとしたら海沿いだから」

エリザベスはうなずいた。

「焦らずにね」イヴォンヌが言った。「燃料は充分ある？」

エリザベスはまたうなずき、手を振ってクラッチをゆっくり離していった。

〝骨を見つけたんじゃなかったのか？〟

車が動きだし、イヴォンヌが後ろにさがった。「向こうに着いたら知らせて……なるべく早く。お父さんが心配するから！」

エリザベスはまたうなずいて手を振り、アクセルを踏みこんだ。早くこの駐車場を出ないと叫びだしてしまいそうだ。

どのみちあとで叫びだすだろうが、イヴォンヌやシーラの前ではしたくない。ふたりは何も悪くない。ふたりとも心優しく、頭の壊れかけた怖がりの老人たちの相手を毎日のようにしている。こちらの相手までさせる必要はない。頭が壊れかけたり怖くなったりしても、自分で面倒を見られる。以前もそうした。今度もできるだろう。一番いい手は……口をきかないことだ。

通りに出ると、エリザベスはもう一度後ろに向かって手を振った。決して振り向くことなく。

イヴォンヌとシーラは建物に入った。

イヴォンヌは身分証明書の磁気カードをカードリーダーに通した。ドアが解錠され、彼女はドアを開いた。「チャールズ・バナーが娘に何を言ったのか知らないけど、心底怖がらせたみたいね」

「ひょっとして」シーラが言った。「ミスティの幽霊を見たんじゃないの」

23

「ほかに何かいるものはありますか？」ベッド脇に置かれたクイーン・アン様式の椅子にマーガレットが姿勢を低くして少しずつ移動するのを、ミクローシュ・コルンゴルトが心配そうに見守りながら尋ねた。

「いいえ、ミクローシュ。しばらくひとりになれたらそれでいいの」

「ドアの外にいますから、用があったらいつでも呼んでください」

「そうするわ」

ミクローシュは二十一歳でハンガリー訛りがあり、金歯と胸毛があって痩せていた。マーガレットが移民支援プログラムで雇い入れたスタッフのひとりだ。ミクローシュを雇って本当によかった。

というのも、発動機は絶対に必要なところにしかまわせない。

エレベーターは絶対に必要とは見なされない。

しかしマーガレットは、階段の昇降ができなかった。少なくとも若いジョスエ・トーレスのたくましい腕か、男性スタッフが四人いなければ。しかしジョスエは妻と合流するためにヘリコプターで去っていったし、スタッフたちは忙しい。そのためマーガレットは四階のスイートルームか一階ロビーにいるしかなかった。彼女はミクローシュを従者にして上に行くことを選んだ。

ミクローシュは額に指を二本添えて敬礼した。彼がドアを閉めていなくなると、マーガレットは低くうめいた。

とにかく睡眠が必要だ。まっすぐ横になり、まぶたを閉じ、誰に話しかけることも、話しかけられることも、慰めの言葉をかけることもなく、二十四時間眠りたい。

彼女は時計に目をやった。午後三時を過ぎたところだが、昨夜の地震が起こって以来、一瞬たりとも気の休まるときがなかった。当然だ。彼女はこのリゾートのオーナーで、ここにいるすべての人に対して責任がある。津波に襲われることはないとわかっても、多くの人は今も怯えている。

マーガレット自身も怯えていたが、どういうわけか人々は、九十一歳の老女なら死を静かに受け入れるものと思っている。

マーガレットにはできなかった。死そのものは受け入れられる。問題は死に方だ。とはいえ、今は以前のように人生を楽しむエネルギーがない。彼女は横になって静けさに耳を澄まし、つかの間の平和に感謝した。

スタッフが応急の掃除やサンドイッチ作りや飲み物を配るのに忙しくしているあいだ、マーガレットはアマチュア無線で——崖上にあるこのリゾートで、基本的な通信手段を捨てるような真似はしなかった——外界との連絡を試みた。二時間以内に最初のヘリコプターが駐車場に着陸し、あらかじめマーガレットが頼みこんで確保してもらったポートランドのホテルに客を輸送してくれた。一部の客は駐車場に車を残してヘリコプターに乗った。マーガレットは、道路が復旧したらすぐに車を運ばせると約束した。

避難には莫大な費用がかかり、非常時のための蓄えを大きく取り崩すことになった。しかし、ほかにどうしようもない。至るところにガラスの破片が散乱し、手足を傷つけようと待ち構えている。余震のたびに壁から絵が落ち、テーブルがひっくり返った。客に訴訟を起こされてもおかしくない状態だった。頭の足りない一部の客に——とりわけオーロラ・トンプソンに——財産を奪われるようなことはさせられない。

デスクの上でアマチュア無線が鳴った。

つかの間の静けさもここまでだ。

膝に人工関節を入れる手術から回復して以来、歩行器は使っていなかった。しかし余震がひっきりなしに続いている今は、杖よりも安定した支えが必要だ。マーガレットはいまいましい歩行器を引き寄せ、それに寄りかかって立ちあがり、デスクに向かった。身を乗りだしてマイクのスイッチを入れ、精いっぱい大きな声で呼びかける。「私は無事よ。ホテルもね」

少し間があり、ギャリックの笑い声が聞こえてきた。「まさにそれを聞きたかったんだ」

相手には見えないが、マーガレットは笑顔になった。「まあ、驚いた。あなたなの」ほっとした声が出た。ギャリックは長らく音信不通で、最後に連絡があったのは何カ月も前だ。そのときでさえいつもの彼らしくなく、落ちこんでいるようだった。「今、どこにいるの?」

「そう遠くない。ポートランドだ。あなたのアマチュア無線のことをすっかり忘れていたけど、思いだしてすぐに買ったよ」ギャリックが間を置かずに尋ねた。「エリザベスはどうしてる? 何か知っているかい?」

「知らないわ」マーガレットはデスクチェアを引き寄せて腰をおろした。「こっちは大混乱なの」

「エリザベスのことだから、よく考えもせず危険な場所をうろうろしてるに違いない」

「それはあなたも同じでしょう」

ギャリックは低くうめいたが、賢明にも話題を変えた。「怪我はなかったかい?」

マーガレットは余震で腰をひねったが、そんなことはこの状況で持ちだすまでもなかった。

「大きな怪我をした人はいないわ。スタッフや客の一部がガラスの破片で切り傷を作ったり、ミセス・スミスの大切なアンティークが壊れたりしたけど。それ以外はみんな無事よ」

「よかった」ギャリックが張りつめた声で言った。「ヴァーチュー・フォールズの誰かに連絡して、エリザベスを見つけてもらうことはできるかな?」

「できると思うわ。フォスター保安官がホテルの様子を確認するために部下をよこしているから――」

「保安官自身は来てないのか？」

「私に嫌われていると思っているのよ」

「それは正しい。実際にそうだ」ギャリックがおかしそうに言った。

「若い時分から生意気な小僧だったけど、バナー事件ですっかり有名人気取り。ええ、私はあの男が嫌いよ。それにしても……別れた妻のことをやけに心配するのね」

マーガレットはそこで口をつぐみ、相手の返事を待った。

「向こうが勝手に離婚を望んだんだ」返ってきたギャリックの声は、開き直ったような、あきらめたような――惨めな響きがした。

「なぜなの？」

「さあね。俺が彼女の話をちゃんと聞かないとか……たぶんそんなことだ」

「たぶん？　それもちゃんと聞かなかったの？」

返事はなかった。

「それで、まだエリザベスのことが好きなの？」

「心配しているから好きとは限らない」

ギャリックの声は刺々（とげとげ）しくなっている。よかった。マーガレットはふたたび無線機に向かって笑顔になった。ギャリックは今も妻に未練があるのだ。

「頼むよ、マーガレット。これはアマチュア無線だ。誰かが聞いてるかもしれない」今になって思いあたったらしい。「そっちに着いてから改めて話そう」

ふいに女性の声が割りこんできた。「なぜ？　あなたには今、お説教が必要よ」

マーガレットは笑みを引っこめた。聞き覚えのある声だ。

ギャリックも気づいたらしく、たちまち明るい声になった。「アニー・ディ・ルカ！　元気ですか？　そっちのリゾートは地震と津波でやられませんでしたか？」

マーガレットは身を固くしてアニーの返事を待った。

心配だからではない。一九五七年、ディ・ルカ一族はカリフォルニアから北上し、ここからわずか六十キロ地点の白いビーチを見おろす岬にヤーニング・サンズというリゾートホテルを建設した。ヴァーチュー・フォールズのような、こぢんまりとしたぬくもりのある木造ホテルではない。大きくてとびきり派手なホテルだ。異国情緒あふれる庭園、ハイキングコース、コテージがあり、太平洋を見渡せる本館には百の客室がある。ホエール・ウォッチングのための展望デッキが設置され、ディ・ルカ・カリフォルニア・ワイナリーで作られた自家醸造ワインを提供している。

ヴァーチュー・フォールズ・リゾートに来るのは、昔ながらのホテル愛好家だ。

一方、ヤーニング・サンズにやってくるのは、流行(はや)りものが好きなカリフォルニアの人たちだ。彼らは昼間はビーチでキャンプの真似ごとをし、夜はホテルのスイートルームで暖炉前の熊のフェイク・ラグに寝そべってくつろぐ。

正直に言って、マーガレットはディ・ルカ一族が大嫌いだった。心の底から。それは周知の事実で、この六十年ずっと変わらない。

どちらのホテルも繁盛しているが、マーガレットとしては、スミス一族が先に創業したヴァーチュー・フォールズ・リゾートが、あとからできたヤーニング・サンズの華やかさの陰にかすんでいることが心に引っかかっている。

「津波の被害は免れたわ」アニーが言った。「津波が来た北西に、ちょうど砂州と礁湖があったの。それはすっかりなくなってしまったけど、波の威力はずいぶん小さくなった。どちらかというと地震のほうが危なかったわね。少なくとも私にとっては」

アニー・ディ・ルカは関節リウマチのため、六十代にして車椅子生活を送ることになった。それからすでに二十年近くになる。マーガレットはひそかにアニーを案じていた。「怪我をしたの？」彼女はつっけんどんに尋ねた。

「とっさに車輪のブレーキをかけられなくて、あちこち転がったわよ。犬が助けようと必死になってくれたけど……リターっていう介助犬。とても忠誠心が強いの」アニーがため息をついた。「でも、転がってよかったわ。私は図書室にいたのよ。本棚を支えていたベルトが切れたせいでそのひとつが倒れて、危うく下敷きになるところだった」

「それで、犬は無事だったわけ？」マーガレットはしぶしぶ尋ねた。「それと、あなたも」

「飛んできた本があたっただけよ。本で怪我をするなんて初めてだったけど」アニーは冗談めかして言った。

おそらく本人が言うより怪我の程度が大きいのだろうとマーガレットは思った。

「そちらはどう、マーガレット？」アニーが尋ねた。「あなたやヴァーチュー・フォールズは大丈夫なの？　もちろんホテルも」

「地震は大きかったけれど、客を避難させてひと息ついているところよ」そう言ったとたん、マーガレットはこの状況に似合わないほど激しい動悸を覚えた。

パニック発作だ。これまでパニック発作に襲われたことはない。にもかかわらず、ここ二十四時間のことを口に出しただけで息切れと恐怖が襲ってきた。そんな弱さをアニー・ディ・ルカに見せるなんて……断じて受け入れられない。しかし、もし誰かが今の自分を理解してくれるとしたら、六十年来のライバルをおいてほかにはいない。「私は九十一歳で、これまでこの地域で多くの地震を経験してきたわ。でも、今回は今までとは比べ物にならなかった」マーガレットの冗談めかした言葉には思いがけず恐怖がにじんでいた。

「私はまだ八十三歳だけど、カリフォルニア生まれで少しは地震を知ってるつもりだった。でも、間違いだったとわかったわ」アニーも息切れしたような声で言った。「マーガレット、もうパトリシアには連絡したの？」

アニーにいらいらさせられるもうひとつの理由がこれだった。彼女はマーガレットの子どもや孫の名前を完璧に覚えているのだ。マーガレットはアニーの子どもや孫の名前など気にしたこともないのに。「こっちは忙しいの」彼女は刺々しく言った。

「パトリシアは心配してるわよ」アニーが例のなだめるような声で言った。彼女はいつだって平和主義者だ。

「私を心配するくらいなら、不動産業者の女を送りこんでヴァーチュー・フォールズ・リゾートを手放させようなんて妙な考えを抱かないことだわ」

アニーの反応はすばやかった。「なんですって？　まったく、パトリシアときたら何を考えているのやら。まるでわかってないわね」アニーが続けた。

「あなた、その不動産業者の女をどうしてやったの？　地震のどさくさに紛れて、展望デッキから突き落としてやった？」

ギャリックが噴きだした。

マーガレットは得意げに言った。「小さなプライベート・ヘリコプターに乗せて避難させたわ。うんと怖がらせてやるよう操縦士に耳打ちして」

「そりゃあいいわ」アニーが言った。

ふたりが笑う中、ギャリックが口を挟んだ。「マーガレット、それはともかく、パトリシアに無事を知らせないと、彼女はどうにかして様子を見に来るぞ。そうなったらまったくうれしくないだろう？」

「あなた、自分の都合で言っているわね。こっちに来たとき、私のかわいい孫娘と顔を合わせるのが耐えられないんでしょう？」

「いけないかい？」ギャリックが言った。

「いいえ、ちっとも。でも、実際にパトリシアとは連絡の取りようがないの。向こうはアマチュア無線をしようとしないし」マーガレットは意地悪く言った。「そこを出発する前に、あなたからパトリシアに知らせてもらえないかしら？」

ギャリックがまくしたてようとするのをアニーがさえぎった。「さっき、親戚のベラ・テラと連絡を取ったの。彼女に伝言を頼んであげるわ。そうすれば、パトリシアも慌てて来ることもないでしょうよ」

「そうしてちょうだい」マーガレットは言った。「感謝するわ、アニー」

「いいのよ。伝言の前にパトリシアが出発していたら知らせるわ」

余震が来た。

マーガレットとアニーは息をのんだ。

余震はしばらく続き、やがておさまった。

「終わったわ」アニーが大きく息を吐いた。「もう切るわよ」

「だいぶまいっているみたいね」マーガレットはつい言った。「もうあなたも若くないのよ」

意地悪で言ったのではない。アニーは本当に疲れている様子だ。芯の強い女性ではあるが、彼女はマーガレットと違って体が丈夫ではない。

「そうね。じゃあ、また。声を聞けてよかったわ、ギャリック」アニーの無線が切れた。

「いい人だね」ギャリックが言った。

「もっと体に気をつけるべきなのよ」敵に死なれることは、友人に死なれるのと同じくらい大きな喪失感をもたらすと、マーガレットは承知していた。

「彼女には夫がいる。とてもいい人だ。ちゃんと面倒を見てもらえる」ギャリックがてきぱきした口調に戻った。「道が完全に封鎖される前に出発したい。マーガレット、必要物資のリストをくれないか。途中で調達していくから」

「わかったわ」

「それからマーガレット……エリザベスがどうしているか調べてほしいんだ」

24

マーガレットは椅子まで歩いて戻った。深々と腰をおろし、疲れた体をクッションにうずめたところでドアがノックされ、またしてもうめき声がもれた。「どうぞ！」声を張りあげる。

ドアの隙間から、ミクローシュが用心深くのぞきこんだ。

ちょっと元気を出しすぎただろうか。マーガレットは声のトーンを落として問いかけた。

「どうしたの？」

「女性のお客さまです」ミクローシュが答える。「目が矢車菊みたいなブルーで、熱帯の太陽みたいな髪の女性が来てます。エリザベス・バナーという名前で、あなたの知り合いだとか。部屋が空いてるかどうか知りたいそうです」

「エリザベスは無事なの？ 彼女がここに来ているのね？」

「はい。それはもう、申し分ない様子です」美しい女性に畏怖の念を抱いた青年らしい口調でミクローシュが答える。

マーガレットは軽く笑い声をあげた。「ああ、ほっとした。ええ、もちろん部屋は空いているわ。ここへ連れてきてちょうだい」ギャリックとエリザベスが同じ時期にこのホテルへやってくる。おもしろくなりそうだわ。「それから、三階のパシフィック・スイートの準備をお願い。ベッドルームをふた部屋ともね。そこへ案内してあげて」

間もなく、ふたりが階段をのぼる音が聞こえてきた。ドアまで駆けていき、ドアの向こうに消えた。ミクローシュがいつものように指を二本小さく掲げて挨拶し、ドアの向こうに消えた。ギャリックの妻を抱きしめて歓迎し、本当に無事かどうか確かめたかった。けれどもそのエネルギーがなかったので、マーガレットはドアのところに現れたエリザベスにほほえみかけ、両手を差しだした。「エリザベス、来てくれてとってもうれしいわ」

エリザベスがぎこちない足取りでこちらへ向かってくる。これから叱られようとしているティーンエイジャーの少女そのものといった風情で。「ずうずうしいのはわかっているわ。でも、ほかに行くあてがなくて」

エリザベスの気後れした様子に、彼女を喜んで迎え入れたマーガレットの気持ちはさらにかきたてられた。「ずうずうしいだなんてとんでもない。私たちは親戚なのよ。こんなときに頼らないで、何が親戚よ」

「親戚といっても……」エリザベスがマーガレットの手のひらに両手をのせ、軽く握る。「部屋を用意してくれてありがとう。アパートメントが崩れて、瓦礫だらけになってしまったの。昨日の夜は父がいる介護施設に泊まらせてもらったわ」声がみるみる小さく聞き取りづらくなっていく。「でも、ふた晩はさすがに無理だから」

「施設の人たちも手いっぱいなんでしょうね」マーガレットはそばにある揃いの椅子を身ぶりで示した。「入所者たちが地震にひどく怯えているはずだもの」

エリザベスが椅子に腰をおろした。「父はそうでもないみたい」

「ええ、チャールズが地震に怯えるはずはないわね」エリザベスも怯えているわけではなさそうだが、顔色が悪くどこか弱気で、鼻と口が小刻みに震え、手をせわしなく服や顔や髪にやっている。「食事を用意しましょう。あなたも食べるでしょう？」

「ええ、朝食もとっていないから」エリザベスが驚いたように答えた。

「そこからミクローシュに声をかけて、いろいろなものを少しずつトレイにのせて、ふたり分運んでくるよう頼んでちょうだい」

「いろいろなものを少しずつ」エリザベスの表情が明るく輝いた。「すてきだわ」

マーガレットはドアへと歩いていくエリザベスを目で追った。

この子は好感が持てる。たたずまいは一九四〇年代の映画スターを彷彿させ、激しさは殺人事件が起こる前のチャールズ・バナーを連想させる。そして笑顔は……ミスティを。マーガレットはかつてヴァーチュー・フォールズに越してきた新婚夫婦の姿を思いだした。ふたりにあんな悲劇が起ころうとは予想さえしていなかった。

それでも、悲劇から勝利と呼べるものが生まれたのは確かだ。ギャリックとエリザベスの結婚。マーガレットは相性抜群のカップルになると確信し、ふたりが出会うよう仕組んだ。それなのに、あの子たちは別れてしまった。最近の子どもたちはあっさり愛を手放してしまう。

エリザベスがミクローシュに食事を頼み終えるのを待って、マーガレットは声をかけた。

「その手はどうしたの？」

エリザベスが絆創膏が貼られた手を持ちあげ、視線を落とした。「地震のせいよ。でも、これだけですんで運がよかったわ」

マーガレットはため息をついた。「こうしてここにいられる私たちは幸運ね……。最近、私の息子から連絡はあるの？」

エリザベスが驚いた顔で答えた。「ギャリックから？　いいえ、電話はないわ」

「私のところにもめったにかけてこないわ」息子が今ここへ向かっている最中だと伝える必要はない。ふたりとも驚かせてやろう。「ある出来事がきっかけで、FBIを停職になってからはね」

「停職？」エリザベスが椅子に座った。「ギャリックは相当落ちこんでるはずだわ。何があったの？」

「詳しいことは話してくれないの」マーガレットが知っているのは、息子の心がある意味で壊れてしまったことだけだ。

「ギャリックらしいわ。出会ったばかりの頃は、彼が心を開いてくれていると思ってた。事件のことをいろいろ話してくれて……カーチェイスだとか、銃撃戦だとか、乱闘だとか。臨場感たっぷりの語り口だったから、自分のことをまったく話さない人だと気づくまでずいぶんかかったわ。彼は自分がどう思ったとか、どう感じたかということにはいっさい触れなかった。容疑者を監視しているときや報告書をまとめているとき、事件が難航しているときのことは、絶対に話してくれなかったの」エリザベスは少しもおかしくなさそうに笑い声をあげた。「まるで三流アクション映画の世界だった。刺激的でアクション満載。でも、登場人物に深みがない」

マーガレットは両手をもみあわせそうになるのを抑えなければならなかった。これはいい兆候だ。ギャリックはエリザベスのことを尋ねてきたし、エリザベスはギャリックを責めるような皮肉を言っている。感情的な反応。ということは、ふたりはまだ互いのことを思っている。

ドアがノックされた。

「食事が来たわ」マーガレットは言い、ドアに向かって返事をした。「どうぞ!」

ミクローシュが肩でドアを押し開けながら部屋に入ってきた。金歯を見せながらほほえみかけ、ふたりのあいだのテーブルにトレイを置く。覆いが外され、フルーツとチーズ、パンとオリーブの実、香りのよいブラッドオレンジ・ジャムに、瓶入りのクロテッドクリームが現れた。トレイの隅に置かれた皿には、小さくカットされた四角いレモンティーケーキと小ぶりのジンジャークッキーがのっている。そして……「ミモザです」ミクローシュが告げ、余震が起きても倒れにくい平底のグラスにシャンパンを注ぎ、そこへオレンジジュースを軽くひと振りする。

「完璧だわ」マーガレットはミクローシュにうなずいた。「これぞ女性ふたりの空腹を満たす食事ね。厨房のスタッフたちにお礼を言ってちょうだい」

「トレイをさげるときは呼んでください」ミクローシュがいとまを告げ、部屋から出ていった。

「ここには新鮮な食材がたくさんあるわ。お客さまにお出しする分はちゃんとあるから、遠慮しないで食べて」マーガレットはホテルの営業再開まで二カ月はかかると見込んでいるが、もしかしたら楽観的すぎるかもしれない。

自然災害が起きていいタイミングなどないが、年齢を考えて引退すべきだと家族から勧められているマーガレットにとって、これは悪いタイミングだ。それもかなり悪いタイミングと言っていい。

エリザベスが立ちあがって料理を取りに行った。「何を食べる?」

お行儀のいい子だ。マーガレットはパンとクロテッドクリーム、フルーツを頼んだ。

頼まれたものを盛りつけ、皿をマーガレットに手渡しながら、エリザベスが言った。「スタッフがまだ残っているのね。みんな自分の家に帰りたいんじゃないかしら？」

「住み込みのフルタイムのスタッフが八人いるの。夏休み中の学生と、私が雇った移民たち。私も移住してきた身だから、つい甘くなってしまうのよ。ほかのスタッフは地元の人たちだけど、そのうち三人は自宅に戻っても住める状態じゃなかった」マーガレットはナプキンを膝に広げた。「その人たちはここに戻ってきて住み込みで働いてくれているわ。私にとってありがたいことにね」

「スタッフたちもあなたに感謝しているわ」エリザベスが自分の皿に料理を盛りつける。

「住む場所のない人たちを受け入れるなんて、親切なのね」

「私のために働いてくれる善良な人たちやあなたは、この家にとって恵みの存在だもの」

「私はどこまで恵みになれるかしら。着替えもないのに」エリザベスが椅子に戻り、こんがり焼けたパンにブラッドオレンジ・ジャムを塗ってブリーチーズを一枚のせる。

「ここは宿泊客がさまざまなものを置いていくの。中には不要だから置いていかれたものもあるわ」マーガレットは安心させるように言った。「だから、寄付に出さなければならない服が必ずあるの。あなたに合うものを見繕ってあげる」

エリザベスがパンを咀嚼し、のみこんでから答えた。「ありがとう」料理と服のどちらのことなのか、マーガレットにはわからなかった。そのときギャリックの話題を途中でやめるわけにいかないかのように、エリザベスが一気に言葉を継いだ。「本当に感謝しているわ。ギャリックは常にヒーローでいなければならなかったのかしら？　たまにはただの男でいてはいけなかったの？」

25

マーガレットはミモザのグラスに口をつけながら、ギャリックのことをしきりに話したがるエリザベスの様子に思いを巡らせた。いいわ、とてもいい兆候。

エリザベスが話し続ける。「私は互いを愛しあえる男性と一緒にいたかった。私が秘密を打ち明けられる相手、私に秘密を打ち明けてくれる相手と」

「たしかにギャリックは自分を見せない子ね」マーガレットは認めた。「自分が傷つくようなことは話したがらない」

「でも、私は超能力者じゃない。ギャリックが話してくれなければ、彼が何に傷つけられたのか、わかるわけがないでしょう？」

「あの子が嫌うのは無力な者に対する冷酷な仕打ちよ」あの高級フランスチーズは私が食べるものじゃない――マーガレットはクロテッドクリームをパンに塗った。

「子どもね。ええ、そうよ」エリザベスが身を乗りだしてくる。「子どもが傷つけられた事件については、極端に口数が減ったわ」

「ギャリックは厳しい子ども時代を送ったの」これは控えめな表現だ。マーガレットはパンをかじり、考えこんでいるエリザベスの様子を見守った。

「ギャリックがもらしたごくわずかな情報から察すると、父親がアルコール依存症だったのよね？」

「子ども時代のことをギャリックに尋ねなかったの？」マーガレットはきき返した。

「尋ねるたびに、私の子ども時代の話になるよう仕向けられたの」エリザベスが椅子にもたれて吐息をつき、ミモザで喉を潤した。「ギャリックのしていることに気づくまで、しばらく時間がかかった。自分のことを知られまいと私を拒絶していることに」

「ギャリックは子どもの頃、どんな理不尽なことでも自分に起きた出来事はすべて自分のせいだと思っていたわ」マーガレットはエリザベスの関心を引きつけようとした。自分のまいた言葉の餌に誘導されたエリザベスがギャリックのもとにたどり着き、ふたりが心を通じあわせてまた結ばれることを期待していた。

「何があったの？」

「それは本人に尋ねなさい」

エリザベスが頑なに口を引き結んだ。「ギャリックは去ったわ。私たちは離婚した。そうしたほうがよかったから」

「よかったって、誰にとって？　ギャリックにとってはよくなかったわ。妻と仕事を失ったんですもの。そのふたつはつながっていると私は思っているわ」

「私にとってはよかったわ。自分勝手かもしれないけど、ギャリックと暮らしているうちに、五つ星レストランにいるような気分になってきたの」エリザベスがトレイに向かって手を振ってみせる。「料理が運ばれていくのをそばで見ながらにおいを嗅いで、もうすぐおいしい料理にありつけると思っていたら……飢え死にしそうになった」エリザベスが惨めそうに肩を落とす姿を見るのは初めてだ。「ギャリックが話そうとしなかったから、私も話さなかった。それで彼が耳を傾けなくなって、私は……去ったの」

ふたりのことを思い、マーガレットの胸は痛んだ。「あなたたちが愛しあい、助けあってくれればいいと願っていたのよ」

「愛しあっていたわ。心から。だからこそよけいにつらかった。一緒に暮らしているのに近づけない状態が。体は触れあっても、心は絶対に触れあわなかった」

「魂で通じあうことはなかったの？」マーガレットは背もたれに頭を預け、この年齢まで生きてきた女性に許される回想に浸った。「夫のジョニーは結婚したとき、私にどう接していいのかわかっていなかったわ。彼のほうが年上で、私はとても若かった。彼は怠け者で、私は働き者。彼は気楽な恋人が欲しかったけど、私が求めていたのは大人の男だった。夫婦関係がうまくいくまでに十年かかったわ。そのあいだ、私は自分が一番いいと思うようにして、ジョニーは変わらず道楽を続けられるものと思っていた。それでもそのうちに、だんだんとうまくいくようになったのよ」マーガレットはほほえんで先を続けた。「私はミセス・スミスと一緒にアメリカへやってきて、自分の目的を果たすためにジョニーが必要なんだと思うようにしたの。私がこの国で豊かになり、安全に暮らしていくための手段として、この人が必要なんだというふうにね。彼は本当にそのとおりの存在になったわ。私たちが腹心の友になれたことは予想外のボーナスだったというわけ」

エリザベスはブルーベリーとラズベリーの盛られたボウルを手に取り、子どものように夢中になって食べた。「とてもおいしいわ」

「ここで獲れたの。ワシントン産は世界一よ」マーガレットは手を振った。「私はいらないから、全部おあがりなさい」

エリザベスはあっという間に平らげてボウルをテーブルに置き、口元をぬぐって言った。「私にあなたみたいな忍耐強さはないわ。成熟するかどうかもわからない関係にいつまでも期待するなんて」

「あなたはカトリックじゃないものね。私とジョニーは結婚したら、もう逃れることができなかったの。私たちはいわば、南京袋に詰めこまれた怒れる二匹の猫だった。折り合いをつけていかなければならなかったのよ」

「ギャリックと私はまったく違う仕事をしていて、別々の方向に引っ張られていった」エリザベスの顔にかすかな笑みがよぎる。「ひとつの南京袋に詰めこまれてはいなかったわ」

今のところはね。マーガレットはおかしくなり、忍び笑いをもらした。ギャリックは今ここへ向かっている最中なのだ。

「何がそんなにおかしいの?」エリザベスが尋ねる。

マーガレットの口からすらすらと嘘が出てきた。この年齢まで生きてきて、嘘については多くの経験を積んでいる。「アメリカへ逃れてきた頃のことを思いだしていただけよ。あなあなたとはまったく違う人生を。そうそう、あれはスミス家伝来のブローチなのよ」部屋の隅に置かれたガラスケースを身ぶりで示す。「〝さえずる鳥〟というの。ミスター・スミスが、初めての子どもである息子が生まれた喜びのしるしに初代のミセス・スミスへ贈った品よ。スミス家の全盛期にティファニーへ特別注文したの」

エリザベスが皿をテーブルに置き、ガラスケースまで歩いていった。黒いベルベット地に美しく精巧な宝石が飾られている。エリザベスは腰の後ろで両手を組み、上半身をゆっくりかがめてそれを見つめた。「神話の鳥。フェニックスね」

「ええ、そう。羽はエメラルドとルビー、目はアクアマリン、台座は七カラットのスミス・エメラルド。有名な品よ」マーガレットはこの宝石を七十六年、見続けてきた。

「すばらしいわ」

「初めて見たとき、私もそう思ったわ。ダブリンのホテルで部屋付きのメイドをしていた頃だった。まさか彼女と一緒にアメリカへ舞い戻ることになるなんて、あのときは想像もしてなかったわ」〝さえずる鳥〟はマーガレットがダブリンと貧困から抜けだすための切符だったが、その物語の真実を誰かに打ち明けるつもりは毛頭ない。「そのブローチはずっとここに飾ってあるの。あの地震でガラスケースが割れなかったのはなぜかと思うでしょう。防弾ガラスだからどんな地震でも割れないのよ。ブローチはこのガラスと最新鋭のセキュリティで守られているの」

「なぜ美術館で保管しないの？」

これが不吉なアンティークだからよ。「私はわがままな年寄りだから、毎朝起きたときと毎晩寝る前にこれを見たいの。ジョニーと私は子どもを四人授かって、その全員が神のご意志に従って子孫を増やしたわ。その中にはこう言ってくる子たちもいるのよ。ブローチはここに置いておけば充分に安全なんだから、わざわざお金を払ってセキュリティ会社に守ってもらわなくてもいいだろうって。でも私はその子たちがここへ来たときは必ず、銀食器を鍵がかかる戸棚にしまっているの」

エリザベスが啞然とした表情を浮かべ、それが恐怖の表情に変わった。マーガレットが笑うと、エリザベスも笑いだした。

マーガレットはおどけて言った。「その子たちは私と直接血のつながりがない親戚だと言い逃れたいところだけれど、どの大家族にも手癖の悪い子がひとりかふたりはいるものなのよ。避けられない運命ね」

「ええ、そうかもしれない」エリザベスが最後にもう一度じっくりブローチを見やってから、椅子に戻った。ふたたびミモザを飲み、クッキーをかじる。「他人が持っているものをうらやむ人っているから。持ち物、知性、幸せなんかを」

マーガレットは皿を脇に置いた。「ねたみの対象になったことがあるみたいね」

「ええ」くたびれた子どものように、エリザベスが不機嫌そうに額をこする。「なぜああなったのか理解できない。私は妻を殺したとされる父親のいる、憐れで不器用な子どもだった。大人たちには同情され、子どもたちにはばかにされ、いとこたちには殴られた。でも次の瞬間には飛び級で大学に入り、男の人たちに言い寄られて、モデルの仕事の契約をしていた」

「思春期に大逆転が起きたのね」

「ええ」エリザベスは口元をゆがめた。「いとこたちはそれでも私をからかい続けたけど」

「残酷ね」エリザベスの置かれていた状況を考えると、残酷どころではない。「伯母さんは止めてくれなかったの？」

「伯母にとって、私はストレスの源だったの。伯母の望むことをしなかったから」

「伯母さんの望むことって？」

「殺した犯人を思いだすこと」エリザベスがグラスを置き、立ちあがって伸びをした。「ごちそうさま。おいしかったわ。私、おなかが空いてたのね」

「食欲のある娘さんを見るのは気持ちがいいものだわ。それじゃあ……くたくたに疲れた年寄りがトイレに行くから、ちょっと手を貸してもらおうかしら」マーガレットは立ちあがるためのエネルギーをかき集めた。「そのあとで、ミクローシュにトレイをさげさせてちょうだい」

エリザベスはすぐにマーガレットのもとへ飛んできた。

「軽く押してくれる？」

エリザベスがマーガレットを押しあげる。

マーガレットは体に力をこめた。ふたりで協力して椅子から立ちあがり、トイレへ向かう。ああ、くたびれた。トイレが終わったらエリザベスには部屋から出てもらって、横になって昼寝をしないと。

ところが、トイレから戻るとトレイはすでに片づけられ、エリザベスはマーガレットの私室のバルコニーに出ていた。手すりにもたれ、首をかしげながら眉をひそめている。「津波の瓦礫が流れてきたわ。入り江の波間に漂ってる。あそこに浮いてるのは何かしら？　うっすらと見えるんだけど……」そちらを頭で示す。「影みたいな……人かしら？」

マーガレットはエリザベスの隣に行き、彼女が指し示す先に視線をやった。「ええ、そうみたいね。双眼鏡で見てごらんなさい。引き出しにあるから」

エリザベスが双眼鏡を取りだし、海に浮いている瓦礫にピントを合わせる。「はっきりとはわからない。オレンジ色の救命胴衣を着ている人が波に揺られてるように見えるけど。黒髪で、顔が下を向いてる」いきなり双眼鏡を顔から離し、まばたきをしてからもう一度目元に戻す。「あれは……カテリじゃないかしら」興奮で声が大きくなる。「そうよ……カテリだわ！」

26

風が吹き、波が崖の下方で砕けている。日が沈みかけた淡い青の空に薄紅色に輝く雲が広がり、飛行機があとに残した薄もやが東から西へたなびいている。陸地から飛びたった飛行機は肥沃な熱帯の島々か、秩序だった極東地域か、あるいはもっと遠い場所を目指す。だが、エリザベスがいる崖に詰めかけた人々にとって、この世界は違った様相を呈している。彼らは祈り、泣き叫び、風前の灯にあるカテリの命を見守っていた。

もう手遅れだ。カテリが生きているわけはないとエリザベスは覚悟した。カテリは津波にのまれ、荒れ狂う海に引きずりこまれ、大海原へ投げだされた。冷たい太平洋を長時間、漂流し続けた。それでもせめて遺体を回収できれば、家族や親しい人々は心が慰められる。エリザベスのような友人たちは。

エリザベスは双眼鏡をのぞき、このホテルのスタッフの中で最も勇気ある三人が、津波の瓦礫が漂う大海へ小さなモーターボートで乗りだしていく様子を見守った。太くて大きな丸太、海面に浮かぶ冷蔵庫、転覆したボートが一定の動きで波間に揺られて押しあげられ、そのまますとんと落ちる。冷水に棲息(せいそく)する大型の藻が海面に広がり、あらゆる漂流物を絡め取っている。その真ん中に、救命胴衣をつけた人に似た物体が浮かんでいた。

カテリ、本当にあなたなの？

エリザベスは顔をあげ、四階にある自室のバルコニーからじっと海を見守るマーガレットへ視線を移した。マーガレットがエリザベスを励ますようにうなずく。

エリザベスはふたたび双眼鏡をのぞいた。

モーターボートに乗ったスタッフたちがマーガレットに合図を送っている――浮かんでいるのは本当に人間だったと。彼らが柄のついた鉤(かぎ)を伸ばして救命胴衣に引っかけると、頭が上向きになった。

カテリだ。

ああ、よかった。遺体が発見されたおかげで、名前も知られないまま太平洋を永遠に漂流せずにすむ。

エリザベスは涙をぬぐった。泣くのはまだ早い。そう思い、救助作業に意識を戻した。

突然、モーターボートに乗った人々の動きが慌ただしくなった。

エリザベスは目を凝らし、何が起きているのか見きわめようとした。誰かが叫んだ。「動いた。彼女が動いたぞ！」

スタッフたちは見物人たちに目もくれず、カテリの腕をつかんでモーターボートに引きあげようとしている。

かなり距離があるにもかかわらず、カテリの絶叫が聞こえてきた。泣き叫ぶ恐ろしい声が水平線を揺るがし、エリザベスは思わずへたりこんで地面に膝をついた。

救助者たちに選択の余地はなかった。カテリを陸まで連れていかなければならない。カテリの体がモーターボートに引っ張りあげられた。

泣き叫ぶ声がふたたび空気を切り裂く。

エリザベスは苦悶と憐れみを同時に感じ、心が張り裂けそうになった。あと少しで本当にそうなってしまいそうだった。

気づくと声をあげて叫んでいた。「担架がいるわ。あとブランケットと、救急セット。桟橋まで運んで」エリザベスはバルコニーを振り返った。

マーガレットの姿がない。

すぐに理由はわかった――生存のしるしが見られるや、マーガレットはただちに無線機へ直行し、緊急医療用ヘリコプターと医療チームの派遣を要請したのだ。「ヘリコプターが来るまで、私たちが彼女を生かしておくのよ」エリザベスは周囲の人々に声をかけた。

それを合図に、集まっていた人々がはじかれたように動きだし、ホテルの建物に向かって駆けていく。彼ら全員が見せた目覚ましい動きは、マーガレットがスタッフたちに求めている資質そのものだった。

海ではモーターボートがようやく瓦礫の広がるエリアを脱し、陸へ向かい始めていた。エリザベスはゆがんだ木の階段へと走り、そこから崖沿いに桟橋へおりようとした。踊り場のてっぺんで、行きかう人々に指示を与えているハロルド・リドリーと鉢合わせた。彼はブランケットと救急セットをエリザベスに渡し、急いでと手で合図した。

エリザベスは二段ずつ駆けおり、モーターボートが海から引きあげられるところに到着した。まだスタッフたちがモーターボートを桟橋に固定しているそばから乗りこみ、カテリの肩にブランケットを巻きつける。

カテリがゆっくりと首を巡らせた。

殴打され、切りつけられ、めった打ちにされたかのような顔。全体が腫れ、血まみれの唇は普段の二倍にふくれあがり、褐色の肌はすっかり青ざめている。低体温症を起こしているはずだが、ひどい痛みをまともに感じずにすむのなら、それはカテリにとっていいことなのかもしれない。

ところがカテリが視線を向け、そこにいるのがエリザベスだと認識した瞬間、その目に予想外の強烈な欲求が燃えあがった。唇が動き、何かをささやく……何かを。

エリザベスはカテリのかたわらに膝をつき、救急セットを広げた。

カテリの手がエリザベスの手首をつかむ。「まだいい。死なないから。二度と死なない」

エリザベスは手を止めた。

この声。すっかり変わっている。まるで長期間喫煙していた女性の声だ。苦難によって奪われた声が、すっかり破壊されて変わり果てた状態で戻ってきたかのようだ。

スタッフたちがそろそろとモーターボートを降り、階段をあがっていく。

「水を飲む？」エリザベスはカテリに問いかけた。

「もうもらった……話したいの……あなたに……何があったか」

彼女は負傷して、死にかけているかもしれない……。「なんなの、話って」エリザベスは返事をした。これがカテリの最後の言葉になるかもしれない。

「見えたの……波のうねりが。私は船を旋回させようとした。でも、遅すぎたわ」カテリが身震いした。「それから彼が見えたの」

エリザベスは覆いかぶさるようにして耳を近づけた。「誰が？　乗組員の誰か？」

「地底にいる神。巨大な霧の怪物が地を引き裂いた」

「まあ」話を合わせないと。

「その神が船の窓を割って手を突っこんで……私を引きずりだした」カテリが言葉を切り、やがて続けた。「そのまま地獄へ投げだされたの」

エリザベスはうなずいた。おかしな話ではない。ネイティヴ・アメリカンのカテリには太平洋が、安全な船から自分を引きずりだして死の縁へ投げだした神に見えているのだ。「あなたは海にいたのよ」

「波にもみくちゃにされたの、何度も何度も。そのあいだ中、神にめった打ちにされ続けて、息を肺から盗まれた。体から血を吸われた」カテリの息が肺できしむような音を立てる。「水。水をちょうだい」

エリザベスはカテリに触れるのが恐ろしかった。

だがカテリは首を横に巡らせて、ボトルからすばやく水をすすった。つらそうに飲みこみ、疲労困憊(こんぱい)した様子で目を閉じる。

友人を思い、エリザベスは胸が痛んだ。「話さなくていいわ。今じゃなくていいから」

「だめ。今、伝えないと」カテリが腫れて血走った目を開いた。「水の中で意識が戻った。神の洞窟で。神は緑色をしていた。腕と足が潮の流れで揺れて、口が大きくて黒い。悟ったわ……何が起きたのか。溺れたんだって。体は役に立たず、魂はそこに閉じこめられた。神が手を伸ばして私を絞めあげ、嚙み砕いてのみこんだ」苦痛と苦悶にうめく獣のような低い泣き声がもれる。「それで私は死んだ」

「あなたはここにいる」エリザベスは慰めた。「死んでないわ」

それでもカテリの気持ちは静まらなかった。「死んだ。死んだのよ。見たの……人間が見てはならないものを。天国と地獄。永遠とその先。痛みが消えて……光が見えた。私が……目指すべき光が」

「死んだあと、あなたを招いていた光」エリザベスは信じていなかったが、カテリは信じている。「そう、光が招いていたのね」

「そっちに行こうとして……神につかまれた。私を戻そうとしたの」

こんな幻覚を面と向かって聞かされて、なんと答えればいいのだろう。「神がそうしてくれてうれしいわ」

「私は違う。うれしくなかった。キャンドルみたいに光がふっと消えたの。前触れなしに。私は泡、青い海水、まわりに広がっていた緑の藻の中にいた。また苦悶に引き戻され、海面に浮かびあがろうとした。サメがいたわ。わかったの。血が出たから嗅ぎつけられたんだって……牙で引き裂かれるんだって」カテリが咳きこみ、その拍子に痛みで痙攣を起こしたかのように身震いする。「大きなサメ。こっちに来たの、口を開いて、とがった歯が……ぎりぎりのところをかすめて、方向を変えて消えた」カテリの目から涙があふれて頬にこぼれる。

「それで気づいたの。自分がどうなったか」

「どうなったの?」

「生還した者になった」涙の向こうで、カテリの目が大きな苦痛に燃えた。「サメはあえて私に触れなかった。神に罰せられるから」

エリザベスはわかったというようにうなずいてみせた。理解はできなかったけれど。

「海面に浮かびあがった」カテリはいくらか話しやすくなったらしい。時間がないことを知っているように、話すスピードがあがった。「長く心地よい息をついた。海の中で足の下を瓦礫が流れていって、私は夜も朝も浮かんでいた。目を覚ますと痛みがひどくて、冷たい海中に沈んで死にたいと思った。エリザベス？　私の脚はまだある？」

　エリザベスはブランケットをめくってのぞきこんだ。「体のパーツは全部くっついているわ。ただ……ひどく傷ついてる」信じがたいほどに。これほどの傷を負いながら、カテリはどうやって生きていられたのだろう。

「神が地上に戻してくれたけど、私は変わった。生まれ変わった……そして変身した。以前のカテリには二度と戻らない」カテリが目を閉じた。話したせいで消耗したか……以前の自分に別れを告げるかのように。「聞いて。地の力が仲間を過去から解放する。仲間にそう伝えろと神に言われたの」

　エリザベスはブランケットをそっとカテリの背中にたくしこんだ。「怪我がよくなったら、家族や友達に会いに行けるわ。そのときに伝えてあげて」

「ネイティヴ・アメリカンの仲間じゃない。あなた。神はあなたに語りかけた。あなたは私の仲間。私に似てる。私たちは似ているのよ」カテリが目をかっと開いた。「聞いて。地に耳を傾けよ。驚きはもうない。汝(なんじ)はすでにすべての驚きを知っている」ほほえみかけようとするように、唇を横に引き伸ばす。「あなたは思いだす必要はない。ただ、聞けばいい……聞けば……」

　遠くから物音が聞こえ、それが次第に大きくなってきた。ヘリコプターの羽根がまわり、エンジンがうなる音。ヘリコプターが祈りをさえずる力強い鳥のように崖に沿って急降下し、栈橋に停泊したモーターボートに近づいてくる。

沿岸警備隊。

仲間を救出するために到着したのだ。

ヘリコプターからロープを伝って、男性ふたりが降りてくる。

ホテルのスタッフたちがすばやく後ろによけた。

エリザベスはやむなくカテリのそばを離れ、モーターボートを降りて、邪魔にならない場所までさがった。

沿岸警備隊の医療隊員がカテリの体を固定し、バスケット・ストレッチャーをおろすよう合図を送る。カテリが乗せられ、ふたたび合図が送られると、バスケット・ストレッチャーごと引きあげられていった。頭上のヘリコプターで待ち受けていた隊員たちが受けとめ、カテリを機内に運ぶ。それから数分も経たないうちに地上の医療隊員ふたりも機内へ引きあげられ、ヘリコプターはシアトル方面へ飛んでいった。カテリの命を救える医療施設がある場所へ。

ヘリコプターが去った空を見つめながら、エリザベスは唐突に終わった緊迫の状況に畏怖の念を抱いた。心が乱れ、あれは本当に起きた出来事だったのだろうかと思いながら階段をのぼる。

一番上までのぼりきると、ハロルドに腕をつかまれた。「カテリはなんと言っていたんです？」

詮索するような顔だ。エリザベスはハロルドを見つめながら、カテリのキャリアと評価を汚すまいと決めた。「どうやって生き延びたか話してくれたの。立派な人ね。あんなすばらしい知り合いがいて誇らしいわ」

27

「くそっ」通行止めのブロックが道路をふさぎ、落下した丸太のそばに保安官三人が立っている光景が見え、ギャリックは車体を揺らしながらピックアップトラックを止めた。俺の運はいつ、すばらしい状態から最悪の状態に変わってしまったんだ？

いや、待て。あれはエリザベスが俺のところから去ったときだ。

ギャリックは虫が点々と張りついたフロントガラス越しにデニス・フォスター保安官の姿を認めながら、その運がさらにどん底へ突き落とされようとしていることを悟った。アメリカ随一の傲慢かつ尊大なくそ法執行官のお出ましだ。

だが今日は、なんとしてもはねつけてやる。

そばかすの散ったフォスターの白い首は日焼けし、鼻は皮がむけていた。グリーンの目が三日三晩続いたパーティーで浮かれ騒いだ酔っ払いのようによどみ、制服がだらしなく体にぶらさがっているありさまだ。それでもフォスターは銃を手に、ギャリックのピックアップトラックへ近づいてきた。

ギャリックは外へ出て、トラックのドアを叩きつけるように閉めた。

男ふたりがうなずきあう。〝俺は知ってるぞ、おまえがくそ野郎だってことをな〟

先に口を開いたのはフォスターだった。「ジェイコブセン、どうやってここまで来た?」

「車だ」それはドライブと言うよりオフロードレースで、ここへたどり着くまでにかかった時間はラスベガスからポートランドまでの所要時間とほぼ同じだった。「ポートランドで少しばかり調べておいたし、俺はここで育ったから脇道を知ってる。それが役に立った。俺がここで育ったことはあんたも知ってるだろう」

「覚えているとも。本来なら少年拘置所に入れられるところを、ミセス・スミスが保釈手続きをしたときのことを」フォスターはギャリックに皮肉を言う機会を見過ごしはしない。

「情にもろいばあさんだ」

「その呼び方はよせ。マーガレットはこの町の有力者だ。あんたは彼女ほど住民たちに支持されてないだろう?」思い知ったか、このくず野郎が。

そのくず野郎がしゃべった。「帰れ。ここは立ち入り制限区域だ。災害に見舞われた土地で、よそ者に分けてやる余分な食料はない」

「当然だ。だから必需品は持参した」ギャリックはピックアップトラックの荷台に向かって手を振ってみせた。食料や水、満タンのガソリンタンクをいっぱいに積んである。

フォスターがにらみつけてきた。「それでも通すわけにはいかない」

いつものパターンか。フォスターはどんな状況であれ、一度言いだしたらあとに引かない男だ。

だが、そんなのはどうでもいい――どのみち、今日勝つのは俺だ。「わかった。法律は法律だし、あんたはそれを執行する義務がある」ギャリックはそう言いながらピックアップトラックへ戻った。

フォスターが進みでる。「ミセス・スミスの安否を知りたくないのか？」

ギャリックは運転席に戻った。「マーガレットの無事は確認済みだ。ポートランドで水や食料を調達したときに、無線機も手に入れたから」あの無線機からマーガレットの声が聞こえてきたときは、人生最高の瞬間だった。

「無線機」フォスターが帽子を軽く持ちあげて額をかいた。「どうりですぐにヘリコプターを呼べたわけだ」

「情にもろいばあさんにしちゃ上出来だろう」ギャリックはドアを閉め、窓を開けた。

「エリザベスのことは？　元妻の安否は気にならないのか？」フォスターがにやりとした。このうぬぼれ男はエリザベスのことを嗅ぎまわったのか。あるいは俺のことを。ふたりのことを。

「ああ」ギャリックは気を引きしめた。「ぜひとも知りたいね」

「エリザベスは地震後に命を落としかけたが、なんとか助かった」フォスターの顔からは笑みが消えていた。

よかった。ギャリックは少しもおもしろくないのだから。「なぜだ？」

「津波を撮影していて――」

「だろうな」エリザベスは科学者としての好奇心を大いにそそられたはずだ。

「それから骨を見つけて、谷におりていった」

ギャリックはこの手でエリザベスを殺してやりたくなった。「骨？　恐竜の骨か？」

「いや、人の骨だ。彼女は先史時代の人骨を発見したと思ったらしい」このフォスターの表情は知っている。一般の人々が愚かな真似をしたときに法執行官が浮かべるあれだ。「俺もちらっと見たが、十九世紀の女の骨だそうだ。娼婦の墓地に埋められてたようだな」

「その墓地の噂は聞いたことがある」ギャリックはピックアップトラックを発進させた。

「実際に見たことはないが。本当にそんな墓地があるのか？」

「ああ、あるのは間違いない。そこが津波にのまれたんだとしたら、ほかの骨も見つかるだろう。地震でありとあらゆる妙なものが地面から掘り起こされたからな。そんな代物のためにおまえの元妻が命を落とすはめにならなかったのは幸いだった」フォスターのポケットが振動した。保安官が携帯電話を取りだし、吐き捨てるように言った。「まったく、勘弁してくれ」

「通じるのか？」ギャリックは自分の携帯電話に目を落とした。「俺のはだめだ」

「俺は神に嫌われてるからな」

「俺のは通じてる」フォスターが電源を切り、携帯電話をポケットに戻す。「俺は神に嫌われてるからな」

「メールだろう？　読まなくていいのか？」ギャリックは尋ねた。

「母からだ。どうせ、家に帰ってこいって言うんだろ」フォスターが帽子を脱ぎ、両手で押しつぶした。今までに何度もしているような手つきだった。「仕事で大わらわだってときに！」

「ああ、そうだな」ギャリックはハンドルに両手をのせたまま応じた。「じゃあ、帰るとするよ」

「彼女たちを落ち着かせてやったほうがいいだろう」

「彼女たち？　マーガレットとエリザベスか？」ギャリックは大声で笑い飛ばした。「あのふたりを？　ああ、そうするよ」ピックアップトラックのギアをバックに入れる。

方向転換しようとしたところで、フォスターにドアを叩かれた。「じゃあ、マーガレットのホテルに行くんだな？」

ギャリックは運転席から、フォスターの卑屈な小さい目を見おろした。「あのふたりを落ち着かせられるかどうかはわからないが、守ることならできる」

フォスターが通行止めブロックのそばに立っている保安官たちに向かって怒鳴った。「通してやれ！」

ギャリックはアクセルを踏みこんだ。運がよければ、昼前に着くだろう。

ヴァーチュー・フォールズ・リゾートに乗り入れてピックアップトラックを止めると、ギャリックは建物に視線を向けた。窓が吹き飛ばされている。まわりを取り囲むポーチからは柱が消え、ゆがんだ屋根が片側に垂れさがっている。駐車場には、外壁のこけら板があちこちに落ちていた。それでも町中で目にした一部の被害に比べれば、ここはまだましに見える。

ギャリックは通用口に車をまわし、荷台に積まれたクーラーボックスの中から一個をつかみ取って厨房へ向かった。そこでは、汚れた顔に疲れ果てた表情のスタッフたち十人ほどが昼食をとっている最中だった。ギャリックはクーラーボックスを高く掲げ、業務用サイズの冷蔵庫の脇に置いた。「牛乳だぞ!」

スタッフたちが声をあげて笑い、ギャリックに向かって親指を突きだしてみせ、昼食に戻った。

「おかえりなさい」ハロルドが声をかけてきた。「ああ、よかった。ミセス・スミスがずっと大騒ぎしていましたよ。今朝、起きたときにはあなたが帰っているものだと思っていたらしくて」

ギャリックはハロルドの肩に手を置き、そのまま座っているよう押しとどめた。「俺もそう思ってたよ。どこにいる？」

「お部屋に。ですが、エリザベスは一緒ではありませんよ」

「エリザベス？　ここに泊まってるのか？」ギャリックは興奮を抑えながらきいたが、期待感で肌にちくりと刺すような感覚が走った。

「ええ。今朝、散歩に出かけてまだ戻っていませんが。行き先はどこだかわかりません。ミセス・スミスには伝えてあるでしょうから、尋ねてみてください」

「伝えていればいいが」ギャリックはハロルドに車のキーを放った。「食事が終わったら、必要物資の荷おろしを頼む」

「それはありがたい」ハロルドが答えた。「スタッフたちのほとんどが救助活動や片づけにあたっていますし、シェフと厨房のスタッフは毎日、避難所の昼食の炊き出しをしています。食べさせなければならない人が大勢いるんですよ」

「力を合わせて町をもとに戻そう」ギャリックはそう言い、大広間を抜けて階段をのぼった。

マーガレットの部屋のドアが開いていたので、戸枠をノックする。

マーガレットが両腕を広げてバルコニーから部屋に入ってきた。「ギャリック！　帰ったのね」

マーガレットを優しく抱きしめたギャリックは、彼女の体の小ささに驚かずにはいられなかった。八歳で出会ったときは背の高い人だと感じたが、実際にはマーガレットの身長は百六十センチ程度だし、今は加齢のため十センチ以上縮んでいる。腰が曲がり、痩せて細い骨と薄い皮ばかりになった体。だが、心は昔と変わらず大きいままだ。

マーガレットがギャリックを上から下まで眺めまわした。「ちょっと痩せたわね。ここで食べさせてあげるわ」

「たしかに痩せたな」ギャリックはマーガレットをベッド脇の椅子まで連れていって座らせた。手近にあった椅子を引き寄せて向かい合わせになるように置き、腰をおろしながらマーガレットの顔をのぞきこむ。「調子はどうだい？」

ギャリックを目の前にしたマーガレットは取り繕っていた仮面を外し、ぐったりと椅子に沈みこんだ。グレーの髪までもが弱々しく垂れさがっている。「もっと若い頃だったら、このくらいの大地震にももっと抜かりなく備えておけたかもしれないわね」そう言って、ため息をついてから背筋を伸ばした。「でも、私は生き残ったわ。そうそう、あなたの妻がここに避難しているのよ」

「聞いたよ、ハロルドから」

「ハロルドったら！　ビッグニュースを伝える楽しみを奪ってくれたわね」

ギャリックはこらえきれずに笑いだした。

ほんの二日前はこの上なく孤独で、自殺する瀬戸際まで追いこまれていた。だが、ヴァーチュー・フォールズに着いていくらも経たないうちにギャリックは生気を取り戻した。果たすべき役割がある。自分は必要とされている。独立心に満ちたやり手の年老いた女性と、意志と知性にあふれ、脇目も振らず突き進む若い女性から。

どちらの女性も自分の力でやっていける。ギャリックが必要だと認めようとはしないだろう。それはこんな状況でも変わらない。

「エリザベスはどこに行った？」ギャリックは尋ねた。

マーガレットが落ち着かない様子になる。

「またか。こんなときだっていうのに」ギャリックは椅子から立ちあがり、数歩さがった。「くそったれな穴掘り遊びに出かけたんだな？」

「言葉に気をつけなさい！」

「俺に言葉を教えたのはあなただ」

「言い訳するんじゃありません」マーガレットがぴしゃりと言った。「ええ、穴を掘りに行ったの。エリザベスはあなたに電話をかけたそうよ」

「俺に？」ギャリックは振り返ってマーガレットを正面から見据えた。

「でも、呼び出し音が鳴り続けるばかりだったんですって」マーガレットがリラックスした表情で笑みを浮かべる。「電話は復旧したみたいね」

ギャリックは携帯電話を取りだしてかぶりを振った。「復旧といっても……全部の電話が通じるわけではないらしいな」いらだちを抑えられなかった。「大地震と津波が起きた直後で余震と津波がいつ襲ってくるかわからないってときに、エリザベスは穴掘りに行こうと思いついたのか?」

「そんなことは承知のうえよ。だけどエリザベスは、カテリを救助してから余震がめっきり減ったことに気づいたの」マーガレットは愉快そうだ。

「ポートランドにいたとき、カテリ・クワナルトは行方不明だと聞いたが」カテリのことは知っている。親しいわけではないが、面識はあった。「発見されたんだな?」

「このホテルの敷地内の湾でね」マーガレットが涙をぬぐう。「脊椎と腰を骨折していたわ。肋骨(ろっこつ)、両腕、両脚、両手……体中の骨が折れているの。骨を再建する手術を受けなければならないそうよ。すべてもとどおりというわけにはいかないでしょうね」

ギャリックは両手で顔をこすった。「神はたしかに存在するみたいだな。回復の見込みは?」

「生き延びたとしても、歩くことはできないわ」

「世話は沿岸警備隊がしてるのか?」

「治療のこと? ええ、カテリはシアトルでできうる限りの治療を受けている。新聞では英雄扱いだけど、当局は……」役人を侮蔑するアイルランド人女性の口調でマーガレットが続ける。「役立たずばかりよ」

「連中は何をしてる?」

「船を失ったことを理由に、カテリから資格を剝奪するという噂よ」

「俺は驚かない。役人連中が愚かなことはよく知ってる」よく知っている以上に憎んでもいた。「それにしてもわからないな。カテリはどうやって余震を切り抜けたんだ?」

「ネイティヴ・アメリカンの親族たちは部族の神話のことを言っているわ。特に霧の神のことを。カテリはその神に遭遇して力を授けられたのだとか」

「そいつはいい話を聞いた。なんだかすっかり回復した気分だ」マーガレットが無言なので、ギャリックはつけ加えた。「皮肉だからな!」

「ええ、わかっているわ。くだらない発言だってちゃんと聞こえているわよ。ああ、その足載せ台をこっちに押してもらえる?」

ギャリックは言われたとおりにし、そこに足をのせるのを手伝った。「年を自覚して、あまり無理はしてほしくないな」

「年を忘れられたらいいんだけど、この体がそうさせてくれないのよ」マーガレットがぴしゃりと言った。「さて……エリザベスが発掘している谷の地図がいるかしら?」

「ああ」ギャリックは自分の体を見おろしてため息をついた。「だけどエリザベスに会いにどこへ行くにせよ、まずはシャワーを浴びてひげを剃らないとだめだな」

「男の色気たっぷりだこと」マーガレットが行きなさいというように手を振った。

ギャリックはにやりとして立ちあがった。「道路から木をどけて汗まみれだし、ポートランドからここまで運転し通しで十八時間だ。今は勘弁してくれよ、マーガレット」

「わかってるわよ。パシフィック・スイートを用意してあるわ。あなたが人前に出ても恥ずかしくない格好になる頃でも、まだエリザベスは谷にいるはずよ」マーガレットはため息をついた。「ベッドまで手を貸してちょうだい。あなたが帰ってきたからようやく眠れるわ。いつも心配ばかりかける子ね」

28

エリザベスは二十五年間発掘が続けられていた土地で乾いた泥に膝をつき、写真撮影や調査をしながら、同僚の留守中にひとり仕事に取り組める孤独を楽しんでいた。その最中に、黒くつややかな二十九センチの靴が視界に入ってきた。

大自然の険しい道なき道をこんな靴で歩く人がいるなんて。エリザベスはその靴を眺めながら、即座にこみあげてきた自分の率直な反応がおかしくなった。それはここでは自分のすることを正当化しなくていいというささやかな希望のせいかもしれないし、何よりもギャリック・ジェイコブセンと同じ空気を吸っているせいで鼓動が速まり、脈が激しく打っているせいかもしれない。

エリザベスにはそれが彼だとわかった。

ギャリックがいるといつでも鼓動が速まる。喧嘩の予感、あるいはすばらしいセックスへの期待。あるいは一年以上前につらい別れをして以来、初めて再会するというだけの理由で。

あのときエリザベスは別れることが正しい選択だと理解していたし、苦しみがやがて消えていくこともわかっていた。けれども、苦しみは今も消えていなかった。そんなところへ、よく磨かれているしゃれた靴を履いた彼が現れたのだ。

エリザベスは期待とともに少しずつ視線をあげていきながら、糊(のり)のきいた黒のパンツ、黒のゴルフシャツ、太くがっしりした首、ハンサムな顔とそこに浮かぶ不満げな表情を観察した。

ギャリック・ジェイコブセンが不満の表情を浮かべずに自分を最後に見たのがいつだったか、エリザベスは思いだせなかった。

その一番の理由は、彼女が結婚生活を手放したことだ。

ギャリックは髪が伸びていた。ブロンドの先端が耳たぶのところでカールして首まで伸び、おかしな具合になっている。以前は髪を剃りあげていた。悪人連中につかむものを与えないためだと本人は言っていた。今の髪型で少しだけ雰囲気がやわらぎ、アクション映画の主役というよりも……なんであれ、ギャリックはハンサムだった。

これほど印象的な金色の斑点が散るグリーンの瞳はいまだに見たことがないし、色の濃いまつげは長すぎて、まばたきするたびに絡みあっている。エリザベスがマスカラを塗っているそばで、ギャリックは大胆にも自分の長いまつげについて不平をもらしたことがあった。その結果、彼は白いシャツに黒いしみをつけられ、いくら洗っても落ちることはなかった。

貴族的な薄い鼻は存在感があった。曲がっているのはふたりが出会う前に骨を折ったせいだ。ギャリックは今、にこりともせず、その鼻越しにエリザベスを見おろしている。

「今回は何が問題なの？」中断していた会話をまた蒸し返すような口ぶりで、エリザベスは口火を切った。

「なぜ問題があると思うんだ？」深く危険で嘲笑的なギャリックの声音も、まさしくそうした会話のときと同じだった。「二日前に地震があったな」

「今日でもう三日目になるわ！」

「まだ一日に百回も余震が起きていて、かなり揺れることもある。そんな状況で、君は津波にのまれた谷に入って岩を眺めてるわけか」

どう言い返すのが一番いいだろう。「たしかにあなたの言うとおり――」

「ほう」

「でも、ここへ来るつもりはなかったのよ。散歩をしてるうちに谷に差しかかったから、ちょっとおりてみて――」

「道具を持ってるじゃないか」ギャリックが冷たく指摘する。

なんてむかつく男。「ええ、そうよ」

「もともと発掘現場に置いてあった道具は流されたはずだ。それは今、君が持参したんだろう」

「必要になるかもしれないと思ったからよ。調査しなければならないものを見つけたときにね」

「ヴァーチュー・フォールズ・リゾートの庭師から盗んだな」

「盗んでないわ！　借りたのよ」持っていた移植ごてを置き、挑発するようにふたたび手に取る。

「手袋をはめてる。手を保護するために庭師用の手袋を持ってきたんだろう」

「地震で手を怪我したのよ」左手の手袋に視線を落とす。「切ってしまったから縫ったの」

「手を縫ったばかりなのに発掘作業か？」ギャリックは声が上ずってきた。

「この二十四時間は震度五以上の余震が起きてないの。それに、昨日の午後から地震活動が大幅に減っているのよ」そうは言いながらも、論理を重んじる科学者であるエリザベスは、その原因がカテリを救出したためだとは思っていなかった。

最高に皮肉めいた口調でギャリックが言った。「著名な地質学者の知り合いが言ってたぞ。地震はいつなんどきでも起きる可能性があって、特に太平洋沿岸の地域ではそれが顕著だと」

「この発掘現場までおりる傾斜は急じゃないし、どこかをのぼらなければならないとしても、帰り道は楽だわ」悔しい。これでは私が防御にまわっているみたいだ。

「あの学者はこうも言っていた。巨大地震はほかの地震や地滑りを誘発するから、どこかにのぼるのは不可能とは言わないまでも危険だとね」

エリザベスはのこぎり歯付きの移植ごてで、漂流物の大きな岩の側面をコツコツと打った。

「同じ場所で別の地震が起きたら、津波が来る前に逃げる場所を探せるわ」

「あの地質学者は――」

「私の言った言葉で私を諭そうとするのはやめてくれない?」エリザベスは息をつき、額にかかる髪をかきあげた。これほど私に冷静さを失わせる人はいない……ギャリック以外には。

「ともかく、ここへ来ないわけにいかなかったの。見るべきものや調べるべきものの宝庫なんだから。そこのむき出しになってる岩を見てよ! 泥のパッチワークを!」

ギャリックが片足を持ちあげた。自分の足元の泥に感銘を受けた様子はない。

「潮だまりから漂流してきた海の生物を見て! 化石が見つかっても不思議じゃないわ。発掘チームの同僚たちはまだマイアミにいるから、私以外に調べる人はいない……」ギャリックが納得していないのは、表情を見ればわかる。自分が彼を納得させることはできないのだ。

「ロープや登山用の必需品はちゃんと持ってきてるわ。体はどこも悪くないし、ほんのわずかでも兆候があったらすぐに……ああ、もううんざり」そう言って、手に移植ごてを持ったまま弧を描くように腕を振ると、移植ごての平らな面がギャリックの膝の裏を直撃した。

29

ギャリックは地面に伏せるという自衛手段がＦＢＩ捜査官の妻には必要だと考えていた。殴り方と転び方、そして最も重要な敵の不意を打つやり方をエリザベスに教えた。

だが、これまで彼女がギャリックより優位に立ったことはなかった。

ギャリックは今、泥だまりのすぐそばにある傾斜に立っていた。エリザベスに殴打された瞬間、膝ががくんと折れ、腕を振りまわしてバランスを取った。革靴が地面で滑った。

ギャリックはそのまま、ぬかるんだ泥だまりに背中から倒れこんだ。派手な水音を立てて。

「まあ、大変」エリザベスがつぶやいた。

ギャリックは頭を振って泥を落とした。

汚れた髪から泥が飛び散る。

「いやだ、どうしよう」エリザベスが手で口を覆って小声で言う。

ギャリックは顔をあげ、エリザベスをにらみつけた。

エリザベスが噴きだした。笑いをこらえようとしたが、また噴きだした。

ギャリックは怒り心頭に発していた。

エリザベスは息ができなくなるまで笑った。おなかを抱え、肋骨に響くほど激しく笑い転げた。タオルを目に押しつけて涙を抑えなければならないほどで、あまりにも笑いすぎてしゃっくりが出てきた。

笑いがおさまりかけて視線をあげるたび、肘をついた姿勢でにらんでくるギャリックがそこにいた。黒い泥がこびりついた後頭部、飛び散った泥にまみれた肩と腕と脚のあいだ、ピカピカの黒い靴も泥まみれだ……エリザベスはふたたびこみあげる笑いの発作に襲われた。

その笑いがおさまり、彼女が清潔なタオルを探して無言で差しだすまで、ギャリックは待った。

彼はエリザベスの手首をつかんで——怪我をしていないほうの手だ——引き寄せた。自分の上に彼女を引っ張りあげ、そのまま転がって自分が上になる。

今度はエリザベスが泥の地面に仰向けに寝そべって見あげる番だった。それでもまだ笑い続けている。

ギャリックは笑わなかった。エリザベスの両肩をつかんで揺さぶる。「俺がどれだけ恐ろしい思いをしたかわかるか？　君とマーガレットが怪我をしたんじゃないか、瓦礫の中に閉じこめられたか波にさらわれたんじゃないか、死にかけてるんじゃないかと……別の場所にいて助けに行けなかった俺がどんな恐ろしい想像をしたかわかってるのか？」

ギャリックが取り乱した様子で怒鳴っている――エリザベスの記憶にある彼はそんなことはしない。「ええ、地震が起きたときに自宅にいたら、大惨事になってたはずだわ」

ギャリックが言い返す。「車を飛ばしてきたんだぞ。FBI捜査官の職権と、被災地に年老いた親族がいる元ワシントン州の住民としての特権を振りかざして、沿岸一帯の道路に配置された保安官たちに通行止めのブロックをどけさせて――」

「でも、FBIはもうやめたんじゃ――」

「途中で間抜けな保安官と出くわした。いまだに俺を社会的規範から外れた非行少年だと思いこんでるくそったれと。なんとかホテルに着いてマーガレットの無事を確認して、君もホテルに避難していると聞いて、もう心配はないとようやく胸を撫でおろしたんだ」ギャリックの声には感情がこもり始めていた。「そのとき、マーガレットからなんて聞かされたと思う?」

「マーガレットは――」

「君が岩を調べに出かけたと知らされたんだ」

「ただの岩じゃなくて、地震と津波後の――」

「数百万年のあいだに地震が大地を揺さぶって、津波がこの川を洗い流してあらゆるものを破壊した結果だって言うんだろう? あらゆるものを! 数百万年間に!」ギャリックがエリザベスの顔に指を突きつける。「数百万年だぞ。それをわざわざこのタイミングで見に行く必要があったのか？」

　エリザベスはもう笑っていなかった。「私は注意を怠らないわ。あなたに電話だってかけたし」

「運よく切り抜けられただけだろう！」

「そうやっていつも私を愚か者扱いするのね。でも私は愚か者じゃないわ！」

「愚か者よりたちが悪い」ギャリックが苦々しく言い返す。「君はほかのものが目に入らなくなる」

　その不当な物言いにエリザベスはかちんと来た。「あなたはどうなの」

「俺が危険に立ち向かう理由は――」

「そうよね、あなたは重要な仕事をしてる」エリザベスの口調も苦々しくなった。「だけど私の仕事は違う。数百万年後まで待てるわ」

「そうは言ってない」

「言う必要はないわ。あなたはものごとを明晰に考える人じゃないから」

　ギャリックが黙りこんだ。

　エリザベスはついにギャリックに挑み、勝利をおさめた。だが感じているのは勝利の高揚感ではなく、失望と暗い気分だった。もしかしたら勝ったわけではないのかもしれない。なぜならギャリックは今、彼女の顔と体を食い入るように見つめているからだ。

次の瞬間、多くのことがエリザベスの脳裏に浮かんだ。そして愚かな考えも。自分の顔をぬぐったタオルは汚れているし、岩の発掘作業をして汗まみれで、頭には髪を押さえるためバンダナを巻いている。目を閉じるたび父の声が聞こえてきたおかげで、ひどい睡眠不足でもある。〝骨はどうなった?〟

「ひどい顔と格好よね、私」エリザベスは言った。

ギャリックが首を振り、深みのある豊かな声に欲望をたっぷりにじませながら答えた。

「君は間違いなく……きれいだ」

「まあ」それは言葉というより音に近かった。ギャリックの顔に浮かんだ表情を認め、彼の体の重みを思いだして欲望のにおいに喜びを感じながら、鋭く息をのんだ音だった。

どれだけ激しくやりあっても、ふたりはいつもこうだった。怒りと情熱、痛みと悦び(よろこび)のあいだでバランスを取っていた。

初めてギャリックと結ばれたとき、共通点がこれほど少ないふたりがなぜこんなにも狂おしく情熱的に愛しあえるのか、エリザベスは理解できなかった。

ギャリックと別れたときは、狂気と情熱が夫婦を永遠に結びつけておくことはできないのだと悟った。

けれども渇望は……まだふたりのあいだに渦巻いている。

今回の地震によって、ギャリックはエリザベスの生活を案じる理由を与えられた。

そしてエリザベスは孤独だった。町の住民や科学者仲間たちの中で、はみ出し者だった。

ギャリックの瞳にちりばめられた金色の斑点が情熱を帯びて琥珀色に燃えあがり、濃密な熱を帯びた空気は動きを止めているが、今にも揺らぎそうだ。そのとき、彼の唇がおりてきた。

ふたりの唇が重なった。

ギャリックは歯磨き粉と切羽詰まった味がした。香りはシナモンとチークの木のようだが、爆発寸前の欲求の香りもする。そして……このしっくりくる感触。体の重みが、すばらしかった時期とそうでなかった時期の記憶を、濃厚なセックスをして過ごした長い午後の記憶を、せわしなく朝のシャワーを浴びながら愛撫された記憶を呼び覚ました。慣れ親しんだ唇の動きはひとつも変わっていないけれど、初めてのキスのように激しく、抑えられない炎のように激しかった。

エリザベスは両腕でギャリックの肩を抱き、両手を首まで滑らせた。

泥まみれのギャリックに笑いだしたくなった。

痩せ細ったギャリックを叱りつけたくなった。

不幸のどん底にいたギャリックを思い、泣きたくなった。

エリザベスは彼の髪をつかみ、唇を引き離した。「ギャリック、どうして……?」

ギャリックもまた、彼女の髪をつかんでのけぞらせ、あらわになった首を愛撫することでその問いに答えた。動脈に唇を押しあてて、静脈に広がる興奮を確かめる。「俺のもとを去った君を許さない」彼女の肌に唇を這わせ、かすかに漂う香りのようにそっと息でくすぐりながら告げた言葉は、ほとんど声にならなかった。

その言葉をエリザベスが聞く必要はなかった。どれだけ深く彼を傷つけたかは自覚している。

それでもあのときは自分を救うほうが先決だった。ギャリックとの結婚生活は恐怖と孤独に苦しむ日々でもあった。任務中に彼が命を落とす恐怖。もしそうなったら自分には何もないばかりか、寒々とした残りの人生をあたためてくれる、ふたりが親密だった記憶さえもないのだという孤独。

だから今、エリザベスは屈服し、喉にキスさせることを許した。ギャリックの唇が首の根元のくぼみにおり、ふたたび唇に戻っても抵抗しなかった。

ギャリックはキスしながら、ありとあらゆる手練手管を尽くしている。犠牲を払っているわけではない。その情熱は、彼が巧妙に隠した魂にほんのわずかだけ触れる隙を与えてくれた。このキスとほんのかすかな感触がエリザベスを誘惑し、もっと早く手放すべきだった結婚生活を続けさせたのだ。

ギャリックは今、彼女の息と心を盗んだ。

だめだ。同じことは繰り返さない。

エリザベスはギャリックを押し戻した。「ギャリック、もう充分よ。放して!」

ギャリックはエリザベスを抱えたまま転がり、彼女を自分の上にした。泥の上に寝そべり、両手で軽く彼女の腰を支えながら視線をあげた。「それなら、君からキスしてくれ」

「しないわ」そう言いながら、エリザベスは唇を押しつけた。「そんな愚かなこと」

信じられない。目を閉じていてもギャリックは美しい。彼はエリザベスのなすがままだった。キスをされながら舌を吸われ、欲望の入りまじった優しさを彼女に堪能させた。

エリザベスが初めてベッドをともにした男性はギャリックだ――彼とは初めてのデートでそうなった。

二十一歳でバージンだったのは、純潔へのこだわりや宗教的な理由があったからではない。懇願してくる男性や強要してくる男性にはいらだちしか感じなかったからだ。エリザベスは自分の冷淡さを知り、情熱はゆがんだ教育によって自分から奪われたもののひとつだと悟った。

そうではないと納得させてくれたのは一回のキスとギャリックだった。あのときエリザベスは彼に飛びついて純然たる欲望の味を激しくむさぼり、もっと冷静になるようたしなめられる始末だった。しかしギャリックはそう言いながらも、ふたり分の服をはぎ取る手を決して止めなかったし、彼女に覆いかぶさってパワーとスタミナを存分に発揮した。

エリザベスは頭を起こし、ギャリックの顔をのぞきこんだ。彼の額にかかった髪をかきあげ、ささやきかける。「ギャリック」その先を言いたかった。私を奪って、愛して、求めて。

彼がそのすべてを聞き入れてくれるのは間違いない。

それじゃあ、私にすべて話してという頼みは？　望みは薄い。

「ピックアップトラックに」ギャリックがささやく。「ブランケットがある。それをシートに敷けば、君の服を脱がせてここにキスできるし……」エリザベスの唇に触れる。「ここにもできる」乳房にも触れた。「それと……」

エリザベスは彼の体の両脇に膝をつき、上半身を起こした。

ギャリックは固くなっている。全身で約束している。

「ここにも」ギャリックが人差し指をエリザベスの脚のあいだに走らせ、熱い芯をゆっくりと刺激する。

エリザベスは頭をそらせて誘惑し、絶頂の寸前まで、砕ける直前まで……おかしい、ちょっと待って。目を開くと、緑の針葉樹が青い空の下で揺れていた。つまり、今エリザベスの下にいる体が揺れているわけではない。

揺れているのは地面だ。

「地震だ」ギャリックがかすれた声で言った。「地震だ！」

エリザベスはすばやくギャリックの上から飛びのき、彼が立ちあがれるようにした。

ギャリックも跳ね起きて緊張で口を引き結びながら、こぶしを握って警戒態勢を取る。だが、ここで何と戦おうというのだろう。峡谷の岩壁が崩れてきたら、なすすべはない。

その岩壁が崩れた。土埃が立ちのぼって川をくだり、大小の地滑りが起きてこの地域の地盤の緩さを見せつけた。

揺れが大きくなる。エリザベスは泥で足を滑らせ、ギャリックに乱暴に引き寄せられた。ギャリックは周囲に警戒の目を走らせ、すぐさま動きだせる体勢を取っている。峡谷の端が崩れて巨石がふたつ落下し、ほぼ垂直な斜面を転がり落ちてきた。大きいほうがふたりから五メートルほどそれたところを転がっていき、もうひとつは弾みながら近くの大きな茂みに突っこんだ。

粉塵（ふんじん）があがり、枝がばきばきと折られていく。巨石は鳥の巣の中の卵のようにその場にしばし鎮座し、その後徐々に沈んで、ふたりの視界から消えて地面にめりこんでいった。

揺れが徐々に小さくなり、やがておさまった。

必死にギャリックにしがみついていたエリザベスは、彼を深く愛した別の理由を思いだした――この腕に抱かれていると安心し、慈しまれている気持ちになる。

ここになら永遠にいられる。

そのときギャリックに体を押し戻され、非難がましい目で見おろされた。余震は減っているから安全だとエリザベスが請けあったことを思いだしたに違いない。

エリザベスがあたりを見まわし、身を守ろうと身構えたところで、それが視界に入った。茂みの上に広がり、折れた枝に覆い隠されている。

エリザベスはギャリックの腕を抜けだして近づき、催眠術をかけられたように目が離せなくなった……骨だ。

骨……砕けた秘密が今日の余震で地表に出てきたのだ。

でも、この骨は埋められてから百年も経っていない。肉がまだついているし……衣服も残っている。花柄のワンピースに泥がつき、それより古く濃い色の不吉なしみもある。短いブロンドの房が、頭蓋骨から何箇所かまばらに生えている。

エリザベスは四肢を伸ばした人骨の手のそばに膝をついた。

指から指輪が消えているが、ドレス生地には見覚えがある。エリザベスはこの人骨の主が誰か悟った。この生地についたしみは――血だ。

静かな声が遠くから聞こえてくるような感覚に浸りながら、エリザベスは言った。「私の母だわ」

30

地震でひび割れた道路をギャリックが狂乱に近い状態で走ったため、ふたりはいつにない速さで町へ戻ることができた。その運転ぶりは、たった今起きたばかりの犯罪を知らせに行くために車を走らせているかのようだった。

保安官事務所への訪問はスムーズにはいかなかった。フォスター保安官がふたりが発見したものと泥だらけの姿に不審を抱き、屈辱的な態度を取ったからだ。

ふたりはパトカーの一団を引き連れて峡谷へ戻った。ギャリックはリアバンパーに張りつくようにしてついてくるパトカーの前を運転しながらエリザベスのひとり言を聞き、背筋に寒けが走るのを感じた。

「驚きはしないわ」エリザベスがぽつりと言った。「父に言われたもの。骨を見つけたんじゃなかったのかって。奇妙よね。施設の看護師が言うには、父は母に話しかけているらしいの。父が本当に母と会話していると信じるなら、母は自分の骨が発見されることを知っていたという仮説が立てられるわね。おかしな論理ではあるけど」目から輝きが失われていないし、顔色もいい。エリザベスの様子に普通と違うところはないように見える。

でも、彼女は今、気さくにおしゃべりをしている。普段はまったくしないのに。

エリザベスはいつも自分の言葉を重くとらえる。注意深く言葉を選ぶしゃべり方は、無口だった子ども時代に言葉の持つ重みと力を教えこまれたのではないかと思わせるものがある。ふたりが結婚していた頃は時間が経つにつれ、彼女は寡黙になっていった。

ミスティの遺体を発見したショックと恐怖から、ひとついいことが生まれたわけだ——エリザベスが今こうしてギャリックに話をしてくれている。

彼は神にかけてそれに耳を傾けている。

相槌を打ちながら、ギャリックは運転を続けた。

「あなたは死後の世界を信じる、ギャリック？」エリザベスが尋ねた。

「ああ、知ってるだろう。俺は八歳のとき、マーガレットの養子になった。マーガレットはカトリック教徒だから、俺もカトリック教徒になった。それがあの家に住む条件だった」車をゆっくり走らせながら、轍のある泥道と元妻のあいだで注意力が引き裂かれた。

エリザベスはショック状態にある。本人が自覚しているかどうかはわからないが、今彼女に必要なものが気さくなおしゃべりであるとしたら、ギャリックはそれに耳を傾けるつもりだった。そして、学ぶのだ。これまで聞いたことのない事柄をエリザベスは話している。

「私は死後の世界を信じてないわ」エリザベスが断言した。「幽霊が存在する証拠を見たことがないし、神がいる兆候も見たことがない。それなのに、どうすれば信じられるというの？」

「神の御業が――」

「そう。ミステリアスなやり方をするわよね」

「神の御業は神自身の速度と時間枠で行われるからだ。正義がなされるまで、人間が望むより長くかかることだってある」ギャリックは苦々しい思いで自分の人生でなされる正義の真実について考えた。「生きているうちに正義がなされないこともある……そのためにあるのが死後の世界だ」本当にそうだといいのだが。自分が地獄の炎で焼かれるほうに選ばれる理由はいくつか思いあたる。

「それならいくらか理屈が通るわね。宇宙が均衡を保って正義がなされなければならないとあなたが信じてるのなら、それもうなずけるわ」エリザベスの姿はさながら泥だらけのわんぱく小僧だ。

だが、それがどうした。泥まみれでも彼女は美しい。その彼女が今、誰かを必要としている。

俺を必要としている。

エリザベスが先を続けた。「個人的にはすてきなことだと思うわ。オナー・マウンテン・メモリー養護施設で働く看護師たちは男性も女性も毎日死に接しているけど、あの人たちは霊の存在や死後の世界を信じてるのよ」

「看護師たちは君の知らないことを知っているのかもしれないな」

「そうかもしれないわね」エリザベスが窓の外の針葉樹に目をやった。生い茂った緑の枝が、太平洋から絶えず吹きつける風によじれている。しばらくしてからエリザベスが口を開いた。

「風光明媚な土地ね。千年紀(ミレニアム)という観点では、人間が愛する家族の肉体を名誉ある場所に埋葬することは重要な儀式だけど、その考え方に従うとするなら、ここは私の母にふさわしい場所だわ。生前、母が暮らしていた町ではなかったとしてもね」

ギャリックはエリザベスを抱き寄せて言ってやりたかった。ミスティは名誉ある場所に埋葬されるし、君は今後その場所を訪れて、生を授けてくれた女性に花を手向けられるようになるのだと。

だが、そうするわけにはいかない。今はまだ。ふたりは母親の骨を拾い集める使命の最中なのだから、それが終わるまでエリザベスは気持ちを強く持たなければならない。ギャリックは抱きしめる代わりに、励ましをささやいた。「この平穏な古い森は君のお母さんにとっていい安息の地だ」

エリザベスは手のひらを上にして膝にのせた姿勢のままうなずいた。「ええ、平穏で古い森ね」

「ここなら君の仕事場も近い。お母さんはそれを知ってたんだ」

「母は死んでるのよ」エリザベスが完璧な理論武装をして答える。「知ってるわけがないわ」

「君がお母さんの骨を見つけたわけじゃないと考える人もいるかもしれないぞ、エリザベス。お母さんのほうが君を発見したと言う人たちが」厄介なことになるとわかっていながら、ギャリックは反論した。

エリザベスが眉間に皺を寄せる。「理屈が通らないわ」

彼女は俺を完全に理解している。

エリザベスが髪に指をくぐらせ、葉や小枝やこびりついた泥をシートの背に落とす。

ギャリックは注意しかけたものの、何も言わずに口を閉じた。

今ふたりはピックアップトラックを清潔に保つことより大きな問題を抱えている。四つの州を運転してきたあとで、虫だのマクドナルドのドライブスルーの包み紙だのがいくらでも転がっているのだから、少しくらいの泥をとがめても無意味だ。

エリザベスが振り返った。「フォスター保安官がぴったりくっついてきてるわ」

「ああ。俺たちを逃亡させたくないんだろう」

「どうしてパトカーのライトを点滅させてるの？　保安官代理も連れてきてるし。私たちが罪を犯したと思っているのかしら」

ギャリックがバックミラーにちらりと目をやると、フォスターの食いしばった顎と怒りに燃える目が視界に入った。「あいつは問題を抱えてる」

「問題って、どんな?」

「まず、あいつは俺を嫌っている。俺は根無し草のガキだったが、マーガレットに引き取られてようやくまともな環境を手に入れた。だがそのあと、社会規範から外れた非行少年になると、フォスターはしたり顔でマーガレットにやっぱりこうなったなとほざいたんだ」

「あのマーガレット・スミスに向かって?」

驚きと恐怖が入りまじったエリザベスの反応に、ギャリックは小さく笑い声をもらした。

「フォスターは頭の足りない分を股間で補ってるんだ。あれ以来、マーガレットはフォスターを目の仇(かたき)にしてる」

「私ならマーガレット・スミスを敵にまわすようなことはしないわ」エリザベスが熱い口調で答える。

「ああ、俺も絶対に勧めない。だが、フォスターがキレた本当の理由は、俺が更生して大学へ進学し、FBIに入ったことで、自分より上の立場になったせいなんだ」その真実は今でもギャリックを胸のすく思いにさせた。

「停職中でもあなたのほうが上よ」エリザベスが応じる。

「それに議論の余地はない」

「職業がどうという問題じゃないわ。なんというか、フォスター保安官はいい男っていう表現がふさわしくない気がするのよ」

「エリザベス」ギャリックは彼女の膝をそっと撫でて含み笑いをもらした。「君はとことん正直者だな」

エリザベスがその手を見おろし、次いで彼を見た。「あなたのほうが若くて知性もあるし、見た目もいいわ」

「ああ、それもある」彼女がそこに気づいてくれてうれしかった。

「それに、あなたのほうが背が高い。百七十五センチ以下の男性はあなたくらい長身の男性に対して思うところがあることに私は気づいてるわ」

「ああ。それに、フォスターは母親と同居してる」

エリザベスが仰天して、ギャリックに視線を投げた。「嘘でしょう」

「いつも体調の悪い母親なんだ」

「フォスター保安官は女性とつきあったことがないの？」

「さあ」

「それとも、男性と？」

「さあ」

エリザベスは困惑している。「あなたと暮らしてから男性がセックスを自制できるとは思えなくなったけど、中にはセックスにまったく興味のない男性もいるとどこかで読んだことがあるわ」

「信じられないだろう?」今日は途中で地震が起きたので、ギャリックはエリザベスを手放した。だがあの状況でも、揺れがやんだらすぐさま彼女を引っ張って峡谷をのぼり、ピックアップトラックに放りこんで自分の思いのままにするつもりでいた。

エリザベスもそのつもりだっただろう。

あのセックスを止められるものはひとつしかなかった。それが目の前に現れたのだ。

エリザベスの母親。二十三年間死んでいたにしては、娘を守るためにいい仕事をした。

「俺には理解できないし、俺は自分が理解できないものにいい印象は持たない。見てのとおり、フォスターは今、不機嫌になっている。君のお母さんの遺体を発見したことは、あいつにとって法執行官としてキャリア最高の業績と見なされるはずなのに」

エリザベスが考えこんだ。「あなたの言うとおりね。フォスター保安官はさっき郡庁舎で、わざわざ私たちを侮辱した。私たちが泥まみれでセックスしていたと遠まわしにあてこするためにね。だけど私の……私の母のことを聞いたとたん、私たちの話を信じるのを拒んだ。遺骨は……娼婦の埋葬地から流れてきたんだろうと言い張って。だから私は母の……ドレスのことを伝えた。あなたは骨に髪がついていたことを伝えた。白みがかった……ブロンドが残っていたことを」

途切れがちなエリザベスの声に耳を傾けながら、自分がそうすることで、母親の遺体について話さなければならない彼女の心の痛みをやわらげられればいいとギャリックは願った。

だが、エリザベスは心の痛みを押しのけた。「母の遺体はもとには戻らない。フォスター保安官はどうやってあの遺体が私の母かそうでないか判断するのかしら？」

「いい指摘だ」

「今、フォスター保安官は喜んでいなければおかしいわよね。検視官が母の遺体を調べれば、少なくとも、私の父が握っていたハサミで殺されたというフォスター保安官の捜査結果が証明されるんだから」エリザベスが喉に手をあて、それが死に至るほどの衝撃になりうるかどうか試すようなしぐさをした。「フォスター保安官が大きな幸運に恵まれれば、DNAで父を犯行と結びつけることだってできる」

「その発見によってフォスターはふたたびスポットライトを浴び、保安官に再選される可能性が一気に高まる」ギャリックは自分とエリザベスの相性のよさに気づいた――ベッドの中だけじゃなく、保安官の不可解な反応までこうして一緒に分析している。「それなのに、あいつが不機嫌になってるのはなぜか？」

エリザベスが即答した。「新しい証拠が見つかれば自分の無能さが明らかになってしまい、過去に事件を解決した手柄がふいになる。フォスター保安官はそれを恐れているのよ」

ギャリックはもう一度バックミラーを見た。「充分にありうる仮説だ」

「ギャリック……父が無実だった可能性はあると思う？」

彼はためらった。エリザベスは希望を持っている。その希望をつぶしたくはないが、彼女に嘘をつくことはできない。「俺は事件の報告書を読んだが、君のお父さんが無実だと信じる理由があったら、さらに捜査していたと思う」

「そう」エリザベスが腕にこびりついた泥をはがした。「施設の看護師たちは父の無罪を信じてるわ。そのとおりだとしたら、誰が母を殺したの？」

「あれ以来、殺人事件が起きていないことを考えると、この町に長いあいだ寄りついてない人物だろうな」それはどの町でも住民たちが支持する理屈だ。自分たちの中に犯人がいるわけがない、われわれは善良な人間なのだから、これは流れ者の犯行だ、というわけだ。

ギャリックの経験では犯人は十中八九、地元の住民だ。配偶者か家族か……恋人だ。

「父が無実だと……私ひとりで証明できればいいのに」大きなブルーの目が訴える。「それで何かが変わるわけじゃないけど、それでも……」

「すべてが変わる。俺にはわかるんだ。父親が忌まわしい行為のため有罪にされることは長く影を落とす」ギャリックにはわかっていた。「親が子を愛して守らなければならないという通念はいつの世も変わらないし、親や自分自身の血や肉体が欲求を満たせないと……傷つくこともまた知られている」

「そうね」エリザベスが髪をかきあげると、乾いた泥が顔へ降りかかった。「テレビのニュースで、私の父を知る人たちがコメントしていたわ。彼はとても親切で品のある人だったって。父が嫉妬に怒り狂って妻を殺すとは誰も予想もしてなかったのよ。だから私はずっと恐れてきた。自分も父みたいに人格が豹変して、モンスターに変身するんじゃないかって」

そんなことはありえない、起こるはずはないと言ってやりたい。本質的に異なる人格をふたつ持ちあわせている人間はいないのだと。だが、ギャリックには分別があった。「それこそが恐れの正体だ」恐れは人を自殺に駆りたてることがある。「生を授けてくれた男性と同じように、自分もモンスターに豹変する瞬間を待つ時間こそが恐怖なんだよ」

「統計的には、環境あるいは遺伝的な性向のどちらかが原因で、そういったことが起こる可能性は高いのよ」

「小枝が曲がったら、木もそう育つというのか？　父親の罪が息子に引き継がれると？」ハンドルを握るギャリックの手に、エリザベスが手を触れた。「こういう話はあなたのほうが言葉にするのが上手ね」

「そんなことはない。表現が違うだけだ。俺たちは互いにないものを補ってる」

「それはすてきね」その声にはもの言いたげな含みがあった。「だけど、公平な見方とは思えない。この地上を歩いているすべての人の運命が……本人のコントロールの及ばないものによって左右されるなんて」

一年前なら、自分はコントロールしていると答えただろう。だが今のギャリックは、それが真実でないと知っている。自信を持って断言できるのは、ギャリック以外の男性や女性、自分よりも善良な人々は過去を乗り越えたということだ。「自分の両親と同じになる必要はない」

「ええ。でも世間は常に、子は親と同じようになると見ているわ」

「そのとおりだ」悲しいが、それが真実だ。世間は絶えず最悪を想定し——その想定が現実になるとスリルを感じる。

ギャリックはブレーキを踏んだ。「ここだな」ふたりは、津波によっていずこかの埋葬地から運ばれてきたエリザベスの母親の遺体が見つかった峡谷の入口に戻ってきた。

エリザベスの肌がひんやりと冷たくなっている。「私の父が母を娼婦の埋葬地に埋めたんだと思う？　母はずっとそこに眠っていたのかしら。死を悼んで花を手向ける人もない場所で、顧みられることもなく」

ピックアップトラックを駐車場に入れてエンジンを切り、ギャリックはエリザベスと向きあった。絆創膏が貼られた手を取って、そこに口づける。「どこで安息していたにせよ、お母さんを悼んでいる人たちはいた。そうだろう？　いや、これは尋ねるまでもないことだ」

エリザベスが視線をそらす。

ギャリックはそっと肩に触れた。「花は生きている者のための慰めだ」

エリザベスが唇を噛みしめ、それからうなずいた。

そのときフォスター保安官がいきなり助手席の窓を叩き、エリザベスが飛びあがった。

「さあ」フォスターが荒々しく声をかけた。「発見した遺体のところへさっさと案内しろ」

エリザベスの顔が青ざめた。膝に顔をうずめてうめきだす。

ギャリックの胸に冷たく激しい怒りが急激にこみあげてきた。卑劣なくそ野郎め。ギャリックは運転席から外に出て、ピックアップトラックのボンネットに寄りかかった。「俺が案内する」

フォスターがにらみ返してきた。細めた目には悪意と恐れが浮かんでいる。

なるほど、この男はなんらかの罪の意識を感じている。その最も小さな理由は、自分の間抜けさ。あるいは無能さか。そう仮定すると、また別の仮定も生まれる。

自分の犯した殺人事件を自分で捜査する。これよりもいい隠蔽方法がほかにあるだろうか？「ところであんたはどこにいたんだ？」ギャリックは尋ねた。「ミスティ・バナーが殺されたときに」

31

ギャリックのいらついた様子が理解できないというように、フォスターがぽかんと口を開けた。

そしてピックアップトラックの前にまわりこんできて言った。「俺を告発でもするつもりか?」

「いや。ミスティ・バナーが殺されたときに、あんたがどこにいたか知りたいだけだ」

エリザベスがドアを開け、ピックアップトラックから降りてきた。

ギャリックはこちらへ近づかないよう目で合図した。

エリザベスがうなずいた。だが、明らかにフォスターの答えを聞きたがっている。

「くそガキめ。マーガレット・スミスに拾われて育てられたガキだった頃から」フォスターがギャリックの喉元に指を突きつけた。「おまえは俺の神経を逆撫でしやがる」

「大人になっても家に縛りつけようとする母親が俺にはいないからな」

フォスターが顔を真っ赤にし、グリーンの目を燃えたたせながら怒りに身を震わせた。

「俺にそんな口をきくな。ヴァーチュー・フォールズへ来るたびに、町の保安官よりでかい顔をしやがって。FBIで何があったかは知ってるぞ。おまえがしたことも。調べはすんでるんだ」

「ああ。それでも俺は、ミスティ・バナーが殺されたときにあんたがどこにいたか知りたい」ギャリックは詰め寄って声を低くし、高い身長を無慈悲に利用してフォスターをひるませにかかった。「あの日あんたがどこにいたか、ここにいる連中があれこれ憶測するように仕向けたっていいんだぞ。俺はでかい声で尋ねればいいだけだ。保安官代理は不審に思うだろうな。あんたがなぜ答えないのかを。俺にそんな真似をさせたいか、フォスター？　くそガキはFBIから追いだされたかもしれないが、そこで身につけたテクニックまで忘れたわけじゃない。あんたの人生を複雑にさせる力が俺にはある。そんなことにはしたくないだろう」

フォスターがすばやく警戒態勢を取った。肩をそびやかして肘を突きだし、片手を銃にかける。ギャリックの目前まで詰め寄り、まばたきもせずににらみつけた。だがいくら目で威嚇されてもギャリックが動じないとわかると、ようやく小声で言った。「俺はパトロール中だった」

エリザベスがにじり寄り、ピックアップトラックのフロントグリルの前に立った。

「アリバイは？」ギャリックは尋ねた。

「ない。証言できる者はいない。そんなものは必要なかった」フォスターが手を振った。

「この郡がどれだけ広いか知ってるだろう？　保安官が担当区域のパトロールを終えるまでにどれだけ時間がかかるかも」

「現場に最初に現れた人物が犯人ということはよくある」

「最初に到着したのは俺じゃない。バナー家を訪れた郵便配達員だ。血まみれのチャールズ・バナーが血まみれの娘とハサミを抱えてるあの写真を撮ったのは、その男だ」

エリザベスが顔をそむける。

ピックアップトラックに戻っていてほしい。ギャリックに追いこまれたフォスターはしゃべるのをやめないだろう。「最初に現れた保安官はあんただ」

「あの地区にいたのが俺だったからだ」

「なるほど」

フォスターが顔を大きくゆがめた。「今すぐおまえを逮捕して刑務所にぶちこんでやることもできるんだぞ。そうなっても、おまえの優秀なお仲間連中に知られることもなければ、助けてくれるやつもいないんじゃないか？」

「俺に優秀な仲間はいないが、あんたに俺を逮捕すべき理由もない。この郡でも逮捕するには手続きを踏む必要がある。西部開拓時代とは違うんだ。あんたや俺がいくらそう望んでも」ギャリックはその場に立ちはだかり、さらに三秒待った。自分が脅しに動じないことをわからせるには充分な時間だ。三秒経ってから、態度をやわらげて言った。「俺が事件を調べる」

「エリザベスと出会ったときに調べなかったのか？」フォスターがからかった。「それがきっかけで彼女に惹かれたんだと思ってたぞ。支配欲の強いくず男が頭がどうかした女とつきあうチャンスだからな」

「黙れ」ギャリックは鋭く切り返した。「エリザベスは母親の死体を見つけただけだ」

エリザベスは顎をあげて立っていた。その顔は無表情だが、赤い目とまだら模様になった頰がすべてを物語っている。

フォスターは最低のくそったれだが、ギャリックは自分が実力行使するところをここにいる連中に見せたくないし、そろそろ保安官代理がいぶかしく思い始めているに違いない。

「くそガキめ」フォスターがすばやく振り返って部下たちに向き直り、大声で指示を出した。「現場を封鎖しろ」

保安官代理たちが動きだしたが、機敏とは言えなかった。三人は若く、二十五歳にもなっていない。ミスティ・バナー殺人事件について話は聞いているだろうが、記憶にはない年齢だ。それに、目の前に広がる光景にすっかり魅了されている。

フォスターに怒鳴りつけられ、若者たちがわずかに急ぐそぶりを見せた。フォスターがギャリックを振り返り、激しい怒りを抑えた声で言った。「俺はバナー家の事件でいい仕事をした。チャールズ・バナーは嫉妬で怒り狂い、妻を殺し、有罪になった。論理にかなっている」

「論理にかなっている?」フォスターにそれを言う勇気があったとは信じがたかった。「犯行が論理にかなっているというのか?」

「証拠すべてがそう物語っていた」

「うまい言い訳だ」

「別の方向を示す証拠を見つけてみろ」

「あんたは証拠をすべて突きとめたと断言できるのか? 俺は事件の報告書に目を通したが、ミスティの頭髪が切られていたという記述を読んだ記憶はないぞ」

フォスターが驚いた顔で凍りつき、拒絶するように言った。「切られていた? 髪が……ミスティの髪が切られていたって?」

「ああ、そうだ」

フォスターの表情はまるでタイヤレバーで眉間を殴られ、倒れて死ぬ寸前に見える。

ギャリックは警戒した。

フォスターが口を開き、早口で弁解がましくまくしたて始めた。「あれがなんなのか、はっきりとわからなかったんだ。カーペットに抜けた髪の束がいくつか落ちてはいたが、遺体が消えていた。当時の犯罪学は現在ほど進んでなかったんだ。わかるわけがないだろう？」

新たな関連情報が手に入った。「抜けた髪の束を発見した……頭から切られた髪の束だ。それを報告書に書かなかったのか？」

「髪と事件が関連してるとは思わなかった」

ギャリックは笑った。鼻を一回鳴らしただけだったが、それはフォスターと彼の捜査に対するギャリックの評価を余すところなく表していた。

今、重要なのは、ギャリックが正しいとフォスターが理解したことだ。

ギャリックはエリザベスに歩み寄り、腕を取った。「俺がフォスターたちをあの場所まで連れていくから、君はピックアップトラックの中に戻っていたほうがいい」

「あなたがかまわなければ、このあたりを歩いていたいわ」

「わかった」ギャリックには反対することはできなかった。泥で固まった髪を額からはがしてやりながら返事をした。「あまり遠くへは行かないでくれ。いいね？」

「発掘作業に戻るわけじゃないから、心配しなくていいわ」その言い方にはわずかな刺が感じられた。いい兆候だ。

「ああ、それが心配だった」本当はそうではない。ミスティの遺体が発見されたうえに、保安官としてのフォスターの評判が過大評価だったことがわかった今、ギャリックはこれまでに経験のない恐怖を感じていた。

チャールズ・バナーが妻を殺していないのだとしたら、ほかの何者かが殺したということだ。それは誰なのか？　その人物はどこにいるのか？　ミスティの遺体を発見したことで隠れていた真犯人を引っ張りだせるだろうか？

「行こう、フォスター」ギャリックは声をかけた。「遺体のところへ案内する。そのあと、俺がエリザベスをホテルまで送っていく」

32

エリザベスをホテルへ連れて帰る車中は緊張と恐怖が漂っていた。口にされない疑問、過去に犯されたあまりに多すぎる過ち。

だが、ようやくエリザベスがヘッドレストから頭を起こし、ギャリックのほうを向いて尋ねた。「フォスター保安官は正しいの？　あなたは好奇心で事件の報告書を読んだのよね。それなら、私にどんなことが起きたのか知ってるんでしょう？」

よかった。この質問なら正直に答えられると感謝しながら、ギャリックは応じた。「いや、前にも話したが、事件の報告書にはざっと目を通しただけだ。君との初めてのブラインドデートの前に」エリザベスから目をそらさずに続ける。「いいかい、あの報告書を細かく読みこむ必要はなかったんだ。君が誰なのか知ってたから。あの事件は当時からよく知られてたし、法執行官のあいだでは今でも有名だ……それに俺はヴァーチュー・フォールズの出身だ。この町では悪い意味で周知の出来事なんだ」

エリザベスは顔色を失った。今にも吐きそうな表情だ。

このピックアップトラックにクッキーを吐きだしてほしくない。ギャリックは早口で説明した。「でも俺があのブラインドデートに関心を示さなかったのは、君を実験台と見なしたからだ。それでも出向いた理由は、仕切っていたのがマーガレットで、ぜひ会うべきだと強く勧められたからだし……」髪をかきむしる。「君の写真を見て、すてきな女性だと思ったからだ」

反応がない。

ギャリックはふたたび隣をちらりと見た。「俺が浅はかだった。起訴してくれ」

エリザベスが横目でこちらを見ている。「浅はかならしかたないわね。そのとおりだもの。すてきな女性を実験用のネズミ扱いとはね。詮索されるよりはましだけど」

ギャリックはほっと息を吐きだした。彼女の顔色はもう、『オズの魔法使い』に出てくる西の悪い魔女のような緑色ではなくなった。

このピックアップトラックに吐かれる心配は消えた。

ギャリックは精いっぱいの誠実さをこめて答えた。「エリザベス、自分の姿をよく見てごらん。俺は君をネズミだなんて思ったことは一度たりともない。誓って言う。俺がジェームズ・ボンドばりに格好をつけていたのは、君にアピールするためだったからにほかならない。俺は欲情したどうしようもないくず男だから」

エリザベスがうなずき、にっこりした。「なるほどね。私はその欲情したどうしようもないくず男を好きになったというわけね」

エリザベスは常に冷静さを装っている。それは、あの殺人事件とそのあとのもろもろの出来事にうまく対処したのだと彼を容易に信じこませそうなほど徹底していた。けれども、それが断じて真実でないことが今日、証明された。エリザベスの心は壊れやすく無防備で、苦悩にさいなまれている。彼女は孤独で傷ついていて、今にもダメージを受けてしまいかねない。そして、慰めを必要としている。ギャリックからの慰めを必要としているのだ。

「思いだしてもみてくれ。初めてのデートのとき、俺はあれこれ理由をつけて君に筋肉を見せつけようとしたし、スリルに満ちた男気あふれる仕事の話をしまくって、地質学に興味のあるふりをした。いかにも欲情したどうしようもないくず男らしいだろう？」

「地質学に興味のあるふりをしていただけなの？」

「そうだ。でも、君と出会ってから……俺がどれだけディスカバリーチャンネルのサイエンス番組を見たかわかるかい？　君の仕事の話を聞くたびに、自分の知識のなさを痛感せずにすむように」

「知らなかった」人間味と愉快さを感じさせる答えが彼女から返ってきたのは、この二時間で初めてだった。「どのくらい見たの？」

「大量に」

エリザベスがシートに身を沈め、窓の外に流れる景色に目をやった。「そう」

　ギャリックは運転に意識を集中させた。伸びた道路のアスファルトが、過酷な一日の仕事を終えたあとですっかり糊が取れたシャツのようによれてしまっている。道が平らな場所まで来ると、ギャリックはふたたび口を開いた。「どうやらバナー殺人事件は、君のお父さんが有罪だという仮定に基づいて断定されたらしいな」FBI捜査官のギャリックにはそのことがはっきり認識できていたが、それを公に認めるつもりはないし、ましてエリザベスに対して認めるつもりはなかった。

「フォスターの保安官としての仕事ぶりはお粗末だったということ？　あの事件は充分に捜査されていないというの？」エリザベスの声にふたたび希望がこみあげてきた。

「そうは言ってない。当時の犯罪捜査技術は今と比べ物にならないし、ヴァーチュー・フォールズのように小さな田舎町ではなおさらそうだっただろう」フォスターが名をあげようと躍起になっていたのであればなおさらだ。「裁判の前後に証拠と証言、そして判決がそれぞれ報告書にまとめられて、その写しが各機関に送られた。十年以上前にどこかの雑用係が千ページほどの報告書を十五分ばかりかけてスキャンし、インターネットにアップした。見過ごされた点やミスがあった可能性は充分にあるし、インクがにじんだページも当然あるだろう。だからもっと詳しく調べて証拠をこの目で確かめるまで、はっきりしたことは何も言えない」言える状態になったら、すぐにそうするつもりでいた。

　ギャリックは携帯電話を取りだし、ちらりと目を落として小さく罵った。電波を受信できていない。携帯電話が機能していれば、インターネットに接続するルーターとしてセットアップできるのに。だが、エリザベスの携帯電話はつながっていたときがある。

「そっちは受信できてるかい?」

エリザベスが道具箱から携帯電話を取りだした。「いいえ、だめだわ。午前中は受信できてたのに。マーガレットに電話をかけたときは気づかなかったけど、通話はできたわ」

よし、エリザベスの調子は悪くない。緊張感が薄れて、顔色もましになった。これなら大丈夫だろう。

そう思ったとき、ギャリックの恐れていた問いをエリザベスが投げかけてきた。「FBIを停職になったのよね。何があったの?」

33

ギャリックはヴァーチュー・フォールズ・リゾートの駐車場に車を乗り入れた。正面玄関の脇に停車し、ギアをパーキングに入れる。

エリザベスはギャリックの体に手を置いた。昔とまったく同じだ。エリザベスがしゃべり、ギャリックが黙りこむ。

エリザベスはそっとギャリックの顔を見た。

彼は不機嫌な顔をしている。青白い顔をして、きつく嚙みしめた顎が今にも砕けてしまいそうだ。エンジンを切り、フロントガラスをまっすぐにらみつけている。ギャリックが口を開き、答えらしきことを言った。「停職じゃない。心理テストは問題なかった。俺が戻るのを拒んだんだ」

「何がきっかけだったの？　その……どんな出来事が……」母の殺人事件の話をギャリックがいかに慎重に運んでいたか、エリザベスはそのとき初めて気づいた。ギャリックを傷つけずに事情を聞きだそうとしている自分が今、どんな言葉を使えばいいのかさっぱりわからないからだ。

ギャリックは彼女が何を知りたいのか理解した。「ぶちギレたんだよ」

二年間の結婚生活のあいだ、エリザベスは彼が抑制を失ったところなど一度も見たことはなかった。もちろん、ベッドの中では別だが。「どうして？」消え入りそうな声で尋ねた。

「さっき話していた事件と同じだ。俺は親父と同じような真似をした」ギャリックはほほえんだが、それは痛みを色濃くにじませた笑みだった。「ＦＢＩ捜査官として適性試験を受けさせられて当然のふるまいだった。自分の中にあの親父がいることに気づいたからには、職場に戻るわけにいかなかったんだ。親父が俺の中に潜んでいて、外に飛びだすときを今か今かと待ち構えている。それを俺はどうにもできない」

「何をしたのか詳しく教えて」

こちらを向いたギャリックのグリーンと金色の瞳は冷たい苦悩に覆われている。

ギャリックに憐れみを感じるなんて、予想さえしたことがなかった。エリザベスは今それを感じ、腕を伸ばして彼を慰め、キスをしようとしていた。「怒りで自分を失うことは誰にだってあるわ。私だってそうだし、マーガレットだって！　いかにもアイルランド人らしいじゃない？　あなたが怒りを爆発させたからといって、人を殺したり傷つけたりするわけじゃないでしょう」

「そうなったんだ」

「怪我をさせたの？」殺したわけがない。それならエリザベスの耳にも入っているはずだ。

「痛めつけられて当然の野郎だった」ギャリックがこぶしを握りしめる。「俺はまた同じことをするだろう、もしそれで」かぶりを振りながら先を続ける。「何かを変えられるなら」

「あなたは善良な人よ、ギャリック。あなたが誰かを痛めつけたのなら、間違いを正すためだったということよ。私にはわかる」エリザベスはギャリックの手を取って指をそっと広げ、力が抜けていくまで撫でつけた。「あなたは善良な人よ」同じ言葉を繰り返す。「あなたは私を傷つけない。私はそう信じているわ。それって重要なことじゃない？」

痛みに体を貫かれたかのようにギャリックが目を閉じた。

それから目を開け、ポーチにまなざしを向けた。「マーガレットだ」

エリザベスは彼の手を放した。

一刻も早くエリザベスのそばを離れたがっているかのように、ギャリックが勢いよくピックアップトラックから飛びだした。「マーガレット！　どうやって階段をおりたんだい？」

エリザベスは助手席側のドアを開け、ゆっくり外へ出た。

マーガレットが歩行器を押しながらポーチを進んでくる。「スタッフたちの手を借りて、あとは意志の力をかき集めたのよ」そう答えて、震える手をエリザベスに差し伸べてきた。

「ああ、かわいそうな子。聞いたわ……何があったのか。大丈夫？」

エリザベスは階段をあがり、マーガレットの手を取った。「ええ、大丈夫よ」

「本当に？」マーガレットが探るようにのぞきこむ。「ひどい顔だわ」

「ええ、一日仕事をしたあとは、いつも泥まみれだから。でも今日は特にひどいわ」エリザベスは髪に手をやり、すっかり汚れた絆創膏を見やった。「洗ってこないと」

「ええ、そうしなさい。きれいになったらダイニングルームにおりてくるのよ。スタッフたちがおいしい食事を作ってくれているから」建物へ入っていくエリザベスを見送ると、マーガレットがギャリックを振り返った。「本当のところはどうなの？」

「ショック状態だ。でも、どうにか押さえこんでる。エリザベスはいつもそうだ」

「幼い頃に身にしみついたふるまいが消えることはないのね」マーガレットは特別なときの装いで着飾っている。グレーのドレスにダイヤのイヤリングと翡翠（ひすい）のネックレスを組みあわせていた。マーガレットがギャリックに指を突きつけた。「その汚れを落としてからでないと、私のホテルには入れないわよ」

　ギャリックは階段を蹴りつけて靴の泥を落とし、手でズボンの後ろを払った。ほとんどの汚れはそれで落ちたが、黒くこびりついた部分が背中と髪に残っている。

　マーガレットがあきれたようにかぶりを振った。「さあ、いらっしゃい。ふたりで泥まみれになって何をしていたかはきかないことにするわ」

「そのほうがいい」

　マーガレットがドアに向かって歩きだした。「エリザベスは覚えているの……あのときのことを何か?」

「事件の記憶はない。世間の注目を浴びたときの心境は忘れていないみたいだが」ギャリックもあとに続いて歩きだした。「遺骨が見つかったことを誰から聞いたんだい?」

「ハロルドが町に行ったのよ。あなたが持ってきてくれた支援物資を配りにね。そのときに、エリザベスとあなたが保安官事務所に入っていって、護衛されて出てきたところを見た人がいることを聞いたそうよ」この冷笑は誰かがマーガレットを怒らせたときに浮かぶ表情だ。

「そしてミスティの遺体が発見されたというニュースがあっという間に広まったの」

保安官事務所で働いているグレーの髪をシニョンでひとつにまとめた中年女性の姿が、ギャリックの脳裏に浮かんだ。いつもいかにも親切そうなほほえみを浮かべていたが、何が起きたのか噂を広めたのは彼女だろう。「出所はフォスターの秘書だな?　名前は?」

「モナよ。モナ・コールマン。コールマン製材所の」その声にはモナと彼女がしたことについてマーガレットがどう思っているかがはっきり表れていた。「ええ、そう。モナがヴァーチュー・フォールズのスピーカーよ」

「昔のモナを覚えてるよ」ギャリックが非行少年だった頃のモナを。「たしかに、あの頃からいけ好かない女だった」

「町の人たち全員がゴシップに興じているわけではないのよ。でも、地震から話題をそらす格好のネタにはなったでしょうね」マーガレットが厨房に向かう。「母親の遺体が見つかって事件の幕引きとなることが、エリザベスにとって一番だと思うわ」

「この数週間が試練だな。町の連中はチャールズ・バナーがハサミで妻を殺した当時を振り返るだろうから」大きな泥の塊がギャリックの髪からはがれ落ち、アンティークのペルシア絨毯（じゅうたん）に落下した。

マーガレットがため息をつく。「シャワーを浴びたほうがよさそうね」

「ゆっくり浴びても大丈夫かい？　それとも手短にしたほうがいいかな？　水の出具合はどうなってる？」

「井戸は問題ないわ。ポンプが動いているし、タンクも満杯になっているから。でもプロパンガスのほうが心配だから、あまり長い時間はかけないで」

ギャリックは階段をあがり始めた。

「それと、ギャリック」

この声には聞き覚えがある。ギャリックは警戒しながら振り返った。

「共有のバスルームに入るまで、少し待ちなさい」

マーガレットの作戦に気づくまで一瞬、間があった。「エリザベスと俺をまとめてパシフィック・スイートに放りこんだな？」

「あら、いけなかった？」マーガレットが歩行器にもたれかかってギャリックを見あげた。

「ベッドルームはふたつあるし、あいだにはリビングルームもあるわ」

「ほかのスイートルームが空いていないことを神はご存じなのか」

マーガレットが声をあげて笑った。

「油断ならないキューピッドだな」

「男は妻と一緒にいるべきでしょう」

ふたりが離婚したことを今ここで持ちだしても無駄だ。マーガレットは離婚を信じていない。「ともかく今回の件が落ち着くまで、俺はエリザベスから離れないつもりだ」ギャリックは断言した。

「それじゃあ、同じ部屋を使えるのは好都合ね」マーガレットが返事をした。

34

ギャリックは自分のために用意されたベッドルームへ入った。

このベッドルームのドアのひとつはリビングルームに、もうひとつはバスルームにつながっている。バスルームから水音が聞こえてきて、ギャリックは幸福だった頃にしばし思いを馳(は)せた。あの頃だったらすぐさま服を脱いでバスルームに押し入り、エリザベスに合流して洗うのを手伝い……愛しあって……また洗うのを手伝っていただろう。

エリザベスはかつて、ギャリックのことをまさしく活発な性生活そのものだと見なしていると言っていた。

ギャリックはそれを聞いてうれしかった。だから今日、いまだ余震が続く中、のこのこ峡谷へ出かけていったことに激しい怒りを覚えながらも、彼女に飛びかかったのだ。

エリザベスとは一年以上会っていなかったが、再会から五分と経たずにギャリックは彼女を地面に横たえ、上から見おろして考えた——いや、よく考えもしないまま泥の中でキスに駆りたてられ、彼女を奪おうとした。いつ余震が起こるかも、いつ津波で海へさらわれるかもわからない状況だったというのに。

地質学的な力は原始的かつ強大で、情け容赦がない。

エリザベスに対するギャリックの欲求のように。

シャワーの音が止まり、ギャリックは考えた。エリザベスがバスルームを出て体を拭き、服をかき集めてベッドルームへ引きあげるところを想像したら、下半身を熱くうずかせながらひとり長い夜をふたたび過ごすはめになる。それから、全身像を想像し始めた。一糸まとわぬエリザベスの姿を思い浮かべるのは楽しい。それを上まわるのはエリザベスの服をすべて脱がせ、ところかまわずいつでも愛しあう行為だけだ。

ヴァーチュー・フォールズへ向かうあいだ着ていたジーンズとTシャツが洗濯され、ベッドに並べてある。ギャリックは心の中でスタッフたちに感謝し、バスルームのドアが開いて閉じる音が聞こえるまで待って中へ入った。

パシフィック・スイートはこのホテルのラグジュアリー・スイートルームのひとつだ。満室なら自分がこの部屋をあてがわれることはまずなかったはずだが、マーガレットはこの地震を神からの贈り物と見なしたに違いない。彼女がギャリックを元妻と同じ部屋に泊まらせるべく、迅速かつ断固たる態度で準備したことは疑いようがなかった。今日の再会後、エリザベスをひとりにするわけにいかなくなったのだから、マーガレットの判断は結局のところ正しかった。

このバスルームの自慢はブルーのモザイクタイルで波を表現した大きなバスタブとシャワーで、これは小規模なホテルの改装で有名になった地元アーティストによる装飾だ。このホテルのロゴが入ったベルガモットとシナモンの香りの石鹸(せっけん)がもうもうとした湯気の中でバスルーム中に芳香を放っており、エリザベスが乾いた泥のあとを使い古しのタオルで洗い落とそうとした名残がうかがえた。

ギャリックが服を脱ぐと、もとから泥が残っていた床にかなりの量の泥がさらにこぼれ落ちた。手早くシャワーを浴びてジーンズとTシャツを身につけ、階下におりる。ギャリックが厨房をのぞきこむと、ハロルドがシェフと何やら話しこんでいた。「知らせておいたほうがいいと思うんだが、俺とエリザベスの落とした泥がパシフィック・スイートまでパンくずみたいに点々と残ってしまった。ちなみにバスルームも泥まみれだ」

ハロルドは親指をギャリックに立ててみせてから、大きな焼いたハムの塊と調理済みのマカロニチーズの鍋を町のホームレスの宿泊施設までどう運ぶかの相談に戻った。

ギャリックは図書室の入口で立ちどまり、中をのぞいた。マーガレットが背もたれの高い座り心地のいい椅子に腰かけ、エリザベスが座面の低い大きなソファに座っている。ふたりともロックのアイリッシュ・ウイスキーのグラスを手に、会話に興じている。

エリザベスはいくらか元気を取り戻したようだ。顔色がよくなり、ショックもやわらいでいるらしいが、まだどこかぼんやりして見える。

マーガレットは顎を引きしめて決意をみなぎらせているものの、それは誰であれエリザベスを傷つけた者にとって不吉な予兆となる表情だ。

ふたりが一緒にいるところを見ていると心がなごむ。離婚したいとエリザベスから切りだされて以来、こんな気持ちになったのは初めてだ。いや、もっと前からだ――自分のせいで結婚生活が破滅に向かっているのに、修復するすべがわからずにいた頃以来だ。

ギャリックは子どもの頃、マーガレットに文字どおり命を救われた。

大人になってからも、エリザベスからあり余るほどの愛を与えられた。

ギャリックの人生を築きあげたもの。

それは仕事でもＦＢＩでもない。

マーガレットとエリザベスだ。

人生のどこかでギャリックはそのことを忘れ、取るに足りない出来事のせいで自分を破滅させかねない苦境に自らを追いこんだ。たしかに優秀な捜査官ではあったが、仕事のペースを落として気を楽にし、生活にゆとりを持ってもっとマーガレットとエリザベスのそばにいることもできただろう。

人生の舵を取るのは自分自身だ。次の日に備えてしなければならないことがあったら、それを思いだせば事足りる。

エリザベスが振り向くと、プラチナブロンドの光の輪が頭を包んでいるように見えた。彼女の目がギャリックの姿をとらえる。ブルーの目が見開かれて、ギャリックの顔を見て喜びを感じたような笑みがこぼれる。

　その笑顔は彼に喜びを与えた。

「ギャリック！　入ってちょうだい」マーガレットがグラスを揺らし、氷を鳴らす。「大変な一週間だったから、お代わりが必要なの」

「そのために貴重な氷を消費するわけか」

「正当な理由よ」マーガレットのアイルランドのアクセントが強くなっている。

　ギャリックはマーガレットのグラスにウイスキーを注いだ。

　エリザベスが首を振り、手のひらでグラスを覆う。

　彼は自分のグラスに赤ワインを注いだ。

「ワイン貯蔵庫で割れずにすんだのは、それを含めてほんの数本だけだったのよ」マーガレットが暗い声で告げた。「脚（ステム）のないグラスを使ってくれるのはありがたいわね。余震が来たときにアンティークのカーペットに赤いしみをつけたくないもの」

　ギャリックはソファに座っているエリザベスの隣に腰をおろし、グラスに口をつけた。

「いい味だ。ディ・ルカのワイナリーのジンファンデルだから、当然といえば当然だけど」いたずらっ子のようににやりとマーガレットに笑いかける。

「知らないわ」取り澄ました声でマーガレットが答えた。「ディ・ルカのワインなんて飲まないもの」

エリザベスがグラスを揺らし、水とウイスキーのハーモニーに酔いしれているかのように見つめている。

何か言いたげにマーガレットがギャリックを横目で見た。

ギャリックは重い空気を払拭すべく口火を切った。「マーガレット、俺はあなたの意見をいつも尊重している。特に人間絡みのことについては。バナー家の事件とチャールズとミスティのバナー夫妻について、どんなことを覚えている？」

マーガレットがぽかんと口を開けた。

エリザベスが背中を伸ばした。その目に好奇心が浮かぶ。「私も聞きたいわ、マーガレット。あなたはどんなことを覚えているの？　両親を知っている人たちがあの事件をどう見ているか知りたいとずっと思ってたのよ。事件が起きたときは驚いた？」

マーガレットがすばやく口を閉じた。

ギャリックは育ての親に向かってグラスを掲げた。エリザベスのことは把握している。父親の怒りと母親殺しにまつわる謎を解き明かしていくうちに、彼女は気分がよくなるはずだ。

マーガレットもそのことに気づいたらしい。「ご両親の事件ではあらゆることに驚かされたわ。お父さんはかなり年上で、洗練されたタイプではなかった。お母さんはディズニーのプリンセスかバービー人形かという華やかさで、行く先々できらめきを放っていたわ。人を魅了するために何かする必要はなくて、ただそこにいるだけでよかったの。私はお母さんのことが好きだった。自分より背が高くて若い美人なんて、普通はいけ好かないものだけどね」マーガレットが歯を見せながら笑う独特の笑みをエリザベスに向けた。

「父のことは……？」とても最後まで言えないというように、消え入りそうな声でエリザベスが尋ねる。

「チャールズ・バナーは嫉妬深い性格だったと思うかい？」ギャリックはあとを継いだ。

「いいえ、ちっとも。ミスティにとって最善とは言いがたいことをチャールズが思いつくなんてありえないと誓って言えるわ。ええ、たしかに否定はしない。あの夏に噂が広まり始めたとき、チャールズはどうするつもりなんだろうと思ったことは。でもまさか、あんなことが起きるなんて……予想すらしてなかった」

「いったん整理しよう」ギャリックは一連の出来事を順序立てて考えたかった。「あなたがチャールズとミスティに出会ったのはいつだ？」

「ふたりがヴァーチュー・フォールズに越してきた年よ。あれは春で、観光シーズンが本格的に始まる前だった。科学者の団体がディナーに訪れたの。ミスティは妊娠中で、チャールズは誇らしげだった。幸せな夫婦そのものに見えたわ。本当に」マーガレットがウイスキーを口に含んだ。「あんなふうに男性とその妻のあいだに育まれた愛情を目のあたりにするたび、驚くやら幸せな気持ちになるやらだったわ。あのふたりは……お互いを救ったという感じだったわね」

「お互いを救った？」エリザベスはグラスを置いた。「何から？」

「わからない」マーガレットが答える。「なんとなくそんな印象を受けただけよ。そのディナーのあとで本格的な観光シーズンが始まって、あなたが生まれるまでふたりには会わなかった。お祝いはちゃんと贈ったわよ。洗礼式用の銀のカップに名前と生年月日を刻んでね」

「そうだったの？」エリザベスが顔を輝かせた。「ありがとう！　伯母が取っておいてくれているの。ごく一部だけど……私がここに住んでいた頃の持ち物を」

「どういたしまして。どの女の子も大事にされて、誕生を記念する品を贈られる権利があるものよ」マーガレットがドアに目を向けると、ウエイターの制服に着替えたミクローシュが立っていた。「ああ、夕食の準備ができたのね。行きましょうか？」

ギャリックがグラスを置くより早く、エリザベスがマーガレットのもとにたどり着いていた。

マーガレットがギャリックに笑いかけながら、エリザベスの手を借りて立ちあがる。「マナーのいい若い人もいるのね。あなたがもっと早く、私がもっと若くて元気だった頃に奥さんをここへ連れてきてくれていたらよかったのに」

ギャリックはソファから立ちあがった。「もっと若くといったって九十歳だろう？」

エリザベスが驚いた顔でたしなめた。「ギャリック！」

難儀そうにエリザベスの腕に体重を預け、マーガレットが憐れっぽい口調で訴える。「年寄りに冷たい子なのよ」

エリザベスが一瞬考えこみ、ギャリックとマーガレットを交互に見た。「これは冗談ね。ギャリックに年のことでからかわれて、あなたが気にするわけがないもの」

「いい？」マーガレットが歩行器に両手をのせながら言った。「九十歳と九十一歳の違いは何か。ガスを通過させることとおならをすることの違いと同じなのよ。表現が違うだけで、臭いことに変わりはない」

エリザベスの表情を見て、ギャリックは噴きだした。彼女の肩に腕をまわしながら解説する。「マーガレットの説明はわかりやすくてうまいと評判なんだよ」マーガレットに笑いかけた。「おまけに、年を重ねるごとにわかりやすくなってる」

「私を批判するのは誰？」マーガレットが食ってかかる。

「俺じゃない」ギャリックは先頭に立ってダイニングルームへ入り、マーガレットのために椅子を引いた。

ダイニングルームは以前と変わらず清潔そのものだったが、いつものように白いリネンのテーブルクロスはかけられていないし、火を灯したキャンドルも高価な食器類も置かれておらず、テーブルはシンプルなセッティングがされているだけだった。実利的なマーガレットの指示で、クリスタル類はすべてしまわれ、余震がおさまってホテルの営業が再開できるようになるまで保管されているのだろう。アイルランドでメイドをしていたマーガレットの熟練の腕で磨きこまれた状態で。

マーガレットが椅子に腰をおろしながら、うめき声をもらす。「地震と年老いた骨は相性が悪いわ」

ギャリックはその椅子をテーブルの下に押しこみ、足元にしゃがんでマーガレットが自分のほうを見るまで待った。「どこか調子が悪かったら言ってくれよ。いいね?」

マーガレットがギャリックの額にかかった湿った髪を撫でつける。「どこか悪くたってあなたに治療はできないでしょう。私を楽にできるのは鎌を持った死に神だけよ」

「さあ、明るいニュースですよ」入口からハロルドの声がかかる。「給仕はミクローシュが担当します」

35

ミクローシュがガスパチョを給仕し、ギャリックがワインを注いでいるあいだに、マーガレットがハロルドに声をかけ、隣に座って報告するよう促した。

ハロルドが椅子に座った。悪いほうの脚を伸ばして腿をさすり、町の復興状況を伝える。

マーガレットは必要以上に危険なことや無理をスタッフたちにさせないよう指示し、ハロルドを厳しい目で見据えた。

「私は大丈夫です」ハロルドがいらだちまじりに答えた。「あれだけ薬物を摂取した時期があっても死ななかったんですから、少しばかり無理して働いたって死にはしませんよ」

「そうなったら私が怒るわよ」マーガレットはスタッフに完璧を要求する専制君主だが、彼らを家族同然に扱い、害をなすものから懸命に守っている。

ギャリックはそんなマーガレットの家族になれたことを誇らしく思っていた。

「カテリの情報は何か無線で入ってきましたか?」ハロルドが尋ねた。

「彼は意図的に昏睡(こんすい)状態にされているそうよ。体を動かさないようにして、内出血を止めようとしているらしいの」マーガレットが説明する。

　エリザベスの唇が苦悶に震えた。

「カテリのために祈りましょう」ハロルドがマーガレットの肘のそばにベルを置いた。

「主菜(アントレ)をお出ししていいときに鳴らしてください」そう声をかけると、ミクローシュとともに立ち去ってドアを閉めた。

「ハロルドがいなかったら私はお手あげよ」マーガレットがスープスプーンを手に取る。

「彼は普段からすべてを取り仕切ってくれているけれど、この災害の最中でも一番輝いているわ」

「この地震はきっと人生を変えてしまう。私は一度バラバラになってしまった気がするの……もとどおりに戻るときはすべてのピースが揃うかもしれない」エリザベスの視線が礼儀正しくガスパチョを口に運んでいるギャリックのほうへさまよい、マーガレットに戻る。

「私の両親について覚えていることをもっと話してもらえないかしら。あの事件が外部の目からどう見えていたのかを知りたいの」

　エリザベスが尋ねてくれてよかったとギャリックは思った。フォスターが証拠をすべて報告していないと告げたことで再捜査するきっかけができたので、できる限りの情報を得ておく必要がある。

　マーガレットがうれしそうに、そしてあたたかく応じた。「ええ、もちろんですとも。ぜひ話をさせてもらいたいわ。エリザベス、あなたはみんなにとってかけがえのない存在だったの。いつもにこにこして社交的で、本当におしゃべりな子でね。科学者たちのディナーが毎年の恒例行事になって、チャールズとミスティは毎回出席して幸せそうに見えた。すべてが完璧だったと言っているわけではないのよ。ふたりは結婚していた。議論するときもあったし、互いの言葉を補うときもあったし、相手の話を途中でさえぎることもあった。つまり、あなたのご両親は真実みのある夫婦だったのよ」

「父と出会った頃、母は女優をしていたと伯母のサンディが言っていたわ」エリザベスが膝のナプキンをそっと伸ばし、それでも平らにならないというように何度も撫でつけた。「母は演技をしていたのかもしれない」

「幸福を演じている人を見たことがある？　そんなことをしていても、いずれはばれるわ。大げさに演じてしまうせいでね」マーガレットがベルを鳴らした。「ミスティはそうじゃなかった。違いを説明できる自分が誇らしいわ」

ハロルドとミクローシュが現れ、スープボウルをさげてアントレの皿を置いた。ハロルドが説明する。「サーモンの味噌（みそ）がけとライスピラフにケールのローストです。シンプルですが味は確かですよ。どうぞ味わってお召しあがりください。シェフが避難所とホテルを往復する忙しい合間を縫って準備した料理ですから」

「すばらしい料理だと伝えてちょうだい」エリザベスがいたわるように応じた。

ギャリックも賛辞を述べようとしたが、言葉がつかえて出てこなかった。

「わかっていますよ、ミスター・ギャリック。あなたはケールがお嫌いですから」ハロルドがサラダボウルをミクローシュから受け取り、ギャリックの隣に置いた。「こちらを召しあがってください」

「ありがとう！」ギャリックは自分のケールをマーガレットの皿に積みあげた。

マーガレットはその作業に批判的なまなざしを向けた。「この人たちったら本当にあなたに甘いんだから」

「ああ」ギャリックはうなずいた。「マーガレットの息子でいるのがどれだけありがたいことか、忘れていたよ」

「養子にしたときは、こんなに困った子だなんて少しも知らなかったのよ」マーガレットがエリザベスに訴えた。

「まあ、それじゃああなたには注意力が足りなかったのね」エリザベスが言った。

マーガレットが驚いた顔になり、それから大声で笑い続けた。「あなたとはうまくやっていけそうだわ、エリザベス・バナー・ジェイコブセン」

エリザベスは姓が違うと言おうとしたが、すぐに口を閉じた。この件でマーガレットと言いあっても勝ち目はない。

ハロルドがミクローシュを追いたて、ふたたびドアを閉めた。

マーガレットとギャリックとエリザベスは心地よい沈黙の中でアントレを口に運び、食べ終わると、ギャリックが会話を再開した。「マーガレット、夫婦に何が起こったんだ?」

マーガレットは眼鏡越しにギャリックを見据え、次いでエリザベスに視線を移した。「それは私も知りたいと思っていたのよ」

「バナー夫妻の結婚生活に」ギャリックはことさら深刻ぶった口調で小声で言った。

マーガレットがわざとらしく驚いたふりをする。「ああ、チャールズとミスティのことね……わからないわ。あの夏、ミスティに愛人ができたという噂が流れて」声をやわらげて言葉を継ぐ。「それから彼女は亡くなったの」

エリザベスは皿のまわりにこぼれた食べかすにフォークを押しあてた。「ずっと父が犯人だとされてきたわ。その愛人が怪しいという意見はなかったの?」

マーガレットが首を振った。「愛人が誰なのかわからなかったのよ」

「エリザベスの意見は一理ある。要点を突いているな」ギャリックは言った。「愛人が誰なのか突きとめる動きはなかったのかい?」

「事件が起きる前の話? いったい誰なのか、みんなが注視していたわ。事件のあとは……関心が薄れていった」マーガレットがフォークを置く音が小さく響いた。「あの写真が事件にどんな影響をもたらしたか、その点を忘れてはいけないわ。あれは誰の目にも明らかな証拠だった。あの時分は、写真を撮れる機器を誰もが持ち歩いているわけではなかった。ところがバナー家のある地区を担当していた郵便配達人がアマチュアのフォトグラファーで、高価なカメラを配達中も携帯していたの。海沿いの絵になりそうな風景写真を撮って観光客に売って、それなりの副収入を得ていたそうよ。あの日、郵便配達員がバナー家に着いたとき、チャールズが家の中から出てきた。彼は小さなエリザベスとハサミを抱えていて、娘ともども血まみれだった。そこを郵便配達員が撮影したの」

エリザベスは新たな視点が出てくることを期待するかのように息を詰めている。

「チャールズにとっては不運だったな」ギャリックは言った。

「あれはひどく生々しい写真だったから、あらゆる全国紙の一面を飾り、ニュース雑誌の表紙に使われたの。国中の人々があれを目にしたことで、判決がくだされたのね。チャールズには優秀な弁護士がつくこともなく、陪審員の前でなすすべがなかった。私個人の意見では、彼が人殺しをするなんてとうてい考えられないし、まして妻を殺すなんてもっとありえないことよ」マーガレットがギャリックとエリザベスを交互に見ながら言った。「だけど、連続殺人犯や小児愛者はえてして近所で評判のいい人物だというのがあなたの見識なんでしょう」

「そうとは限らない。連続殺人犯の中には根っからの異常者もいる」どこかとがめるような指摘に対してギャリックは答えた。「写真を撮ったあと、郵便配達人はどうしたんだ？」

「近所の家に駆けこんで警察に通報したわ」

蔑むようにギャリックは口元をゆがめた。「チャールズが妻を殺し、娘も手にかけようとしていると思いこんで逃げだしたってわけか」

「あの配達人が賞賛されるべき行動をしただなんて私はひと言も言っていないでしょう。写真を撮った話をしただけよ」マーガレットがベルを鳴らした。

ハロルドがデザートと飲み物を運んできて、テーブルは重苦しい沈黙に包まれた。

ギャリックは立ちあがってトレイを受け取った。「あとはこっちでやるから、あなたたちももう食事をとって休んでくれ」

「スタッフたちが戻ってきたので、一緒に夕食をすませました」ハロルドがマーガレットに報告する。「町の混乱状態はおさまりつつあるという話でした」

「ありがとう、ハロルド」マーガレットがギャリックから紅茶を受け取った。「ほかのみんなにもお礼を伝えて」

「スタッフたちは居場所があることに感謝していますよ」ハロルドが答える。

「持ちつ持たれつということね」マーガレットはうなずいた。

ハロルドもうなずき、ダイニングルームから出ていった。

ギャリックは自分とエリザベスのカップにコーヒーを注ぎ、ペストリーをテーブルの中央に置いた。

「凍っているわね」マーガレットがにおいを嗅ぎながら言った。

ギャリックはアンティークの棚をかきまわし、古いメモ帳を見つけた。「愛人がいたというのは確かなのか?」

「当時はそう思っていたわ。ミスティはあの夏、恋をしている女性そのものの輝きを放っていたから」紅茶を注ぐマーガレットの手が震えている。「私が一番怪しいと思っていたのは、アンドルー・マレーロよ」

エリザベスがショックに息をのんだ。その音は聞き取れるほどだった。

マーガレットが眉をあげた。「あの男が自分を色男だと信じこんでいることを知っているのね?」

「そうじゃないわ。彼とは個人的に親しいわけじゃないから。発掘現場で会うだけよ」

ギャリックはホテルのロゴが入った古いボールペンを見つけ、テーブルに戻ってリストを書きだした。「アンドルー・マレーロ……エリザベス、君はこの男に言い寄られたことはないんだな?」

「誤解しないでほしいわ。私は品行方正なの。ただ、アンドルーはいつも私をうとましく思ってる」エリザベスが困惑した様子で手のひらを広げた。

それを聞くまでギャリックは生きた心地がしなかったが、何も言わずにペンを握ったままでいた。

「ドクター・フラウンフェルターも候補者に入れて」マーガレットが言った。

「え……あのドクター？」エリザベスは心から驚いているようだ。「昨日の朝、オナー・マウンテン・メモリー養護施設で会ったばかりよ。ずいぶん年を取っているように見えたけど」鼻に皺を寄せる。「父よりも年上の男性は母の相手に不釣り合いだわ」

マーガレットがミルクと砂糖を紅茶に入れ、そっとかきまわす。「ミスティの事件からさほど経たないうちに、ドクター・フラウンフェルターは二十五年連れ添った妻から不貞を理由に離婚を言い渡されたの。彼は妻の要求をすべてのんで、町を離れた。そのあとチャールズ・バナーが収監されていた刑務所で働きだしたという話よ」

「それは興味深いな」ギャリックは捜査対象になると判断し、その情報をメモした。

エリザベスが咳払い(せきばら)をした。「彼は母の主治医で、出産のとき私を取りあげたと言っていたわ。なんだか変な気分だった。いろいろなことを聞かされすぎて混乱してしまったの。理由はわからないけど」

「医師は君を不安にさせた、と」ギャリックはメモを取った。「マーガレット、ほかに愛人候補は？」

マーガレットがいらだちを隠さずに答える。「ミスティ・バナーはあらゆる男性から望まれている女性だったのよ。誰がミスティを求めていたか探しても無意味ね。彼女に無関心だった男性を探すほうが早いわ」

「わかった」その方向でも探ってみよう。「無関心だったのは誰だい？」

「デニス・フォスター」

ギャリックはエリザベスを振り返った。「やっぱり。性的な欲望がないんだ」

「そうみたいね」エリザベスが返事をした。

「フォスターは当時まだ保安官に選ばれていなかったから、公正な法執行官として有権者に印象づけようと必死だった。病気の母親の面倒を見て、酒を飲まず、女遊びもしない男。まあ、従順すぎる男とも言えるわね」マーガレットがまぶたを伏せ、目に浮かんだ軽蔑の色を隠そうとした。「男は少しくらい悪いところがないと。そうじゃない男は聖人か隠しごとをしているかのどちらよ」

「彼は何を隠しているの？」エリザベスが疑問を口にした。

フォスターが聖人である可能性をエリザベスは一瞬たりとも考えなかった。その点がギャリックの気にとまった。

「私には探りだせなかった」マーガレットが答えた。「それでもフォスターの魂を隠している岩をひっくり返したら、虫がうじゃうじゃわいていることはわかるわ」

エリザベスが淡々とした口調でギャリックに言った。「レインボーも対象に入れていいんじゃないかしら……ちょっと過剰な好意を私に示している女性として。興味深いのよ。彼女はメンドリみたいに世話を焼いて私を守ろうとするの」マーガレットとギャリックはぽかんと口を開けてエリザベスを見た。「レインボーが母を殺したと疑ってるわけじゃないの。ただ、母の愛人候補のリストには入れておくべきだと思っただけ」

ギャリックはそれをメモし、チーズクリームがはみだしたペストリーに手を伸ばした。

「レインボーは長身で肩幅が広いから、ほかの女性を圧倒できる資質がある」

「ネイティヴ・アメリカンのスタッグ・デナリ。裕福で力強くて無慈悲な男性よ。でも……愛する対象は女性ね。あの人は私のことが好きなの。世の中に率直なタイプの女性を評価しない男がいるなんて信じがたいわ、まったく」マーガレットの目はユーモアに輝いている。

「たしかに、もの静かで従順な女性に立ててもらう必要のある男性もいるわね」エリザベスがレモンタルトにかじりついた。

「俺はもの静かで従順な女性が好きだ。まわりにそんな女性がいればと言うべきかな」ギャリックはコーヒーのお代わりを注いだ。ひと晩中、目が冴えて後悔するはめになりそうだが、今は糖分を補給して血の巡りをよくし、カフェインで脳を刺激する必要がある。そうすれば、クロスワードパズルでもするように犯罪を解き明かすギャリック・ジェイコブセンに戻れた気がする。

ギャリックはふたたび自分を取り戻したのだ。

「ミスティの愛人はスケジュール調整がしやすい人物ね」マーガレットがテーブルをコツコツ叩いた。「朝八時から夕方五時まで働く勤め人ではないわ。チャールズは日中に働いて、あとは家にいる人だったから。ということは……ブラッドリー・ホフがいるわね」

「画家。そうね」エリザベスがうなずいた。「会ったことがあるわ。私の母を知ってると言っていた。母と父はブラッドリーの絵画教室に通っていたのよ」

　ギャリックは警戒を解かずに質問した。「絵画教室？　ブラッドリー・ホフは裕福だろう」

「あの頃は違ったわ。ブラッドリーの絵は強烈で深刻で不安をかきたてる作風だったから。パワーがみなぎっていて、説得力のある絵だった。私はその作風を突きつめるべきだと勧めたわ。魂を深く掘りさげて、困難な道を進んで名声をつかむべきだとね。でも結局あの人は、手っ取り早くお金になるほうを選んだのよ」マーガレットがほほえんだ。「批判じゃないわ。私は前に進むためならどんなことでもしたけど、ブラッドリーは裕福な家庭のひとり息子なのよ。芸術では身内から敬意を集めることができなくて、プレッシャーがきつかったのね。画家になったせいで遺産相続人から外されてしまったくらいだもの」

「そいつは気の毒に」ギャリックは皮肉をこめて相槌を打った。

「家族を失うかもしれないと知りながら前進するには、多大な意志の力が必要なのよ」マーガレットがブラッドリー・ホフを賞賛しているのは明らかだ。「ブラッドリーはとてもハンサムだから、絵画教室は予想以上に繁盛したわ」

　エリザベスが顔をほころばせた。「アルバムに父と母の描いた絵が何枚かあるわ。ふたりともかなりうまいの」

「わかった」ギャリックは言った。「チャールズが絵画教室に通った理由は？」

「妻を喜ばせるため」マーガレットが即答した。

エリザベスが別の答えを言った。「カメラや携帯電話が一般的になる以前は、研究者が現場で見つけた草花や岩を証拠として記録できる手段はスケッチしかなかったの。科学界では今でもスケッチが重要視されていて、権威あるものと見なされてるのよ」

「それでもチャールズはミスティの気分をよくするために絵を習ったんだと思うわ。ミスティは冬に母親を亡くしたばかりだったから」マーガレットの口角がさがった。「葬儀から戻ったミスティは不安と心の傷にさいなまれていた。それからチャールズは長いあいだ精力的に働いて、ミスティは元気なふりをして——」

「なぜだ？」ギャリックは尋ねた。「嘘をついた理由は？」

「母は嘘をついてたわけじゃないわ。感情を言葉に出して説明するよりも、何も言わないでいるほうが楽なこともあるもの」エリザベスは自分が今、何を言い、それが誰に向けられたものだったのかに気づくと、目を見開いて口を固く閉ざした。

だが、マーガレットが要点を突いた。「女性はそうね。感情を説明するのが難しいときがある。男性もそうなる場合があるわ」口調が侮蔑的になった。「そういう男は何を感じているのかさっぱりわからないし、嘲笑的な態度を取って人を傷つけるの」

ギャリックは自分のことを言われているのだと気づき、いらだちを感じた。結婚生活が破綻したすべての男女のあいだで起きたすべてのいさかいの原因が、ギャリックにあるわけではない。「なるほど、チャールズは発掘作業に戻った。夏だから長時間、現場で作業をしていた。ミスティは心に苦しみを抱え、長い時間ひとりで家にこもって過ごしていた。鈍感な俺でさえ、悲劇の起きる条件が揃っているとわかる状況だ」

会話はそこで止まった。マーガレットとエリザベスが視線をそらした。

ギャリックは自分が謝るべきなのだろうと思った。だが、彼は間抜けではない。エリザベスが自分の気持ちを話してくれていたら、ギャリックはそれを理解しようとしていたはずだ。そのために努力したはずだ。彼女が伝えてくれていれば。あの頃エリザベスがギャリックに伝えていたのは、彼のつらい過去について打ち明けてほしいということだった。

そう、ギャリックとエリザベスのあいだにも同じような悲劇が起こりかねない状況だった。これまで苦しんできたのはギャリックも同じだ。感情を大事にしろと説教がましい女どもは知るべきだ。銃身を口に突っこんだギャリックが自分の脳天を撃ち抜くことを思いとどまった理由は、あの地震と、マーガレットとエリザベスを守りたいという強い衝動だったことを。そのふたりが今、ギャリックを惨めな気持ちにさせている。

エリザベスが不安げにテーブルをスプーンでコツコツ叩いた。スプーンを凝視していたが、ようやく咳払いをして言った。「伯母から聞いたんだけど、母が結婚したとき、祖母は怒り狂って、薬物とアルコールに溺れて亡くなったそうよ」

よし、また事件に話を戻すつもりらしい。助かった。

「女性はときとして、よい母親よりも悪い母親のためにより深く悲しむものなのよ」ギャリックとエリザベスは反論しようとしたが、マーガレットが片手をあげてそれを制した。「よきにつけ悪しきにつけ、母親は大きな影響力をもたらす存在なの。悪い母親が死ぬと娘は罪と不幸をもたらすカクテルを飲みくだして、それがそのまま毒となるのよ」

「つまりミスティが情事に走ったのは、母親の死で精神的にダメージを受けたせいだというのがあなたの意見なのか?」親が子の人生を破壊できることをギャリックは知っている。ギャリック自身がそのいい例だ。「そのあと、ミスティが精神的にもろい状態だとある人物が気づいて――」

マーガレットが割って入る。「そのことにチャールズは気づいていなかった」

「その人物は母に言い寄り、何が欲しいか告げた」エリザベスが額を指先でこすった。ギャリックとの短い対決で頭が痛くなったと見えるようなしぐさだ。

「愛人の人格的特徴が見えてきたな。捕食者タイプだ」ギャリックは立ちあがり、リキュール類をしまってある戸棚に向かった。「ブラッドリー・ホフがミスティの愛人だったのかもしれない」

「ブラッドリーが母を殺したのなら」エリザベスが言った。「母と知り合いだったとわざわざ私に言うかしら」

ギャリックは余震に備えてブランデーのボトルに巻かれたタオルをはがした。「君のお母さんと知り合いだということが周囲に知られているなら、不自然じゃない」

「事件に別の考察を投げかける人物がもうひとりいるわ」マーガレットがエリザベスを振り返った。「お父さんは何を覚えているの？　過去の出来事をすべて打ち明けた？」

「母と出会ったときのことを話してくれたわ。真実だと信じてよさそうな内容だった」

「君のお父さんからの情報はなんでも助かるよ」ギャリックは三個のブランデーグラスを持ってテーブルに戻り、ひとつをマーガレット、ひとつをエリザベスの前に置いて椅子に座った。「お父さんの記憶は断片的だった？　それともある程度まとまった記憶なのか？」

「父には二回しか会いに行っていないから、それほどたいしたことは……」エリザベスが途中で口ごもり、角を揃えて注意深く折りたたんだナプキンをテーブルにのせた。

「君はそのためにこの町へ来たんじゃなかったのか？　お父さんと話して、あの日起きた出来事や経緯を詳しく知るために」われながらばかげたこじつけだと思ったが、離婚を申し出たときのエリザベスは決心が固く、ギャリックの意見を受け入れてくれなかった。

「それが……目的というわけではないわ。いいえ、それが目的だった。でも、父は……」エリザベスが言葉をのみこんだ。「難しいの」

「難しい？」マーガレットが感情を爆発させ、アイルランド人らしく激しい怒りをあらわにした。「家族との関係が難しくないときなんてある？　チャールズはあなたのお父さんよ。これはあなたが父親に近づける唯一のチャンスなの。チャールズはアルツハイマーを患っているし、あなたは彼に会いに行く時間をなかなか取れないのよ！」

「父は私を母だと思っているのよ。そうでないときは、母の幽霊と話してる」エリザベスが早口で弁解するようにまくしたてる。「それに、父が怖いの……ハサミを持っていた父の姿を覚えているから」

「覚えているのか？　記憶を完全に失ってるのかと思っていたよ」ギャリックは言った。

「写真を見たせいかもしれない。新聞に載っていたあの写真。頻繁に見ていたから、あれが自分の記憶だと思いこんでいるのかも。そこははっきりしないわ。私が真実を知っていればよかったのにと思うことがたまにあるけど、ほとんどのときは事件のことなんて調べ始めたりしなければよかったと思ってる。父が母を殺した理由がわかったところで何が変わるというの？　母は死んでしまった。それは何をもってしても変えられないのよ」エリザベスは反抗的に言った。

　けれども、マーガレットに反抗してみても無駄だった。「弱気になるのはやめなさい」マーガレットがぴしゃりと言った。「あなたはヴァーチュー・フォールズに戻ってきた。それはミスティが殺された事件の真相を探るためだと周囲に宣言したも同然の行為なのよ」

「違うわ！」エリザベスが否定した。「町の人たちを驚かせてしまったとは思っている。でも、父がしていた重要な研究にかかわるのは名誉なことなのよ」

「その名誉とやらは、チャールズがアルツハイマーと診断されて残りの人生をこの町で過ごすことになる前にあなたが優先していたものよ！　なのにあなたは今、お父さんに会うのをあまりに恐れている」マーガレットがグラスの縁越しにエリザベスを見据える視線は、にらみつけていると言ってよかった。「あなたにはがっかりしたわ、エリザベス」

エリザベスが歯を食いしばる。「私はできる限りの努力をしているわ、マーガレット。でも、自分にはある特定の社交的なスキルが欠けてると感じることがたまにあるの」椅子から立ちあがり、先を続けた。「もうくたくたよ。申し訳ないけど、もうベッドルームでやすませてもらうわ」

36

ギャリックも席を立ち、その場にたたずんだまま、ダイニングルームを出ていくエリザベスを見送った。

マーガレットが唇をすぼめた。「ちょっと言いすぎたかもしれないわね。衝撃的な一日を過ごした彼女に対して」

「そうだな」ギャリックはふたたび腰をおろした。「でも、いいところを突いてたよ。チャールズ・バナーがミスティを殺したのでないとしたら、犯人はまだそこらを歩きまわっているということだし、そいつにエリザベスが狙われずにいたのは、彼女が長いあいだ父親に会わず、事件について知ろうとしなかったからだろう」

マーガレットはその意見を受け入れた。「いずれにしても難しい状況というわけね」

「簡潔に言うと、そういうことだ」ギャリックは答えた。

「それでも、手遅れになる前に話を聞きに行かなければだめよ。チャールズがまともな精神状態でいられなくなるまで、そう長くはないんだから。私はそれで友達を失ってきたわ。目の前に座っているのに……心がそこにはない」悲しみをにじませてマーガレットが言い、声に力をこめて続けた。「あなたがここにいる限り、エリザベスの身は安全ね」

「俺が片時もそばを離れなければ」

「そうね」マーガレットが満足げに答えた。「彼女に張りついていなさい。チャールズが犯人でないと言いきる根拠はあるの？」

「ない。フォスターの捜査は穴だらけだが、だからといって結論が間違っていることにはならない」ギャリックは今日一日とこのダイニングルームでの話し合いすべてをひとつにまとめるように、両手をすばやく振った。

「あなたの直感ではどうなの？」

「ぴんと来るものがひとつもない」腹部に手をあて、こみあげるざわつきを抑える。「直感に従っていたら、ＦＢＩから追いだされたからな」

マーガレットの顔から笑みが消えた。「そのときの直感は間違っていたのよ」

彼女はギャリックが正しいことをしたと信じているのだ。マーガレットに神の恵みがあるようギャリックは祈った。「よく考えるべきだった。怒りを抑えきれなかったんだ」ギャリックは目に苦悩を色濃く浮かべた。

マーガレットがギャリックの頬にそっと触れた。「罪悪感にのまれてはだめよ」

「なぜだい？　俺はあらゆる罪悪に値する人間じゃないか」次にマーガレットが言おうとし

ていることはわかっている。告解に行き、罪の赦しを求めるようしきりに勧めてくるだろう。そうなる前にギャリックは立ちあがった。「部屋まで連れていくよ」

ギャリックは自分の様子を気遣わしげに見守るマーガレットを立たせて抱きかかえ、そのまま階段をあがって自室まで運んだ。

自室に入ると、マーガレットが椅子を指した。「そこでいいわ。寝支度はヴィッキーに手伝ってもらえるから」

「その前に少しだけいいかな」マーガレットを椅子におろしてから、ギャリックはオットマンに腰かけた。「ブラッドリー・ホフはミスティの肖像画を描いたことはあるのか？」

「さあ、知らないわ。ブラッドリーは事件当時から、今の妻のヴィヴィアンと深い関係にあったの。お金と画廊、彼が必要としているものを両方持っていた女性とね。ヴィヴィアンがニューオリンズを離れたがらなかったから、ブラッドリーがそこへ通って彼女を描いていたのよ」

「ヴィヴィアンとつきあっていたかどうかにかかわらず、ミスティとも同時進行で関係を持つことはできたわけか」

「そうね。でも、ブラッドリーは陰鬱で気性の激しい男だわ。ミスティとは合わない気がするわ。ミスティは笑顔を絶やさない女性だったもの。相手をいい気分にさせるのよ。いわば……太陽ね」マーガレットが落ち着かない様子で続ける。「私は本当に彼女のことが好きだった。それに、チャールズがミスティを殺した可能性はありうるわ。エリザベスの前では言いたくなかったけど、ルイーザ・フォスターがミスティに愛人がいることをチャールズに告げた場面に私は居合わせたのよ」

「ルイーザ・フォスターって……あのデニス・フォスターの母親か？」

「信心深いあの女は昔から教会の中心人物で、意地の悪い小さな目を光らせて周囲を見張って審判をくだすの。三十歳を過ぎてから結婚して、息子が幼い頃に夫を亡くした。夫は彼女から逃げたくて死の世界に行ったんだと私は見ているわ」

「彼女のことは記憶にあるな」あまり好ましくない印象だった。

「あの場面……決して忘れないわ」マーガレットが膝の上で骨張った手を握りしめる。「あれはランチをとっているときだった。オーシャンヴュー・カフェでチャールズが同僚たちと話しているところに、ルイーザがやってきたの。テーブルの端に立って、あなたは町の笑いぐさだとチャールズに告げたのよ。チャールズが戸惑っていると、ルイーザはヒステリックになって、あなたの妻は好ましくない人物とかかわっていると叫びだしたの。それでもチャールズがのみこめずにいると、ミスティには愛人がいると言いきったのよ。チャールズより若くハンサムな男で、チャールズが仕事をしているあいだにふたりは汚らわしい行為にふけっていると」

「その愛人が誰なのか知っていそうな口ぶりだな」本当にそうだとしたら、突きとめられるはずだ。

だが、その希望はマーガレットに打ち砕かれた。「知っていたら暴露していたわよ。罪を発見したらそれを糾弾するのが彼女の使命なんだから」

「ということは、ルイーザはチャールズを見張ってたということかい？」

「チャールズじゃなくてミスティよ。ミスティはルイーザに優しく接していたの。かわいそうだと感じる相手にするような態度でね。あの神経質なぎすぎす女はそれに気をよくしていた。ところが！」マーガレットが人差し指を立てた。「ある日、観光客の若いカップルが車の中で熱いラブシーンを繰り広げているところをルイーザに見とがめられたことがあったの。ルイーザは怒り心頭に発して怒鳴り散らし、その気の毒なカップルをかばったのがミスティだった。そして牧師もミスティに味方して、ルイーザを公衆の面前で責めたの。きっと彼はルイーザを嫌っていて、こらしめる機会に飛びついたんでしょうね。その報いは当然本人に跳ね返った。彼は翌年ルイーザに聖職から追放されて、家族と一緒に町を離れざるをえなくなったの。そしてミスティの行動の報いはチャールズに跳ね返った。ルイーザはあの夫婦を狙い撃ちしたのよ。ルイーザはチャールズに言ったわ。ミスティは娼婦で、幼い娘に悪影響を与え、夫を裏切っている。本物の男なら家に帰って妻を殺し、だまされた弱い人間であることを恥じて自殺しろと。鬼のような女だわ」

「あなたはそのあいだ、どうしていたんだ？」ギャリックは尋ねた。

「口をぽかんと開けて座っていたわ。ほかのみんなと同じよ。ようやく割って入ったときは、もう手遅れだった。ルイーザは脚を引きずって永遠の死の床へ戻り、チャールズを屈辱の中に取り残した。バズーカ砲でも撃たない限り、あのときのルイーザは止められなかったわ」

マーガレットが怒りを爆発させ、淡いブルーの瞳を燃えたたせている。

「チャールズはルイーザの言うことを信じたのか？」

「初めは信じていなかったわ。だけど店内を見まわしたら、誰も彼と目を合わせようとしなかった。チャールズを納得させたのはルイーザじゃなかったのよ。あの場にいたルイーザ以外の人たちと、その顔に浮かんでいた罪の意識を感じさせる表情だったの」回想するマーガレットの顔に罪の意識が浮かんだ。

「それからチャールズはどうしたんだ？」

「激怒したわ。顔を……真っ赤にして。いつもは冷静な人が激怒するところを見たことがある？　怒り狂う姿を？　頬に赤みがすうっと差して、それが額にも広がっていくの。そして目が光を帯びて、かっと燃えあがる。あのときのチャールズは歯をきつく食いしばりすぎて、顎がはじけるんじゃないかと思ったくらいだった。テーブルにこぶしを叩きつけて勢いよく立ちあがって、これから誰かを殺しに行くんじゃないかというくらい殺気立っていたわ。ルイーザがやられるとあの場にいた全員が思った。ルイーザ自身もそう思ったらしく、じわじわと後ずさりして少しずつスピードをあげていった。でもチャールズは取るに足りない相手だとばかりに彼女のそばをすり抜けて、店を出ていったの」マーガレットが片手を振りあげ、そのあと力なくおろした。「それから三時間のあいだにミスティが殺されて遺体が消え、そのあいだチャールズはどこかに姿を消していたのでアリバイがなかったというわけ」

「胸くそ悪い」

「まったくだわ」

「その三時間のあいだチャールズはどこにいたと言ってたんだ？」その記述はうっすらと記憶に残っているが、曖昧な記憶でしかない。

「発掘現場だと言っていたわね」

「そのときほかの発掘チームのメンバーは町にいて、チャールズの姿を見た者はいなかったんだな」ギャリックは額をこすった。「事件についてほかに覚えていることは？　興味深いこととか、何かないかな？」

「私が実際に見聞きしたのはそれだけ。ほかは噂で聞いたことしか知らないわ」

「情報源としてあなたを信頼することはできるな。だいぶ時間が経ってるから、あのとき何が起きたのかほとんどの住民は覚えていない。記憶してるのは報道された内容だけだろう」

ギャリックは立ちあがった。「そんな母親と一緒に暮らしてるんじゃ、フォスターが独善的なくそったれになったのも無理はない」

「彼はルイーザの教育をまともに受ける必要はなかったのよ。その気があれば家を出て、結婚して、子どもを作り、健全な生活を送れたんだから」マーガレットが身を乗りだし、ギャリックの目をのぞきこむ。「チャールズとミスティのあいだに何が起きたのか私は知らない。だけど、デニス・フォスターがおかしいということはわかるわ。特にこの数年はそう。路肩にパトカーを停めて、ぼんやり虚空を眺めているところを見かけたのよ」

「パトカーでぼんやりしていた?」

「フロントガラスをぼうっと見ていたの。私が毎週日曜に教会へ行くとき――」

「安全運転してるだろうな?」

「昔よりはね」マーガレットは認めた。「ゆっくり走っていたから、フォスターに気づいたのよ。一度車を停めてどうかしたのかと声をかけたら、電話をかけていたと言っていたわ。あれは嘘だと思う。私が窓を叩くまで、あの人は気づかなかったんだから」

「保安官のくせに、そばに人が来たことに気づかなかったのか?」

マーガレットがうなずいた。

「わかったよ」ギャリックは苦笑いした。「あなたの勝ちだ。俺の直感が騒いでる。この事件にはまだ、誰も気づいていない何かがある」

37

デニス・フォスターが母と住む明かりの消えた平屋の前にようやく車を乗り入れたのは、午前一時だった。彼は車を停めた。エンジンを切った。そして長いため息をついた。

地震発生から三日が経った。地震が起きて以来、帰宅するのはこれが初めてだった。

車を降りてドアを乱暴に閉める。その音が母の耳に届いたことはわかっている。母はタカの耳を持ち、鉤爪のような言葉で心をえぐる。母は今、彼を待ち構えている。愛用の大きな椅子に座って腕組みし、口を引き結び、目を細めながら。

玄関まで進んで、立ちどまる。家に入るのが怖い。腹の奥からこみあげるそわそわとした感覚が不快でたまらない。彼が生まれて以来、母はずっとあらゆる人を臆病者にしてきた。だが、世界中の誰よりも息子を臆病者にしてしまった。

だから、デニスは法執行官になった。あらゆる銃火器の名手になった。自分の身を守る手段を身につけ、こぶしで戦うすべを学んだ。自分がこの郡で最も勇敢な男であることをすべての人々に証明する必要があった。

不幸なのは、ほかならぬ彼自身をいまだに納得させられずにいることだった。

母が自分を傷つけることはできないのだといくら心の中で言い聞かせても、母への接し方を変えようと心に誓っても、あの痩せぎすの姿と甲高い残酷な声を前にすると萎縮してしまう。

だが、ほかにどうすることもできない。家に入らなくては。

デニスは三日間、母をひとりきりにしてしまった。様子を見に戻ることもなかった。部下の誰かに見に行かせることもしなかった。命じたところで、全員が抵抗し、ここへ来ることを拒否しただろう。誰だってあんな母親とやりあうのは一回で充分だ。

だが、デニスは母の息子だ。

自分を恥じてしかるべきだ――じき、母にそう非難されるだろう。あの大地震のあとで母親をこれほど長くひとりにしておいたことを町の住民たちが知ったら、ひとり残らず同じように彼を非難するのではないだろうか。

デニスは自分を恥じてはいなかった。

これには正当な理由がある。保安官としての義務に追いたてられていた。災害対応は最優先事項だ。それに一度帰宅したら最後、母が壁にかけたり、本棚に飾っていた宗教的なあれこれを片づけたりする手伝いに時間を取られていただろう。

デニスにはほかにもっとすべき事柄があった。それに、母は本人が見せかけたがっているほど体調が悪いわけではない。デニスが帰ってこないと気づけばすぐに、ほうきを持って掃除を始めるはずだ。彼があてにできる事柄がひとつあるとしたら、母が家を掃除することだ。清潔さは信仰心の次に重要だ。

これまでの人生で何度それを聞かされてきたことだろう。

この三日間で一度か二度、母が地震で負傷したかどうか気になったことがあったかもしれない。母は近所の住民たちに毛嫌いされているので、確かめに来る人はいない。だが、誰かに見に行かせようと思った頃には、母からメールが届いていた。電話もかかってきた。またメールが届き、電話が来た。

デニスが電話に出るのを拒んだため、母のメールは辛辣で脅迫めいた文面になっていった。

〝帰ってきて〟

〝帰ってきなさい〟

〝後悔するわよ〟

彼はとっくに後悔していた。

ようやく鍵を差しこみ、ドアを開ける。

いつもドアを開けるとすぐに、けたたましく吠えるような母の声が飛んでくる。今夜は何も聞こえない。

母は彼と口をきくことを拒んでいるのだ。

いろいろな意味で、なじられるよりたちが悪い。

デニスは暗い家の中を進んだ。

顔に風を感じる。窓が割れているのだ。懐中電灯でリビングルームを照らしてみると、この部屋に被害はなかったらしく、壁も家具も倒れていない。十字架とキリストの絵が床に散乱していることを除けば、この家はごくわずかな被害を受けただけですんでいる。

神でさえも、彼の母を怒らせるようなことは避けるのだ。

リビングルームに入ると、足元で陶器とガラスが音を立てた。母はまだ掃除をしていない。母のことを見誤っていたのだろうか、あるいはひょっとして……不吉な沈黙に屈服し、彼は自分から話しかけることにした。「母さん、帰ったよ」

返事はない。

デニスは母のベッドルームに向かった。

明かりのスイッチを手探りするが、壁にかかっている雑多なあれこれに阻まれて見つからない。そういえば町は停電しているのだから、スイッチを探しても無意味だと途中で気づいた。

電気のない暮らしにはなかなか慣れることができない。電力会社のやつらが早く到着するといいのだが。住民からは不満がもれ始めている。連中は電気が来ないとデニスに文句を言ってきて、電力は保安官の管轄ではないと応じると、ともかくなんとかしろと命じた。

空に月がのぼり、窓から光が差しこんでいるが、デニスは懐中電灯でベッドルームを照らし、そのまぶしさが母の目くらましになることを願った。子どもじみたくだらない真似だと自覚しているが、いつまでもやまないめそめそした泣き声と絶え間ない非難が、彼を約五十年間育んできた主たる食事だった。母はデニスのすることすべてを非難した。

母はあの大きな椅子に座っていないし、ベッドの枕にも母の顔は見えない。

空腹で起きだして、キッチンにクラッカーとドライプルーンを探しに行ったのだろう。それは彼が家を空けているあいだに生き延びるための糧だそうで、彼がゴミ箱の底にしまいこまれているのを発見した缶詰のスープやツナのことを母はいっさい思いださないらしい。

キッチンに入るとねばねばしたものが足に触れ、デニスはカウンターに腕を伸ばした。

「なんだ、こいつは……？」懐中電灯であたりを照らす。

地震の被害が出ていた。キッチンは押しつぶされていた。壁の高いところに据えつけられていた棚が振動で緩んでカウンターに落下し、中身がこぼれ落ちている。隅では冷蔵庫が転倒していた。缶詰、食料、銀器、食器類がそこら中に散乱している。

母さんはどこだ？　洗濯室か？　もうひとつのベッドルーム？　家にいないのか？

きびすを返そうとしたとき、ネズミが走り抜けるような音がした。

リノリウムの床に散乱したものをかき分けながら、懐中電灯で前後を照らす——そこに母がいた。

母さん。床に手足を投げだし、背中にのしかかった冷蔵庫のドアに体をふたつに切り裂かれ、固まった血だまりに浸っている。指先は携帯電話をやみくもにかきむしっていた。彼が懐中電灯で照らすと弱々しく頭が動いたが、目は開かなかった。

意識を失っている。

母の前に立ちはだかるものの、何も感情がわいてこない。心が麻痺（まひ）している。

ようやく母の隣に膝をついた。脈を計る。心臓はまだ動いている。

だが、体に触ると冷たかった。

デニスは暗く悲しげな声で言った。「ああ、母さん、ついにこれで終わりなんだね」

38

ギャリックはエリザベスのベッドルームにそっと忍びこんだ。

そこはギャリックのベッドルームと揃いのデザインだった。ふかふかしたグレーのカーペットとブルーのサテン地のカーテンに、キングサイズのベッドの四隅に立てられた高い支柱からは銀色の薄い布のドレープが垂れさがっている。窓の外からは波がそっと崖に打ち寄せ、砂浜の小石を揺らし、潮だまりを作ってはまた引いていく音が聞こえてくる。開いた窓から半月の明かりがほのかなジャスミンの香りのように滑りこみ、調度品やカーテン、そして白いシーツの下で手足を伸ばして白のTシャツ姿で眠るエリザベスを芳香で包みこんでいる。

ロマンティックそのものの場面は、ギャリックにはなんの効果ももたらさなかった。彼はある目的のためにここへ来た――エリザベスの携帯電話だ。

電話は画面を下にした状態でベッドサイドのテーブルに置かれていた。ギャリックが手に取ると、電波のつながり具合を示すバーがフル表示される。

よし、断続的にではあるが、復旧しつつある。

これはいい兆候だった。ギャリックには情報が必要だ。バナー家の事件を掘りさげ、真実を探りだす必要がある。

エリザベスの姿を見るのはよくないと思ったが抗いきれず、感情の弦をはじかれたように心が揺らいだ。その振動がエリザベスに向かい、ギャリックの心がカントリーミュージックを奏でる。もの悲しいメロディにのせて、失われた愛、孤独な冷たい家、押しつぶされそうなほどの罪悪感、それはすべて彼のせいだという歌詞が流れだす。

ベッドのかたわらにうずくまりたい。そうでなければ、頬にかかったプラチナブロンドをそっとかきあげたい。エリザベスがかすかにうめき、向きを変えてギャリックの手に頭をのせた。ギャリックは目を閉じ、指先に伝わるあたたかさを嚙みしめた。なめらかな肌がもっと触れてほしいと誘惑している。

エリザベスは天上の空気のように軽やかで美しい。

エリザベスは現実的で地に足がついている。

彼女に対するギャリックの欲望も同じだ。

初めて会った晩からエリザベスは――その透き通るような肌にプラチナブロンド、大きなブルーの目に顎の小さなくぼみ、罪深い唇は、彼の欲望をかきたてた。初めてその声を聞き、きわめて論理的な説明に耳を傾け、自分と同じように傷ついた魂を隠していることに気づいた瞬間から、エリザベスは彼の魂の片割れになった。

何ごともそれを変えられない。離婚でさえも。

なぜふたりの関係はおかしくなってしまったのだろう？　一年目は黄金色に包まれていた。ふたりは一緒に暮らし始め、類似点より相違点のほうが大きいことが日常生活の中で明らかになると、結婚生活は冷えこみ、ギャリックにとっては不満の種に、エリザベスにとっては不幸と不安の種に変わった。ふたりのあいだで会話がなくなった。

ギャリックは自分のせいだと思った。あの幼年期がいつまでもまつわりついているせいだと感じていた。八歳のときにマーガレットに引き取られ、愛情ある人間関係の築き方を教えられ、彼には理解できない感情的なもので満たされた。ギャリックは今でさえ、エリザベスとの亀裂が一気に生じたのか、それとも徐々に広がっていったのか覚えていないくらいだった。それはある日突然、取り返しがつかないほど大きくなり、越えることができないほど痛ましい傷となった。それはひどい痛みをもたらした。

彼のせいで結婚生活は破綻した。ＦＢＩ認定の心理テストでは悲惨な幼年期の経験を洗いざらい打ち明けることができたが、相手がエリザベスだとそう簡単ではなかった。それは一大事だった。古い傷を彼女に見せたら、それを乗り越えて大人になるべきだ、いつまでも悲しんでいてはだめだと言われるのではないかと恐れた。

そうなったら、ギャリックの魂は血を流して死んでしまう。

そばにいたいと思うただひとりの相手に対して、近づく努力すらしないのはナンセンスじゃないのか?

ナンセンスだ。

だが、残念ながらそれが現実だった。

エリザベスが深く息をついた。寝ついてから数時間はいつもそうだ。こうなった彼女を起こせるのは……地震くらいのものだろう。

ギャリックは上半身をかがめて、エリザベスの髪に鼻を押しつけた。

ホテル備えつけのベルガモットとシナモンの石鹸の香りがするが、エリザベスの香りのほうが豊穣(ほうじょう)であたたかい。複雑で賢くて優しいエリザベスの香り。この香りはギャリックのものだ。

エリザベスが欲しい。キスして愛撫でゆっくり目覚めさせ、腕に抱いて上にのり、欲望の証をうずめたい。

なぜなら、ふたりのあいだで常にうまくいっていたことのひとつがセックスだったからだ。立った姿勢や座った姿勢で、あるいは寝転がったり、上下逆さまになったりして、ふたりは体を交えた。激しく、そして甘く。どれも人生最高のセックスだった。

ギャリックは顔をあげ、そっと手を引き抜いた。

最高のセックスに、最悪の関係。

ふたりの関係は破綻したが、エリザベスはまだギャリックのことを気にかけてくれている。そうでなければ、〝あなたは善良な人よ〟なんて言わないし、心配するはずがない。離れることを自分から決めた夫に対して、わざわざそんなことをするわけがない。

詳しい事情を知らなくても、エリザベスはギャリックをなだめようとしてくれた。ギャリックが自分を責めるのを止めようと腐心してくれた。

おかしなことだが、ギャリックは楽に呼吸できるようになった気さえした。そんな錯覚を起こしかけた。

ため息をつき、エリザベスの頬にもう一度触れてから立ちあがる。エリザベスの携帯電話を取りあげてリビングルームに戻ったが、ベッドルームのドアは半開きにしておいた。これならエリザベスを照明からさえぎれるし、彼女が叫びだしたときに気づくこともできる。

ギャリックはルーターをセットアップするアプリをダウンロードし、持参したノートパソコンを開いてオンライン接続を試みた。インターネット画面が開くと、安堵の吐息がもれた。ヴァーチュー・フォールズへのアクセスがすべてシャットアウトされてしまったら、閉所恐怖症になりかねない。今は情報が必要なときだ。まして――。

大量の受信メールが画面に表示された。

くそっ、閉所恐怖症の心配をしている場合じゃなかった。ギャリックはペニスを大きくする必要はないし、ダイエットする必要もない。頭髪やほかの場所の毛を増やす必要もないし、

FBI時代の上司トム・ペレスから連絡を受ける必要も断じてない。ペレスはギャリックに居場所を知らせろと要求している。画面に表示されたペレスからのメールの件名一覧は、読み進めるうちに緊急度が高くなっていった。ギャリックは件名をざっと確認し、その中から適当な一通を選んで開封した。

「ああ」これは優しい文面のメールだ。報告しろという厳しい要求、前回の精神科医との面談に来なかった理由を問いただす刺々しさ、ペレスの寛大さにつけこむギャリックへの怒りをぶちまけた文章の行間からは、ペレスが心から心配している様子が読み取れた。

〝連絡しろ、ギャリック。おまえの居所を把握するため家まで行ったが、お尋ね者を逮捕しに来た捜査官かと近所の住民たちが色めきたっていたぞ。近所づきあいをまったくしていないのか。彼らに聞いたところ、おまえはひとりで暮らしていて、数日前に飛びだしていってから帰ってないそうだな。コーヒーテーブルに拳銃が置いてあったが、所持は許可していない。返却しろ、ただちに〟

ギャリックはいつもタイピングに使う人差し指二本でキーボードを叩き、仕事を始めた。

〝俺の自宅に入ったわけですね。住居侵入は犯罪ですよ〟

ペレスからの返信は三十秒後に届いた。〝心配させやがって。安心したぞ。今どこだ？〟

〝ワシントン州ヴァーチュー・フォールズ。史上最大かつ最悪の大地震の被災地〟

〝そうじゃないかと思ってたんだ。おばあさんは無事か？〟

〝祖母じゃない。彼女は無事だし、元妻も無事です。おかげさまで〟

〝そいつは何よりだ〟

ペレスほどの皮肉の名手はいない。

ペレスのメールは続いた。〝携帯電話にかけたらすぐ留守番電話に切り替わったから、心底肝を冷やしたぞ。ヴァーチュー・フォールズはおまえが自ら命を投げだすのにぴったりの場所だし、精神科医の話しぶりから、おまえが本当に親父さんみたいになったのかと思った〟

ギャリックはたじろいだ。ペレスは遠まわしな言い方はしない男だし……おまけにギャリックの実情をかなり正確に把握している。

〝けつをあげてこっちへ戻ってこい〟

〝無理です。通行止めになってる〟

〝そこまで行けたんだろう。それなら戻ってこられる〟

〝たしかに。用事を二、三、片づけたらそうします。その件で相談ですが、セキュリティ・ネットワークでのやり取りはできますか？〟

〝どうかな。俺の妻の名前はわかるか？〟

〝元の奥さんですか？　ロレーナ・ボビット。あの夜、俺に救出されて何よりでしたね、なんといっても彼女が――〟

〝ちょっと待ってろ。やってみる〟

ペレスがどうしたのかはわからないが、一分後、目の前の画面にソフトウェアが立ちあがった。

画面をクリックすると、パスワードの入力を要求された。ヒントを求めると、〝トムの親友の名前〟という設問が表示された。考えるまでもない。〝ディック・モール〟

そのパスワードは間違っていた。それを伝える表示が消え、メッセージが現れた。

〝俺のあそこ（ディック）はたしかに俺の親友かもしれんが、ほくろ（モール）のことには触れるな。あのとき俺を解放しに来なければ見なくてすんだんだぞ。ロレーナに切り落とされかけたときに〟

〝ええ、忘れようと努力してます。本題ですが、バナー殺人事件について聞いたことはありますか？〟

〝三十年前の事件を調べるためにワシントンにいるのか？〟

〝二十三年前です。今日、元妻と一緒にいるときにミスティ・バナーの遺体を発見したんです〟

〝そうだったのか〟

〝ミスティは元妻の母親です〟

次の返信が来るまで、それまでよりだいぶ長く時間がかかった。
〝そいつは興味深い。だがな、ギャリック、おまえはＦＢＩの許可なしにネバダ州外へ出ることは許されないんだぞ〞
〝それなら、許可を出してください。捜査記録にない事実が判明したんです。遺体から髪が切り落とされてました〞
〝記録にない？　本当か？〞
〝事件を捜査した地元の保安官が認めました。現場で毛髪を見つけたが、重要ではないと思い報告しなかったと〞
〝俺の関心をそらそうとしてるな〞
〝違います。有罪判決を受けた男が本当に殺したのかどうか確かめようとしてるんです。その保安官というのが負け犬野郎で……お願いです、トム。有罪にされたのはエリザベスの父親なんです〞
〝元妻のエリザベスか。俺なら元妻を悲惨な目に遭わせられればうれしいけどな〞
〝エリザベスに会ったことは？〞
〝おまえがデスクに写真を飾ってたあのブロンドだろう？　顔はわかる。それで？〞
〝彼女の父親チャールズ・バナーはアルツハイマー病にかかっていて、記憶が急速に失われています。ＦＢＩのファイルにアクセスさせてください〞

〝おまえが？　だめだ〟間が空いてから、続きが届いた。〝だが、ＦＢＩがつかんでる情報は全部、俺が送ってやる〟

〝あなたはいい人だ〟

〝いいからこのまま待ってろ。本部のお偉方から大目玉を食らいたくなきゃ、そうするしかないんだよ〟

ギャリックはにやりとしてペレスに従った。

五分も経たずに、メール受信箱にファイルと、どういたしましてという含みのあるメッセージが届いた。

ギャリックは声に出して言った。「ありがとう、トム」

エリザベスに話したとおり、報告書は膨大なページ数にのぼった。タイプライターで打ちこまれたあと、マニラフォルダに長年保存されていた用紙を、スキャン技術が一般化されてから機械で読み取った電子ファイルだ。だが雑に処理されたため、ほとんどの用紙はまっすぐに読みこまれてさえいない。この事件の捜査は、ギャリックが記憶していた以上にフォスターのワンマンショーだった。チャールズ・バナーが有罪判決を言い渡され、フォスターが英雄として祭りあげられる台本をフォスター自身が用意し、あの男がそれを忠実にこなしたことはまず間違いなさそうだ。

新たな事実を突きとめるためには、事件の証拠にアクセスするか、ミスティ・バナーの遺体を解剖する必要がある。解剖なら手はずを整えられるかもしれない。いろいろな出来事があったにせよ、ギャリックはこの町で育ったのだから。

検視官の名前を確認する。

へえ。マイク・サン。同じ高校に通っていたあいつか。ギャリックはマイクの世話をしてやったことがある。高校の卒業記念のダンスパーティー（プロム）で失恋したマイクに酒を飲ませ、酔って騒ぎだしたところを橋まで連れだしてそこにとどめ、体を揺すって吐かせ、落ち着いてから家まで送っていったのだ。ミセス・サンはギャリックに礼を言い、息子を家に入れてドアを閉じたとたんに大声で怒鳴りだした。家の窓が震えるほどの怒声だった。よし、マイク・サンは個人的な知り合いだ。

解剖を依頼するメールを打ちながら、自分以外は誰もインターネットにアクセスできないのではないかと気づいた。郡の遺体安置所の電話がつながっていない可能性も大いにありうる。それなら町まで行って――。

エリザベスのベッドルームからくぐもった声が聞こえてきた。逃げだそうともがいているかのようだ。

ギャリックは瞬時に立ちあがった。彼がドアを押し開けると、悪夢にうなされたエリザベスがもがき苦しみながら上掛けを引っかいていた。ギャリックはベッドまで飛んでいき、ひざまずいて彼女の体を抱き寄せた。

汗をかいている。

ギャリックは頭を撫でながらささやいた。「大丈夫だ。俺がいる。だから安全だ。エリザベス、誰にも君を傷つけさせない」

エリザベスがびくっとして目を覚まし、ギャリックの顔を見て恐怖をあらわにした。

叫びだすだろうとギャリックは思った。

エリザベスはギャリックだと認識したらしい表情を浮かべると、彼の胸に逃げこんだ。ギャリックの胸こそ恐ろしい世界から逃れられるただひとつの場所だとばかりに。

39

エリザベスはいつも早起きだ。今朝目覚めたときは、仰向けで天井を見あげ、男性の腕に抱かれていた。ギャリックの腕に。

ギャリックが耳元でいびきをかいている。

それほど大きくはなく、一定のリズムで心地よいいびき。離婚は正しい決断だったと自分に言い聞かせながら静かな夜をあまた過ごしてきた女性にしては、ずいぶんとリラックスした目覚めだ。

エリザベスは好奇心に駆られ、顔を横に向けてのぞきこんだ。

眠りが浅い性質だとギャリックはいつも言っていたが、エリザベスはその証拠を一度も見たことがない。寝ているときの彼はだいたいこんな様子で、深い眠りに沈み、眠る以外のことを気にかけている気配はまるでない。濃いまつげが目の下のくぼみを覆って……彼はすっかり痩せ細り、疲れきって見える。それでもセクシーであることに変わりはなく、前より伸びたブロンドのせいでむしろ官能的な魅力が増している。だが、それは自分のひいき目だということは承知していた。特にこの唇を見ていると、ひいきをしたくもなってくる。今にも襲いかかって吸いついてきそうなヴァンパイアの唇。それが首元までおりてきて体の隅々まで這いまわる生々しいセックスが脳裏をかすめ、〝原始的(プリミティブ)〟や〝ご褒美(プライズ)〟や、そのほかにも〝Pで始まる体のパーツ(ペニス)〟といった言葉も頭に浮かんできたが、エリザベスはそうした想像すべてを拒絶した。

どれも昨晩、起こらなかったことばかり。その証拠にギャリックは服をすべて着たままだし、エリザベスはショーツをはいている。

なんだかがっかりだ。昨日の夜、ギャリックがあの状況を利用して襲ってきたとしても、彼女はきっと逆らわなかったはずなのに。

ギャリックの寝ている姿を見るのがエリザベスは好きだった。起きているギャリックは笑顔やひそめた眉やジョーク、ディナーやキスやすばらしいセックスで自分を防護している。でも眠っているあいだはそのバリアがすべて消えるので、ギャリックが自分のもので彼の心もすべて理解しているのだというふりができる。それは幻想にすぎないし、日の光の下ではあまりに脆弱(ぜいじゃく)すぎる。

たまにエリザベスが悪夢を見ると、ギャリックは今のように抱きしめてくれた。昨夜の悪夢がまざまざと脳裏によみがえり、エリザベスはこうして抱かれていてよかったと安堵した。

そういえば、リビングルームを挟んだ向こう側にはもうひとつのベッドルームがある。

マーガレットがそのベッドルームをギャリックのために用意したということだろうか？　それとも、ギャリックが自らそこへ移ってきたのだろうか？

いずれにせよ、それはどうでもいい。ギャリックが今ここにいて、自分は昨晩、彼を必要としていたのだから。

天井を見あげる姿勢に戻り、ため息をつく。悪夢を見るだろうとは思っていた。傷んだ遺体を発見することは、いつであろうと不安をかきたてる出来事だ。母親の遺体を発見することは……突然、子どものようにしゃくりあげて、エリザベスは目をこぶしでこすった。

即座にギャリックが目を覚まし、眠りが浅い性質だと証明してみせた。「エリザベス」声をかけ、手を取ってキスしてきた。「大丈夫か？」

エリザベスがきちんと答えられるようになるまで少し時間がかかった。「ええ、こんなときにストレスを感じるのは想定の範囲内だし、時間が経つうちに消えていくものよ」

「完全に消え去ることはない」自分にはわかるというように、ギャリックが確信に満ちた口調で言った。

「消えてくれるといいんだけど」

「そんなことは願わなくていい。あれは君のお母さんだ。存在そのものを消してしまうように忘れたくはないだろう」

「でも、忘れないと。母は私にとって、アルバムに貼られた写真にすぎない存在だもの」どれだけ痛ましくても、それに反論の余地はない。

「お母さんは君の心の奥底にいる。君を今ある君にしてくれた存在なんだ」ギャリックがあたたかいグリーンの目を閉じて、エリザベスの額にそっと口づける。「そのことで、俺は君のお母さんに感謝してるんだよ」

心休まる感傷だ。エリザベスはなぜギャリックを好きなのか思いだした。

「どんな夢を見ていたんだ？」ギャリックが尋ねる。

心地よい気分がすっと引いていく。「脈絡のない夢よ」

「夢はたいてい脈絡のないものだ。ペットの象が道を渡りながら俺の足を踏んづけて、暖炉と合体した自動販売機でコーラを買い、鼻を鳴らしながらぐびぐび飲んでたら、ティム・コンウェイに変身するとか」大真面目な顔でギャリックが説明する。

「あなたが見た夢？」

「ああ」

「私も似たようなものよ」

ギャリックが歯を見せて笑った。「じゃあ、昨日の夜はどんな夢だった？」

ギャリックのいやなところは、こうして何かにこだわり、食いさがってくるところだ。どんな夢を見たか教えるまでしつこく尋ねてくるだろうけれど、あいにくエリザベスは打ち明けたくないと思っている。あれは脈絡がなく象徴的なものだらけで……知られたくない心の苦悩を余すところなくさらけだしてしまう夢だった。

エリザベスは勢いよくギャリックの胸に頭突きし、彼を苦しげにあえがせた。ギャリックの呼吸が落ち着くと、彼女は切りだした。「ヴァーチュー・フォールズの路上でアンドルー・マレーロと仲間たちに会って、私は父ほど優秀じゃないから偉ぶった態度を取られたの。怒鳴りつけてやりたかったけど、泣きだしてしまいそうで怖かった。息もできなかったわ。それからシャツと体にぴったりした分厚いセーターを着ていることに気づいて、暑くなったの。セーターを脱ぎたくて腕を引き抜こうともがいているうちに、まわりに誰もいなくなった。不自然な感じだったわ。そして、セーターがますます暑くなってきた。頭の上に引っ張りあげようとしても、首のところで引っかかって脱げないの」心臓が激しく打ちだした。日中の明るい時間だというのに、息が苦しくなる。「私はセーターの中にとらわれて、脱出しようともがいた。真っ暗で道が見えなくて、無防備な状態だった。それに暑くてたまらなかったわ。パニックに陥って……そこであなたに起こされたの」話し終えて、エリザベスは長く息をついた。「変でしょう?」

ギャリックは笑わなかった。それどころか大真面目に考えこんだ顔をしている。「その夢は長いこと見ているのかい?」

「昔から見ている夢の焼き直しね。暗い。暑い。空気がない。誰かが近づいてくると気づいてるのに、私からはその男の姿が見えない」エリザベスは体を丸めてすり寄った。

その体をギャリックがきつく抱きかかえた。「子どもの頃から見ているのか?」

「ええ……でも、ヴァーチュー・フォールズに戻ってから、さらに頻繁に見るようになったわ」震える吐息をもらす。「昨日の出来事が引き金になったのかもしれない」

「悪夢にふさわしい一日だった」

「ええ」エリザベスはそのまま寄り添っていたが、体はこわばらせたままだった。しばらくして、短くため息を吐きだした。「そろそろ起きないと」ギャリックの腕を押しのけて体を起こす。「一緒に眠ってくれてありがとう」

「どういたしまして」ギャリックはエリザベスの様子を見守り、彼女がTシャツの裾をつかんだところで目を光らせた。

エリザベスはバスルームへ歩いていく途中で立ちどまって振り返った。「どうなるの……遺体は? 母の遺体は?」

ギャリックは真顔に戻った。「殺人事件だから、検視官が解剖することになる。裁判で提示された証拠と矛盾しないことをフォスターは心から願ってるだろうな。それと、FBIから事件のファイルを取り寄せて……ああ、しまった!」ギャリックははじかれたようにベッドから跳ね起きて、隣室へ駆けていった。

エリザベスは背筋を伸ばし、ギャリックが足音も荒く歩く物音と、何ごとかぶつぶつ言っている声に耳を澄ました。入口に近づいてみる。

彼はエリザベスの携帯電話を手に立ち尽くし、苦々しい表情を浮かべていた。「すまない、エリザベス。昨日の夜、君の携帯電話を借りてインターネットに接続したんだが、スリープ状態に入らないよう設定したまま放置してしまったんだ。充電が切れてる」

「いいのよ。また充電すればいいんだから」

「そうだが、すぐ電力が消費されてだめになってしまう」ギャリックの狼狽ぶりはユーモラスに思えるほどだった。

「携帯電話がなくてもやっていけるわ。特に……」湿った手のひらをTシャツにこすりつける。「今日は父に会いに行って、しばらくそこにいるから」

ギャリックが戸惑った顔になる。「本当に？」

「眠りに就く前に考えたの。あなたとマーガレットは正しいわ。私は父に親子愛をまったく感じていないうえに、幼い頃のことを覚えてないし、殺人事件の前後の記憶が抜け落ちてる。つまり、チャールズ・バナーとのつながりはいっさいない。でも父に会いに行って私や母についてどんなことを覚えているか確かめるのは、私にとっていいことなんじゃないかしら」

「俺もそう思う」ギャリックがTシャツを脱いで床に放り、エリザベスより先にバスルームへ向かった。「シャワーを浴びさせてくれ。終わったら、俺も一緒に行く」

40

今朝はオナー・マウンテン・メモリー養護施設の寒々した陰気さが日差しでかき消されていることに気づき、エリザベスはほっと胸を撫でおろした。施設は人々が慌ただしく出入りする物音に包まれている。ドアのそばに平ボディトラックが停まり、屈強な体格の男がふたりがかりで古いトランクを運びながら傾斜をのぼっている。

ドアから年かさの患者がひとり、ふらふらと出てきた。その患者の袖をイヴォンヌがつかみ、はっきりとした口調で諭しているのが聞こえてきた。「さあ、ミスター・モーア、中に戻りましょう。ミセス・ペリーと一緒に町で暮らすのはいやでしょう？　仲が悪いんだから！」

「そうだったかな？」ミスター・モーアが眉をひそめながら円を描いて建物の中へ戻り始めた。

そのとき、エリザベスとギャリックの姿を認めてイヴォンヌが言った。「あら、今戻ったら、チャールズ・バナーのお子さんに会えないわよ」

「そいつはぜひ会いたいね」ミスター・モーアが手を振ってきた。

　ギャリックが手を振り返し、歩み寄って握手を求めた。「お目にかかれて光栄です、ミスター・モーア。今日はすばらしい天気ですね」イヴォンヌからミスター・モーアを引き受け、楽しげに会話をしながら屋内へ連れていく。

　イヴォンヌが数歩さがり、エリザベスと並んで歩きだした。「あれがギャリックね？　あーあ、私はしばらく夫に会ってないのよ。ずいぶんとハンサムなご主人じゃない」

「元夫です」エリザベスは無意識のうちに訂正していた。けれども、イヴォンヌは正しい。ギャリックはハンサムだ。ジーンズのヒップはぶかぶかだし、腕にはたくましい筋肉の衝撃をやわらげる脂肪がまったくついていないけれど。

「離婚したなんてもったいない。お似合いなのに」

　エリザベスは自分の姿を見おろした。

　ギャリックと違い、自分の服を着ていない。花柄模様のサマードレスは胸が少し窮屈で、メタリックゴールドのサンダルには色付きの大ぶりなラインストーンが飾られている。どちらもまったくエリザベスの好みではないが、身につけるものがあることをありがたく思わなければならないのだろう。

「ありがとうございます。でも見た目がお似合いだからといって、結婚生活がうまくいくとは限りません。でもまあ、結婚式の写真はさまになっていたけど」そして今朝は、ここへ向かう途中でエリザベスが素足を組み替えるたび、ギャリックはそれに気づいていた。わざと頻繁に脚を組み替えたとは言わない。けれどもサマードレスの裾がずりあがっていくことでまだギャリックを興奮させられることを知って、勝ち誇った気分になったことは確かだ。

小型バンが通りかかり、イヴォンヌがその車を身ぶりで示した。「施設の点検と修復が終わるまで、ミセス・ペリーは親戚のところに引き取られるの。最初は目につかなかった損傷が見つかって、家族の希望があった入所者は一時的に帰宅させることにしたのよ。これまでのところ四人。かわいそうに、大半の入所者は家族や面倒を見てくれる人がいないの」弱々しいため息がもれる。

エリザベスの目にはイヴォンヌは疲れきって見えた。「家には帰ってるんですか?」

「ええ、一度。服を着替えて荷物を取りに行くためにね。ここから北に三十分行ったところよ……庭で木がたくさん倒れていたけど、幸い家をこすっただけで直撃はしていなかった」

「あなたは働きすぎです。もっと眠らないと」

「今日、看護助手がふたり戻ってくるから、今夜は家に帰れるわ」イヴォンヌは胸元で両手を組みあわせた。「自分のベッドで寝るのが待ちきれない。手の怪我はどう?」

エリザベスは絆創膏を見せた。「大丈夫。痛むし、糸が引きつれるけど、問題ないです」

「ドクター・フラウンフェルターが往診に来たら、診てもらえるようにするわ」

「ありがとう」非論理的なことだが、施設の建物に足を踏み入れたとたん、エリザベスは緊張して呼吸が浅くなった。

「ショッキングなことがあったそうね」イヴォンヌが言った。

「ショッキングなこと？」エリザベスは無意識のうちに幽霊の影を探していた。

「昨日、お母さんの遺体を発見したんでしょう」

「ええ、それで今日ここに来たんです」エリザベスは深く息を吸いこんだ。それでも気は楽にならない。病院のにおいは、目覚めた瞬間チャールズ・バナーが枕元に立っていたときのことを思い起こさせる。「父に母の遺体が発見されたことを伝えて、その知らせが何か影響を与えるかどうか確かめようと思って」

イヴォンヌが何か言いかけ、やはり言うのをやめたというようにかぶりを振った。「あなたが帰ってから、チャールズはおとなしくしてるわ。あなたのことを話しながらミスティと呼んで、そうじゃないと自分で訂正するの」

ギャリックがミスター・モールと握手して看護助手に引き渡し、手を振ってからこちらへ戻ってきた。

うなじから汗が噴きでて、肩甲骨のあいだを流れ落ちる。エリザベスは地震が起きてから神経質になっており、オナー・マウンテン・メモリー養護施設に入るのが恐ろしかった。

ギャリックがそれを察したように彼女の手を取り、自分の両手で挟んでにっこりした。

「おはようございます、イヴォンヌ。今日はいちだんときれいですね」

イヴォンヌが顔を赤らめて髪を撫でつけだした姿に、エリザベスはわが目を疑った。「ここの入所者たち同様、あなたも幻覚が見えるみたいね。義理のお父さんに面会？」

「私たちは夫婦じゃありません」エリザベスは訂正した。ここの人たちは何？　離婚という言葉の意味をわかっていないんじゃないの？

ギャリックがウインクして笑いかける。「チャールズに面会したいんです」

エリザベスは彼の顔を引っぱたいてやりたかった。ギャリックはふたりの関係がまだ続いているという誤解に乗じている。前に進もうという気はないのだろうか？

エリザベスはそうするつもりでいる。ギャリックがベッドをともにする相手としてすばらしかったとしても、悪夢を見たことを心配してくれたとしても、それは無関係だ。エリザベスは過去を忘れて前進したいと心から思っていた。分別ある行動を取るならそれしかない。

「ええ、どうぞ。この廊下を進んだところにある三二三号室よ。チャールズはこの時間はいつも研究に取り組んでいるわ」

「研究？」ギャリックが尋ねた。

イヴォンヌが一緒に歩きながら答えた。「今、取り組んでいるのは地震の研究よ。現役の学者たちに発見してほしいものがあるみたい。アルツハイマー患者とはいえ、今でもインターネットの世界でチャールズを信奉する地質学者は多いのよ」チャールズの信奉者たちが自分にも名声を与えてくれると感じているような、自慢げな口調で言う。

「インターネットに接続できるんですか?」エリザベスは驚嘆し、胸を躍らせた。アップロードしたい動画がある。

「断続的に何度かつながったけど、まだだめね。常時、接続できるとは言えない状態よ。インターネットが使えれば、入所者たちの家族も気をもまずにすむんだけど。私の夫も」この状況をなんとかしてもらえないかというように、イヴォンヌがギャリックを見る。

男性にありがちなように、ギャリックが自分ならなんとかできるとばかりに応じた。「まずは電力の復旧が先ですね。そうなれば、インターネット接続もすぐできるようになる。それからやっと道路の補修が始まるんです」そう言って、目をぐるりとまわしてみせる。

「運輸省が突貫工事で101号線の復旧に取りかかってるという噂よ。本当だといいんだけど」

「州政府が電気も水もない状態で人々を長く放置するわけはないと思います」エリザベスは言った。

イヴォンヌが鼻を鳴らす。「州政府が気にかけてるのはシアトルだけよ。都市部の復旧が最優先で、その次にようやく郡部に手がまわるんだわ」

「皮肉屋だな」そう言いつつ、ギャリックも同感らしい。

三二三号室のドアは閉まっていた。

イヴォンヌが手を伸ばしてふたりを止めた。「エリザベス、じつは昨日あなたに電話をかけたんだけど、つながらなかったの。よくない知らせよ。お父さんが発作を起こしたの」

エリザベスはイヴォンヌに顔を向けた。「なんですって？」

「昨日の夕方、娯楽室にいるときに体をこわばらせて椅子から転げ落ちて、震えだして意識を失ったのよ。回復してからも、三十分くらいは話すことも動くこともできなかったわ」

淡々とした口調とは裏腹に、イヴォンヌの目には不安の色が浮かんでいる。「看護師が対応して、夜の往診のときにドクター・フラウンフェルターが診察したから、お父さんはもう大丈夫よ。そわそわと落ち着かなくて、何か探しているような様子だけど」

エリザベスはよろめいた。

その腕をギャリックがつかむ。「その症状は今回が初めてなんですか？」

「私たちが把握している範囲では」イヴォンヌがエリザベスから視線をそらさずに答える。

「かなり悪いんでしょうか？」エリザベスは尋ねた。

イヴォンヌが口を開き、ため息をついてからうなずいた。「あの年の人にしてはいい健康状態とは言えないわ。家族を失うストレスにさらされ、刑務所に入り、殴られることもあった……ドクター・フラウンフェルターによると、今すぐ危険というわけではないそうよ。モニターで様子を監視しているから、また発作が起きたらすぐにわかるわ。でも、昨日が初めての発作だった可能性は充分にあるし、同じことがもう起こらない可能性も充分にある。今日は様子が落ち着いてるから、気に病まないようにしたほうがいいわ。人の精神は耐えられるものを選別することがあるみたいで、普段のチャールズは刑務所時代のことを覚えていないのよ」

「二十三年分の記憶がないんですか？」エリザベスは尋ねた。

「大部分が消えてるわ。思いだすと興奮して不機嫌になるの。あなたやお母さんのことを思いだしているチャールズのほうが接しやすいわ。穏やかで幸せな記憶に包まれて、当時のことをうれしそうに話してくれるのよ」

「母に出会ったときの話を聞いたことはありますか？」

「ええ。お母さんは教え子で、それはもう熱心に口説いてきたと言ってたわ」イヴォンヌがおかしそうに笑う。「何も驚くことじゃないわね。チャールズの人柄なら、そんなことがあってもおかしくないと思う」そう言って、ポケットベルを見おろした。方向転換して足早に歩きだし、肩越しに振り返った。「じゃあ、もう行くわね。相変わらず人手が足りないのよ。気をもんじゃだめよ！」

「気をもんじゃだめですって」エリザベスがギャリックに向かって繰り返した。「危うく父に会うチャンスを逃すところだったわ」

ギャリックがエリザベスに腕をまわした。「でも、こうして会いに来たじゃないか。お父さんにとって必要な限り、何度でも会いに来よう」

エリザベスの父に会ったことはないが、ギャリックはなぜか責任を感じていた。チャールズを保護監督する義務はエリザベスにもギャリックにもないが、重荷を一緒に背負えば彼女の負担を軽くできるし、彼女自身が人生をもっと楽にコントロールできるようになるかもしれない。

ギャリックはドアを開けた。

エリザベスが室内に足を踏み入れる。

チャールズはデスクに向かい、年季の入ったノートパソコンのキーボードを叩いていた。

「おはよう、お父さん」

チャールズはエリザベスを凝視し、眼鏡の位置を調整して言った。「おはよう、ダーリン。会いに来てくれてうれしいよ」

エリザベスは自分の体に腕をまわした。「私はエリザベスよ。お父さんの娘」

「わかっている」自明のことだとばかりに、チャールズが少しいらだった声で返事をする。

エリザベスはかがみこんで父の頬にキスした。

「帰る前に、ミスティが全部説明してくれたんだよ」チャールズが言った。

エリザベスはすばやく体を引いた。父は昨日発作を起こし、それ以前から幻覚を見やすくなっている。それでも父の幻覚はまるで誰かの――母の――幽霊に肌を撫でられているかのようなむずがゆさを感じさせる。「お母さんは帰ったの?」

「ああ。だが、また来ると言っていた」チャールズが安心させるように答える。

エリザベスは少しも安心できなかった。

その様子をギャリックは入口から見守っていた。「俺のことは紹介してくれないのか、エリザベス？」

チャールズがギャリックのほうを向き、満面に笑みを浮かべて椅子から立ちあがった。「誰かわかったぞ。エリザベスが結婚したギャリック・ジェイコブセンだな。結婚式の写真をマーガレット・スミスが送ってくれたんだ」

それは多くを物語る言葉だった。

「会えてうれしいよ！」チャールズが手を差しだす。

ギャリックはその手を握った。「お元気そうですね」

チャールズが眼鏡の位置を正した。「ああ、体調だけじゃなく、気分もいい。ミスティも一緒に君と会えればもっとよかったんだが」

「ええ、俺もそう思います」ギャリックはチャールズの様子をつぶさに観察してから、声をやわらげて告げた。「エリザベスと俺は昨日、ミスティの遺体を発見しました。ご存じでしたか？」

「いや。だが、驚きはしないよ」チャールズが娘を振り返った。「骨を見つけたものと思っていたからな」

「ええ、そうね」エリザベスは唇の感覚がなくなり、また汗が噴きだしてきた。「そのことがあったから、今日はお父さんとお母さんの出会いや結婚についてもっとよく聞かせてほしいと思って来たのよ」

チャールズが愉快そうに優しくほほえみ、椅子に座りこんだ。「ミスティとの結婚は、私の人生で最高の出来事だった」

41

ホテルのロビーで待っているチャールズは緊張した様子でタキシードを引っ張りながら、ミスティが急いでくれればいいがと思っていた。

ミスティに欠点があるとするなら、いつも時間に遅れることだ。言い訳しながらも遅刻が直らないのは、ミスティが人々に呼びとめられるたび会話につきあってしまうからだ。

男たちから美人だと声をかけられると、ミスティはほほえんで礼を言う。女性たちから口紅の色や目を大きく見せる方法を尋ねられると、ミスティはやはりほほえんで、自分のメイク方法なら唇をふっくらさせたり目を大きく見せたりできると説明する。ミスティは誰でも魅了し、そのために時間を取られるから遅刻してしまう。

チャールズはそれに辟易(へきえき)していたが、いつも文句を言わずに待った。話しかけてくる相手を無視しろとは言えない。そんなことをしたら、彼の崇拝するミスティでなくなってしまう。

だが、今日は決められた時間までにチャペルへ行かなければならず、遅刻したら挙式は翌日に延期される。ホテルは予約がいっぱいだし、ラスベガス滞在をもう一日延長できる充分な金はない。赤ん坊が生まれるときに無駄遣いはできない。

　赤ん坊が生まれる。

　恐怖と誇らしさで気を失いそうだ。自分が父親になるなんて。

　チャールズがホテルの玄関のドアに向きあって立ち、これでは時間に間に合わないと思っていると、ロビーがしんと静けさに包まれた。ようやくミスティが現れたことを意味する静けさ。振り返ると……そこにミスティがいた。世界で一番美しい女性が。

　ミスティは白いドレスを着ていた。どうにかして一九五〇年代のプロム風のドレスになるよう仕立てたらしい。裾の広がったギャザースカートと体にぴったりした身頃（ボディス）に、肩をかろうじて隠すほどの長さのキャップスリーブ。サテンの靴はヒールが低く、いつもの小さな帽子にはベールが縫いつけられている。白バラのブーケを抱えたミスティが、チャールズが地上にたったひとりしかいない男性であるかのようにほほえみかけてきた。

　チャールズは思わず息をのんだ。

　ミスティが輝くような喜びを放ちながら、軽やかにロビーを歩いてくる。その喜びは自分と結婚するせいだろうか？　そんなことがありうるとは思えない。でも、彼女のブルーの目に浮かんだ真実を信じなければ。

　ミスティは彼を愛しているのだ。

「ダーリン」低くあたたかみのある声を耳にし、チャールズは背筋に震えが走った。ミスティが彼の腕に手をまわしてくる。「準備はいい？　私はもう一分だってあなたと結婚するのが待てないわ」

チャールズはほかの人々と同じく彼女の輝きに魅了されつつうなずいた。「タクシーに乗ろう」

もちろん、そのために何かをする必要はなかった。

ミスティがドアマンにほほえみかけ、ドレスを着るのに時間がかかったせいで結婚式に遅刻しそうだからタクシー待ちの列に割りこませてもらっていいかと、かわいらしく尋ねた。

次に到着したタクシーはふたりのものになった。

ドアマンが乗りこむミスティに手を貸し、彼女が手を振ると、列に並んでいた人々が手を振り返してお幸せにと声をかけた。ミスティはチャールズと同じくらい彼らも夢中にさせた。

男のひとりが、あの男は金を持っているんだろうと言うのが聞こえてきた。

娘と言えるほど若い女性におまえがどんな手を使ったか知っているぞという目で人々から見られるのは、もう勘弁してほしかった。

チャールズは運転席に身を乗りだして、行き先はホワイト・ショルダーズ・ウエディング・チャペルだと告げ、急いでほしいとつけ加えた。

運転手がうなずいてアクセルをめいっぱい踏みこみ、その勢いでチャールズは背もたれに叩きつけられた。「頭がどうかしてるのか」思わずつぶやきがもれた。

「気にしちゃだめよ」ミスティがチャールズの手を取る。「これ、どう?」

「どうって?」チャールズは驚嘆と困惑、そして所有欲と貪欲さの入りまじった狂おしいほどの幸せに正気を失いそうになりながら、ミスティを見つめた。

「ドレスよ」ミスティがスカートを手で撫でおろした。「ヴィンテージなの。私はレトロなファッションが似合うのよ。かつては曲線美の女性たちがもてはやされて、私も曲線が自慢だから」

「きれいだ」できるなら彼女の足元に膝をつきたいくらいだ。

だが実際にチャールズがしたのは、これ以上車のタイヤが道路のスピード防止帯にぶつからないよう願うことだった。そのたびにシートから尻が浮くのにうんざりしていたからだ。

「ありがとう」ミスティがまつげをしばたたいた。「あなたが気づいてくれたかどうか、わからなかったから」

チャールズは誠実な思いをこめて心から伝えた。「君がどれだけ美しいか、自分がどれだけ幸福な男か、一分一秒だって忘れたことはないよ」

ミスティの目から涙があふれだし、チャールズはすばやくハンカチを引っ張りだした。

ミスティがそれを受け取り、目の端にそっと押しあてる。「信じていいの? なんだか罪悪感があるのよ。私とベッドをともにするべきじゃないとあなたが思ってることには気づいていたし、妊娠したときに思ったんですもの。これで彼のほうから結婚を申しこんでくれるから、それに任せればいい。父は私が生まれる前にいなくなったけど、そんなふうに子どもを捨てたりするべきじゃないんだからって。でも、あなたには不幸になってほしくないし、気まずい思いもしてほしくない。あなたの望むことはなんでもするし、あなたが住まなきゃいけない場所ならどこでもついていくわ……一緒にいられる限り。あなたは私の愛する人だもの」

チャールズは以前、そう言われたことがあった。

そしてこの日はミスティの言うことを信じた。「私も君を愛しているよ」

エリザベスは視線をあげてギャリックを見る勇気が出なかった。

チャールズがミスティを見るのと同じように、自分がギャリックから見られていた頃を思いだしていた。そして結婚式。エリザベスたちの挙式は両親のときとそっくりだった。盛大で華々しい宗教的儀式は執り行わず、サンタバーバラの市庁舎で行政手続きをしたのだ。サンタバーバラは風光明媚な土地だが、それでも親類縁者が出席していない寒々しさを埋めあわせてはくれなかった。

マーガレットがエリザベスに会いに来て、式の証人を引き受けてくれたが、ヴァーチュー・フォールズからの移動は老いた身にこたえ、最後には敗北を認めてホテルの部屋で休まざるをえなくなった。

伯母のサンディと伯父のビルといとこたちは〝都合がつかない〟ため、出席しなかった。エリザベスは簡略化された儀式を実利的なものととらえ、大切なのはふたりが結ばれることなのだとギャリックに伝えた。

それを思いだしながら、まばたきで涙をこらえた。

あのつまらない感傷が真実を曇らせたのだ。

ギャリックも同じ記憶を呼び覚まされたらしく、エリザベスの肩をそっと撫でた。

優しい手つきに、エリザベスはますます涙を抑えられなくなった。話し始める前にゆっくり息をつかなければならず、話せるようになってから口を開いたが、声が少し震えていた。

「私はふたりの結婚式の写真を持ってるのよ」エリザベスはアルバムを開き、〝結婚しました〟という文字とその下に〝ホワイト・ショルダーズ・ウエディング・チャペル〟と書き添えられた派手なパネルの前にいる両親の写真を見つけた。「お母さんはきれいだわ。でも、お父さんもハンサムよ」

チャールズは無関心な様子でエリザベスを見つめ、そのあと写真を子細に眺めながらうなずいた。「たしかにどこへ出しても恥ずかしくない、立派な格好をしているな。私は結婚に懐疑的だったが、ミスティは信じていた。ふたりでうまくやっていけると信じ、私を納得させたんだよ」そう言って、乾いた笑い声を一度あげた。「そして式が終わってから、私は彼女の家族に会ったんだ」

42

なかなか巧みな盛りあげ方だとギャリックは感心した。アルツハイマーを患っているにしてはすばらしい話しぶりだ。「エリザベスと俺は結婚後、サンディ伯母さんの一家に会うためにサンタクララまで行きました。あの侮辱的な対応は、機能不全に陥っている家族だからなのかと思いましたよ。あなたが会ったのはサンディ伯母さんですか？」

「私のおじいさんとおばあさんに会ったの？」エリザベスが好奇心に目を見開いて、チャールズに尋ねた。

「いや、ミスティの父親には会わなかった。彼はミスティが生まれる前に逃げたんだ。夜逃げした臆病者だが、その理由は私がミスティの母親に会った際に判明した。あの女は……」

穏やかな物腰の学者にしては、かなりはっきりと軽蔑感を表している。「ミスティがカレッジで映画芸術を専攻したのはフランキー・ウィンストンが理由だった。彼女はミスティを生み落とした瞬間から、娘を自分のハリウッド進出の足がかりにしようとした。ミスティは五歳にもならないうちからタップダンス、バレエ、体操、ボイストレーニング、礼儀作法を習わされた」

「サンディ伯母さんはどうだったの？」エリザベスが尋ねる。

チャールズはいつものようにエリザベスを見つめていた。この女性が誰だったかもう少しで思いだせそうだがさっぱりわからないというように、首を軽くかしげている。「サンディも美人だったし、いい声をしていたが、ミスティの隣に立つと比べ物にならなかった。ミスティは……全身から輝いていたんだ。サンディはかなわなかった。競争相手がミスティでは、勝ち目がなかった。フランキーは常に娘たちを比較していた。ミスティはたしかに私を愛していたが、母親から逃げたがってもいた。私との結婚を逃げ道にしたことも私は承知していたんだ」


サンタクララに住むサンディの家へ向かう道中でミスティは平静を装っていたが、じつは緊張していることがチャールズには見て取れた。「ミスティ、花嫁の家族に会いに行くのは私だ。怯えるのはこっちのほうだよ」

「これからどんなことが起こるのかわかっていたら、あなたはそんなふうに言っていられないでしょうね」

息苦しそうに吐きだされる激しい言葉に、チャールズはぎくりとした。ミスティはいつも落ち着いていて穏やかで、それは情熱に支配されているときでさえ変わらなかった。チャールズはそれが気に入らず、彼女を欲望に駆りたてようと必死になったものだ。それに成功したように思えるときもあったが、チャールズが息をつくあいだにミスティはいつも穏やかな状態に戻っている。

「ごめんなさい」ミスティは冷静になろうとしているが、その努力はまったく実を結んでいなかった。「恐怖心をぶつけるつもりはなかったの。母のことは話していなかったわね。姉のことも。でも、この原因のほとんどは母だわ」

「お母さんのどこが問題なんだい？」

「母は典型的なステージママで、気の毒な人なのよ。子どものときは才能があって映画スターを目指していたんだけど、端役にしかなれなかったの。そのうちに姉を身ごもって結婚して、離婚して、また映画界を目指して……」ミスティは苦しげに短く一回、息をついた。「姉は幼い頃、育児放棄されていたんじゃないかと思うわ。今は結婚して、三人目の子どもを妊娠中よ」

「めでたいじゃないか。私たちの赤ん坊にいとこができる！」

「そうね」ミスティが顔をほころばせた。

だがチャールズは、彼女が笑みを浮かべるのはストレスを感じているときが多いことに気づいていた。今もストレスを感じて笑っているのかどうかを、どうやって確かめようか？

「お姉さんの子どもたちに問題でもあるのか？」

「違うわ！　あの子たちは関係ない。ただの子どもたちだもの。だけどあの小さい家で、共働き夫婦にまたひとり増えるとなると……姉たちにとっては計画外の妊娠だったんじゃないかしら。やりくりするのはかなりきついはずよ」

チャールズはうなずき、ミスティが訴えている家族の問題を把握しようと努めた。

「母がいると姉は緊張するの。みんなそうだけど、三十分もしたら姉が母に向かって怒鳴り散らしたくなっているのがわかるはず。姉がそのプレッシャーに屈したら、母の勝ちなの」ミスティがハンドルを握るチャールズの手に触れる。「あなたにもわかるわ。いつも勝つのは母なのよ」

チャールズはほほえみかけた。「君のお母さんはタフな人らしいね」

「モンスターだわ」サンタクララ近郊に数多く散らばる居住地区の中の一軒をミスティが指した。「あれよ」

「急いで逃げなければならない場合に備えて、道路に停めたほうがいいかい？」

「ええ！」ミスティの目が一瞬、輝いた。それから、希望が消えていくのがわかった。「いいえ、姉を見捨てるわけにいかない。逃げるなんてフェアじゃないわ」私道に停められた車高の低いスポーツカーを見ながら、ミスティがうなずいた。「母が来てるわ」その言葉は蒸留された毒のようにミスティの唇からこぼれ落ちた。チャールズがエンジンを切ると、ミスティはこぶしを握りしめて膝にのせた姿勢で座っていた。彼女は出し抜けにチャールズのほうを向いた。「家族に会ったあとも、私への愛は変わらないと約束して」

チャールズはミスティの額にかかった髪をそっとかきあげた。「わかったよ。事情は理解できた。これから私たちは醜い感情が渦巻く沼地に足を踏み入れることになるんだね。だが聞いてくれ、ミスティ。君は美しい。でもそれ以上に優しくて親切で心が広くて、どういうわけか私を愛してくれている。私は君を何よりも愛しているよ……」この重要な局面でこれから自分が言おうとしている言葉がどれだけ重大な意味を持つか、チャールズは気づいた。「何よりも……たとえば……」よどみない言葉の流れがそこで止まり、チャールズは焦り始めた。

ミスティの頬にえくぼが浮かんだ。「岩よりも愛してる?」

「そうだ。岩よりも君を愛してる」

「火山よりも?」

「ああ。火山よりも君を愛してる」

「じゃあ……地震よりも?」

チャールズは答えに詰まった。

悲しげな声をあげながら、ミスティが胸に飛びこんできた。「地震よりも私を愛してないの?」

ミスティが泣いている。

泣いている？

そう、泣き声をあげている。

チャールズは彼女の顎をそっとつかんで持ちあげた。

違う、ミスティは笑い声をあげている。

「いたずら娘め」チャールズは彼女の耳をつまんだ。「マグニチュード7・5以下の地震と同じくらい君を愛してるよ」

「あら！」ミスティに胸元をパンチされる。「せめて8じゃないかしら」

「7・5とその後の余震も含める」

ミスティはふたたび笑いだした。やや長くヒステリックな笑い声だったが、バッグからティッシュペーパーを引っ張りだして涙をぬぐう頃にはこう言っていた。「ありがとう。気分がよくなったわ。それほど怖くなくなった」

「お母さんに君を傷つけることはできないよ」

愛しいおばかさんとでも言いたげに、ミスティが悲しそうに彼の頬に触れた。「中に入りましょう」

サンディと夫のビル・フリスクは典型的な中流階級のアメリカ人だった。

ビルは身長が百九十センチ近い元フットボール選手のような体格で、実際に元フットボール選手だった。腹をさすりながら昔は腹筋が割れていたのだと冗談を言ったが、その腹は今やビール樽に近かった。

夫婦には子どもがふたりいて、ホープは五歳、メアリーは間もなく二歳だった。ホープは幼稚園児で、早くもピンク色のペチコートを三枚手に入れていたが、もう誰もいじめないと母親に約束した。

メアリーは耳の感染症にかかっており、翌週チューブを耳に入れることになっていた。チューブを入れているあいだ、泣き叫びはしなくても、きっとぐずることだろう。

妊娠中のサンディはおなかが大きくなっていた。三人目は男の子、ビル・ジュニアが生まれる予定だ。

チャールズは気づいた。サンディは大げさすぎるほど陽気に家族のことをしゃべり続け、最初の二分間は一度も息継ぎをせず、そのあいだ中うなずき、握手し、ジャケットをハンガーにかけていた。

それに、ミスティは心から懐かしむようにサンディと抱きあい、母親とはそれよりもずっとこわごわした様子で抱きあった。ミスティの態度はむしろ、爆発寸前の危険な爆弾を調べる爆発物専門家のように見えた。

ミスティとサンディの母親フランキー・ウィンストンはカリフォルニア美人だった。痩せぎすで充分すぎるほどエクササイズが重ねられた体つきに、ブロンドすぎる髪。顔をこわばらせた笑みに華美な装い。フランキーは顔をあげ、皮膚が張りつめているため表情がほとんど動かないが、それでもなおぎらついたブルーの目で軽蔑の念を伝えようとしている。かすかにうなずいてチャールズの存在を認め、同時にはねつけてもいた。

フランキーがサンディを振り返った。「ビル・ジュニア？　娘にホープとメアリーと名づけただけでも充分悪趣味なのに？　男の子はビルでないといけない決まりでもあるの？　つまらない名前じゃなきゃだめなの？」

「子どもたちをショービジネス界に入れる野心は私にはないわ、母さん。現実の世界では普通の名前のほうが受け入れられやすいのよ」サンディの目も母親に劣らず濃いブルーで、そしてぎらついている。

「それもそうね」フランキーが応じた。「この子たちがハリウッドで成功するはずないもの」

ビル・シニアが赤ワインのグラスをチャールズの手に押しこんでささやいた。「さあ、酒でも飲まないとな」

サンディが人々に声をかけた。「じゃあ、夕食にしましょうか？」

43

一同はこぢんまりしたダイニングルームにある円テーブルにつき、互いの肩が触れあいそうな距離で座った。

ミスティが声を落として言った。「姉が円いテーブルを買った理由は、アーサー王が騎士たちを円卓につかせたのと同じよ。席で序列をつけないためなの」

「お母さんは上座につくのが好きなのかい？」チャールズも小声できき返した。

「ええ、そう」

ビルがオーブンからラザニアの大皿を取りだした。

カウンターに立っているサンディがドレッシングとクルトンでサラダを仕上げて手渡し、続いてガーリック風味のサワードウブレッドが入ったバスケットをまわした。

フランキーが自分の大きなグラスにワインを注いだ。「大皿いっぱいにあふれるラザニア。そういうのは十年以上前から流行らなくなってるわ。知らないの？」

サンディの動きがぴたりと止まった。手にしたスパチュラを熱々のチーズが入ったキャセロールに入れようとしていたところだった。

ミスティがナプキンを振りながら広げた。「姉さんの手作りよりもおいしいラザニアは食べたことがないわ。それなのに変える必要なんてあるかしら?」

サンディが無駄のない動きでスパチュラをキャセロールに入れた。

「ええ」フランキーがベリーショートのブロンドに指をくぐらせながら言った。「あるわよ。たしかにすごくおいしいの。だけど、とんでもなく高カロリーなのよね!」

チャールズは目の前で繰り広げられる光景をなすすべもなく見守った。テネシー・ウィリアムズの戯曲以外で、フランキーのような生物を見るのは生まれて初めてだった。不意打ちの攻撃、切りつけるために選別された言葉、執拗で遠まわしな嫌みの数々……なんと恐ろしい。魅惑的ですらある。

でもこれはブロードウェイの芝居ではないし、この女性は彼の妻を傷つけている。ミスティが生まれてからずっと痛めつけてきたのだ。

チャールズは理解し始めていた。ミスティがどんな人生を送ってきたか、なぜ笑みを浮かべるのか、彼女が隠そうとしてきた悲しみと寄る辺のない不安感がどれほどのものだったのかを。

「そうそう!」フランキーが獲物に狙いをつけたコブラのようにチャールズのほうを向いた。「ミスティの話じゃ、あんたたちは結婚したそうね」

これまでの人生で、チャールズはロマンティックで甘いしぐさなどしたことはなかった。それを今ここでやるのだ。

テーブルクロスをきつく握りしめていないほうのミスティの手を探りだし、口元に運んでキスをした。「ええ、そうです。彼女の心を勝ち得る名誉にあずかりました」

「ミスティの教授らしいけど」認められないというように、フランキーがじろじろと眺めまわしてきた。「ミスティの父親といってもおかしくない年だわ。定期的に女子学生を誘惑しているってところかしら」

あまりの的外れぶりに笑い声がもれた。ほんの一瞬、愉快な気分がこみあげたのだ。「私が定期的に女性を誘惑する男に見えますか？」

フランキーの顔つきが値踏みする表情から悪意そのものに変わった。

握りあったミスティの手に力がこもる。

「あたしをばかだと思ってるんでしょ、ミスター・バナー？　あんたみたいな男に会ったことがあるわ。ミスティのような若い娘を食い物にして、若さとキャリアを奪う老いぼれの独身男――」

「母さん！」ミスティがさえぎった。

「飽きたらぽいと放りだして――」

「母さんったら！」ミスティがまた割って入った。「私は女優になりたくないの！」

それと同時にチャールズも言った。「ミスティは自分に女優の才能がないと言っています」

フランキーがテーブルをぴしゃりと叩きつけた。

皿がガチャンと音を立てた。

「いいえ、あんたは演じるのが好きなの」フランキーがミスティに向かって断言した。そしてチャールズに告げた。「ミスティは才能あふれる女優よ。あんたが邪魔しなかったら、アカデミー賞の候補になれたわ。この子は『ケープ・フィアー』の主演女優のオファーを蹴ったのよ」

「『ケープ・フィアー』とはなんですか?」チャールズはきき返した。

フランキーの表情は、彼がこのうえない無礼を働いたことをはっきりと告げていた。「アカデミー賞最有力候補の映画よ。あんな太った主演女優は見たことがないわ!」

「主演のオファーなんて一度ももらっていないでしょう、母さん」ミスティがたしなめた。

「あのプロデューサーをほんのちょっとつついていれば――」

「彼は私と寝るつもりなんかなかったわ」そのあとの劇的な間の取り方は、ミスティが舞台の中央を支配する方法をわかっている証拠だった。「私、妊娠してるの」

ミスティの告白が会話を切り裂き、ようやくフランキーは口を閉じた。全員が沈黙する中、サンディがからかうような笑い声を短くあげ、急いで告げた。「おめでとう、ミスティ!」

次の瞬間に祖母の感情が爆発すると気づいていないのは、ぐずっている二歳の幼女だけだった。

ところが、フランキーは爆発しなかった――それはさらに悪い出来事だった。「子どもですって？　その体で？　ヒップが大きくなってウエストラインが消えたら、太った友人役しかできなくなるわよ」

「ミスティのスタイルは変わらないわ」サンディが抗議した。「妊娠したってきれいに決まってる」

「君みたいに」ビルが口を挟んだ。

「ええ、そうね、サンディ。ミスティはあんたみたいになるわ……太い足首をして、巨大クジラがふくれあがったような姿に。子どもが三人いて、共働きしないと暮らしていけない女にね」フランキーはワインをあおった。「ねえ、ビル、あんたは安月給なんだから、あれをパンツに行儀よくしまっておいたらどうなの？」

「母さん、姉さんは幸せに暮らしてるのよ！」ミスティがたしなめた。

「マスカラを塗る余裕さえないじゃない」これがフランキーにとって最上級の非難であることは明らかだった。

サンディがすばやくまつげに手で触れた。

フランキーが前かがみになり、ミスティの目をのぞきこむ。「いい医師を知ってるわ。安全で衛生的にも問題ない。いろんな不都合はあたしたちが処理するから、誰にも知られずにすむ」

チャールズが理解するまでに、かなりの時間がかかった。しばらく経ってから、彼はその意味を理解した。

堕胎。フランキーはミスティに子どもを堕ろせと言っているのだ。

このくそ女。なぜわが子にそんなことが言える？ チャールズは抑揚のない声で言った。

「ミスティと私は結婚しました。赤ん坊は私たちが育てます。今日はあなたに祝福してほしいと思って来ましたが、そうしていただけなくても何も変わりません。あなたから祝福されなくても、私たちが結婚したことや赤ん坊を産み育てることに変わりはない」

隣から、こらえきれなくなったミスティが息をのむ音が聞こえた。

フランキーが椅子を乱暴に押しやった。椅子はひしめきあったダイニングルームの中で壁にぶつかり、石膏ボードにめりこんでからフランキーの足元に大きな音とともに倒れ、その拍子にフランキーが尻もちをついた。

ビルがにやりとした。

フランキーはうろたえなかった。立ちあがって人差し指でテーブルをコツコツ叩き、チャールズににじり寄った。「あんた、何さまのつもり？ あたしと娘のあいだに割りこもうとするなんて。ミスティを育てたのはこのあたしよ。あたしはこの子にすべてを捧げた。この子にはスターになる才能がある。あたしが何か言うことがあるとしたら、この子はこれからスターになるってことよ。そのために、髪の薄くなった骨と皮ばかりの中年科学者にできることは何もない。あんたは何者でもないの。誰だろうと知ったことじゃないわ」

その目は悪意にぎらついていた。フランキーはチャールズがひるみ、口ごもりながら自己弁護し始めるものと思っている。それで彼を追い払えると思っているのだ。この女はわかっていない。彼のことも、あるいはミスティのことも、まったく理解していない。

敵を退けるために科学的な知識を利用できるとチャールズが思ったことは、これまで一度もなかった。だが、これまでの人生ではミスティを守る必要がなかった。「あなたが言いたいことはわかりますし、まったくもってあなたの言うとおりだと思いますよ、フランキー。ミスティはあなたの娘で、あなたの人生を照らす光だ。そこへ私がやってきて、ミスティの人生であなたが果たした役割を知らないまま、彼女をさらって教会へ連れていってしまった。私はあなたに結婚の許可を求めるべきでしたができませんでしたので、今ここで、娘さんを愛し支える能力があることを誓わせてください。それと年齢については……たしかに私はミスティよりだいぶ年上ですが、結婚歴はありませんので、若い娘を次々と性的な食い物にする男ではないかと心配する必要はまったくありません。ミスティは私が愛した初めての女性で、初めての妻で、ただひとりの妻です。永遠に」

フランキーは途中でさえぎろうとした。

チャールズはそれを上まわる勢いで話し続けた。「私は大人ですからこの関係には充分に対処できますし、地質学分野で敬意を集めている科学者です。環太平洋火山帯と西海岸の地質学における第一人者と自任していいかもしれない」

「地質学」卑猥(ひわい)な響きを持たせるようにフランキーが発音した。「なんなの、それ?」

「よくぞ聞いてくださった」不愉快な状況に対処するときにミスティがいつも浮かべる女優スマイルとでも呼ぶべき笑顔を真似しながら、チャールズは自分が取り組んできた仕事について饒舌(じょうぜつ)に語った。二十年間の研究生活。現場でのフィールドワークに明け暮れる日々。化学、生物学、地質学分野の学位取得。研究室で過ごす夕べ、図書館で過ごす夜。徹底的に掘りさげる大学での講義。地質学理論。

ミスティが肘をついて手のひらに顎をのせた姿勢で、彼を愛おしげに見つめている。

彼が息を継ぐたびに、サンディが朗らかに質問を投げてきた。

フランキーが何か言おうとするたびに、ビルがわざと咳払いしてそいつはすごいと口を挟んだ。ビルの口調はその分野の知識がまったくないことをはっきり伝えていた。

チャールズは悪役として舞台に現れ、ヒーローとして舞台をおりた。彼がせりふを言い終える頃にはフランキーは外へ出て、ベティ・デイヴィスのように煙草(たばこ)を吹かしていた。

ダイニングルームにおりた沈黙は、紛れもない安堵の空気に満ちていた。

そろそろ眠くなってきた五歳の娘をビルが抱きあげて言った。「さて、娘を寝かしつけてくるとするか。チャールズ、今日は会えて本当にうれしかったよ。あなたは誰にもできないことをなし遂げてくれた……フランキー・ウィンストンを撃退するとはね」

サンディが妹を抱き寄せ、穏やかに笑った。「私が作ったラザニアにケチをつけるとこうなるって、母さんにわかってもらえたわ」

ミスティも姉を抱き返し、そのあとチャールズの肩に頭をもたせかけた。「チャーリーにワシントン州で谷を発掘する助成金がおりたの。今年度の講義を終えたら、ふたりでそこへ引っ越すわ。姉さんを母さんのそばに置いていくのは申し訳ないけど、私は逃げないと」

「気にすることないわ」サンディが、窓の外でフランキーがくわえている煙草の火をちらりと見やった。「母さんはあなたがいなければ、それほど頻繁には来ないから。あの人にとって私は見込みのない子だもの。今も昔も」おなかを撫でながら言う。「私にとってはどうでもいいことだけど、母さんが来たときはそれを忘れないようにしないとね」

「お母さんの意見をなぜ気にしなければならないんです?」チャールズは尋ねた。心の底から不思議に思っていた。「お母さんはあなたにどんな影響を与えるんですか?」

サンディもミスティもしばらく口を閉ざしたままだった。

ようやくミスティが深いため息をついた。「あの人は私たちの母さんよ。でも、それ以上に……今夜はわからなかったでしょうけど、昔はすてきな母親でいてくれるときもあったの。一緒にいるとわくわくして、楽しい母親でもあった。まだ子どもだった私たちや私たちの友達と一緒にゲームをして、いろいろな場所に連れていってくれたわ。母さんが物語を考えて、役を割り振って、私たちにお芝居をさせたりした。私たちにバレエを習わせて、『くるみ割り人形』のパロディーを演じさせたこともあったわ。美人な母親で私たちを大人扱いしてくれた。友達みんなにうらやましがられたわ。だけど私と姉さんは、母さんの明るくて陽気な魅力が表面的なものにすぎなくて、ほんの些細なきっかけで砕け散ってしまうことに気づいていた。なんの理由もなくそうなってしまうのよ。公衆の面前でやられると本当にどうしていいかわからなかったし、家でそうなったときは……」ミスティが顔をそむけた。

今すぐ外に出て、フランキーの首を絞めあげてやりたい。ミスティをこんなふうに苦しませるやつは許さない。誰もミスティを苦しませてはならない。チャールズはそう思ったが、声は穏やかさを保った。「痛めつけられたのかい？」

「いいえ、普段はね。暴力をふるわれることはなかった。でも学校の勉強だとかダンスや歌のレッスンなんかで、私たちがほかの子たちみたいにうまくできなくて、母さんに誇らしく思ってもらえなかったときは……」苦痛に満ちたミスティの声が次第にかすれていった。「母さんがいなければ何もできない子だと罵られたわ。私はいつも怯えていた……それが本当かもしれないって」

チャールズは手のひらでこするように顔を撫でおろした。「その後、私とミスティがフランキーに会うことはなかった」エリザベスとギャリックに向かって言った。「大学での教職を終えてから、ふたりでオハイオにいる私の両親のところへ挨拶に行った。私は遅くに生まれた子どもで父も母も高齢になっていたから、ミスティのあまりの若さにいい顔をしなかった。だが、ミスティはふたりの心を勝ち取った。当然のことだ。孫ができると知った父と母はミスティのためになんでもしようという気になってくれた。だが、翌年に母がアルツハイマー病と診断され、その翌年には父が心臓発作で死んだ。当時の私は悲劇だと思ったが、今にしてみれば……神に感謝すべきだろうな。父は私が刑務所行きになるのを見ずにすんだし、母は私の惨状を知らずにすんだのだから」

母と伯母のサンディの人生に刻まれた心の傷に、エリザベスは気づいていなかった。父方の祖父母の写真はアルバムに保管してある。ドレスアップしたふたりが笑顔で花柄のソファに座っている写真だ。だが父の母もまた、現在父の精神をむしばんでいる病に倒れたことをエリザベスは知らなかったし、少しの時間差で自分が父の父に会い損ねるところだった事実についても考えたことはなかった。人生を織りなす運命が嘆き悲しむ声が聞こえてくる気がする。

エリザベスはアルバムのページをめくり、母の写真を指した。大きなおなかをしたミスティが、こぢんまりして上品な白く塗られた家の前に立っている。ブロンドを風にあおられながら、高額の宝くじをあてたかのようなまぶしい笑顔をカメラに向けていた。エリザベスは思わずほほえんだ。「そして、お父さんとお母さんはヴァーチュー・フォールズに越してきたのね」

「ああ」チャールズが穏やかな声で答えた。「そこに写っているのがミスティだ。私たちの家も写っている」

ギャリックが身を乗りだした。「いい写真だ！」

「私のお気に入りなの」エリザベスは写真の端をそっと撫でた。「見て、この幸せそうな顔」

「これを撮ったのはあなたですか？」ギャリックが尋ねた。「チャールズ？　ミスター・バナー？」

チャールズは答えなかった。答えないばかりか身じろぎひとつせず、呼吸もしていない様子だ。

エリザベスは父の肩に手をかけた。「お父さん？」

その声で目を覚ましたかのように、チャールズがはっとした。それからエリザベスとギャリックを順番に見て、不思議そうに言った。「君たちは誰だね？」

44

レインボーはオーシャンヴュー・カフェの前に立って、煙草を吸っていた。

原則として彼女は煙草を吸わないが、先週の出来事は『フライングハイ』でロイド・ブリッジス演じる登場人物が言っていたせりふを思いださせた――〝シンナーでも吸わなきゃ、やってられない〟

レインボーは気を張りつめていた。くたくたに疲れていた。オーシャンヴュー・カフェでウエイトレスをすることは今や重労働になった。余震がおさまり、怯える表情が人々の顔から消え、河川地域の被害状況を取材する報道機関のヘリコプターが上空からいなくなり、彼女の住む小さな心地よい町が戻ってくることを望んでいた。何よりも強く望んでいるのは、電力が回復し、照明とストーブと給湯設備が稼働してくれることだ。噂によると、それにはもうしばらく時間がかかるらしい。だからレインボーは煙草を吸い、ナムクン老人が運転する錆びついた古い農業用トラックのフォードF三五〇がこちらへよろよろ走ってくるのを見つめていた。

オリンピック山脈以西で最高の有機栽培農園主であるナムクンが来てくれるのをレインボーは待っていた。この町の絶対菜食主義者(ビーガン)たちが、とうもろこし粉のトルティーヤや、市庁舎の自動販売機で売り切れになっている干からびたピーナッツ以外のものを口にしてはいけないと信じこんでいるのは間違いないからだ。今すぐ誰かがケールを投げてやらなければ、連中は細く弱々しい腕を振りあげて、肥え太ったいやしい雑食動物どもをこぶしで殴りだすだろう。そのあとに起こる惨状をレインボーは見たくなかった。

トラックがスピードを落とし、歩道沿いに停まった。

レインボーは煙草を建物に押しつけて、マスクメロンの木箱を運びだすためにトラックのほうへ駆けだそうとした。

アンドルー・マレーロが助手席から降りてきて、ドアを閉めた。

あらまあ、なんだか憔悴(しょうすい)している。

後部シートから彼の使徒のマルコ、ルカ、ヨハネが降りてきた。

いいえ、待って。あれはベン、ルーク、ジョーだ。まあ誰にしたって、マレーロにごまをすって地質学界のヒエラルキーをのぼろうとしているただの無名学者たちだってことに変わりはない。

表情から察するに、彼らもまたきつい日々を送っているらしい。

いいチャンスだ。近づいて世間話でもするにはもってこいのタイミング。

レインボーは歩いていって声をかけた。「あら、マレーロ、いつもと違う車じゃない。愛車はどうしたの？」

マレーロがナムクンに支払いを終えて財布をポケットにしまい、冷淡な笑みを浮かべた。彼女に会ってもうれしくないのだ。

彼はスペイン語にならないよう気をつけるときに使う、まずまず正確と言える英語で答えた。「めちゃくちゃに壊れた」

「どこで？　どうして？」

「ウィロビー・クリークへ行ったときに、ポートランドとヴァーチュー・フォールズの途中で。フェンダーがつぶれて、オイルパンに穴が開いて、ほかにもあちこち壊れて把握できてないくらいだ」アンドルーの声が大きくなる。「ジャガーでもヴァーチュー・フォールズまで戻れると高をくくった連中のおかげでな！」

「ウィロビー・クリークになんの用があったの？」レインボーは尋ねた。

一瞬、間が空いた。

答えたのはジョーだった。「道に迷ったんだ」

「へえ。マレーロのピカピカのジャガーが溝にはまったってわけ？」それを繰り返して言うのは楽しかった。

「ああ」アンドルーが返事をした。

「あの地震が起きたあとに、ジャガーを運転して帰ろうとしたの？」レインボーは大笑いした。アンドルーの目の中で血管が破裂するのが見えた気がした。「それはお気の毒さま。でも、おべっか使いたちを責めるのはお門違いよ。あんたは大人なんだし、責任者でしょ。ポートランドを離れると決めたのはあんたの判断なんだから」

アンドルーが詰め寄ってきた。怒りの表情で迫れば非力な女がひるむと思っているのだろう。

レインボーは一歩も退かなかった。

アンドルーが目の前で立ちどまる。

まったく、レインボーと寝たことを思いだしたように見えなくもない。でも、そうじゃない。アンドルーはファックした相手をできるだけ早く忘れる男だし、それが町のウエイトレスならなおさら早く忘れる。レインボーが州知事だったら、彼が思いだしたことに賭けただろうけど……。

アンドルーがうっとうしい蚊でも追い払うようなしぐさをした。「君と話していても、しかたがない」

「そうでもないわよ。たしかにあたしは話していてもしかたがない相手だけど……地震であんたの家がどうなったか知ってるもの」

アンドルーが凍りついた。

「まあ……あたしたち、すぐ近くに住んでるものね」色欲をあおるような口調にルークが目を見開き、ジョーがにやりとし、ベンだけは無関心を決めこんだ。

レインボーもアンドルーも中心街にある古い公営住宅に住んでいる。一九四〇年代に、今はつぶれた製材所が一ブロックを丸ごと利用して小さな平屋の住宅を建て、そこに作業員たちを住まわせていた。製材所が閉鎖されたときに、オーシャンヴュー・カフェの最寄りの角に立つ一軒を買い取ったのがレインボーだった。そしてアンドルーが町に越してきて、レインボーの家の真向かいに立つ一軒を購入したのだ。

レインボーは塀越しにアンドルーの自宅の裏手を見ることができる。

「僕の家がどうしたって？」アンドルーが尋ねた。

「あたしの家と同じよ」レインボーは答えた。「窓が全部割れたわ。古くてもろいガラスは粉々よ。ミセス・ラトリッジがご主人の遺灰を壺に入れてストーブの上の棚に置いてたんだけど、それが落ちて割れたもんだから、そこら中ミスター・ラトリッジだらけだしね」

ルークが一瞬噴きだし、すぐに口を閉じた。

「ガスの元栓自動停止装置はちゃんと作動したみたい。それでガスが止まったわ。ガス会社の話じゃ、配管点検が終わるまでガスの供給はできないし、点検はあたしたちの順番になったらすると言ってる。それまではみんなが冷たいシャワーを浴びて、冷たいシリアルを食べるのよ。ああ、でも、電線がだめになって電気が止まって、冷蔵庫の食料は全部だめになったから、冷たいシリアルに腐った牛乳をかけるの」レインボーは弟子たちに声をかけた。

「あんたたちはどこに住んでるの？」

「一番町のアパートメントだ」ベンが答えた。

「もう住めないわよ」レインボーは言った。「州政府が閉鎖したの。あんたたちは高校の体育館で避難生活ね」

弟子たちは動揺している。

「どうしたの？　地震の威力を知らないの？　それとも地震の研究をしてるから、自分たちは被害に遭わないとでも思ってた？」レインボーはおかしくなってきた。

弟子たちがにらみつけてきたが、誰も言い返してこない。

「自分たちの目で確かめてこい」アンドルーが行けというように手を振った。

弟子たちがきびすを返し、倒壊したアパートメントに向かって歩いていった。

三人が視界から消えるのを待って、アンドルーが口を開いた。「からかっているだけなんだろう？　僕の家は無事だよな？」

「たったこれだけでからかえるなんて、あんたのエゴはたいしたことないのね。まあ、そんなもんだろうけど。あたしが知ってる限りでは、あんたの家は大丈夫よ」レインボーは別の煙草に火をつけた。「なんでここに戻ってきたの？　都会のそばにいたほうがましじゃないの」

「発掘の監督業務があるからだ」仕事の話をするといつもそうなるように、アンドルーの目が輝いた。

まったく、科学者というのはわかりやすい連中だ。

「地層に大きな変化が起こったことは疑いようがない。それに、あのお嬢さんがまとめる報告書はあてにならない」

あのお嬢さん？「エリザベスのこと？」アンドルーは本当に器が小さくて、意地の悪い暴君だ。

「そうだ。彼女を見かけたか？」

「津波の直後に会ったのが最後ね。でも、安心して。あの子は地震も津波も切り抜けて、軽い怪我だけですんだから」われながら繊細な言いまわしだ。

アンドルーには繊細すぎたらしい。彼はかまわず先を続けた。「そうか。彼女は津波を観察したんだろうか？知ってるか？」

「撮影してたわよ」なぜアンドルーは震えているのだろう。嫉妬しているとか？そうでなければ期待している？たぶんその両方を少しずつ感じているのだろう。「あたしがエリザベスを見かけたら、あんたが来てるって、ことづけてほしい？」

「彼女に会ったら、すぐ報告しろと伝えてくれ」そう言うと、アンドルーは自宅に向かって歩きだした。

「お願いします」レインボーは呼びとめた。
アンドルーが首をひねって見返してくる。「なんだ?」
「あたしはあんたの弟子じゃないの。〝僕が会いたがっているとエリザベスに伝えてくださ
い……お願いします〟でしょう」
アンドルーは〝お願いします〟という言葉を言いたくないのだ。無礼な反応でやり過ごそ
うかとためらっているのが見て取れる。
レインボーは背筋を伸ばして胸を張り、一歩踏みだして彼の目をにらみつけた。
「頼む」アンドルーが後ずさりした。「お願いだ、レインボー。僕が至急会いたがっている
とエリザベスに伝えてくれないか」
「もちろんよ、アンドルー。喜んであなたの頼みを聞かせていただくわ」レインボーはタグ
ボートのような速さで去っていく彼の姿を見送った。
アンドルーはいけ好かないくそったれで行儀作法を教えてやる必要があり、レインボーは
それを実行する女だった。

45

オナー・マウンテン・メモリー養護施設のドクター・フラウンフェルターの診察室は窓がなく、小さなデスクと椅子三脚が置かれていて医学書がずらりと並び、消毒薬のにおいが漂っていた。ひとつきりの蛍光灯が地震で割れてしまったため、室内には夕闇が広がっている。

フラウンフェルターはライト付きのゴムバンドを頭につけ、その明かりでエリザベスの手のひらの縫い目を照らした。医師が抜糸するあいだ、ギャリックはエリザベスのもう片方の手を自分の両手で包み、冷えた指をこすっていた。

エリザベスは目をつぶったままでいる。傷を見なければ試練に耐えるのが楽になるというような態度を見て、ギャリックが冗談まじりに言った。「論理的な女性のわりに、小さな切り傷に対してはまったく論理的に対処しないんだな」

エリザベスがはじかれたように目を開いた。軽蔑のまなざしでギャリックをにらみつけると、また目を閉じた。

フラウンフェルターが好奇心もあらわにふたりを見ていることを意識しながら、ギャリックは自分が気をもんでいるのはエリザベスのことが心配だからだというふりを装った。それはある意味、真実だ。今はこの医師をじっと観察しながら値踏みし、くたびれた白衣と聴診器の下にどんな人物がいるのか見きわめようとすることでその懸念を表明した。なぜならフラウンフェルターは、ミスティ殺しの容疑者としてマーガレットに名指しされた男だからだ。

「これで終わりだ」フラウンフェルターが最後の縫い目をほどき、薄く残った赤い傷跡に親指を軽く押しあてた。

エリザベスが手を引き抜いて目を開けた。

「シーラの処置は上出来だったが、手の状態はまだ本調子でないし、君は複雑な器具を日常的に使うから、あと二週間は絆創膏を貼って清潔に保ったほうがいい」医師が厳しい目でエリザベスを見る。「作業をするとき、特に谷で作業をするときは、必ずラテックス製の手袋をはめなさい」

エリザベスがうなずいた。

さっき父親の記憶が途切れ、君たちは誰かと不思議そうに尋ねられたときから、エリザベスはほとんどしゃべっていない。チャールズの問題と病に冒された彼の知性についてぼんやり考えているせいで、フラウンフェルターの言うことに注意を払っていない様子が見て取れた。「ラテックス製の手袋はあるのか、エリザベス？」

「なんですって？　ああ、持ってないわ」

フラウンフェルターがデスクの奥の戸棚に手を伸ばし、手袋の箱を取りだしてエリザベスに渡した。「まだ安静にしていたほうがいいが、どうせ我慢できないだろう。だが、むちゃはしないように。重いものを持ちあげるのはだめだ。ストレスボールとハンドエクササイザーを使って、一日に数回、手を動かすといい」そこで憤慨したようにつけ加えた。「まあ、できるだけ早くそうした器具を手に入れなさい。インターネットで注文したら翌日に配達されるという状況ではないからな」医師が手袋を外した。「次に、お父さんのことだが」

衝撃に備えるように、エリザベスが肩をそびやかした。「発作を起こしたそうですね」

「欠神発作という短い発作で、お父さんは数秒間だが意識をなくした」フラウンフェルターが頭のゴムバンドからライトを外し、電源を切った。「すべての発作はアルツハイマーの症状として起こるし、ほかの病気の症状として起こることも当然ある。それにお父さんは刑務所で殴られ、頭を何度も負傷して脳震盪を起こしたことを考慮しなければならない……これまで発作を起こさなかったことが奇跡だと言うべきだろう」

「父の脳はおそらく先生のおっしゃった理由で、本来の機能を果たしていないんですね」エリザベスの顔は無表情で、声は静かだ。

その落ち着きぶりは無関心と受け取ることもできるが、ギャリックは彼女の痛みを感じ取った。

エリザベスが尋ねた。「脳腫瘍という可能性はありますか?」

フラウンフェルターが頭を傾けた。「どんな可能性もありうる。検査をしたいが、今は州政府がチャールズの後見をしていて、検査の許可を取りつけるのに時間がかかる。まして今は州政府も地震の影響を受けて、病院は負傷者であふれているときだ」

ギャリックはそれに飛びついた。「エリザベスが父親の後見人になることはできませんか?」

エリザベスが驚きの表情を浮かべた。「私が? お父さんの後見人に? 私に責任を負えというの?」それから自分を取り戻して言った。「そうね、論理的に考えて、私がなるのが妥当だわ。父にとって正しい決断をするつもりよ」

「ああ、私も賛成だ。だが、その手続きにも時間がかかる」フラウンフェルターの口角がさがった。「現実問題として打ち明けるが、政府が保険会社に申請するのを待つとなると時間ばかり食ってしまう。患者に適切な治療を施すことはもはや奇跡と言っていいだろう」

「あの困惑した父の表情が頭から離れないんです」エリザベスが額をこすった。「〝君たちは誰だね?〟と尋ねた直後に、〝ああ! ギャリックとエリザベスだったな。会いに来てくれたのか!〟と言ったんですよ。二時間も私たちと一緒にいたのに。結婚したときのことや、母の家族と会ったときのことを話してもらっている最中でした。私が持ってきた写真を見せたりして」深いため息をつき、先を続けた。「なのに、私たちがずっといたことを思いだせなかったんです」

「チャールズはミスティと一緒にいた時期のことを話したのかい？」フラウンフェルターがエリザベスとギャリックをすばやく交互に見やった。

「はい。前回、私が会いに来たときは、母との出会いについて話してくれました。私にとっては贈り物のような出来事でした。今まで聞いたことがない話ばかりだったので」エリザベスが立ちあがり、ドアまで一直線に歩いていくと、気を静めるように戸枠をつかんだ。それからふたりを振り返って続けた。「でも、今は不思議に思ってます……父が記憶を取り戻すことはありうるんですか？」

「その可能性は大いにある」フラウンフェルターが断言した。「アルツハイマー患者の記憶喪失は徐々に進行するが、進み具合が一定であることはめったにない。五十年前のことをはっきり覚えているのに、今朝何を食べたか思いだせないケースもある」

「今の俺がそれに近いな」ギャリックは言った。

「誰だってそうだ。あたり前の日常的な出来事は印象に残らない。過去の大きな出来事は記憶にこびりつき、忘れたいと思っても消えてくれない。だからアルツハイマーの診断は時間を要するし、困難でもある。最初に診断をくだしたのはチャールズ・バナー自身だったんだよ」フラウンフェルターが咳払いをした。「私は信じたくなくて、彼と議論になった」

「なぜ信じたくなかったんです？」エリザベスが尋ねる。

「私は刑務所で診療していた。収監者の大半はＩＱが平均以下で、高校卒業以上の教育を受けている者はごく少数しかいなかった」フラウンフェルターが大きな肩をすくめた。

「チャールズと私には共通点が多くあった。高度な教育を受けていて、科学的な素養がある。実のある会話ができる相手だったから……私は仲間を失いたくなかった」

「そして今、チャールズがここにいて、あなたがここにいる。あなたがチャールズの行き先を追ってきたように見えますね」ギャリックはあたり障りなくほほえんだが、フラウンフェルターの答えには大いに興味をそそられた。

「私はヴァーチュー・フォールズの出身だ。この町で引退後の生活を送ろうと考えても不思議はないだろう」腹の上で両手を組んだその姿は、親切な善意の医師そのものだった。

「ずいぶんと忙しい引退生活ですね」ギャリックは手を振って室内を示した。

「私がしなければ、誰が介護施設の往診をする？　小さな町で働いてくれる医師を見つけるのは難しいんだよ」

ギャリックはその言葉を信じた。フラウンフェルターは懸命に働き、重要な職務を果たしている。だが、チャールズ・バナーとフラウンフェルターが人生で三回も同じ場所に居合わせたのは、果たして偶然だろうか？

違う、偶然ではない。

チャールズは刑務所に収監されるときもヴァーチュー・フォールズに戻ってくるときも、

決定権は自分になかった。とすると、フラウンフェルターがチャールズについてまわった可能性がある。

好奇心だけではない、なんらかの罪悪感があったのだろうか？　フラウンフェルターはチャールズに夢中だったのかもしれない。特定の犯罪事件に魅了された熱狂的ファンのひとりだったのか？　それとも、犯罪者の全容に迫るノンフィクションでも執筆していたのか？　だが、本を出版するまでこれほど時間をかけている理由はなぜかという疑問が残る。

そこからギャリックは当初の疑問に引き戻された。フラウンフェルターはそもそも、ミスティを殺した犯人なのだろうか？

フラウンフェルターはギャリックの心中を薄々察していたとしても、それをまったく表に出していない。関心はあくまでもエリザベスに向けられていて、ギャリックが心の中であれこれ巡らせている推理など邪魔なだけなのだ。「あなたはバナー家のことはなんでもご存じだ」ギャリックはフラウンフェルターの表情を観察した。

「医学的な面はすべて把握している。あの事件が起きたときはこの町で開業していたんだ。刑務所に送られたチャールズの健康状態を診ていたし、ミスティの主治医でもあった」フラウンフェルターがふたたびギャリックに好奇心を向けた。「ヴァーチュー・フォールズに住む子どもたちは全員知っていると思っていたが、子どもの頃の君は記憶にないな」

「俺は八歳のときにこの町に越してきました。そのときにはもうあなたはいなかった」

「そうか」フラウンフェルターが顎を撫でながら答えた。「知らなくて当然だ。ジェイコブセン事件。当時、ある同僚から話を聞いたことがある」

ギャリックはその話題に触れたフラウンフェルターを殴ってやりたい衝動に駆られた。エリザベスが好奇心に目を輝かせて、ギャリックとフラウンフェルターを交互に見ている。

フラウンフェルターが立ちあがり、エリザベスの肩をぽんと叩いた。「お父さんのことは心配しなくていい。私たちが少し検査をしてみるから、何が起きているかわかるだろう。結果が出るまで数週間かかることを、今からあれこれ気に病んでもしかたがない」そう言うと、ふらついた足取りで診察室を出て、廊下を歩いていった。

エリザベスは医師を見送り、ギャリックと向きあった。「ドクター・フラウンフェルターが同僚からあなたのことを聞いたっていうのは？」

エリザベスに打ち明けるべきだ。彼女がこの町に滞在していればいずれは耳に入るのだから、自分で直接話したほうがいい。

だが、今はそのタイミングじゃない。まだ打ち明けるときじゃない。打ち明ける必要に迫られるまでは話すな。「マーガレットが俺の親権を取るのはいろいろと大変だったんだ。各方面に手をまわしたり、医師や弁護士に相談したり、ひょっとすると賄賂も贈ったんじゃないかな」

「マーガレットはなぜあなたの親権を取ろうとしたの？」エリザベスが話をもとに戻した。

今はそのタイミングじゃない。まだ打ち明けるときじゃない。打ち明ける必要に迫られるまでは話すな。「八歳にして、俺が魅力あふれる男だったからだろう」ギャリックは歯を見せて笑い、エリザベスの肩に腕をまわした。「さあ、町の様子を見に行こう。君が公共放送サービスの地震のドキュメンタリーシリーズの番組制作に協力するときに、町の復興と住民たちの様子を伝える回を追加できるかもしれない。上層部にはそういう内容は受けがいいぞ」

エリザベスは下を向いている。ショックから立ち直ろうとしているように見えるが、すぐに顔をあげた。「ケン・バーンズより大物になるわね！」だが、その目はギャリックの心の奥を見通していた。

ごまかそうとして失敗したことをギャリックは悟った。彼女をまた失望させてしまったことにも。

46

エリザベスは、オナー・マウンテン・メモリー養護施設から町へと続く、ひび割れて穴だらけの道路を見つめながら、伯母のサンディの怒りの言葉を思いだしていた。

〝どこに引っ越すですって？　頭がどうかしてしまったんじゃないの？　あんな寒くてじめじめした町に引っ越すだなんて。レストランもバーもろくにないし、住んでるのは、オーガニックフードしか食べない連中かヒッピーくらいのものじゃない。あなたの母親が惨殺された場所だということは言うまでもない。なのに、あなたはあの町に戻るっていうのね。人殺しである父親の地質学の研究を引き継ぐために。介護施設にいる人殺しの父親を見舞うために。エリザベス、あなたは私たちと一緒に暮らしていたのに、まるで分別ってものが身につかなかったようね〟

エリザベスは額にかかる髪を払いのけた。

「どうしたんだ？」ギャリックが優しく尋ねた。

エリザベスは窓を開け、顔に風をあてた。八月の暑さに包まれながらも、エリザベスは気分がふさいでいた。伯母の言うとおりだ。私にはまるで分別というものがない。そして今、そのつけを払っている。

「エリザベス?」ギャリックはたびたびエリザベスに目をやりながら、ゆっくりと慎重に車を走らせた。心配そうに眉根を寄せつつも、グリーンの目は挑戦的に光っている。「俺のことを怒ってるのか?」

エリザベスは心配しなくていいと彼に言ってあげたかった。過去について尋ねたとき、ギャリックは答えをはぐらかしたけれど、彼女はそのことに腹を立てているわけではなかった。今は父の言動に怯えるあまり、ギャリックのことを思い悩むどころではない。

車のタイヤが道路に開いた大きな穴を踏んだ拍子に、エリザベスの上下の歯がぶつかった。エリザベスは吐きだすように言った。「この道はまるで私の人生ね。よく知るどこかに続いてるけど、顔をあげればそこには必ず、乗り越えなければならない新たな障害やら、真っ逆さまに落ちそうな穴やらが待ち受けてるのよ」

「君は運がいい。運輸省を待って舗装し直してもらう必要はないんだから」

エリザベスはおもしろくもないという表情でギャリックをにらみ、大きなため息をついた。

「わかった、わかった!」ギャリックがエリザベスの膝を優しく叩き、そのまま手を彼女の膝に置いた。

エリザベスはその感触が気に入った。

けれどもふいに離婚のことを思いだしたとでもいうように、ギャリックの手がぴくりと動き、彼女の膝から離れてハンドルに戻った。「ドクター・フラウンフェルターが言っていた、発作を起こしたことによって君のお父さんの短期記憶が消えてしまったという話だが、発作のあとに記憶障害が発症するのはよくあることだ。君のお父さんはアルツハイマーだし、記憶障害が現れてもおかしくない」

「わかってる。でもあのとき、私は父の話を聞いていたわ。父の話を聞き、父の言葉を疑いもしなかった。父の語る物語を私自身の歴史のように感じていたの。私の人生がつながったかのように感じていたのよ。でも今は、父の話がどこまで本当なのか判断がつかない」自分でも愚痴めいて聞こえるとわかっていた。

ギャリックは州立公園へと続く道路の脇に車を停めた。ピクニックエリアには人影がない。トイレの建物は倒れた三本の大きなマツの木に押しつぶされていた。まるで誰かがマツの木を根こそぎ引っこ抜いて放りだしたかのようだ。ギャリックがエンジンを切ると、ふたりは森の静寂に包まれた。ギャリックがエリザベスに向き直った。その表情は真剣だった。「いいか、アルバムの写真と君のお父さんが語った話に矛盾するところはなかった」

「ええ、そのとおりね」

「君はいとこのことも、伯父さんや伯母さんのこともよく知ってるだろう。お父さんの話には彼らも出てきたけど、実際と違うところはあったか？」

「伯父は今でこそビール樽みたいな体形だけど、かつては腹筋が割れていたという話は千回も本人から聞かされたわ。いとこのホープは意地悪で、いつも私をいじめていた。伯母はいつも怒っていた。伯父の仕事に対する野心が足りないって。そして一家は父が言ったとおりの小さな家に一緒に住んでいる。円いテーブルもあったわ。壁にはへこみがあって、一度も修復されなかった」ちょうどフランキー・ウィンストンが椅子を乱暴に押しやったときに壁についたものと同じようなへこみだ。

ギャリックがうなずいた。「お父さんの話が空想話に思えるような点はどこにもない。すべてが写真によって裏づけられている」

「私が持っている写真は決して多くはないわ」

「どれだけの証拠が必要なんだ？」エリザベスがその問いに答えようとしたとき、ギャリックはコンソール越しに身を乗りだし、指でエリザベスの唇に触れた。「君がどの写真を持ってるかを承知のうえで、お父さんがその写真とつじつまの合う話をでっちあげたなんて考えるのはよそう。俺にはお父さんが誠実な男に見えた。お父さんの話には犯罪者の思考らしきものはどこにもない。お父さんの話は信用できる。いまだにお父さんは、妻と年が離れすぎていたことを自覚してるし、自分のことを過大評価して語ったわけでもない。実際、過去の話の中でお父さんが美しく描いたのは、君のお母さんとの暮らしやふたりの愛についてだ」

エリザベスはギャリックの手を押しやった。

その手は彼女の首の後ろに落ち着いた。

不快ではなかった。それはエリザベスにとって、愛していた……いや、今も愛する男性からの心地よい慰めに身を任せるチャンスだった。「そうね。ふたりが愛しあっていたとわかってほっとしたわ。伯母のせいで、今までは確信が持てなかったから……」

「でもお父さんの話では、君の伯母さんはいい人だという印象だったが」

「伯母は母が死んでしまったことに腹を立てていたのよ。猛烈にね」

怒りでギャリックの目の奥が琥珀色に光った。「それで君につらくあたったっていうのか？　なんて人だ」

「故意にではなかったと思うわ。伯母は働きづめで、いつもくたくたに疲れてた。それにすでに三人も子どもがいたわけだし……たぶん、伯母は母のことが恋しかったのよ」

「ミスティのことが恋しかったのなら、ミスティの娘をもっと大事にすべきだったんだ」

ギャリックは岩のように顎をこわばらせた。

ギャリックに説明しても無駄だ。ギャリックは法執行官であり、彼にとって世界は白か黒かでしかない。そして伯父と伯母の家でのエリザベスの扱いは、ギャリックの目からすれば真っ黒なのだ。

エリザベスはそんなギャリックの態度がうれしかった。家族だけのものであるはずの食いぶちをエリザベスは奪っているのだから、その分を血や痛みやランチ代で支払うのは当然だという、いとこの言い分を忘れられるほどに。

「見てごらん」ギャリックがささやいた。

雄鹿が臆病な子鹿を引き連れて公園のキャンプ場を横切っていくのが見えた。鹿の親子は倒れた木々や、建物の残骸をうまく避けながら進んでいる。

「あいつらは地震や余震のことをどうとらえてるんだろうな?」

「きっとすべては自然の一部だととらえてるのよ」エリザベスは答えた。「彼らが正しいわ」

ギャリックはエリザベスの首を優しくもみほぐした。「なあ、お父さんのことを心配する必要はない。君は恐れてるんだ。あまりにも早くお父さんを失うことになるんじゃないかって」

鋭い分析だ。ギャリックの目に自分がそんなにいい人に映っているというなら、彼の言葉にうなずいて、否定しないでおくべきなのだろう。だが本来、ギャリックは立派なふるまいなど相手にまるで期待しないタイプだ。エリザベスは躊躇(ちゅうちょ)なく本音を吐きだした。「違うの、私は自分勝手なのよ。父はとても賢い人だわ。少なくともかつてはそうだった。父について安心できることがひとつあるとしたら、それは父が高い知性を持った人だということよ。私と同じようにね。なのに、父の精神のもろさといったら！ 心がそんなに簡単に壊れてしまうなんて、夜のうちにひっそりと消えてしまうなんて、そんなことは知りたくなかった」

ギャリックのまなざしが険しくなった。

「わかってる」エリザベスは言った。「自分勝手で非論理的なことを言ってるわよね」

ギャリックは手でエリザベスの首を包んで引き寄せ、額と額を合わせた。「誓う。もし君がまた、この件を論理的に理解しようとし始めたりしたら、俺が——」

「何をするの？」

「君の尻を引っぱたいてやる」冗談半分の口調だったが、残り半分は……本気に聞こえた。

「そんなのは論理的じゃないわ」エリザベスは言った。

ギャリックは笑い声をあげると、すばやく彼女にキスをした。

エリザベスは抗わなかった。ギャリックが顔を離したときも、彼女は同じ姿勢のままで目を閉じ、唇をほんの少し開いたまま、ギャリックの香りを吸い、キスの余韻を味わっていた。彼のキスがすべてを忘れさせてくれるとわかっていた。

ギャリックはふたたび身を乗りだし、エリザベスにキスをした。今度はより長く、より深く、より優しかった。

エリザベスの中ですべての不安が溶けだして消え失せた……少なくともこの瞬間は。そしてこの瞬間だけでも不安が消えてくれれば充分だった。

エリザベスはギャリックの首に腕をまわし、彼の髪に指を差し入れた。「ギャリック……」吐息まじりに呼びながら、ギャリックを引き寄せる。

ギャリックは小さく悪態をついた。抑えきれないほどの欲望が急激にふくらんでいく。

「早すぎる」ギャリックは小声で言った。

「早くなんてない。急いで」エリザベスは言った。

ギャリックは彼女の求めに応じた。エリザベスのシートの背を倒して座面を後ろにずらすと、コンソールを乗り越え、エリザベスの腰の両脇に膝をついて彼女の上になった。そして両手でエリザベスの頭を抱えてキスをした……何度も。

ギャリックはエリザベスの耳の後ろにキスし、鼻を彼女の首の付け根に押しつけた。深く息を吸いこんで、笑みをこぼす。まるで花の香りを楽しんでいるかのように。そして体を起こし、エリザベスの顔をのぞきこんだ。じっと見つめ、その視線を額から鼻、頬、そして唇へと移していく。やがてエリザベスのまぶたに唇を落とし、目を閉じさせた。

エリザベスがギャリックの胸に手をあてた。彼の心臓は激しく打ち、欲望のリズムを刻んでいる。「ギャリック……」エリザベスのかぼそい声がギャリックを内側からつき動かし、血が駆け巡った。同時に彼はかつてのふたりの関係を思いだした。喧嘩、仲直り、セックス、また喧嘩……そしてある日、彼女はいなくなり、ギャリックの魂は静寂と孤独の中に取り残された。

だが今、エリザベスはここにいて、ギャリックの耳元で吐息をもらしながら、両手を彼の腰から腿へとそっと滑らせている。彼女の手に触れられたところが熱を帯びるとともに、背筋にぞくぞくする感覚が走り抜けた。エリザベスが腰を持ちあげ、ゆっくりと官能的に揺らし始めた。

ギャリックは手をエリザベスの腿へと這わせ、下着の中に入れた。熱く、誘うように潤いを帯びた彼女の中心を求めて。

ここには何度も触れたことがある。彼はエリザベスの香りも、どう触れればいいのかも知っていた。彼女の息遣いやあえぎ声も耳になじんでいた。それでも毎度、新鮮で偽りのないエリザベスに幻惑される。エリザベスは征服しがたい女性だ。そんな彼女をこの指で悦ばせているのだと思うと、ギャリックは世界を手にしたかのように感じていた。

エリザベスが小さくうめき声をあげた。ギャリックが指を強く深く差し入れると、彼女の声が次第に大きくなっていき……そして体が震え始めた。

ギャリックは、ヘッドレストの上で首をそらし、彼の手に強く腰を押しあててくるエリザベスの表情を見つめた。過去の記憶や経験ではなく、この指に感じるエリザベスの体の震えが彼女の歓喜を教えてくれた。

ギャリックが手の付け根で中心を強く押すと、エリザベスが激しく身もだえた。エリザベスの指が彼の脇腹に食いこむ。体の奥から深い悦びの声をあげる姿にギャリックは見惚れた。

今だ。今こそジーンズをおろし、彼女の下着をはぎ取って――。

そのときギャリックは目の端で、ピックアップトラックの外にいる何かの――誰かの――動きをとらえた。

運転席側の後部シートの窓を、何者かがこぶしでどんどんと叩いている。恍惚(こうこつ)状態だったエリザベスは、われに返ってギャリックを押しやり、急いでスカートの裾を引きおろした。

同時にギャリックも体を起こし、エリザベスを守ろうとこぶしを握りしめる。

フォスター保安官――くそ野郎のフォスター――が開いていた運転席の窓へと近づいてきた。ギャリックはフォスターの目からエリザベスを隠すように身をかがめたが、フォスターはグリーンの目にあざけりを浮かべ、着衣の乱れたふたりを眺めまわした。「ここは公共の公園だ」フォスターが言った。「ファスナーをあげろ。服を直せ。ここでの猥褻(わいせつ)行為は禁止されている」

ギャリックはかろうじて自分を抑えた。彼はコンソールやハンドルを乗り越え、窓の向こうにいるフォスターの胸ぐらをつかんで、喉を絞めあげてやりたかった。しかしそうする代わりにフォスターをにらみつけた。体の奥からわきあがる怒りが血流にのって顔中に広がり、目に地獄の炎が燃えあがる。

怒りに駆られたギャリックの形相がどれだけ恐ろしいか、以前誰かに指摘されたことがある。その証拠にフォスターは後ずさりし、目をそらした。「俺は自分の仕事をしてるだけだ。おまえたちが立ち往生してるのかと思って確認しに来たんだ。それに……ティーンエイジャーにでも見られたらまずいだろう」

「失せろ」ギャリックの声は穏やかではあるものの容赦なかった。

フォスターが車から離れた。

ギャリックはバックミラー越しに保安官を目で追い、彼が自分の車に乗りこみ、ギアをバックに入れて方向転換し、町とは反対方向へと走り去るのを見送った。ギャリックとエリザベスが向かうのとは逆の方向だ。「まったく」ギャリックはつぶやいたあと、エリザベスに目を向けた。

エリザベスは目を閉じ、顔を伏せていた。口元が不快そうにゆがんでいる。

ギャリックはエリザベスの脇に体を沈ませ、片方の腕を彼女の肩の下に、もう片方の腕を彼女の腰にまわした。

エリザベスは顔をあげ、目を開いてギャリックを見つめた。「車で抱かれているところを誰かに見つかるなんて初めてよ。二十七歳にもなって、あなたとふたりで地震帯のど真ん中にある森の中でこんなことをしてるところを保安官に見とがめられるなんて」エリザベスは怒っているわけではなかった。恥をかかされたとギャリックを責めているわけでもなかった。

ギャリックはその様子に安心し、怒りをぶちまけた。「あの下劣で役立たずの保安官め」

「異論はないわ」エリザベスは言った。

「よくもあんなことを言えたもんだ……ティーンエイジャーだと？　俺たち以外の誰がいるっていうんだ？　町の住民は町の外に行く用事もなければ、そこに行くためのガソリンだってないんだぞ。それを、ティーンエイジャーだと？　俺が二十五歳になるまでに経験した以上のことをすでにインターネットで知ってる、アメリカの堕落したガキみたいに俺たちを扱いやがって」ギャリックは激怒していた。自分でも頭に血がのぼっているとわかっていた。だが、それも当然じゃないか！　あと十五分あれば——たった十五分、いやそれより短くてもいい——それだけの時間があれば、このおさまりそうもない欲望を満たせたというのに。

　エリザベスがギャリックの頬を撫でた。「どのみちここではできなかったわ。狭いもの」

「俺を試すつもりか？　言っておくが、これよりもっと狭い車でセックスしたこともある。俺が初めて経験したのは、相手の女の子が乗っていたフォルクスワーゲン・ビートルの中だった。それも最新式じゃなくて、彼女の父親が持ってたクラシックカーだ。ヘッドライトがシールドタイプにもなってない、ランプにガラスのカバーがついているだけの代物だった」

　エリザベスは含み笑いをした。「あなたはカバーすら持ってなかったんじゃないの？」

　上等だ。エリザベスは俺を間抜けだと思っているらしい。実際、間抜けだったのでかまわないが。「持っていた。実際に使うことになるまで、財布と一緒に二年間も持ち歩いてたくらいだ。包みからついに取りだしたときにぼろぼろになってなかったのは奇跡だね。俺の体の熱と獰猛（どうもう）な性欲に二年もさらされていたというのに」

今度こそエリザベスは噴きだした。大笑いしすぎて涙まで流している。ギャリックは目元をぬぐえるようにハンカチを渡してやった。

ギャリックはエリザベスの笑い声が好きだった。上下する胸も、バラ色に上気する頬も。

「本当はこのハンカチも別の使い方をしたかったんだが」ギャリックは無念そうに言った。

エリザベスはますます激しく笑いだした。「勘弁して」エリザベスはギャリックの肩を軽くパンチした。「そろそろ行きましょう」

「君の言うとおりだな。残念ながら」

親密なひとときは失われてしまった。ギャリックにはしたいこと——というよりもしなければならないことがあり、それはエリザベスとのセックスではなかった。ギャリックは運転席に戻り、エリザベスのシートの位置を戻すのを手伝った。エリザベスがシートベルトを締めるのを確認したあと、自分のベルトを締める。彼はいまだおさまる兆しのない欲望の証に顔をしかめながらも、町に向かって車を出した。

ギャリックは道路の穴をタイヤでわざと乱暴に踏みつけた。タイヤの下にフォスターの睾丸があるつもりで。

47

エリザベスはヴァーチュー・フォールズの通りを見まわした。「驚異的ね。たった三日しか経ってないのに、町はある程度の日常を取り戻しているんだから」

「この町は決して変わらない」ギャリックはちらりと目を向けただけで言った。いい意味で言っているようには聞こえなかった。

「いまだに余震は続いているし、町の外との通信手段はほとんど緊急用に限られてる。交通手段もゼロに等しいし。それを考えれば、よけいに感心するわ」歩道で地元住民が四人ほど集まって立ち話をしているのが見えた。名前は知らないが、顔見知りだ。エリザベスは笑顔で手を振った。

四人はピックアップトラックに乗ったエリザベスとギャリックをじろじろ見つめると、おずおずと手を振り返してから、ふたたび顔を寄せあった。

社交的な反応を引きだせたことに気をよくしたエリザベスは前を向いた。「観光シーズンの真っただ中に、こんなに通りが閑散としているなんてめったにお目にかかれないわ」

「俺たちに必要なのは大嵐だ。屋根が雨もりするようになれば、住民は荷造りして避難所に殺到する。そうすりゃ町はたちまち機能しなくなる」ギャリックは噂話に花を咲かせている住民たちをにらんだ。「連中はすでに不満で身を震わせているんだから」

「でもこの町の人々は、自分たちの断固たる自立心やサバイバル本能を誇りに思ってるわ」

「断固たる自立心とやらを持ち続けていられるのも、清潔な水があるうちだけだ。水がなくなれば連中だって、権利を主張するだけのただの怒れる薄汚れたやつらになる」

ギャリックがなぜそんなに皮肉っぽくなっているのかわからなかったが、エリザベスは気にしなかった。途中で中断されたとはいえ、ギャリックとの官能的な触れ合いのおかげで、彼女の中にあった不安がある程度やわらいでいた。

一方、ギャリックは逆に緊張が高まったようだ。

「この町が好きじゃないの？」エリザベスは尋ねた。

「好きだ」

「そんなふうには聞こえないけど」

「この町の保安官が大嫌いなことは確かだ」ギャリックは保安官に邪魔されたときよりも不機嫌な声で言った。

「彼はまさに最悪のタイミングで現れてくれたわね」エリザベスは取り澄ましたしぐさでスカートの裾を伸ばした。

ギャリックは顔を前に向けたまま、ちらりとエリザベスに視線をやっただけだった。

「あなたの不機嫌が町のせいでないというなら――」

「欲求不満のせいだよ！」窓を開けたままの車内で、ギャリックは大声でわめいた。「いいか、俺は今、やりたくてウズウズしているんだ。そしてどうやらこの状態のまま我慢しなきゃならないらしい。だから俺は不機嫌なんだ。君の言うとおり」

エリザベスは半ばほほえみながら言った。「今度は町の反対方向までドライブして、さっきの続きをしても――」

「そしてあの変態保安官に俺たちをつけまわさせるっていうのか？　いい考えとは思わないな」ギャリックはいらいらと息をついた。「俺は町ですることがある。それに見たところ、オーシャンヴュー・カフェは営業しているようだ」

ギャリックの言うとおり、店は営業しているらしい。ちょうど常連客のひとりがドアを開けて店に入っていくのが見えた。

もちろんドアには金属製の戸枠と取っ手しか残っていない。以前ドアにはまっていたガラスの残骸は、ほうきでちり取りの中に掃き集められ、すでに満杯になっているカフェのゴミ収容器に捨てられたようだ。

「ここで降りるわ。カフェでランチをとって、そのあとヴァーチュー・フォールズ峡谷まで歩いていって、前回残してきた目印を確認してくる」エリザベスは当然のように言った。

「余震で目印の位置が動いているかもしれないから」

ギャリックがはじかれたようにエリザベスに顔を向けた。その顔が奇妙な赤紫色に変わっていく。

「私は、その……記録を……」エリザベスは途中で口をつぐんだ。

「ああ、そうだろうな」ギャリックがぴしゃりと言った。

欲求不満のせいでギャリックは本当に不機嫌になっているようだ。「なぜだめなの？」エリザベスは静かに尋ねた。

「君がお母さんの遺体を発見したのは昨日のことなんだぞ。俺たちは、フォスターが彼女の死についてろくな捜査をしなかったことや、君のお父さんが無実かもしれないことを話しあった。つまりほかに犯人がいて、君を狙う可能性があるということだ。フォスターはこの国一番の間抜けぶりをさらしたばかりで、ドクター・フラウンフェルターはどこか妙な男だ。レインボーはこの店にいるにしても、ほかの容疑者が今どこにいるのかは不明だ。そして君の携帯電話は、ろくに充電されてない」

エリザベスはバックパックから携帯電話を出し、顔の前にかざした。「充電切れだわ」

「それでもひとりで現場に出かけていって、作業をしたいというのか？」ギャリックは白のピックアップトラックの隣に二重駐車してから、エリザベスに顔を向けた。「許すわけにはいかないな」

ギャリックの口調にむっとしてエリザベスは言い返した。「私がどこでどう過ごそうと、あなたに関係ないわ」

「エリザベス、俺は岩についてはなんの知識もないが、こと殺人に関しては……」ギャリックが自分の胸を叩いて言った。「俺は専門家だ。そして俺が正しいことは君だってわかってるはずだ」

エリザベスは反論したかったが、ギャリックが犯罪の専門家であることは事実だった。彼にはそう主張する資格がある。FBI捜査官なのだから。そのギャリックと議論するなんて、愚かでしかない。エリザベスは愚かではなかった。頭にきてはいたが、愚かではない。「あなたがそう言うなら……わかったわ」

ギャリックは真剣な顔でエリザベスの顔をのぞきこんだ。「本当か？　本当に谷には行かないだろうな？」

「私がきわめて論理的な人間だってことにはあなたも同意するでしょう。この件についてはあなたに従うほうが理にかなってる」一方で、エリザベスは気になることがあった。「あなたはこのあと何をするつもりなの？」

「会わなければならない友人がいる。学生時代の友人で、マイク・サンという男だ。いつか紹介するよ」ギャリックはエリザベスのほうに身を乗りだして、助手席のドアを開けた。

「俺の用事がすむまで、オーシャンヴュー・カフェで書類仕事でも片づけながら待っていられるかい？」

「もちろん」エリザベスはバックパックを持った。「どれくらいかかりそう？」

「一、二時間ってところだ。ここに迎えに来る」ギャリックはそう言うと、エリザベスにキスをした。「待っていてくれ」

エリザベスはキスを返した。一瞬のうちに町のことも、地震のことも、父のことも、通りにいる見物人のことも忘れ、ギャリックへの強い欲望に体が燃えあがった。エリザベスが息を切らし始めると、ギャリックは彼女を放し、ふたりは見つめあった。「待ってるわ。でも本当は……」

「俺もだ。でも、今はどうしようもない」ギャリックはエリザベスの腰に手を添えた。「さあ、行くんだ。俺の理性が残されているうちに」

エリザベスはピックアップトラックから滑り降りてドアを閉めた。

「トラブルに巻きこまれるなよ」ギャリックは運転席から彼女に向かって声を張りあげると、郡庁舎へと走り去った。

エリザベスはオーシャンヴュー・カフェに向かって歩きながらつぶやいた。「ここにどんなトラブルがあるっていうのよ」

48

オーシャンヴュー・カフェに足を踏み入れるのは、地震の日以来だった。

たくさんの客が食事していた。窓ガラスは吹き飛び、床はゆがみ、テーブルは傾いている。コーヒーはキャンプ用のコンロで淹れられ、サンドイッチは紙ナプキンの上に置かれている。だが客たちはそれに気づいていないかのように、それぞれおしゃべりや食事を楽しんでいた。

「いらっしゃい、ハニー。好きなところに座って。すぐ行くから」レインボーが明るい声で言って、パタパタとせわしなくすれ違った。「でも、気をつけて！　まだあちこちにガラスが落ちてるみたいだから。三回も掃除したんだけどね」ヒップをほうきのように揺すりながら言う。

そのしぐさにエリザベスはあっけに取られたものの、すぐにその記憶を頭の中から消し去った。そして店の一番奥の客が少ない一角にある日あたりのいい席に向かい、テーブルから椅子を引きだし、座面を確認してから腰をおろした。隣の席にバックパックを置き、ほっと息をつく。道路の真ん中に座りこんで身構えている犬を目撃して以来、日常に戻ったように感じるのは初めてだった。

カウンターにいた誰かが小さいとは言えない声でしゃべっているのが聞こえた。「母親がハサミで殺されるところを目撃したっていうのはあの子だよ」

これも日常だ。

日常と違ったのは、男性が声をかけてきたことだ。「ミス・バナー、飲み物をおごらせてくれないか?」

エリザベスは仲間の消防士たちと一緒の席に座っている、ブロンドの若い消防士を見つめた。コーヒーのカップを手に持ち、顔にほほえみを浮かべているものの、エリザベスが笑みを返してくれるかどうかわからず、不安げな様子だ。

カフェの中が静まり返った。

エリザベスはほほえんだ。「ペイトン・ベイリー、私のアルバムを取り戻してくれてありがとう。おかげで父に写真を見せてあげることができたわ。あれは父と私にとって、とても大事なものなの」

ペイトンのほほえみが本物の笑みに変わった。

カフェの客はそれぞれの会話に戻った。

エリザベスは何かのテストに合格して、突然彼らの仲間に入れてもらえた気分だった。

ペイトンがレインボーを呼んだ。「僕のおごりで、あちらの女性に飲み物を一杯頼む」

「わかったよ、ペイトン。あたしにも聞こえてたよ。あんたはスーパースターだわ」レインボーがエリザベスの席に近づいてきてウインクした。「コーヒーとソフトドリンクが選べるわ。それとサンドイッチも出せる。パンは全粒粉か普通か、具はソーセージかチーズかを選んで。マスタードは問題ないけど、あたしならマヨネーズはやめておく。コーヒーにするなら、あたたかいのが用意できるわよ。ホットメニューはコーヒーだけ。ソフトドリンクは冷えてない。氷は肉を冷やすのに使っていて、これ以上手に入らないからね」

「全粒粉のパンのチーズサンドイッチをお願い。半分に切ってね。それからペットボトル入りの水はあるかしら？」

レインボーはほかの客を見まわしてから答えた。「あるわよ。あんたには特別にね」

「電力はいつ復旧するか知ってる？」エリザベスは尋ねた。

「高速道路は大変なことになってるわ。運輸省も対処しているけど、大型車が通行できるようになるまでにはあと数日かかるわね。町長が水とガスの配給を決めて、そのせいでひと騒動あった。港も悲惨なありさまで、海から物資を得ることもかなわない。沿岸警備隊の船も含めて、港は座礁した船だらけ。沿岸警備隊の船には誰も近づけないの。政府の持ち物だからって」レインボーは片手を腰に置いて言った。「多くの人たちが冬の嵐に備えて発電機を持っていて本当によかった。だけどほとんどはプロパンガスで動いてるから、遅かれ早かれそれも止まるだろうけどね。そうなったらみんな、困ったことになる。カテリの状態についでは、その後なんの知らせもない。心配でしかたないわ。そんなわけで簡単にまとめると、なんの情報もないってこと」

エリザベスはうなずいた。「私はリゾートに泊まってるのよ」

「聞いたわ」レインボーは咳払いして続けた。「あんたが昨日、お母さんの遺体を発見したことも」

当然だ。保安官も保安官代理もここで食事をとっているのだから。「ほかに誰が知ってるの？」

「町の全員」レインボーはエリザベスの肩に手を添えた。「あたしはミスティと知り合いだったの。あたしたちはとても親しかった。彼女はあたしの……友人だった。お悔やみを言わせて」

「ありがとう」お悔やみを言われるのは妙な気分だった。子どもの頃、エリザベスにお悔やみの言葉を言ってくれる人は誰もいなかった。人々はただひそひそと噂するか、勝手な憶測をするばかりだった。レインボーの言葉によって、エリザベスは以前とは別の立場に置かれている自分に気づいたが、大人になった今は対処できた。

もっとも母を殺したのがレインボーだとすれば、この状況もまったく別の意味を持つことになるけれど。

「あんた、大丈夫なの？　遺体を発見するなんて、どんな状況であろうとつらいのに、これは……」レインボーは言葉を失ったというように首を振った。

「私は大丈夫よ。ありがとう。母の遺体の行方がわかってよかったわ」

「それならいいんだけど」レインボーはエリザベスの肩をそっと叩くと、隣のテーブルの客に向かって言った。「わかったから、そんなにいらいらしないで。今、コーヒーを持ってくるから」レインボーはカウンターの中へと戻っていった。

エリザベスはノートパソコンとノートをバックパックから取りだした。ノートに目を落としながらも、彼女は冷静を装った。町中の人が自分と殺人事件のことを噂しているのだ。またしても。

レインボーがチーズサンドイッチと水のペットボトルをエリザベスのテーブルに運んできた。すると常連客たちが自分にも水をくれと騒ぎ始めた。レインボーは彼らに言い渡した。特別扱いされたいのなら、地震が起きる前からチップを弾んでおくべきだったのにと。

エリザベスはそのやり取りをほほえみながら聞いていた。ノートパソコンとノートに目を向けたまま、サンドイッチを頬張る。数分のうちにまわりの声が聞こえなくなり、エリザベスは余震が原因の地滑りに関する表計算シートの作成に没頭していた。消防士たちが席を立ったことにも、ペイトン・ベイリーががっかりしたようにため息をつきながら店を去ったことにも気づかなかった。

しばらくして、彼女のテーブルに影が落ちた。

仕事に夢中になっていたエリザベスは顔をあげることもしなかった。

誰かが咳払いをしている。

それでもエリザベスは顔をあげなかった。

「エリザベス」吐き捨てるような男性の声がした。「まったく君ときたら、まわりが何も見えていないのか?」

エリザベスは驚いて顔をあげた。「アンドルー、戻ったのね!」だが、アンドルーのしかめっ面に気づいたとたん、エリザベスの気分は沈んだ。アンドルーはすでに彼女にいらだっている。

「僕が戻ったのは三時間も前だ」自分の帰還は大気に走る稲妻で知らされているはずだとでも考えているような口ぶりだ。「地震のせいで、僕の家はめちゃくちゃだ。それに発掘現場は津波で完全に一変してしまった。われわれの研究のすべてが流されてしまったんだ」

「ええ、そうね」エリザベスは興奮して言った。「私たちが予想したとおりだった」

エリザベスにはいつも辟易させられると考えていることを隠そうともしない表情で、アンドルーは彼女の向かいの席に腰をおろした。これがいつもの態度だった。「ああ、そうだな。地震をここで体験したのが君だけだったというのは残念だが」

「あなたが私を現場に残してくれて本当によかったわ!」アンドルーも喜ぶべきだとエリザベスは思った。結局のところ、チームはこの地を長年にわたって観測してきたのだ。それなのに、いざことが起きたときに地質学者がひとりも現場にいなかったら、それこそ悲劇だ。アンドルーはたいして興味がなさそうに言った。「レインボーから聞いたんだが、君は津波を目撃したそうじゃないか」

それが合図だったかのように、レインボーがコーヒーポットとカップを手に現れて、アンドルーにコーヒーを注いだ。

アンドルーはレインボーの存在にも、彼女の親切にもまるで関心を払わなかった。

「津波はとてつもない迫力だったわ」エリザベスは興奮を抑えて冷静な口調を心がけたつもりだったが、熱意は隠せなかった。

「そうだろうな」アンドルーは前に乗りだして鼻をうごめかすと、いぶかしげに目を細めた。「君はシャワーを浴びているようだな。それに服も清潔だ。どうしてだ?」

エリザベスはアンドルーの奇妙な問いかけに困惑し、テーブルから身を離した。「私はヴァーチュー・フォールズ・リゾートに滞在しているのよ。それで、津波のことだけど――」

アンドルーが背筋を伸ばした。「ヴァーチュー・フォールズ・リゾートは客を受け入れてるのか?」

最初の質問に答えるべきではなかったのだ。この話がどこに向かっているのか、エリザベスには察しがついた。だが嘘をついたとしても、いずればれるだろう。彼女に選択肢はなかった。「そういうわけじゃないの」紙ナプキンをビリビリと破りながら言った。「私はなんというか……身内みたいなものだから……」

アンドルーはコーヒーを口に運んだ。「金なら払える」

エリザベスは驚いた。彼はディナーの会計時、いつもトイレに雲隠れするような男なのだ。

「ミセス・スミスは宿泊代に興味はないと思うわ。地震のせいで窓が割れてしまったし、建物の中にも外にも危険なところがあちこちあるの。だから滞在が許されているのは――」

「身内みたいなもの？　君の以前の結婚のことか？」アンドルーは椅子を引きずってにじり寄った。「僕の代わりにミセス・スミスに請けあってくれ。僕は決して彼女を訴えたりしないと。そして僕には熱いシャワーを浴びて、服を洗濯できる場所が必要だと伝えるんだ」

エリザベスは落ち着かない気分になった。「この件に関しては、私はなんの役にも立てないわ。宿泊客は受け入れないとミセス・スミスはきっぱり言っていたもの」

「僕は宿泊客じゃない。幽霊みたいなもんだ。風呂と食事のためにしかリゾートには戻らない」アンドルーが黒い目を輝かせた。「食事も出されるんだろう？」

エリザベスは紙ナプキンの上に置かれた残り半分のサンドイッチを見おろすと、アンドルーのほうにゆっくりと押しやった。「このサンドイッチ、食べたい？」

「いいや、そんなものは食べたくない」アンドルーはサンドイッチを押し返した。「僕は本物の料理が食べたいんだ！」

「あなたの家はだめになってしまったの？　もしそうなら頼んでみることはできるかもしれないけど――」

「水道も下水もガスも使えないんだ。食器棚や戸棚から物が落ちてそこら中に散乱しているし、家具の半分はひっくり返っているありさまだ」アンドルーはコーヒーをちびちび飲みながら言った。「この町の役に立とうと、僕はプロジェクトを年中無休で推し進めてきた。冬のあいだもだ。マーガレット・スミスだってそれを知っているはずだ。君の影響力を駆使して、彼女を説得してみせろ」

「説得できるとは思わないわ」それに説得したいとも思わなかった。エリザベスは昨晩の夕食を思い返した。ギャリックとマーガレットと三人で、過去の出来事や、父が無実である可能性について話しあったひとときのことを。アンドルーが加われば、すべてが台なしになってしまう。三人で個人的な話をすることはまったくできなくなるだろう。アンドルーが話題にするのはいつも自分のことだけだ。

「いいからやれ」アンドルーが言った。「チーム全員で滞在できればなおいいが、もしだめなら僕だけでも確実に滞在できるように手配しろ」

テーブルの下でエリザベスはこぶしを握りしめた。

エリザベスが答えずにいると、アンドルーの頬がみるみる赤く染まった。「必ず説得してみせるんだぞ」明らかな脅しだった。アンドルーはなんとしてもリゾートに滞在したいと思っている。もしエリザベスが失敗すれば、どれだけ惨めな思いをさせられるかわかったものではない。

コーヒーポットを手に、レインボーがふたたび姿を現した。「アンドルー、お代わりはどう？」

「ああ」アンドルーはレインボーを見もせずに答えた。

レインボーは彼のカップにコーヒーをなみなみと注いだ。

アンドルーはコーヒーを飲んで言った。「ところでエリザベス……君は津波を記録したのか？」

「ビデオカメラで撮ったわ」

アンドルーの顔色が変わり、今度は青白くなった。「録画したのか。地震が起きたとき、君はどこにいた？」

「ここよ」

「それで君は――」

「谷へ走ったの。津波の第一波がやってくる前に到着できたわ」エリザベスはノートパソコンを開いた。「ビデオカメラで撮影したあと、すぐノートパソコンにデータをコピーしたから、バックアップもあるわ。見てみる？」

エリザベスはアンドルーが喜ぶと思っていた。ところが彼はひどくわずらわしいものを見るような目つきで彼女を見つめた。「見せてみろ」アンドルーはほとんど唇を動かさずに言った。

エリザベスはノートパソコンの画面を開き、ビデオソフトを立ちあげて再生ボタンを押した。

エリザベスはアンドルーに録画した映像を見せた。

映像を見ているうちに、またしても興奮がよみがえってきたエリザベスは、重要なポイントを指摘しては説明を加えた。そして再生を一時停止して、父が指摘したいくつかの考察についての意見を述べた。

映像を見終わったアンドルーは、両手の指先を小刻みに合わせながら言った。「それじゃあ君は、チャールズ・バナーにこの映像を見せたんだな」

「父が喜ぶだろうってわかっていたから。そのとおりになったわ。映像を見た父は今、私が説明したような新たな見解をいくつか示してくれたのよ」

「ほかの誰かにこの映像を見せたか？」

「いいえ、誰も興味がないと思って」エリザベスは正直に答えた。

「インターネットでも公開していないんだな？」

「インターネットには接続できなかったから、アップロードはしてないわ。でも間もなく復旧するでしょう。そうなったら、まずはアメリカ地質学会に動画ファイルを送ろうと思ってるの」

「それがいい。きっと興味を持ってもらえるだろう」アンドルーは指先を合わせるのをやめ、テーブル越しに手を伸ばしてエリザベスの手首をつかんだ。「君が母親の死体を発見したと聞いたぞ」

エリザベスはアンドルーに手首をつかまれたことにも、投げかけられた言葉にも驚いてびくっとした。「ええ」

だが、アンドルーはエリザベスの手首をつかんだまま放さなかった。「何か新たな事実はわかったのか？　以前はわからなかった詳細が判明したのか？」

「その話はしたくないわ」

アンドルーが目を細め、顕微鏡で虫でも観察するような目つきでエリザベスを見つめた。

「いいだろう。だが死体を発見して、君は相当動揺したはずだ」

エリザベスはなんと答えればいいかわからなかった。アンドルーにできたばかりの傷口をえぐられた気分だった。「たしかに遺体を発見したときはショックを受けたわ。でも……母が死んでいることはすでにわかってたことだし……」

「だが、君はその目で母親の死体を見たんだ」アンドルーがエリザベスの目を凝視した。

「腐敗もすごかったんだろう？」

「ええ、まあ」エリザベスはこみあげる不快感をこらえた。

アンドルーはエリザベスの手を放した。「状況から考えれば、映像を公表するのは待ったほうがいいな」

「待ったほうがいいですって?」アンドルーの言葉が信じられず、エリザベスは身を乗りだし、早口でまくしたてた。「これは科学界がこれまで目にしたことのない貴重な映像なのよ! 日本の地震と津波の映像でさえも、長年にわたって研究してきたこの地の地殻変動をとらえたこの映像とは比べ物にならない。この映像は、この地域の地質に関する私たちのチームの説が正しいと証明するものよ。劇的な映像に世間の人たちが興奮するであろうことや、そのおかげで私たちの研究への資金援助が増えるだろうことは言うまでもないわ!」

「それはそのとおりだろう。だが、僕は君のことを心配してるんだ。母親の事件の進展を考えれば、カメラの前で君が冷静でいられるとは思えない」エリザベスが反論しようと口を開くと、アンドルーが手をあげて制した。「僕は君のことをずっと秘蔵っ子として考えてきた。君のお父さんが僕のことをそう考えてくれていたように。エリザベス、この件については僕を信頼してくれ。君は若くて有能な女性だ。しかし、その知性は君を守ってはくれない。君が子どもの頃に経験したトラウマや、自分が犯した恐ろしい所業さえも忘れてしまった父親についての最近の悩みに、知性はなんの役にも立たないんだ。そのうえ、母親の腐乱死体を発見したとなれば――」

アンドルーの芝居じみた口調に、エリザベスは背筋に震えが走った。だが、あえて冷静な口調で言った。「鋭い指摘だわ、ドクター・マレーロ。でも、お願いだから私の母のことを腐乱死体だなんて言うのはやめて。ホラー映画じゃないのよ」

「ほら」僕は賢いだろうとでも言うように、アンドルーがうなずく。「自分で思っている以上に君は動揺してる」

「なぜ今の会話で私が動揺していることになるのかわからないわ」そう言いながらも、実際エリザベスは動揺しつつあった。胃に不快感が広がっていく。

何を言おうとアンドルーの勢いは止まらないらしく、彼はさらに自説をまくしたて始めた。

「さらにつけ加えるなら、自分でもわかっていると思うが、こと社交性に関して君は秀でているとは言いがたい。世間の注目を一身に浴びているときに、君が致命的な失敗をしでかしたりしたら、チームにとって有益どころか足を引っ張ることになる」アンドルーは立ちあがった。「しばらくは映像の公開を控えることだ。この騒動がおさまったあとでも、その映像の科学的価値は失われない。実際、そのために録画したんだろう？　科学界に貢献するために」

ついにエリザベスは反論をあきらめた。「ええ、もちろんそうよ」

アンドルーは柄にもなくエリザベスの背中を軽く叩くとドアへと向かい、颯爽（さっそう）と店から出ていった。

エリザベスはゆっくりとノートパソコンを押しやった。

レインボーがやってきて、アンドルーのカップをさげた。「聞いてたわ」

「本当に？」

「もちろん。聞き耳を立ててたから。この町で起きてることを、あたしがなんでも知ってるのはなぜだと思う？」レインボーはエプロンのポケットから新しい水のペットボトルを出すと、蓋を開けてエリザベスの前に置いた。

「世間ってものをわかっていなかったら、アンドルーはわざと私を怒らせようとしているものと思っていたところだわ」

「本当はそう思ってるんでしょ？」レインボーは窓の外に目をやり、自宅の方向へと歩み去っていくアンドルーを不機嫌な顔で見送った。

「でも、なぜ彼はこんな真似をするの？」

まるでわかっていないのねというように、レインボーがエリザベスの肩を叩いた。「本当に、なぜかしらね」

49

ノア・グリフィンは自分のバックパックの中をのぞきこんだ。清潔な下着をもっと持ってくるべきだった。もっとたくさん。電気と水道が止まり、町のコインランドリーも使えないということの状況では、ボクサーパンツを裏返してもう一度はくしかなさそうだ。そして彼は渓流まで出向いて、岩に服を叩きつけて洗濯するタイプの記者ではない。もっともこのままこの被災地にとどまるなら、それも現実のものとなるかもしれない。

それでもノアはこの町を去りたくはなかった。たしかに自分は文句ひとつ言わずに逆境に立ち向かうようなタフな記者ではないかもしれない。だが彼は賢く、チャンスを嗅ぎ分ける才能もあった。

ヴァーチュー・フォールズはネタにあふれている。興味深い物語がそこら中に転がっているのだ。地震によってもたらされた苦境についての物語。勇敢な生存者たちについての物語。人々の心を揺さぶる物語。地震を予測できなかった地質学者を糾弾する物語。危機対応が遅すぎる無能な州政府についての物語。

だがとびきり興味深いのは、エリザベス・バナーについての物語だ。

彼女に関する話はベストセラー級の本のテーマにもってこいだ。残忍な家族間の犯罪。夫が妻を殺害し、無垢な子どもがそれを目撃する。そしてその子どもが二十年以上経ってから殺害現場となった町に舞い戻り、行方がわからなかった母親の遺体を発見する。

おっと、その子どもは母親と同じくらい美しい女性に――そして父親譲りの知性も兼ね備えた女性に成長したということも忘れちゃならない。

おまけにもうひとつ。娘が成長するあいだに、父親は正気を失ってしまったということも。

これ以上おもしろいネタがほかにあるだろうか。

部屋を貸してくれたランダウじいさんによると、エリザベスは父親の汚名をすすぐために故郷に戻ってきたらしい。そしてカフェのウエイトレスのレインボーによれば、エリザベスの元夫は彼女を支えるために駆けつけたという。その元夫ギャリック・ジェイコブセンはFBI捜査官だ。つまりそのFBI捜査官も、エリザベスの父親が犯人ではないと考えているのかもしれない。

だとしたら、誰が殺したのだろう。真犯人を見つけるのは現実的ではないとはいえ、ごくわずかな可能性があるというだけで、ノアは口の中に唾がわいてくるのを感じた。

やがて、レインボーから新たな情報を得た。エリザベスが津波の衝撃映像を録画したのだが、ファイルのサイズとインターネットの接続状況の問題で、公表できずにいるという。

ノアはその件で彼女に手を貸すことにやぶさかではなかった。そうすれば結果的に、あの無能なアンドルー・マレーロにひと泡吹かせてやることもできる。それにエリザベスはノアに感謝するかもしれない。ＦＢＩ捜査官は元夫にすぎないのだから。

ノアはエリザベスの外見が好きだった。ヴァーチュー・フォールズでネタ集めをしているあいだに、自分自身の物語も発展させられるかもしれない。

ノアはタブレット端末をつかむと、オーシャンヴュー・カフェに向かった。

そうとも、ヴァーチュー・フォールズは、富と名声をもたらしてくれるネタ探しに事欠かない。ノアはそれを残らず拾いあげるつもりだった。

50

ギャリックはＦＢＩ捜査官としての身分を使うなり、地元住民としてのコネを使うなり、どんな手段を駆使してでも遺体安置所に入りこんで、ミスティの遺体を自分の目で確認するつもりで郡庁舎へと入っていった。

しかし、策略は必要なかった。

郡庁舎は静まり返り、働いている職員も最低限しかいなかった。

ギャリックは検視官に面会を申しでた。

受付にいた職員は手を振って彼を招き入れると、倉庫の奥から引っ張りだしてきたと思われる古めかしいタイプライターでの書類仕事に戻った。

遺体安置所は郡庁舎の地下にあった。薄暗い小さな部屋に、冷たいステンレスの台が並んでいる。壁の引き出しの中では死者が安らかな眠りに就いている。中には安らかに眠っていられない死者もいるかもしれないが。

中に入ると、マイク・サンがしかめっ面で旧式のタイプライターと格闘していた。ひと文字打つたびに悪態をついている。マイクはギャリックに気づくなり、苦りきった表情で尋ねた。「修正液を持ってるか?」

「修正液?」ギャリックは噴きだした。「一九八〇年代を訪れると知ってたら持ってきたんだが」

「今週は驚きの連続だ」マイクが立ちあがって手を差しだした。「どういうわけか、おまえが地下のこの部屋にやってくるだろうとわかってたよ。今までどうしてた?」

「まずまずだったよ」ギャリックはマイクのほうに手を伸ばした。かつての級友だったふたりは、握手のあとに親しみをこめてこぶしを合わせた。「お母さんはどうしてる?」

「元気だ。最近はもう俺に向かって怒鳴りつけることはしなくなったよ」マイクは肩までの長さのまっすぐな黒髪を額からかきあげた。「俺は結婚したんだ」

ギャリックは信じられない思いだった。「おまえと結婚するなんて、いったいどんな女だ?」

「コートニー・クレニーを覚えてるか?」

あの巨乳美人かと言いかけたギャリックは、慌てて言葉をのみこんだ。「町を出て、ヴィクトリアズ・シークレットのモデルになったあの美人か?」

マイクが自慢げにほほえんだ。

ギャリックは中国人とアレウト族のハーフである身長百六十五センチのマイクを上から下

まで眺めまわした。「おまえの見た目だって悪いとは言わないが、それにしても彼女の身長はおまえの二倍はあるんじゃないか？」

「ああ、そうだ。ふたりでダンスすると、目の前はそりゃあすばらしい眺めなんだ。親父が言ってた。〝俺にはおまえの顔が隠れて見えなかったが、にやにやしているだろうことは想像がついた〟とね」

「うまいことやったな、相棒」ギャリックは笑った。

ふたりはまたこぶしを合わせた。

「ところで、なぜ俺がここに来るとわかったんだ？」

「おまえがミスティ・バナーの遺体を見たがることは想像がついていた。遺体を発見したときはじっくり観察できなかったんだろう？　それにお粗末な捜査についておまえがフォスターを怒鳴りつけたことは、このビルにいる全員が知ってる」マイクはデスクから懐中電灯を取りだした。「部屋が暗くて申し訳ない。予備も含めて、蛍光灯の半分近くが割れたんだ。お偉方は、この部屋は必要最低限のものが機能していればいいって考えなんだろう。この緊急時では検視の優先度は低いってわけだ。誰かが死んだとしても、原因は地震だからな。たいていは本当にそうなんだが」マイクは壁の引き出しに近づき、そのうちのひとつを引っ張りだした。「ところで、フォスターはおまえをここに入れるなと言っていたぞ」

「ということは、おまえは規則を破るつもりなんだな？」ギャリックは自分がどれだけマイクのことを気に入っていたかを思いだした。

「俺はフォスターの下で働いてるわけじゃないからな」マイクは無菌シーツをめくり、ミスティ・バナーの腐敗した遺体を手で示した。「生前の姿がどれだけ美しかろうと、最期には誰もがこの姿だ」

「俺が会った検視官はみんな哲学者だった」ギャリックは遺体に近づき、殺された日のミスティの姿を想像しようとした。

「検視官はひとりで過ごすことが多いからな」マイクは壁の引き出しを指さした。「死者を数に入れなければだが。まあ、俺に思いつける哲学といえばそれが精いっぱいだ」

「考えてみると、ほかの検視官たちも同じようなことを言ってたな」遺体には巧みなメスさばきによる切開の跡があった。「もう検視はすんだのか?」

「検視官として、これほど話題性のある遺体にはめったにお目にかかれないからな。それにすぐにすませる必要があった。地面から掘りだされたあとは、腐敗が急速に進んでしまう」

「検視でわかったことは?」

マイクは懐中電灯のスイッチを入れ、遺体を照らした。傷のない青白い顔から、腹部、脚という順で光をあてていく。「まず、遺体が土に直接埋められてたら、今のような状態を保つのは不可能だった。つまり、遺体は箱か何かに入れられていたことがわかる」

「棺(ひつぎ)か」ギャリックは考えを口に出した。「犯人は遺体を娼婦の墓地へ運び、そこに埋まっていた棺を掘り返して中にあった遺体を捨て、そこにミスティの遺体を入れて土に埋めたんだ。ところが津波で棺が流され、蓋が開いて、遺体は谷を転がり落ちたんだろう。最初にエリザベスが骨を見つけたときは、十九世紀の娼婦の遺体の一部だと思われていた。しかし、実際は彼女自身の母親の遺体だった」

「いい読みだな。棺がミスティ・バナーの遺体の保全にひと役買っていたんだろう。ところで、犯人は最初の一撃で彼女を殺したわけじゃない」マイクは皮膚をめくって肋骨をあらわにすると、そこを懐中電灯で照らしてギャリックに見せた。「犯人がハサミを突きたてた箇所だ。骨に痕跡が残ってる。背中側にも同じ刺し傷があるが、そっちのほうがより深い。つまり、犯人はミスティが四つん這いになって逃げようとしたところに馬乗りになったんだろう。顎の骨にも欠けている箇所がある。左側のこの部分だ」

ギャリックは顔を近づけ、マイクが指した箇所をすべてじっくりと観察した。「すべてハサミによる傷か？」

「そう思う」

ギャリックは驚いて顔をあげた。「そう思う？」

「俺を責めるなって」マイクはつぶれた金属やら割れたガラスやらが集められている部屋の一角を指さした。「地震のときに、俺のささやかな解剖用具たちは台から転げ落ちて床に叩きつけられたんだから。だが果敢なる検視官は大昔の拡大鏡を引っ張りだしてきて、ミスティ・バナーの遺体に残された証拠を調べあげたんだぞ。その結果、判明したのは、骨の傷にはふたつずつ跡が残ってるってことだ」

「ハサミの刃先か」

「そのとおり。チャールズ・バナーは激高してたんだろう。まあ、妻が不倫していたと考えれば納得だ」マイクは憐れみと軽蔑の入りまじった目で遺体を見おろした。

「なるほど」合理的な推測だ。チャールズは温和な男に見えたが、プライドを粉々に砕かれ、男としての自信を奪われて傷ついたに違いない。ギャリックはミスティの愛人が真犯人だという説を気に入っていたが、その場合、愛人がミスティを襲った理由がわからない。ミスティが愛人を脅したのだろうか？

関係を終わらせると告げたのか？　あるいは暴露すると？

「致命傷となったのはどの傷だ？」ギャリックは尋ねた。

マイクが喉を照らした。「これだ。喉頭を見てくれ。骨が切りつけられ、砕けて完全に切断されてしまっている。犯人は何度も何度も切りつけたんだ。彼女が死んだあとも」

「犯人が気に入らないことを彼女が何か言ったんだろう」

「だいたい想像はつく。おそらく夫に向かって、あなたのことはもう愛していない、だから愛人と家を出ていくと言ったんだ」

「怒りに駆られた犯人は、ミスティに襲いかかった。ハサミをつかんで、あばらに突きたてる……」ギャリックは殺人の光景を頭の中で再現していった。「ミスティは倒れ、這って逃げようとする。犯人は彼女の背中に馬乗りになって、彼女は押しつぶされる。犯人はミスティを仰向けにし、ハサミで喉を引き裂く。そしてそのあいだのどこかの時点で顎にも傷を負わせる」

「犯人は深く切りつけた。第四頸椎（けいつい）を切断するほどに」マイクはよく観察できるように、ギャリックに懐中電灯を手渡した。「ハサミはナイフのようにスパッとは切れない。犯人が髪を切り落とした部分を見てくれ。髪と一緒に皮膚もだいぶ切り取られている。犯人は彼女を何度も何度も切りつけた。これは激情による犯行だ。エリザベス・バナーがトラウマを抱えることになったのも当然だな」

「まったくだ」ギャリックは髪の部分を指さした。「フォスターは犯行現場に毛髪が落ちていたが、報告書に書かなかったと言っていた」

「なんて役立たずだ」マイクは両手をポケットに突っこんで肩をすくめた。「だけどそれで陪審の票決が変わっていたかもしれないと、本当に思ってるのか？」

「たぶん票決は変わらなかっただろう。だが事件当時に適切な捜査がなされていたら、今頃なんの不満もなかったことだけは確かだ」

「フォスターにもそう怒鳴り散らしてやったんだろう？」マイクは椅子に腰かけ、足をぶらぶらさせた。「それと、ミスティ殺しの犯人呼ばわりまでしたらしいな」

「犯人呼ばわりしたわけじゃない」ギャリックは訂正した。「犯行時間にどこにいたのか、なぜ通報のあと、あんなに早く現場に駆けつけられたのかときいただけだ」

マイクが皮肉まじりに言った。「なるほど、犯人呼ばわりはしてないな。なあ、ギャリック、フォスターはたしかにむかつく男だ。前から変人だったが、最近はその変人っぷりにますます拍車がかかってるし、それにやつは……まあ、それはさておき、やつはずっとおまえのことを目の敵にしてきた。この町に滞在するなら、おまえは払いきれないほどの交通違反の切符を切られることになるだろうな。その程度ですめばラッキーなくらいだ」

「たぶんな」ギャリックは肩をすくめたが、午後の出来事を思いだしたとたん、また胸に怒りがこみあがった。

「この事件をそっとしておくつもりはないんだな」

「ない」

「なあ、俺はこの事件について講義で習った。法執行官なら誰でもこの事件について学んでる。チャールズ・バナーは事件現場にいた。彼には動機がある。バナーはハサミを手にして血まみれになっているところを発見された。彼の指紋はハサミの至るところについていた」

「だが、指紋はチャールズのものだけだったのか？　俺は報告書を読んだが、フォスターがほかの指紋を調べたとはどこにも書かれていなかった」ギャリックはひと呼吸置いて続けた。

「事件の証拠をこの目で確認できさえすれば……」

マイクがギャリックの言葉を無視して尋ねた。「誰が犯人だと考えてるんだ？」ギャリックの手から懐中電灯を取ると、ミスティの喉の裂け目にかざした。

「おそらく犯人はチャールズ・バナーだろう」おそらくは。「だがさっきも言ったとおり、法執行官のひとりとしては適切な捜査を望んでるんだ。ところで、この事件の証拠類はどこにある？」

マイクはしぶしぶ答えた。「地元の事件の証拠はすべて郡庁舎にある。証拠保管室だ」

「本当に？」ギャリックは自分の幸運が信じられなかった。「この建物内にあるのか？」

「忍びこむつもりか？」マイクが心配そうに尋ねる。

「忍びこむのは俺じゃない」ギャリックは首を傾けて片方の眉をあげると、マイクに向かってにやりとしてみせた。

マイクが後ずさりする。「いやいや、俺には無理だ。俺には妻がいる。高級ランジェリーを身につける妻を養わなきゃならない。この暮らしが気に入ってるんだ」

ギャリックはマイクに一歩近づいた。「ミスティの愛人が犯人だったとしたら？　犯人はまだこのあたりをうろついてるかもしれないんだぞ？　そいつは煮えたぎる怒りを胸の内に隠している。もしそいつがブロンドを毛嫌いしているとしたら？　おまえの妻はたしか、ブロンドじゃなかったか？」

「ときどきはな。彼女と美容師の気分次第で毎週のように変わるんだ」マイクは手をひと振りしてギャリックのもくろみを退けた。「だが、ギャリック、この町で起きた殺人事件はミスティの事件だけだ。もしチャールズ・バナーが殺してないなら、犯人はそれ以降、一度も人を殺してないということだ。もしくはこの町を去ったか、頭がどうかしちまったか、車で海にダイブしたかだ。いずれにしても、犯人はもうこの町にはいない」

「もしくはミスティ・バナーの遺体発見が犯人を脅かして、どこかの隠れ家からいぶりだすことになるかもしれない」

「だめだ。俺はおまえのために証拠を盗んだりしないぞ。だめだ、だめだ、だめだ！」否定するごとにマイクの声がどんどん大きくなっていく。

つまり、マイクはその気になってきているということだ。ギャリックはいったん引いてみることにした。「わかったよ！　乗り気じゃないバージンみたいな声を出す必要はない。俺が自分でやる」

「捕まるなよ」

「おまえが鍵を貸してくれたら捕まることはない」

「それなら俺が無関係でいられるとでもいうのか？　どのみち、俺は証拠保管室の鍵を持ってないんだ。それに、ギャリック、正直に言って、おまえも証拠保管室に忍びこむのはやめておいたほうがいい。それというのも……」マイクが口を閉ざした。ふたたび両手をポケットに突っこんでギャリックから目をそらし、左右に体を揺らしている。

「トイレなら上の階だぞ」ギャリックは言った。

「そんなんじゃない」そう言うと、マイクは意を決したように顎をこわばらせた。「これまで検視に立ち会った経験は何度かあるんだよな？」

「多くはないが。避けられるものなら、なるべく避けるようにしてるんだ。検視のあとは悪夢にうなされる。それに、死体に話しかけられている気がして……」ギャリックは肩をすくめた。

「死体は俺にも話しかけてくるぞ。彼らをきちんと検視してやればな」マイクは引き出しを閉めてミスティの遺体をしまうと、デスクの上の箱からラテックス製の手袋を何枚か引き抜いた。「これを見てくれ」マイクは別の遺体が入っている引き出しを開けた。

ギャリックは皺だらけの年配女性の遺体を見おろした。「これは誰だ？」

「フォスターの母親だ」

「やつの母親？」ギャリックは記憶をたどり、大昔に見た光景を思いだした——車を運転して教会に通うフォスターの母親の姿を。「たしかにやつの母親だ。それにしてもひどい姿だな」

「脱水症状だ。地震のあと、フォスターは自宅に帰らなかった。ようやく帰宅したのは昨晩のことだ。そのときに冷蔵庫の下敷きになっている母親を発見したらしい。彼女を引っ張りだすのに、三人がかりで冷蔵庫を持ちあげなきゃならなかった」

「すでに死んでいたのか？」

「ああ。亡くなるまで、ひどい苦しみが延々と続いたはずだ。内出血も見られるし、缶詰や何かによる打ち身や、割れた皿による切り傷もある」

「町に戻った日にフォスターに会ったんだ。そのとき、やつの携帯電話に母親からのメールの着信があった」ギャリックは電話が鳴ったときのフォスターの態度を思いだした。「やつは母親の様子を見るために、家に戻らなかったのか？」

「まだあるんだ」マイクは懐中電灯のスイッチを入れ、ミセス・フォスターの遺体の角度を慎重に変えた。「頭の出血の原因がはっきりしなかったから、髪を剃ってよく観察してみたんだ。頭蓋骨の右下の部分だ」

ギャリックは頭蓋骨のへこみに目をやった。「原因はなんだったんだ？」

「缶詰ではないな」

「この形はリボルバーの台尻みたいに見えるが」

「俺もそう考えた」

ギャリックは考えをまとめた。「フォスターが発見したとき、口うるさい母親はまだ息があった。ところがやつは、どんなにわずかでも母親が助かる可能性は残したくなかった」

「俺もそう考えた」

ふたりは視線を合わせた。

「俺はフォスターが本当にミスティを殺しただなんて思っていなかった。もしチャールズが彼女を殺してないなら、犯人は絶対に愛人だと思ってたし、フォスターに女性経験があるとはとても信じられないからな」ギャリックの頭に恐ろしい考えが浮かんだ。「だがやつが狂信的なクリスチャンに育てられたという事実を忘れていた。おまえも言ったように、やつは変人だ。もしかしたらやつは変人の域を超えていて、社会病質者(ソシオパス)なのかもしれない。そうだ、やつの口うるさい母親はミスティの不倫を知って、罪と姦通(かんつう)について騒ぎたてた。もしかしたらフォスターは、不義を犯した女を殺すのを神が望んでいると考えたのかもしれない」

マイクは口をぽかんと開けてギャリックを見つめた。「おまえがFBIにいるのも当然だな！　おまえみたいに疑り深い人間は初めて見たよ」

「ああ、たしかに俺は疑り深い人間だ。だが、もうFBIで働いてるわけじゃない」ギャリックは上の空で言った。「厳密に言えば、今は休職中なんだ」

「でも、おまえはFBIの仕事が大好きなんだろう？　なぜ休んでるんだ？」

「休もうと思って休んでるわけじゃない。無理やり休まされたんだ。怒りにわれを忘れてしまったせいで」エリザベスはギャリックの肩を持ってくれたが、罪悪感は薄れなかった。

「フォスターはおまえが停職中だってことを知ってるのか？」マイクが尋ねた。

ギャリックは鼻を鳴らした。「もちろんだ。やつは自分が利用できるなら、どんなくだらない情報でもすべて握っていなければ気がすまない性分だからな」

「おまえの弱みを握るためならなんでもするってわけか」

「誰の弱みだろうと同じだ。フォスターは支配力を持ちたがるタイプの男だからな」

マイクがまるで何かにきつく首を絞められているかのように、自分の首元を手で押さえた。

「同感だ。だからこそデニス・フォスターを怒らせるのはやめたほうがいいって言ってるんだ。この町に閉じこめられている今は特に。今はやつがすべての権力を手にしているんだから。それにやつは十中八九、正気を失ってる」

ギャリックはフォスターの母親の痣だらけの痩せこけた裸体を見つめながら、ミスティ・バナーの殺害には考慮に入れなければならない容疑者が驚くほどたくさんいることについて、じっくりと考えた。「激情による殺人と冷酷な殺人か。どっちのほうがたちが悪い？　どちらの殺人も同じ人物の手による犯行なんだろうか？」

51

エリザベスのテーブルにまた影が落ちた。

今度は彼女も警戒して、すぐさま顔をあげた。

若い男性がにこやかな笑顔で立っていた。エリザベスと同じくらいの年齢で、先ほどアンドルー・マレーロがあとにしたばかりの椅子に手をかけている。

「ここに座ってもかまわないかな?」男性はエリザベスの返事を待たずに、さっさと腰かけた。

「どこかで会ったことがあるかしら?」そう尋ねながらも、エリザベスはこの男性とは初対面であることを確信していた。

「ノア・グリフィンだ」ノアが額にかかった前髪を指でかきあげた。ブラウンの髪は毛先にいくにしたがってブロンドに色を変えている。「僕は記者なんだ。今、地震と津波についての記事を書いているところなんだけど、君はその分野の専門家だと聞いたから」

エリザベスには記者に対していい思い出がなかった。母が亡くなって十年目の日のことだ。

学校の帰り道、彼女はひとりの記者に捕まった。その記者はエリザベスが家に帰り着くまでつきまとった。事件のことを何か覚えているかとしつこく質問したり、彼女の口を開かせようと、事件について記者が事実と思いこんでいることを一方的に話して聞かせたりした。伯母は記者に激怒したものの、最後には取材に応じ、姪は精神的な問題を抱えていて、家や学校でトラブルばかり引き起こしているのだと語った。

しかし、目の前にいるこの記者は悪い人には見えない。不愉快な感じがしないし、何より重要なことに、彼は津波について質問したのだ。エリザベスは慎重に口を開いた。「私はその分野の専門家というか、専門家チームの一員よ」

「僕の理解では違う。君は研究チームの中で地震が起きたときにこの町にいた、ただひとりの専門家だと聞いている。君は津波のすごい映像を撮ったらしいね」

この記者は想像以上に自分のことを知っているとわかって、エリザベスは驚いた。「なぜそんなことを知ってるの？」

「レインボーは君の熱心な応援団長なんだ」記者は額に二本の指をあて、レインボーに向かって敬礼した。

レインボーがうやうやしくうなずく。

エリザベスは安堵した。「たしかに私は津波のすごい映像を撮ったわ」

「見せてもらってもいいかい？」

エリザベスはノアに映像を見せるべきかどうか迷った。

アンドルーは映像を公開するなと言っていた。

でも、この記者に映像を見せたところで害があるわけもない。父に映像を見せたとき、映像自体についても、エリザベスの解説についても、父からは高評価を得た。アンドルーがなんと言おうが、この映像を世界に公開することは自分がバナー地質学研究所にできる最大の貢献だとエリザベスにはわかっていた。

アンドルーのせいでしぼんでしまった興奮が、エリザベスの中でふたたびふくらんでくる。

結局のところ、彼女は映像を公開しないことに本気で同意したわけではなかった。インターネットへの投稿や、アメリカ地質学会へのファイル送信は保留するということにかろうじて同意しただけだ。

エリザベスはバックパックに手を伸ばし、ノートパソコンを取りだした。それを互いの席から見えるようにテーブルに置く。「これを見て!」エリザベスは音量を絞って映像を再生した。ふたたび津波の映像を見ているうちに、胸の中に畏敬の念と興奮が広がっていく。エリザベスはノアが映像を見るのと同じ頻度で彼女の顔を見ていたことも、ほかの客が首を伸ばして画面をのぞきこんでいたことも気づかなかった。レインボーが席にやってきて、笑みを浮かべて一緒に映像を見ていたことにも気づかなかった。

十分後、ノアが停止ボタンを押し、顔をエリザベスに向けた。「僕はいくつかのニュース番組や、ディスカバリーチャンネルにツテがある。彼らはこの映像を喉から手が出るほど欲しがると思う。君の才能は天性のものだ。連絡を取ってあげようか？」

「私はこの映像をアメリカ地質学会に送るつもりだったの。そのあと……どこかの科学系のチャンネルに送ってみてもいいと思っていたんだけど、プロジェクトの責任者が今朝、町に帰ってきて……」エリザベスは急に口が重くなるのを感じたが、しぶしぶ続けた。「私の仕事ぶりを確認したあと、彼はこの映像を非公開にしようと提案してきたの」

「プロジェクトの責任者ね」ノアは意地の悪い笑みを浮かべた。「それってアンドルー・マレーロのことだろう？」

この記者はちゃんと下調べをしてきたようだ。「ええ、そう」

「アンドルー・マレーロが映像を公開しないよう言ってきたわけだね？　理由をきいてもいいかな？」ノアはエリザベスの手に軽く手を添えて尋ねた。

ノアはふたりが以前からの知り合いであるかのように感じさせるのがうまかった。話していると、彼を信頼しても大丈夫に思えてくる。「何年も前のことだけど、私の母が殺されたの。遺体はずっと行方不明だった。だけど最近、私が発見したのよ。今、私が世間の注目を集めると昔の事件が蒸し返されて、研究に支障をきたすとドクター・マレーロは言うの」

レインボーが鼻を鳴らし、エリザベスの席から離れていった。

「僕も彼女に同感だ」ノアはレインボーを顎で示した。「そんなのはばかげてる。これはすばらしい映像だ。簡潔な解説に、よどみないしゃべり。君は素人にもわかりやすく説明するすべを心得ている。それに、視聴者受けする声を持ってる。君はこの仕事で世に認められるべき人だ」

「私はこの仕事で世に認められるわ。ただ……今じゃないだけ」エリザベスはノアだけではなく、自分に言い聞かせるように言った。

レインボーが戻ってきて、ピクルスとソーセージの入った全粒粉のパンのサンドイッチと、缶入りコーラをノアの前に置いた。「ほかに何か欲しいものはある？」

「いや、これでいいよ。ありがとう。サンドイッチひとつで充分だ」ノアはレインボーが立ち去るのを待って言った。「お母さんの遺体を発見して、すごく動揺してる？」

「そのときは動揺したわ。でも今は警察が検視をすませればようやく母を埋葬できるとわかって、ほっとしているのが大きいかしら」ノアと話していると、長いあいだ離れ離れになっていた兄と話しているような気分になった。「葬儀や埋葬は、残された家族の悲しみをやわらげてくれる。そういう儀式を行うことは、父と私の両方にとって健全なことだと思うの」

「君のお父さんがお母さんを殺したんだよね？」

一週間前なら、その質問にイエスと自信を持って答えていただろう。「父は有罪判決を受けたわ」今はそうとしか答えられなかった。

「記事を読んだことがある。君は犯行を目撃したんだったね」ノアはコーラの缶を開けながら尋ねた。「お父さんが殺したのか?」

「覚えてないの」

「お父さんは最初のうちは、犯行を否認していたんじゃなかったかな?」ノアが自分には知る権利があるというような口調で質問を投げかけた。

エリザベスはいつもの冷静で論理的な仮面をすばやくつけた。「そのとおりよ。悲しいことに、父はアルツハイマーを患っていて、母が死んだこと自体を忘れてしまっている。でも母との関係は覚えてるの。今朝、父と話したときも、母と出会った頃のことを聞かせてくれたわ。この調子で母との結婚生活がどんなだったかを思いだしてくれれば、本当は母に何が起きたのかがいずれわかるかもしれない」

ノアが目をみはり、真剣な声で言った。「それって、君はお父さんが殺したんじゃないと信じてるように聞こえるけど」

「父のことをよく知る人はみんな、父が殺したとは信じてないの。だから、そこには疑問の余地があるのかもしれない」エリザベスは冷静な受け答えができている自分が誇らしかった。

ノアはサンドイッチを手に取ってかぶりついた。「犯人は誰だと思う?」

「さっぱりわからないわ」

ノアがサンドイッチを咀嚼し、のみこんでから言った。「お母さんの愛人かな?」

「誰が愛人だったのか知らないわ。それどころか、本当に愛人がいたのかどうかもわからない。ただの噂だもの。その点については、公判中に一度も取りあげられてないの」よく考えてみると、おかしな話だ。父の弁護士はそこまで無能だったのだろうか。

ノアはまた口を大きく開けてサンドイッチにかぶりついた。二度と食べ物にありつけないと恐れているかのように。食べながらも、ノアは今しがた聞いたことについて、じっくり考えている様子だった。そして座ったときと同じく、唐突に立ちあがった。「ありがとう、ミス・バナー。君のおかげで地震の悲劇に専門家の視点を加えることができた。感謝する」コーラの缶を手に、ノアは立ち去った。

突然のことにエリザベスは戸惑った。「待って」彼女は声をあげた。「私のことを記事に書くつもり？」

ノアがテーブルに戻ってきた。「君とその映像に関する情報を記事の中で言及したいと思ってる。その映像は本当に驚異的だ」

エリザベスはこの美しい映像を世に出したいという思いと、アンドルー・マレーロの怒りに対処したくないという思いで身を引き裂かれた。

もしかしたら、運を天に任せるというのもいいかもしれない。この地域のインターネットは危機的状況だ。ノアが記事を公開できない可能性も充分にある。「そうね、でも――」

「よかった。じゃあ、記事が掲載されたら知らせるよ」

記事が掲載されたことは、ノアから聞かされるまでもなかった。一時間半後、エリザベスは顔をあげたときにそれを悟った。アンドルー・マレーロが彼女に向かって突き進んでくるのが見えた。

52

ギャリックはオーシャンヴュー・カフェに向かっていた。頭の中は、ミスティの検視のことをエリザベスにどう説明するかということと、フォスター保安官の犯罪について自分は何をすべきかということでいっぱいだった。ギャリックは一時間前より自分がましな人間に思えてきた。少なくとも自分は、誰ひとり家族を殺していない……。

そこまで考えたところで、思考が凍りついた。

父の顔が脳裏に浮かぶ。怒りの炎をたぎらせるグリーンと金色の入りまじった鮮やかな目。まだらに赤くなった頬。汗でべっとりと固まったブロンド。次々と怒号があふれでる口。

ギャリックは息をついた。

父は死んだ。過去は……消え失せた。俺は許されざる罪を犯したかもしれないが、死者をよみがえらせることはできない。どうやったって。

ドアを開けてギャリックは店に入った。店内を見まわしてエリザベスを探していると、横から誰かが急ぎ足で近づいてくるのに気づいた。振り返ると、レインボーがいた。その表情は怒りにこわばっている。

レインボーはギャリックの腕をつかむと、小声で早口に言った。「アンドルー・マレーロがエリザベスを困らせてるの。彼はすっかり頭にきてるみたい」

ギャリックは鋭い目でカフェを見渡した。「なんだと？ いったいどうして？」

「ある記者がオンラインニュースに記事を投稿したのよ。バナー事件のすべてを蒸し返すような記事をね。チャールズが世界有数の地質学者で、どのように研究チームを立ちあげたか、どうやって妻を殺したか、エリザベスが何を目撃したかってことが載ってる。そしてエリザベスが父は無実だと言ってることも」

その言葉にギャリックは驚いた。「父親が無実だとエリザベスが言ったのか？」ことを複雑にするとは、まさにこのことだ。

ギャリックは窓際の奥の席で壁を背にして座っているエリザベスの姿をとらえた。目を見開き、怯えた表情で上司を見つめている。

マレーロは両手をテーブルについて立っていた。その姿勢のどこもかしこもがこの男の敵意と攻撃性を表している。

ギャリックはエリザベスのこんな表情を見たことがなかった。夫婦喧嘩のときでさえ、彼女はギャリックに怯えたことなどない。ギャリックはすぐにでもエリザベスのもとに駆けつけ、マレーロの顔を壁に叩きつけてやりたかった。

だがそんなことをするのは、怒りをコントロールできない男だけだ。

あと数分くらいなら、エリザベスはひとりで対処できるはずだ。ギャリックは介入する前に事情を知っておく必要があった。「チャールズが有罪だろうが無罪だろうが、マレーロには関係ないだろう？　なぜやつはエリザベスを責めたてるんだ？」

「記者が記事に書いたの。エリザベスが世間をあっと言わせるような津波の映像を撮ったけど、彼女に嫉妬したマレーロが映像を公開させたがらないと。エリザベスはあまりにも優秀だから、マレーロは太刀打ちできないだろうってこともね」レインボーはエリザベスとマレーロに目をやりながら、ギャリックのTシャツの袖を握りしめている。

「信じられない。エリザベスが記者にそんなことを言うわけがない」たしかにエリザベスはあきれるほど率直なところがある。それに自分がどれだけ優秀かも承知している。だが、エリザベスがほかの地質学者をおとしめるようなことを言うのをギャリックは聞いたことがなかった。

「もちろん、言ってないわよ。だけど、記者はそう書いた。マレーロはやってくるなり、エリザベスが自分を裏切ったと罵り始めたの」レインボーがマレーロに目をやった。マレーロはさらに前かがみになって、敵意をあらわにしている。

ギャリックはレインボーの手をどけた。「わかった、ありがとう。ここからは俺がなんとかする」

レインボーがギャリックのTシャツの背中をつかんだ。「さっきマレーロは、リゾートに自分を滞在させるようマーガレットを説得しろってエリザベスを脅してたわ」

ギャリックは鼻で笑った。「冗談だろう?」

レインボーがギャリックを見つめた。

ギャリックはレインボーを見つめ返した。

ふたりはうなずきあった。

ギャリックはアンドルー・マレーロを見据えながら、エリザベスが座っている窓際の奥の席に向かった。

ギャリックが近づくにつれ、マレーロがエリザベスに浴びせている言葉が聞こえてきた。

「君は研究を犠牲にしてでも、自分がスターになりたいんだろう」「結果も考えずに出しゃばって……」「君のことを心から案じてアドバイスしてやったのに、それを無視して……」

「これで君の能力不足が証明されたようなものだ……」

ギャリックがマレーロの肩をやや強めに叩くと、マレーロは驚いて飛びあがった。

「マレーロ、あんたは興奮しすぎているようだ」

怒りの形相で振り向いたマレーロだったが、相手が誰だか気づくと後ずさりした。

マレーロがどういうタイプの男か、ギャリックにはよくわかっていた。臆病者だ。こういう男は女性や子どもや老人に対しては強気だが、自分をぶちのめしかねない相手に対しては別だ。

ギャリックのような相手には決して強気な態度には出られない。

ギャリックは愛想よく言った。「男が興奮しすぎているときは、しばらく時間を置いて考えをまとめてみるのが得策だ。あんたもここから離れて、この状況で記者にどう対処するのが一番いいかをよく考えてみるといいぞ。記者に会って、エリザベスに映像の公開を控えさせた、あんたなりの理由を説明するのもいいかもしれない。当然、それなりの理由があるんだろう？　それはそうとエリザベスに対する心情を思えば、あんたがヴァーチュー・フォールズ・リゾートに泊まりたくないと思う気持ちも理解できる。マーガレットにはあんたが残念がっていたと説明しておこう」

マレーロがギャリックの言葉を理解して言い返せるようになるまで、しばらく時間を要した。自分勝手なマレーロらしく、彼は自分にとって最も重要となる断片だけを拾った。

「マーガレットは僕を迎え入れるつもりだったのか？」

「もちろんだ！」ギャリックはFBIで培った演技力のすべてを駆使して、マレーロの心臓に杭(くい)を打ちこんだ。「エリザベスはあんたを滞在させてやってくれとマーガレットに頼んだんだ。チームの全員を含めてね」

エリザベスが口を開きかけた。

ギャリックは首をかすかに振った。そのささやかな動作はエリザベスへの警告だった。

ふたりがまだ結婚していた頃のエリザベスは、よほどあからさまなものでない限り、ギャリックの合図を見逃しがちだったが、今日はギャリックの意図を理解して口をつぐんだ。

ギャリックは続けた。「マーガレットはエリザベスをとてもかわいがってる。だからあんたたちをリゾートに歓迎すると言っていたんだ。だけどこの残念な出来事のあとでは、あんたもエリザベスのそばにはいたくないだろう」エリザベスの手を取って、彼女を椅子から立ちあがらせる。「あんたの気持ちを尊重するよ」エリザベスのバックパックをつかんで、自分の肩にかける。「マーガレットには部屋を用意する必要はないと伝えておく。じゃあ、またな、マレーロ」

「でも、僕は……そう、これはただの誤解にすぎない」マレーロは急いで事態を修復しようとしたが、今さら遅すぎた。「記者はきっと、エリザベスの言ったことを誤解したのかもしれない。あの記者には以前に会ったことがあるんだ。あの男は結論を急ぐところがある。エリザベスが僕を中傷したというのは間違いだったのかもしれない」

「そうかもしれないな」ギャリックは硬い笑みを見せると、エリザベスに向かって言った。「さあ、行こう」

エリザベスの顔は青白く、表情はこわばっていた。思いも寄らないときに誰かに頰をはたかれたというように。

俺の妻がつらい思いしている。

ギャリックは冷静さを失った。凶暴な目でアンドルー・マレーロをにらみつけ、辛辣に言い放つ。「エリザベスを支えてくれて感謝するよ。次回からは、部下を罵倒する前に事実を確かめるんだな」

「違うんだ」マレーロはこの状況を修復できるといまだに考えているようだ。「聞いてくれ！」

ギャリックはエリザベスの体に腕をまわし、ドアへと歩いていった。

53

ピックアップトラックは歩道の縁石のところに停めておいた。

ギャリックはエリザベスを助手席に座らせたあと、運転席に乗りこんだ。エリザベスの顔はまだ青白く、表情もこわばったままだ。ギャリックは手のひらでハンドルを強く叩いた。

「あのくそ野郎！」

エリザベスが声を震わせた。「アンドルーは私が彼を中傷したと思ったの」

「いや、違う」ギャリックは言った。「やつは間抜けじゃない。あいつにはわかってる。君が研究に害をなすようなことをするわけがないと」

「どうやら記事には、私が将来の科学界の声になるのをアンドルーが恐れていると、彼を責めるようなことが書かれていたみたい」

ギャリックはカフェの方向を鋭くにらみつけた。

マレーロがカフェのドアに向かってくるのが見えた。最後にもう一度、ギャリックとエリザベスにリゾートへ滞在させてくれと訴えるつもりなのだろう。

マレーロの手がカフェのドアをつかむまで待って、ギャリックはシフトレバーを動かし、ハンドルを切って車を出した。きしむタイヤの音を聞いて怒りが静まったギャリックは、穏やかな声で言った。「もちろん、やつは君に地位を奪われることを恐れてる。映像を公開させまいとする理由はほかにないだろう？」

「私が母の遺体を発見したばかりで動揺しているからだってアンドルーは言っていたわ」エリザベスはバックパックの中を手で探ると、サングラスをかけて表情を隠した。

「エリザベス、君がお母さんのことで動揺するのは当然だ」ギャリックはリゾートに向かって車を走らせた。「だが、それが映像とどう関係するんだ？　あの映像は君の仕事だ。あれを公開すれば、君たちの研究は注目されて、資金だって集まる。マレーロだってそれは承知してる。つまり、残る理由はただひとつだ。やつは、見事な映像を撮ったうえに、たしかな専門知識を持ち、素人にもわかりやすく説明できる魅力的な女性の存在によって自分がかすんでしまう事態になるのを避けたかったんだ」

エリザベスは窓の外に目を向け、流れゆく森の景色を眺めた。「私は社交性がないから……きっとメディア対応に失敗するだろうって……それに、私の心理状態が研究に悪影響を及ぼすって……」声が次第にかぼそくなっていく。

「やつはでたらめばかり並べたてた。そうだろう？」ギャリックは道路の真ん中でブレーキを踏んだ。エリザベスに向き直り、同情といらだちの混じる声で言った。「俺もマレーロみたいなろくでなしを知っている。ああいったやつらは、相手のことを心配するふりをしておいて、そのあいだも相手の力を奪い続けてるんだ」ギャリックはエリザベスのサングラスをそっと外し、彼女の目を見つめると、自分自身を指さした。「俺は誰だ？　何者か言ってみろ」

「あなたはギャリック・ジェイコブセンよ」エリザベスが自信なさげに答えた。

彼の言動にエリザベスはショックを受けている。これでいい。ギャリックはこれから自虐的な話をして自らを痛めつけるつもりだった。エリザベスのために。「そう、ギャリック・ジェイコブセンだ。自分の父親に殺されかけた男だ。酔った父親に殴られてあばらと顎と鼻の骨を砕かれ、腕を引きちぎられそうになった少年がいた。それが子どもの頃の俺だ」

「まあ、ギャリック」エリザベスが驚きと怯えに目をみはった。

エリザベスにとっては思いも寄らなかった話だろう。「俺の親父はいつもそんな感じだった。親父は庭師だった。植物に関して、親父以上に物知りな人にはいまだにお目にかかったことがない。親父が植物の苗を手のひらで大事そうに抱えていたのを今でも覚えている。俺にその植物の学名や、それを育てるにはどんな土を用意すればいいか、どれだけ水や日光が必要か教えてくれた」過去から、そしてギャリックの魂から記憶が一気にあふれだした。同時に感情も――父の知識と技術、そしてその優しさに敬服していた幼い少年の純粋な憧れの気持ちもあふれだした。「俺はいつも見ていた。親父が植物の苗を植えるところを。親父が丹精こめて育てた植物が花開くのを」ギャリックはエリザベスに理解してもらいたかった。「そして酔っ払った親父が帰ってきて、その花を手で握りつぶし、引っこ抜き、罵るところも。それだけじゃ足りないというように、かかとで踏みつけるところも。俺は全部見ていたんだ」あの頃の悪夢のような感情の数々が胸によみがえる。パニック、恐怖、そして罪悪感。わびしさ、無力感、自分が役立たずの愚か者であるという感覚。

「あなたのお父さんは……植物に怒りをぶつけたのね」エリザベスが手を自分の頬にあて、悲しげな目を見開いてギャリックを見つめた。

「しらふのときの親父は世界一の父親だった。俺のことを大切な苗のように扱ってくれた。大事なことを教えてくれて、食事と服を与えてくれた」ギャリックは幸せだった日々を思いだした。それとともに、自分がいい子にしていれば父に愛してもらえるかもしれないという、幼い少年のむなしい願いも思いだした。

エリザベスにはこの話の結末の予想がついた。ギャリックがすでに最初に語っていたからだ。彼女はそっと続きを促した。「でも……？」

「でも親父はそう長いあいだ、しらふではいられなかった。俺たちは引っ越した。親父は高級住宅街や大きな園芸店で職を見つけた。ほかの同僚たちは親父の技術に感服した。女性たちはいつだって親父のことを無害で気のいい男だと思っていた。ところがしばらくすると、親父がまた酒に手を出し始める」ギャリックは一気にあふれだす記憶に追いつこうと、早口で続けた。「初めのうちは少しだけだ。ビールを二杯、テキーラを一杯という具合に。だがすぐに抑えがきかなくなる。そんなとき、俺は親父を人目から隠した」愚かな子どもの必死なあがきだった。「金持ちの女性が俺の家にやってきて、庭でパーティーを開くから切り花が欲しいだの、バラの木のまわりに雑草が生えたからなんとかしてほしいだのと言ってくる。そんなとき、俺は親父のために言い訳をこしらえるんだ。〝僕が病気だから、お父さんは看病で家を出られない〟とかね。すると女性は同情してくれる。問題は、親父にもそのほら話が聞こえてたってことだ。酔いつぶれていた親父が目を覚まして、ドアに向かって怒鳴り声をあげるんだ。女性に向かって下卑た言葉を投げつける。あれだけ多くの時間を費やして信頼関係を築いてきた相手に向かって、〝俺は雇われ者じゃないんだ。あばずれ女に命令されるいわれはない〟って調子だった」

エリザベスは顔をしかめた。

「そう。親父は酔っ払って女性を侮辱するのが好きだった。効果は絶大だったよ。親父はクビになった。そのあと……」昔の恐怖がよみがえり、ギャリックは心が血を流すのを感じた。

「お父さんはあなたを痛めつけたのね」

「親父は俺を痛めつけた」ギャリックはまるで熱風の出る鉄の通気口の上をうっかり渡ってしまった猫のように、体の神経がすべてむき出しになった気分だった。しかし、エリザベスに自分の過去を打ち明けながらも冷静でいられた。父と違って。

包み隠さず話をしたあとも、エリザベスが自分のそばにいてくれるとは期待していなかった。一方で自分では認めていなかったが、エリザベスといつかやり直せるという希望をずっと心に抱いていた。だがこれで、本当の自分がどれだけ惨めな男かをエリザベスに知られてしまった。

それでもこの打ち明け話をしたことで、あのろくでなしのアンドルー・マレーロのせいで傷ついたエリザベスを慰められるのなら、ギャリックとしては後悔はなかった。エリザベスがあんなふうに打ちひしがれているところは二度と見たくない。「親父は俺を痛めつけた。すべてはおまえのせいだと俺を罵った。親父がまた酒に手を出したのも、雇い主たちが親父に腹を立てたのも、おふくろが家を出ていったのも、すべて俺のせいだと言ってね。もちろん、そんなのはたわ言だ。親父は子どもを虐待するアルコール依存症患者だった。いつだって怒りでわれを忘れていた」

「お父さんはどうなったの？」エリザベスの声はゆっくりとしていて穏やかで優しかった。すばらしい。エリザベスは俺を憐れんでいる。今まで彼女にこの話をしなかったのは、まさにこれが理由だった。「親父は俺をぶちのめした。俺の顔をしこたま殴った。腕をひねりあげて、手首と肘のあいだにある二本の骨を両方とも砕いた。そうしておいて、自分は酔いつぶれて気を失った。俺もしばらくは気を失っていたが、目が覚めてから自分で病院に行った。以前にも同じようなことがあったから。俺は病院の緊急救命室で説明した。階段から転げ落ちたとか、そんな嘘臭い作り話をでっちあげてね。誰も信じてはいなかった。一時期、児童養護施設に預けられたことがあるから、それは俺にもわかっていた」

「児童養護施設にいたことがあるの？」エリザベスはギャリックの手からサングラスを受け取ると、それに目を落とした。

「親父と俺が土地を転々としていたのはそれが理由だった。親父は俺が児童養護施設で育てられるのを嫌った。俺もいやだった。あそこにいる子どもたちはみんな……壊れていたからな」ギャリックは皮肉な口調になるのをこらえて続けた。「俺は自分もそうなりたくなかった」

エリザベスは顔をあげてギャリックを見つめ、彼の腕をそっと撫でた。過去の痛みをやわらげようとするかのように。

ギャリックは話を続けるのをわざと遅らせた。最悪のところは話し終わった。エリザベスに真実を打ち明けた。彼女は同情している。だが、これでわかったはずだ。厳しい子ども時代を送ってきたのは自分だけではないと。マレーロのようなろくでなしに罵倒されるのは自分だけではないということも。この打ち明け話には意義がある。ギャリックは満足していたし、自分が誇らしかった。それは本当だ。「同じとき、マーガレットも緊急救命室に来ていた。彼女の場合は、本当に階段から転げ落ちてね。ハロルドに無理やり連れてこられて、治療を終えて出ていくところだった。そのとき、看護師たちが俺の話をしているのを小耳に挟んだんだ。マーガレットは猛烈に腹を立てた。あの小柄なアイルランド人女性は弱い者いじめを毛嫌いしているからな。彼女は弱い者いじめをするような輩(やから)をやっつけるのが大好きなんだ」

「そうでしょうね」エリザベスはしばらく考えたあとに言った。「彼女の血筋から考えれば当然だわ」

「それで、気づいたときには親父は消えていて、俺はマーガレットと暮らしていた」

ギャリックの腕を撫でるエリザベスの手に確信を持ったように力がこめられた。「本当によかったわ。あなたはお父さんに殺されていたかもしれないんだもの」

「それでも……俺の父親だ」リゾートに移り住んで最初の何週間かは、びくびくしていたことをギャリックは思いだした。また暴力をふるわれて捨てられるのではないかと怯え、枕を涙で濡らしていたことを。「俺は怯えていたし、リゾートに移り住むのもいやでしかたがなかったが、同時に新しい暮らしに圧倒されてもいた。一日三食もらえるから、ゴミをあさらなくていいんだってことがうれしくてたまらなかった」だが、さらに何週間も枕を濡らした。父が恋しかったのだ。

エリザベスが自分の目ににじむ涙をぬぐった。

「泣かないでくれ。ここは俺の話の中では悲しい部分じゃない」

「そうよね」エリザベスは鼻をすすりあげた。「あなたがリゾートに移り住めてよかった」

「俺は学校に通った。一生懸命勉強して、それまでの遅れを取り戻した。勉強に関しては、マーガレットは本当に厳しかったんだ。彼女は俺に言った。俺みたいな子どもが這いあがる唯一の方法は、ほかの誰よりも賢くなることだと」

仲間を見つけたというようにエリザベスがほほえんだ。「ほかの誰よりも賢くて、私たちは幸運よね？」

ギャリックはふたたび言った。「それでも……あれは俺の親父だ。ただひとりの親だった。なのに、親父は消えてしまったんだ」まったく、俺ってやつは。悲惨な話を打ち明けておいて、自分に降ってわいた幸運に不満をもらすとは。エリザベスもさぞ感心してくれるだろう。

「お父さんが恋しかったのね」

「俺は親父が大好きだった。ばかげているってことは自分でもわかってる」

「あなたの父親だもの。血のつながった肉親だもの。会いたくて当然だわ」

エリザベスはギャリックの気持ちを理解してくれた。信じがたいが、彼女は理解してくれたのだ。

そのときふたりの車の後方でクラクションが鳴った。エリザベスが驚いてびくっとした。

一方、ギャリックはバックミラーにパトカーが見えて、なぜかほっとした。今度はフォスター保安官ではなかった。ギャリックは保安官代理の若者に手を振ると、窓をおろして言った。「すまない、膝の上にうっかりコーラをこぼしてしまってね。拭いていたところなんだ」

「手助けは必要ないんですね？」保安官代理はあからさまにがっかりした声で言った。

「だったら、車を動かしてください。道路をふさぐのは危険な行為です」

ギャリックはパトカーが走り去るのを見送って言った。「ああ、そのとおり。道路をふさぐのは危険だ。この道路には俺たちしかいないけどな」ギャリックはシフトレバーをドライブに入れて慎重に車を出した。先ほどのように、タイヤをきしませることはもうしなかった。

「お父さんはそのあとどうなったの？」エリザベスがギャリックの腕に手を添えたまま尋ねた。

エリザベスが話の続きを聞きたがることを覚悟しておくべきだった。どのみち、彼は最後まで話すつもりだった。ここまで話してしまったからには、最後まで打ち明けるべきだ。ここからは嘘も秘密もなしだ。洗いざらい話して、エリザベスが脱兎のごとく世界の反対側まで逃げていくのを見届けようじゃないか。「俺がティーンエイジャーの頃、親父は戻ってきた。学校帰りの俺を待ち伏せて、おまえはいい暮らしをしてるんだから、俺にも分け前をよこせと言ってきたんだ。親父は俺を利用して、マーガレットから金を引きだそうとした」

「まあ」エリザベスはひと呼吸置いてから言った。「あなたがフォスター保安官ともめることになったのはそれが理由なのね？」

「ああ。俺はいくつかの店から金を盗んで親父に渡した。そして警察に捕まって、マーガレットが保釈金を払って俺を出してくれた」ギャリックはエリザベスに同情されたくはなかった。もちろん今となっては手遅れだったが。「俺はひとりで解決したかったんだ。だからマーガレットに迷惑をかけることになって……自分が恥ずかしかった。俺はやけになって、いきがったり、怒鳴り散らしたりした。愚かなガキだった」

「でも、お父さんはいなくならなかった」

もちろん、エリザベスにはすべて予想がついただろう。「ああ」

「お父さんは何をしたの？」

「親父は……俺が出来損ないだと言った。その理由をいくつも挙げた。俺は親父と肩を並べるような男にはなれない。母親の血を引いたんだと。つらくなるとすぐに逃げだすような男だと。親父が俺を虐待したのも、すべて俺が原因だっていう口ぶりだった。親父は俺の自信を奪った。どこかで聞いた話だろう？」

エリザベスがギャリックの腕から手を離した。「あなたはアンドルーが私を虐待しているって言いたいの？」

「マレーロは君のことをよくわかっている。どのボタンをどう押せば君を動揺させられるか知ってるんだ。ああ、そうだ。やつは君を虐待した。それに、記者の言ってることは正しい。マレーロは君の陰に隠れてしまうのを恐れてる。君が科学界の顔となるのを阻止したかったんだ。マレーロは君が撮った津波の映像を見て、君の解説を聞いて気づいた。君の外見と科学的な素養と、地震と津波のときに居合わせた唯一の専門家という幸運があれば、君がやつの地位を奪い、新たなスターになって、今後二十五年間は公共放送サービスのすべてのチャンネルやヒストリーチャンネルの地質学特集で引っ張りだこになるだろうと。だからマレーロは、地震が過去のニュースになるまで映像を公開させたくなかったんだ。世間知らずになってる場合じゃないぞ」ギャリックはリゾートの駐車場に車を進めた。「あいつは傲慢で自分勝手なろくでなしだ」

「アンドルーは母の愛人だった可能性のある男のひとりだわ」エリザベスは窓に差しこむ日差しの強さに目を細めたあと、たった今、持っていることを思いだしたというようにサングラスをかけた。

「それもある」ギャリックは正面玄関の階段の真ん前に車を停めた。「ミスティがアンドルーに別れを告げたとしたら、やつには彼女を殺す動機がある。それどころか、彼女の愛人じゃなかったとしても、あいつには立派な動機がある。ミスティを殺して君のお父さんに罪をなすりつければ、発掘チームのトップになれたんだ」新たな動機と言える。あまりにあからさまな動機ではあるが。

「そんなのは突飛すぎるわ。仕事の地位なんかのために誰かを殺すだなんて」

「権力に関することなら、なんであれ突飛じゃない。力を手にするためなら、人間というのはどんなことだってする生き物なんだ」この真実を当時の自分が気づいてさえいれば……。

また父の笑みを思いだしたギャリックは、怒りと胸の痛みで身震いしそうになった。

「力を手にするためには犠牲さえも厭わないなんて私には理解できないけど、何かで読んだことがあるわ。それに、あなたがそう言うならきっとありうるんでしょうね」

「俺はこの種のことならよく知ってるんだ。訓練の一環として学んだから」それと自らの実体験からも。

「最後まで話を聞かせて」エリザベスが言った。「あなたとお父さんのあいだで、最終的には何があったの？」

ギャリックは四階建てのリゾートの建物を見あげた。「親父はここに侵入したんだ。だが、俺を狙ってじゃない。その頃には俺は親父より背が高く、力も強く、度胸だってあったからな。親父はマーガレットを狙ったんだ。彼女なら年を取っていて、力も弱い」

「ああ、なんてこと」エリザベスはため息をついた。「それでどうなったの？」

「次の日の夜明け頃、親父は崖下にある岩の上で死んでいた。マーガレットの部屋のバルコニーの真下だった。マーガレットは過失致死罪に問われそうになった」

エリザベスはよく考えてから尋ねた。「誰があなたのお父さんを殺したの？」

「俺だ。俺が撃った。それでも死ななかったから、バルコニーから投げ落とした」

54

カテリは生きていた。自分自身の意識の中のどこか奥深いところで。

彼女は動けなかった。食べることも、飲むことも、考えることもせずに、時と空間のはざまで、ただ漂っていた。あまたの星々で形成される銀河のように。再生のときを待つ胎児のように。

漂いながら、彼女は成長し、変化していった。分子は再結合し、骨はつながり、痣は癒えていった。

しかし、細胞は変貌を遂げていた。カテリの体はかつてのそれとは違うものになっていた。ときおり人の気配を感じることもあった。消毒液と血肉のにおいをとらえることもあった。誰かの声が聞こえることもあった。だがその声は時と距離、あるいは痛みというフィルターに覆われているせいか、はっきりとは聞こえなかった。

痛みは常にそこにあった。カテリの新たな相棒だ。忠実なる相棒。あと少しで感じ取れそうなほどだった。蔓(つる)のように伸びるその痛みをつかむことさえできたら、その痛みが暗闇から抜けだすための道しるべとなってくれるはずだった。

ところが彼女が手を伸ばそうとするたび、痛みの蔓は彼女の指先からするりと逃げてしまう。だからカテリが痛みを感じることはなかった。彼女が感じていたのは苦しみだった。それが彼女の魂と正気をバラバラに引き裂こうとする。

だから、カテリはふたたび潜った。意識の奥深くへと。そして漂った。ひたすら漂って……。

深紅の痛みの蔓が彼女の意識をぴしゃりとはじいた。カテリをからかい、誘っている。戻っていらっしゃい、また人になりなさいと。

カテリは蔓をつかんで引っ張った。

苦痛。拷問。脚に、腕に、背中に、腹部に、耐えきれないほどの痛みが襲いかかる。けれども、カテリはもう一度蔓を引っ張った。神経が焼けつき、筋肉が痙攣し、脳が炎に包まれる。

すると、いくつもの音が聞こえてきた。機械の音、人の声、衣ずれの音、調子外れの鼻歌。音はどんどん迫り、大きくなっていく。

だめよ、カテリ、戻って。浮きあがってはだめ。

カテリは目を開けた。

何かが動いているのが見える。彼女の上で。彼女のまわりで。人々が動きまわっている。

緊迫した声でしゃべっているが、何を言っているのか、カテリには理解できない。
かたわらでは、色とりどりのモニターのついた計器類がピーピーと音を立てている。
壁にはテレビがかけられ、ウェザー・チャンネルが映しだされている。
窓から日の光が差しこんでいる。
カテリは声を出そうとした。口の中で言葉を紡ごうとする。
カテリは体を動かそうとした。手で何かをつかもうとする。
そのときまた痛みが襲いかかってきた。全身で痛みが爆発する。
耳の中で心臓の音がどくどくとうるさく響く。
呼吸で肺がきしみをあげる。
カテリは戦った。自由を求めて抗い、身もだえた。
だが……その抵抗が彼女の意志をくじいた。カテリは痛みの蔓を手放した。
ふたたび彼女は潜った。時と空間と……孤独の中へと。
しかし、彼女はふたたび浮上するだろう。
近いうちに。

55

地面が揺れ始める。

ピックアップトラックが揺れ始める。

ホテルの建物が揺れ始める。

「また来たぞ」だが、今は話さなければならないことがたくさんあった。「親父を殺したのが俺だと知ってるのは、この世でマーガレットただひとりだ」

「そうなの」エリザベスが上の空で答えた。その視線は、太陽の下できらめく青い海に向けられたあと、前回の余震ですでにひび割れが走っている駐車場へ、嵐の中の巨船のように揺れているホテルへと移る。

車がきしみ、アスファルトがひび割れる音に負けじと、ギャリックは声を張りあげた。「FBIにばれたら、俺のキャリアはおしまいだ。今だって終わっているようなものだが、服役させられる可能性だってある。だからこのことは誰にも言わないでほしいんだ」

「もちろん誰にも言わない」エリザベスはギャリックをちらりと見た。「でも、これでいろいろと納得できたわ」

何に納得できたのかとギャリックが尋ねかけたそのとき、揺れが急激に激しくなった。ギャリックはドアフレームにつかまって自分の体を安定させてから、エリザベスの手首をつかんだ。これで彼女を守れるというように。あんな告白をしたあとでも、ギャリックはエリザベスに触れずにいられなかった。

ホテルからポーチへと走りでてきた人々が、パニックの表情を浮かべて柵や柱にしがみついているのが見えた。

「車がバウンドしてる」波打つ地面の上で、車が傾き、揺れていた。

「この余震は大きいわ。マグニチュード6はゆうに超えていると思う」エリザベスの声は震えていた。

だが、しばらくすると揺れがおさまってきた。すでに破壊されていた景色にさらなる損壊を与えようと、揺れが内陸へと遠のいていく。

「これほど大規模な事象を経験できるなんて、とてつもないことだわ」エリザベスが言った。

「私のキャリアにとってはね。だけど、もうたくさん！」エリザベスは最後のひと言を窓の外に向かって叫んでみせたあと、自分自身に驚いたような表情を浮かべた。

驚いたことに、ギャリックは笑いだしたくなった。たった今、自らの内臓を引きちぎるような思いで、長年抱えこんでいた秘密をエリザベスに告白したばかりだというのに。いったいどういうわけだろう。

ギャリックは事実に向きあう必要があった。エリザベスにとって、彼が地震よりも重要な存在になることは決してない。ギャリックの告白になんの反応も見せなかったのはそのせいだ。泣き虫な子どもだったギャリックが成長して人殺しになったという事実をエリザベスは気にしていないのかもしれないなどと想像してもしかたがない。あとで考える時間ができたら、彼女も拒否反応を見せるだろう。

それでもエリザベスのいらいらした顔を見ていると、ギャリックの胸におかしさがこみあげた。

ヒステリー症状に違いない。

ギャリックは咳払いをしてエリザベスの手首を放すと、ポーチに並んでいる人々に視線を移した。「マイク・サンはここでいったい何をしてるんだ？」

「わからないわ。マイク・サンって誰？　ああ、待って、思いだした……あなたの友達ね？」

「そうだ」ギャリックはつけ加えた。「マイクは検視官でもある」

「あなたは今日、彼に会いに行ったのよね」そのことについてもエリザベスは覚えていた。当然だ。

「そうだ」さらなる説明は必要ない。彼女が要求しない限りは。ギャリックは駐車場を見まわした。「あいつの車はどこだ？」

「もしかしたら、自転車で来たんじゃない？」エリザベスはリゾートの駐輪ラックにチェーンでとめてある二台のロードバイクを指さした。

ギャリックはピックアップトラックから降りると、助手席側にまわってドアを開けた。エリザベスが車から降りるあいだ、ギャリックは彼女の体に触れてしまわないよう気をつけた。

だがエリザベスはギャリックの肩に手を置いて、彼に身を預けた。そのときマイクと女性が――あれが妻のコートニーに間違いない――ギャリックたちに向かって歩いてくるのが見えた。ふたりはポーチの階段をおり、駐車場を横切って近づいてくる。ふたりとも風にあおられたように着衣が乱れ、髪にはヘルメットのあとが残っていたが、運動のおかげか血色がよく健康的に見えた。

エリザベスが正しいようだ。ふたりは自転車で来たのだ。

「やあ！　また会えてうれしいよ。それもこんなに早くに」ギャリックは眉をあげた。

「コートニーが自転車でひとっ走りしたいって言いだしてね。コートニー、ギャリックを覚えているよな？」

ギャリックは手を差しだした。

コートニーはギャリックの手をとらえると、強く引っ張って彼を引き寄せ、両頰にキスをした。

コートニーはギャリックと同じくらいの身長で、バービー人形のような体つきだった。つまり、胸は大きくて腰はきゅっと引きしまり、脚はすらりと長い。小麦色の肌はあまりにきれいに焼けているので、逆に人工的に見えるほどだ。髪は真っ黒で、これは明らかに染めたものだ。コートニーはギャリックが覚えていたままのとびきりの美人だった。ギャリックはコートニーのキスにどう返せばいいかわからず、とりあえずハグして、できるだけすばやく体を離した。

「もちろん、彼のことは覚えているわ。高校の頃、恋に落ちるとしたら、相手はギャリックしかいないって思っていたのよ」コートニーはマイクに腕を絡めながら言った。「それもマイクに出会うまでだけど」

「俺はずっと目の前にいたけどな」マイクはエリザベスに向かってにやりとし、手を差しだした。「君のことは何度も見かけたことがあったんだ。ようやく知り合いになれてうれしいよ」

「私もよ」エリザベスが答えた。

マイクの笑みがさらに大きくなった。「俺のことは全然見覚えがないんだね？」

「ないわ」今度はエリザベスもマイクの顔をまじまじと見た。「でも顔をあげなければ、私の両親のことをおもしろおかしく話してる人たちの顔を見なくてもすむでしょう？」

「まあ。私には想像もつかないほどの重荷をあなたは背負っているのね」コートニーはエリザベスに抱きついて頬を寄せた。「私、あなたのことが好きだわ。正直だもの。ところで、そろそろホテルに戻ってミセス・スミスの様子を確かめに行かない？　揺れ始めたとき、彼女はまだ割れていない壺を抱えて、避難するのを拒んだのよ」

エリザベスは笑い声をあげた。「きっと無事よ。彼女はほかの何よりも頑丈にできていそうだもの」

ふたりの女性はおしゃべりしながらホテルに向かって歩きだした。

ギャリックとマイクはその背中を見送った。

「うまいことやったな、マイク」ギャリックは言った。

「おまえもな。いったい彼女はおまえのどこに惚れてるんだ？」

「どこにも惚れてない。エリザベスは俺と離婚したんだから」いまだにそれについて考えると、ギャリックの口には苦い味が広がった。「忘れたのか？」

「まだおまえにべた惚れって感じだったじゃないか。コートニーがおまえに抱きついたとき、エリザベスはおもしろくなさそうだった」

「本当か？」それはいい情報だ。「ところで、ここで何をしているんだ？」

「おまえに頼まれた例のものが手に入ったから、コートニーとここまでひとっ走りすることにしたんだよ」マイクは駐輪ラックに向かって歩きだしながら言った。

ギャリックはマイクについていった。「例のものって？」

マイクはダッフルバッグの中を探り、ぱんぱんにふくらんだ光沢のあるピンク色の封筒を取りだすと、見せびらかすようにしてギャリックに差しだした。

ギャリックはまだわけがわからなかった。「ずいぶんとかわいらしい封筒だな。いつも報告書をそんな袋に入れてるのか？」

「コートニーが化粧品会社からこの封筒をもらってきたんだ。連中は彼女に自社製品を使ってもらいたがるんだよ。それにこれなら……あれを入れるのに、いいカモフラージュになる」

ギャリックは封筒を開いて中をのぞきこんだ。古い紙のかび臭いにおいがする。中で金属のようなものがきらりと反射するのが見えた。ギャリックは封筒の中に手を突っこもうとした。

マイクがギャリックの手をつかんだ。「おまえのために手袋を持ってきてやった。何を触るにしても、手袋をはめろ。証拠におまえの指紋を残したくないからな」

「証拠」ギャリックは封筒に顔を突っこむようにして中をのぞきこむと、信じられない思いで中身を見つめた。「持ちだしてくれたのか？　バナー事件の証拠を？」

「それ以外の何だと思ったんだ？」マイクは気分を害したような声で言った。「古い紙とハサミを適当に詰めたとでも？　ああ、そうだよ、これは証拠だ！」

「証拠のすべてか？　なんてことだ、マイク……驚いたな」ギャリックは友人の顔を呆然と見つめた。「どうやって持ちだしたんだ？」

「フォスターの鍵を盗んで証拠保管室に忍びこんで、箱に入っていたものをすっかり持ちだしてきた」午後の暑さにまいっているというように、マイクは首元の黒髪を払った。「箱は保管室に残しておいた。空っぽのまま」

「なんてことだ」ギャリックにはほかに言うべき言葉を思いつかなかった。「どうしてそんなことをする気になった？」

マイクが顔をゆがめた。「俺が昼食から戻ってきたとき、あのくそったれが遺体安置所にいて、自分の母親の遺体を見ていやがった」

「それで？」

「やつは母親の遺体を横向きにして、後頭部の傷を調べてたんだ。俺が傷口を調べるために、髪を剃り落とした部分を」

ギャリックは内臓がよじれた。「やつは気づいたんだな。自分が殺したとおまえが知っていることに」

「まずはフォスターに支給されている銃に残された血痕を調べないことにはなんとも言えない。でも、ああ、俺はやつがやったと思ってるし……やつも俺に気づかれたと知ってる。だからフォスターが俺のことも殺すつもりなら、その前に証拠をおまえに渡しておいたほうがいいと思って」マイクは早口に言うと、冗談を言ったとでもいうようににやりとした。

ギャリックは笑えなかった。

マイクが真顔に戻った。「考えすぎだと思うか？」

「おまえはどう思う？」

「思わない。そうだったらいいとは思うが」

ギャリックは手元の証拠にふたたび目を落とした。もしフォスターにばれたら……。ふたつの殺人事件の嫌疑がかけられている精神状態の危うい保安官が何をしでかすかわからない。そして今の状況では、ギャリックはマイクとコートニーの身の安全に責任が持てなかった。エリザベスとマーガレットの身の安全にも。「町を出ることは考えたか？」

マイクはにらんだ。「ああ、今なら町を出るのも簡単だからな」

「難しいが、不可能じゃない。俺はここにたどり着いたんだ。四輪駆動の車はあるか？」

「ああ」マイクはギャリックから数歩離れたが、また戻ってきた。「本気で言ってるんだな？」

「死ぬほど本気だ」そうでなければどんなによかったか。「誰だって認めるはずだ。フォスターが変なやつだってことも、あいつが日に日におかしくなってってることも。そのうえやつは今、人生で初めて、絶対的な母親の影響下から自由になった」

「母親がいたから、フォスターはぎりぎりまともでいられたというのか？」

「俺が言いたいのはまさにそれだ。日常の劇的な変化が、常軌を逸する行動のきっかけになることはよくある」

「FBI捜査官みたいな口ぶりになってるぞ」マイクは挑戦的な笑みを浮かべているつもりらしいが、その笑みはこわばっていた。

「職業病だな」ギャリックは考えをまとめながら言った。「フォスターは、自分が母親を殺したとおまえが気づいてることを知っている。そのうえ、おまえは俺のために証拠を盗んだ。俺がフォスターの関与を疑った殺人事件の証拠だ。フォスターがミスティ・バナーを殺していないにしろ、捜査が適正に行われたかどうかについては、やつに大きな責任がある。でもおまえが証拠を持ちだしたことは、ばれてないんだな?」

マイクは答えをためらった。

「冗談だろう?」ギャリックは信じられなかった。

「持ちだしたところは見られてない。でも証拠を手にして遺体安置所に戻ったら、やつが母親の遺体を調べてたから、そのときに見られた」

ギャリックはどうしようもないとばかりに手をあげ、またおろした。

「証拠はそのばかみたいなピンクの封筒に入れてあった!」マイクが言った。

ギャリックは首を振りながら、ホテルに向かって歩きだした。

「くそったれ」マイクはギャリックのあとに続いてポーチに向けて歩きだした。途中で足を速めてギャリックを追い抜く。

「おまえは人々のために正義を憂えるスーパーヒーローだ」

「ほざいてろ」マイクは振り返り、後ろ向きに歩きながら言った。「証拠を手に入れたってことは誰にも言わないと約束してくれ」

「約束する」

「誰にもだ。エリザベスにも」

「問題ない。万が一誰かにしゃべるにしても、エリザベスだけはない」ギャリックはこれまでの人生でこれほど本気で何かを言ったことはなかった。「エリザベスにはこれ以上ないほど最悪のタイミングで真実をうっかり口走るという、ぞっとするような癖があるんだ」

「なるほど」マイクはふたたび前を向いたが、また振り返った。「急に町を出ることをコートニーにはなんて説明すればいい？」

「地震から避難するために、君を都会に連れていきたいとか」

マイクは足を止め、憤慨して言った。「コートニーはたしかに巨乳だが、だからといって頭が鈍いわけじゃないんだぞ」

「それは残念」ギャリックは本心から言った。「だったら……本当のことを話すしかない」

「そうだな」

ギャリックはマイクの肩に腕をまわした。「さっさと話してしまおう。地図を探して、通行が難しい地点を教えてやる。そのあとおまえたちの出発を見送るよ。おまえたちが町を出たら、俺も安心できる」

「ああ、俺もだ」マイクはため息をついた。「おまえを見たときに、厄介なことになるとわかってたんだ」

「俺とデートした女の子はみんなそう言う」

「そういうことを考えてるなら」マイクはギャリックを押しやった。「俺の肩から腕をどけてくれ」

たいしておもしろくもなかったが、ふたりはさもおかしそうに大声で笑い、ホテルへと歩いていった。

56

その晩、夕食の席で食事と静かでなごやかな会話を楽しんだあと、マーガレットとギャリックとエリザベスはそれぞれの部屋に戻った。ギャリックとエリザベスはスイートルームのリビングルームを挟んで真向かいにある互いのドアの前で足を止め、おやすみと言いあった。ギャリックはしっかりとドアを閉めた。

今はエリザベスに不意打ちされたくなかった。

ピンクの封筒を手に取ると、中身をデスクの上に広げた。四隅が茶色く変色した書類が何枚も木製のデスクの上に滑り落ちた。そしてその書類の上に——ジップロックに入れられたものが転がり落ちた。

ハサミだ。

ＦＢＩ捜査官にとってこの遺物は、考古学者にとってのツタンカーメン王の黄金のマスクと同じくらいの衝撃がある。

ギャリックはマイクに渡された使い捨ての手袋をはめ、ジップロックの角を持ってデスクのランプに近づけた。

ハサミは血のしみがまだ残り、少し錆びている。長い刃は先端が鋭い。切れ味のよさそうな裁ちバサミだ。ミスティが家のカーテンや、幼い娘のドレスを作るのに使われたハサミ……もしかしたら、ミスティが殺されたときに着ていた花柄のワンピースを作るのにも使われたかもしれない。

ギャリックはジップロックを持って、階下の郵便仕分け室に向かった。梱包材でハサミをくるむと、中サイズの定額料金のプライオリティ・メールの箱に入れて封をし、宛先を書いて切手を貼った。いつ発送できるかはわからないが、地元の郵便配達員に知り合いがいる。昔の同級生だ。マイク・サンの場合のように、そういうツテはとても役に立つということが身にしみてわかった。

箱を手に部屋へと戻りながら、ギャリックはマイクのことを考えた。

コートニーはマイクに不満たらたらだった。

マイクはギャリックに不満たらたらだった。

だがギャリックは荷物を四輪駆動のラングラーに積みこみ、家の戸締まりを手伝ったあと、ふたりの出発を見送った。マイクとコートニーはポートランドに向けて悪路を旅するはめになったが、用心するに越したことはない。

次はバナー事件の書類を調べる必要がある。徹夜仕事になるだろう。どのみちギャリックは眠れそうになかった。ピックアップトラックの中で、エリザベスと愛を交わす寸前までいったあとではそれも当然だ。今すぐに彼女の部屋のドアをノックして、熱いひとときをやり直すことを考えないでもなかったが、もしエリザベスに拒絶されたら、彼女は父親に虐待された惨めな負け犬と寝るのなんて耐えられないのだと考えてしまう。もし拒絶されなければ、彼女は惨めな負け犬を憐れんでいるのだと考えてしまう。

自分のことを惨めな負け犬と考えるのは不毛だとわかっている。父に罵声を浴びせられた記憶が頭にこびりついているだけだとエリザベスなら言うだろう。ギャリックも論理的にはわかっていた。だが論理的な考えは、彼の意志をくじいて心を引き裂くような感情に対してはなんの役にも立ちはしない。

今は手元にある仕事に集中したほうがいい。この手の捜査に関しては、FBIのみならず世界の捜査機関の中でも自分が一番の適任だとわかっていた。

ギャリックは捜査報告書のすべてに目を通し、目的のものを見つけた。ハサミに残っていた指紋の照合に関する書類だった。

ミスティとチャールズ。それに特定されていない指紋が三つ。

驚くことではなかった。どこの家のハサミも、その家の住人や訪問者など、さまざまな人の手に渡る。そして多くの人は指紋を採取された経験がない。だから特定できない指紋があっても驚くような結果ではないのだ。だが、この報告書には不備がある。指紋が残されていた位置について何も言及されていない。

人はハサミを持つとき、当然ながら柄の部分を握る。誰かほかの人にハサミを手渡すような場合には、刃の部分を握る。

だが殺人犯はハサミの柄を逆に握り、刺したり、切りつけたりして相手を殺す。つまり、これらの指紋の位置が特定されていないという事実は、チャールズ・バナーの捜査過程で目に余る手抜きがあったことを証明している。さらに、捜査担当者はそれを承知していたということもわかる。この報告書がスキャンされず、事件関連書類に含まれてもいないことからそれは明らかだ。

ギャリックはマイクとコートニーが町を離れてほっとしていた。デニス・フォスターに問いただしたいことが山ほどあるからだ。

ギャリックは自分のノートパソコンに目を落とし、ため息をついた。これ以上先延ばしにはできない。ペレスに連絡を入れ、状況を報告しなければ。だが、それにはエリザベスの携帯電話が必要だ。

ギャリックはしぶしぶながらリビングルームを横切り、エリザベスのベッドルームのドアの前に足を運んだ。今日の午後の告白のこともあり、本当なら今夜は彼女と顔を合わせたくなかった。

ギャリックはそんな感情をのみこみ、ドアをノックした。

「どうぞ」エリザベスの声が応えた。

ギャリックはドアを開けた。「君の携帯電話を借りても……」

エリザベスは床に座っていた。サイズの大きな男物の白いシャツをまとい、右手を床の上に大きく広げ、真剣な顔でマニキュアを塗っている。

「いいかな?」ギャリックはかすれた声で続けた。

エリザベスは顔もあげずに言った。「どうぞ」ギャリックがその場から動かずにいると、彼女は続けた。「ナイトテーブルの上にあるわ」

ギャリックは部屋を突っきって携帯電話をつかむと、電波を受信できていることを確認してドアへと向かおうとした。これ以上何も会話すべきでないことはわかっていたが、自分を止められなかった。「何をしてるんだ?」

「マニキュアを塗っているのよ」

「マニキュアを塗っている」

「ええ」

ギャリックは頭をかいたあと、別の次元に迷いこんだような顔で尋ねた。「どこでそんなものを見つけたんだ?」

「リゾートのスパよ」

「なるほど」多少奇妙ではあるが、その答えには納得できる。とはいえ……。「君がマニキュアの塗り方を知っているとは知らなかった」

「私がマニキュアを塗ってるところをあなたが見たことがないからといって、私が塗り方を知らないとは限らないのよ。大学生の頃に覚えたの。靴のモデルをしていた頃に」

女ってやつはいつだって不可解な生き物だ。「靴のモデルなのに、手にマニキュアを塗ってたのか？」

「フォトグラファーたちは、私がこうやっているところを写真に撮るのが好きだったの」エリザベスは立ちあがると、自分の両手で胸を包むポーズを取った。

ドアに向かっていたギャリックの足が止まった。

マニキュアの色は赤だった。白いシャツは胸のあたりまでボタンが開いている。エリザベスは裸足だった。ブラジャーもつけていない。そして胸は寄せられて豊かにふくらみ……それはホイップクリームのようで、どこまでも罪深い光景だった。「それで靴が売れたのよ。ピカピカ光るハイヒールで、男を誘うような靴だった」エリザベスはポーズを取るのをやめて腰をおろし、マニキュアを塗る作業に戻った。

「ああ、想像がつくよ」ギャリックは膝からくずおれそうになりながらも、どうにかエリザベスの部屋から出て、リビングルームを横切り、自分の部屋に戻った。自制心を失わずにいられたおかげだ。

あるいは、彼女に拒絶されるのを恐れた意気地なしだからか。

エリザベスの携帯電話とノートパソコンをコードでつなぐと、ギャリックはFBIのインスタントメッセージのソフトを立ちあげてログインし、トム・ペレスへのメッセージを打ちこんだ。〝バナー事件の証拠保管箱の中身を手に入れました。プライオリティ・メールでハサミをそっちに送ります。だめだったら、ほかの方法でなんとかします。まだ郵便サービスは復旧してませんが、できるだけ早く発送するつもりです。そのつもりでいてください〟

五秒後に返信が来た。〝合法的に入手したのか？〟

〝答えを知りたくないようなことは尋ねないほうが賢明ですよ〟

〝おまえが行方をくらましたせいで、俺は面倒なことになってるんだぞ。なんでおまえのためにこんなことをしなけりゃならないんだ？〟

ギャリックは両手をこすりあわせてから入力した。〝あなたの言うとおりだ。でしたら、バナー殺人事件のハサミはほかの誰かに送って、指紋を採取してもらうことにします。そうだな……ラスベガス市警の刑事なんかはどうだろう？　彼女の名前はなんだったかな？　アレクシス・ロングだ。あなたはしばらく彼女と関係を持ってましたよね？　アレクシスなら俺に協力して、犯罪史上に名高いこの事件に挑戦してくれるかもしれない。チャールズ・バナーが犯人でないことがわかったら、彼女はメディアに登場するようになって……〟

〝俺にハサミを送れ〟

〝あなたを面倒に巻きこみたくはありません〟

〝俺にハサミを送れ〟

〝そこまで言うなら。でも本当にハサミを送ってほしいんですか？〟

〝そのいまいましいハサミを俺に送りやがれ〟

〝お安いご用です、ボス〟

しばし間が空いた。〝チャールズ・バナーがやってないと考える根拠は発見したのか？〟

〝捜査報告書のすべてがオンラインの事件ファイルにアップロードされてるわけではなかったんです〟

今度はすぐに返信があった。〝おもしろい〟

〝保安官は気味の悪い男なんです〟

〝容疑者か？〟

〝今の時点では一番の容疑者ですね。だが、ほかにも何人かいる〟ギャリックはマレーロのことを考えた。マレーロを容疑者とするアイデアは気に入った。あのろくでなしのちびめ。次にギャリックはレインボーのことを考えた。今日、彼女に腕をつかまれたときのことを。レインボーはがっしりとした体形で力が強く、男のような手をしている。それにエリザベスはレインボーをミスティの愛人候補のひとりに挙げていた。

ドクター・フラウンフェルターはチャールズに奇妙な執着を見せている。ほかにマーガレットが名前を挙げたのは誰だっただろう？

〝単なる退屈しのぎか？　それとも本当に疑わしい点があるのか？〟

「まったく、疑り深い男だ」ギャリックはつぶやいてキーボードを打った。〝ただの退屈しのぎです〟

〝退屈しのぎで自分が殺されるようなはめになるなよ。また連絡してくれ〟

〝そうします〟

そのときリビングルームにつながるドアがノックされ、ギャリックは驚いて振り向いた。

エリザベスが戸枠にもたれて立っていた。はおっている男物の白いシャツの裾から腿をのぞかせ、片方の手に赤いネイルカラーの瓶を、もう片方の手に化粧ポーチのようなものを持っている。「今、話せる？」

57

エリザベスはギャリックの返事を待たず、彼の前を素通りしてベッドに向かった。すれ違いざまにふわりといい香りが漂う。シトラスとシナモンの香りだ。エリザベスは床に腰をおろすと、ネイル用品をポーチから出した。そして白い布を広げて足を置き、足の指のあいだにスポンジのようなものを挟むと、ネイルカラーの瓶の蓋を開けて爪に塗り始めた。

ギャリックは首を傾けてのぞこうとした。彼女の……彼女の……。

「何をしてるの？」エリザベスが尋ねた。

「ええと……」君のショーツをのぞこうとしているとか？

「その書類は何？」

ギャリックは床の上に立て膝で座っているエリザベスから目を引きはがし、デスクを見た。しまった、証拠を広げたままだった。マイクがギャリックのために盗みだしてくれた証拠だ。秘密にすると約束した証拠だ。書類には〝証拠報告書〟という赤いスタンプが目立つように押されており、左上の角には黒のマーカーで〝バナー殺人事件〟と書かれている。

ギャリックは書類をかき集めると、エリザベスの目に触れないように裏返して束を揃えた。「マイクが高校時代の古いレポートを持ってきたんだ。ティーンエイジャーの男子が書いたくだらないものだよ、わかるだろう?」下手な言い訳だった。

だが、エリザベスは信じた。「あら、そうなの。じゃあ見ないようにするわ」どのみちエリザベスはギャリックのことなど見ていなかった。彼女は自分の手元に目を落とし、慎重な手つきで足の小さな爪に赤いペディキュアを塗っている。「今日の午後にあなたが話してくれたことについて考えていたのよ」

ああ、まいった。エリザベスは俺の憐れな告白について話したがっている。

もっとも、エリザベスが証拠に興味を示さなかったことには感謝していたが。

ギャリックはエリザベスにちらりと目を向けた。彼女は片方の足にペディキュアを塗り終え、両脚を前にまっすぐ伸ばしている。立て膝で座っていたときよりずっとましな姿勢だ。とはいえ、赤く塗ったばかりの爪先をくねくねと動かし、足先に向かってにっこりとほほえむさまは……。くそっ、このポーズも危険だ。

ギャリックはピンクの封筒をつかみ、書類を中に滑りこませ始めた。「どうしても午後のことを話しあわなきゃならないのか?」

「そうじゃないけど……」エリザベスはまだ手つかずのほうの足を引き寄せ、かかとを白い布の上に置き、ネイルカラーの瓶を振った。

エリザベスが脚を持ちあげたとき、デスクの上のライトがちょうどいい角度で彼女を照らし——。

エリザベスはショーツをはいていないじゃないか。

まるでアニメーターが描くディズニーのキャラクターのように、ギャリックの体は凍りついた。目は飛びだし、顎はがくりと落ち、指は書類を握りつぶしている。

ギャリックからはすべてが見えた。

ブーンという耳鳴りの向こうでエリザベスが何か言っているのが聞こえた。〝でも、今朝よりもあなたに近づけた気がする〟というような言葉を。

ギャリックはわれに返った。

考えるんだ、ギャリック。エリザベスは透けるシャツを着て、ボタンをへそのあたりまで外している。女らしく手と足の爪を美しく塗り、髪をふくらませ、花のような香りをまとい、そのうえショーツをはいていない。彼女が考えているのは話すことだけじゃないはずだ。

それについては考え直してもらわなければ。

ギャリックは残りの書類も封筒に入れると、クローゼットの一番上の棚にしまった。そしてエリザベスの前まで歩いていき、見おろすようにして立った。両手を腰に置いて顔をしかめ、抑揚のない声で言う。「憐れみのセックスなんてごめんだ」

エリザベスが誘うように時間をかけて顔をあげた。「本当に?」

待てよ。

エリザベスにも一理ある。

自分は本当にプライドを守りたいのか？　もし彼女とこのまま……。

くそっ、だめだ。同情心でセックスしてもらうなんて冗談じゃない。「ああ、本当だ」

エリザベスの視線がギャリックの体をなめた。ギャリックはジーンズがきつくなるのを感じたが、それにはなんの意味もないとわかっていた。もっとも一年以上も誰とも寝ていないので、彼の下着の中のサーカス団には独自の意見があるようだ。エリザベスが言った。「なぜ私があなたを憐れむの？　あなたを憐れむのなら、自分のことも憐れまなければならないわ」

エリザベスの唇は動いていたが、ギャリックの耳には彼女が話していることがまったく入ってこなかった。

エリザベスはペディキュアを塗る作業に戻った。「ずっと不思議だったの。私たちにはなんの共通点もないのに、何がふたりを結びつけたんだろうって。でも実のところ、私たちは共通点だらけだったのね」

ギャリックは顔をしかめた。エリザベスは一風変わった女性だ。それはわかっていた。ずっと前からわかっていたことだ。

だが彼女の脚、特にペディキュアが施された爪先は本当に美しい。セクシーでみだらで、なんともそそられる……。

エリザベスが続けた。「私たちはどちらも最悪のトラウマを生き抜いた子どもだった。ふたりとも父親に苦しめられ、生活を破壊され、学校では同級生たちに蔑まれてきた。でも、今の私たちはどう？　ふたりとも立派に社会に適応できてるわ」小指の小さな爪に取りかかったエリザベスは、全神経を集中させ、舌で下唇をマッサージするようになめている。こうすればきれいに塗れるのだというように。

きっとそうなのだろう。ギャリックは思いだした。エリザベスの舌がとても器用だということを。

エリザベスは最後の一番小さな爪を塗り終えて得意げにほほえむと、瓶の蓋を閉めてふたたび顔をあげた。「私たちはお互いのために生まれてきたんだわ」

エリザベスは理詰めでギャリックを納得させようとしている。だがギャリックの脳は血流が不足しているせいで、まともにものが考えられなくなっていた。彼はデスクの前に戻り、椅子に腰かけた。「どちらも子どもの頃にトラウマを負っているから、俺たちはお似合いだっていうのか？」

エリザベスは笑った。控えめにではあるが、たしかに笑った。「ギャリック、私たちは単なるトラウマを負ったわけじゃないわ。たいていの人ならアルコールやドラッグの依存症になったり、ベッドに潜りこんで二度と起きあがれなくなったりするほどのトラウマよ」

エリザベスの言うとおりだ。

だが、自分の考えも間違っていないとギャリックは思った。懸命に意識を集中させて、憐れみのセックスなど望んでいないことを思いだした。

ギャリックは、エリザベスが逃げだして二度と後ろを振り返らなくなるような言葉を言い放った。「俺はセラピーに通ってるんだ」

エリザベスは慌てて立ちあがったりはしなかった。彼女はけだるげに起きあがるとギャリックを見つめ、シャツの裾を伸ばした。下半身が隠れているかどうか気にするように。けれどギャリックはすでにその女神のような眺めを堪能していた。彼の人生の中で、一番そそられる眺めだった。もしくは、離婚して以来の一番かもしれないが。いずれにしても、ギャリックは思いだせなかった。これほど魅惑的で無垢で……みだらな光景を。

エリザベスは長い脚をわざと見せつけるように歩きながらデスクに近づき、ギャリックの膝に自分の膝が触れるほど接近したところで止まった。前かがみになって両手をギャリックの肩に置き、唇を大きく動かしてわざと一語一語はっきりと発した。「私も通ってたわ。必要だと感じたら、また通う。あなたはどんな感じ？」

どんな感じかって？　エリザベスのシャツは胸の中ほどまで開いている。ギャリックが左を向けば、シャツの中がのぞき見え、一方の胸の白いふくらみのほとんどが見えた。だがその先端はシャツの生地で隠れている。右を向けば、もう一方の胸の白いふくらみと、ピンク色の先端が半分見えた。

ギャリックは右を向いた。

「それで？」エリザベスが肩をすくめた。

その動きに合わせてシャツと胸が持ちあがる。

エリザベスはもう一度尋ねた。「私はセラピーが役に立ったわ。あなたは？」

ギャリックは咳払いをした。「役に立ったとは思わないが、でもまあ、少しは効果があったのかもしれないな。ここに来て以来、セラピストの言葉のいくつかは有効かもしれないと考えている」

「心理学の研究が連続殺人犯の追跡に役立つから？」

「たぶん。だけど、それだけじゃない。精神異常者の心と正常な人間の心には違いがある」

エリザベスはギャリックの顎に触れて持ちあげ、目を合わせた。「正常な人間の心なんてものがあればね」

「あるだろう」

「誰が言ったの？」エリザベスがからかうように言った。大きく見開いた目は楽しげに光っている。

「俺だ」

「つまり、あなたには正常な人間の心があるのね？」

「もちろん正常だ」

「だったら、どうして私たちがこうしてはいけないのか説明して」エリザベスはギャリックが座っている椅子に片方の膝をのせた。もう一方の膝ものせる。そして脚を開いてまたがった。ギャリックのふくらみの上に。

心臓が爆発しそうだとギャリックは思った。

いや、待て。爆発しそうなのは、体のもっと下のほうだ。

「ジーンズが邪魔してるからだ」ギャリックは正常な声を出しているつもりで言った。

エリザベスがくすりと笑った。あたたかでハスキーで魅惑的な笑い声だ。「あなたの言うとおりだわ。本当に残念」彼女はギャリックの唇にキスをすると、舌を滑りこませて彼を味わい、満足げにため息をついた。やがて体を起こした。「ファスナーのおろし方を覚えてるかどうか自信がないわ」指をギャリックの髪に絡め、彼の首と後頭部をマッサージした。手の付け根を使って筋肉の緊張をほぐしていく。ギャリックは不安とストレスが消え、はるかに強烈な何かに代わるのを感じた。

ギャリックは誘惑されていた。自分が誘惑されているとわかっていた。ほかに選択肢がないことも、彼女に屈服するであろうこともわかっていた。大喜びでひれ伏すだろうことも。ギャリックにはどうすることもできなかった。だが、ひとつ頭に引っかかっていることがある。「いろいろと納得できたというのはどういう意味だったんだ?」

エリザベスがわずかに首を振った。「何？」

「今日の午後、俺が親父のことを話したあと、君は言った。〝これでいろいろと納得できたわ〟と」

「ああ」エリザベスは散り散りになっていた意識をかき集めようとしているらしい。「あなたのお父さんのことね。お父さんとのいきさつを聞いて、あなたがなぜ自分のことや過去や感情について話したがらないのかがわかったの。あなたはお父さんを愛してた。でもお父さんはその愛をあらゆる方法で踏みにじった。だからあなたは恐れたのね。あまりにも愛しすぎたり、その愛を公然と表したりしたら、愛する相手に自分が引き裂かれることになるかもしれないと。そして自分もお父さんのような人間になって、その相手を傷つけるかもしれないと」ギャリックの上でふたたび体の力を抜き、彼の肩を腕で包みこんで額と額を合わせた。「あなたは心を閉ざすことでずっと自分自身を守っていた。そうして私のことも守っていたんだわ。でもね、ギャリック・ジェイコブセン、私はあなたのことを恐れたことは一度もないのよ」

「俺を恐れるべきだ。今や君は真実を知ったんだから……」いや……真実のほとんどか。

「でもここにいる私は、鋭い観察力を持った論理的な女性よ。そしてあなたをあらゆる意味において受け入れてる」エリザベスは胸をギャリックの胸に押しつけるようにして体をぴったりくっつけると、彼の顔をのぞきこんでほほえんだ。「私を信じて、ギャリック。私は、ありのままのあなたを見てるのよ」

ギャリックはエリザベスを見つめた。息をしろ、考えろ、彼女の理論に穴を見つけるんだと自分に言い聞かせる。だが、見つからなかった。どうしても見つけられなかった。穴なんてないからか、それとも男性ホルモンに毒されているせいなのか。

どのみちギャリックに選択肢はなかった。ふたりが離れていたときに彼を苦しめたものがひとつあるとしたら、それは彼がエリザベスを必要としていたことだった。エリザベスの体が、心が必要だった。彼女を取り戻せるなら、ギャリックはどんなことでもしただろう。本当に取り戻せたら、今度こそエリザベスを手放さない。

ギャリックはエリザベスのシャツのボタンをひとつひとつ外していった。「君には高い知性がある」エリザベスの胸のほとんどがシャツの布地からこぼれでた。だが、まだすべてがあらわになってはいない。「つまり俺がこうできるんだから、君ならきっと――」

エリザベスが脚をさらに広げ、腰を押しつけてきた。

彼女の熱で思考が奪われ、ギャリックは言葉を失った。

「私の記憶が正しければ、あなたのファスナーをおろすのは、とってもすてきなクリスマスプレゼントを開けるときの感覚とよく似ていたはず」エリザベスは両手をギャリックの膝に置いて体をそらし、胸を突きだした。「どちらも同じようにすてきな悦びが約束されてるから……」

ギャリックは手をエリザベスのシャツの中に入れ、背中へと滑らせると、彼女の左肩と左胸をあらわにした。そしてエリザベスの体をかき抱き、胸の先端を味わった。

今度はエリザベスが言葉を失う番だった。

ふたりが結婚していた頃、ギャリックはどうすればエリザベスを悦ばせられるかを探求することに没頭した。ギャリックは彼女の欲望を徐々に呼び覚ます方法を知った。時間をかけてエリザベスの快楽を引きだしていくのだ……同時に自分の快楽も。ギャリックは胸の頂をそっとなめ、舌で周囲をたどり、口に含んで吸いこんだ。高まっていく欲望を感じながら。

エリザベスはギャリックの膝の上で身をくねらせ、指を彼の腿に食いこませている。ついに彼女が低いうめきをもらすと、ギャリックは顔をあげた。

エリザベスが目を開けた。ギャリックの笑みに気づくと、その目が細められた。彼女はまっすぐに座り直し、ギャリックのTシャツの裾を引っ張りあげた。ギャリックは両手をあげて、脱がされるに任せた。エリザベスは手をギャリックの胸に押しあて、彼の心臓の鼓動を手のひらで感じ取った。そしてゆっくりとその手をさげ、ギャリックのジーンズのウエストにかける。慎重な手つきでジーンズのボタンを外し、徐々にファスナーをおろしていった。

「ほら見て」エリザベスが言った。「ファスナーのおろし方を覚えてたみたい。ほかに何を覚えているかしら」今度はエリザベスが笑みを浮かべた。にっこりしてギャリックの膝の上から滑りおりる。

彼女はギャリックのジーンズを引っ張った。

ギャリックはジーンズを引きおろすエリザベスに協力して腰を浮かせた。

エリザベスはギャリックのボクサーパンツのウエストにゆっくりと手を差し入れた。「どうしてほしい？」

ギャリックは早く欲しいと彼女に伝えたかった。

エリザベスにどうなるか警告しておかなければ。もし彼女がじらすつもりなら——。

エリザベスがギャリックの高まりに手を伸ばし、指を上下に滑らせてささやく。「私が何をしてるかわかる？」

ギャリックはどうにか言葉を発した。「俺をなぶり殺しにしてるんだ」

エリザベスが不満そうな教師のようにチッチッと舌を鳴らした。もっとも、こんな教師にお目にかかったことはないが。

いや、中学生の頃に抱いた妄想にはこんな教師が登場したかもしれない……。

「違うわ。私はあなたの体の形を思いだしてるところなのよ」

「さっさと思いだしてくれ」

エリザベスが喉を鳴らす。「もし私がさまざまな手法を自在に活用すれば、もっと多くを学べると思うのよ。たとえば手触りとか。それと……」エリザベスはギャリックの膝の上に頭を置いたと思うと、彼の欲望の証を口に含んだ。

ギャリックは体をこわばらせて椅子から腰を浮かせ、そのまま中腰になった。何も見えず何も聞こえない。エリザベスは小さくくわえたり、大きく吸いこんだり、頭を傾けて舌を巻きつけたりしている。ギャリックはもう少しで達してしまいそうになった。ギャリックは甘い拷問に耐えた。するとようやくエリザベスが彼を放し、床に座りこんだ。

ギャリックはエリザベスを見つめた。自分の目はきっと飛びださんほどに大きく見開かれているはずだ。

エリザベスが立ちあがった。思わせぶりに少しだけ脚を開いて。赤いマニキュアを塗った指先で、ゆっくりと官能的に円を描くようにしてシャツのボタンをもてあそんでいる。彼女は無邪気な口調で尋ねた。「気に入った？」

ギャリックははじかれたように立ちあがるとエリザベスを抱きかかえ、デスクの上に座らせた。そして一歩さがってボクサーパンツを脱いだ。

唐突にエリザベスの笑みが消える。その顔は真剣で張りつめ……欲情していた。

「俺の忍耐力をそんなに信用するべきじゃないな」ギャリックは言った。「君に悲鳴をあげさせてやる」

エリザベスがブルーの目を見開き、舌で下唇をなめた。「あなたが先よ」

58

イヴォンヌはオナー・マウンテン・メモリー養護施設から一歩出たところで立ちどまり、背後でドアが閉まる音が聞こえるまで待った。

ワシントン州沿岸部のいつもの夜と同じで、その夜も涼しかった。深夜の静寂に包まれた駐車場にはほとんど車がなく、入口の照明が森の暗闇に光の島を浮かびあがらせている。イヴォンヌはいつもの場所——右から二列目の六番目——に停めてある愛車のフォード・ブロンコに向かって歩いていった。

彼女は疲労困憊していた。足も背中もずきずきと痛む。体だけでなく心も疲れきっていたので、ようやく家に帰れるのがうれしくてたまらなかった。

車まで半分の距離を歩いたところで、携帯電話が鳴った。バッグから取りだして番号を確かめると、イヴォンヌは歓声をあげて電話に応えた。「ああ、ダーリン、やっと電話をくれたのね！」

ジョンの低い笑い声が聞こえた。「一時間ごとにかけてたんだ。大丈夫か？」

「ええ、大丈夫よ」イヴォンヌは足を止め、暗闇の中でほほえんだ。「ちょうど十二時間勤務が明けて、家に帰るところ。あなたは大丈夫？」

「ああ、問題なしだ。積み荷をソルトレイクに届けたから、口座に入金された。これで赤字から脱出できたぞ」ジョンが誇らしげな声で言った。

「よかった。本当によかったわ。だって……」イヴォンヌはジョンに悪い知らせを伝えたくなくてためらった。「家が大変なことになってるから」

「そうだろうと思った」イヴォンヌにはジョンの真剣な表情が目に浮かんだ。「深刻なのか？」

「あなたが自分で修理できないほどではないわ」ありがたいことに、ジョンは大工仕事が得意だった。「必要なのはコードレスドリルを充電するための電力と木材くらいよ……その木材だけど、そっちからあなたが持って帰ってこられるといいんだけど。この調子では、ヴァーチュー・フォールズには当分のあいだ資材が入ってこないだろうから」

「必要なものを言ってくれれば、なんでも持って帰る」だが、ジョンは悲しそうな声で続けた。「ただし、すぐには戻れそうにない。101号線を通って家に戻るつもりのトラック運転手たちはみんな、ドライブインにトラックを停めて、州政府が道路を直すのを待ってるところだ。ハニー、道路はひどい状況だよ」

「そうなの。しかたがないわね」孤独感がこみあげるのを我慢してイヴォンヌは答えたが、声は震え、涙声になった。

「トラックを置いて、俺だけ家に戻ってもいいんだが」

ジョンの提案を聞いたとたん、イヴォンヌは自己憐憫からすばやく立ち直った。「正気なの？ もしトラックを放置したりしたら、誰かに盗まれるか、いたずらされるのがおちだわ。そうなったらどうするの？ 私たちにはそのトラックが必要なのよ！」

「わかってる」今度はジョンが惨めな声を出した。「だが、君が心配なんだ」

「私なら大丈夫。大丈夫に聞こえるでしょう？」イヴォンヌはなんとか元気な声を絞りだした。「今から家に帰って、たっぷり十二時間は眠ることにするわ。そのあとまた仕事に戻って――」

「君がそこで面倒を見ている、頭がどうかした連中はどんな様子だい？」

「頭がどうかしてるわけじゃないわ。そういうのとは違うのよ」

「はいはい。それで連中は地震をどう受けとめてるんだ？」

余震のたびに動揺する患者たちのことが頭に浮かんだ。地震に夢中になっているミスター・バナーのことや、天井の下敷きになっていまだ意識が戻っていないミスター・クックのことも。「ああ、ダーリン、あなたの声が聞けて本当によかった」イヴォンヌは泣きそうになった。「約束して、危ないことはしないって」

「もちろんだ。今夜は休憩所でポーカーをする予定なんだ」

「大負けしないでね」本当はたいして心配していなかった。ジョンは慎重なたちだし、ポーカーフェイスが得意なのだ。

「本気で言ってるのか？　俺はワシントン州の東部全域を勝ち取ることだってできるんだぞ」

「でも、ワシントン州の東部を欲しがる人なんてどこにいるの？」イヴォンヌは笑って言ったあとに続けた。「愛しているわ」頻繁に口にする言葉ではなかったが、ジョンと話せたのはしばらくぶりだし、何より彼はイヴォンヌの夫なのだ。

ジョンがその言葉を口にしたことはなかった。それにイヴォンヌがその言葉を口にすると、ジョンはいつも決まり悪そうにする。イヴォンヌはそんなジョンを理解していたし、気にしていなかった。

「わかってる」ジョンが言った。「もう行かないと。あと十分でポーカーが始まる」そう言ったあと、ふたたびイヴォンヌへと意識を向けた。「いいか、充分に気をつけると約束してくれ」

「約束するわ。戻ったときに会いましょう」そして、もう一度言った。言わずにはいられなかった。「愛しているわ」

ジョンがうなった。

イヴォンヌは電話を切った。携帯電話に向かってほほえんだあとそれをバッグにしまい、ふたたび愛車のブロンコに向かって歩きだす。五歩も歩かないうちに、茂みの端からかすかな物音が聞こえた。イヴォンヌはすばやく振り返った。いきなり誰かに殴りつけられ、彼女は地面に膝をついて四つん這いになった。ひび割れたアスファルトで手のひらが切れる。イヴォンヌは悲鳴をあげた。

襲撃者はイヴォンヌの背中に馬乗りになった。うつ伏せに倒されたイヴォンヌの顔が地面にこすれ、肺が押しつぶされる。襲撃者はうなり声をあげると、イヴォンヌの体を仰向けにひっくり返した。胸の上に膝をつき、体重をかけて肺を圧迫してくる。イヴォンヌは意識が遠のいていくのを感じた。

だがそのとき喉にナイフをあてられ、恐怖でわれに返った。

ナイフの切っ先が頸動脈のすぐ上にあてられている。

イヴォンヌは誰よりもよくわかっていた。この場所をひと刺しされれば、命を失うことになると。

心臓が激しく打っている。恐怖と苦痛にあえいだが、襲撃者の膝とその重みのせいで充分に息を吸うことができない。

襲撃者の顔はスキーマスクで覆われていた。ニット地に開いた穴から口が見えた。その上にあるふたつの穴から襲撃者の目が鋭く見おろしている。「鍵はどこだ?」かすれた声で脅すようにささやいた。

「なんの鍵？」愚問だった。「ああ、この施設の鍵ね」

薬だ。この男の目当ては薬なのだ。

無防備な患者や疲れきっているスタッフのもとにこの男を近づけるわけにはいかない。たとえ自分の命を救うためでも。「鍵はバッグの中よ」

男は手で地面を探り、バッグを見つけると中身を次々に放りだした。イヴォンヌの耳に、携帯電話がアスファルトに叩きつけられる音が聞こえた。財布、口紅、鍵。

男が鍵をつかみ取った。そのあいだも決してイヴォンヌから目を離さない。ナイフを肌に押しつけながら、イヴォンヌを殺してやりたいという目で見ている。

神さま、お願いです。いやよ、いや、死にたくない。

耳元で鍵がじゃらじゃらと鳴った。「どれだ？」男が尋ねた。

「赤いプラスチックのキャップがついた真鍮（しんちゅう）の鍵よ」

男が前かがみになり、彼女の耳元で言った。「もし嘘をついていたら、おまえを殺してやる」

つまり、今すぐ殺すつもりはないということ？「嘘はついてないわ」それは本当だった。その鍵はたしかに施設の鍵だった……一年前にデジタル化されるまでは。

イヴォンヌの喉がぜいぜいと音を立てた。男がイヴォンヌの胸の上からどいた。喉元のナイフもなくなった。

イヴォンヌは恐怖と苦痛から解放され、ようやくたっぷりと息を吸った。

そこにナイフの刃が戻ってきた。今度はイヴォンヌの頬の上に。

スキーマスクの奥に見える男の目は、病的な興奮で光っている。男が肌にあてた刃をさらに強く押しつける。

アスファルトの上で、イヴォンヌはのけぞった。だが、これ以上逃げ場がない。刃先が頬の肉を貫き、目に向かって皮膚をえぐっていく。ついにイヴォンヌは恐怖にのみこまれた。どうやって息を吸ったのかもわからない。肺の奥深くに残っていた空気を絞りだしたに違いない。イヴォンヌは悲鳴をあげていた。耳をつんざく大声で。

男が顔をあげて駐車場を見まわした。そしてふたたびイヴォンヌを見おろす。冷たく残虐な目だった。「くそあまが！」男は憎悪をこめて最後にナイフをひとひねりすると、駐車場を抜けて森へと走り去った。

イヴォンヌは体を起こし、よろよろと立ちあがった。悲鳴が止まらなかった。手を頬に強く押しあて、皮膚をもとに戻そうとする。骨にくっつくようにと。手のひらが血まみれになり、血が腕から肘へとしたたり落ちていく。

男が駆け寄ってきた。

イヴォンヌは後ずさりし、空いているほうの手で男を追い払おうとした。

だが、それはスキーマスクの男ではなかった。ミスター・ヴィラロボスだった。ある患者の息子さんだ。ミスター・ヴィラロボスは彼女のすぐあとに建物から出てきたに違いない。

助かった。もう大丈夫だ。ミスター・ヴィラロボスが駆けつけてくれたおかげで、スキーマスクの男を追い払うことができた。

ミスター・ヴィラロボスの口が動いている。彼女に向かって何か言っているのはわかったが、自分の金切り声のせいで聞き取れない。ミスター・ヴィラロボスはイヴォンヌに携帯電話を見せたあと、番号を押して誰かと話し始めた。

涙があふれた。ジョン。ジョンに会いたい。

駐車場の向こうで、建物のドアが開き、職員や看護師たちが走りでてきた。

遠くからサイレンの音が聞こえてきた。

イヴォンヌの悲鳴は嗚咽（おえつ）に変わった。膝をついて座りこむ。

いくつもの声。やっとほかの声が聞こえるようになった。大勢に囲まれて安心感が広がる。

あの男も、もう私を殺すことはできない。

59

今朝のギャリックは顔が緩みっぱなしだった。とてもいい夜を過ごしたからだ。あまり眠れはしなかったが、それでもとてもいい夜だった。叫び声だって何度もあがった。約束どおり、そのうちのいくつかはギャリック自身の叫び声だった。

ギャリックはダイニングルームに入ると、マーガレットの額とエリザベスの額にキスをしてから椅子に座った。「俺のお気に入りのお嬢さん方、今朝のご機嫌はいかがかな?」

「余震であんなに何度もホテルが揺れなければ、もっと熟睡できたんだけれど」マーガレットが言った。

昨夜の揺れは俺たちのせいじゃない、たぶん。ギャリックはそう思ったが、口には出さず、代わりにテーブルの中央にあるボウルから種が取り除かれているプルーンをふたつ皿に取って、また頬を緩めた。

「プルーンね」マーガレットはささやいた。「それも八月に。新鮮な桃が出まわってもいい頃だというのに。時期が遅れるのは確かね」

エリザベスはオートミールにブラウンシュガーを振りかけながら言った。「地盤が落ち着いて、また桃が収穫できるようになるまでには、何カ月どころか何年もかかるかもしれないわ」

マーガレットが不満そうに目を細めた。「私は九十一歳なのよ。私が天に召される前に、このいまいましい揺れがおさまってくれるといいんだけど。死んだら安らかに眠らせてもらいたいわ。ガタガタ揺すられて、骨が棺から飛びだすなんていうのは……」そこまで言ったところで口をつぐみ、後ろめたそうな顔をした。

エリザベスの母親は墓で安らかに眠れなかった。実際、地震と津波のせいで、ミスティの遺体は土の中から引きずりだされたのだ。

朝食のテーブルに気まずい沈黙が広がった。

マーガレットはエリザベスの腕にそっと触れた。「ごめんなさい。配慮が足りなかったわね」

「気にしないで。わざとじゃないんだもの……それに今度こそ母は安らかに眠れると思うの。そう思わない？」エリザベスは希望をこめた視線をギャリックからマーガレットに移し、ふたたびギャリックに戻した。

「私もそう思うわ」マーガレットが優しく言った。「きちんとした葬儀を執り行って、きちんと墓地に埋葬してあげれば。墓の前で祈りを捧げることで、みんなの心が慰められるのよ」

そのとき、エリザベスの肘のそばに置かれていた携帯電話が鳴り始めた。エリザベスは驚いた顔になったあと、自慢げに言った。「どうやら誰かさん以外は、通信サービスの恩恵を浴するに値するみたいね」

女性ふたりは顔を見あわせてうなずいた。

「ギャリック、あなたの電話はつながりそう?」エリザベスの口調はそっけないものの、その視線には――ギャリックが思うに――愛情が感じられた。

ギャリックは自分の携帯電話にちらりと目をやった。「いや。その電話に出る気はあるのかい? それともただ自慢したいだけか?」

エリザベスが携帯電話を手に取った。その顔が青ざめる。画面のオナー・マウンテン・メモリー養護施設の文字を目にするなり、彼女は通話ボタンを押した。しばらく黙って相手の話に聞き入っていた。口を引き結び、何度もまばたきし、顔をしかめている。そして恐ろしげに声をあげた。

ギャリックとマーガレットは心配して視線を合わせた。

エリザベスが言った。「ええ、わかりました。あとで父に会いに行きます。知らせてくれてありがとう」通話を終えたあとも、エリザベスは携帯電話を見つめ続けた。まるで電話に噛みつかれでもしたかのように。

ギャリックの胃が引きつった。

マーガレットが慎重にカップを皿の上に置いた。「なんだったの？」

「昨日の夜、イヴォンヌ・ルダが――」

「介護施設の看護師の？」マーガレットが尋ねた。

「ええ、そのイヴォンヌよ。ナイフを持った何者かに駐車場で襲われたそうなの。犯人はナイフを彼女の喉に突きつけて、施設の鍵を盗んだらしいわ。それからイヴォンヌの顔を切りつけたんですって」エリザベスが自分の頬に手をやった。

「怪我はどのくらいひどいの？」マーガレットが尋ねる。

「わからない。でも、入院中らしいわ。誰かが犯人を追い払ったみたい。イヴォンヌはようやく家に帰れるところだったのに、誰かに襲われるだなんて……」エリザベスの目に怒りが燃えあがった。「残酷だわ」

「人生は残酷なものだ」そう言いつつも、ギャリックはエリザベスの手を握って指を絡めた。

「鍵はどうなったんだ？」

「警官と救急救命士がイヴォンヌの処置をしているあいだに、犯人は一番奥のドアから施設に侵入しようとしたんですって。だから私にも連絡が来た。職員は患者全員の家族に連絡して、みんな無事だと伝えてるの」エリザベスは唇をなめてから続けた。「父も無事よ。犯人は侵入できなかったらしいわ」

「そうか」ギャリックの胃の引きつれがいらだちに変わっていった。エリザベスは記者とバナー事件について話をし、彼女が過去について父親と話をしていることを記者に語った。記事はネット上に掲載された。そしてチャールズ・バナーはオナー・マウンテン・メモリー養護施設にいる。

「犯人は捕まったの?」マーガレットがきいた。

「わからない」エリザベスが答えた。

「防犯ビデオはあるのか?」ギャリックは尋ねた。

「わからない」エリザベスは答えた。

「朝のうちに施設に行ったほうがよさそうだな」そうすれば防犯ビデオを確認できる。もしビデオカメラがあればの話だが。何か証拠が残ってないかどうか調べてみてもいい。

「チャールズが危険だと考えているの?」マーガレットが尋ねた。何をするつもりかギャリックが口にしたわけでもないのに、鋭い問いかけだった。

「いや、施設は安全だ。ああいった施設は、患者が外に出ることも、不審者が中に入ることもできないようになっている。俺たちが見舞いに行くときも職員の誰かがドアロックを解除してくれなければ入口が開かないし、入ってからも見舞客は記名させられる。あそこで働いてる職員たちも出入りを記録するために電子身分証明書を差しこまなければならない」ギャリックは頭の中で犯行に関する可能性を探った。「犯人が誰にしろ、施設への不法侵入が主な目的ではない。もしそうなら、侵入が容易じゃないことはわかっていたはずだ」

「警察は、たまたま地震のときにこの地に居合わせて道に迷った薬物依存症患者が、薬欲しさに愚かな真似をしでかしたと考えてるみたい」エリザベスはオートミールの皿を押しやった。

それとほぼ同時にハロルドがダイニングルームに現れ、エリザベスの皿をさげた。

エリザベスが続けた。「でも、そう聞いたからってちっとも安心もできないわ。だって、犯人は薬を手に入れられなかったんだから、もっと愚かな真似をしでかすかもしれないでしょう？　次は窓を割るかもしれない」

ギャリックはテーブルから別の皿を片づけている最中のハロルドを目で追った。

なぜハロルドが皿を片づけているんだ？　なぜヴィッキーや、ミクローシュじゃない？

ハロルドはドアのところで聞き耳を立てていたのか？

エリザベスのために――そしてハロルドにも聞こえるように――ギャリックは言った。

「施設の窓は強化ガラスだ。どこもそういうものなんだ。そうでなければ患者が窓を割って逃げだすかもしれない。だから、窓からは誰も入れない」

ハロルドは汚れた皿でいっぱいのトレイを持って、ダイニングルームから出ていった。

「父は母についてほかにももっと話をしてくれると思う？」エリザベスが尋ねる。

「お父さんを信じる気になったのか？」ギャリックは尋ねた。

ハロルドが淹れたての紅茶のポットを手にふたたび戻ってきた。

「ええ……おかしな話だけど、昨日の夜、母の夢を見たの。母は父に話しかけてたわ。父のことは見えなかったけど、母のことは見えた。母は写真の中の母にそっくりだった。目覚めたとき、私はとても幸せな気分だったわ。さらにおかしな話なんだけど、父は過去に本当は何があったか覚えているとなぜか確信できた」エリザベスが警戒した目つきで言った。

「まったく論理的じゃないけどね」

「ああ、たしかに」ギャリックは言った。

「夢に出てきたのは、あなたの記憶にあるお母さんだったの？」マーガレットが興味深そうにきいた。「それともあなたの意識が写真をもとに作りあげたのかしら？」

「たぶん、写真だろうな」ギャリックはエリザベスの記憶が戻りかけているのではないかという疑念をハロルドに抱いてほしくなくて、そう答えた。エリザベス自身やバナー事件、そして彼女の真実の探求はすでに充分すぎるほど注目を集めている。そこにきて、暴力事件まで起きた。そしてハロルドはまだダイニングルームをうろうろしている。

おそらくハロルドは長年マーガレットに仕えてきたので、自分も家族の一員だと思っているのだろう。もしくは階下の厨房にゴシップを持ち帰るつもりなのかもしれない。だがギャリックはもはや誰のことも信じられなかった。年老いた片脚の退役軍人であるハロルドでさえも。もしハロルドがイヴォンヌを襲うために昨夜リゾートを抜けだしたのだとしても、追っ手から逃れられるほど速くは走れないとわかってはいたが。

なぜならハロルドはミスティ・バナーの愛人としてちょうど年齢が釣りあうからだ。それに彼は戦争に行った。ハロルドならミスティを殺せる。人の殺し方を知っているのだ。

「ハロルド、コーヒーを魔法瓶に入れてもらえるかな?」ギャリックは尋ねた。

ハロルドがうなずいて立ち去った。

エリザベスが立ちあがってテーブルを見おろし、指で木目をなぞった。「これからは毎朝数分でもいいから施設を訪問するわ……父との関係を築き直すために。マーガレットの言うとおりね。父のことを知りたいのなら、父の話を聞きたいのなら、今すぐ行動すべきよ」

「あなたが決心してくれて本当にうれしいわ」マーガレットが言った。

「私はこれで失礼して、出かける支度をするわね」エリザベスは言った。

ギャリックとマーガレットはエリザベスを見送った。

マーガレットはため息をつくと、オートミールの皿を押しやった。「よそ者の薬物依存症患者が薬欲しさに侵入しようとしたと、あなたも考えているの?」

「わからない」ギャリックは立ちあがってマーガレットの痩せた肩を腕で包み、そっとハグをした。「そうだといいんだが。ほかの説をすべて打ち消してくれるからな」

「あら、ジーンズに何をつけているの?」マーガレットが首を伸ばしてギャリックのジーンズを見おろした。「ペンキ？　赤いペンキかしら？」

ギャリックは体を起こして、右腿の外側に赤いマニキュアの汚れを見つけた。左腿にも同じような汚れがある。ギャリックは顔を赤らめ、口元をほころばせた。「まったく、ここでは服があり余ってるわけじゃないのに」

「そんな汚れをどうやってつけたの？」

どうやってつけたか、ギャリックは正確に思いだせた。昨夜のことを思い返してみると、胸や肩や……そのほかの服に隠れて見えない場所に赤いマニキュアがつかなかったのが不思議なほどだ。だがそんな話をマーガレットに聞かせるわけにはいかない。ギャリックは曖昧に答えた。「ほら、リゾートのあちこちで修理を手伝ったから」

「エリザベスの発掘現場をうろうろしていて汚れたのかと思ったわ」マーガレットが言った。

「いい推理だ」その言い訳を思いつけばよかった。「はき替えてくるよ。汚れを落とせるかどうか、スタッフの誰かにきいてみる。完全には落とせなくても、目立たないくらいにはなるかもしれない。今日のところはスラックスをはくしかないな。エリザベスにからかわれる」ギャリックはエリザベスが立ち去ったドアに目をやった。「今夜、また会おう。わかったことがあればそのときに教えるよ」

マーガレットはいそいそと出ていくギャリックを目で追った。自分で紅茶をもう一杯カップに注ぐ。ミルクと砂糖を加え、スプーンでゆっくりとかきまわしながら、考えを巡らせた。

いい大人がどうしたらジーンズの両脇にペンキをつけたりできるのだろう？　マーガレットは年を取っていて物忘れも激しいが、それでも思いあたる理由はひとつあった。それに加えて、エリザベスは今朝、手に赤いマニキュアを施していた気がする。

マーガレットは忍び笑いをもらした。「この地震のおかげで少なくともひとつはいいことがあったようね。それも、とびきりいいことが」

60

今日のオナー・マウンテン・メモリー養護施設の医療スタッフたちの表情は、暗く、悲しみに沈み、動揺しているようだった。ギャリックは以前にもこういう表情を見たことがあった。突然の暴力にさらされたショックの表情だ。時が経って日常を取り戻せば、彼らも立ち直るだろう。

とはいえ、昨今では日常を取り戻すのも簡単ではない。ヴァーチュー・フォールズにガスと電気が戻るまでどれだけかかるのだろう。家が修復され、スタッフが通常のシフト勤務に戻れるのはいつになるのだろう。水道、ガス、電気、道路といったインフラは数週間で復旧するだろうが、家庭生活や地元の商業が完全にもとどおりになるには何年もかかるに違いない。

そんなスタッフたちの困難だらけの日々に、自分たちの仲間が襲撃されたことによって、別の次元でさらなるストレスが——それもなお深刻なことに、恐怖というストレスが加わったのだ。

ギャリックは足を止め、通路にいたシーラに声をかけた。「イヴォンヌの具合はどうだい？」

「悪くないわ。命にかかわる怪我ではないの。傷跡は残るでしょうし、死ぬほど怯えてはいるけど」シーラは自分もナイフを突きつけられたかのように喉元に手をやった。「誰かに恨まれるようなふるまいをしたことは一度もないのに、どうして自分が狙われたのかわからないと言っていたわ」

「イヴォンヌが狙われたわけじゃないわ」エリザベスが言った。「悪いタイミングに居合わせただけよ」

シーラが硬い表情でほほえんだ。エリザベスの気遣いを特にありがたいとは思っていないようだ。「イヴォンヌは疲れてるから、そういう慰めの言葉も耳に入らないと思うわ」〝慰めの言葉〟という言い方に少々刺があった。

「俺たちもあとで見舞いに行く。少しでも元気づけてあげたいんだ」ギャリックはイヴォンヌのことが好きだったし、何より襲撃犯について質問したかった。彼女が何を見て何を聞いたか、どんなにおいがしたか、男の目的は薬だと思うか、それとも施設に侵入しようとしたのは何か別の目的があったと思うか、直接尋ねたかった。「ところでチャールズ・バナーはどんな様子だい？」

シーラがほほえんだ。今度は本物の笑顔だ。「チャールズは元気よ。今朝イヴォンヌの知らせを聞いて、チャールズはみんなを元気づけようとして頑張ってくれたの。たぶん、イヴォンヌが誰かもわかってなかったと思うけど。それでも彼は暴力がどういうものかを痛いほど知ってるから」

「父が私の母を殺したから？」エリザベスは尋ねた。

シーラは思いやりのある目でエリザベスを見つめた。「いいえ、刑務所にいたときに何度も痛めつけられたからよ」

「つまりあなたは、父が母を殺したとは思ってないということ？」なおもエリザベスは尋ねた。

「ええ、思っていないわ」シーラは言った。

エリザベスは髪を耳の後ろにかけた。「意見を聞かせてくれてありがとう」

シーラがうなずき、ポケットベルに目を落として早足で立ち去った。

エリザベスはギャリックに言った。「ここでは父が無実だという意見が優勢みたいね。以前は、医療スタッフたちの考えはここの環境や面倒を見てる患者たちに影響されていると思ってた。だけど医療スタッフたちのことをよく知るにつれて、彼女たちが正しいと信じたくなってきたわ。陪審員が信じた真実とは別の真実があって、私たちでそれを発見できるんじゃないかって思うようになったの」

ギャリックはエリザベスの手を取ってトイレに彼女を引っ張りこむと、ドアを閉めて鍵をかけた。「俺もそうなるといいと思ってる。でも、お父さんのことについては誰にも話さないほうがいい。もしお父さんが無実だとしたら、容疑者はたくさんいる。ゆうべの襲撃ももしかしたら事件と関係してるかもしれない。おそらく無関係だとは思うが。だからできるだけ普通にしていよう。ふたりでお父さんを見舞う。俺は証拠を調べる。俺たちの関心は地震と日常に戻ることだけだというふりをするんだ」

エリザベスはギャリックの言葉に耳を傾け、考えこんだ。「あなたの言うとおりだわ。もし州政府が急いで道路を直してくれなかったら、町中で飲料水が不足することになる。だからもちろん日常に戻ることは、私たちの一番の関心事よ」

「その調子だ」ギャリックはエリザベスの手にキスをしてから、ドアを開けて廊下に戻った。

看護助手の男性が足を止め、ふたりのほうをじろじろと見ていたが、ダイニングルームへと一目散に向かっていった。

「俺たちはたった今、医療スタッフに、飲料水問題とイヴォンヌの襲撃以外の話題を提供してしまったみたいだな」

「どういうこと？」

ギャリックはからかうような目でエリザベスを見つめた。

「つまりあの人は私たちが……」エリザベスが背後に目をやった。「でも、私たちはトイレにいただけよ」

「ふたりでな」ギャリックはエリザベスの手を引いて、チャールズの部屋へと歩きだした。

エリザベスは明らかにぞっとしているようだ。「トイレでそんなことをする人なんているの？」

「トイレはプライベートな空間だ」

「雑菌の宝庫よ！」

「セックスだってそうだ。でも……君となら雑菌にまみれるのもいい」ギャリックはエリザベスの父親の部屋の前で足を止めると、彼女にキスをした。「心の準備は？」

エリザベスはバックパックのストラップを直して言った。「父がまた津波の映像を見たがってもいいように、ノートパソコンを持ってきたわ。それとアルバムも。父が覚えていることを知りたいの。だからイエスよ。準備はできてるわ」


ミスティはチャールズが椅子に腰かけて泥だらけのブーツを脱ぎ終わるまで待てなかった。彼女は喜びで踊りだしそうになりながら宣言した。「私たちの家を見つけたわ」

チャールズは驚いた顔でミスティを見つめた。

ふたりはこの二カ月間、ヴァーチュー・フォールズのアパートメントで暮らしていた。ミスティはふたりで購入するのに完璧な土地を探していたが、チャールズは彼女がすでに北から南まで海岸沿いの土地はすべて見尽くしたと思っていた。「私たちの家だって？　本当に？　ちょうど売りだされたばかりだったのかい？」

「いいえ！　そこがおかしなところなのよ。不動産業者は私にその家を見せてくれていなかったの。まさか気に入るとは思わなかったんですって」ミスティはあきれたように言い、ブロンドを肩から払った。「不動産業者ってまるで美容師みたい。自分たちが一番よくわかっていると思いこんで、客を思いどおりにしようとするのよ。あの家を見つけたのは、私が発掘現場に歩いていこうとして道に迷ったときだったの」

「君が見つけた？　発掘現場に行こうとして道に迷ったときに？　それってどこだい？」

「崖の上の高台の土地よ。海までだいたい一キロのところ」

「あの台地のことか？　あそこには何もないぞ」

「いいえ、私たちの家があるわ」ミスティは興奮気味に笑いながら言った。「行きましょう。あなたにも見せてあげる」

ミスティは海に面した崖の上の平地へチャールズを案内した。そこでは太平洋沖に向かって風が絶え間なく吹きつけていた。獣のようにいびつな形に成長した木々が海のほうに枝を伸ばし、まるで長い爪が島を指さしているかのようだ。

立地の悪さだけではもの足りないとばかりに、家自体もかなりの代物だった。長年、年配女性が住んでいて二年前に亡くなったというその家は、何年も修繕ひとつされていなかったらしく、外壁の塗装は潮風ではがれていた。室内の壁も、古びた上げ下げ窓から入りこんだ湿気で漆喰が膨張し、塊となって壁から崩れ落ちている。

南カリフォルニアで映画界の退廃的な華やかさと喧騒に囲まれて育ったミスティが、こんな何もない寂しいところに住みたがるのをチャールズは不思議に思った。「近所に誰も住んでいないよ」

「わかってるわ。それってすばらしいと思わない？　家の出入りを誰にも見られないのよ。私たちの噂話をする人もいない。誰にも邪魔されずに子どもを育てられるわ」

「よくわからないな。なぜ私たちのことを噂するんだい？」

ミスティは笑った。「ダーリン、ここは小さな町なのよ。噂話をするくらいしか楽しみがないの」

チャールズは当惑した。「でも、私たちは噂の的になるようなことを何ひとつしていない」

「何もしていなくたって噂は止まらないの。あなたと私のことについて、私が何度きかれたと思う？　どこで出会ったのか、結婚して幸せかどうかをみんなが知りたがるの」ミスティはチャールズの胸に手を置いた。「だから私は幸せよっていつも答えてるのよ」

「もちろん……君は幸せだ。そうだろう？」チャールズはいつも仕事に没頭しているが、それ以上にミスティに夢中だった。妊娠して変化していく彼女の体も、新しい環境を楽しんでいる彼女を見るのも大好きだった。

「私はとっても幸せよ」ミスティが朽ちかけた家を手で示した。「ここでは自由だと感じられるもの!」

チャールズは家の中を見まわした。じめじめしたカーペットや、湿気でゆがんだいくつものドアが目に入る。ドアは戸枠に上が引っかかっているのもあれば、下が引っかかっているものもある。あるいは両方引っかかっているものも。

ミスティが言った。「カフェで働いているレインボーなんて、私たちの夫婦の営みについて根掘り葉掘りきいてくるんだから」

「君はなんて答えるんだ?」過剰な詮索ぶりにチャールズはすくみあがった。

「私は言ってやったの。私がチャーリーと結婚した理由はひとつ。でもそれは、彼の高い知性じゃないわって」ミスティは噴きだした。「町中の女性が最近あなたを見る目つきに気づかなかった? あなたのことを西海岸一の絶倫男だと思っているのよ。もちろん、それは事実だけど」ミスティはチャールズの腕の下に自分の腕を差し入れて、彼にキスをした。

チャールズもお返しにキスをした。だがどれだけミスティのキスが甘くても、この家の惨状を頭から追いだすことはできなかった。「この家にはリフォームが必要だ。だけど、私にはリフォームの仕方なんてわからない」

「もうホームセンターで本を何冊か買ってきたわ。私はいろんなことができるのよ」

チャールズは疑いの目でミスティを見つめた。彼女は妊娠五カ月で、このひと月でおなかがだいぶふくらみ、チャールズはひそかに双子ではないかと疑っていた。

ミスティが明るい口調で言った。「オフシーズンのあいだに、リゾートから作業員を何人か雇うこともできるわ」

「だけど、リフォームの資金はどうする？」

「値段については私が交渉したから、この家を解体して一から作り直すくらいの余裕はあるのよ。でも、私はこの家が気に入ったの。この家には個性があるわ。それに見て！　私、この土地が大好きなの」ミスティはチャールズを引っ張って、海に面した広いポーチに出た。「揺れる草を見て。まるで目に見える音楽のようだわ。耳を澄ましてみて。海の音が聞こえるでしょう？　海岸に永遠に打ち寄せる波の音よ。その向こうには水平線が見える。ここには無限があるわ。自由が、完全なる自由がある。この場所にいると、空だって飛べる気がしてくるわ。私たちの赤ちゃんを育てるのに完璧な場所よ。ここで成長すれば、彼女はきっと幸せになれる」

「彼女？　女の子だとわかったのかい？」

「ええ」ミスティはチャールズの額を優しく撫でた。「きっとあなたと同じくらい賢い子になるわ」

「でも、そのお母さんほどには美しくはなれないと思うな」

ミスティの楽しげな笑い声が海風と混じりあう。「今はそう言うけど、生まれた赤ちゃんを腕に抱いたら、あなただってこんな美しい子は見たことがないって言うようになるわ。そして娘のためなら……娘を幸せにするためならなんでもするようになるの」ミスティの笑みが消えた。「この子の安全と幸せを守るために、なんでもすると約束してくれる？」ミスティの母親のことを思いだしたチャールズは、ミスティに約束した。

チャールズは部屋の窓辺に立ち、窓の外の駐車場に目を向けたまま……過去を見つめていた。

ギャリックとエリザベスは座り心地の悪い来客用の椅子に腰をおろしていた。ギャリックはエリザベスの肩に腕をまわし、エリザベスは頭をギャリックの胸にもたせかけている。チャールズの物語を聞くうちに、エリザベスとギャリックの心は寄り添っていった。ふたりは人生がどれだけはかなく貴重なものであるかに気づかされた。人生の喜びはあっという間に終わりを迎え、記憶だけしか残らない場合もあることにも。そしてその記憶すらも、間もなく失われてしまうのだ。

チャールズがかすかにほほえんだ。「リフォームは完璧にうまくいった。みんな、ミスティのために何かするのが好きだったんだ。彼女は手伝いの人をいつだって簡単に見つけてきたよ。彼らは喜んで手伝ってくれた。スイッチの配線だの、シンクの交換だの、石膏ボードの設置だのをね。ミスティは作業する男たちのそばで家事をした。そして夜になると、笑いながら私に話してくれたものだ。丸々太った女性がそばにいるのが落ち着かないのか、男たちは作業がしづらそうだったとね」

「ミスティは太っていたんですか？」ギャリックは尋ねた。

エリザベスが彼の脇腹を小突いた。「ギャリックが言いたいのは、お母さんは妊娠中に体重がたくさん増えたのかってことよ」

「太ったって言ったのはお父さんだぞ」ギャリックは言い返した。

「誰が言いだしたかなんて関係ないの」エリザベスが言う。「失礼よ」

「ミスティの体重はとんでもなく増えたんだ。彼女のおなかを見せたかったよ。妊娠八カ月になる頃には、まるで風船みたいなおなかをしていた」チャールズの声がうれしそうに弾んだ。「毎晩、私がミスティの背中をマッサージしてあげたんだ。それからおなかにローションを塗ってあげた。かゆがっていたからね。妊娠線はできなかったが、妊娠にまつわるほかの症状はすべて出たんだ。最初の五カ月間はつわりが続いたし、足首はむくんでいたし、乳房は……」そこで口をつぐんだ。「それについては話すのをやめておこう」

「ええ、結構です」ギャリックは言った。

「だがミスティは、もうすぐ母親になれることに大喜びだった。幸福感で輝いていた。陣痛が始まったときは、予想していたほどには痛くなかったらしく、ミスティはすぐには私に教えてくれなかった。だから病院に間に合わなくてね。エリザベスは町にあるドクター・フラウンフェルターの診療所の診察台で生まれたんだよ。赤ん坊が生まれると、ミスティは胸に抱いた」チャールズは声を詰まらせながら、うやうやしくささやいた。「美しい赤ん坊だと感激しているようだった」

　エリザベスが涙をこらえてまばたきする。「お母さんはすばらしい女性だったのね」

「世界一すばらしい女性だ」チャールズは言った。

　ギャリックはチャールズを思って胸が痛んだ。あまりにも長い年月、チャールズはずっと孤独に生きてきた。そしていずれまわりにいる人たちさえ認識できなくなり、当惑したまま孤独に死ぬのだ。「よくわからないけど、エリザベスは美しくなかったんですか？」

　エリザベスがまた肘で小突いた。

　チャールズはあきれた口ぶりで言った。「エリザベスはまるで風呂に長くつかりすぎたみたいにふやけていた。どこもかしこも皺だらけで、白い胎脂にまみれていて、金切り声で泣いていた。いやはや、あの子が立派な肺を持って生まれてきたのは間違いなかったね。だが、ミスティはそんなことは目に入らないみたいだった。彼女はすぐに……彼女たちはすぐに互いの結びつきを感じていた」

「お父さんは私との結びつきを感じなかったの？」エリザベスが尋ねた。

　チャールズは言っている意味がわからないというようにエリザベスを見つめた。

　エリザベスが誰なのかをまた忘れてしまったのだ。

　エリザベスは言い直した。「お父さんはその赤ちゃんとの結びつきを感じなかったの？」

「私が結びつきを感じるようになるまで、さらに数分かかった」チャールズがほほえんだ。「汗と血にまみれて泣いているふたりを見たときの、あの感動は決して忘れることができない。私はこの瞬間のために、このふたりの女性のために生まれてきたんだと感じた。自分がミスティとの約束を守ることも、娘のためにはどんなことでもすることも、私にはわかっていた」だが突然の冬の嵐に襲われたかのように、チャールズはふいに両手で頭を抱え、悲痛な涙を流し始めた。「でも、私はしくじった。ミスティと娘の期待に応えられなかった。私は決して自分を許すことはできないだろう」

61

「これはプロとしての意見だが」ギャリックがまっすぐ前を向き、病院へと続く道路を注意深く見ながら口を開いた。「俺は医療スタッフの意見に賛成だ。君のお父さんがお母さんを殺したとは思えない」

　エリザベスは喉にこみあげる希望の塊をのみこんだ。「なぜ？」

「以前は俺もチャールズがやったと思っていた。仕事柄、これまでさまざまなものを見てきた。チャールズはミスティがどれほど美しかったかについていつも話してるし――」

「美しいか」エリザベスは言った。

「なんだって？」ギャリックがエリザベスをちらりと見た。

「ミスティがどれほど美しいか、よ。父は母がまだ生きてると思っているわ」

「チャールズはミスティがまだ生きているとは思ってない。彼女が亡くなったことは理解してる。でも、お父さんにはミスティの姿が見えるんだ。しょっちゅう彼女の姿を目にしているらしいな」前方で背の高い細いマツの木が道路をふさぐように倒れていた。ギャリックはスピードを緩めた。

「あなたまで母の幽霊が出ると思ってるの？」エリザベスはいらだった口調で尋ねた。

「幽霊だとは思ってない。だけど、お母さんはたしかにいいアドバイスをしたな。地震で天井が落ちそうになっていたときに、チャールズに席を立つよう言ったんだから」ギャリックはブレーキを踏んで車を停めた。「ちょっと待っててくれ」車を降りて、マツの木を路肩へと引きずっていった。

エリザベスはまるで理解できなかった。父はどうやってイヴォンヌやギャリックのような良識もあって現実的な考えのできる人たちに、母がオナー・マウンテン・メモリー養護施設を訪れているという話を信じさせたのだろう。

ギャリックがピックアップトラックに戻ってきた。彼は自分が妄想の世界に迷いこんでいることに気づいていないらしい。ギャリックは、エリザベスがFBIのしゃべり方と呼んでいる、いつものそっけない実務的な口調で続けた。「以前のチャールズは君のお母さんがどれだけ美しかったかについて話していた。だから彼にとっては、ミスティの見た目の美しさが重要なんだと思ってたんだ。だとしたら筋が通る。冴えない男がとびきりの美人となんとか結婚に漕ぎつけた。だが妻は劣悪な家族関係から逃げだすために夫を利用しただけで、夫もそれは最初から承知のうえだった。妻が家を空けて不倫するようになると、妻にとって夫は母親から逃れる手段だっただけで、なんの価値もない存在だということが証明されてしまう。その現実に打ちのめされた夫は、普段からは考えられないような怒りに駆りたてられて妻を殺してしまう……という流れで説明できる。つまり、チャールズが話しているのを聞きながら、俺はずっとこう思ってたんだ。チャールズはいい人に思えるし、彼が語る過去の話は君の心に響く内容だ。でも、俺はチャールズが殺人犯だというほうに賭けるってね」

エリザベスはシートの上でギャリックに向き直り、自分の考えを冷静に説明する彼の言葉に熱心に耳を傾けた。

ギャリックが続けた。「だが今日、チャールズは君のお母さんが妊娠中に体重がとんでもなく増えたという話をした。そして君も写真を見せてくれたが、実際そのとおりだった。ミスティはとても太ってた」ギャリックは一瞬ハンドルから手を放し、大きなおなかを手ぶりで真似てみせた。「チャールズはミスティのおなかがどれほどふくれていたか、笑いながら話していた。それに自分が背中をマッサージして、おなかにローションを塗ってあげたと誇らしげに言っていた。若くて美人な妻を娶(めと)った独占欲が強いだけの男なら、あんなふうに話したりしない。あれは妻を愛している男の話し方だ」

「つまりあなたは、妻を愛していた男は妻を殺したりしないと言いたいの？」以前はその答えを知っているように思っていたが、エリザベスにはもはや確信が持てなかった。

ギャリックも答えるのをためらった。「俺が言いたいのは、もし妻を愛していた男がその妻を殺せるなら……それは俺の定義する愛とは別物だってことだ」

「なるほどね」エリザベスは、頭の中を整理しようとした。ギャリックが言ったこと、父から聞かされたこと、そして自分自身のこれまで考えのすべてをひとつにまとめ、できるだけ論理的に考えてみる。「ずっと考えてたことなんだけど、父は自分が語ったことは真実だと自分でも信じているのかもしれない。だけど、記憶というのは厄介なものよ。父は自分に都合よく記憶を書き換えてるんじゃないかしら？　こんな残忍な殺人の記憶をあとになって失うなんて、あまりにも都合がよすぎるわ」

ギャリックは半ば笑い、半ば困っているような複雑な表情を浮かべた。「俺はこんな子どもを知ってるぞ。恐ろしい悲劇を目撃したあと、その子は口がきけなくなり、何を目撃したのか誰にも伝えられなかった。だけど悲劇のことをすべて忘れ去ると、その子はまたしゃべれるようになった」

エリザベスはむっとした。「だけど、私は本当にしゃべれなくなったのよ！」

「だとしたら都合がよすぎると言えるが、それだって本当のことだ」

エリザベスは唇を噛んだ。このよくできた迷路の出口を模索しながら。

「悲劇を忘れたいと望むのは恥なんかじゃない。祝福だ。チャールズの意識が覚えていることを拒んだんだ。君の意識が記憶を捨て去ったんだよ」ギャリックはエリザベスの手を取って握った。「それは自然なことだ。もし事件のことを忘れていなかったら、君は苦しみから逃れられなかっただろう。君の意識が生きることを選択したんだ。君のお父さんは大人だったからそう簡単には記憶を消せなかった。しかし、お父さんは自分の人生において大切なことについてはまだ覚えている。驚異的なことだ」

「あなたは人の心理について本当にいろいろ考えてるのね」

ギャリックが驚いたようにエリザベスを見た。「FBIでは、人の心理を考えることを教えられる。俺たちの任務は犯罪者を逮捕することだ。そのためには犯罪者のことを理解しなければならない。犯罪者の立場でものごとを考えるからこそ、連中を出し抜ける。俺の仕事は銃撃戦と男性ホルモンだけの世界だと本当に思ってたのか？」

「結婚していた頃に私があなたを理解しようと努力してたなら、あなたとのあいだに感じていた距離感は、レイプ犯や殺人犯のような人間の醜さを私が知らずにすむようにあなたが築いた壁だとわかったでしょうね」

「それに、子どもを虐待するような人間の醜さもだ」

「でも、なぜ私をあんなふうに締めだしたの？」

ギャリックが路肩に車を停めた。「君はトラウマに苦しんだ経験があった。それはどんな子どもでも経験するべきじゃないたぐいのトラウマだ。君は頭のどこかでまだそれを覚えていた。たとえばこういうことだ。血を見ると気を失ってしまう人はたしかにいる。だけど君の場合は、そんなもんじゃない。ちょっとでも血生臭いことを見聞きしただけで、みるみる顔色を失ってしまう。俺が撃たれたときもそうだった。病院で君は勢いよく倒れて、脳震盪を起こした。覚えてるかい？ そのあと君は悪夢にうなされ、毎晩のように叫び声をあげて目を覚ますようになった。血まみれのハサミを持った男に追いかけられた夢を見たと怯えていた」

ギャリックの言うとおりだった。今も喉が締めつけられ、うまく息が吸いこめない。

ギャリックは続けた。「君の意識の中に何かが残っていて、君はそれを見るのを恐れているんだ」

「でも、私は……」恐れてなんかいないと否定することはできなかった。実際、恐れていた。暗闇が覆い隠しているものにひどく怯え、潜在意識の中で震えている自分がいた。「こんなふうに弱虫のままでいるより、真実と向きあったほうがましだって、ときどき思うことがあるの。それで記憶を掘り起こそうとしてみるのよ。乾燥機に入れてぐちゃぐちゃに絡まった古いセーターをほぐすみたいに。真実を知るまでは、自分が完全になれない気がする。だけど次の瞬間には、記憶の一部が欠けていたって問題ないとも思うの」

「君はなんの問題もない。それに、ちっとも弱虫なんかじゃない。俺が知る中で、君は最も勇敢な女性のひとりだ。だが俺が君のお父さんに話を続けさせて、殺人の場面を思いだささせようとしなかったのはなぜだと思う？ 君が部屋にいるときにはそんなことはできないからだ」ギャリックがエリザベスの肩を撫でた。「また君が失神するようなことはしたくない」

「私たちは介護施設に戻るべきだわ。私は部屋の外にいるから」

「それよりリゾートまで送るから、君は少しやすんだらどうだ？　そのあいだ、俺は調べものをしてるから」

エリザベスはこんなに気分が悪くなっている自分に嫌気が差した。だが実際、気分はよくなかった。不安と恐怖のせいで胃がむかむかする。それも皆、血生臭い話をしたせいだ。血。母の血。カーペット中に広がる血。父が自分に向かって手を伸ばす。優しい声で母の名を呼びながら。その手には血のついたハサミが握られて……。

「それともこのまま病院に向かって、イヴォンヌに襲撃について尋ねてみるかい？」ギャリックが提案した。

エリザベスはうなずいた。目を閉じてヘッドレストにもたれかかる。

ギャリックがドアパネルにあるボタンを押して、助手席側の窓をさげた。シフトレバーを動かし、車を発進させる。

エリザベスは深く息を吸った。窓から入りこむ風が、彼女の額と唇の上に浮かんでいた冷や汗を乾かしていく。

ため息をついて目を開け、エリザベスが髪を額から払いのけると、ギャリックが言った。

「君に思いだしてもらいたいことがある。君のお父さんはこれまで、君が写真で事実を裏づけられないような話はひとつも語ったことがない。すべての話がでっちあげだという可能性もあるが、そうだとしたら君の持っている写真に合わせて話をでっちあげてることになる。でもお父さんは、君がそれらの写真を持っていることは知らず、この二十三年間その写真を見てもいないんだ」

「つまり、またその点に戻るのね……もし父が殺していないなら、いったい誰が母を殺したの？」

「誰かが真犯人を見つけなければならない。そうだろう？」ギャリックはエリザベスに向かってにやりとした。「幸い、君の元夫はＦＢＩ捜査官だ。捜査機関にもツテがある」

62

ギャリックとエリザベスは、足音を立てないよう静かにイヴォンヌの病室へ入っていった。もしイヴォンヌが眠っていたら起こしてはならないと、きつく注意を受けていた。

しかし、イヴォンヌは眠ってはいなかったらしい。いくつもの枕を重ねたベッドの上で、横になって目を閉じて眠っているように見えた彼女が、次の瞬間にはすばやく体を起こし、顔にパニックの表情を浮かべてふたりを凝視した。

エリザベスは足を止めた。「イヴォンヌ？　大丈夫ですか？」

イヴォンヌの顔の半分——片方の目、頬の片側、額と頭部のほとんど——が白い包帯で覆われていた。包帯の下側の唇から顎にかけて、青痣が広がっている。その表情には、激しい興奮と恐怖が浮かんでいた。

ギャリックが一歩さがり、両手を掲げて手に何も持っていないことを示した。

「ああ、あなたたちだったのね」イヴォンヌは力が抜けたように枕に寄りかかった。「ごめんなさい。本当にごめんなさい。あなたたちは殺人犯なんかじゃないってわかってるけど、鎮痛剤とほかの薬のせいで頭がぼんやりしてるのよ。うとうとしているときに、誰かが病室に入ってくると……あの男がやり残したことを片づけに戻ってきたんじゃないかと思ってしまうの」

「イヴォンヌ、心配しなくていいんです。あなたの気持ちはとてもよく理解できる」ギャリックが大げさなほど優しくゆっくりと心をこめた声で言った。

「ええ、そうね。あなたなら誰よりも理解してくれるわね」イヴォンヌはギャリックを見つめ、おずおずと神経質に小さくうなずいた。そのしぐさに、エリザベスは胸を締めつけられた。

エリザベスはベッドに近づき、イヴォンヌの手を取った。「ここの医療スタッフたちは、私たちが家族じゃないから病室に入れてくれようとしなかったんです。だからギャリックはあなたのいとこだと嘘をついたの。信じていなかったみたいだけど、きっと無害だと判断したんでしょうね」

イヴォンヌが笑みを浮かべようとした。「たぶんそうね。私が誰かに会いたがってると知っているのよ。お見舞いに来てくれる人はそう多くないから。近くに家族はいないし、ジョンはまだ戻ってないの。介護施設の友達はみんな働いてるし。誰かが隣に座って話し相手になってくれたらいいのにって思ってたところだったのよ」イヴォンヌがエリザベスの手を握りしめた。

ギャリックがベッドの足元に近寄った。「何針縫ったんです？」

「かなりたくさん」イヴォンヌはふたりの視線を意識したように包帯に手をやった。「というのも犯人が……犯人がナイフをひねったせいで損傷がひどくて。皮膚がズタズタに裂かれてしまったの」

「なんてこと」エリザベスはささやいた。

ギャリックはエリザベスのヒップのそばに椅子を置いた。

エリザベスは椅子に座りこんだ。

イヴォンヌが続けた。「切りつけられたのが顔だったから、傷口を縫いあわせるには繊細な技術が求められたわ。本当は形成外科医が必要だったのに、この病院を担当している形成外科医はデンバーにいて帰ってこられないのよ」

ギャリックはベッドの反対側にまわった。「あなたを襲った男のことですが、なんでもいいから教えてほしいんです」

「何も話せることはないわ」イヴォンヌは目を閉じた。「犯人を見てないの。顔はスキーマスクで覆われていたから」

「思いだしたくない気持ちはよくわかります」ギャリックはイヴォンヌのほうに身を乗りだした。その声はあたたかく優しかった。「だが、これは大事なことなんです。何か見ませんでしたか？　肌の色は？　痩せていたとか、太っていたとか？　肩幅は大きかったですか？

犯人の息を嗅ぎましたか？　煙草や大麻のにおいはしなかったですか？　体臭は？　機械油のにおいとか、病院のにおいとか、濡れたペンキのにおいはしなかったでしょうか？　声はどんな感じでした？」

エリザベスの手の中でイヴォンヌの手が震え始めた。イヴォンヌは顔をギャリックに向けた。「昨日の夜、フォスター保安官に今みたいに質問されて全部答えたわ。彼にきいたらいいじゃない」

「フォスター保安官と俺はとても親友とは言えない仲なんです」ギャリックは魅力たっぷりの笑顔でイヴォンヌを落ち着かせた。イヴォンヌはリラックスして枕にもたれた。「それに加えて、俺に言わせればやつは保安官としての能力に問題があるんですよ。本人にも言ってやったんですが――」

「嘘でしょう？」イヴォンヌがかすかに笑った。

「本当です」ギャリックは言った。「あいつがそれをちっとも自覚していないと知ったときの俺の驚きを想像してもみてください。まあ、そんなわけで、ゆうべ起きたことをあなたの口からすべて聞かせてほしいんです」ギャリックはふたたび真面目な口調に戻り、早口で言った。「犯人を捕まえたいんです。あなたのために。それに犯人が襲うかもしれないほかの誰かのためにも」

イヴォンヌの目に涙があふれた。

エリザベスはすばやく立ちあがり、サイドテーブルに置かれていたティッシュペーパーの箱から何枚か引きだすと、イヴォンヌに手渡した。

イヴォンヌはティッシュペーパーで涙をぬぐい、震える声で言った。「あのことを思いだしたくない。でも……忘れることもできない。忘れられたらいいのに。でもどうしても忘れられないの」

「わかります。思いだしたくないというあなたを責めはしません。もしほかの方法で事件を解決できるのならそうします。だが、犯人の情報はあなたしか持ってないんだ。だからあなたに尋ねるしかない。もし話してもらえたら、その情報が事件解決の大きな糸口になる」

エリザベスはじっとギャリックを見つめた。こんなギャリックを見るのは初めてだった。ギャリックは声、態度、言葉のすべてを使って目撃者を説得しようとしている。エリザベスは今まで想像したこともなかったが、人を落ち着かせる能力と鋭い観察力のすべてを駆使して証言を引きだすというのも彼の仕事の一部なのだ。ギャリックは被害者であるというのがどういうことかを理解していて、その知識を利用して望むものを手に入れる。

エリザベスが振り向くたび、ギャリックの新たな一面が見えてくる気がした。そしてそのたびにエリザベスは、自分の体と心を意のままにできるこの男性がいっそう愛おしく思えた。

「まずはひとつだけ思いだしてもらえませんか？」ギャリックが言った。「イヴォンヌ、あなたにならできます。ひとつだけ。犯人の声について教えてください」

イヴォンヌは素直に答えた。「かすれていたわ。でも本当の声がばれないように、わざとそんな声を出してたんだと思う」

「アクセントはどうでした？　外国語訛り、南部訛り、ニューヨーク訛り、ボストン訛り。訛りはありましたか？」

「いいえ、このあたりで育ったみたいなしゃべり方だった」

ギャリックは勇気づけるようにうなずいた。「重要な情報だ」

「清潔な香りがしたわ。石鹸みたいな。少し煙のようなにおいもしたかもしれない……」イヴォンヌが思いだそうとするように眉根を寄せる。「煙みたいな、何かの燃料みたいなにおい」

「燃料？」ギャリックが疑うような声で言った。

「私の夫はトラック運転手なの」イヴォンヌは頑なな声で言った。「夫は軽油みたいなにおいがするわ。でも、それとは違う。何か別の燃料よ」

「オーケー。いいですね、役に立つ情報だ」ギャリックは守るようにベッドに身を乗りだした。催眠術をかけるようなゆっくりとした優しい声色を使い、視線を常にイヴォンヌに注いでいる。「女だった可能性はありますか？」

イヴォンヌが顔をしかめた。「ないわ。よほど声が低い女なら別だけど」襲われたときのことを思いだしたのか、体をこわばらせた。「女ではなかった。あんなふうに私を押し倒せる女なんているわけがないわ」

「泥レスリングのレスラーとか？」

イヴォンヌがかすれた声で笑い、体から力を抜いた。

ギャリックはグラスに氷水を注ぎ、イヴォンヌが体を起こすのに手を貸して口元にグラスを運んだ。「ましになりましたか？」

「ええ、ありがとう。薬のせいで口の中が乾くの。それに……襲われたことについて話してると……落ち着かない気分になって」

「当然ですよ。エリザベス、悪いが、タオルを濡らしてきてくれないか？　イヴォンヌがさっぱりできるように」ギャリックはエリザベスのほうを見もせずに言った。彼はイヴォンヌから一度も目を離そうとしなかった。

エリザベスは頼まれたことをするためにトイレへ向かった。

彼女が戻る途中、ギャリックの声が聞こえてきた。「看護師でいるのも楽じゃないですね。自分の症状をいつだって正確に把握できてしまうんだから」

「そのとおりね」イヴォンヌが言った。

エリザベスはイヴォンヌの腫れた唇に冷たいタオルをあてたあと、それで頬をそっとぬぐった。

イヴォンヌが目を閉じてささやいた。「気持ちいいわ」

「彼女は疲れてきてるわ」エリザベスはギャリックに小声で言った。

ギャリックはタオルをどけると、イヴォンヌに顔を近づけて早口に言った。

「もう少しで終わりです。あとひとつかふたつだけ質問に答えてもらえますか?」

イヴォンヌが目を閉じたままうなずいた。

「肌についてはどうでした?」ギャリックは尋ねた。「何が見えましたか?」

「犯人の肌は全部覆われていて見えなかったわ。黒い革のボンバージャケット……襟は白くすりきれていた。それにジーンズをはいていたと思う。ブーツに革手袋。スキーマスク」

「ちらりとも見えなかったんですか? どんな印象だったかだけでもいいんです」

エリザベスはふたりのやり取りを邪魔しないようにじっとしていた。

「白人。白人だった。それにあの目」イヴォンヌの呼吸が速くなった。「犯人の目を見たわ。マスクの穴の奥にある目を。ギラギラと燃えるような目だった。犯人は……まともじゃない。でも認知症を患っている人たちとは違う。あの男の目は怒りに取りつかれていて……まるで燃えてるみたいだった。ほかにどう表現していいかわからない」イヴォンヌはシーツをつかむと首の下まで引きあげた。「どこにいてもあの目は見分けられるわ」

「大丈夫です」ギャリックは優しく言った。「犯人がここに来ることはない」

イヴォンヌは体を震わせ始めた。「わかってるわ。ここは安全だって」

エリザベスはベッドの足元にたたまれていたブランケットをイヴォンヌにかけてあげた。

　ギャリックは感謝するようにうなずいたあと、イヴォンヌにふたたび話しかけた。「ええ、ここは安全です」

　ギャリックの言葉でイヴォンヌは安心できたようだった。

「犯人の目のことですが、今、俺に話してくれたことをフォスター保安官にも話したんですか？」ギャリックが尋ねた。

「いいえ、保安官は気が短くて、さっさと聴取を終わらせたいみたいだったから。それに……怖すぎてこのことは思いだしたくなかったの」イヴォンヌはふたたび体を震わせた。

「それでよかったんです」ギャリックはイヴォンヌの肩に手を添えた。「約束してください。犯人の目については誰にも話さないと」

「誰にも話すつもりはないし、あなた以外の人には誰にも話してないわ……あなたとあの記者以外には」

　ギャリックの体が凍りついた。「記者？」

「あの感じのいい若い人よ」イヴォンヌがほほえんだ。やっと完全に緊張が解けたというように。「名前はなんて言ったかしら？　たしか……ノアよ。ノア・グリフィン」

63

「あの記者のことなら知ってるわ。会ったことがあるもの。ノア・グリフィンは感じのいい人よ。もしイヴォンヌのことを記事にしないでと私が頼めば、きっとそうしてくれると思う」本当はそこまで確信があるわけではなかったが、ギャリックがイヴォンヌのことを心底心配して機嫌が悪くなっているので、エリザベスは彼をなだめようとして言った。

ヴァーチュー・フォールズの町に入り、増えていく歩行者の流れに合わせて、ギャリックは車のスピードを緩めた。「君はマスコミ相手にやりあったことがあるのか?」口調には皮肉がこめられていた。

「もちろんあるわよ」エリザベスは過去を思いだして言った。「あまりうまくいかなかったけど。でもノア・グリフィンが悪い人じゃないってことは断言できる」

「そいつはすでにイヴォンヌの記事を載せてしまっただろう」

「そうかもしれない。インターネットの接続状況にもよるけど。もしノア・グリフィンを見つけられれば……」何かがエリザベスの脳裏に引っかかった。「あなたはいつマスコミとやりあったの？」

「FBIから放りだされたのはマスコミのせいでもある」ギャリックはエリザベスに視線を投げた。「ほとんどは自業自得だった。君にも言ったことだが……俺は親父みたいになったんだ」

「謎めいた言い方をするのはやめて、何をしたのか話して」

「謎めいた言い方なんてしていない！」

「だったら何をしたのか話してよ」

「話すよ」歩行者の数が多くなり、混雑してきた。「でも今、ここで話すことじゃない……それにしても、いったい何がどうなってるんだ？」

エリザベスも町の中心に向かってぞろぞろと歩いていく歩行者に目をやった。「サーカスでも来たのかしら？」

車は角を曲がって広場の方向に進んだ。「どうやら君が正しいようだ」ピックアップトラックの高い車高のおかげで、ギャリックとエリザベスからも混雑の原因が見えてきた。大きな民間ヘリコプターが交差点におりたっていた。ヘリコプターの羽根はゆっくりと回転している。ヘリコプターのドアのそばには、ファッショナブルな黒の服装に身を包んだひと組の男女が立ち、大きなペットボトル入りの飲料水と茶色の紙袋を配っている。紙袋に何が入っているのかはわからなかったが、ヴァーチュー・フォールズの全住民に行列に並んでまで受け取りたいと思わせる何かが入っているらしい。

「ブラッドリーとヴィヴィアンのホフ夫妻だわ」エリザベスは言った。

ギャリックは目を細めた。「なるほど。あのふたりの顔はもう何年も見てなかったが、彼らは町のセレブだ。あれがホフ夫妻だと気づいて当然だったのに」遠くからブラッドリー・ホフを見つめ、ミスティの愛人候補――そして殺人事件の容疑者として考えてみた。どちらの可能性も充分ある。ブラッドリーは俳優のように洗練されたハンサムな男で、背も比較的高い。百七十八センチといったところか。スマートで服の着こなしも上手だ。体は引きしまっており、高級ゴルフシャツの袖から筋肉質の腕が伸びているのが見える。ギャリックの記憶が正しければ、ブラッドリーの髪はかつてブラウンだった。今は髪の色は黒で、少年のように毛先を無造作に乱れさせている。ヘアスプレーがひと缶丸々必要になりそうなスタイリングだ。

だがギャリックはブラッドリーのことを批判的な目で見ている部分もあった。ブラッドリーのことは好きではない。それは批評家たちがブラッドリーを嫌うのと同じ理由――彼が年配女性に媚(こび)を売って作品や写真集を売りつけるという巧妙なやり方で成功を手にしたからだ。だからといって、ブラッドリーが殺人犯ということにはならない。個人的には、この男は妻が怖くて不倫なんてとてもできないだろうとギャリックは思っていた。

少なくともブラッドリーが賢明であれば、妻を怖がるはずだ。ヴィヴィアン・ホフは誰かに媚を売るようなタイプには見えない。どちらかといえば、赤ん坊を泣かせるタイプだ。そのほほえみひとつで。

「あの夫婦はヘリコプターでやってきたの?」エリザベスは半分あきれながらも、残りの半分はおもしろがっているようだった。「あなたと同じように支援物資を持ってきたみたいね。でもあなたのときは誰もあなたの好意に気づいてなかったのに、あの夫婦のことはみんなが崇拝してるみたい」

「ブラッドリー・ホフは〝自然派芸術家〟だ。やつはこの町の人気者だけど、俺はそうじゃない。それに見てみろ」ギャリックは、ホフ夫妻のまわりをせわしなく動きまわって写真を撮っているかわいらしい若い女性を指さした。「フォトグラファーまで連れてきてる。俺は連れてこられなかったからな」

「まあ。ずいぶんと……おかしな光景だわ……抜け目ないというかなんというか……」

「彼らはやり手なんだ」人混みのせいでピックアップトラックを安全に走らせるのが難しくなってきたので、ギャリックは路肩に駐車した。「これで全国のメディアが彼らに注目する。夫婦の狙いはそれだろう」

「町の人たちのことが心配だったのかもしれないわ」

ギャリックは眉をあげてエリザベスを見つめた。

「いい宣伝になるのは確かかね」エリザベスは認めた。

ギャリックは先にピックアップトラックから出て、車を降りるエリザベスに手を貸した。レインボーが人混みを縫ってやってきて、エリザベスのそばで足を止めた。「あんたたちまで見物に来たってわけね」

エリザベスはレインボーが手にしている紙袋に目をやった。「そう言うあなたも、彼らが配ってるものをもらいに来たのね。中に何が入っているのか知らないけど」

レインボーが紙袋を開けた。「トイレットペーパー、ツナ缶、乾燥豆、タンポン、懐中電灯、電池、チョコレートバー、その他いろいろ」

エリザベスがギャリックに顔を向けた。「あなたの何が悪かったかわかったわ。タンポンを持ってこなかったことよ。それかチョコレートバーか」

病院をあとにして以来、初めてギャリックはにやりとした。「それは失礼」

「私たち、ホフ夫妻の到着を見逃したの」エリザベスは広場を見た。「何があったの？」

「たいした光景だったわよ。二時間くらい前に、ヘリコプターが最初に上空を通り過ぎた。町の上を低空で飛んでたと思ったら、谷の近くでいったんおりたの。無気力になっていたあの地区の住民たちも大はしゃぎでヘリコプターのまわりに集まったらしいわ。そのあとここにおりたった。町中にヘリコプターでおりて何が悪いのって態度で」レインボーが目を輝かせた。明らかにレインボーも無気力になっていたところにこの騒ぎが起きて、大はしゃぎで駆けつけたくちらしい。

ギャリックは声を立てて笑った。「フォスターはさぞかし憤慨しただろうな」

「当然よ。保安官は誰であれ、自分の町を許可なく飛びまわるやつを逮捕してやるつもりでやってきたんだけど、ホフ夫妻が支援物資でぱんぱんの袋を配ってるのを見て、すごすご引きさがった」レインボーは忍び足で歩く真似をしながら言った。

「いや、引きさがってはいないようだ」ギャリックは言った。「やつは郡庁舎の階段のところにいる」

「冗談でしょ？」レインボーはギャリックのピックアップトラックのステップにあがってフォスターを見つけた。「あの目つきを見てよ。この数日間のことを考えれば、保安官だっていいかげんに家に帰って休んでるはずだと思うわよね。たぶん、フォスターはあの家で眠るのが怖いのよ。母親に取りつかれるんじゃないかって怖がってるんだわ」

「幽霊なんてものはこの世に存在しないわ」エリザベスは最近、似たようなことばかり言っている気がした。それも常識をわきまえているはずの人たちに向かって。

「あのくそばばあなら保安官が死ぬまで取りついて離れないわね。息子にがっちり爪を食いこませて」レインボーはステップを降り、寒けを感じたように腕をこすった。「フォスターは何日も眠ってないように見えるわ。マイク・サンの家が焼け落ちたって話は聞いた？」

ギャリックとエリザベスははじかれたようにレインボーを見た。「なんだと？」「なんですって？」

「そうなの。昨日の夜の話だけど」レインボーは特ダネを伝えられる興奮と、また悲劇が起きたことへの恐怖を同時にあらわにした。「どうして火事になったのか誰にもわからないのよ。でも、マイクの家は田舎道に面してるでしょ？　あのあたりには消火栓もないし、ボランティア消防団の消防車も消火に充分な水を積んでなくて、火はみるみる燃え広がった。みんな、マイクとコートニーが家の中にいるんじゃないかって、心配でたまらなかったの。だけど夫婦の車のうちの一台は停まってなかったし、消防署の署長は、火災現場で遺体は発見されなかったって断言したしね。署長が正しいといいんだけど。あたしはマイクのこともコートニーのことも好きだから」

エリザベスが口を開いた。「あのふたりなら――」

ギャリックは警告するようにエリザベスの肩に手を置いた。「家が焼け落ちたのはひどい話だが、きっとふたりは無事だと思うな」

レインボーはギャリックとエリザベスを観察するような目つきで見た。「あんたたち、何か知ってるの？」

「俺が知ってるのは、フォスターはマイクが自分で家に火をつけたと言いだすだろうけど、火をつけたのはマイクじゃないってことだ」ギャリックはヘリコプターの操縦士に目をとめた。操縦士は操縦席のドアのそばでいらいらとした様子で立っている。「することがあるのを思いだした。エリザベス、俺が戻るまでレインボーと一緒にここにいてくれ。いいな？」

ギャリックがピックアップトラックからプライオリティ・メールの箱を取りだし、ヘリコプターの操縦士に向かっていくのをエリザベスは目で追った。

ギャリックは荷物を送りたいの？　こんなときに？

ピックアップトラックのステップにのぼり、エリザベスはギャリックを観察した。

そのあいだもレインボーのおしゃべりは止まらなかった。「見て！　ブラッドリーのフォトグラファーが今度はビデオカメラで撮影を始めたわ。撮られる最初の住人はキャメロン・ハードウィックね。あの娘は誰かがビデオカメラを構えたとたん、すぐさま姿を現すんだから。ブラッドリーの前で歌い始めたって驚かないわね。『アメリカズ・トップ・タレント』に出るのが夢らしいわよ。オーディションにも参加したがってるけど、父親が許してくれないんだって。若さを満喫することね、お嬢ちゃん！」

エリザベスはレインボーの話を聞いていなかった。ギャリックの姿を目で追い続ける。

ギャリックは操縦士に近づいて何やら話しかけ、箱を手渡そうとした。

操縦士が首を振って背中を向ける。

ギャリックがポケットに入れていたＦＢＩの身分証明書を取りだして操縦士に見せた。

ギャリックと一緒に過ごしてきた中で、彼が誰かに身分証明書を見せるところをエリザベスは一度も目にしたことがなかった。

操縦士は身分証明書をじっくり確かめたあと、顔をしかめてしぶしぶ箱を受け取った。

エリザベスはピックアップトラックのステップから降りた。おもしろい。人混みの中からノア・グリフィンが姿を現し、エリザベスに近づいてきた。「君の恋人は何者だい？」

「ああ、ギャリックのこと？」エリザベスはギャリックのほうに目をやった。ギャリックは何やら熱心に操縦士に向かってしゃべっている。操縦士は今やすっかり及び腰だ。「彼は私の恋人じゃないわ。元夫よ」

レインボーが割りこんだ。「FBIよ。地元の少年が今じゃ立派な捜査官ってわけ」

「そうなのか」ノアがタブレット端末を取りだした。「ラストネームの綴りは？」

エリザベスはノアの腕をきつくつかんだ。「教えてあげるわ。でも、その前に話したいことがあるの」

「何について？」ノアが尋ねた。

「ええ、何についてなの？」レインボーも尋ねる。

「個人的なことよ」エリザベスはきっぱりとレインボーに向かって言うと、ノアをピックアップトラックの後方に引っ張っていった。「イヴォンヌ・ルダにインタビューしたのね」

「ああ、した」ノアは独特のしぐさで毛先だけがブロンドがかったブラウンの髪を指でかきあげた。「この町では、何やら恐ろしいことが起こってるみたいだね」

エリザベスはノアの感想などどうでもよかった。今は自分の望みにしか関心がなかった。

「記事を差し止めにして」

「なんだって？　冗談だろう？　どうして？」ノアはずうずうしくも、侮辱されたかのような口ぶりで言った。

「イヴォンヌが犯人の目を見分けられることをあなたに話してしまったからよ。犯人は捕まってないいんだから、彼女に危険が及ぶかもしれない」

「でも……もう記事は送ってしまったよ」

「記事に書いたの？　犯人の目のことを？」

「もちろん」

エリザベスはノアのうかつさが信じられなかった。「そのせいでイヴォンヌが危険にさらされるかもしれないとは考えなかったの？」エリザベスは嫌悪感を覚えて顔をそむけた。

「待ってくれよ。そんな態度は取らないでほしいな」ノアはエリザベスの腕を取った。「心配する必要はないさ。イヴォンヌ・ルダは有名人じゃない。それに僕はもう通信社に正式に雇われてる記者じゃないんだ。たぶん、どこのオンラインサイトも記事を載せることはないと思う」

「そうだといいわね」エリザベスは言った。「もしどこかに記事が載ってしまったら、イヴォンヌの身に何も起こらないように祈ったほうがいいわよ。もし何かあれば、あなたは後悔するはめになるだろうから」

エリザベスはノアを信じていいのかどうかわからなかった。「それならいいけど。だって私はあなたを責めるギャリックからあなたをかばってあげたのよ。自分があなたの人柄を見誤っていたとは思いたくない。それにあなたのことだって心配したくないもの。この小さな町に足止めされてるときに、町のみんなに愛されてる看護師があなたの軽はずみな行動のせいで殺されたとなれば、あなたにだって何が起きるかわからないわよ」

ノアが驚いた顔で言った。「僕を脅してるのか？」

「私はただ事実を指摘しているだけ。この町にはまだ少し荒っぽい一面が残ってるの。銃を持っている人もいっぱいいるし、今の私たちは、日に日に文明社会から切り離されていってる。正義の意味が法的な正しさより、もっと野蛮な何かに姿を変えかねないってこと」相手の恐怖心をあおるような戦術なんていったいどこで覚えたのだろう？

もちろんギャリックからだ。それと——。

アンドルー・マレーロの声が響いた。「おい、おまえ！　そこの記者！　話を聞いてくれ。君は誤解してる。エリザベスと僕は……僕たちは津波の映像を公開しようと考えているんだ。君に独占取材をさせてやる！」

「もちろんだ！」

64

「わかったよ、ミスター・ジェイコブセン。言われたとおりにやるよ」ヘリコプターの操縦士が不満そうに言った。「だけど、みんなから緊急の荷物を預かってたら、このヘリコプターは離陸できなくなっちまう」

「みんながFBI宛ての荷物を君に預けるなんてことがあるなら、君は燃料いらずで飛べるだろうよ」ギャリックは言い返した。

「はいはい」ヘリコプターの操縦士はドアを開け、荷物を中に放り投げた。

ギャリックは冷ややかな目で操縦士を見つめた。

「郵便局の連中はこれよりよっぽど扱いが乱暴だぞ」

「君の名刺をよこせ」

「俺の名刺？」

「ビジネス用の名刺だ」操縦士が財布の中を探っているあいだにギャリックはつけ加えた。

「できるだけ早く発送しろ。遅れたらきちんと原因を調べるからな」ギャリックは名刺を受け取り、群衆のほうに顔を向けた。

行列に並んで待っている人たちはじろじろとギャリックを見ていた。

お返しに、ギャリックも群衆を観察してやった。

ホフ夫妻はヴァーチュー・フォールズの町長と一緒にいるところをビデオカメラで撮影されていた。町長はホフ夫妻に媚びへつらっている。その三人の後ろには巨大な油絵が置かれていた。長い海岸線と海、そしてそれを照らす太陽が描かれている。間違いなくブラッドリーの作品だろう。三人はチケットを手にかざしていた。どういう作戦なのかは天才でなくても察しがつく。彼らはヴァーチュー・フォールズへの募金集めに、絵画を景品にしたくじ引き大会を開催するつもりらしい。募金は集まるだろうとギャリックは思った。それもたくさんの金が。

レインボーがむっとした表情で、ひとりで立っている。

フォスターが手をリボルバーに置いたまま、ギャリックを見ている。

そしてエリザベスと話しているのは……ノア・グリフィンという記者らしき男とアンドルー・マレーロだ。

「くそっ」ギャリックは信じられなかった。たった十分離れていただけだというのに、エリザベスは記者と能なしの上司に捕まっている。

エリザベスに向かって歩きだしたギャリックは途中で方向を変え、レインボーに声をかけた。「どういうことだ？」レインボーがぶっきらぼうに答えた。「エリザベスに記者とふたりだけで話したいって言われたの」

ギャリックはレインボーを見つめた。

レインボーは挑戦的にギャリックを見つめ返していたが、やがて不満げな表情を引っこめた。「わかったわよ。エリザベスはノアとふたりだけで話をしたがったの。ふたりは喧嘩しているように見えた。そうしたらマレーロがやってきて、ノアに向かって、〝君は誤解している。エリザベスと僕は津波の映像を公開しようと考えている〟って言った。マレーロは何がなんでも自分も名をあげようと躍起になってるみたい。あたしの予想ではエリザベスの指導者としての功績を狙ってるわね」

ギャリックはマレーロのことが心底気に入らなかった。実際、マレーロをミスティ殺しの第一容疑者と見ていた。ほかの事件については別だろうが。この件についてはフォスギャリックはマイクの家の火災が事故だとは思っていなかった。この件についてはフォスターが犯人だろう。

だが、マレーロがむかつく男だからといって人殺しだと考えるほどギャリックは愚かではない。マレーロは単に虫けら同然の気骨のない男にすぎないという可能性は充分にある。マレーロは殺人犯でもあるのだろうか？　今の時点では神のみぞ知るだ。だが、いずれわかるときが来るはずだ。

「やつの思惑どおりにならないよう、なんとかやってみる」ギャリックは言った。

「そうして」レインボーが言う。

とはいえ、なんの計画も思いつかなかったので、とりあえずギャリックは三人に近づくと、記者の隣に無表情のまま無言で立った。経験上、険しい顔をした筋骨たくましい男に無言でそばに立たれると、人は神経質になることをギャリックは知っていた。そして神経質になった者は、次の三つのうちのいずれかの行動を取る。逃げだすか、ぺらぺらしゃべりだすか、攻撃的になるかだ。

尋問するより黙って立っているほうが、よほど多くの情報を得られる。

エリザベスは不機嫌にギャリックを見つめた。

ノアは一歩離れた。

マレーロは口を開いた。「何か用か？　僕たちは今、インタビューを受けているところなんだが」

ギャリックは腕組みし、無表情な目でまっすぐ見つめた。こうしているだけで、三人それぞれの性質が何かしらわかってきた。

ノアが視界の隅でギャリックを観察しつつ、マレーロに向かって話しかけた。「つまり、あなたはエリザベス・バナーの指導者なわけだ」

「ああ、もちろんだとも。ほかに誰がいるというんだ？」

ギャリックは噴きだしそうになるのをかろうじて抑えた。マレーロもインタビューの最中に、こんなふうにいらだちをあらわにせず、平静を装う方法を学ぶべきだ。記者に何を書かれるか、わかったものではないのだから。

ノアが自分のタブレット端末を参照しながら言った。「僕の調べによると、エリザベスはこの仕事に就く前から、実績のある地質学者だったようですが」

怒りでマレーロの顔がみるみる赤紫色に染まった。

「それに僕がタホで取材したとき、あなたは彼女がまさにこの職に適任であるように言っていたはずだ」

エリザベスはマレーロとノアに対する憤りをなんとかのみこんだ。「現場経験に勝るものはないわ。学術的に言えば、私に充分な実績があったのは確かよ。だからこそ、この発掘調査で現場経験を積んでるところなの」

「つまり、アンドルー・マレーロが君の指導者だということかい？　君のお父さんではなく」

ノアの質問は内容こそ鋭いものの、エリザベスに対するときだけ、その声がやわらいでいることにギャリックは気づいた。

どうしてこうなるのだろう。この男はエリザベスに恋愛感情を持ち始めている。そしていつものごとく、エリザベスはそのことに気づいてもいない。

「四歳から二十六歳までのあいだ、私は父とまったく接触していなかったの。だから私の地質学に関する知識は、父からは最低限の影響しか受けていないと言っておくほうが安全だと思うわ」

「だけど君は、父親とまったく同じ道を選んでいる」ノアは言った。「父親が始めたプロジェクトに参加してまで」

「このプロジェクトのリーダーとして、僕には立派な評判がある」マレーロは会話に割りこもうと必死だった。「君は津波の映像を見たくないのか？」

「それならもう見ました」ノアがいらいらとした口調で言った。「あなたも知っているでしょう？　ミス・バナーの希望どおり、映像はアメリカ地質学会に送る予定だけど、ディスカバリーチャンネルにも知り合いがいるから、そっちにも送っておきます」

「それはいい」マレーロが言った。「大変結構だ」

ギャリックが観察していると、マレーロは自分に注目を集めるにはどうすればいいか考えあぐねているようだった。

そして、マレーロは何か思いついたらしい。「ディスカバリーチャンネルの知り合いというのは誰だ？」ノアに尋ねた。「プロジェクトに関する補足レポートを僕が送っておいてやろう。それで発掘現場に撮影に来てはどうかと提案してみるよ」

「なるほど、それはいい考えだ」ノアもマレーロのもくろみに気づいた様子で、これ以上ないほど皮肉な口調で言った。

マレーロの顔がふたたび赤紫色になっていく。

エリザベスがノアを思いきりつねった。

ぎょっとしたノアは姿勢を正した。「すぐに名前を教えますよ、ドクター・マレーロ。それに向こうにもあなたからレポートが届くことを伝えておきます」

「結構だ」マレーロは目的を達成して満足げに言った。「そういうことなら、僕は仕事に戻るとしよう」エリザベスに向かって、皮肉をたっぷりこめて言った。「君はいつになったら仕事に戻るつもりなんだ？」

ギャリックが口を挟む前に、エリザベスが答えた。「今日の午後にも戻るつもりよ」

「それはいい」マレーロはピックアップトラックの側面にまわった。ところがそこで何かに邪魔されたのか、よろけてトラックのサイドパネルに体をぶつける音がした。「邪魔だ、まったく女ってやつは！」

ギャリックがピックアップトラックの側面にまわると、マレーロが峡谷に向かって足音も荒く歩み去るのが見えた。すぐそばでレインボーが体についた埃を払っている。

レインボーはギャリックを見ると肩をすくめた。聞き耳を立てていたことを後ろめたいとは思っていないようだ。そして彼女もマレーロを追うように立ち去った。

ピックアップトラックの後方に戻ってみると、子どもの遊び場でいじめっ子がするように、エリザベスがノアの体を乱暴に押すのが見えた。「いったい何がしたいの？ 私の人生を惨めなものにしようとしてるの？ 私たちは……アンドルーの下で働いているチームのみんなは、いつだって彼のエゴが満たされるように気をつけてるのよ。そうすれば彼の機嫌が少しはましになるから！」

ノアはされるがままになっていた。「あいつは本当に君を目の敵にしてるんだね？」

エリザベスは押すのをやめた。「ギャリックが言うには、アンドルーは私の父の才能と比べられることにコンプレックスを持ってるんですって」

ギャリックは初めて口を挟んだ。「それに君の才能もだ」

「そうだろうと思ってたよ」ノアが言う。

エリザベスがふたたびノアを押した。「これを記事に載せたりしないでよ」

「もちろん、載せない。そんなことをしたら、名誉棄損で訴えられる」ノアはピックアップトラックのバンパーに腰をおろした。

「俺のピックアップトラックに座るな」ギャリックは言った。

ノアがのろのろと立ちあがった。その視線はずっとエリザベスに据えられたままだ。

「さっき言ってたことは本当なのかい？ 君が地質学者になろうとしたのは、チャールズ・バナーとはまったく関係ないのか？」

「私がもともとこの仕事に向いていたのは、たぶん父のおかげでしょうね」エリザベスは言った。

「遺伝ってことかな？」ノアは尋ねた。

エリザベスは頭を傾けた。「ええ、そうだと思う」

「ここに戻ってこようと思ったきっかけは？　アンドルー・マレーロに教えを乞いたかったから、なんて答えは一瞬たりとも信じないよ」ノアが罠を仕掛ける。

エリザベスはもちろん、その餌に食いついた。「アンドルーにはとても才能があるわ。ただ——」

ギャリックはエリザベスの肩に手を置いた。

エリザベスは口をつぐんだ。

「なあ」ノアがギャリックに言った。「きょうび、真実だけを教えてくれなんて言う記者はいやしない。もしエリザベスが話してくれないのなら、僕は想像で書くしかない。そのほうが真実よりよっぽど売れるだろうしね」

「おまえのことを虫けらみたいに踏みつぶしてやってもいいんだぞ」ギャリックはノアに言った。

ノアはにやりとした。「聞いたことはないか？　記者はゴキブリのようなものだって。一匹殺したところで、その代わりはたくさんいる」

ギャリックはノアに一歩近づいた。

ノアは両手をあげた。「僕は記者の中でもまともなほうだよ。エリザベスの味方だし、真実を追うことにかなりのこだわりを持っている。それに君だって僕をこの町から追いだしたくはないはずだ。ここを出て現実世界に戻れば、インターネットには手軽にアクセスできる。歓迎されなかったという理由で僕がバナー・プロジェクトに大きなダメージを与えるかもしれないぞ」

ギャリックはもう少しで、バナー・プロジェクトなんてどうでもいいと口走りそうになったが、エリザベスの顔が目に入り、言葉をのみこんだ。

「有益なプロジェクトなのよ」エリザベスはギャリックに言った。

こんなのはフェアじゃないとギャリックは思った。エリザベスが俺の考えを読めても、口をつぐまされる俺にはなんのいいこともないじゃないか。

「俺にはなぜおまえがここにいるのか理解できない」ギャリックはノアに言った。「津波も地震も過去のものになりつつある。少なくともニュースにおいては。ホフ夫妻が復興を推し進めているようだが、記事になるようなネタはない。なのに、なぜおまえはまだここに残ってるんだ？」

「記者がわざわざ文明社会を離れて、海岸沿いの小さな町にやってきて、興味深い住民たちのまわりをうろちょろしてるのはどうしてだと思う？」ノアはほほえんだ。その口の端に皮肉をにおわせて。「僕は本を書いているんだ」

ギャリックはノアが自分自身をあざ笑っているのだと思った。

だが、エリザベスは真面目に受けとめた。「本当に？　すばらしいわね。いつ出版されるの？」

ノアがため息をついた。「正しい質問は、〝いつ書き終わるの？〟だ。第一章のあとを書くのに、予想以上に苦戦してるんだ」

「第二章以降に何を書くか思いつかないの？」エリザベスがきいた。

「違う。僕が言ってるのは……〝第一章〟という文字のあとだよ」ノアは真剣に言っているようだった。「だからとりあえず、今はフリーランスで記事を書いて、生活費を稼いでる。

君がヴァーチュー・フォールズに戻った理由を探ろうとしたのはそのためなんだ」

ギャリックはエリザベスに向かって首を振った。

ノアがにらみつける。

エリザベスはギャリックを無視して答えた。「わかったわ。私が戻ってきたのは、父がアルツハイマーに永遠に奪われてしまう前に、父のことを知りたかったからよ」

「再会したとき、お父さんだとすぐにわかったのか？」ノアはギャリックに邪魔されるのを恐れるように――もしくは、踏みつぶされるのを恐れるように――熱心な口調で迫った。

「ええ。でも写真を見ていたからであって、子どもの頃の記憶が残ってたわけじゃないわ」

エリザベスは硬い口調で言った。

「ヴァーチュー・フォールズのことは覚えていた？」ノアが尋ねた。

「まったく」

「昔、住んでいた家のことは？」

「それも覚えてなかったわ」

ノアが目を輝かせた。「つまり君は、昔住んでいた家を見に行ったんだね？」

ちくしょう。エリザベスは記者の策略にまんまと引っかかった。さらに悪いことに、ノアが尋ねた質問は、ギャリックの頭に浮かびもしないものだった。

くそったれ。

エリザベスは自分が引っかけられたことに気づいていたとしても、それを表情には出さなかった。なんの感情もこめず、率直に質問に答えた。「初めてここに戻ったとき……父にもまだ会いに行ってなかったときだけど、好奇心から家を見に行ってみたの。私が生まれて最初の数年間を過ごした家に」

「どうだった？」ノアでさえも、何があったかと真正面から尋ねるほど無神経にはなれなかったようだ。「気味が悪かっただろうね」

「いいえ。気味が悪いとは感じなかった。ただ悲しかったわ。家に戻れば記憶が戻るかもしれないと思ってたの。でも何も思いだせなかった。家は板で窓がふさがれていて、朽ちてぼろぼろになったまま、何もないところにぽつんと立っていた。吹きさらしの何もないところだったわ……思い出さえも」エリザベスはため息をついてほほえんだ。「それじゃあ、よければこのへんで失礼してもいいかしら。私も行列に並んで、支援物資をもらってくるわ。それが終わったら……仕事に戻らないと」

65

エリザベスが紙袋を受け取るために最後尾に並んだときには、行列も二十人ほどの列にまで縮んでいた。行列に並んでいる人々は皆一様に疲れているようではあったが、カメラの前でヴァーチュー・フォールズの町長と話しているホフ夫妻を熱心に見つめていた。

「あの人たちはなんの話をしているんですか?」エリザベスは自分の前に並んでいる女性にきいた。

「途中からしか聞いていないけど、ワシントン州はヴァーチュー・フォールズのことを無視しているとか、人々は基本的な日用品さえ事欠いているというようなことを町長がホフ夫妻に訴えていたわ。州が道路を直してくれないのなら、住民はみんな、共和党員に転向するだろうとにおわせていた」女性は笑って言ったが、その言葉にはユーモアのかけらも含まれていなかった。

「それじゃ、これをニュースに取りあげてもらうつもりなんですね?」エリザベスは尋ねた。

「ホフ夫妻には影響力があるもの」別の女性が言った。「このインタビューで何かが変わる冷たい食べ物を食べるのも、もううんざり」

「冷たいシャワーを浴びるのも、冷たい食べ物を食べるのも、もううんざり」

「私は懐中電灯と電池が欲しくて並んでるんです」エリザベスはバックパックから電池の切れた懐中電灯を出した。レンズ部分も欠けている。「地質学者は懐中電灯の消耗が激しいんですよ」

エリザベスの背後からギャリックが声をかけた。「俺はトイレットペーパーが目当てだ」

エリザベスは振り向いて顔をしかめた。

「トイレットペーパーは重要なんだぞ。ないと大変なことになる」ギャリックは無邪気な口調で言った。エリザベスを守ろうとしてあとをつけまわしているわけじゃないとでも言いたげな顔だ。

「こんにちは、ギャリック。町に戻ってくれてうれしいわ」エリザベスの前の女性が言った。

「どうも、ミセス・ウバック。子どもたちが夏休みで町を離れていたときでよかったですね？　ところで高校はどんな様子ですか？」

「たいした被害はなかったわ。私の避難先は高校なの。体育館に寝泊まりしているのよ」ミセス・ウバックがつらそうに答えた。

「水洗トイレが恋しいわ」ミセス・ウバックの前の女性が言った。「バケツで水を汲んで流す必要がないもの」

「私はスイッチを押せば部屋の照明がつくようになってほしいわね」その前に並んでいた女性が言った。

「あたしは一日でいいから余震に揺られることなく眠りたい」さらに前に並んでいた女性が言った。

その意見には全員がうなずいた。そして重い足を引きずるようにして前に進む。

「家に帰りたいわ」ミセス・ウバックが言った。「工事の人を雇って屋根から木をどけたい。それからガレージと窓を交換したい。自分のキッチンで料理して、自分のベッドで寝て、自分のコーヒーメーカーで淹れたコーヒーを飲みたい。ひとりになりたい。避難所にいる五十人の大人と二十人の子どもが、おしゃべりしたり、いびきをかいたり、泣いたり、喧嘩したりする声はもう聞きたくない……」声が途切れた。「生きていることに感謝すべきなんでしょうね。もちろん感謝はしているのよ。ただ私は……家に帰りたいの」

心に浮かぶままに吐きだしたその言葉は、彼女の心からの叫びだった。

隣の女性がミセス・ウバックの肩を抱いた。

人の生々しい感情を目のあたりにすると、エリザベスはいつも自分が無力で役立たずであると感じた。それでもミセス・ウバックの腕にそっと触れて言った。「リゾートに滞在している私はとても恵まれてるけど、私にも理解できます。私もバックパックに入っていたものと、ペイトン・ベイリーが私のために取ってきてくれたアルバム以外、すべてを失ったんだもの」

エリザベスの言葉が聞こえる範囲にいた人々は皆、うなずいた。

エリザベスは続けた。「いまだに自分のヘアブラシやブラジャーをつい探してしまうんです。それにお気に入りのランニングシューズがここにあればいいのにと考えずにはいられない。だって今、私が持っているものはすべて、誰かほかの人のおさがりなんだもの。感謝はしてます。本当よ。でも自分の持ち物をほとんどすべて失うって、本当に変な感じだわ」

ミセス・ウバックはエリザベスを見つめた。「あなたは地質学者にしてはいいお嬢さんね」

列が前に進んだ。

先頭にたどり着くと、形ばかりの関心を示しながら笑顔を振りまいているブラッドリー・ホフから日用品でいっぱいの紙袋を手渡された。ブラッドリーはその場にふさわしい思いやりをブルーの目に漂わせて言った。「この袋が今のこの厳しい状況で困っているあなたの助けになるといいんですが」

「ありがとうございます。ご親切に感謝します」エリザベスは言った。

「彼女は完璧ね」フォトグラファーが声をあげてカメラを構えた。「カメラ写りもよさそうだし、美人だわ。彼女と何枚か写真を撮りましょう」

「いい選択だな、ローリング」ブラッドリーの笑顔がより自然な笑顔に変わる。エリザベスの顔を改めてよく見た彼は、驚いたように言った。「待てよ、君はミスティの娘さんじゃないか。私は君のお母さんの知り合いだったんだよ」

「知ってます……以前にもあなたから聞きました」ブラッドリー・ホフとはこの数カ月で何度か会っていたが、またしても彼はエリザベスの顔がすぐには思いだせなかったようだ。

「もちろんそうだ。前にも君とは話したんだったね」ブラッドリーはエリザベスに関する情報を思いだそうと顔をしかめた。「たしか、バナー・プロジェクトで地質学を研究するためにこの町に住んでいるとか。君にとっては待望の地震だったのかな」

「すさまじい地震でした」

フォトグラファーは何枚か写真を撮ったあと、ビデオカメラを取りだした。

ヴィヴィアンがローリングとエリザベスのあいだに割りこんだ。「ブラッドリーが言ったように、エリザベス・バナーはわけありよ。彼女を撮れば、彼女がニュースになってしまう。私たちの寛大さではなくね。あなたたち、目的を忘れちゃだめよ」ヴィヴィアンはエリザベスに向かって言った。「悪く取らないでね、お嬢さん」

エリザベスがフォトグラファーに目をやると、彼女はうんざりした顔でカメラにレンズカバーをつけていた。

だが、ブラッドリーは妻の指示に素直に従った。彼はエリザベスと握手すると、次に並んでいた人物へと興味を移した。ギャリックへと。「会えてうれしいよ。君は地元の青年だね？　ギャリックだったかな？　町に戻っていたのかい？　帰省中に地震に襲われたってところかな？」

「そんなようなものです」ギャリックは袋を受け取ると、エリザベスをそっと押して前に進ませ、広場の中央へと誘導した。

ギャリックの次に並んでいたのは八歳の少年だった。

ブラッドリーの目が輝く。

カメラのシャッターを切る音が響いた。

「ちびっこのみんなには、特別な袋を用意してきたんだ」ブラッドリーは後ろに手を伸ばし、ヘリコプターから色とりどりの袋を取りだした。「さあ、どうぞ。中に入っているのは『ホビット』のレゴブロックだぞ」

「やった」少年が言った。

ギャリックとエリザベスはヘリコプターから離れた。「ブラッドリー・ホフは私と四度も会ってるのに、私の顔が全然覚えられないみたい。あなたは彼が母の愛人だったかもしれないと考えているんだろうけど、もしそうなら私は母によく似てるんだから、私の顔に気づきそうなものじゃない？」

「わざとわからないふりをしているのかもしれない」

「アートツアーでたくさんの人に会ってるから、覚えきれないのかもしれないわ」

「そうかもしれないな。なんだって可能性はある。確かなのは、やつは自分のイメージにしか興味がないってことだ。やつの妻も同様だが」ギャリックはエリザベスの背後にいる人物を振り返った。「フォスター、だいぶお疲れのようだな」

エリザベスも振り返った。

保安官の顔は疲労で口の両側に深い皺が刻まれ、目の下には隈ができていた。髪は脂ぎり、帽子は汚れている。黄褐色の制服は襟と袖口だけでなく、肩も煤まみれになっている。

エリザベスは考えもせずに、フォスターのほうに身を乗りだしてにおいを嗅いだ。「煙のにおいがする」

「まだ聞いてないなら教えてやるが、昨日の夜、マイク・サンの家が火事になった」フォスターは言った。「俺は現場で消防署の連中の消火活動を手伝ったんだ」

「ガソリンか何かのにおいもするわ」エリザベスの脳裏にイヴォンヌの言葉が浮かぶ。〝清潔な香りがしたわ。石鹸みたいな。少し煙のようなにおいもしたかもしれない……煙みたいな、何かの燃料みたいなにおい〟エリザベスはフォスターに問いただそうと口を開いた。

ギャリックがエリザベスの肩をきつくつかみ、彼女が何か言いだす前に言った。「家に帰ってシャワーを浴びろよ、フォスター」

ギャリックが正しい。マイクの家に火をつけたのかとフォスターを詰問するわけにはいかない――まだ今は。外との通信手段が限られ、保安官が自分たちを敵視しているこの状況では。それにしても、なんという偶然だろう。イヴォンヌの説明によると犯人のにおいは燃料と……。

「俺は清潔だ。留置場でシャワーを浴びた」フォスターはぴしゃりと言った。「汚れているのはこの制服だ。部下にきれいな制服を取りに行かせたところだ」

「それならいいが」ギャリックは言った。「少しは休め」

フォスターは広場に目をやったあと、ふたたびギャリックとエリザベスを見つめた。その目は怒りに燃えている。「もちろんだ。だが、薬物依存症のやつが看護師を襲うわ、火事は起こるわ、検視官は失踪するわで、休んでもいられない。マイク・サンがどこに行ったか、おまえは知ってるんじゃないか、ジェイコブセン？」

「いや……本当にいなくなったのか？　だとすれば、マイクとコートニーは運がいい。もし家の中にいたら、煙に巻かれて逃げられなかったかもしれない。そうなっていれば、俺たちみんなにとってもつらい悲劇になるところだった」ギャリックはにこりともせずに硬い声で言った。ギャリックはフォスター保安官に揺さぶりをかけている。

フォスターが銃のグリップに手をかけ、息を荒らげてにらみつけてくる。ギャリックが少しでも動いたら銃を抜きそうな勢いだ。

緊迫した空気をやわらげようとエリザベスは言った。「マイクとコートニーのことは大好きよ」

やわらぐどころか、フォスターは狂気じみた血走った目を今度はエリザベスに向けた。

「いつふたりに会ったんだ?」

マイクとコートニーが昨日訪ねてきたことを、ギャリックはフォスターには知られたくないに違いない。それをわかっていたエリザベスは答えた。「ヴァーチュー・フォールズではたくさんの人と知り合いになったんです。ここに来て、もうすぐ一年になるから」

「そうか」フォスターが銃から手を離した。

フォスターはひどく攻撃的になっているが、その姿には悲壮感が漂い、彼自身も胸の内に葛藤を抱えているように見えた。そのとき、エリザベスは確信した。ギャリックが正しい。フォスター保安官が母の愛人だったのだ。彼が母を殺した。そして今、フォスターは自分の罪にもがき苦しんでいる。もがき苦しむうちに犯罪を繰り返し、暴力と破滅に向かって自ら突き進んでいる。そう考えれば、自分に向けられる彼の敵意にも完全に説明がつく。

さまざまな考えが頭の中に浮かぶ一方で、エリザベスはフォスターを気の毒にも感じていた。彼女はフォスターの腕にそっと手を伸ばした。「家に帰る暇がないのなら、せめて留置場の簡易ベッドで仮眠を取ったらどうですか? それくらい許されるわ」

フォスターはエリザベスの手を振り払おうとして、途中でやめた。

ギャリックが言った。「あんたのお母さんのことは聞いたよ。残念だったな」

「母さん」フォスターはそう言うと両手を持ちあげ、初めて見るとでもいうようにまじまじと見つめた。そして郡庁舎に向かって足早に歩み去った。

ふたたび銃のグリップに手をかけながら。

エリザベスとギャリックは人混みに消えていくフォスターを見送った。

「保安官がマイクたちの家に放火したのね」恐ろしい説だが、それが真実だとエリザベスにはわかっていた。

「俺もそう思う」ギャリックはエリザベスの腕を取り、ピックアップトラックに向かって歩きだした。だがトラックのフロントバンパーのあたりでうろうろしているレインボーが目に入ると、方向を変え、郡庁舎のファサードから落下した巨大な御影石に向かった。ギャリックは平らな場所を見つけると、すばやく埃を払って石の上に腰をおろし、エリザベスの手を引っ張って隣に座らせた。

「だけど、なぜそんなことをしたの？」エリザベスが尋ねた。

「マイクは俺のために、いくつか情報を手に入れてくれたんだ」

「フォスターはマイクたちを殺していたかもしれないのよ。それもたかが情報のために」

「やつは理性を失ってる」

「そうだとしても……それにイヴォンヌは犯人の目を見分けられると言ってた。フォスターはイヴォンヌに事情聴取したのに、彼女は保安官が犯人だとは言ってなかったわ」

「襲われたときは暗かったし、彼女が犯人の目を見たのはスキーマスク越しだった。目撃者が見間違えるのはよくあることだ。目撃者は犯人を識別できると思っているが、そうでないことも多い」ギャリックは安心させるように言った。「いいこともある。イヴォンヌが犯人の目を見分けられると証言したことについて書いた記事が表に出たとしても、犯人がフォスターなら、それが本当ではないことをやつは知っている」

「つまりイヴォンヌは安全ということね」エリザベスは希望をこめて言った。

「そうは言ってない。フォスターは理性を失ってるからな」ギャリックはエリザベスの手を取った。「約束してくれ。ひとりきりのときに、やつと会わないよう気をつけると」

「約束するわ。そもそもひとりでは行動しないようにする」エリザベスはギャリックの目をまっすぐ見た。「ヴァーチュー・フォールズ峡谷での仕事に戻っても、必ずベンやルークやジョーの目の届くところにいるわ」

「なぜ仕事に戻る必要がある？」ギャリックはエリザベスに身を寄せ、耳元でささやいた。

「しばらく仕事を休んで、俺がこのゴタゴタを片づけるまで、ゆっくりしたらどうだ？」

ギャリックは甘い言葉をささやいて仕事を休ませようとしている。「人はみんな働くものなのよ」エリザベスはギャリックに言い聞かせるように言った。「朝起きる。仕事に出かける。終業時間まで働く。家に帰る」

ギャリックはエリザベスから体を離し、やや強い口調で言った。「みんながみんな、家族を殺された過去があるわけじゃない」

「この町には私を殺そうとしている人がいるとあなたは考えてるけど、決定的な証拠は何もないわ。まだ誰も私を傷つけようとはしていない。あなたがそう考えているからといって、ずっと隠れてるわけにはいかないの」論理というものを理解しているエリザベスは、論理的に考えることしかできなかった。

ギャリックは違う方向から攻めてみることにしたらしい。「君は記者のインタビューを拒むこともできたんだ」

「あなただってノア・グリフィンの話を聞いたでしょう？　私が質問に答えなければ、彼が好き勝手に書くかもしれない」

ギャリックは獰猛な犬のように歯をむきだした。「好き勝手に書かせたらいい！」

「少なくとも、この方法なら記事に書かれる内容を私がコントロールできる」

「俺は君やバナー殺人事件について、どんなことであれ記事に書かれたくない」

「私だってそうよ。でも、わからない？　ノアが本や記事に書こうとしてるのはこの事件のことなのよ。これだけ何年も経っているのに、いまだにバナー事件はニュースになる。ドラマティックで、血生臭い事件だからよ。不倫の末に美しい妻が殺され、夫が有罪になった。そして彼女の死を嘆く愛人がどこかにいるかもしれない」エリザベスは手で額を押さえた。

「ノアはどのみち記事を書くつもりだわ。インタビューに答えれば、少なくとも私が何も覚えていないということを世間に発信できる。そしてあなたの推理が正しければ、私の記憶が戻ったかもしれないという疑いを呼ぶよりも、このほうが安全よ」

「君の言うとおりだ」ギャリックがエリザベスの体に腕をまわして抱き寄せた。「君が正しいというのはわかってるんだ。ただ……君を取り戻したばかりなのに、また失うことになるんじゃないかと不安なんだ。歴史が繰り返される気がして」

エリザベスはため息をつき、ギャリックにもたれかかった。「あなたは私を取り戻したの？」

そんなことを言うつもりではなかったというように、ギャリックがごくりと喉を鳴らす。

「ひと晩だけだが、君をこの腕に抱いて愛を交わし、君が永遠に俺のものだと思いこむことができた。俺は……そう思っていたいんだ。それが本当だったらいいのに」

エリザベスはギャリックの言葉がうれしかった。ふたりの心が離れていたときのつらい記憶が薄れていく。「私もそう思うわ。それに父が母を殺したんじゃなければいいのにと思うし、真犯人が自白して刑務所に送られて、この事件のことで二度と思い悩まずにすめばいいのにと思う。私にも望むことはいろいろあるのよ」エリザベスはギャリックの頬を手で包んだ。「そして今は、何より仕事に戻りたいって望んでる」

ギャリックが肩をすくめた。「つまり、今すぐに望みをかなえられることが俺たちにもひとつはあるわけだ」

「そのとおり」

「谷まで俺が車で送ってもいいか？」ギャリックは尋ねた。

「もちろん」

「終わったら迎えに行ってもいいか？」ギャリックは車のキーを取りだした。

「今日はね」

「とりあえず、今はそれで満足することにしよう」ギャリックが立ちあがり、エリザベスに手を差しだした。

エリザベスはその手に自分の手をゆだね、立ちあがるのを助けてもらった。

ふたりは広場に目をやった。

みんながふたりを見ていた。ひとり残らず。

「水洗トイレや部屋の照明なんてどうだっていい」エリザベスは言った。「私が復旧してほしいのはテレビよ。そうすればこの町の住民にも、私たち以外に見るものができるわ」

66

ギャリックは峡谷の斜面の上でうろうろしていた。そこにエリザベスが鼻息も荒くやってきた。「いいかげんにして。こんなことはやめてちょうだい。あなたのせいで、チームのみんなが神経質になってる。アンドルーなんてみんなにあたり散らしてるのよ。私だって、あなたのせいで頭がどうにかなりそうだわ」

「俺は何もしていない」

「ここでうろうろしているじゃないの」

「じっとしていることもできる」ギャリックはぴたりと足を止めた。

「あなたが呼吸する音が聞こえるわ」

「悪いが、呼吸は止められない」

「私には聞こえるのよ。エリザベスは何をしてるんだろう、どうしてあんなことをしてるんだろうって考えているあなたの心の声が。感じるのよ。あなたがベンやルークやジョーをじっと観察して、彼らが潜在的に危険な存在かどうか評価しているのを。今すぐ、ここから、立ち去って」エリザベスはギャリックのせいで頭に血がのぼっていた。それは自分でもわかっていた。けれどもギャリックは、自分が攻撃者からエリザベスを守る唯一の盾であるかのようにふるまっている。攻撃者はギャリックの頭の中にしか存在しないというのに。

「明日はここでうろつくのをやめるよ」ギャリックが腕時計に目を落とした。「ちょうど五時。仕事を終える時間だ」

「私はまだ……ちょっと待って」これは交渉の材料になるかもしれない。「もし今すぐに仕事を終わらせたら、明日はここから離れたところにいてくれる?」

「どのくらい遠くに?」

「うんと遠く。最低でもリゾートくらいね」

ギャリックは憐れっぽい顔になった。「暇を持て余すじゃないか。リゾートにいたって、俺にはすることが何もない」

「ここにいたって、することは何もないわ」

「マレーロに仕事をもらおうか」ギャリックが子犬のように顔を輝かせる。

「だめよ。そうしたらまたあなたは呼吸して、いろいろなことを考えるでしょう。あなたの心の声はうるさくてかなわない」

ギャリックがエリザベスの腕を取った。「リゾートに戻って、それについて話しあおう」

ギャリックへのいらだちでどうにかなりそうだったエリザベスは、彼の手を振り払った。

「あなたはここで働いたりしない。働くのは私。それを受け入れることね」

ギャリックは腕組みし、険しい表情でエリザベスをにらんだ。だがそれも通用しないとわかると、いかにも愛想のいい口調で言った。「わかったよ。バックパックを取っておいで。みんなに挨拶しなくていいのか？」

「わかったって何が？」エリザベスは疑わしげに尋ねた。

「わかった。俺はここで働かない。ここで呼吸もしないし、いろいろ考えたりもしない。さあ、バックパックを取りに行って、みんなに挨拶してくるんだ」

エリザベスは一歩も動かずに言った。「でも私はこれからもここで働いて、呼吸して、いろいろ考えるわよ」

「君ならそうするだろうな。俺には止める方法がわからない」

エリザベスはギャリックを信用していなかった。「ずいぶん簡単にあきらめたのね」

ギャリックはエリザベスの肩に両手を置いて、彼女の目をのぞきこんだ。「俺は君の知性と誠実さを大いに尊敬してる。君は俺の推理が正しくて、この町には君のお母さんを殺した犯人がうろついている可能性があることを理解している。そして君はベンやルークやジョーの視界から決して外れないと俺に約束した。俺は君の知性と誠実さの二点によって君の安全は守られると考えることにしたんだ」

「あら、そう」ギャリックの言い分を完全には信用できなかったものの、これ以上何を言えばいいのかエリザベスにはわからなかった。ギャリックは譲歩してくれたように見えるし、本心から言っているように聞こえた。「みんなに挨拶して、バックパックを取ってくるわ」

「手伝おうか?」

「結構よ!」エリザベスはチームのメンバーにさよならの挨拶をしたものの、同僚たちは返事をしてくれなかった。〝新たに誕生した津波映像のプリマドンナは、上司を満足させようと思いもしない自分に疑問を抱かないものかね〟とエリザベスを痛烈にあてこするアンドルー・マレーロの皮肉も、黙って聞いているだけだった。

そのせいで、ギャリックの待つ斜面に戻ったときのエリザベスはきわめて機嫌が悪かった。一方のギャリックは、黙ったままのんびりと構えていた。

そんなギャリックの態度がよけいに癇に障り、リゾートに帰り着くまで、エリザベスはバックパックを胸に抱えたままずっと窓の外を見ていた。

リゾートに到着すると、エリザベスはピックアップトラックからさっさと飛び降り、階段を駆けあがって大広間へと向かった。だが、そこには誰もいなかった。

ギャリックがエリザベスに追いついた。「マーガレットはどこだ?」

沈んだ顔のハロルドが姿を現した。「上の部屋でベッドに横になっていらっしゃいます」

マーガレットが? ベッドに横になっている? まだ外は明るいのに? 「具合が悪いの?」エリザベスは心配になってきいた。

「ご自分の目で確かめてください」ハロルドが暗い口調で答える。

ギャリックとエリザベスは警戒した視線を交わすと、上階へと急いだ。

マーガレットはベッドに横になっていた。目は閉じられ、額には濡れタオルがのせられている。顔はまだらに赤くなり、口は不機嫌に引き結ばれている。いつものマーガレットに見えた——つまり、年を取った怒れるアイルランド人女性だ。

ギャリックはベッドに近づき、マーガレットの手を取った。

マーガレットがかすかに目を開いた。

「どうしたんだ?」ギャリックが尋ねた。

「彼女としゃべったの」マーガレットは答えた。

ギャリックがため息をつく。「そんなことじゃないかと思った」

「どういうこと?」エリザベスもベッドに近づいた。「誰としゃべったの? なんのこと?」

「パトリシアだ」ギャリックがエリザベスに教えた。

「パトリシア?」エリザベスは少しのあいだ考えた。「ああ! パトリシアね! マーガレットのお孫さんの」

「ええ、私の孫娘よ」マーガレットは陰鬱な口調で言った。「パトリシアはずっと私の携帯電話にかけてきていたんだけど、私は電話が不通のふりをしてずっと無視していたの。そうしたら、今度はアマチュア無線で待ち受けていたのよ。私があの気の毒なアニー・ディ・ルカと話しているところに――」

「気の毒なアニー・ディ・ルカだって？」ギャリックがからかった。

マーガレットはすばやく起きあがると、濡れタオルを投げ捨てた。タオルが壁にぴしゃりと張りつく。マーガレットはギャリックをにらんだ。「私とやりあいたいの？　その気なら、喜んで相手になるわよ！」

ギャリックが後ずさりした。「まさか、そんなつもりはないよ。つまりあなたがアマチュア無線で、宿敵の気の毒なアニー・ディ・ルカとしゃべってたところに、パトリシアが割りこんできたってことか？」

マーガレットは大げさなしぐさで手を額にあて、枕の山にふたたび身を沈めた。「パトリシアは言ったのよ。〝おばあちゃん、大丈夫？　地震で怪我しなかった？〟って、いかにも心配そうな口ぶりでね。私が〝怪我はないわ〟と答えたら、あの子は言った。〝リゾートを売りましょうよ。今すぐハワイに住むことだってできるのよ〟って。だから言ってやったわ。〝私をハワイに追いやったところで、地震は止まらないわよ〟とね。そうしたら〝そうね。でも、安全だわ〟って言うから、〝火山の話を聞いたことがないの？　ハワイはしょっちゅう噴火しているのよ〟って言ってやったわ」ひと言ひと言、アイルランド訛りを強調して言った。「そのあとの会話は険悪になるばかりだった」

「なかなか手ごわそうなお孫さんね」エリザベスは言った。

「イエスさま、マリアさま、ヨセフさま。パトリシアは財布をくわえたバラクーダみたいな女よ。一族の歴史なんてなんとも思っていない。あの子はただ私の家を売って、お金を手にすることしか考えていない。なんてあさましいくそったれ女かしら」マーガレットは枕を壁に投げつけた。

エリザベスはカウチの上のクッションをひとつマーガレットに手渡した。

マーガレットはそのクッションも壁に投げつけた。

ギャリックはサイドボードに近づき、タラモア・デューのウイスキーボトルを見つけると、グラスに注いで光にかざした。そして首を振ったあと、先ほどの倍量になるまで注ぎ足し、マーガレットの手に押しつけた。「酒と一緒に、夕食も少しはとれそうかい?」

「もちろんとるわ。それからあたたかいお風呂につかって、ベッドに入って眠る。そして午前二時に目を覚まして、また腹を立てて考えるのよ。いったいなんの因果で、こんな自分勝手で強欲な孫娘に苦労させられるはめになったんだろうって」マーガレットはウイスキーをひと口飲み、ギャリックに向かって言った。「あなたはいい子だわ。あなたがここに住んでくれたら、私の人生はずっと楽になるのに」

「俺は頭がどうかしてるって誰かから聞いたことがないのか?」

「知っているわ。でも、あなたのそのどうかした頭が私の人生を救ってくれたのよ」マーガレットが頬を差しだした。「さあ、若いふたりは楽しい夜を過ごしてちょうだい。私のことは放っておいてくれていいから、夕食をとってきて」

「そうさせてもらうよ」ギャリックはマットレスに両手をついて、マーガレットのほうに身を乗りだした。「これからエリザベスにＦＢＩから放りだされることになった理由を打ち明けるつもりなんだ」

マーガレットはギャリックの頬を撫でた。「心配しすぎよ。彼女ならきっと理解してくれるわ」

「それはわかってる」ギャリックはエリザベスを振り向いた。「だが、俺はいつか自分を許せるだろうか？」

67

ギャリックとエリザベスはスイートルームまでトレイで運んできて夕食をとった。太陽が沈む頃になって皿をのせたトレイを廊下に出し、ふたりは海を見晴らすテラスに出た。

ギャリックはぶらんこに腰かけた。

エリザベスは柳で編まれたロッキングチェアに座った。

八月末の太平洋岸では、太陽が沈むのは午後八時頃だ。電気による明かりに邪魔されることもないので、星々は黒いベルベットのような夜空にくっきりと青白い光を放っていた。ギザギザした岸壁に、絶え間なく波が打ちつけている。海から吹く風は潮と海藻と魚のにおいを運んできた。大地が揺れた。大地が揺れていないときがあったのかどうか、エリザベスはほとんど思いだせないほどだった。

どういうわけか、大地は破滅的な結果をもたらすことがわかっていて揺れ始めたように思われた。地震のせいでヴァーチュー・フォールズは世界から隔絶され、エリザベスはこれまで想像したこともなかったさまざまな角度からこのコミュニティに入りこむことになった。

地震のせいで彼女はふたたび父との絆を確認し、父がどういう人間で何を記憶しているのか知ることになった。そして、父は無実ではないかと思うようになった。

地震のせいで、ギャリックも彼女の人生に舞い戻ってきた。

ギャリックが以前より痩せたのは確かだ。だがそれ以上に、ひとりで座っているギャリックの表情を見ていると、エリザベスは彼がかつてとは違う人間であることを意識せずにはいられなかった。もはや彼女をすばやく抱きあげて、勢いで結婚してしまうような若者ではない。今のギャリックはもっともの静かで思慮深く、やたらとほほえんだりせず、より思いやりを見せるようになった。何かが彼を深く傷つけたのだ。何か、絶望的で恐ろしいことが。そのせいでギャリックはもう若かりし頃のギャリックに戻ることはないと、エリザベスは確信していた。

その若かりし頃のギャリックに彼女は傷つけられた。だが、その頃の彼に会いたい気持ちがあるのもまた事実だった。

ギャリックが夜気を吸いこめば気分も変わるというように大きく息を吸い、ふいに言った。

「俺はつい、かっとなって、三歳の息子を虐待した父親をぶちのめした」

エリザベスは驚いた。ギャリックは彼女が非難すると思ったのだろうか？「いい気味だわ」

「この国で人に暴力を加えることは、そいつがどんなげす野郎だとしても違法だ。しかも、これ以上ないほど状況が悪かった。俺は近所中が見ている前でウォーカーを叩きのめしたんだ。ウォーカーを殺さなかった唯一の理由は、ほかの捜査官たちにあいつから引き離されたからだ。近所の住民のひとりが一部始終を撮影していて、動画をマスコミに持ちこんだ。それが悪かった」ギャリックは地面を蹴ってぶらんこを大きく揺らした。「事件はメディアを巻きこんだ悪夢と化した。夜のニュース番組は暴力的で獰猛なＦＢＩ捜査官が公共の場で人の尊厳を踏みにじる行為に及んだと報道し、俺を逮捕するよう迫った。俺は自首したよ、もちろん。拘置所に入って、保釈金を支払い、最終的には裁判を受けた」彼は息を吸った。「俺はそのすべてを背負って生きていく。俺がしたのは悪いことだ。愚かだった。ただ俺にとっては、ここでひと休みして正気を取り戻せという警告でもあったんだ」

「そうね……」ギャリックが声を震わせたのは、今、話したことのせいだけではないはずだ。その奥にもっと何か深い事情がある。続きを待つエリザベスは心臓をつかまれたかのような気がした。

「次に何が起こったかというと……ウェイロン・ウォーカーは退院してから、俺に思い知らせるために、家に戻って息子を殴り殺した」暗くて顔は見えなかったが、エリザベスにはギャリックの声を通して疲れきった表情が見えた。時計を巻き戻したいという彼の願いと、断固たる決心までもが見えた。

「なんてこと……」エリザベスの声はささやきにしかならなかった。

「わかっていたんだ。ウォーカーを殴ったところで、その息子を救うことにはならないと。人は顔面にこぶしを食らっても学習しない」ギャリックはまた乱暴にぶらんこを漕いだ。

「なんてこと」エリザベスはギャリックが自分の父親について言っていたことを思いだした。虐待、叱責、恐怖。理解したいとは思っていなかったが、彼女は今、ギャリックがなぜあれほど自分を嫌悪していたのかを理解した。

「俺はあの子を保護施設に移すことを最優先すべきだった。だが、そうしなかった。だからあの子は死んだ」

「なんてこと……なんてこと」

「子どもの名は……あの子の名はリアムと言った。かわいらしい子だったよ。痩せた顔に大きなブラウンの目をして。だが、笑顔は見せなかった。俺はリアムを笑顔にできなかった。リアムはそれまでもずっと痛めつけられていた。レントゲン写真によると、生まれたその日からと言っていいくらい前からあちこちの骨が折れた形跡があった。リアムは歩いては泣き、足を引きずった」ギャリックは声を詰まらせたが、話を続けた。「俺には想像もできなかった。父親が息子をポーカーゲームのチップのように、使い捨てられるどうでもいいもののように扱うなんて」

「なんてこと」この五分間、彼女はそのひと言しか発していなかった。

「なぜ俺は気づかなかった？　自分がひどい子ども時代を過ごしたというのに、なぜ世の中にはそんなやつらがいることを忘れてしまったんだ？　ほかの捜査官なら……普通の家庭で育ったのなら、そんなへまをしても当然かもしれないが、俺はそうじゃない。あの男の子は俺だった」ギャリックが両手で顔を覆い、ぶらんこの揺れが止まった。

「残念だわ」今、この場にはふさわしくない言葉だ。「あなたがマスコミ嫌いなのも無理はないわね」もっとふさわしくない言葉だ。

「嫌いなわけじゃない。連中になんの幻想も抱いてないだけだ。連中は物語を紡いだ。だがそれは、俺が連中に与えてやった物語だ。俺は世の中に怒っていた。怒りに任せて行動し、その結果をまったく考えなかった。あの子が死んだのは俺のせいだ」ギャリックが声を詰まらせた。彼は泣いていた。

そう、子どもが死に、ギャリックは自らを責めている。その子のために彼が泣くのは当然だ。エリザベスも胸が詰まった。今にも泣いてしまいそうだった。

しかし、ギャリックはまだ話を続けた。「リアムの死は……俺が魂に刻んで地獄まで持っていく罪だ……片時も忘れることなく心に感じる痛みだ。俺に罪の赦しは与えられない。俺にできるのは、二度とあんな狂気に陥らないと誓うことだけだ。行動を起こす前にまず考える。助けが必要なほかの子どもたちを救う。ＦＢＩに入ったときにこんな人間になろうと思っていたとおりの人間になる。善人でいられるよう常に最善を尽くす」

エリザベスは何も言えなかった。ギャリックが父親に殴られて育ったと告白したときにもショックを受けた。彼が血のつながりに重きを置かず、目の奥に悲しみと幻滅を宿すようになったのはそこに理由があるのだとばかり思っていた。

しかし、そうではなかった――ギャリックの心と精神を破壊したのは彼自身の行いだった。エリザベスはロッキングチェアから立ちあがった。ジーンズの埃を払い、こんな会話になる前に風呂に入って体をきれいにしておけばよかったと思った。

エリザベスは風呂に入っていなかったが、ギャリックは彼女を必要としている。ぶらんこのところまで歩いていくと、エリザベスは彼の両膝のあいだに体を滑りこませた。

彼女にとっては楽な行動ではなかった。頭の片隅では愚かなことをしていると意識し、三流女優がハリウッドのプロデューサーの前で演技をしている気分になった。だがとにかく、ギャリックのためにそうした。両腕を彼の首に巻きつけ、耳元でささやく。「あなたはいい人よ。最高にいい人」

「俺はあの子を殺した」その言葉には悲しみがあふれていた。

「いいえ、あなたじゃない。リアム・ウォーカーを殺したのはその父親よ。でもあなたはリアムを覚えてる。リアムのために責任を感じてる。リアムの死を悼んでる。あなたのほかに誰か、その男の子の死を気にかけている人がいるの？」

「母親も死んだ。ゴミ箱の中で発見された。詳しくはわからないが、死ぬまで殴られたらしい」ギャリックが打ちひしがれた声で言った。

「私はあなたを知っている。あなたが教会に行けば必ずリアムの魂に祈りを捧げて、キャンドルに火を灯す人だということを私は知っている」

「きっとそうするだろう。だが、俺は教会には行かない。この顔を神に見せるなんてとてもできない」

エリザベスには衝撃的な言葉だった。かつてのギャリックは日曜ごとにミサに通いはしなかったものの、慰めが必要なとき、あるいは自分が間違った行いをしたと感じたときには足を運んでいた。そしていつも癒やされて帰ってきた。それが、今は神を恐れているというのだろうか？

エリザベスは慎重に言葉を選んだ。「でも、どうして？　リアムの死によって、あなたはよりよい人になったはずよ」

「あの子の命をその代償にすべきじゃなかった」

「ええ。私に父を愛せと教えるために地震が起こるべきでもなかったわ。でも、簡単には教訓を学ばない者もいる」彼女はなんとかしてギャリックに理解させようとしていた。「神を信じれば、こんなときでも神のご意志が働くことがわかるはずよ」

ギャリックが額をエリザベスの頬につけた。涙が彼女の肩に落ちる。「ありがとう」彼はささやいた。

エリザベスはギャリックの頬にキスをし、髪を撫でた。

ギャリックがゆっくりとぶらんこを揺らした。壊れて荒れ狂う精神をなだめるような動きだった。

ふたりは次第に力を抜いてお互いの体にもたれた。

エリザベスは腕をギャリックの肩にまわした。

彼の片手がエリザベスの背中をさする。

エリザベスは、ギャリックが以前気にしていたことをふと思いだした。「あなたには知っておいてほしいの。私がここにいるのは、あなたを憐れに思ってるからじゃないわ」

「違うのか？」

「ええ。私がここに座っているのは、あなたのことが好きだからよ。あなたは私を幸せにしてくれる。そして、私はあなたに幸せでいてほしい」

「俺は……幸せだ」ギャリックは驚いたような口ぶりだった。「というか、少なくとも……もう不幸せじゃない」

「よかった。それと私は今夜、またあなたと愛しあえたらいいなと思ってるんだけど」

「それなら任せておけ」ギャリックがきつく彼女を抱きしめた。「俺もそうしたい」

「よかった。もう室内に入る？」

「いや、その必要はないと思う」ギャリックが片手をエリザベスのボタンに伸ばした。

「あら……ちょっと……ここは暗いわ」

「そのとおりだ。この一年、俺は真っ暗な地下牢で罪悪感に縛られて生きてきた。でも、見てごらん」ギャリックははるか向こうの海を指さした。銀色の光の筋が波間に反射している。「東の空に月がのぼってきた。その輝きが西を照らし始めている。夜になってもさほど恐ろしくはない。それに、君といればもう孤独じゃない」彼はエリザベスにキスをした。ゆっくりと呼吸を合わせ、唇を押しつけて味と香りと喜びをむさぼる。「このまま外にいよう。この光をふたりで分かちあおう」

68

ギャリックはヘリコプターのエンジン音で目を覚ました。しぶしぶベッドから出てボクサーパンツをはき、双眼鏡をつかんでテラスに出る。三機のヘリコプターが海岸沿いに北へ向かい、それからヴァーチュー・フォールズの内陸部へと方向を変えた。

エリザベスも外に出てきた。男物の白いシャツを着て、ボタンは胸のところでひとつとめただけだ。彼女はあくびをして、くしゃくしゃのブロンドを指で梳いた。「どうしたの?」

ギャリックはちらりとエリザベスを見てからヘリコプターに視線を戻した。このホテルに、そして彼女に目をとめた者はいるだろうか? 急降下するヘリコプターがないところを見ると、彼らの調査対象はほとんど裸同然の彼の元妻ではなく、ヴァーチュー・フォールズの被害状況なのだろう。あるいはパイロットが全員女性なのかもしれないが。「ヴァーチュー・フォールズに注目を集めるというブラッドリー・ホフの計画はうまくいったみたいだな。州政府のヘリコプターが一機、新聞社のが二機も来た」彼はにやりとしてエリザベスのほうを向いた。「サーカスのお出ましだ」

エリザベスがギャリックの腕を引っ張った。「急げば私たちのほうが早く父に会えるわ。それからレインボーをつかまえて、なんの騒ぎかきくのよ」爪先立ちになってギャリックの顔をのぞきこむ。「そうしたら、私は作業をしに行ける」

「送っていこう」

「いいえ、だめよ」

「君を送っていかないという約束をした覚えはない」

エリザベスが大きく息を吸った。

「わかったよ。町まで送る。帰りはそこまで迎えに行く。それでどうだい?」

彼女は一歩さがってギャリックを見つめた。「それはいわゆる妥協案ってこと?」

「そうだ。本当はショットガンを手に君を監視していたいところだが」

「ちょっと深刻に考えすぎなんじゃない?」

「イヴォンヌが襲われたんだから、当然だろう」

エリザベスはまた大きく息を吸った。

ギャリックは彼女がまくしたてる前に止めた。「いいか、これ以上何も起こらなければ、誰だか知らないが犯人はどこかへ行ったと考えることができる。どこへ、どうやって行ったのかは神のみぞ知るだが。でも今は、たとえあの襲撃が君の両親となんの関係もなかったとしても、ナイフを持った狂人がどこかにいるのは確かなんだ。君はブロンド美人だ。それだけで狂人の標的になりうる」青白く輝くエリザベスの髪をひと房取り、指のあいだでこすりあわせた。「だから、俺は町まで送っていく。町で君を拾って帰ってくる。それが俺の申し出だ。二者択一だ」

エリザベスがため息をつく。「私が無力な女じゃないってことは知ってるはずよ。ポケットナイフも持ってるし。作業で使う、刃がたくさんついたやつよ。それに、あなたに自分の身を守るすべも教えてもらったわ」

「教わってから訓練はしたのか？」

「いいえ」

「訓練を始めるべきかもしれないな」

エリザベスは顔をしかめた。「あなたに襲われるのはごめんだわ。痣になってしまう」

「だったら、谷まで俺が送り迎えをして待っていようか？」

「わかった、訓練するわ。行きましょう」エリザベスはボタンを外してシャツを落とすと、部屋へ向かった。

ギャリックはその眺めを堪能してから彼女を追いかけ、背後からささやいた。「もう言ったかな？　三分間、三時間、三日間のプランがあるんだ。君だけに適用されるプランだ」

エリザベスは首筋にギャリックの鼻をすりつけられるがままに、頭を傾けた。「魅惑的に聞こえるわね。それ、どういうプランなの？」

「三分間、三時間、三日間と連続してセックスをするコースがある」

エリザベスは声をあげて笑い、身をよじってギャリックから離れた。「三時間コースを楽しんだばかりだから、次は三日間コースね。でも仕事に行かなければならないから……あとでね、ベイビー」ギャリックの手の届かない距離まですばやく離れ、自分のベッドルームに入ってドアに鍵をかけた。

今朝は人生がより楽に感じられる。〝あなたはいい人よ。最高にいい人〟というエリザベスの言葉が耳に残っているせいか、ギャリックは少し心が軽くなっていた。バラバラになった心をつなぎあわせてもとどおりの自分になるためには、こういう時間が必要だったのかもしれない。裁判所命令で受診した精神科医が言っていたとおり、彼は離婚によって想像以上のダメージを受けていて、今やっともとに戻りつつあるのかもしれない。まるで教会に行って神と対面し、リアム・ウォーカーのためにキャンドルに火を灯して、それがあの男の子がよりよい場所へ行く助けになると確信できたかのように。

痛みが消えることはないだろう。罪悪感も。しかし少なくとも今、ギャリックは生きたいと思っていた。

理由はひとつではない。生きて愛したい理由が、働き、祈る理由がいくつかある。そのために最善を尽くすつもりだった。エリザベスが言ったように、彼はよりよい人になったのだ。

ギャリックは服を選ぼうと、自分のベッドルームに入っていった。

次にギャリックがエリザベスを見たとき、彼女はぶかぶかのカーキのシャツを腰に巻き、ぶかぶかのジーンズをはいて、男物のブラウンの革ベルトでウエストを締めあげていた。足元にはほぼ新品のハイキングブーツを履いている。

エリザベスは楽しげで幸せそうに見えた。オナー・マウンテン・メモリー養護施設に行くあいだずっと、前日の作業のことをしゃべっていた。施設に到着すると、ふたたび父親に自己紹介し、前日の作業のことをまた楽しげにしゃべった。

しかし、今日のチャールズは悲しげだった。疲れきって、ぼんやりしているように見えた。見えない誰かの声に耳を澄ましているかのように頭を傾けて座り、その視線は部屋の隅に向けられていた。

帰る段になって、ギャリックは言った。「チャールズは君のお母さんの不在を嘆いてるんだ」

エリザベスは母があの場所にいたことは一度もないと言おうとして息を吸った。そしてその息を吐きだして言った。「そうね。父は昨日の朝よりも具合が悪くなったみたい」

「俺もそう思った。今度、ドクター・フラウンフェルターに会ったらきいてみなければならないな。それが発作と直接の関係があるのかどうか、チャールズがそんなに何度も発作を起こしているのかどうか」ギャリックは町に近づくと車のスピードを落とした。「今日、俺たちがいるあいだも、一度発作を起こしていたんじゃないかな」

「私が撮った映像を見せて、最初の波が来ても父が声をあげなかったときでしょう？　私もそう思ったわ」エリザベスは片手を彼の膝に置いた。「私たちが毎朝お見舞いに行けるようになってよかった」

「同感だ」ギャリックは不安を口にせずにおいた。エリザベスの母親を殺した犯人が、彼女が父親と仲よくしていることを脅威と見なすかもしれないと言ったところで意味はない。彼女チャールズ・バナーとともに過ごせる時間は明らかに残り少なくなっている。またいつかなどと言ってはいられない。今、会いに行くしかない。

町に入る道は昨日よりもさらにこんでいた。ギャリックは町の外に車を停め、エリザベスと手をつないで歩いていった。レインボーのスクープを聞かなければならない。

スクープの代わりにオーシャンヴュー・カフェに入っていったふたりを待ち受けていたのは、目をくらませるフラッシュの嵐だった。

エリザベスは片手をあげて光から目を守った。

「いったい何ごとだ？」ギャリックは尋ねた。

「エリザベスが来たぞ」ブラッドリー・ホフが明るい声で言うと、ほほえみながら彼女のほうへ歩いてきた。

エリザベスは驚いて口もきけずにいる。

ブラッドリーは彼女の手を取ると、店内中央のテーブルへと案内した。「こちらがエリザベス・バナー、ヴァーチュー・フォールズが生んだ最新のスターです。私は誇りを持って彼女をわが友人と呼びたいと思います」

ふたたびフラッシュが焚かれた。

ギャリックは町長とその側近たち、それにニュースキャスターが少なくともふたりはいることに気づいた。誰かがビデオカメラで撮影している――待てよ、あれは昨日、写真を撮っていたローリングじゃないか。

ヴィヴィアン・ホフがローリングの横に立ち、無言で指示を出している。

ギャリックは話を聞こうと近づいた。

ローリングがビデオカメラに向かって言った。「エリザベス・バナーは天才です。カレッジに進学すると、女性用シューズのモデルとなり、学校を卒業しました。それから父親のあとを追って世界でも指折りの地質学者となって、アメリカ地質学会のために今や有名となった津波の映像を撮影しました。その映像はインターネットを席巻しました。昨日の午後に投稿されるとたちまちウイルスのように広がり、人々は驚異の念を持って、彼女が自らの危険を顧みずに撮影したあの大きな波を見たのです。エリザベス・バナーを有名にした事実はもうひとつあります。彼女は自分の父親が母親をハサミで殺害する光景を目撃した女の子だということです。しかしそんな過去があるにもかかわらず、あるいはもしかしたらそのせいかもしれませんが、高名なアメリカ人アーティスト、ブラッドリー・ホフはエリザベス・バナーの才能と科学的頭脳をずっと賞賛してきたのです」
昨日ブラッドリーがエリザベスをほとんど思いだせなかったことを考えると、ギャリック
は驚きを禁じえなかった。
ブラッドリーはエリザベスを町長やニュースキャスターに次々に紹介し、友人であること
を強調した。
レインボーはせわしく立ち働いてコーヒーを注ぎ、ドーナッツを配っている。町長の差し
入れに違いない。
ギャリックは腕組みし、壁にもたれて待った。
エリザベスは言葉を交わし、ほほえみ、握手をしていたが、時間が経つにつれて顎がこわ
ばり、目が鋭くなった。顔にはまだらに赤みが差した。
ブラッドリーは注目を集めるのに夢中で、その警告のサインに気づいていない。
エリザベスが突然、両腕を広げてブラッドリーの胸を打ち、驚かせた。「私は仕事に行か
なければなりません」彼女は宣言した。
ギャリックは壁から離れてドアに向かい、そこで待った。
「いろいろご親切にありがとうございます」エリザベスは町長とニュースキャスターたちを
見つめた。「ですが地震と津波に襲われたこの……この困難な時期だからこそ、バナー・プ
ロジェクトはできるだけ時間をかけてじっくり調査しなければなりません。では、失礼」

ギャリックはドアを開けた。

エリザベスは命からがらといった体で外へ飛びだした。

「見てください」ブラッドリーが言った。「あの献身的な働きぶりこそが、エリザベス・バナーを世界有数の地質学の権威にしたのです」

控えめな喝采と賞賛のささやきがオーシャンヴュー・カフェに渦巻いた。

ヴィヴィアン・ホフがローリングがローリングの腕に触れた。「撮影中止よ」

「冗談でしょ」ローリングがビデオカメラをおろした。

ヴィヴィアンは開かれたドアへと身を翻した。リノリウムの床にヒールの音が響く。

ギャリックはヴィヴィアンが通り過ぎるのを待ってから外に出た。ちょうどヴィヴィアンが言うのが聞こえた。「エリザベス・バナー、止まりなさい」小さな声だった。

しかしエリザベスには届いたようで、すばやく向き直った。「なんの用ですか?」彼女は敵意むき出しで言った。

「ブラッドリーのことであなたと話したいの。今、あなたが受けつつある、そしてこれから受けることになる注目について」ヴィヴィアンの声はまだ小さいが、すごみがあった。

「私はべつに――」

ヴィヴィアンはなおも言った。「ヴァーチュー・フォールズが国中から注目を浴びているのはブラッドリーのおかげだと、あなたには理解しておいてもらいたいわ」

「それは理解してます。でも――」

「今、みんながあなたの名前を口にしているのは、ブラッドリーの親切のおかげよ」エリザベスはいつもの学者然とした公正さを発揮した。「それは厳密に言えば正しくありません。私はあの映像を撮った。とてもいい映像です。そして、それを紹介した記者はノア・グリフィンで――」

「自分がセレブだと思うと有頂天になってしまうのはよくわかるわ。でもね」ヴィヴィアンがエリザベスに顔を近づけた。「その才能を葬られかねない真似はしないよう気をつけなさい。私の言っていることは理解できるね？」

エリザベスは驚きに目を丸くしてヴィヴィアンを見つめた。「理解したと思うわ。私に約束させたいのね。私がブラッドリー・ホフからスターの座を奪わないって」

「あなたはブラッドリー・ホフから何も奪い取れやしない。私はただ、あなたがそんなことをしようとは思ってもいないと確認したかっただけ。下手なことをすれば、後悔することになるわよ」

「わかったわ」

「よく覚えておいてね」ヴィヴィアンはきびすを返して店のドアへと歩いていった。

ギャリックはヴィヴィアンのためにドアを開けてやった。

彼女は大股で中に入っていった。

エリザベスが驚愕(きょうがく)の表情でギャリックに向き直った。「彼女、私を脅したわけ?」

「そうみたいだな」ギャリックもその目で見ていなければ、にわかには信じられなかっただろう。「恐ろしい女性だな」

エリザベスはうなずいた。「とんでもなく変わってるわ」

ふたりは割れた窓ガラス越しにオーシャンヴュー・カフェの内部を見つめた。

人々はこちらを見ていた。キー局のカメラクルーも、町長も、みんな。

「今日も仕事場まで送っていってほしいかい?」ギャリックは尋ねた。

「ええ」エリザベスはピックアップトラックへと歩いていって乗りこんだ。ギャリックは峡谷までの十分間のドライブで、エリザベスの頬に潮の満ち引きのように赤みが差したり引いたりし、彼女が何度も目を閉じて、声には出さないけれども何やら口を動かしているのに気づいた。

崖の上の台地に着くと、彼は車を停めた。膝の高さまである草地の小道を通っていけば、向こうは別世界だ。そこは科学がすべてを司(つかさど)り、エリザベスが居心地よく感じられる場所だった。実際、彼女がみるみるリラックスするのがギャリックには見えるようだった。

エリザベスがシートベルトを外した。「ここなら彼らには見つからないわ」

「そうとも言えないぞ。もし町長がここを見たいと言えば、誰も断れない」

エリザベスは頭を垂らして両手で抱えた。

ギャリックは少しばかりおもしろがりながら言葉を続けた。「町長はカメラクルーを連れてくるだろうし、君の新しい親友のブラッドリー・ホフは君の研究にさも興味があるかのようなふりをするだろう。その後ろからアンドルー・マレーロがにらみつけてくるってわけだ」

エリザベスがうめく。

「サーカスだよ。大物として、玉乗りをしてみせないとな、エリザベス。君は有名人だ！」

エリザベスは顔をあげた。ドアを開け、振り向いて彼をにらみつける。「彼らは私の写真を撮り放題。ビデオカメラも撮り放題。私はカメラの被写体。ニュース番組で好きなだけ流される。それなのに、私は全然、まったく、いっさい、メイクしてないのよ！」

彼女が峡谷に向かって歩いていくのを、ギャリックはにやにやしながら眺めた。ときどき忘れてしまうのだが、彼女には思いがけず女性らしい一面もあるのだ。

バックミラーに目をやると、車の一団がこちらへ向かってくるのが見えた。

町長は本当に案内を求めたらしい。

少なくとも今日のところは、ギャリックがエリザベスの身の安全を心配する必要はなさそうだった。彼女のまわりには大勢の人間が群がることになるだろう。

69

霧がどこに消えていくのか誰も知らない。ときには夏の暑さに紛れ、青々と茂る葉と日焼け止めのにおいの陰に消えていく。ときには水平線の端にたゆたい、日差しの中に青白くぎらつくグレーの筋を残す。そして海岸に秋の気配が漂い始めると、霧は津波のように大きく立ちあがり、大地の上で爆発しそうな勢いを見せる。霧はすべての騒音をかき消し、木の幹をストーカーに、車のヘッドライトを怪物の目玉に変えてしまう。予告もなく、音も立てずに太陽をのみこんで、油断していた者たちを驚かせる。

集中していたところに携帯電話が鳴り、エリザベスは目をしばたたいて靴のかかとの上に座り直した。画面が光っている。メールが届いた様子はない。通話状態になってもいない。知らない市外局番の、誰ともわからない番号が残されているのみだ。

妙だ。

誰かが電話をかけようとして、つながらなかったのだろうか？ 電波障害でも起きたとか？ もしかしたらブラッドリー・ホフのせいでヴァーチュー・フォールズに注目が集まりすぎて、通話が殺到した電話会社の回線がパンクして修理しなければならなかったとか？　みんなが外の世界とつながる手段を持っていれば、町の騒ぎもおさまるのに。

携帯電話の画面の光が消えて黒くなった。

エリザベスは背中をかいて、あたりを見まわした。

一メートル四方の地面にかがみこんで土や津波が残していった残骸を調べているあいだに、いつしか霧が立ちこめていたらしく、太陽は隠されていた。

だが少なくともエリザベスは、あらゆる木の枝や岩や海の生物を分類して写真を撮り終えていた。今日も一日よく働いた。それに、四日ぶりにひとりきりになれたのが何よりだ。町長も市会議員も新聞記者も、フォトグラファーのローリングもいない。みんな消えた……。アンドルー・マレーロもいない。ベンもルークもジョーもいない。ギャリックも。

まずい。

彼女は手袋を外した。「ルーク？」呼んでみる。「ねえ、ルーク、どこなの？」

返事がない。

「アンドルー？　ジョー？　ベン？　誰かいないの？」

返事はなかった。

見捨てられたとしても不思議ではない。彼らは不満なのだ。エリザベスはあの地震を経験し、津波の映像を撮った。名声は彼女が独り占めだ。

ギャリックに約束したとおり、エリザベスはチームの面々と慎重に接するようにしていた。今日はエリザベスが作業に熱中していたから、彼らはこれ幸いと逃げだしたのだろう。

「何よ、もう」エリザベスは小声で言った。ギャリックは怒るだろう。彼女は立ちあがって膝の土を払い、声を張った。「ちょっと！　みんな、どこにいるの？」

今日はもう仕事じまいというわけだろうか？

彼女は携帯電話で時間を確かめた。まだ四時半だから、おそらくそれはないだろう。ベンもルークもジョーもアンドルーのおべっか使いだが、仕事ぶりは真面目だ。ほかの現場で作業するために抜けだしたことはある。公正を期して言うなら、彼らはエリザベスが自分たちから離れないようにしていることなど何も知らないのだ。彼らはギャリックと違って、あらゆる岩の陰に悪人が潜んでいて、エリザベスの命を奪おうとしているなどとは想像もしていない。

エリザベスはため息をついた。ギャリックが正しいのかどうか考えても意味がない。薄気味悪い雰囲気にびくびくしてみてもどうにもならない。なるべく早く町まで歩いて帰ろう。できればギャリックにはこのことがばれないといいけれど。

問題はエリザベスが嘘をつくと、ギャリックには必ずわかってしまうということだ。

バックパックを肩にかけ、彼女は峡谷の斜面をのぼり始めた。

後ろめたさから、次第に不安が募っていった。もっと注意を払うべきだったとわかっているからだ。霧に気を取られている場合ではなかった。それに、エリザベスはギャリックが正しいと知っていた。イヴォンヌを襲った男が介護施設に入りこんで、エリザベスの父に危害を加えようとするかもしれない。エリザベスを傷つけたいと思うかもしれない。彼女はひとりでいてはいけないのだ。それなのにひとりで峡谷のてっぺんにいて、町まで歩いて戻る覚悟をしている。

ここは頭を使おう。エリザベスはギャリックに電話をかけた。すぐに留守番電話に切り替わる。つまり、彼の電話はまだつながらないということだ。

彼女はマーガレットにかけた。

マーガレットは二回目の呼び出し音で出た。

「ギャリックはいる？」エリザベスは尋ねた。

「三時間も前に出たわ。なぜ？　彼に何か用？」

「いいえ、ただ、今から町に帰ると伝えようと思って」

「ひとりで？」マーガレットの声が甲高くなる。

「わかってる。ひとりになるべきじゃないわよね。だけど、同僚が見つからなくて。こうするのが最も賢明だと思うの。町に戻るのが。そう思わない？」

「ええ、そうね。町に戻るのがいいわ。道はわかるの？」

「ご心配なく。冬の暗い夜だって道はわかるわ」エリザベスは西の空にかかる黄色っぽい太陽を見あげた。「ギャリックには怒鳴られるだろうけど」

「私だって、あなたが帰ってきたら怒鳴るわよ！」マーガレットの声はいらだっているようにも心配しているようにも聞こえた。

「ここなら誰にも見つかりっこないわ」エリザベスは左の茂みのほうで小動物が動いたような音を聞いた。あるいは、土を踏みしめる靴音を。心臓が跳ねた。「もう行かなきゃ。まず道路に出て、町を目指すわ。ギャリックに私の居場所を伝えてもらえる？」

「伝えるわ。彼を迎えに行かせる。気をつけて」マーガレットが電話を切った。

エリザベスも電話を切った。携帯電話をポケットに突っこむと、道路に向かって歩きだした。少なくとも、道路に向かって歩いていると思っていた。霧のせいで何も見えないが。物音に耳を澄ましながら、背の高い夏草のあいだを抜けていく。何かもっと聞こえる音はないかと緊張しながら。

白く湿った霧が立ちこめているからといって、ひとりきりだからといって、誰かが自分を狙っていると想像するのはばかげている。

それでも、エリザベスにはずっと物音が聞こえていた。小枝が足の下で折れる音、草がなぎ払われる音、冷たい地面が踏まれる音。

エリザベスは足を止めて耳を澄ました。

遠く海のほうで鳴っている雷しか聞こえない。「ばかね」彼女はつぶやいた。

道路に出るのにずいぶんかかった。舗装された道に踏みだすと、エリザベスは小さく笑って足を速めた。二十分もあれば町に着くだろう。ギャリックが来たら、早々に彼をカフェから追いだして、同僚を見失ったことは話さないですむようにしよう。告白は魂のためにはいいかもしれないけれど――。

ふたたび携帯電話が鳴った。

ポケットから引っ張りだすと、また画面が光っている。知らない市外局番の、さっきと同じ番号だ。エリザベスは自分の電話がそんな音で鳴るのを聞いたことがなかった。メール受信？　受け損ねた通話？　電話会社がテスト発信しているとか？

それとも、殺人犯が標的を見つける方法？

嘘よ。ああ、まさか、そんな。

エリザベスは電話をポケットに突っこんだ。後ろから誰かが駆けてくる音がした。彼女はすばやく振り返り、飛びのいた。

霧に包まれた物体がエリザベスの左半身にぶつかってきたと思うと、彼女の腕をつかみ、ほとんどもぎ取るような勢いで引っ張った。

エリザベスは叫んだ。

襲撃者が彼女を振りまわして突き飛ばした。

エリザベスは口を開けたまま、顔から地面に突っこんだ。

相手が後頭部に殴りかかってくる。

エリザベスの顔が地面にめりこんだ。

草。種。土。

彼女はむせた。咳きこんだ。

襲撃者はエリザベスを仰向けに転がすと片膝で胸を押さえつけ、首筋にナイフをあてた。

男？　女？　わからない。わかったのはただ、襲ってきた相手が革のジャケットを着て、スキーマスクをつけ、黒の手袋をはめていることだけだ。

襲撃者はざらついた声で、口調は優しく……ほとんどなだめるような調子で……だが、その奥底には欲望と期待があった。「きれいな髪を切り落としておこう。血で汚したくないからな」

恐怖が喉元にせりあがる。エリザベスはまたむせ、咳きこんで、あえいだ。

「どうかしたか？」襲撃者がささやく。

エリザベスは引っかいた。咳きこむうち、涙が目からあふれだす。喉の奥の塊がどうしても取れない。

「やめろ！」声が大きくなった。襲撃者は明らかに憤慨している。そいつは指でエリザベスの頰をつねった。スキーマスクの奥の目がぎらついた。「よせ、台なしにする気か！」

エリザベスは息ができなかった。

横のほうで何かが動いたのが見えた。襲撃者を蹴っている。一発、二発。襲撃者はうなり、転がるようにして霧の中へ去っていった。

エリザベスは転がって両膝をつき、何度も咳をした。涙が流れ、必死に息を整えようとすることしかできない。

何も見えなかったが、近くで肉と骨がぶつかる音がした。もう一度。さらにもう一度。最後に苦痛に満ちた叫び声があがり、激しい足音が聞こえた。

エリザベスは喉の奥の塊を吐きだした。ひざまずき、頭を垂れてあえいだ。耳を澄ます。

近くで男の荒い息遣いが聞こえた。

エリザベスは立ちあがり、いつでも駆けだせる用意を整えた。

霧の中から転がりでてきたのはギャリックだった。「警察に電話しろ」

「ああ、神さま!」エリザベスはギャリックに飛びついて抱きしめ、彼の胸に顔をうずめた。「あなただったのね。そうよ、あなたじゃないはずがないわ」声が喉に引っかかった。「どうしてわかったの? あいつがそこにいるって、どうやってわかったの?」

「わかったわけじゃない。俺は毎日、君を待ってる。君が谷を出るのを見てる。今日は君が見えなかった。君の電話が切れるまで。それから……それから、あいつが先に君にたどり着いた」ギャリックが彼女の体をそっと押して離した。「エリザベス、警察に電話しろ」

「ええ、もちろん。そうよね」エリザベスは後ずさりし、おぼつかない手つきで携帯電話を取りだすと、９１１にかけた。

そのとき、ギャリックが彼女の足元にうずくまるのが見えた。

エリザベスは携帯電話を落とし、彼のそばにひざまずいた。「ギャリック？」

「左の脇を刺された。だが、俺もやり返した。あいつをぶちのめした」ギャリックの声は小さくなって、ささやき程度にしか聞こえなくなった。「ぶちのめしてやったんだ」

70

ギャリックは血を流していた。出血している。

血が。

血が彼の胸に広がって……。

エリザベスはむせび泣きをこらえた。「ギャリック」

ギャリックの目が開き、そして閉じた。「911に電話をかけたか？」

「そうだった！　待って」エリザベスは這いまわって携帯電話を見つけた。

誰かが呼びかけていた。何があったのか、どこにいるのかと尋ねている。

「夫が……彼が怪我をして、出血しているの。すぐに病院に行かないと、今すぐ」

「出血の原因を教えてもらえますか？」911の電話担当者が言った。

「襲われたの。刺されたのよ！」

「そちらの場所は？」

「ヴァーチュー・フォールズの外周道路で、谷に続く小道の近く」

「あなたのお名前は？」

「エリザベス・バナーよ。早く誰かよこして！」エリザベスは電話を切り、ギャリックに声をかけた。「ピックアップトラックはどこ？」

「この道の先だ」ギャリックが指さす。

エリザベスは走った。

キーはイグニッションに差しこんだままだった。彼女はエンジンをかけてギアを入れ、ギャリックがぐったりと横たわっているところまで百メートルほど車を動かした。車を停めて外に出て、シートの後ろを探しまわってポケットに薄いブランケットがきちんとたたんで入れてあるのを見つけた。それを引っ張りだしてギャリックのもとに走った。

ギャリックが出血している。出血。

血。

エリザベスは彼の体の下にブランケットを滑りこませ、胸に巻きつけて両端を結んだ。

ギャリックがほほえんだ。「適切な応急処置だ」

遠くでサイレンが聞こえた。「ずいぶんと早いわね」

「フォスターだろう」ギャリックが立とうとしてもがいた。「犯罪現場にはすぐに現れる。いつものことだ」

「まさかフォスターが犯人だなんて思ってないわよね？」

「どうかな。俺をピックアップトラックに乗せてくれ。ピックアップトラックに！」ギャリックの目は獰猛で、決然としていた。

エリザベスは片腕をギャリックにまわし、彼が立つのを助けた。

ギャリックが立ちあがると同時に、パトカーが近づいてきた。

ギャリックは怪我をしていることをフォスターに知られたくなかった。フォスターに弱みなど見せるものか。もしあいつがエリザベスを襲撃したのだとしたら……。

「フォスターは銃を持ってるわ」エリザベスはギャリックがピックアップトラックの高いシートにのぼるのを手伝おうとした。

「知ってる。だからこっちは大丈夫だってところを見せないと」しかしシートにのぼろうと手を伸ばしたギャリックはうめき声をあげて後ろによろめいた。

フォスターが車を降りた。「ジェイコブセンをここに乗せろ！」怒鳴って自分のパトカーを指さした。「後部シートだ！」

「私がギャリックを乗せていくわ！」エリザベスは怒鳴り返した。「手伝って！」

フォスターはゆっくりとピックアップトラックのほうへ歩いてきた。銃に手を添えて立ち、歯をむきだして笑った。彼はふたりを殺そうとしている。峡谷から突き落とすつもりなのだ。

エリザベスはギャリックの前に進みでた。

彼女は勇敢ではない。心臓は早鐘を打ち、その音が頭の中で聞こえるほどだ。顎も膝もわなないている。

しかし、ほかに選択肢はない。ギャリックが出血しているのだから。

フォスターと視線が合った。エリザベスは保安官を見つめた。にらみつけた。

フォスターが目を伏せる。ピックアップトラックの助手席のドアを開けてギャリックが乗りこむのを手伝い、ドアを閉めるとエリザベスに向き直った。「君がやったんじゃないだろうな」

「なんですって?」エリザベスは憤然とフォスターをにらみつけた。

「ジェイコブセンを襲ったのは誰だ?」

「私が襲われたのよ。ギャリックは私を助けてくれた。襲ってきたやつは逃げたわ」エリザベスは運転席側にまわり、ドアを開けて乗りこんだ。「私が刺したと思ったの?」

「ああ。たいていは連れあいの仕業だ。それに君は……」フォスターは言葉を濁したが、それでもエリザベスにはその続きが聞こえた。

〝君は父親が母親をハサミで刺し殺すのを見ていたんだからな。もしかしたら父親似なのかもしれない〟

「最低」エリザベスはつぶやいた。

「ジェイコブセンを病院に連れていけ。俺は後ろからついていく」フォスターが緊急灯をつけた。

「げす野郎はあのライトがお気に入りだ」ギャリックが小声で言った。

　エリザベスはギアを入れてピックアップトラックを走らせた。

　ギャリックは手を伸ばし、やっとのことでシートベルトをつかむと胸の前まで引っ張った。長い時間をかけて彼はベルトを締めた。「君は大丈夫か？」

「ええ。いいえ、腕が少し」痛みが走った。「もぎ取られる勢いだったわ。それに、咳きこんだから喉が痛い。でも、切られはしなかった。あいつはあなたに何をしたの？」

「ナイフで心臓を刺そうとした。成功はしなかったが」

　エリザベスはギャリックが左の脇のあたりを探るのをちらりと見た。

「だが、結構やられたな。ひと息にというのではなく、あちこち刺された感じだ。ナイフの刃は鋭くなかったと思う。そのほうが傷は浅くても痛みはひどくなる」ギャリックがかすかに笑みを浮かべた。「俺は平気だ。問題は出血だな。出血性ショックとか、そういうやつ。まあ、かなり痛むだろうが、大丈夫だ」

　エリザベスはその言葉を信じたかった。胸を締めつける苦しさが少しやわらいだ。

「誰だったんだ？」ギャリックがきいた。

「わからない。あいつ……イヴォンヌを襲ったやつよ。スキーマスクに革のジャケット」エリザベスは息をのんだ。「あなたも……見ていないのね？」

「ああ。だが、思いっきり蹴ってやった。頭がどこにあるか見えなかったから、あばらを蹴りあげた」ギャリックは頭をヘッドレストにもたせかけた。「きっと男だ」

「本当？」

「どうかな」

「もしかしたら、犯人も病院に行かなければならないかもしれない」

「もしかしたら……森に隠れ住んでるやつかもしれないし、そうだとしたら俺たちにはその素性はわからないままだろう」ギャリックは疲れた声になった。

「そうね。でも、そいつは私を襲った」あなたの言ったとおりなんじゃない？　あの男は私の母の死に関係がある」

「可能性は高いな……」ギャリックの声が消えた。彼は目を閉じていた。

胸元の血がブランケットにまでしみだしている。

〝問題は出血だな……〟

エリザベスは霧の中、でこぼこの道をやみくもに飛ばした。太陽が西の地平線に沈みきる前になんとかたどり着きたい。夜空と冷ややかな光を放つ星々に向かって、彼女はピックアップトラックを走らせた。ふと気づくと、信じてもいない神に祈りを捧げていた。

フォスターはライトを点滅させながらあとをついてきていた。フォスターからすでに連絡が行っていたらしく、病院側は彼らを待ち受けていた。

医療スタッフがギャリックを担架に乗せて緊急救命室へ運び、傷を縫合して輸血した。

エリザベスは堅い椅子に座り、ギャリックが傷口を縫われ、点滴をされるのを見つめていた。目をそらすことができなかった。しかし、エリザベスは血を見ても失神しなかった。気絶する気がしなかった。怒りが彼女の気力を支えていた。

誰かが私を襲った。ギャリックが助けに来てくれた。そしてその襲撃犯はギャリックを攻撃した。ギャリックを刺した。ギャリックを殺そうとした。

自分が人を殺せると思ったことは生涯でただの一度もなかったが、もしあの男を見つけたら、いや、女かもしれないが、とにかく自分たちを襲った犯人を見つけたら、エリザベスは喜んで殺せる気がした。椅子に座ったまま、どんな武器を使ってどんなふうに最初の一撃を与え、次にどう出るかを考えた。

血に飢え、復讐に燃えることが、どうやら吐き気を乗り越える唯一の方法らしい。

ギャリックが個室に運ばれていくと、フォスターがエリザベスに質問してきた。犯人に見覚えは？　体格はどれぐらいだ？　どんなにおいがした？

ギャリックがイヴォンヌにきいたのと同じような質問ばかりだった。エリザベスに答えられることはほとんどなかった。「相手の顔は見えなかった。私は咳きこんでいたから」彼女はいらだちながら、三度目となる答えを繰り返した。

「君は咳きこんでいた」フォスターはまるでエリザベスを信じていないようだった。

「頭を草むらに押しつけられたとき、種をのみこんでしまったの。それが喉の奥に引っかかって、むせて死ぬんじゃないかと思ったわ」

「そしてそいつは不満そうな様子だった。君が咳きこんでいたから」保安官はボールペンをカチッと鳴らした。

「そいつは言ったわ。〝おまえはだめにしようとしている〟と。いいえ、待って」エリザベスはあの声を思いだした。「〝台なしにする気か〟と言ったのよ。私の首筋にナイフを押しあてるのは想定どおりで、私が思ったとおりの反応を見せなかったというように」彼女は両手を見おろした。指が震えている。

「ふむ、なるほど。興味深い」フォスターがまたペンをカチッと鳴らした。「ほかに何か思いだしたら電話をくれ。君の携帯電話が使えるならな。電話が鳴ったと言ってたから使えるんだろうが。それが犯人に標的の位置を知らせたんだったな。その番号を見せてくれ」

エリザベスは番号を示した。「知らない番号よ」

フォスターがそれを書きとめた。「おそらくプリペイド方式の電話だろう。あらかじめ設定された番号で何分かだけ使えて、誰でも購入できる。携帯電話を忘れたときには非常に便利だ。あるいは君が犯罪者ならば」またペンをカチッとやった。さらに二度。

エリザベスはフォスターを観察した。神経質な癖だ。やましさから顔が引きつっているようにも見える。

フォスターはまたもやペンをカチッといわせると、それをポケットにおさめた。「明日、改めてジェイコブセンに質問する。「君もひどい様子だ。少し眠るんだな」

フォスターの血走った目の下の大きな隈を見て、エリザベスはお互いさまだと思った。

医療スタッフがエリザベスの肩のレントゲン写真を撮ろうとしたが、彼女はギャリックのそばを離れたくなかった。それで勧められた鎮痛剤をのみ、ギャリックが安らかな寝息を立て始めるまで見守っていた。それからバスルームに行って鏡をのぞくと、フォスターの言葉が正しいだけでなく、額に草がへばりついているのにも気づいた。

これならフォスターも当然、咳きこんだと言った彼女の言葉を信じただろう。

エリザベスが顔を洗って出てくると、部屋には簡易ベッドが用意されていた。たちまち彼女は眠りについた。その部屋にドクター・フラウンフェルターが入ってきたのは午前二時のことだった。

71

ドクター・フラウンフェルターが部屋に入ってきた音で、ギャリックは目を覚ました。白衣を着て白髪まじりの口ひげを二日分伸ばした大きな熊のような男がそろそろと歩いている。フラウンフェルターはエリザベスが寝ている簡易ベッドに近づくと、奇妙な表情で彼女をのぞきこんだ。まるで過去への扉を開けてエリザベスを正しい場所へと移そうとしているかのようだ。

ギャリックはうろうろされたくなかったので、小声で呼びかけた。「ドクター・フラウンフェルター」

フラウンフェルターは長身で腹が突きでているわりにはすばやく、音も立てずにギャリックの横に来た。手首を取って脈を確かめる。「気分はどうだい?」

「上々ですよ。刺されたとは思えないほど」ギャリックは試しに肩を軽く動かしてみた。

「二日間は我慢するんだな。痛みはそのうち戻ってくる」フラウンフェルターはギャリックの心音に耳を澄ました。「着ているものを脱がせて、傷を見てもかまわないかな?」

「毛を一本も抜かないと約束してくれるなら」今日一日で何本抜かれたことか。ギャリックはうんざりしていた。

「最近の女性は毛のない男が好きだと聞いたぞ。ただでワックス脱毛してもらったと思え」しかし、フラウンフェルターは慣れた手つきで絆創膏をめくった。

「そのためにどれほどの代償を払ったと思ってるんですか」ギャリックは傷を見ようと首を伸ばした。「どう思います？」

「ドクター・サラスがこれを？　彼女はいい仕事をする。しかしこの傷は……」フラウンフェルターが首を振った。「そいつはモールス信号でSOSとでも打ちたかったんじゃないのか。トン、ツー、トン。このツーのところはひどいな。ギザギザだ」

「なまくらなナイフのせいですよ。そこらをうろついて人を襲おうというやつにしては、ナイフの扱いがなってない」

「これはナイフか、もしくは先端の鋭いものでつけられた傷ではない。おそらくハサミだ」

その宣告に、ギャリックの背筋に寒けが走った。「今度も同じ犯人の仕業ということがはっきりしたわけか」

「医療大学院(メディカルスクール)ではあらゆる種類の傷口を見る」フラウンフェルターはギャリックの胸に絆創膏を貼り直した。「もしかしたら、君たちがミスティの遺体を発見したことで、私はついハサミを思い浮かべてしまうのかもしれないが」

もしかしたらそれは鎮痛剤の影響による根拠のない自信過剰かもしれない。しかし、ギャリックはフラウンフェルターとの直接対決をうまくこなせそうな気がした。彼はボタンを押し、ベッドの背中部分を持ちあげて座る体勢になった。「そういえば、俺はミスティ・バナー殺しの真犯人はあなたではないかと思ってたんですよ」

ドクター・フラウンフェルターは眼鏡を頭の上に押しあげて目をこすった。「知っている」

ギャリックは驚いた。「知っている？　なぜ？　俺があの事件を再捜査していることを、なぜあなたが知ってるんです？」

「知らないとでも思っていたのか？　まともな感覚がひとかけらでもあれば誰でもわかる。チャールズ・バナーが人殺しのはずがない」フラウンフェルターは眼鏡をもとどおり鼻にかけると、眼鏡越しにギャリックを見た。「君もまともな感覚の持ち主のはずだ」

「ええ、おっしゃるとおりです」

「私が真犯人ではないと思った理由は？」

「イヴォンヌを駐車場で襲った男が介護施設に入るための鍵を欲しがったと聞いて思ったんです。〝違う、フラウンフェルターならいつでも自由に入れる〟」

「あの襲撃と今日の一件がバナー事件に関係していると思っているんだな？」

「前からそう疑っていて、今日エリザベスが襲われたことがある意味、それを裏づけてくれました」ギャリックはまっすぐフラウンフェルターの目を見た。「でも、あなたに関しては何も新しい情報が出てこなかった。不思議でしたよ。裁判でなぜあなたがチャールズ・バナーを擁護しようとしなかったのか。チャールズは友人だったはずだ。ヴァーチュー・フォールズから刑務所までチャールズのあとを追いかけていったくらいなのに、あなたは彼の性格証人として法廷に立とうとしなかった」

「当時はチャールズがやったのではないという確信がなかった」

「あなたは今さっき、こう言った。まともな感覚がひとかけらでもあれば、チャールズ・バナーが人殺しのはずがないと誰でもわかると」

来客用の椅子が壁に立てかけてあった。フラウンフェルターはそれをベッドの横まで持ってきて、どっかりと腰をおろした。世界の重みが肩にのしかかってきたかのように。「私は……関与していた」

ギャリックは鎮痛剤で頭が混乱したのだろうかと思った。「関与って、何に?」

「私はミスティ・バナーの主治医だった。彼女に妊婦用ビタミン剤を処方した。彼女の赤ん坊を取りあげた。産後の検診もした」

疑念がふたたびギャリックの胸にわきあがった。「あなたは彼女に恋していた」

「違う。まさか、それは違う。私は妻を愛していた」フラウンフェルターは鋭い目でギャリックを見た。「君は私に妻がいたと聞いても驚いていないようだな」

「マーガレットが教えてくれました」

「ああ、なるほど。小さな町で家庭医になるということは、あらゆる事態に対処しなければならないということだ。配偶者の虐待、アルコール依存症、双極性障害、インフルエンザの流行、勃起不全、難聴、老化、死。興味深い人生だよ。ありとあらゆることが起こるんだ。すべての時間をかけ、すべての精力を傾けて、ときには勝ち、ときには……負ける」フラウンフェルターは思い出がのしかかってきたかのように首をさすった。「いよいよまずい状況になって私のところに来たミスティは、不倫していると言った」

ギャリックは思わず背筋を伸ばした。「噂じゃなかったんですね。不倫は本当だった」

「まず間違いないな。私はなぜだと尋ねた。彼女を崇めるチャールズという夫がいながら、なぜ裏切るような真似ができたのだと。ミスティは言った……愛人は刺激的で、魅惑的で、夫とは違う。母親のこと、姉のこと、機能不全でどうしようもない家族のことを考えるときに感じる痛みを忘れさせてくれると」フラウンフェルターは頭を傾けて椅子の背にもたれた。「しかしミスティは、愛人は恐ろしくなるくらい強烈な人だとも言った。そして、どうすればいいのかときいてきた。ミスティの主治医で、親切で、彼女よりも頭がいいからと、私に尋ねてきたんだ」

ギャリックには迫りくる悲劇が見えるようだった。「あなたはなんと言ったんです?」

「ミスティは……来たタイミングが悪かった」フラウンフェルターは大きなポケットの中を探り、胃薬の瓶を引っ張りだした。二錠取りだして、また瓶をしまった。「その前日、妻が私に離婚したいと言ってきた。妻はヴァーチュー・フォールズ以外の場所で暮らしたかったんだ。ここ以外ならどこでもよかった。それで、都会に行ってしまった。シアトル小児病院の医師を見つけて、ふたりで幸せになった」

「俺はてっきり、あなたが不貞を働いたせいで離婚したんだと思ってました」

「書類にそう書くよう妻に言ったのは私だ。そうすれば、少なくとも私は妻が自分に隠れて不貞を働いていたことを認めずにすむ」フラウンフェルターの重いまぶたが目を覆った。

「なんとでも言うがいい。男にはプライドというものがあるんだ」

「わかりました。あなたはミスティになんと言ったんです？」ギャリックはふたたび尋ねた。

フラウンフェルターがギャリックを見据えた。「私はミスティに言った。恥ずかしくないのかと。チャールズに隠れて遊びまわって、あの善良な男を愚か者のように見せるなんて、恥知らずにもほどがある。何が起きているのか、町中の人が知っているんだぞと。噂は私の耳にも入っていた。そして彼女に、感じやすい年頃の子どもに及ぼす影響は考えたこともないのかと尋ね、関係を断ちきるよう言った。でも怖いのだとミスティは訴えていたが、私は、君は恐れるに足るだけのことをしでかしたんだと言った。私は腹を立てていたんだ。言葉で彼女を攻撃し、診察室から追いだした」フラウンフェルターは震える手で額を押さえた。

「次に知ったのは、ミスティが死んだことだった。殺されたんだ。あの家は血まみれになっていた。誰もが言ったよ、やったのはチャールズだと。私は自分の妻に腹を立てて彼女を殺しかねない心境になっていたから、チャールズがミスティを殺すこともありえなくはない、ひょっとしたらと思った。だが、確信がなかった……ミスティは殺される前に言ったんだ、愛人が怖いと。怯えた様子を見せていた。そして、私は関係を断ちきらせた。私のせいだ」

「あなたは罪の意識を感じていた」

「罪の意識を感じていたんじゃない。私は罪を犯したんだ」

ギャリックにはそれが理解できた。わかりすぎるほど彼の思いがわかった。

フラウンフェルターはまだ話し続けた。「私は医師だ。ヒポクラテスの誓いを立てて医師としての責任を負った身だ。それで、チャールズ・バナーのあとを追った。刑務所までついていった。チャールズがやったと信じたかった。本当に彼が妻を殺したのだと。それなら私のやりきれない思いもいくらかおさまっただろう」フラウンフェルターはポケットからまた胃薬の瓶を取りだすと、それをギャリックに見せ、ふたたびポケットに入れた。

「それで？」

「チャールズは私とは違う。彼は恨みを引きずらない。過去を憎まない。妻を許すことができる。私か？　まったくだめだ。もう元妻を殺したいとは思わないが、彼女がのぼせあがったシアトルの医師が彼女と離婚したことを知ったとき、私は歓喜のあまり踊りだしたほどだ。この体で踊るのだから見ものだっただろう」フラウンフェルターは自分の腹を叩いた。

「チャールズが犯人ではないとひとたび確信すると、私は彼を釈放させるためにできることはなんでもした。だが、手遅れだった」

「ミスティ・バナー殺しの真犯人はあなたじゃない。チャールズでもない。となると、残るのは誰ですか?」

「山ほどいる」フラウンフェルターはまだ簡易ベッドで眠っているエリザベスをちらりと見た。「女が好きな町の男は全員がミスティ・バナーを狙っていた」

「マーガレットもまさにそう言ってました」

「マーガレットはよく見ている。そして彼女は正しい。あの事件を調べるなら、当時ここで暮らしていた男全員に目を向けなければならなくなる」フラウンフェルターは立ちあがった。

「そして数人の女にも」

「最有力候補は誰です?」ギャリックはその答えにとても関心があった。

しかし、フラウンフェルターは首を振った。「いいかい、私が間違ったことを言ったせいで人が殺された。そこから学んだんだよ。口は閉じておけとね」

ギャリックはなおも迫った。「多くの人が襲われて傷ついてるんですよ。俺、エリザベス、イヴォンヌ・ルダもだ」

「君はFBI捜査官だろう。もっとちゃんと自分の身を守れ。エリザベスのことも」

「イヴォンヌはどうなんです?」

「病院には常にあらゆる種類の人々が出入りしている。ここみたいな田舎の病院には、こういった危機に役立つ警備システムなどない。だからイヴォンヌがここにいたときは、彼女に危害が加えられないように私が目を光らせていた」

ギャリックは体を起こし、痛みに顔をしかめた。「どういう意味です？　イヴォンヌがここにいたときというのは」

「彼女は今朝、退院した」

「家に帰ったんですか？　ひとりで？」

フラウンフェルターはギャリックの体をそっと枕に押し戻した。「シーラがイヴォンヌについている」

「殺人犯が野放しになってるというのに、孤立した家に女性ふたりきりでいるんですか？」

彼女たちは正気を失ってしまったのだろうか？

フラウンフェルターは両手をあげ、その手をだらりと落とした。「病室は満杯なんだ。地震で負傷した人が次々にやってくる。一室にベッドを三床入れているが、イヴォンヌをこれ以上入院させておくことはできない。それに彼女は避難所には行こうとしなかった」

「それならシーラと一緒にいるほうがいい」明快な結論だ。

「シーラは家に厄介ごとを抱えている。夫は無職だし、最初の結婚でできた子どもたちは問題児ばかりだ。イヴォンヌもシーラも賢い女性だよ。日々、難しい患者に対処している。ときには暴力にも。彼女たちなら無事に切り抜けてくれると信じるしかない」

「ええ、もちろん」ギャリックはそこまで楽観できなかったが、フラウンフェルターに彼のまだ知らない情報まで教えて不安にさせる必要はない。「俺は襲ってきた野郎を蹴り飛ばしてやりました。パンチも何発かお見舞いしてやった。あばらが折れたとか、打撲傷で駆けこんできたやつはいませんでしたか？」

フラウンフェルターは頭をかいた。「ビッグ・ブレイク・ダニエルズがかなりひどい様子でやってきたが、彼は君の捜している犯人ではないと思う」

「なぜです？」

「ダニエルズの妻が彼を殴ったんだ……またしても」フラウンフェルターはギャリックの肩を叩いた。「さて、私はもう行くよ。就寝中の患者の見まわり中ということになっているんだ。君も考えることはいろいろあるだろうが、少しは休みなさい。朝には傷の痛みが襲ってくるだろうから」彼はそっと部屋を出ていった。

エリザベスがゆっくりと体の向きを変え、ギャリックを見た。「なるほどね」小声で言う。

「ずっと起きてたんだな？」ギャリックは驚かなかった。

「誰かが上からのぞきこんできたら、おちおち寝てられないわ。特に……午後にあんなことがあったあとだもの」エリザベスは身じろぎしてブランケットを脇に押しやった。「母が不倫してたというのは事実だったのね」

「そうらしいな」

「そして、父が犯人ではないと考えている人がもうひとりいた」エリザベスは出し抜けに言った。「フォスター保安官は犯人じゃないわ」

「なぜだ？　フォスターはすぐさま現場に姿を現したぞ」

「ええ、そしてあなたをピックアップトラックに乗せるのを手伝って、私に襲撃のことをあれこれきいてきた。それに、彼は怪我をしていなかった」エリザベスは核心を突いた。

だが、ギャリックはフォスターの線を譲りたくなかった。「車で鎮痛剤でものんできたのかもしれない。怪我を隠し通せるだけの薬をのんで、それから俺たちのもとに来たのかもしれないぞ。君に質問するあいだ、フォスターの様子はおかしくなかったか？」

「私にわかると思う？」エリザベスはいらだった。「相手は保安官なのよ！」

「ああ」ギャリックは立ちあがろうとするエリザベスを見つめた。「どうした？　なぜ腕をそんなふうに抱えている？」

「肩が痛むの」

「あいつ……襲ってきたやつに腕を振りまわされて、肩が痛むんだな？」ギャリックはナースコールを押した。「俺がもう少し早く着いていれば、君に怪我なんかさせなかったのに」

「私は大丈夫よ」

「靭帯（じんたい）を損傷したんだ。間違いない」

エリザベスが驚いた顔をした。「アスピリンを二錠のんだわ」

「アスピリンは痛みによく効く。だが、それで肩が治ると思ったら大間違いだ」

看護師がひとり、部屋に入ってきた。

ギャリックは彼女が誰だかわかった、昔の恋人だ。「やあ、グロリア、会えてうれしいよ。こちらは俺の元妻でエリザベス・バナー。彼女をレントゲン撮影してやってくれ」


翌朝、三つのことが起こった。

フォスター保安官がふたたびやってきてギャリックに尋問した。三十分足らずのあいだにフォスターは、ギャリックがＦＢＩを停職処分になっていることをあざ笑い、ギャリックは昨夜のフォスターの捜査に実りがないことを非難した。ふたりは互いに質問をぶつけ、いやいやながら互いの質問に答えた。

ギャリックが元恋人のグロリアに愛嬌を振りまいたのが功を奏し、予定より早く退院できたおかげで、彼とエリザベスは町からやってくる厄介な訪問客の相手をすることもなく病院から姿を消した。

そして、ノア・グリフィンの記事がインターネット上で公開された。

72

ギャリックとエリザベスはリゾートに着くと、マーガレットと不安そうな顔をしたスタッフに笑顔で挨拶し、ギャリックの傷とエリザベスの靭帯損傷を除けばふたりとも元気だと皆を安心させた。エリザベスはひと眠りしてくると言って部屋にあがった。

ギャリックは自分は大丈夫だからと言い張ったものの、大広間のカウチに横になるなり眠りに落ちた。厨房から漂ってくるチキンスープのにおいで目を覚まし、テーブルについて、皮がパリパリのパンを添えたスープを堪能した。それから、しなければならない仕事があるとマーガレットに言って、自分たちのスイートルームへ向かった。

鎮痛剤をのんだエリザベスはまだ眠っていた。

そのほうがギャリックには好都合だった。

彼はエリザベスの携帯電話を手に取り、自分のノートパソコンのＷｉ－Ｆｉ接続をセットアップした。

ログインすると、たちまちトム・ペレスからのメッセージが現れた。〝おまえの元妻が昨夜、襲撃されたって？〟

「くそっ！」彼は二本の指を使って猛烈な速さで返信を打った。〝どこでそれを？〟

次のメッセージには『USAトゥデイ』のリンクが貼ってあった。

ギャリックはクリックして、ノア・グリフィンの記事にざっと目を通した。メディアの注目を集めているエリザベス・バナーが仕事中に襲われたこと。ヴァーチュー・フォールズという大地震の被災地で今週二度目に起きた襲撃事件であること。最初の被害者は看護師のイヴォンヌ・ルダで、彼女は犯人について〝正気ではない感じで……目が燃えるようでした。どこで会っても、あの目をもう一度見たらきっとわかります〟と述べていた。

「なんてことだ」ギャリックは時計を見た。今からイヴォンヌのもとを訪れるにはもう遅すぎる。

ペレスから返信があった。〝バナー事件に関しておまえが怪しいとにらんでることと関係がありそうだな？〟

〝そのようです。送った荷物は届きましたか？〟

〝ハサミ入りの荷物か？　まだだ〟

〝あのヘリコプターのパイロットめ、後悔させてやる〟あのくず野郎が取り換えのきかない大切な証拠をなくしてしまったのだとしたら、この手で殺してやるからな。

〝ハサミをヘリコプターのパイロットに託したのか？〟

〝正規料金をつけて荷物をやつの手に渡して、ちゃんと投函(とうかん)しろと言ったんです〟

〝そいつの名前と住所は？　捜査官を派遣して荷物を取りあげて、ついでにそいつを死ぬほどびびらせてやろう〟

〝お願いします〟ギャリックはパイロットの名刺を取りだすと、その情報を打ちこんだ。ペレスが舌なめずりして手をこすりあわせる姿が目に見える。ギャリックはメッセージを送信した。

ペレスから返信が来た。〝荷物は任せておけ。元妻を襲ったやつをなぜ殺さなかったんだ？〟

〝俺は銃器携帯を許可されてません。お忘れですか？〟

〝そうだった。それにおまえが得意なのは自分の身を守ることだからな。いつもそう言ってただろう〟

〝あの野郎もうまかったんです〟ギャリックは犯人が女性である可能性については黙っていた。

〝それでまんまとやられたってわけか？〟

〝胸を切られました〟

〝そいつはナイフを持っていたのか？〟

〝医師の話では、ハサミです〟

長い間があった。〝おまえ、とんでもないことに首を突っこんだんじゃないか？〟

〝驚きでしょう。俺はそいつのあばらを蹴りあげて、ボディにパンチも数発食らわしてやりました。小さな町です。人の目は逃れられない。怪我してるやつを見定めてやります〟

〝そうしてくれ。ハサミを受け取ったら知らせる〟

73

翌朝、オナー・マウンテン・メモリー養護施設で、チャールズは片方の腕をつったエリザベスをしげしげと見つめ、目に涙をあふれさせた。エリザベスが別の入所者に襲われたのだと信じこんでふさぎこみ、津波の映像を見せられても気持ちは晴れなかった。

ギャリックとエリザベスは、チャールズが早く彼らのことを忘れ、自分の不幸せを忘れてくれることを願って訪問を短く切りあげた。

ピックアップトラックに乗りこむと、エリザベスはため息をついて頭をシートにもたせかけた。「毎日加速度がついて、父の記憶を失うスピードが速まってるわ」

「ああ」一刻も早くこの事件を解決しなければ。ギャリックはさらなるプレッシャーを感じた。「まずは君をリゾートに送っていく」

「あなたはどこへ行くの？」

「イヴォンヌの様子を見てくる。あのいけ好かないノア・グリフィンが記事を発表しやがったからな」事態は悪化するばかりだ。「これ以上何かが起こる前に犯人を突きとめないと、俺たちにはあまり時間がない気がする」

「一緒に行きましょうか？」エリザベスが申しでた。

「君はそんなに元気そうには見えないぞ」

「あなたもよ」

ドクター・フラウンフェルターの予言どおり、傷がひどく痛むようになっていたので、ギャリックは言い返さなかった。「君は戻ってひと眠りするといい」襲撃されてからというもの、彼女はずいぶんとはかなげに見え、怯えてもいるようだった。

「でも、行ってみて、そこで何かあったらどうするの？」エリザベスがきいた。

「それはないと思うが、念のために」彼はコンソールの蓋を開けた。「マーガレットから拳銃を借りてきた。誰にも言うなよ。今の俺は銃の携帯を禁止されている」

エリザベスがほっとした顔で笑った。「それなら、保安官には連絡しないでおくわ」

ギャリックはイヴォンヌの家を見つけるのに二度も道に迷い、ようやく狭い脇道に入って、長い砂利道の先に発見した。

これは好都合だとも言える。殺人犯も同じように迷うだろうから。それに、彼女の様子をうかがっている近所の住民がいないほうが、ギャリックにとってはありがたい。

トレーラートラックのパーツが横の庭に積んであった。トレーラー、再生タイヤ、ギャリックには用途も何もわからない連結用パーツ。

正面の玄関ポーチにいた犬が一匹、立ちあがって吠えた。チャウチャウとジャーマンシェパードとロットワイラーの雑種のような大きな犬だ。丈夫な歯をむきだし、ブラウンの目を脅しをかけるように細めている。

ギャリックは用心しながら運転席を降り、急いで飛び乗る必要が出てきた場合に備えてドアを開けたままにしておいた。

よく手入れされた平屋の家は一九五〇年代に建てられたもので、低い屋根の頑丈な造りだったが、地震の被害は甚大だった。窓ガラスは割れ、前庭には大きな木が倒れていて、その枝でアルミ製の外壁に何筋も深い傷がついている。

彼がピックアップトラックの前にまわると、イヴォンヌが花壇の雑草を抜くのをやめて手を振った。

吠えていた犬は声を落とし、ごろごろうなっている。

ギャリックはほっとして気を抜きかけたものの、自分を戒めた。安心するにはまだ早すぎる。「イヴォンヌ！　そこにいたんですか」

「誰の車かわからなかったから、誰が来たのかわかるまでじっとしてるほうがいいと思ったの」イヴォンヌは移植ごてを土に刺し、ガーデニング用の手袋を外した。「中にどうぞ。コーヒーメーカーにコーヒーを淹れてあるわ」彼女は家の脇へまわり、そのあとを犬がついていった。

「番犬ですか？」ギャリックは尋ねた。

「そう。グロックっていうの」イヴォンヌが足を止めた。「手を出して、この子に調べさせてあげて」

ギャリックが指示どおりにすると、大きな犬が鼻をこすりつけて指のにおいを嗅いだ。何もされずに解放されたのはラッキーだ。

「これで大丈夫。あなたが友達だとわかったみたい。もう——」

「俺の脚を嚙みちぎったりしない？」

「そうね」角を曲がって裏庭に入ると、イヴォンヌはスライド式のガラス戸を開けた。犬が彼女の横に来た。「さあ、どうぞ。散らかっていてごめんなさいね。怪我をする前に掃除をしたし、退院したときにシーラもいくらか片づけてくれたんだけど、本当に必要なのは家の修理と改築なのよ」使いこまれたコーヒーメーカーからコーヒーを注いだ。「砂糖とミルクは？」

彼は朝食用のカウンターからスツールを一脚引いてきて座った。「いや、結構です。熱くて濃いのが好きなので」

犬は鼻を鳴らしてドア脇のマットにうずくまり、冷たいブラウンの目を女主人と見知らぬ邪魔者に向けた。

イヴォンヌはトラック製造会社のピータービルトのロゴが入った赤いマグカップをギャリックの前に置き、自分の分もコーヒーを注いでカウンターにもたれた。

ギャリックはイヴォンヌを見た。「元気そうですね」

「頭に巻いていた巨大な包帯が取れただけよ」イヴォンヌはまだ傷口を覆っているテープとガーゼに指を触れた。「両目ともまた見えるようになってよかったわ。あなたはどう?」

「なんとか」ギャリックはコーヒーをひと口すすり、つい顔をしかめそうになるのをこらえた。犬が歯をむきだした。グロックにはわかっているのだ。彼女は何日もコーヒーメーカーを放置していたに違いない。体の元気な組織も死滅しそうな苦さだ。「何針か縫って、いくつか痣ができました。しかし、向こうのやられようのほうがもっと悲惨ですよ」

イヴォンヌは声をあげて笑いはしなかったが、ボディランゲージで充分だった。体をふたつ折りにして肩を震わせ、一方の腕で腹を押さえたのだ。もう一方の手はマグカップを握りしめている。「そいつを捕まえたの?」

「いや、なかなか手ごわい相手で。それにナイフを持ってました。というか、俺はそいつがナイフを持ってると思ったんですが、ドクター・フラウンフェルターの意見は違っていた。彼はそれはハサミだと言いました」

イヴォンヌがまたガーゼに手を触れた。「それなら私の顔の傷も説明がつくわ。この傷跡はずっと残るでしょうね」彼女はコーヒーをすすった。「三十年近くも認知症のお年寄りを相手に仕事をしてきたあげく、どこかの薬物依存症の男に薬欲しさに襲われるなんてね」

「本当にそうなら、なぜそいつはエリザベスを襲ったんです？」ギャリックは用心してコーヒーをすすった。やはり相当苦い。それにカフェインもたっぷりだ。今夜は眠れないだろう。

「それは……わからないわ」

「俺は犯人が地元の人間で、俺たちも知っていると踏んでるんです」

「誰なの？　そして、なぜ？」

ギャリックはバナー事件の話を持ちだしたくなかった。そんなのは二十三年も前に起こったことで、それ以来ずっと町は平穏だったのだと、イヴォンヌはもっともな指摘をするだろう。チャールズとエリザベスが戻ってきたことがこの一連の事件の引き金になったのだと言われても、イヴォンヌはきっと、チャールズがここに来たのは一年以上も前で、エリザベスも引っ越してきてそろそろ一年が経つし、今までは何も起きなかったと言うに違いない。あの父と娘が再会したことが問題を引き起こしたのだとギャリックが言えば、イヴォンヌはそれはこじつけだと言うだろうし、そのとおりかもしれない。ただし、実際に襲撃事件は起こっている。ハサミを使って。

「誰だかわかればいいんですけどね。それになぜこんなことになっているのかがわかれば、俺の人生もずっと楽になる」ギャリックはあたりを見まわした。「シーラはどうしたんです？　彼女も一緒にいると聞きましたが」

「シーラの夫が子どもたちともめて、彼女は家に戻らなければならなくなったの。私、自分が惨めに思えてきたときには、シーラが抱えている問題に比べれば自分はまだましだと思うことにしたわ。ひとりで暮らしてる時間が長いと、それなりにやり過ごすコツも身につくというものよ」イヴォンヌはマグカップを掲げて乾杯した。

「あなたにはひとりでいてほしくない」

「ええ。今は、私もひとりでいたくない」イヴォンヌはコーヒーの残りをシンクに捨て、マグカップをすすいだ。

それを合図に、ギャリックもイヴォンヌがコーヒーと呼んだ排水溝用洗剤のような液体を飲むのをやめた。マグカップを押しやると、グロックにちらりと目をやった。

どうしてこの犬は皮肉っぽい笑みを浮かべているような表情ができるんだ?

「私は避難所には行かないわ」イヴォンヌが言った。

「リゾートに移ってくるのはどうですか?」

グロックが頭をもたげてイヴォンヌを見る。

「あら、それはいいかも。あそこには泊まったことがないのよ。そんな余裕はなくて」イヴォンヌはギャリックのマグカップをつかんだ。「あたため直しましょうか?」

「いや、結構」ギャリックはグロックのほうをあえて見なかった。「カフェインを節制中なので」

イヴォンヌはマグカップを洗ってゆっくり拭き、ため息をついた。「だめよ、できない。ブラッドリー・ホフが私たちのことをニュースにしたから国中が大騒ぎになってるし、州政府も重い腰をあげて道路を直しに来るでしょう。私は夫のことをよく知ってるわ。直った道路を走る列の先頭にいたがるのがジョンという人よ。ジョンがこの家に着くときには、私はここで彼を迎えたいの」

「ご主人とは話ができたんですか？」

「少しね。固定電話は全然使えないけど、携帯電話に三回かけてくれた」イヴォンヌはまた包帯に手をやった。「この襲撃のことで、夫は怒り狂ってるわ。私はここにいないと」

「ひとりでいるのはだめです。あなたを襲ったやつを突きとめるまでは」ギャリックはつけ加えた。「ジョンもきっと俺に同意してくれるでしょう」

イヴォンヌは暗い目をしていたが、わずかにほほえんで横の引き出しを開けた。取りだしたのは拳銃だった。グロック銃。よく手入れされて輝いている。「ジョンはコレクターなの。私は撃ち方を知っている。とてもうまいのよ。弾も装塡されてるわ。家の至るところに拳銃が置いてあって、どれも弾がこめてある。ベッドルームとガレージにはライフルもあるの」

イヴォンヌはガーデニング用のベストの前を開き、ギャリックに銃を見せた。

ギャリックにはすぐにわかった。ワルサーPPKだ。「ジェームズ・ボンドみたいだな」彼がマーガレットから借りてきたおもちゃのような銃とは比べ物にならない。

「そのとおり。このかわいい相棒を常に携帯してるわ。小さくても強力よ。襲われる前なら、私も人を撃つのをためらったかもしれない。でも、今は違う」

「さっきみたいに登場した俺は、あなたに犯人と思われなくてラッキーだったと言うべきでしょうね」犬と銃に挟み撃ちにされて、生き延びる可能性はほぼゼロだっただろう。

「あなたは大丈夫。ジョンとシーラ以外に今、私が本当に信頼できるのはあなただけだわ」イヴォンヌはベストの前を閉め、グロック銃を引き出しに戻した。「あなたが犯人で、自分自身を襲ったなんてありえないものね」

「エリザベスも味方のひとりです」ギャリックは最後にもう一度訴えた。「リゾートはいいですよ。プロパンガスが尽きなければ、発電機もあるから電気も水もある」

イヴォンヌは声をあげて笑った。「ここにも発電機はあるわ。電気も水もある。食料庫も満杯よ。わが家の菜園はヴァーチュー・フォールズの羨望の的だしね。こんな田舎だもの、なんでも揃ってるわよ」

「こっちにはシェフもいる」ギャリックはなおも言った。「あなたが料理しなくていいんです」

「それはいいわね。すごくすてき。ありがとう。でも、そこにジョンはいないわ。だから、このままでいいの」

「ご主人が戻ったと聞いたら、すぐにあなたをここへ送り届けますよ」しかしギャリックは自分には勝ち目がないとわかっていた。イヴォンヌは大人だ。強制はできない。それに彼女は精神的にも肉体的にも傷ついている。イヴォンヌにはわが家にいるという安心感が必要なのだ。

それにギャリックは、侵入者を撃つと言ったイヴォンヌの言葉を信じた。いざとなれば犬がとどめを刺してくれるだろう。「わかりました。何かあったら連絡すると約束してください」

「電話が通じたらね」

「くそったれの携帯電話め。通じないってことをつい忘れてしまう」

「私たちみんな、つい忘れてしまうのよ」

「じゃあ、約束してください。相手が誰だろうと疑ってかかると。誰が来てもドアを開けないで。撃つか逃げるか、あるいは両方の用意をして、正面から入ってこようとするやつはグロックにタマを嚙みちぎらせてやればいい」

イヴォンヌがうなずいた。「わかってる。私がどんなに怖がっているか、あなたは知らないのよ」声が震えた。「充分に気をつけるわ。約束する」

「そうしてください」ギャリックは立ちあがり、彼女をハグしようとキッチンに向かいかけた。

グロックが立ちあがり、胸の奥でうなり声をあげる。

ギャリックは凍りつき、そのままゆっくりと後ずさりした。「会えてよかったです、イヴォンヌ。気をつけて。くれぐれも用心してください」

その日の午後遅く、イヴォンヌが取れたてのジャガイモを洗ってサヤインゲンの筋を取っていると、立ちあがったグロックが歯をむきだしてうなった。「今度は誰かしら？」彼女は犬に尋ねた。ギャリックではない。グロックは一度会った人にこれほど敵意を見せることはない。

そう、これは見知らぬ人物だ。イヴォンヌは手を洗ってよく拭くと、ワルサーをジーンズの腰の後ろに挟んだ。静かにリビングルームを横切り、カーテンの後ろから外をのぞく。「あら、まあ！」イヴォンヌは驚いた。うなっているグロックにしいっと言って黙らせると、急いで玄関へ行ってドアを開けた。「こんな遠くまで来てくれるなんて、思いもしなかったわ。どうぞ入って！」

74

カテリは自分自身の中で、黒い水を漂っていた。水中にあるのは怪物やぎらついた目だけ。闇が彼女の体にのしかかり、胸を締めつけ、呼吸するたびに苦痛に襲われた。

明らかに彼女は上昇していた。水が青くなってきた。暗い青。命の息吹を感じさせない、音も感情もはねつける青。カテリはそこにとどまりたかった。

しかし、さらに上昇した。揺れる緑色の海藻のあいだを縫い、人魚やカエルや海獣、彼女に想像できる限りのものをかき分けてあがっていった。

上へ。もっと上へ。

痛みが募っていく。

しかし明らかに、カテリは上昇するにつれて覚醒していった。

水は青白くなって、ほとんど透明だ。

騒がしい音が聞こえた――モニターの音、人の話し声。

腹の中で何かが燃えるのを感じた。何かに腰を切りつけられ、肌がそぎ落とされていく。

筋肉が、神経が、骨がむき出しになるのを感じた。二度と自分で自分を認識できるような姿ではなくなっていることが、彼女にはわかった。

直視できなかった。直視するのは無理だ。カテリは沈もうとした。

その代わりに、水面に飛びだした。

彼女は目を開けた。

朝の日の光が病院の窓から差しこんでいるのが見えた。

カテリは機械を見た。マスクに覆われた顔がいくつも見えた。みんなが彼女を見つめている。

カテリは最初の自発呼吸をした――それから、悲鳴をあげた。身もだえした。そして、闘った。


午前九時十七分、大陸棚の端で、地震によるひずみと余震の力が高まって大地の耐久力を超えた。最初の断層とは別の断層に亀裂が入った。一方が持ちあがり、アラスカに向かって北にずれた。もう一方は沈み、カリフォルニアに向かって南にずれた。

この地震はマグニチュード6・7を記録した。

激しい揺れがワシントン州沿岸部を襲い、八十五秒間も続いた。ヴァーチュー・フォールズではひとり残らず倒れ、まだ壊れていなかったものもすべて壊れた。

地震が起きたとき、リゾートではマーガレットは自分のベッドの上から動けなくなった。ハロルドは階段から転げ落ちた。マーガレットはベルベットのベッドカーテンの下から必死に這いでた。ハロルドの義足は壊れた。

オナー・マウンテン・メモリー養護施設では、入所者たちがパニックを起こした。チャールズ・バナーは長めの発作を起こして硬直状態になり、入所者たちへの対応に追われた医療スタッフがそのことに気づいたのはしばらく経ってからだった。

津波が発生したが、第一波は西の海へ向かった。ハワイと日本の方角だ。ワシントン州沿岸に到達したのは、いくつかの小さな波のみだった。

国中が新しい映像を期待したが、エリザベス・バナーは今回の津波を撮影するのに失敗した。人々は文章で綴られた彼女の目撃談で満足するしかなかった。

そして修復が進んでいた施設や道路、ライフラインはすべて破壊された。電話は通じなくなり、ヴァーチュー・フォールズはまたもや世界から遮断された。

75

保安官事務所から来たモナ・コールマンはオーシャンヴュー・カフェの奥のテーブルのそばで立ちどまった。「あなたは地震の専門家よね、エリザベス。だったら教えて——今回の地震のマグニチュードは前のよりずっと小さかったのに、どうして私は怪我をしたわけ？」彼女の嫌みな笑顔は裂けた唇のせいでぞっとするような迫力があった。

この三日間で、ギャリックはその説明を百回は聞いていた。

しかし、エリザベスは根気強く説明を繰り返した。「断層には種類の違う亀裂があって、それぞれに起こす地震の種類も違うのよ。最初の地震は、基本的には縦揺れだった。シーツを振るような動きね。二度目の地震は横揺れで、ベリーダンサーが腰を振るような動きだったの」

「とにかくむかつくわ」モナはぴしゃりと言うとカウンターに向かい、天板を叩いた。「カプチーノひとつ、ここで飲んでいくわ！」

「モナがむかつくと言ったのは地震のことなのかベリーダンサーのことなのか、俺にはわからないな」ギャリックは言った。

「地震にむかつくなんて言ってもしょうがないのに」エリザベスが言った。「自然の力だもの」

「べリーダンサーにむかつくというのも意味がわからない」ギャリックはモナがシェフのダックスにサービスが悪いと文句を並べたてるさまを眺めた。「モナのあの偉そうな態度は見ていて痛々しいな。君を襲ったやつと同じぐらい卑劣だ」

「彼女はたしかに卑劣ね。あれで体格さえ一致していれば、事件は解決なんだけど」

ギャリックは声をあげて笑った。

エリザベスは至って真面目な顔をしている。

ギャリックはため息をついた。

三日間もオーシャンヴュー・カフェに陣取っていたので、彼はこの店の一日の流れを把握していた。今はランチが終わり、人々は飲み物や、ときにはチーズサンドイッチを求めてやってくる。もう少し遅くなるとディナーでこみあうようになり、チーズサンドイッチの注文も増える。夜にはポケットに携帯用のボトルを入れた酒飲み連中が次々に来て、一杯か二杯頼む。彼らがおとなしくしている限り、誰も気にしない。州のアルコール飲料委員会にご注進しようなどという者がどこにいる？　もしかしたら通りの先のバーにはいるかもしれないが、このところの地震で誰の電話もまともに通じないので心配ない。

この三日間で、ギャリックはいくつか興味深い発見をしていた。レインボーの行動は奇妙だった。シフト勤務をすっ飛ばし、好きなときにだけ現れてウエイトレスの仕事をしている。この前の地震で背中を痛めたと主張していたが、レインボーが――あるいは誰かが――噛んだらしき腫れあがった唇を除けば、彼女は健康そうに見えた。ブラッドリーとヴィヴィアンのホフ夫妻も来ていた。地震に襲われたとき、ヴィヴィアンは車を運転中で、目の前で道路が横にずれ、彼らは隙間に落ちた。ふたりは大げさなほど足を引きずり、もっと安全な場所に避難することもできたのにヴァーチュー・フォールズに残っているのだと、自分たちの義理堅さをアピールしている。

だまされやすい町の人々の中には、彼らに感謝する者もいた。

三日間、ヴァーチュー・フォールズはまたしても世界から隔絶されており、町の半数の人たちはトイレットペーパーが尽きてしまう不安を口にするようになっていた。

三日間、ほかに襲撃された女性はおらず、ギャリックの傷口はかゆくなり始めていた。エリザベスも用心しつつ腕を使えるようになっていた。あれから三日だ。ギャリックはミスティ殺しの真犯人を突きとめなければならなかった。これ以上の犠牲者が出る前に。

エリザベスが急にこぶしを突きあげ、彼を驚かせた。「インターネットに接続できさえすればいいのに！」

「俺もそう思う」ギャリックはペレスから例のハサミについての報告を受けていなかった。

「ちょっとしたことを調べたくてもできない。インターネットがないから！」

ギャリックはエリザベスのノートパソコンの画面をのぞいた。「何を書いているんだ？」

「外の世界との接触を断たれる前に、アメリカ地質学会から会報用の原稿の執筆を頼まれていたの。そこに二度目の地震に関する情報を書き足してるのよ。今年のうちに起こる地震はどれもつながっているひとつの包括的事象だとわかると思うから」

「学会から原稿を依頼されるというのは特別なことなんだろう？」

「ええ、そうね」

「彼らはアンドルー・マレーロには原稿を依頼しなかったんだな？」

「ええ、そうだと思う」彼女は曖昧にほほえんだ。しかし、その笑みもやがて消えた。「でもわからない。もう何日も、誰も彼の姿を見てないんだもの」

「そうだな……」ギャリックは椅子にもたれた。「マレーロも襲われて、隠れてるのかもしれない。だとしたら、俺たちの仲間だ」

「彼が殺されたのでない限りはね」

「誰に？」

「ベンにルークにジョー。みんなアンドルーのことを本当に嫌ってたわ」

「それはないだろう」ギャリックは声を潜めた。「マレーロは自宅にはいない。様子を見に行ったんだ。ドアを叩いても返事がなかったから、ピッキングして中に入った。誰もいなかった。マレーロが見つからない以上、やつが真犯人だと考えたところで何も進展しない」

「元気でいるといいけど」

「地震と津波に関する注目を君がかっさらってしまって、罪悪感を抱いてるのか?」

エリザベスが考えこみ、やがてうなずく。「そう、あなたの言うとおりよ。だからだわ」

相も変わらず正直だ。これでこそ彼のエリザベスだ。「俺たちにはまだフォスター保安官がいる。モナによれば、遺体安置所に通ってるらしい。母親の遺体がまだ置かれている場所だ。そこで愛する母親に話しかけてる」ギャリックはモナがカプチーノのカップを手に大股でドアから出て、通りを横切るのを眺めた。「これが狂気による犯罪なのだとしたら、フォスターはぶっちぎりで先頭を突っ走ってることになるな」

「わかるわ」エリザベスが体を震わせた。「あの人、怖いわ。その時が来たら、いつか爆発しそうな感じがする」

「それに、やつは銃を持っている」

「あなたもね」エリザベスが満足げに言った。

「あれはマーガレットに返した」

エリザベスが目をしばたたく。「ど……どうして?」

「マーガレットの銃だから。彼女はあれをうまく扱える」驚かせたくはなかったが、エリザベスには真実を話さなければならない。「マーガレットも自分の身を守る必要があるかもしれない」

「どういうこと？　トイレットペーパーを求めて町の人たちがリゾートを襲うとか？」これはエリザベス一流の冗談だろう……しかし、彼女は眉をひそめている。

「その可能性もあるな。この前の地震で、みんながちょっとおかしくなってる」間違いなく、モナが入ってくるたびにダックスの目はいっそう凶暴な光を帯びるようになった。「だが、トイレットペーパーのことじゃない。俺が心配しているのはフォスターだ。マイクの家に火をつけたのがやつだということは賭けてもいい」

エリザベスがノートパソコンの画面を閉じた。「保安官がリゾートを燃やそうとすると思ってるの？　そしてマーガレットが彼を撃つと？」

「ハロルドは銃の扱い方を知ってるが、彼には一本の脚しかない。ほかのスタッフは……自らの身を守ることに関して彼らがどれだけ有能なのか、俺は知らない。しかしフォスターがリゾートに何かしようとしたら、マーガレットは喜んであの男を殺すだろうってことは間違いない」ギャリックは腕時計をちらりと見た。「おっと、フラウンフェルターとの面会に遅れてしまう。もう出ないと」

エリザベスはノートパソコンをバックパックにしまった。「そういうことなら、マーガレットに銃を返してくれてよかったわ。でも、母を殺した真犯人が銃を持っていたら？　そいつがあなたを撃ったらどうするの？」

「その可能性は常にある。だが、犯人はハサミに執着してるらしい。そういうやつはこだわりを捨てないものだ」ギャリックは彼女のバックパックを取って、すばやく自分の肩にかけた。「そういうわけで、ホフ夫妻にも絶えず目を光らせておきたい」

「殺人犯として？　ふたりとも？」エリザベスはドアに向かった。

ギャリックはすぐあとについて通りへ出ると、陰気な様子で角にたむろしている数人の住民に目をやった。「あの女が君を脅してきたとき、ブラッドリーの邪魔をするなと言ってきたとき、俺にはわかった。ヴィヴィアンは無慈悲で、支配したがるタイプだ。もしブラッドリーが君のお母さんの愛人だったのなら、そしてヴィヴィアンがブラッドリーにミスティを殺せと言ったのなら、やつは言われたとおりにするだろう」

「つまり、ヴィヴィアンが裏で糸を引いてる可能性もあると考えているのね？」エリザベスは思いだして身震いした。「そうかもしれない。でも誰であれイヴォンヌと私を襲った犯人は……彼は誰かに言われたからやってるんじゃなくて、自分がやりたくてやったんだと思う。まあ、それがレインボーだったとしたら、〝彼女は〟と言うべきだけど」

「俺はレインボーだとは思わない。だが、俺がパンチを食らわしたのがレインボーだったとしたら、彼女の唇はたしかに腫れあがってる」ギャリックはエリザベスのためにピックアップトラックのドアを開け、乗りこむ彼女のすてきなヒップに見とれた。ふたりとも体が治ってきたのはいいことだ。テラスでギャリックが告白し、エリザベスが特別なことをして慰めてくれたあの日から、長い、とても長い時間が経っている。

エリザベスがギャリックを見おろした。「私の母を殺した真犯人については、私たちはまだスタート地点から一歩も動けてないわ」

「そんなことはない。君はお父さんの無実を信じてる。それに俺たちは有力な容疑者だったドクター・フラウンフェルターをリストから除外した」ギャリックはステップに足をかけ、エリザベスにキスをした。ゆっくりとしてあたたかな、安心させるようなキスだった。「この町では依然として緊張状態が続いてる。いやな予感がするよ。今にも何か起こりそうだ」

エリザベスはキスを返し、じれったそうに言った。「勘の話をしても意味はないわ。あなたの予感が重要な意味を持つと信じることに論理性はないの」

「そうかもしれないな」しかし、ギャリックは自分が正しいと知っていた。

とにかくなんとしてでもトム・ペレスと連絡を取ろう。この前の地震でエリザベスの携帯電話も通信不能になった。ギャリックは知りたかった。知る必要があった——ペレスはハサミを受け取っただろうか？　そして持ち手には誰の指紋がついていたのか？

それが判明すれば、この事件はまったく新たな展開を見せることになる。彼の予感がそう告げていた。

76

その晩、夕食を終えるとエリザベスは椅子から立ちあがった。「かまわなければ、もう部屋にさがらせて。このところよく眠れてないの。ドクター・フラウンフェルターは私の肩はずいぶんよくなったと言ってたけど、痛みと悪夢のはざまでゾンビになりそう」

「あなたがゾンビになるのはかまわないけれど、明日の夕食に脳味噌は出せないわよ」マーガレットが言った。

エリザベスはぎょっとして、思わず笑った。

マーガレットは頬を差しだした。「おやすみ」

エリザベスはマーガレットにキスをしてゆっくり歩いていった。ギャリックもじきに来るはずだ。エリザベスはシャワーを浴び、ショートパンツとTシャツに着替えた。

ギャリックがやってきたとき、彼女はテラスに出て柳のロッキングチェアに座り、片方の脚を体の下に折りこんで、日没を眺めながらほほえんでいた。ギャリックは隣のぶらんこに腰かけた。ハンサムで勇敢な、彼女の愛する男性が横にいる。今はそれで充分だ。

何本かの長い雲が薄くたなびいて、地平線に引っかかっている。雲はピンクに、それからオレンジに色を変えた。波がさまざまな色に輝き、さまざまな模様を描いては一秒で消えていくが、その絵はいつまでも心に刻まれる。

地震、悲しみ、変わってしまった人間関係。寄せては返す波のように、人生は移ろいやすく、ある日簡単に終わってしまう。それに気づかされたエリザベスは、これまで感じたことがなかったほど強く、この美しい一瞬一瞬を慈しみたいと思った。

太陽が大地に投げた最後の光に向かって片手を伸ばす。

ギャリックがその手をつかみ、自分の指を絡めた。ふたりは急速に暗くなってきた空に星々がきらりと顔をのぞかせるのを一緒に眺めた。

エリザベスは大きく息を吸いこんだ。「明日は仕事に行くわ」

ギャリックは彼女の体を気遣って不安を表明した。「まだ肩を伸ばしてはだめだろう」

「肩を伸ばすようなことはしないわ。ブラシと鉛筆よりも重いものは持ちあげないようにする」それは簡単に守れる約束だ。肩はよくなっているが、まだ完治してはいない。

「地面はでこぼこだ。転ぶかもしれない」

「転んでも悪いほうの腕をつかないと約束するわ」

ギャリックが長いため息をついてぶつぶつ言う。「なぜだ？　なぜ仕事に行きたがる？　地面を掘ることに対して君が抱いている情熱が、俺にはどうしても理解できない」

結婚していた頃に百回も説明したのにと思いつつも、エリザベスはもう一度言った。「地面を掘ってるんじゃないわ。発見よ。世界のルーツを見つけているの。それが……地質学というものよ」彼女は反論に備えて身構えた。

しかしギャリックは反論せず、代わりに言った。「俺に説明してくれるかい?」

以前の彼は一度もそんなふうに尋ねなかった。

エリザベスはギャリックを見た。ギャリックの顔を見ようとした。

けれども、ふたりは大陸の端に座っていた。光はハワイへ、極東へと飛んでいってしまった。ギャリックは輪郭と声でしか感じられない。エリザベスは空を指さした。「星を見るとき、私たちは宇宙の歴史を見てるの。石を握るとき、私は過去へとつながる窓をこの手につかんでる。ひとつの岩の曲線や大きさには、星と同じく永遠の約束が刻まれてる」

「それはすてきだ」

「私もそう思うわ」エリザベスはギャリックの指を握った。「ピックを使って岩を割るとき、私は預言者になる。私は過去を見る。未来を見る。世界がどこに向かっているか、どこにあったのかを知る。そしていつも必ず、もっともっと知りたくなる」

「俺の仕事はそういうのとは違う」ギャリックがどこか当惑したように言った。

「ええ。あなたは延々と続いてきた過去や、明日終わってしまうかもしれない未来に悩まされたりしない」エリザベスはふたりの仕事には相容れないものがあることに気づいていた。

昔からよく知っていた。「あなたは現実的な仕事をしている。現実の人々にかかわる仕事。あなたは人々の命を守る。あなたにとっては、今、ここ、というのが重要なの。あなたの行動のすべてが現在の世界に影響する」しかし、このとき初めて満足感を覚えながら言った。「でも、ねえ、知ってる？」

「何を？」

「父は言っていたわ。〝ヴァーチュー・フォールズは海岸沿いの、津波が急速に高まる場所にある。ときに津波は警告なしにやってくる〟と。それを信じる人もいた。そして私がもう一度そう言ったら、人々は私の言葉を信じた。ネイティヴ・アメリカンの伝説ではなく、迷信でもなく、私の言葉を。それは私が科学者だからよ」エリザベスは誇らしい気分だった。「だから、私も人々の命を守ってるの。すてきなことだわ」

ギャリックがずっと黙っているので、エリザベスは最初、彼が笑いをこらえているのだろうと思った。それから、ギャリックが眠ってしまったのだろうかと考えた。

ふと、彼女はひんやりしたそよ風が海から吹いていることに気づいた。ギャリックの手を放し、彼に見てもらおうと差しだした魂のかけらをかき集めるように腕組みする。

沈黙の時間は水平線と同じくらいどこまでも続くように思えたが、やがてギャリックはぶらんこをおりて、エリザベスの足元にひざまずき、彼女の指をつかんで口づけた。「君はすばらしい女性だ」立ちあがると、エリザベスも立たせて自分の腕の中に引き寄せた。彼女を抱きしめ、彼女を揺さぶった。「君は永遠を見ている。そして、君は命を守る。それは俺が嗅ぎまわっている、人生のくそみたいな事柄なんかよりはるかにすばらしいことだ」

思いがけない賞賛と愛情あふれる言葉に、エリザベスはどう返事していいかわからなかった。

ギャリックのあたたかな香りはなじみ深い安心感と新しい思い出を与えてくれた。ギャリックの体がエリザベスをあたため、海風の冷たさを吹き飛ばしてくれた。彼女が長く感じていた孤独も。「あなたは私のしていることが全然好きじゃなかったわね」

「だが、いつだって君のことが好きだった」ギャリックが片手でエリザベスの顎をつかんで頭を後ろに傾け、彼女の首に、肩にキスをした。それから一瞬、愛と敬意を示すように自分の頭をエリザベスの肩に預けた。

エリザベスは両腕をあげてギャリックの肩を包み、完全に彼に向き直った。「私もあなたが好きよ。愛してるわ」

ギャリックはいっそうエリザベスを近くへ引き寄せ、ふたりの体を合わせた。両手をTシャツの下に滑りこませて彼女の胸を見つけ、その重みを両手で量った。そっと胸の頂をつまみ、ゆっくりとしたリズムで動かすと、エリザベスの呼吸がより深く、より激しくなった。

セックス。ギャリックはセックスを求めている。エリザベスも気持ちは同じだった。

「君なら理解してくれるであろう愛の言葉を語らせてくれ」ギャリックが頭を傾け、彼女の耳に語りかけた。「君は火山を思わせる。そう、まるでヴェスヴィオ火山のようだ——雪をかぶった山頂が予告もなしに爆発して炎と煙を巻きあげ、周囲のすべてを覆い尽くす」

「まあ……」エリザベスはかすれた声で言った。まるで詩を朗読するようなギャリックの口調が気に入った。そして、ギャリックの片手が胸から彼女の腿の内側へと動いていくのも。彼の指がショートパンツの裾からエリザベスの肌をかすめる。親指がショーツを持ちあげて、内側に滑りこんだ。

エリザベスは息を詰めた。

ギャリックが言った。「君が俺を……イカせるたびに少しずつ死んでいけるなら、俺は幸運だ」

エリザベスは大声で笑いだした。「あなたがいやらしい話をするのが私は大好きよ」脚をギャリックの腿に絡め、体をいっそう近づけた。

ギャリックの指が彼女の敏感な部分を優しく愛撫する。「俺は君の熱い溶岩が大好きだ」

「私は……」エリザベスは息を止め、頭を働かせた。「あなたの火砕流が大好きよ」

ギャリックの指が止まった。「それがどういう意味かわかってたら、同じくらい気のきいたしゃれを返すんだが」

エリザベスは考えるよりも先にしゃべっていた。「火砕流は火山が突然、熱い泥とガスを爆発させたときに山肌を駆けおりる流れのこと。流れていく途中ですべてのものを焼き尽くすの。そのスピードを決めるのは——」

ギャリックは口をエリザベスの口に押しつけ、可能な限り最も親密なやり方で彼女を黙らせた。

それから一時間のうちに、エリザベスは思いだした。肉体を焼き尽くす熱に包まれ、ふたりの精神だけが残されてひとつに溶けあうのがどういうことかを。

77

デニス・フォスター保安官は郡庁舎のアマチュア無線機のそばに座り、ジョン・ルダの泣き声を聞いていた。

むせび泣く合間に、ジョンは繰り返し語った。「トラックはドライブインに置いてくるべきだった。家に帰るべきだったんだ。でも、俺は勝ったんだよ……ポーカーで勝ったんで、イヴォンヌをリノに連れていってやろうと思ったんだ。ギャンブルをやって、ショーを見たりするんだ。イヴォンヌが仕事で相手にしてる頭がどうかした連中から離れて、休みを取らせてやろうって。彼女が不平を言ったことはなかった、でも、神よ……神よ。なあ、本当にイヴォンヌなのか？」

「ジョン、気の毒だが、そうだ。間違いない」今日の夜明け頃にソフィ・チコレッラの二匹の犬が、ベガーズ・クリークの川岸の木にイヴォンヌの遺体が引っかかっているのを見つけた。

しかし、二度目の津波で流れ着いたのだ。喉を切り裂かれ、髪は切られ、目はくり抜かれていた。それはたしかにイヴォンヌだった。

二十三年間、デニスはミスティ・バナー殺人事件に関する自分の捜査は正しかったと主張してきた。犯人の有罪を証明するためにできることはすべてしたと確信していた。

だが、これ以上自分を欺くことはできない。あのくそガキのギャリック・ジェイコブセンは正しかった。デニス・フォスターは有罪だ——少なくとも証拠を隠匿した罪で。デニスはFBIからの通知を投げ捨てたのだ。しかし、そこに何が書かれているのかは知っていた。

そして、イヴォンヌが殺されたことが何を意味するかもわかっていた。

犯人はサンフランシスコにはいない。サンディエゴにも、カナダのバンクーバーにもいない。人殺しはこのヴァーチュー・フォールズにいる。

デニスは両手を見おろした。

その殺人犯が今、この椅子に座っていないという確信が彼にはなかった。

ギャリックはリゾートの正面玄関から外に出た。そこにエリザベスがいた。彼のピックアップトラックの助手席に座り、バックパックの中をかきまわしている。ハミングしながら、発掘作業に持っていくものを点検していた。とても楽しげで、自信に満ち、幸せそうだ。彼はとうとう、避けられない結論を認めた。

エリザベスはギャリックを愛するのと同じぐらい、地質学を愛している。ギャリックが好むと好まざるとにかかわらず、エリザベスは毎日仕事に行く。そのことは認めるしかないだろう。そして、彼も科学のその分野に夢中になったほうがいいかもしれない。なぜなら、それは永遠にギャリックの人生の一部となるのだから。そして、どうやって生計を立てるか考えたほうがよさそうだ。なぜならギャリックはヴァーチュー・フォールズで生きることになるのだから……エリザベスとともに。

これは彼の一方的な思いこみではない。ミスティ・バナー殺しの真犯人捜しにはエリザベスも全面的にかかわっている。ギャリックには証拠が不足していて、エリザベスは論理的に考えて彼が過剰反応していると確信したに違いない。だが、それでも彼女はギャリックの直感に従ってきたのだ。

エリザベスがギャリックを見てほほえんだ。

いや、それだけではない。エリザベスは輝いていた。なぜならギャリックが近くにいるからだ。

こんなにすてきなことがあるだろうか？

ふたりはどういうわけかうまくいかない夫婦だった。これからも、喧嘩し、笑い、話し、愛することに変わりはない――しかし、これからはいつまでもずっと一緒にいるだろう。

ギャリックはほほえみ返した。陽光輝く駐車場を横切って運転席まで行くと、彼女にキスをして今後のふたりの人生について話そうと思いながらドアを開けかけた。そのとき、ポケットが震えた。一瞬、なんの音かわからなかった。それから携帯電話を引っ張りだして画面を見つめた。着信を知らせている。この郡内からの電話だ。

ギャリックの携帯電話はつながっていた。「電話が通じる」彼は言い、それから大声で叫んだ。「俺の電話が通じてる！」

エリザベスがにっこりした。「私のもよ。電話に出ないの？」

「そうだった」ギャリックは電話に出た。「もしもし？」

「ええと、その、フォスター保安官だ」間が空いた。

ギャリックの顔から笑みが消えた。「なんだ？」

「できるだけ早く会って、話したいことがある」沈黙がおりた。「郡庁舎で待ってる」

「なるべく早く行く」ギャリックは電話を切った。

デニス・フォスターの口ぶりは、とうとう、すっかり、完全に頭がどうにかなってしまったかのようだった。

ギャリックは何が起きても大丈夫なように準備していこうと決めた。

彼が手の中の電話を見つめていると、画面にメールの文面が現れた。ギャリックが銃を口にくわえて自殺を考えたあの日のメールを皮切りに、次々と文字列が立ちあがる。その数は増える一方で、彼はただただ困惑するばかりだった。それから、思わず笑った。あんなに世界とふたたびつながりたいと願ったじゃないか。これはその罰だ。

ギャリックは助手席のドアのほうへ歩いていった。「FBIの上司に問いあわせたいことがある。電話が通じるうちにやっておきたい。待っていてくれるかい？」

エリザベスはバックパックを肩からさげて、ピックアップトラックを飛び降りた。

仕事に行けると考えてほほえんでいたのと同じ、あの幸せそうな笑顔で彼女は告げた。

「あなたにヴァーチュー・フォールズ中を連れまわしてもらうのもとても楽しかったけど、今回は私が自分で運転するわ」

おいおい。「なんだって？　どこへ？　どうやって？」

「まず、父に会いに行く。それからオーシャンヴュー・カフェに行って、コーヒーを買う。それから仕事に行く。自分の車でね」ギャリックは愕然としていた。エリザベスもそれは承知のうえで、愉快さと不機嫌が入りまじった表情で彼を見ている。彼女はバックパックから自分の車のキーを取りだし、ギャリックの顔の前で振ってみせた。「私が運転できることは知ってるでしょう。それもかなりうまいのよ。私はカリフォルニア出身だもの。あの町では速く走れないと生き残れない」

「それは知ってる。だが――」

「わかってる、危険だってことは」エリザベスはギャリックに近づいて、体と体をくっつけた。「殺人犯が野放しになってるんだもの。心配しないで。私は携帯電話を持ってる。あなたも持ってる。今や電話は通じるようになった。つまり、この広い世界のどこかに修理してくれている人がいるということだわ」

「携帯電話なんかで俺が安心すると思うのか？」

「連絡を入れるわ。あなたも連絡して。私たちはいつだって連絡を取りあえる。充分気をつけるわ。約束する」エリザベスは爪先立ちになってギャリックの唇にキスをした。

ギャリックはエリザベスのウエストに片腕を巻きつけ、彼女を抱きしめた、もう決して放さないというように。そしてエリザベスにキスを返した。

それから彼女を解放した。

「私は気をつけるって約束したわ。さあ、あなたも気をつけるって約束して」エリザベスはほほえんだが、その目は不安そうだ。

「そうする」ギャリックはエリザベスが自分の車に乗りこんで走り去るのを見つめた。

駐車場の真ん中に立ったまま、彼はトム・ペレスに電話をかけた。この事件に早く片をつけなければならない。エリザベスにこれ以上危険が及ぶ前に。

電話はつながらなかった。

ギャリックは激しく毒づいた。

しかし、電波の受信状況を示すアンテナは三本立っている。電波は来ているのだ。

メールソフトを開き、ペレスから連絡があったかどうか見てみた。

メールは届いていた。

一通目は二度目の地震が起きた日の朝だった。件名には〝ハサミ〟とあった。〝ヘリコプターの野郎の家に捜査官をやって、仕事に出かけるところを捕まえた。思いっきり脅かしてやったぞ〟

「よし」ギャリックはつぶやいた。

〝やつは前の晩に荷物を投函したそうだ。郵便局の前のポストに入れたと。それが嘘なら大変なことになると脅すと、男は本当だと言い張った。今はアメリカ合衆国郵便公社（USPS）がまともに仕事をしてくれるのを待ってるところだ〟

ギャリックは昨日付のメールを見た。〝ハサミが届いた。鑑識にどの事件の証拠か伝えた。ハサミの先端にこぶがあり、鑑識員いわく、これはわれわれにとって聖骸布（せいがいふ）（キリストの聖遺物のひとつで、磔にされて死んだあと、遺体を包んだとされる布。キリストの風貌を写したという）のように貴重なものだそうだ〟

そして、今朝のメール。〝ハサミの持ち手に、殺害時に握った指紋あり。チャールズ・バナーのものとは一致せず、該当者もなし。だが、サンフランシスコで起こった殺人事件で採取した指紋の一部と一致した〟

ギャリックは返信した。〝こっちの携帯電話に、至急FBIの安全なネットワークをお願いします〟

ソフトウェアが出現した。ギャリックはパスワードを使ってログインし、メッセージを打った。〝どの殺人事件です？〟

〝直近のシザーハンズだ〟

携帯電話の上で指が止まった。彼は画面を見つめ、文章を打ちこんだ。〝どういうことです？　ミスティ・バナー殺しが連続殺人犯の仕業だっていうんですか？〟彼の脳の中にさまざまなピースが集められ、そのどれもがぴたりとおさまった。そうだ、シザーハンズ。ブロンドの母親とその子どもたちを手にかけ、子どもたちの手足を切り刻む連続殺人犯。

ペレスから返信が来た。〝やつは子どもたちの目をくり抜いている〟

ギャリックの頭がフル回転した。〝たしかに。子どもたちは目がなければ、犯人のやることを見ることはできない〟

ペレスは同意した。〝頭がどうかしたげす野郎なら、そう考えるだろう〟

〝これはすべてミスティ・バナー殺しにつながってます〟ギャリックはピックアップトラックに向かって駆けだした。

彼はトム・ペレスが最後に送ったメッセージを見ていなかった。〝何かわかったらすぐに連絡しろ。ヴァーチュー・フォールズに捜査官を派遣する用意はできている〟

78

天気のいい日には、オナー・マウンテン・メモリー養護施設の入所者たちは外に出ることを奨励されていた。医療スタッフに見守られながら、彼らは建物の正面から脇にかけて続く庭の小道をそぞろ歩いた。エリザベスはそこでチャールズを見つけた。ベンチに座り、あふれ返るように咲いているバラを見てほほえんでいる。

「お父さん」エリザベスは父の頭のてっぺんにキスをした。

チャールズがエリザベスを見つめた。いつもするように、彼女を思いだそうとしている。それから顔を輝かせた。「エリザベス！　会えてうれしいよ」

エリザベスはにっこりした。父が彼女を認識してくれた日はいつだっていい日だ。エリザベスはベンチの父の横に腰かけた。「津波の録画を見たい？」

「今日はやめておこう」明らかに、何度となく録画を見たことは覚えているらしい。「津波のあと、研究がどこまで進んだのかと思っていたんだ」

「谷の？」彼女は興奮した。「すばらしい発見がいくつもあるのよ。海洋生物学者に深海から運ばれてきた生物の残骸を見てもらえば、科学界の新たな分野が盛りあがるわ」

「おまえは何を見たんだい?」チャールズは娘に向き直り、ブルーの目をきらめかせた。

「この前の発掘で」エリザベスが襲撃された日だ。「日本の沖合でしか観察されていないエビを見つけたわ。ほら」ノートパソコンを取りだして写真を見せた。

チャールズが眉をひそめた。「よく見えないが……」

「霧が発生して、充分な明かりがなかったのよ。私、うっかりしていて……」エリザベスはノートと鉛筆を引っ張りだした。「腹部の遊泳脚には、ワシントン沖で普通に見られるエビにはある関節がなかったわ。そう、こんなふうに」絵を描いてみせて、眉をひそめた。「違うわ。こんな感じかしら」彼女はまた描いた。「これも違うわ。ここにはもうひとつ関節があって……」

チャールズが笑った。「おまえの絵の才能が誰譲りかは知っているよ」

エリザベスは問いかけるように父を見た。

「私だ」チャールズは自分の胸を叩いた。

「そうなの? でも、私が子どもの頃に描いてくれた絵はとても上手だったわ」

「私の絵じゃない」チャールズはまた笑った。

「ええ」エリザベスは自分がなんの話をしているかわかっていた。「お父さんはブラッドリー・ホフの絵画教室に通っていた」

「おまえのお母さんは絵が上手だったが、私はひどいものだった」父も自分がなんの話をしているかわかっていると思いながら話しているようだった。

「そうでもないわ。見て」アルバムを引っ張りだすと、エリザベスはぱらぱらとページをめくった。「お母さんが私を描いてくれた絵よ。ちょっといびつで、片方の目がもう片方の目よりも高い位置にあるわ。でも、私はこの絵が好き」指で紙の端をいじり、またページをめくった。「これはお父さんが描いたお母さんの絵。鉛筆と木炭で描いたスケッチだけど、とても生き生きしてる。お母さんの本質をとらえてるわ。ほのかな悲しみを覆い隠す幸せなほほえみ。お母さんは……優しそう。愛情いっぱいに見えるわ」

チャールズの手が絵の上をさまよい、指が震えた。「それがミスティだ。まさにそうだった」父は手を引っこめた。「だが、この絵は初めて見る。私が描いたものじゃない」

「ほかに誰が描いたっていうの？」

チャールズは絵を見つめた。感情が抜けたその表情は、まるで葉がすっかり落ちてしまった冬の枯れ木のようだ。

エリザベスはもう一度尋ねた。「ほかに誰がこの絵を描いたっていうの？」

チャールズは視線をあげ、それからそらした。「ほかの生徒の誰かだろう」

「そんなの嘘よ。ほかの生徒がお母さんのこんな絵を描くわけがない。こんな……こんな完全な、完璧な絵を。描いたのはお父さんのはずよ」そうでなければおかしい。

「誰もがミスティを愛していた」

エリザベスはうなずいた。「もちろんよ。よく、そう聞かされるわ」

今の父にその絵は描けないかもしれない。しかし、父はアルツハイマーを患っている。父は忘れてしまったのだ。

この絵を描いたのは私の父だ。

父でなければならない。なぜなら……ほかの誰にこんな絵が描けるというのだろう?

ギャリックは『続・夕陽(ゆうひ)のガンマン』に出ていたクリント・イーストウッドのように卑屈で狂気に満ちた正義漢になったつもりで、ヴァーチュー・フォールズの郡庁舎に大股で入っていった。

79

フォスターはその態度に気づいたに違いない。ギャリックが近づいてくるのを見ると、すばやく立ちあがった。

ギャリックは胸と胸がぶつかるくらい詰め寄った。「ふたりだけで話したい」

フォスターはモナにちらりと目をやり、奥に向かって親指を突きたてた。「証拠保管室だ」歩いていきながら尋ねた。「あそこに忍びこむ方法は知ってるんだろう？」

ギャリックは沸騰しそうな怒りをこらえた。「いいや。だが、マイクは知っていた。マイク・サンのことは覚えているな？　あんたがマイクの家に火をつけたんだ」

フォスターがはじかれたようにギャリックから離れて怒鳴った。「黙れ。黙れ！」

大きな部屋の話し声がぴたりとやむ。誰もがこちらを見つめていた。

フォスターはすばやくあたりを見まわし、ふたたび奥へと歩みを進めた。狭いドアの鍵を開けると、脇にどいてギャリックを中へ通した。

「先にどうぞ」ギャリックは言った。

フォスターは歯をむきだしたが、先に部屋へ入った。

雑多なものが置かれた証拠保管室はかび臭いにおいがした。エアコンがなく、海に近いこのあたりでは空気が湿っているせいだ。棚はどれも満杯だが、白い箱がひとつ床に置かれ、蓋が開いていて中は空っぽだった。箱には〝バナー事件〟と書いてあった。

ギャリックは攻撃に備えて両手を空けておいた。

フォスターは血走った目でうつろにギャリックを見ただけだった。「なぜおまえを呼んだのか、不思議に思ってるだろうな。よりによってこの俺が」

ギャリックは怒りを爆発させた。「なぜ呼んだかなんてどうでもいい。マイクがバナー事件の証拠をつかんだことをあんたは知ってる。あのハサミはFBIに送って調べさせた。不明者の指紋、殺人犯がハサミに残した指紋だ。それがサンフランシスコの殺人事件現場に残された指紋と一致した。シザーハンズと呼ばれる連続殺人犯だ」

フォスターの目は濁ったままだった。彼は何も言わなかった。

「あんたは……知ってたんだな」ギャリックは信じられない思いだった。そして激怒していた。「あんたは知ってた」

「知らなかった。疑ってはいたが」フォスターは目を伏せた。「イヴォンヌ・ルダの死体がベガーズ・クリークに打ちあげられた」

ギャリックは後ろによろめいた。「なんてことだ。イヴォンヌが？　俺はイヴォンヌに言ったのに……彼女にはあの犬がいた。銃もあった。どうして……？」

「知らん」

「犯人はイヴォンヌの顔見知りってことか」

「そうだ」

ギャリックはこぶしを握った。「ヴァーチュー・フォールズに連続殺人犯が野放しになってる。十人あまりの女性とその子どもを殺したやつだ。そいつがチャールズ・バナーとその娘を狙っている。邪魔する者は殺される——なのにあんたは気にしなかった」

「気にしている」

「あんたが気にするのは自分の評判だけだ」

保安官は唇をなめた。「もっと悪い。俺には、やったのが自分ではないという確証すらない」

その言葉を聞いて、ギャリックは一歩前に踏みだした。「あんた、何を言ってるんだ？」

「どこであれ殺人事件が起こると、そこに俺がいる」フォスターは一瞬黙りこみ、ごくりと唾をのみこんだ。「俺はその女性たちに近づき、彼女たちと子どもたちを殺し、誰にも知られることなく捜査会議に出ることができた」

「でも、あんたは自分がそうしなかったことを知ってる」

フォスターが目をしばたたいた。「記憶がないんだ。俺は眠り、夢を見る。そして目を覚まして数日か数週間経つと、また別の女性が殺されたと聞かされる」

「あんたの話はわけがわからない」それこそ狂気の定義だとギャリックは思った。だが、これは狂気なのか？　それともデニス・フォスターの自己弁護のための言い訳か？

「俺は女が好きじゃない。女を好きになったことは一度もない。あの甲高い声も、やわらかい体を投げだして男をとらえるあのやり口も」吐き気がすると言いたげに、フォスターが唇をゆがめる。「女は邪悪だ。男を滅ぼすために神が創りたもうた。われわれは女を家畜のように扱うべきだ。それなのに、男は女を褒めそやす」彼は自分の手を見た。「だから、俺にはそれができたはずだ。何もかも俺にはやれたはずだ」

「あばらを見せろ」ギャリックは言った。

「なんだって？」

「あんたのあばらを見せろ」

一瞬、フォスターは拒否しそうな気配を見せた。それから顔をゆがめた。彼はベルトの下からシャツを引き抜いて持ちあげ、なんの傷跡もない青白い肌を見せた。

「俺はあの人殺しを思いっきり蹴ってやった」ギャリックは言った。「うぬぼれるな。あんたは犯人じゃない。あんたはよき保安官になるために必要なものを何も持っていなければ、連続殺人犯になるのに必要なものも持ってない」

フォスターはやっと生命の輝きを取り戻した。彼は銃に手を伸ばした。

ギャリックはアッパーカットを放った。フォスターがのけぞり、金属製の棚へと倒れこんで白い箱がひっくり返った。フォスターは数々の証拠のシャワーを浴びて尻もちをついた。ギャリックはかがみこんでフォスターの襟をつかみ、頭と肩を引き起こした。そして彼の顔めがけて言った。「頭の中で勝手な自分像を作りあげるんじゃない。あんたは自分の母親を殺した。あんたはサンの家に火をつけた。女性たちとその幼い子どもたちが最も恐ろしい方法で殺された事件の証拠を隠した。それで充分だ。もうたくさんだ。その罪を抱えて生きていけ」

80

エリザベスはカウンターのところに立って両手でコーヒーカップを握りしめ、信じられないという顔で首を振った。「どうやって彼女は殺されたの？」

「私の知る限りでは」ミセス・ウバックは言った。「二度目の津波にさらわれて溺れたらしいわ」

「あなたはそう信じてるけどね、ポリアンナ。私は彼女が喉を切られ、目をくり抜かれていたって聞いたよ」ミセス・ブラニオンが薄笑いを浮かべた。「そんなことをするのは誰だろうね……エリザベス・バナー？」

エリザベスは悟った。この年配の女性はエリザベスを殺人犯呼ばわりしているのだ。友人を殺して体を切り刻むような人間だと。怒りがエリザベスの体を駆けめぐった。こんなふうにあてこすられる覚えはない。エリザベスはいつもの穏やかな態度には似つかわしくない鋭い口調で言った。「イヴォンヌ・ルダは私の父の看護師で、私の友人だった。彼女が本当に亡くなったのなら、私は心の底からその死を悼むわ。イヴォンヌの死をゴシップのネタにしないで」

「そうよ、もっと言ってやって」ミセス・ブラニオンがすばやく振り向いてにらみつけた。

ミセス・ブラニオンの娘が言った。

「お母さん、今の言葉はひどいわ。イヴォンヌが亡くなったその日に、そんなことを言うなんて……」フランシスはポケットからくしゃくしゃのティッシュペーパーを出して鼻を拭いた。「本当にひどい」

オーシャンヴュー・カフェはショックと悲しみを分かちあう人々であふれていた。電話を取りだしてぼんやり見つめ、メールを打ったり、また画面を見つめたりして座っている。ときどき思いだしたように会話が始まった。これが本当のことだとは知らない、信じない、考えたくもない友人たちはひそひそ声で話した。

ノア・グリフィンの姿は見えなかった。イヴォンヌの名前を記事に載せて殺人犯に教えてやったのは彼なのだ。遅かれ早かれ、そのことを非難する声があがるだろう。

ブラッドリー・ホフはカウンターの端のスツールに座り、干からびたチーズサンドイッチをつついていた。彼は視線をあげ、きっぱりと言った。「最初に告げられた、イヴォンヌが津波で溺れたという話こそが正しい情報ですよ。そのほかの彼女が殺されたという情報は未確認です。だから、思いだしましょう。ここヴァーチュー・フォールズでは平穏なときでさえ、われわれは世界から完全に切り離されているのだということを。われわれは互いを家族のように思いやる必要があるのではありませんか」

周囲の人々がいっせいにうなずいた。この町では、ブラッドリー・ホフは多くの敬意を集めている。

エリザベスは彼の援護に感謝した。彼はほかの誰にもできない方法でミセス・ブラニオンを黙らせてくれた。この年配の女性は今はコーヒーをかきまわしながら何やらつぶやいてはいるが、ひとまずおとなしくなった。

エリザベスの顔のほてりがおさまった。彼女は隣のスツールに置いてあったバックパックの中に手を入れて、携帯電話を引っ張りだした。

携帯電話は通話可能だった。おかげで自分は安全だという気持ちになった。この広い世界で誰かとつながれる限り、太陽も吹き飛びそうなほど苦い悲しみさえも乗り越えられる気がする。

そのとき、ギャリックが店に入ってきた。太陽を運んできてくれたかのようだ。しかし彼の顔は真剣で、痛くなりそうなほど指の関節をもみしだいている。

エリザベスはコーヒーを置いてギャリックのもとに駆けつけた。「本当なの？」静かに尋ねた。「イヴォンヌは亡くなったの？　殺されたの？」

ギャリックはエリザベスだけに聞こえるように言った。「そしてズタズタにされた。おしゃべりモナから詳しく聞いたよ」

ミセス・ブラニオンが割って入り、彼女の声で全員がギャリックとエリザベスに注目した。

「私たちには知る権利がある。イヴォンヌ・ルダは殺されたのかい？　この町に殺人犯がいます」

ギャリックはうなずいた。「皆さん用心してください。この町に殺人犯がいます」

カフェは静まり返った。立っていた者は座り、座っていた者は立ちあがった。

ギャリックは厳粛に言った。「犯人は卑劣で狡猾です。俺がイヴォンヌと話をしたとき、彼女は武装していました。銃を携帯していたし、犬もいた。それでも襲われて、無情にも殺されたんです。これはどんなにきつく言っても足りません。女性たちは特に身の安全に気をつけてください。犯人はよそ者じゃありません。われわれの知っている誰かです」

誰もが周囲を見まわした。そうすれば他人の心に潜む悪が見つかるとでもいうように。

「イヴォンヌは……彼女の目は……？」フランシスは口ごもり、ついには黙った。

ミセス・ブラニオンが無遠慮にきいた。「イヴォンヌの目はくり抜かれていたのかい？」

ギャリックは言った。「ええ」それだけ。そのひと言だけ。しかし、それが全員の恐怖をあおった。

「助けあうために、われわれにできることは？」ブラッドリー・ホフが尋ねた。

「ネットワークです。近所の人の様子を見て、連絡を取りあってください」ギャリックは携帯電話を掲げて皆に見えるようにした。「皆さん、通話機能は戻りましたか？」

答えはさまざまだった。「たいていの時間は」「だめよ」「ときどきはつながる」「今朝からはずっと安定してるわ」

「状況はおおむね良好のようですね」ギャリックは言った。「事態は改善されつつあります。われわれは以前ほど孤立してはいない。犯人を必ず逮捕します」

ギャリックがヴァーチュー・フォールズの住民たちを鼓舞しているのを見ながら、エリザベスの胸に賞賛の念がわきあがった。ギャリックはいい人だ。過去から学ぶことができる人。リーダーシップを求められ、難なく人々を導いている。エリザベスは彼の強さとその人柄に敬意を抱いた。それ以上に、ギャリックを愛していることを改めて実感した。

ブラッドリーがスツールから滑りおりた。「ギャリック、君の携帯電話の番号を教えてもらえないか？　私は人の表情を読み取るのがかなりうまいんだ。職業病とでもいうのかな。観察していて、疑わしいことに気づいたら君に知らせよう」

ギャリックは体をひねって振り向き、ブラッドリーをしげしげと見た。

エリザベスはギャリックが何を考えているかわかった。ブラッドリーは容疑者のひとりだ。それでも……彼の申し出を受けて何か問題があるだろうか？　ブラッドリーが無実の人に罪を着せるつもりなら、それが間違いだと証明するのはたやすいだろう。それに、それが手がかりにもなる。そしてもしブラッドリーが本当に人の心に潜む悪を見抜けるなら、それも大いに役立つだろう。

「エリザベス、何か書くものを持ってないか？」ギャリックがきいた。

エリザベスはメモ帳を取りだし、ペンとともに差しだした。

ギャリックは名前と番号を書きつけ、ページを破り取ってブラッドリーに渡した。

「私もあなたの番号をもらえる？」フランシスが尋ねた。「もしものときのために」

「もちろんだ」ギャリックは番号を書いてフランシスに渡した。

ダックスがカウンターに肘をついてかがみこんだ。「俺ももらっておくよ。このカフェの前を通るものはすべて俺の目に入る。何か気になることが出てくるかもしれない」

「たしかに」ギャリックは言った。

気の毒なギャリック。誰もが彼を知っている。誰もが彼を信頼している。

ブラッドリーが戸惑った顔になった。「私はとんでもないことを始めてしまったな。そうだ……私が君の番号を書き写して、ほかに欲しい人に渡そう」

「それがいい。ありがとう」ギャリックはメモ帳とペンをブラッドリーに渡し、向きを変えようとしてまた彼のほうを見た。「奥さんは？　ヴィヴィアンはどこです？」

「家にいる。アトリエでヴァーチュー・フォールズの宣伝の準備をしているよ」ブラッドリーは紙にギャリックの番号を書きつけて破り、それをダックスに渡した。

「あなたも忙しいでしょうが、様子を見に戻ってあげてください。どういう事態になっているか教えてあげないと」ギャリックは言った。「奥さんは女性で、ひとりでいる」

ブラッドリーは驚き、それからおもしろがるような顔になった。「殺人犯がヴィヴィアンよりも賢くてすばしっこくて強いなら心配もするが、私は彼女が勝つほうに賭けるね」

「用心するに越したことはないわ」フランシスは目に涙をためてブラッドリーの腕にそっと手を置いた。「私はイヴォンヌと一緒に学校へ通っていたんです。それが、考えてもみて。イヴォンヌが刺されて、そして……そして……彼女の目が……」

「君の言うとおりだ」ブラッドリーは片手をフランシスの手に重ねた。「ここでやることが終わったら、すぐにヴィヴィアンに連絡するよ」

ギャリックがエリザベスの腕をつかんだ。「ちょっと来てくれ。話がある」

ブラッドリーはメモ帳を掲げた。「エリザベス、ギャリックの番号を欲しい人に書いて配り終えるまで、これを預かっていてもかまわないかな?」

「もちろん。また戻ったときに受け取ります」

ギャリックは彼女を外に連れだした。

「全部本当のことなの?」エリザベスが尋ねた。「イヴォンヌのことだけど。津波にさらわれたんじゃないの?」

「犯人が殺して海に投げこんだ。津波がイヴォンヌを押し戻したんだ。二度目の地震が起こって津波が彼女の体を木に引っかけることまで、やつが想定していたとは思えない」

「ああ、なんてこと」エリザベスは気分が悪くなった。

「どうやって犯行に及んだのかはわからない。イヴォンヌの家には犬がいたし、銃も持っていたはずなのに」ギャリックは人でごった返すカフェにちらりと目をやった。「犯人はイヴォンヌの顔見知りだったんだ。そうでなければおかしい。レインボーはどこだ？」

「今日は働いてないわ」

「誰かマレーロを見た者は？」

「いいえ。彼からはなんの連絡もないの」通りには誰もいなかったが、エリザベスは声を低くした。「ブラッドリー・ホフはどう？　もし彼がやったのだとしたら、かなり大胆だわ。みんなの前に堂々と顔を見せて助けを申してるなんて」

「もしブラッドリーが犯人なら、やつはそんな自分を楽しんでる」ギャリックの顔が木と石でできた彫刻のようにこわばった。「殺人犯は犯行のあとの騒ぎを観察するのが大好きだ」

エリザベスは寒けを覚えて両腕をさすり、窓の向こうをちらりと見た。

ブラッドリー・ホフが彼女を見ていた。

ブラッドリーのことは好きじゃない。エリザベスはそう結論をくだした。彼のことは全然好きじゃない。それに父が言っていたこと……もしそれを信じるとしたら……。

「話はまだある」ギャリックは片手をエリザベスの肩に置き、マイク・サンがどうやって彼のために証拠を盗みだしてくれたかを話した。自分がブラッドリーのヘリコプターのパイロットを使ってヴァーチュー・フォールズからハサミを持ちだしたこと、ＦＢＩが指紋を調べたこと、そしてハサミに付着していた指紋の一部がサンフランシスコで起きた殺人事件と一致したことも話した。

「それってどういう意味?」エリザベスは尋ねた。「私の母を殺した犯人がサンフランシスコにいたってこと? そして今はここにいるって?」

「一部が一致したその指紋はシザーハンズと呼ばれる連続殺人犯のものだ」

彼女は理解しようとした。「連続殺人犯? 母は連続殺人犯に殺されたというの?」

「正しいプロファイリングをするなら、そいつが初めて殺したのがミスティだったんだろう。彼女から始まったんだ。今やそいつはブロンドの女性たちを狙って殺してる。幼い子どもを持つ母親を――そしてその子どもたちも殺す」ギャリックは片方の腕を優しくエリザベスの肩にまわし、最後のニュースの衝撃に備えさせるように彼女を抱きしめた。「子どもたちは……犯人は殺害後に子どもたちをズタズタにして、目をくり抜いている……エリザベス、この犯人は指紋だけでなく、ミスティ・バナー殺しの犯人の特徴とも一致するんだ。そしてそいつは明らかに……君を殺さなかったことを後悔してる。わかるかい? 二十三年経った今も、やつは君を殺したがってる。君が母親殺しについて証言できないように」

エリザベスはヴァーチュー・フォールズの歩道に立ち尽くした。そして、その言葉が自分にとって何を意味するのかを理解しようとした。

この事件にまつわる何もかもが恐ろしかった。けれども、ギャリックから聞かされた中で最も重要なのは……エリザベスの父が無実だということだ。誰かが――看護師たち、ドクター・フラウンフェルター、ギャリック、そしてエリザベスが――無実と思っているだけでなく、覆しようのない確固たる証拠が父の無実を示しているということだ。

エリザベスは殺された母の姿を見た。だが、四歳のときから彼女に貼られていたそのレッテルは真実ではなかった。エリザベスは〝父親が母親をハサミで殺害する光景を目撃した女の子〟ではないのだ。

エリザベスの中には、そのことを喜ぶ利己的な部分もほんのわずかに存在した。しかし、エリザベスと彼女の母親のせいで、その連続殺人犯は今も人殺しをしているというわけだ。

その死の責任を負わされたようで、エリザベスは恐ろしいほど具合が悪くなった。

「犯人はこれまで何人殺したの？」

「警察は正確な人数を把握していない」まだ腕をエリザベスに巻きつけたまま、ギャリックはカフェからさらに歩いて遠ざかった。「女性は少なくとも十二人。子どもも十二人以上いる。それと犯人の邪魔をした者が数人」

「私は仕事に行っても安全だと思う？」

ギャリックがすぐさま厳しい口調で言った。「そんなわけがないだろう！」息を吸い、穏やかな口調で話そうと努めているようだ。「君はどこにいても安全じゃない。安全だと思える場所があるなら、俺は君をヘリコプターに乗せて送りだしてる。だが、俺は一緒には行けない。犯人を見つけなければならないからな。俺が君を送りだしたら、犯人は君のあとを追うかもしれない。実際、そうするだろう。自分の目の届くところに君を置いておきたいはずだ」彼はエリザベスを見つめた。それからカフェを振り向き、通りの先と反対側も見た。「俺たちはもっと訓練を積んで、君が自分の身を守るすべを磨いておくべきだったな」

「ふたりとも怪我をしてたのよ。今だって、治ったわけじゃない」エリザベスは片手をギャリックの胸にあてた。まだ絆創膏が貼ってある。縫った傷口は完治していない。彼女の肩の痛みも数週間続くだろうとフラウンフェルターは言った。「私は仕事をする必要がある。何か作業をして頭をいっぱいにしておかないと。原稿を書くだけでは無理よ。この前、私が同僚たちを見失って危うく殺されかけたことを言いたいのはわかるわ。でも今度は、片時も彼らから離れないようにする」片手を空に向けて振った。「太陽も輝いてるし」

「霧が出たら、あっという間に見えなくなるぞ」

「四時以降は外にいないようにする。大きなポケットナイフも持ってるし」バックパックを探ろうとして、店に置いてきたことに気づいた。「荷物を取ってこないと」

ふたりは一緒にカフェに戻った。

会話の低いざわめきが止まった。すべての目がエリザベスとギャリックのほうを向いた。

ブラッドリーは電話中だった。妻と話している。ブラッドリーは電話に出たまま、エリザベスのバックパックを持ちあげて差しだした。

エリザベスは礼を言って受け取った。彼女がちらりと中身を見ると、メモ帳はポケットにきちんとおさめられていた。

「いいですか、皆さん」ギャリックは店内の群衆に向かって言った。「危険がありそうな人たちに警告を伝えてくれましたか？」

全員がうなずく。

「結構。お互いに気をつけて目を配りましょう。安全を守るにはそれが一番です」ギャリックは手を振った。

ギャリックとエリザベスはドアから出て、彼のピックアップトラックに向かった。

ギャリックは彼女を手伝って助手席に乗せた。「さあ、ナイフを見せてくれ」

エリザベスはポケットナイフを取りだした。「頑丈で鋭いわ。ロープを切ったり、藪を払ったりするのに使うの」

「君はそれで人を殺せるか？」ギャリックがエリザベスを見つめた。

「私の目をくり抜きたがっているやつを？　ええ！」

「いい子だ」ギャリックは彼女の膝を軽く叩いた。

エリザベスはギャリックの手をつかみ、膝に押しつけた。彼とつながっていたかった。彼に理解してもらいたかった。「仕事に行く必要があるのは、何かで自分を忙しくさせておかなければならないからよ。考える必要があるの」

「考えるって、何を？」

「あらゆること。父が今日言ったこと」エリザベスの心の目は、チャールズの震える指が彼女の母の絵の上を漂うのを見ていた。「今日の父は調子がよかったの。話をしてくれたわ。私のこともちゃんとわかってくれた」

「よかった。俺も話をしに行きたいんだ。チャールズは何かを知っている。彼の頭の中のどこかに記憶が残っているはずなんだ。誰かを誤って訴える前に、まずはそれを正しく知らなければならない。チャールズ・バナーが何を記憶しているのかを聞きたいんだ」

「私も父と同じみたい」人生で初めて、エリザベスはそれを口にするのが怖くないと思った。「頭の隅っこを漂っていることがたくさんあるという感じなの」

「仕事に行くことが本当に役に立つのか？」ギャリックは懇願する子犬のような目でエリザベスを見た。彼女の決心を変えさせようとするように。

「私たちが解放しようとしているのは私の無意識よ。強く叩いてみてもうまくいかない。そのやり方は伯母のサンディがもう試したわ。本能がさまざまなかけらをまとめあわせるには、放っておかないとだめなのよ」怒りがエリザベスの内にわきあがった。「だって、もし私が記憶していることのせいで殺されるのなら、私は正確にそれを思いだしたいわ」

81

デニス・フォスター保安官は郡庁舎の中から広場の向こうを見つめていた。オーシャンヴュー・カフェの大きな窓越しに、ギャリック・ジェイコブセンがヴァーチュー・フォールズの人々に話しているのが見える。まるでキリスト再臨のような騒ぎだ。

ジェイコブセンはマーガレット・スミスが彼を養子にしたその日からトラブルメーカーだった。だが、この町の誰もがジェイコブセンを知っている。彼を信用し、頼りにしている。

一方、デニス・フォスターはヴァーチュー・フォールズで生まれ育ち、何度も保安官に選ばれ、公僕として誠実に住民に仕えてきたというのに、人々に避けられている。誰もフォスターとはおしゃべりをしない。彼と話したがるのはスピード違反の切符を切られたときか、何か盗まれたときぐらいだ。デニスは自分の町ののけ者だった。

なぜだ？　俺がマイク・サンの家を燃やしたことは誰も知らない。俺が母を殺したことは誰も知らない。バナー事件での俺の捜査に落ち度があったこと、殺された女たちや子どもたちが昼となく夜となく俺の目の前に現れることなど、誰も知らないはずだ。ギャリック・

ジェイコブセン以外は誰も。

遅かれ早かれ、ジェイコブセンは皆にばらすだろう。

ギャリック・ジェイコブセンと彼にへつらう連中から目をそらし、デニスはパトカーに乗りこんで自宅へ向かった。

玄関の鍵はかかっていなかった。窓も割れたままだ。床にはさまざまなものが転がり、あらゆるものが埃をかぶっていた。

デニスはゆっくりとリビングルームを横切った。このカウチに座り、母の声を聞かないように必死にテレビにかじりついて何年も過ごしたものだ。キッチンに入ると、あちこちが壊れ、食べ残しがそのままになっている。彼はかつて母の死体が横たわっていた床のしみを見た。

デニスは後ずさりし、母のベッドルームに歩いていった。十字架やセラミックのキリスト像が積まれて山になっている。空気にはフローラルの香水と老人特有のすえたにおいが混じっている。目を細めると、ベッドに座っている母の姿が見えた。顔もわからない犯罪者を追いかけてばかりいないで自分の世話をしろとなじる声が聞こえた。

デニスはゆっくりと支給品の銃をホルスターから抜いた。安全装置を外し、たんすの上の母の写真を狙って引き金を引く。額とガラスがはじけ飛んで、写真が粉々になった。

母が死んだ。またしても。

俺が母を殺した。またしても。

弾倉に新しい銃弾が装塡されたことを確認すると、デニスは銃口を自分の顎の下にあてた。

彼は息を吸った。最後のひと息だ。デニスは引き金を引き、自分の脳味噌を吹き飛ばした。

正義の前に引きずりだされるくらいなら、このほうがずっと簡単だ。

82

ギャリックはオナー・マウンテン・メモリー養護施設に車を乗り入れると、なるべく正面玄関に近いところに駐車し、建物に向かった。いつもの軽口や愛嬌を振りまくことはせず、身分証明書をすばやく見せて必要な手続きをすませると足早に施設へ入った。

彼は知る必要があった。知らなければならないのだ、今。

チャールズはノートパソコンの前に座り、エリザベスが録った津波の映像を見ていた。初めて目にするかのように凝視している。その表情はあまりにもわびしかった。ここ数週間でよく発作を起こすようになり、チャールズは急に年老いたように見えた。

年老いて……死にかけているように。

ギャリックはデスクの横の椅子に座り、手を伸ばしてチャールズの両手をつかんだ。

チャールズが視線を振り向け、ギャリックをまじまじと見たあげくに言った。「君はエリザベスの夫だな」

「はい」どうやらこれは実りのない議論にはならずにすみそうだ。「ミスティ殺しについて、あなたと話がしたいんです」

「私はやっていない」チャールズは顔も声も疲れきっていた。もう何千回も言ってきたのだろう。

「あなたを信じます」

チャールズが警戒した顔でギャリックを見た。

「でも、真犯人がわからないんです。ミスティを殺したのは誰なのかが知りたい。犯行現場に足を踏み入れたときにあなたが何を見たのか教えてください」

チャールズは深く呼吸をした。まるで自分が侮辱されたかのようだった。「犯行現場などではない。私の家だ」

「あなたが見たことを話してください」

「つらい話だ。思いだすと胸が痛む」

「そこをなんとかお願いします。あなたの力になれると思うんです。何を見たのか話してください」

チャールズは車を家の正面に停め、両手をハンドルに置いて、この四年間わが家だった場所を見つめた。彼はここが大好きだった。ミスティも同じ気持ちだと思っていた。

彼女は家を白に、鎧戸(よろいど)をヤグルマギクのブルーに塗っていた。玄関は何日もやすりをかけてもとのオークの色を出し、再仕上げしていたので、ドアは美しいつやで輝いていた。

ガレージセールでミスティが見つけてきた古風な柳細工の椅子は、磨きあげてペンキを塗り、ブルーと白のストライプの布でクッションを作った。幅広の玄関ポーチの手すりからは花のバスケットをつりさげた。赤や金色や紫色の花が楽しげに咲き乱れていた。

この家は愛情を注がれた海辺の家に見えた。そして内部も、ミスティが二倍の手間をかけて居心地よい幸せな空間に作りあげたことをチャールズは知っていた。

目に涙があふれた。それを彼は拭い去った。

これが全部嘘だったというのか?

自分を油断させるために、ミスティはこれだけの苦労をしたのか? 同じベッドで寝ていないことに気づかれないように? ミスティは母親の葬儀から帰って以来、もう何カ月も予備のベッドルームで寝ていた。

チャールズは理解しようと努力していた。ミスティに話しかけ、何をすれば力になれるのか尋ね、あのばかげた絵画教室に一緒に通った。シアトルまで彼女を連れていき、『サウンド・オブ・ミュージック』の歌を歌う会にも参加した。ミスティはチャールズを抱きしめ、キスをし、彼に感謝した。母親の死に向きあうことに起因する問題を抱えていることを認め、悲しみと罪悪感に対処する時間を与えてほしいと彼に懇願し、大きなブルーの目に涙を浮かべて彼と話をした。

あれが全部嘘だったというのか？

あの恐ろしいミセス・フォスターが言ったことは真実なのか？　ミスティとその愛人と世界中がチャールズを笑っているとあの女は言った。

チャールズは片手を胸にあてた。

プライドが傷ついていた。ひどく傷ついていた。しかし、彼は常々わかっていた。自分は年を取りすぎている。ミスティにはもっと若い男がよかったのだ。

壊れたのはプライドではない。心だ。もしこれが真実なら、今までずっとミスティが嘘をついてきたのなら……。

ただし、チャールズはミスティがそんな人間ではないと信じていた。おそらく一度きりの過ちだろう。チャールズにはわからない理由で、彼女は別の男とベッドをともにしてしまったのだ。しかしミスティがチャールズを愛したことがなかったとすれば、それは彼には信じられなかった。知りあって五年以上になる。ミスティと暮らし、話をしてきたのだ。彼女は誠実さと優しい思いやりを持った女性だ。

それに、ミスティはふたりのあいだに生まれた赤ん坊を愛している。彼女はすばらしい母親だ。何時間もエリザベスと過ごし、娘に教え、娘と笑い、娘を抱きしめた。

チャールズは自分がミスティの中に見いだしたものを、彼女が自分にもたらしてくれた喜びを思いださなければならない。そしてミスティが望むなら、ふたりで事態を解決できるという態度で家に入っていかなければならない。

チャールズは車を降り、ドアを乱暴に閉めた。

いつもなら車が着くと、ミスティとエリザベスが外に出てきて迎えてくれるはずだ。エリザベスが駆け寄ってきてチャールズに抱きつき、ミスティは彼の頰にキスをしてほほえむ。

今日は玄関のドアが開いていて、網戸は閉まっていた。あたりは静まり返っている。

もしかしたら、散歩にでも行っているのかもしれない。

あるいはミスティがカフェでの出来事を耳にして、彼と話をしようと家の中で座って待っているのかもしれない。

チャールズは何を望めばいいのかわからなかった。

階段をあがる足取りは重かった。網戸を開け、リビングルームに入っていった。

窓は開いていた。レースのカーテンがはためいて海からの風が吹きこんでいる。しかし、部屋には誰もいなかった。

チャールズは失望のため息をもらした。家の空気さえ、いつもとは違って感じられた。つんと金属っぽい、まるで何かがこぼれたのに拭きもせず放置したままのようなにおいがしている。

ミスティは木の床の中央に大きなラグを敷いていた。そこに足をのせたとたん、彼は何かがこぼれていることに気づいた。

靴の下でラグがグシャッと音を立てる。

彼は心配になって見おろした。キッチンのシンクがあふれたのか？　エリザベスがおもちゃをトイレに流して詰まらせたとか？　配管工を呼ぶ必要はあるだろうか？

さらに数歩進んだ。

ラグはさらにびしょびしょになり、水分がチャールズの白いランニングシューズにしみこんだ。それは、赤かった。深い赤だ。

いったいここで何があったんだ？

そのときでさえ、証拠は目の前にあったというのに、彼は理解していなかった。

「ミスティ？」チャールズは呼んだ。「エリザベス？」

声は不気味に反響した。

チャールズが四歳の娘を持つ父親でなかったら、肘掛け椅子の上に銀色に輝く鋭い刃物が無造作に放りだされていても気づかなかったかもしれない。だが子どものいる彼は、ハサミはそこらに放りだしておくには危険なものと認識した。チャールズはハサミを拾いあげた。

それはべたべたして、赤く染まっていた。

チャールズはハサミを見つめた。ラグに片膝をつくと、赤い色が色あせたブルージーンズにしみこんでどんどんあがってくるのが見えた。片手を床に置き、その手を持ちあげて、血まみれの手のひらを見つめた。

そのときようやく、彼の頭は理解した。

血のついたハサミ。血のついた靴。血のついた手。血だらけのラグ。

あのにおいは血と恐怖と死のにおいだ。

チャールズは視線をあげた。

淡いグリーンの壁や額に入れられた家族写真にも血が飛び散っている。

恐怖で気が遠くなり、チャールズはよろよろと立ちあがった。手をTシャツでぬぐう。自分の声が悲鳴のようだ。「ミスティ！　エリザベス！」

廊下を走ってメインベッドルームに向かう。ハサミは握りしめたままだった。人殺しがまだ家の中にいるかもしれない、いたら自分がそいつをやっつけてやると考えていた。

ベッドルームには誰もいなかった。ミスティはいない。エリザベスも見あたらない。

血も見えない。

エリザベスのベッドルームへと走る。ドラゴンや妖精たちで飾られた小さな部屋。中には誰もいなかった。誰ひとり。

血も見えない。

チャールズは震えながら立ち尽くした。妻と子を見つけたい。ここで何が起きたのかわからないが、それから家族を守りたい。すると、クローゼットの中からごそごそと音が聞こえた。ネズミのような。怯えた子どものような。

あるいは誰かが死にかけているような。

チャールズは扉を荒々しく開け放った。中は真っ暗だ。古風なウォークインクローゼットは両側に服をつるすポールが通され、天井からさげられた電球がひとつ揺れていて、壁際に家全体の分電盤があった。ミスティは奥に棚をしつらえ、エリザベスが自分のおもちゃを片づけられるように蓋のついた大きな箱をひとつ置いていた。

エリザベスは片づけたためしがなかったが。チャールズはいつもエリザベスをなだめつつ、片づけを手伝ったが、それでもやはり娘の人形やレゴブロックや車はいつも床に散らばっていた。

おもちゃ箱の蓋は閉まっていた。

小さな女の子が隠れるには完璧な場所だ。

小さな女の子が死んでおさまるには完璧な棺だとも言える。

「エリザベス、お父さんだよ」チャールズは明かりをつけた。「スイートハート、お願いだから、この中にいると言ってくれ」血のしみこんだ靴でおもちゃを脇に蹴飛ばしながら、箱に向かって歩いていった。希望と恐怖とを胸に、彼は蓋を持ちあげた。

そこにエリザベスがいた。ブルーの目を見開き、怯えた顔をしている。

血はついていない。チャールズには血は見えなかった。

彼は娘に向かって手を伸ばした。

エリザベスはすくみ、体を縮めた。チャールズは、恐怖に満ちたエリザベスの目に映っているものを見た。

彼は血まみれだった。そして、まだハサミを握っていた。

チャールズはどうしていいかわからなかった。いつも朗らかで、開けっぴろげで、幸せな顔をしていた娘はすっかり変わってしまった。

エリザベスは父親を恐れている。

チャールズはハサミを床に置き、おもちゃ箱の横にひざまずいた。「大丈夫かい、スイートハート？　怪我をしていないかい？」

エリザベスは小さく激しく首を振った。

「お母さんはどこか、知っているかい？」

エリザベスは首を振るのをやめ、それからふたたび振り始めた。今度はもっと大きな動作で。

エリザベスは嘘をついている。エリザベスは見たのだ。今日ここで起こったことを、娘は見てしまったのだ。

「大丈夫だよ」チャールズは言った。ああ、自分も嘘をついている。大丈夫なことなど何もありはしない。「おまえの面倒はお父さんが見る。おまえはお父さんに面倒を見てほしいかい？」

ためらい。

それからエリザベスはチャールズの腕の中に飛びこみ、腕を彼の首に、脚を彼の胸に巻きつけてしがみついた。チャールズの中に逃げこもうとした。隠れる場所を、安全な場所を求めて。

チャールズはエリザベスを揺すり、顔を撫でてやった。なだめるように声をかけ、安心感を与えてやろうとした。だが、チャールズにはわかっていた——それをエリザベスに与えてやれる者はもうひとりもいないことを。

83

しかしまだ危険が残っている気がして、チャールズは娘を小脇に抱えこんだ。ふたたびハサミを拾うと、彼は立ちあがった。

妻の行方がわからない。今日ここで誰かに殺された。誰かが殺した。そして、その誰かはすぐに気づくかもしれない。目撃者が生き残っていると……。

ここから出なければ。

チャールズはウォークインクローゼットの扉へと急ぎ、足を止めて耳を澄ました。そよ風が海から運んでくる絶え間ないリズムのほか、家の中はなんの音もしない。チャールズは音を立てずにベッドルームの入口まで移動した。廊下に出る。血まみれのリビングルームに足を踏み入れる前に、彼はエリザベスにささやいた。「目を閉じるんだ、スイートハート。見てはいけないよ。何も見ないと約束してくれ」

エリザベスは身を縮めてきつく目をつぶり、頭をチャールズの首に押しつけた。チャールズは急いでリビングルームを横切り、自分も見ないように、記憶に焼きつけないように努めた。時間を巻き戻したかった。ミセス・フォスターにいまいましい情報をもたらされたあと、すぐに家に帰っていたらよかったのに。チャールズがどうやって事態を解決しようかと考えているあいだに、ミスティは……殺されたのだ。

神よ。ああ、神よ。

大量の血。ミスティの血。

チャールズとエリザベスがポーチに出たとき、車が近づいてくる音が聞こえた。恐怖と怒りが入り乱れる目で、彼は長い砂利道を見晴らした――郵便局のトラックだ！　ありがたい、郵便局のトラックだ。

郵便配達人はチャールズを見るなり、急ブレーキをかけた。

ふたりの男は見つめあった。

それから……配達人のくそ野郎はカメラを取りだし、写真を撮った。

エリザベスは視線をあげ、声にならない恐怖の泣き声を立てた。

チャールズは助けてくれと叫ぼうとしたが、声が喉に引っかかった。

地獄から悪魔が追いかけてでもきたかのように、配達人は車をバックさせ、スリー・ポイント・ターンをして砂利をまき散らしながら走り去った。

チャールズは立ち尽くしていた。荒い息をついて、次に何をするべきかわからないまま。家の中に戻って警察を呼ぶか？　イエス。だが、戻れなかった。エリザベスをそこに連れ戻すことはできなかった。

チャールズは混乱しながらどさりと階段に腰をおろし、エリザベスを膝にのせた。「誰がやった？」娘に尋ねた。「誰がこんなことをしたのか、お父さんに話せるかい？」

なぜか顔についていた血を分けて涙が頬を伝うあいだ、エリザベスは首を振った。そしてもう一度、首を振った。

チャールズはハンカチを取りだすと、白いコットンに唾をつけてエリザベスについた血を拭き取り、自分の両手がまだ血まみれであることに気づいた。

「お父さんは中に入って警察に電話をかけなければならない」

エリザベスはまた腕を彼の首に巻きつけてしがみついた。

「お父さんが警察に電話をかけるあいだ、目を閉じていられるかい？」

エリザベスがうなずく。

チャールズは立ちあがった。

その瞬間、遠くでサイレンの音が聞こえた。

ありがたい。誰かが——あのいまいましい臆病な郵便配達人が——通報したのだ。チャールズは立ちあがり、娘を腕に抱きしめて待った。エリザベスの髪を撫で、慰めの言葉を耳にささやきかけ、助けが来るのを待った。

その日のことでチャールズが最後に覚えているのは、怒鳴り、泣き叫び、娘を離すまいとして……彼らに腕を引きはがされたことだった。

そのあとは、もうどうでもよかった。

ポーチに突き飛ばされ、後ろ手に手錠をかけられ、パトカーの後部シートに押しこまれても、何もかもがどうでもよかった。

ただひとつ、最後にちらりと見えた、黙って泣きながら彼のほうへ必死に手を伸ばすエリザベスの姿以外は。

チャールズは座って、両の手のひらを上に向けて膝に置き、虚空を見つめていた。

ギャリックは額の汗をぬぐった。「なんてことだ。警察はあなたの話をまったく聞かなかったんですね？　殺人犯が別にいる可能性を考えて捜すこともしなかった」

「私は娘を守ることができなかった」チャールズはのろのろと小声で言った。「エリザベスはまだ小さかった。私を無敵だと思っていた。お父さんはなんでもできると思っていた。なのに、私はエリザベスを守れなかった。私は娘を失った。エリザベスは私に見捨てられたと思っている。当然だ。どんな子どももそう考えるに決まっている……」

もちろん、チャールズの言うとおりだ。エリザベスが一年半も口をきかなかったのも無理はない。人を信用しないのも、彼女が人生に論理を求めるのも当然だ。

感情はエリザベスの助けにはならなかった。愛は役には立たなかった。彼女は取り返しのつかないほど傷ついたのだ。何者もそれを変えることはできない。

「いいですか」ギャリックは膝に肘をついてかがみこみ、チャールズの目を見つめた。「ミスティの愛人の名前が知りたいんです。あなたはそれが誰だか知っているはずだ。誰なんです？　教えてください。たとえそれが間違ってるとしても、あなたが誰を疑っているのかが知りたい」

「私はまったく知らなかった……今朝、エリザベスが私にあの絵を見せるまでは。エリザベスは私が描いたと確信していたが、私は……私は思いだせない……頭の中にあまりにもたくさんの空白がある。だが、庭で太陽を浴びて座っていたら見えたんだ……そして私は、それを描いたのが自分ではないことを知っている」チャールズは首を振った。「ミスティが描いたのでもない。それにしてはうますぎる」

「だとしたら……ブラッドリー・ホフですね」ギャリックは立ちあがった。「ミスティを殺したのはブラッドリー・ホフだ」

「あの男は私の娘を狙っている」チャールズは身震いした。「私の娘を殺したがっている」

「大丈夫ですよ。エリザベスは発掘現場にいる。科学オタクの連中が一緒にいます」ギャリックはチャールズを納得させ、自分自身をも納得させた。「エリザベスは約束したんです。俺が迎えに行くまで、片時も彼らから離れないようにすると」だが、確認する必要がある。

ギャリックは携帯電話を取りだし、電源を入れた。アンテナが立った。

彼はエリザベスにかけた。

通話はすぐに留守番電話に切り替わった。

ギャリックは電話を切り、駆けだそうとした。

チャールズが意外なほど強い力でギャリックの腕をつかんだ。「私を置いていくな。私も一緒に行く」

この老人はお荷物になるだろう。足手まといになる。しかし、むげにもできない。

ギャリックはチャールズを手伝って立たせると、彼の腕をつかんだ。「ええ、わかりました。いざとなったら救援をお願いします」

84

二時になってようやくエリザベスは土の塊から頭をあげた。「ちょっと休憩してくるわ」ベンに言った。

ベンはわかったというしるしに片手をあげた。「遠くに行くなよ」

イヴォンヌに関するニュースはすぐさま彼らにも伝わった。それにチームのメンバーは、エリザベスが襲われた日に彼女をひとり残して去ったことを後悔しているに違いない。エリザベスはそう確信していた。彼らは悪人ではない。エリザベスがたまたま男性ばかりのクラブに入ってきたよそ者だったというだけだ。そして彼女を快く迎え入れる役目を果たせたはずの唯一の人物アンドルー・マレーロは自分が威張るのに忙しく、その器ではなかった。

今日のベンとルークとジョーは常にエリザベスのそばを離れなかった。

エリザベスは津波によって運ばれてきた大きな岩のほうへ歩いていき、水のボトルを取りだした。八月の乾いた太陽光線が泥を土埃に変えてしまい、それが喉に張りついている。彼女は喉を鳴らして水を飲み、水平線の向こうを見た。

ベンは海に近いエリアで発掘作業をするべきだと考えていたが、アンドルーは場所の変更を承認していなかった。しかしベンは、また地震が起きて津波が来るかもしれないから、その前にできる限り多くの変化を記録しておく必要があると言った。アンドルーが戻ったら激怒するだろうと全員が考えたが、誰も口にはしなかった。そんなことはどうでもいいというのも口にはしないが、全員が共通して感じている思いだった。

エリザベスは岩に腰をおろして、絶え間なく響く低い波の音を聞いた。イトスギの刺激的な香りを吸いこみ、垂れさがった枝の濃い緑の葉の隙間から、深い青の海を照らす日の光を見た。

仕事はエリザベスが望んだ効果をもたらしてくれた。不安、悲しみ、心配をしばし忘れて、無意識の深層にも悩まされることなく思考に没頭できる機会となった。

そう、私が考えたことが正しいのかもしれない。父は絵を学んでいたのに、アルツハイマーのせいでそのことを忘れてしまった。でも母のあのスケッチを見た父は、悲しみに打たれたように見えた。心を痛めているように見えた。

エリザベスにはその気持ちが理解できた。

あの絵を見たくなかった。よその男が彼女の母をじっくり観察して、あんなにすばらしい絵を描いたとは考えたくない。なぜなら、もしそれが真実なら、エリザベスが大切にしてきた絵は母の愛人が描いたものということになるからだ。

エリザベスはバックパックからアルバムを取りだすと、その絵を見つけてはがし、裏返して署名を探した。

何も書かれていなかった。

彼女はまたひっくり返して絵を見つめた。観察力とインスピレーションを鉛筆と木炭で形にした絵。しかし、署名はどこにもない。

亜麻色の髪をした子どものそばで砂の上にひざまずいている母親を描いた水彩画には署名があった。彼女は右隅に書かれたそれを思いだした……。

エリザベスの両手が震え始める。目の前の白黒の絵がぼやけ、彼女の脳の中で明るいパステル画が取って代わった。ぷくぷくした子どもの指がその絵に触れているのが見える。エリザベスは自分がその絵を大好きだったことを思いだした……。

本当にそうだろうか？　もしかしたら、これは記憶ではなくて夢なのかもしれない。母を失った寂しい子どもの幻想。しかし、エリザベスの心の目にはそれがはっきりと見えた。

彼女は携帯電話を取りだし、ギャリックにかけようとした。

紙切れがサイドポケットからひらひらと飛びだした。

ギャリックの手書きのメモだ。〝また携帯電話が通じなくなるといけないから……君の昔の家で三時に待つ。それまでに、君に見せるものを手に入れておく〟

エリザベスは信じなかった。いつギャリックはメモをバックパックに入れたの？　どうして直接言わなかったの？

エリザベスはギャリックに電話をかけた。

「冗談でしょう」携帯電話は通じていなかった。

彼女はまたメモを調べた。

間違いない。これはギャリックの筆跡だ。ゆったりとして大きな、独特の文字。

エリザベスはバックパックを肩に担ぎ、同僚たちに声をかけた。「谷の上まで行ってみるわ。そこならギャリックに電話が通じるかもしれないから」

何やら話しこんでいたベンとルークとジョーがむっとした顔で手を止め、エリザベスを見た。

ジョーが立ちあがった。「一緒に行くよ」ほかのふたりに向かって言った。「ちょうど小便もしたかったし」

エリザベスは思わずほほえみそうになった。まったく、どこまでも実利主義な人たちだ。仕事を中断させられるなら、ついでに用も足しておかないと損だと思っている。

ジョーとエリザベスは峡谷の縁に向かってのぼっていった。

彼はトイレに立ち寄った。

エリザベスは電話を試した。圏外だ。アンテナは立たない。

ジョーがベルトを直しながら出てきた。

「あなたの携帯電話はどう?」エリザベスは尋ねた。

ジョーは試してみて首を振った。「だめだ。二度の大地震がなかったときでさえ、太平洋に近いこのあたりは通信サービスが不安定だった」

「そうね」エリザベスは手に握りしめたままだったメモを見おろした。「問題はギャリックからのメモがあったということなのよ。私の昔の家で三時に待つって」

「君の昔の家? つまり、君のお父さんの?」

エリザベスは何度となく聞かされてきた言葉がジョーの口から出る前に彼をさえぎった。その言葉が真実ではないことを今の自分は知っている。「ええ、あの家よ。ギャリックは見せるものがあると言ってる。私は行ってみようと思うの」

ジョーは両手を腰にあて、男らしく見せようとした。「ひとりで行ってはだめだ」

たしかにひとりで行くべきではない。エリザベスはまたメモを見た。白黒のスケッチに目をやった。水彩画を脳裏に思い浮かべた。そしてギャリックのことを思った。殺人犯に関するニュースを手に、彼女を待っているギャリックを。「そんなに遠くないわ。ここあの家のあいだには何もない。あなたが考えてることはわかるわよ。私も考えてる。でも論理的に言って、私が調査現場ではないどこかに行っても、殺人犯にはわからないと思う」

彼女はその魔法の科学的用語を口にした。〝論理的に〟

「それももっともだ。それでも、僕は君と行く」ジョーは崖の端まで行き、同僚たちに向かって怒鳴った。「エリザベスを彼女の昔の家に連れていく。そこでギャリックと会ってくる」ふたりは歩き始めた。「僕は行く。もし万が一君の身に何かあって、僕がそこにいなかったら、ギャリックに叩きのめされちまう」

「それは間違いないわね」彼女はにんまりしようと努めたが、実際にはほとんど笑えていなかった。なぜなら怯えているからだ。彼女はびくびくしていた。希望も持っていた。これから行く場所に神経を集中させていたが、なんとかおしゃべりを続けながら、海辺の台地にぽつんと立つ空き家まで歩いていった。

家が目に入ると、ふたりとも足を止めた。

「以前、ここに幽霊が出るって聞いたけど」ジョーが言った。「今ならそれを信じるよ」

エリザベスはうなずいた。

ここでエリザベスの子ども時代は破壊された。ここで彼女の人生は永遠に変わってしまった。そして今、エリザベスの目には、それは老朽化して孤立した古風な海辺の家に見えた。幅八キロの台地に一軒だけ建っている家のまわりでは潮風に強い草が揺れ、何本かのイトスギが常に吹きつける風に負けじと立ち、羽目板はペンキがはがれてゆがんでいる。窓は壊れ、ギザギザの割れ目もそのままだ。屋根は板がところどころ欠けている。ここは悲しい場所だ。ジョーが言ったように、今にも幽霊が現れそうだった。

「正面に車は停まってないな」ジョーが言った。「ギャリックは何時に会おうって?」

彼女は腕時計を見た。二時十五分。「三時よ」

「じゃあ、まだしばらくあるな。来いよ、中を見てみよう」

「ええ、見てみましょう」

85

ギャリックにはチャールズをオナー・マウンテン・メモリー養護施設から連れだす権利はなかった。ギャリックは親戚ではない。法的な正当性は何もない。

しかし彼は自信たっぷりにチャールズを連れて廊下を歩き、会った人全員に声をかけながら正面玄関へと歩いていった。

介護施設はイヴォンヌの遺体発見のショックが覚めやらず、恐怖と悲しみで機能停止に陥っていた。医療スタッフも入所者も、通り過ぎるふたりを気にもとめなかった。

チャールズもある種の自信を発散させながらギャリックの横を歩いた。何が危機的状況にあるのかを正確に理解しているかのようだった。実際、人の出入りを管理しているナースステーションに近づくと、彼はつぶやいた。「いつも牢獄から脱出したいと思っていたんだ。そしてこれは、やるならこんなふうだろうと想像していたとおりだ」

ギャリックは鋭い目でチャールズを見た。

彼はこの介護施設を牢獄だと思っているのか？

もちろんそうだろう。チャールズを閉じこめ、彼が外に出ていって自分の仕事をすることを、娘のもとを訪れることを……復讐を果たすことを禁じている、もうひとつの牢獄。脱獄を成功させるための関門はナースステーションだ。誰かが騒ぎたてないように、ギャリックなら問題ないと思わせなければならない。看護師たちはいつもギャリックとエリザベスが一緒にいるのを見ている。誰もがエリザベスはチャールズの娘だと知っていて、誰もが彼女とギャリックがかつて結婚していたことを知っている。

もしかしたら、これはうまくいくかもしれない。

うまくいってもらわなければならない。

ギャリックとチャールズは歩き続けた。ギャリックはカウンターに寄りかかり、目の縁を赤くして立っているふたりの准看護師に同情するようにほほえんだ。イヴォンヌの代わりに入った新任のレイラにもほほえみかける。「みんな、大丈夫かい?」

それぞれに程度の違う悲しみをたたえて、全員がうなずいた。

「私はイヴォンヌのことはよく知らなかった」准看護師のひとりが言った。「同じシフトで働いたことがなかったの。でも、これは友情うんぬんを超えた話だわ」

「恐ろしい話だ」チャールズは言った。

「ええ」准看護師が同意する。

「チャールズもかなりショックを受けてる」ギャリックは彼女たちに言った。「日の光を浴びたいと言ってるんだ。庭に連れていってもかまわないかな?」

レイラがためらった。

「私はイヴォンヌをよく知っていた」チャールズの声がひび割れた。「彼女は私に優しくしてくれた。私の娘にも優しかった。だからとても悲しいんだ」

チャールズの口調はとても誠実に聞こえた。

ギャリックはチャールズが誠実だとわかっていた。「大丈夫かどうか疑うなら、シーラに連絡してくれ。シーラは俺をよく知っている。俺がFBI捜査官なのも知っている。彼女はチャールズのことも知っている。シーラなら、俺たちが一緒に外に出ても大丈夫だと請けあってくれるだろう」シーラはきっとそうしてくれると、ギャリックは確信していた。

「シーラは夜のシフトまで来ないんです。睡眠中に邪魔するわけにいかないわ」レイラは肩に手を置いて、筋肉をほぐすように首をまわした。「行ってもかまいません。十五分だけですよ。オーロラ、つき添ってもらえる?」

中西部訛りでしゃべる大柄な准看護師がうなずき、カウンターの後ろから出てきた。

レイラがドアロックを解除した。

ギャリックはチャールズの耳にささやいた。「トラックは白のフォードのピックアップトラックF250。近くに停めてあります。あっちの方向です。ぎりぎりまで走らないで。俺はすぐ追いつきます」

チャールズがうなずく。

建物を出ると、ギャリックはオーロラにほほえみかけ、チャールズを庭のほうへ押しやった。「それで」ギャリックはチャールズがバラの茂みに向かってぶらぶら歩いていくのを見て言った。「君はどこの出身なんだい？」

「ミネソタよ」オーロラが独特の歌うような調子で言った。チャールズを見ながら言う。「彼、あんな遠くまでひとりで行っちゃって、大丈夫かしら？」

「チャールズは老人で、体が弱ってる。何年も刑務所にいたんだ。それに、このところ発作もよく起こしている。心配しなくても逃げだせやしない」ギャリックはチャールズが小道から外れ、振り返って彼らににっこり笑いかけてバラの香りを嗅ぐのを注意深く見つめた。

年配者で、体が弱っていて、長いあいだ投獄され、最近はよく発作を起こしている。そのとおり。だが、とても聡明な人だ。ギャリックは敬意が――そして切迫感が――高まるのを感じずにはいられなかった。

「患者は逃亡するためならなんでもするのよ」オーロラが確信を持って言った。

「彼がどこに行けるっていうんだ？」ギャリックは介護施設を囲む森のほうに手を振った。

「このあたりにはビールを一杯飲めるようなバーもない」

オーロラがこの人はあまり頭がよくないのだろうかと言いたげにギャリックを見つめた。

「患者はそんな先のことまで考えないわ。彼は森の中で迷子になって、私たちが見つけたときには飢えと寒さで死んでいるかもしれないのよ」

ギャリックはせいぜい決まり悪そうに見えるよう演技した。「まったくもって、君の言うとおりだ。もしチャールズが逃げたら、俺は全速力で追いかけると約束するよ」

准看護師は目を細め、疑わしそうな目つきでギャリックを見た。

ギャリックの腕が鈍ったのか、オーロラが賢いかのどちらかだ。

そして、チャールズは庭から出ていこうとしていた。

ギャリックはオーロラの腕をつかんだ。「俺が捕まえる」彼はチャールズのもとへ急いだ。

オーロラも慌ててあとを追った。

チャールズが足を速めてピックアップトラックへと向かう。

「おい！」ギャリックは走りだした。「チャールズ、待ってくれ！」彼はオーロラに向かって親指を立ててみせ、リモートキーでこっそり車のロックを解除した。「チャールズ、頼むから待ってくれ。逃げられやしないんだぞ」

チャールズは助手席のドアを開けて乗りこんだ。

ギャリックはオーロラに向き直ってかすかに笑ってみせた。「チャールズが車のエンジンをショートさせて動かさない限り、どこにも行けやしない。大丈夫だ。俺が捕まえる。チャールズに車の中を見せてあげるだけだ。彼は本当にいい人なんだよ」

オーロラの足取りがゆっくりになり、彼女は立ちどまった。

ギャリックはついに欲求に負けて運転席に駆け寄ると、ドアを開けて中に滑りこみ、エンジンをかけた。

チャールズがドアをロックする。

オーロラが激怒の金切り声をあげて彼らに向かってきた。

ギャリックはタイヤをきしませながら急発進して駐車場を出た。「しっかりつかまって、アミーゴ、乱暴な運転になりますよ！」チャールズに怒鳴り、アクセルを踏みこんだ。

86

バックミラーからオナー・マウンテン・メモリー養護施設が消えると、ギャリックはエリザベスに携帯電話をかけた。

すぐに留守番電話に切り替わった。

「おい、頼むよ」ギャリックは言った。

「何か問題が起きたのか？」チャールズが尋ねた。

「エリザベスに電話をかけてるんですが、つかまらないんです」ギャリックはできる限り安心させるように言った。

チャールズをちらりと見ると、安心などしていないことがわかった。

さあ、どうする？「別のところにかけてみます」ギャリックはマレーロの番号にかけた。

ここ数日で何度かその番号にかけていた。マレーロがヴァーチュー・フォールズ峡谷にいて電話に出てくれることを願いながら、あるいはマレーロが刺し殺されて死体が津波で内陸部に打ちあげられていないことを願いながら。もっと悪ければ、沖に運ばれて二度と目にすることもない事態もありうる。そんなことになっていないといいのだが。

電話が通じたとき、ギャリックは飛びあがり、応答を待たずに言った。「ろくでなしめ、いったいどこにいるんだ？」

しかし、答えたのは女性の声だった。「ちょっと待って。マレーロは今、手が離せないの。電話を彼の耳にあてるわ」

ギャリックはぎょっとした。「君は誰だ？」

しかし女性は消え、次に答えたのはマレーロだった。彼は怒鳴った。「警察を呼べ！　この頭がどうかした女は僕を誘拐したんだ！」

その向こうで女性が言うのが聞こえた。「まあ、ダーリン、それは過剰反応ってもんよ」

ギャリックは事態をのみこもうとした。「マレーロ、誰に誘拐されたんだ？」

「レインボーだ！」

なるほどアンドルー・マレーロがしばらく不在だったわけだ。レインボーが意味ありげな顔でほほえみ、好きなときにしか店に現れなかったのも無理はない。彼女の口が腫れていたのも説明がつく。ギャリックははっきりさせようとした。「つまり、レインボーがあんたを拉致して、あんたは逃げだせないというわけか。レインボーのもとを逃げだせないんだな？」

「レインボーは僕が眠るのを待って、ベッドに縛りつけたんだ！」マレーロは激怒していた。

アリバイが証明された。これは重要な証言だ。「オーケー」

「これは人生において最も屈辱的な、最も恐ろしい経験だ!」マレーロがまるで共感してもらえることを期待するように言った。

ギャリックがますますおもしろがっていると知ったら、マレーロはきっと喜ばないだろう。

ギャリックの耳に、レインボーの甘えるような声が聞こえた。「言い方に気をつけてね、愛しい人。言ったでしょ……あたしがあんたの唇を奪いたいと思ったら、あんたがどう思おうとあたしの好きにさせてもらうわよ」

「警察に電話しろ!」レインボーが携帯電話を遠ざけたらしく、マレーロの声が遠くなった。

「いけない子ね、彼にそんなことを頼むなんて」レインボーの声も小さくなった。「お仕置きが必要だわ。あんたの丸々した白いお尻には、ボートのオールぐらいじゃないとだめね」

ギャリックはすぐには電話を切れなかった。いつかこのことについて考える機会があったとしたら、この出来事が心の傷として残っているだろうと確信できた。

だが今、重要なのは、マレーロとレインボーがミスティ殺しの容疑者から除外されたことだ。

ギャリックは心配になってチャールズを見た。チャールズの意見に同意していないわけではない。真犯人はブラッドリー・ホフだ。だがどんな事件も共犯者がいると、恐ろしく複雑な様相を呈してくる。

ギャリックはふたたびエリザベスに電話をかけた。

つながらない。

オーシャンヴュー・カフェにかけた。

ダックスが出た。

「もしもし、ギャリック・ジェイコブセンだ。ブラッドリー・ホフはそこにいるか？」

「三十分ほど前に、奥さんの様子を見てくると言って出たぞ」ダックスが声を低めた。「なぜだ？　ヴィヴィアン・ホフが危険だと思ってるのかい？」

そうではない。ギャリックはヴィヴィアン・ホフはすでに死んでいると思っていた。「エリザベスはいるか？」

「いいや、あんたと一緒に出たじゃないか。いったい何が——」

ギャリックは電話を切り、チャールズをちらりと見た。「まず、いい知らせとしては、容疑者がひとりに絞られました。あなたの思っていたとおりだ。間違いなくブラッドリー・ホフだと断言するわけにはいかないが、FBI捜査官の勘としてはかなりの確率であたってると思います。悪い知らせとしては、エリザベスがつかまりません。電波が通じていないだけかもしれない。地震が発生して以来、それがみんなの悩みの種だ」

「これからどうする？」チャールズの声は穏やかだったが、膝の上で握りしめられた両手には、関節が浮きでるほど力がこめられていた。

「ヴァーチュー・フォールズ峡谷に行って、彼女と直接話します」

「よし」チャールズはうなずいた。「よし」

ギャリックは発掘現場に急いだ。峡谷に並行して走っている道を選び、下方で作業しているチームに目を凝らす。海に近い峡谷の縁の近くに機材が置かれているのを見つけ、彼は安堵のため息をもらした。「ここにいてください。エリザベスを捜してきます」ピックアップトラックを停めるとキーを抜き、小道を走った。峡谷の縁に立ってあたり一帯を見まわし、男がふたり、泥の中で作業しているのを発見した。

「おい！」ギャリックは怒鳴った。「エリザベスはどこだ？」

ふたりは視線をあげ、顔を見あわせた。ベンが立ちあがって怒鳴り返した。「あなたから連絡があったと言って、出かけましたよ」

ギャリックの口がからからになった。「なんだと。俺がなんと言ってたって？」

「彼女の昔の家であなたに会うって」

エリザベスはだまされたのだ。どういうわけだか、彼の聡明で論理的な科学者がすっかりだまされてしまった。

ギャリックはピックアップトラックに駆け戻った。

ギャリックがドアを開けたとき、ベンが峡谷の端から怒鳴った。「ジョーがついてます！」

あいつらはわかっていない。若い学者がひとり護衛につけば大丈夫だとでも思っているのだろうか。

実際のところ、エリザベスもジョーも命が危ない。

ギャリックはピックアップトラックに乗ってエンジンをかけ、旧バナー邸に向かった。

「チャールズ、あなたに嘘はつきません。どうやったのかわかりませんが、誰かがだまして、あなたが昔ミスティとエリザベスと暮らしていた家で俺が待っていると言ってエリザベスをおびき寄せたんです」その場所の選択を考えると、背筋に寒けが走った。

チャールズはフロントガラス越しにまっすぐ前を見ていた。目はうつろで、顎はこわばっている。

ギャリックは話を続けた。「今、そこに向かってます。十分とかからないでしょう」

チャールズは反応しなかった。

「チャールズ?」ギャリックはチャールズの肩に手をかけた。

体が横にかしいだ。

ギャリックは急ブレーキを踏み、道の両脇に砂利をはね飛ばして車を停めた。

チャールズは激しく震えていた。背筋を弓なりにそり返らせ、両脚を突っ張らせる。一度、二度。もう一度。

発作だ。

「頼む、やめてくれ、だめだ」ギャリックはコンソールを開けてナプキンをつかむと、それをねじりあげて一本の長い棒を作った。チャールズの口をこじ開け、それを歯のあいだに突っこんで嚙ませる。「だめだ、今はだめだ、チャールズ」

チャールズの目がギャリックのほうを向いた。大きく見開かれ、狂乱状態で何も見ていない目。

もしかしたら、チャールズは何が起きているのか知っているのかもしれない。ギャリックに娘を救ってほしいと言っているのだ。

「わかった」ギャリックはチャールズのためにできることはなんでもするつもりだった。

彼はふたたびギアを入れ、アクセルを踏みこんだ。

87

エリザベスとジョーが裏手から家に近づいていると、ジョーがふいに打ち明けた。「あの日、君をひとりにして君が襲われたと聞いたとき……僕たちは生きた心地がしなかった」

エリザベスは驚いてジョーを見た。「あら……そう」

ジョーは顔をしかめ、あたりの草でも蹴りだしそうな感じだった。「そんなに危険だとは思わなかったんだ」

エリザベスは態度をやわらげた。「でしょうね。それはわかってたわ」

「僕が先に入って、安全かどうか確認させてくれ」

エリザベスはバックパックの中からポケットナイフを引っ張りだし、最も長い刃を掲げて太陽の光を反射させた。「お願いするわ」

ジョーは発掘現場でエリザベスがそのナイフを使うのを何度となく見てきたはずだが、今は鎧をまとった女戦士でも見るような目で彼女を見ていた。「それが必要だと思うのか？」

「いいえ、最初から必要だと思ってたら、ここには来なかった。でも私を襲ったり、女性を殺したりしているやつがもしこのあたりをうろついてるなら、ええ、私たちにはこれが必要よ」

ジョーは明らかにそこまで大変な事態とは想像していなかったらしい。ただついてきただけで、ひょっとしたらエリザベスを守らないといけないかも、ぐらいにしか考えていなかったのだ。彼のブラウンの目が見開かれ、怯えた光を放った。「僕の父はナイフの名手だ」

「あなたもね。あなたの腕前は私も見てきたわ」

「茂みを切るんだったらな！」

エリザベスはジョーの肩を叩いた。「心配しないで。ここには……誰もいないみたい」

だがジョーはすっかりびくびくしていて、数分のあいだに家を出たり入ったりを繰り返した。「君の言うとおりだ。誰もいない。ぞっとする感じだろうなと思っていたけど、ただ古くて汚れていて、くたびれた感じなだけだ」彼はがっかりした顔になった。

エリザベスはかつての自分の家をまた見たくなった。それ以上に、何かが彼女を呼んでいた。思い出という名の希望だろうか。「とにかく、私は中に入るわ」ポケットナイフを戻したバックパックを肩からかけた。

ジョーが階段に腰をおろした。「野生動物に気をつけろ」

エリザベスは驚いて眉をあげた。

「ネズミだよ。あそこに糞（ふん）がある」

糞だけではない。埃やむき出しになった断熱材も散らばっていた。裏手のポーチは汚れて傾き、木の床は洗濯機がずれたあとが割れている。エリザベスはその香りに気づいた——海に近い家は潮気を含んだ風にさらされて、どれも同じにおいがする。

彼女は廊下を歩いていき、ベッドルームのひとつをのぞきこんだ。かび臭いクイーンサイズのマットレスが壁に立てかけられている。両親の部屋だったのだろう。

隣のドアを開けた。古風なバスルームに淡いグリーンの洗面台、淡いグリーンのトイレ。白い浴槽は錆びついている。

次のドアを開けると、部屋は空っぽだった。はがれかけた壁紙と、破れて色あせたピンクのカーテンがかかった小ぶりの部屋。

子ども部屋。

エリザベスの部屋だ。

悲しい。ほかにどう形容していいかわからなかった。ただ……悲しかった。

小さな女の子がかつてここに隠れた。自分の目にしたものから逃れて。

エリザベスは覚えていなかった。というより……覚えていることはたったひとつしかない。彼女のアルバムには残されていなかった絵。海岸で貝殻を集めている女の子と、それを見守る母親を描いた水彩画。

それは現実だったのだと、エリザベスは確信していた。

部屋の中央に立って空気を吸いこんだ。「お母さん」彼女はささやいた。「あれがどこにあるのか教えて」

怯えた女の子は宝物をどこに隠すだろう？

エリザベスはウォークインクローゼットの扉を開け、中に足を踏み入れた。

冬のコートがかけたままで、今ではかびが生えていた。段ボールの棚はペンキがはげ、おもちゃも服も入っておらず、湿気でだらりとたわんでいる。ほかにクローゼットには何もなかった。見るべきもの、興味を引くものは何もない。

あの水彩画が簡単に見つかるようなところにあると、本当に思っていたの？

オーケー、そのとおり。私の頭が小さな記憶のかけらを手放してしまったのなら、それが真実だと確かめることもできるはずだと思っていた。でも、そうではない——人生はそんなに簡単にはできていない。

もっと詳しく調べてみないと。エリザベスは膝をついて両手で棚の下を探った。女の子が大切なものを隠しそうな場所を、もっとよく見なければならない。だが閉めきったクローゼットは風が通らず、徐々に部屋が小さくなってきたかに思えた。エリザベスは家中の空気を吸いこみたいと思っていたのに、ここでは自分の肌をブラシでごしごしこすりたい、服の下を這いまわっている不気味な感覚を取り去りたいと思わずにいられなかった。

彼女はドア脇のスイッチを押した。

ぶらさがった電球は消えたままだ。

スイッチの横、錆びついた分電盤の扉が閉まっている。エリザベスは扉の金属の輪をつかみ、手前に引いた。

輪が壊れた。彼女は後ろによろめいた。

汚い床に慎重にバックパックを置き、鍵束を取りだして扉にあててみる。

鍵はどれも大きくて、小さな隙間には入りそうにない。

エリザベスは鍵束をバックパックの中に落とし、ポケットナイフを探した。一番長い刃を開いて、扉と壁のあいだに差し入れる。鋭い音がして、扉がわずかに開いた。下に指を入れて引き開ける。錆びついた蝶番（ちょうつがい）がきしんで、次第に内部が見えてきた。ブレーカーのほかには何もない。そのスイッチはどれも同じ方向に倒れていた。

失望のため息がいらだちに変わった。

何を期待していたのだろう？　これはブレーカーであって、宝箱じゃない。

扉の内側に、黄ばんだテープで一枚の紙がとめてあった。ブレーカーの略図と、スイッチがそれぞれどこを制御しているかが書いてある。キッチン、裏手のポーチ、リビングルーム、ベッドルーム、バスルーム。基本的なことだ。人はたいてい、電球が点滅したときやヘアドライヤーが動かなくなったときに、どのスイッチをあげればいいのかを知りたがる。

しかし、これは普通の安っぽい紙ではなかった。分厚いベラム紙だ。青写真に使われる、あるいは絵を描くために使われる紙。彼女のアルバムにあるような絵を描くために。テープをはがして紙を取り、エリザベスはバックパックをつかむとベッドルームに入って日光のあたる場所を探した。紙をひっくり返す――そこにあった。

水彩画は最初に鉛筆でスケッチされ、それから淡いパステルで彩色してある。波や砂、白くふわふわしたタンポポの綿毛のような髪をした四歳の女の子を……そして光り輝くような曲線美の若い女性が女の子のかたわらにひざまずき、彼女に貝殻を見せている情景が見事に描かれていた。その向こうで淡い青の空が水平線に溶けこんでいる。

エリザベスは息が詰まった。

これは芸術だ。すばらしい着想だ。

これは愛だ。

ブラッドリー・ホフ。

そして下のほうに書かれた名前が、知りたかったすべてのことを彼女に告げていた。

ブラッドリー・ホフが母の愛人だった。

ブラッドリー・ホフが母を殺した真犯人だった。

88

廊下を進んでくる足音が聞こえて、エリザベスは頭をあげた。「ジョー?」

だが、ベッドルームに入ってきたのはジョーではなかった。

もちろんジョーではない。

ブラッドリー・ホフがそこに立っていた。色あせてほとんど白に見えるブルージーンズと、油絵の具の淡い色があちこちに飛んだ白いTシャツ。ランニングシューズを履き、刃の長いハサミを剣のように振りあげている。

エリザベスの心臓が胸の中で激しく飛び跳ね始めた。「ジョーはどこ?」

「外だ」ブラッドリーがほほえむ。魅惑の笑みだ。「頭に一撃を食らって伸びている」

私のせいでジョーは殺されるはめになってしまったのだろうか?

「私がここに来るって、どうやって知ったの?」

「私がメモをおまえのバックパックに入れておいた」

「でも……ギャリックの筆跡だったわ」独特の手書きの文字。エリザベスはよく知っていた。

「私はアーティストだ」ブラッドリーがあっさり言った。「線を真似るぐらいお手のものだ。ジェイコブセンの電話番号を手に入れて、彼の数字の書き方を研究した。それからその番号を正直なヴァーチュー・フォールズ住民のみんなに渡して練習した。あのメモを書くまでにはずいぶんうまくなっていたよ。そう思うだろう？」

エリザベスは自分があまりに簡単にだまされたことが信じられなかった。「あなたは私にギャリックがメモを書いたと思わせた。それを私のバックパックに忍ばせて、あなたはここへ私をおびき寄せた」彼女は尋ねなければならなかった。ブラッドリーがその言葉を口にするのを聞かなければならない。「なぜそんなことを？」

ブラッドリーは若返ったように見えた。健康そうに見えた。ブルーの目を期待にきらめかせ、自信に満ちた声で言う。「エリザベス、おまえは答えを知っている」

そのとおり。彼女はいつでも答えを知っていた。この瞬間を生涯ずっと恐れてきたのだ。

「あなたが私の母を殺した。そして今、私も殺そうとしている」

「私はおまえの母親を殺さなければならなかった。ミスティは私を裏切った」ブラッドリーが口元を震わせた。彼はだまされて傷ついた男に見えた。

「あなたを裏切った」ブラッドリーの傲慢さにエリザベスはひるんだ。「どうやって？」

「私はミスティを誘惑し、愛するとはどういうことかを教えてやった。われわれの情事は秘密だった。ミスティにはまやかしの結婚を続けさせてやった」ブラッドリーが涙をぬぐうように頬に片手をあてた。しかし、その頬にはひと粒の涙もこぼれてはいない。「私が求めたのはただひとつ、ミスティに私の女神（ミューズ）になってもらうことだった」

「あなたのミューズ……なぜそのミューズを殺したの？」

「ミスティから電話があって、私にここに来てくれと言った。私はそうした。いろいろ想像したよ。彼女はチャールズとおまえを捨て、私と一緒に遠くへ逃げると言うのだろうと思った。これで私は生涯ずっと、毎日ミスティを描いて暮らせると」ブラッドリーは喜びをよみがえらせ、ため息をついた。顔から笑みが消えた。「その代わりに、ミスティは私に言った。もう終わりにすると」二十三年経っても、彼の目は怒りに燃えた。

「それであなたは母の喉をかっきった」

「喉をかっきっただと？　違う！」ブラッドリーはすばやく切りつけるような動作を見せた。銀色のハサミがきらめく。「私は情熱の壮大なる罪を犯したんだ！　ミスティの喉を切り裂いた。はらわたを引きずりだした。ミスティは這って逃げようとした。正面玄関へ這っていこうとした。私は背中から刺した。彼女の心臓を」彼はささやいた。「ミスティは玄関へ這っていこうとした。なぜだかわかるか？」

　エリザベスは唾をのみ、うなずいた。

「いいや、おまえは何もわかっていない」ブラッドリーが憤慨した。「私がミスティの意図に気づいたのは何年も経ってからだった」

「この論理には反駁の余地もないわ」エリザベスは自分が穏やかな態度を保っていることを誇らしく思った。「私はベッドルームにいた。だから母はあなたを私から遠ざけようとしたのよ」

強烈な視線がエリザベスの目を射た。「そう、おまえの言うとおりだ。ミスティは私よりもおまえを愛していた」

「何をふざけたことを」エリザベスは左手でバックパックを握りしめた。右手は二本の指で小さな水彩画をつかんでいた。

「ミスティはおまえの父親のところへ戻ろうとした、彼女にとって〝いい人〟にすぎない男とのあのくだらない結婚生活へ。ミスティは理解していなかった。彼女は私のミューズだったんだ」ブラッドリーは仰々しいしぐさで額にかかっていた髪を払いのけた。「ミスティが私を愛していた頃に私がどういう作品を生みだしたか知っているか？」

「知ってると思うわ」エリザベスは彼に水彩画を見せ、軽蔑をこめた声で言った。「これはどこかのおつむの弱い〝自然派芸術家〟によるゴミとは違うわ。これは上出来よ」

「私はゴミなど描かない！」ブラッドリーの感情はまたたく間に変化した。傷心に苦悩していたかと思えば暴力的な怒りをあらわにし、うぬぼれを自己正当化してみせたと思えばわきたつ恨みをぶつけてみせるといった調子だ。

エリザベスが何をするにしても、苦境に陥っていることは確かだった。

ギャリックは彼女がここにいることを知らない。

ジョーは負傷している。あるいはもっと悪い状態かもしれない。

彼女はブラッドリーを情緒不安定にした。このまま彼をあおって不安定にさせておいたほうがいい。「本当に？　今あなたが描いているものはゴミじゃないの？　本当に？」非難まじりに言うと、水彩画をブラッドリーに向けて掲げた。「この絵をよく見れば、今あなたが金儲けの道具にしている絵とは全然違うのがわかるわ。あなたはこの光景に、この絵のモデルに、気持ちをこめていた。虜（とりこ）になっていた」

ブラッドリーが荒い息をついて水彩画を見つめる。

「あなたは今もこのモデルに取りつかれてる。きれいなだけの水彩画じゃない。ヴァーチュー・フォールズの風景や海岸や夕日を描いたわけじゃない。あなたにはその違いがわかってるはずよ」エリザベスは静かに言った。「そう、あなたには違いがわかるはず。この水彩画にこめられた情熱と……今、あなたが描いているゴミとの違いが」

「ゴミと言うな！」ブラッドリーが怒りを爆発させた。「みんな、あのゴミが大好きなんだ！」

「ゴミ！　ゴミ！　ゴミ！　あなたの新しい絵はどれもこれもきれいだわ」エリザベスはブラッドリーに向かって歩いていった。「おきれいよ！　そしてゴミだわ！」

ほとんど手の届くところまで来ると、ブラッドリーが彼女をつかもうと手を伸ばした。

エリザベスは飛びのいた。「母が今、あなたの描いている絵を見たらなんて言うかしら」

ブラッドリーが唇を引き結んだ。攻撃の準備をしている雄牛のように頭を垂れる。

「母はあなたのことを恥じたはずよ」エリザベスはブラッドリーの最も弱い部分――彼のエゴを突いた。「地震のあと、あなたは私の父を殺したかった。ヴァーチュー・フォールズに来たのは父を殺すためだったのよね」

「インターネットで見つけた記事に、おまえが父親のもとを訪れていると書いてあった。おまえがチャールズ・バナーとふたたびつながろうとしていると。おまえたちふたりが一緒にいれば、遅かれ早かれ、おまえは知るだろう。私が何者で、何をしたのかを」

「なぜそんなことを気にするの？」

「一番賢いのはこの私だからだ。すべては私が支配する」

驚きだ！　ブラッドリーは支配欲に取りつかれた、頭がどうかした男だ。「介護施設に入る鍵を手に入れるために、あなたは駐車場でイヴォンヌを襲った。でもそれは、あなたがここに来る前の晩だったはずよ。どうやってやったの？」

「おまえは鋭いな、エリザベス」ブラッドリーがほとんど崇めるような口調で言った。

おそらく崇めているのだろう。知的な敵を打ち負かせば、ブラッドリーの頭の中では彼はいっそう偉大で重要な存在になれる。

この男は重要な存在になるために生きている。

ブラッドリーが言った。「ポートランドで個展を開いたとき、ある男に出会った。彼は無許可で自分のために設計したヘリコプターを自慢していた。低空飛行ができるのでレーダーに引っかからず、見つからないと。彼は私の絵の一枚と引き換えに貸してやってもいいと言い、私はそうした。ヘリコプターを借りて、ここに飛んできた。あの愚かしい物体はここに来る道すがら、それに帰路でもずっと、もれた燃料をまき散らしていた」その悪臭を思いだしたのか、鼻に皺を寄せた。

「イヴォンヌは自分を襲った相手が燃料のにおいをさせていたと言ったわ」

「イヴォンヌが？　あの女を殺しておいたのは正解だったな」

「そうね……でも、パイロットはあなたのことを知っているんでしょう？」となると、その男にもほとんど希望はない……。

ブラッドリーが言った。「ばかなことを言うな。あの男は知りすぎた。だから私は彼を殺さなければならなかった」

ブラッドリーは人殺しを何かとても単純な、とても論理的な結論であるかのように話している。

このましゃべらせておいたほうがいい。「あなたの奥さんは？」

「奥さん？　誰だって？　ああ……ヴィヴィアンか」ブラッドリーがハサミの先端を指で撫

でた。「ヴィヴィアンは何も言いやしない」

エリザベスはその口調も、ブラッドリーのかすかな笑みも気に入らなかった。「どういう意味？」

「黒ひげの妻たちの伝説を知っているか？ 彼は大勢の女と結婚した。その妻はひとりずつ消えていった。最後に、黒ひげは賢い女性と結婚した。彼は屋敷の鍵をみんな彼女に渡し、どの部屋に入ってもかまわないが、ひとつだけ入ってはいけない部屋があると告げた。彼女は好奇心に抗えず、そのドアの鍵を開けて見てしまった。ほかの妻たちの頭がつりさげられているのを。その顔はどれも死の苦痛にゆがんだまま永遠に凍りついていた」

その話に、エリザベスは肌が粟立った。「ヴィヴィアンは発見したのね、あなたの……頭のコレクションを」

「そうじゃない。アトリエの奥にある部屋に侵入し、私の記念品や私が描いた絵を見たんだ」ブラッドリーが小さく笑った。「その場でヴィヴィアンを取り押さえて、何を知っているか告白させるのはおもしろかったよ。長いあいだ、私はヴィヴィアンをただの愚かな女だと思っていた。ただの道具、私が利用していい人間だと。だが、ヴィヴィアンは私がどんな人間か、私が何をしているか知っていた」

「それで奥さんを殺したの？ あなたが私の母を殺したことを知られたから？」

ブラッドリーはうわべは純真な顔をしてみせた。「ヴィヴィアンは私がみんなを殺したことを知っていた」

　エリザベスは凍りついた。気を失いそうになるほど息を詰めた。腹の底から冷たくなって感覚を失った指先にまで恐怖が広がっていくのを感じた。

「女たちだ。ブロンドの女たち。母親たち」奇妙なブルーの目が邪悪な喜びに輝く。

　ブラッドリーはすべての罪を認めようとしている。ギャリックが言っていたことすべてを。彼女が恐れてきたことすべてを。

　エリザベスは深く息を吸った。正気を保っていなければならない。頭を働かせておかなければならない。生き延びなければならない。彼女は何も知らないふりをした。「あなたはブロンドの母親たちを殺してきたの？」

「その子どもたちもだ」

「あなたは私のことも殺そうとした」ギャリックはそうエリザベスに言った。彼女はそれが真実だと知っていた。だが、今まではちゃんと理解していなかった。ブラッドリーが何から快楽を得ていたかを知るまでは。そして彼の決意を知るまでは。

「二十三年前のあの日、私はおまえを生きたまま逃がしてしまった。それからは二度と同じ過ちは繰り返さなかった」

「子どもたち。あなたは小さな子どもも殺すのね？」涙がエリザベスの目の端からこぼれ落ちた。悲しみの涙。恐怖の涙。「私を……私を殺さなかったから？」

「おまえは私を見た。私がおまえの母親を口説き、彼女にキスをし、彼女を誘惑するのを見た」ブラッドリーは唇をゆがめ、歯をむきだした。「いけない子だ。いつだって最悪のタイミングで現れる。ミスティは週に二回、おまえを幼児たちの遊び場に連れていくことにした。私と愛を交わせるように。私が彼女の絵を描けるように。そしてあの日、ミスティがもう終わりにしたいと言いだしたあの日、私はおまえが角からのぞいているのを見た。この卑怯(ひきょう)な、知りたがりのガキが……」

「私はあなたが母を殺すのを見たのね」それに気づいて、エリザベスは動揺した。ブラッドリーが母を殺すところを見ていたのだ。しかし……その記憶はない。

エリザベスは水彩画に目をやった。残っているのはこの記憶のかけらだけだ。

「そうだ。だが興奮のあまり、私はおまえのことを忘れていた。ミスティを殺さなければならなかったから。自分がしなければならないことを悲しんでいたから」ここで涙のひとつも流せば自分の邪悪さも許されるとでもいうように、ブラッドリーの目から本物の涙がひと筋、頬にこぼれ落ちた。それから彼は抑揚のない口調でつけ加えた。「なぜなら私はまず彼女の死体を片づけなければならなかったのでね」

エリザベスは脳裏にその瞬間を思い描いた。「あなたが私を殺すために戻ったときには手遅れだった。父が私を見つけ、警察が駆けつけていた。もう遅すぎたのよ」

「そんなことはどうでもいい。彼女が死んだんだ。ミスティが死んだ。私のミューズが……

死んだ」本物の悲しみに、ブラッドリーの顔がゆがんだ。

「あなたは肝心なところを間違えてるわ。あなたが母を殺したのよ」

「私は自分がしなければならないことをしたまでだ！」

「あなたは私の母を殺した……そして二度とあんな絵を描けなくなった」エリザベスは水彩画から手を放した。

ブラッドリーはそれがひらひらと床に落ちていくのを見つめた。

エリザベスは片手をバックパックの中に滑りこませ、ポケットナイフを取りだした。

ブラッドリーが痛ましげに言った。「結局のところ、これでおしまいだ。私は決して自分の天賦の才に見合う作品は描けないだろう」

「あら、あなたに天賦の才なんてあったの？」皮肉がエリザベスの口をついて出た。

ブラッドリーが視線をすばやくあげてエリザベスを見た。

「あなたは自分の絵のために私の母を殺した。あなたに母のことを思いださせたからという理由で、ブロンドの女性たちを殺した。そしてあなたが子どもたちを殺したのは」怒りが爆発して、エリザベスは叫んだ。「あなたが自分より小さくて弱い者しか攻撃できないくそったれの卑怯者だからよ！」

ブラッドリーはまるで地震でひっくり返ったかのように震えた。ブルーの目が狂気を帯びる。彼はハサミを振りあげ、エリザベスに向かって突進してきた。

エリザベスはすばやく体をかわし、バックパックでブラッドリーの喉元を殴りつけ、腹にポケットナイフを突きたてた。

「このくそあま!」ブラッドリーが叫ぶ。

エリザベスはバックパックを落とし、ナイフをブラッドリーの腹に残したまま駆けだした。

エリザベスは敏捷（びんしょう）に動き、角を曲がってリビングルームに駆けこんだ。そこへブラッドリーが後ろからタックルしてきた。エリザベスは叫び声をあげながら倒れ、床に体をしたたかに打ちつけた。

唇が切れ、息がどっと肺から出ていく。

ブラッドリーが上から飛びかかった。

エリザベスは両手をついて体を持ちあげようとした。

その手の上にブラッドリーの手が振りおろされた。

痛い。

ハサミがエリザベスを床に固定した。ハサミが……彼女の手を貫通していた。

傷口から血が噴きだし、血がみるみる床にたまっていく。

エリザベスは信じられなかった——こんなのは間違っている。ありえない。悪夢が現実になった。母を殺した男になすすべもなくやられてしまうなんて。

エリザベスは叫び、ハサミの持ち手をつかもうとした。

ブラッドリーがエリザベスを床に叩きつけた。顎をつかみ、首をねじって、彼女の目の端に自分が映るまでひねりあげる。「こうするのを二十三年間待っていた」

だめ。ブラッドリーに私を殺させたりしない。そんなことは絶対に許さない。

ブラッドリーがハサミを彼女の手から引き抜く。

痛い。彼女はまた叫んだ。

ブラッドリーは前にエリザベスに言った言葉を繰り返した。「きれいな髪を切り落としておこう。血で汚したくないからな」

耳のそばでパチンと音がして、ブロンドが床に散らばった。

ブラッドリーがハサミの先端を彼女の目に向ける。

エリザベスは血まみれの手を後ろに伸ばしてブラッドリーの髪をつかみ、彼の頭を前に強く引くと同時に自分の頭を思いきり後ろに倒した。

エリザベスは自分の頭蓋骨が彼の顔面を割ったのを感じた。

今度はブラッドリーが叫んだ。

痛みにつき動かされ、エリザベスは野生の馬のように必死で跳ねあがって彼を振り払った。すばやく体を返し、ブラッドリーの側頭部を平手打ちして耳の穴に空気を送りこんでやった。

一瞬、ブラッドリーの顔がだらりと伸び、彼は後ろに倒れた。

エリザベスが横に転がり、半ば立ちあがりかけたところで、下から脚を蹴りあげられた。

エリザベスはブラッドリーを見た。血まみれの顔。目は怒りのあまり、正気とは思えない光を帯びている。

狂気。そう、狂っているのだ。顔は土気色になっていた。

そのとき、脇のほうから吠えるような声が聞こえた。

男性の体がブラッドリーめがけて突進し、部屋の向こうまで吹っ飛ばした。

エリザベスはブラッドリーが壁まで飛んでいったとき、視界にギャリックの姿をちらりととらえていた。ギャリックはブラッドリーを殴った。顔を、胸を、腹を、しゃにむに殴りつけた。

しかし、ブラッドリーは倒れてもなお戦った。

狂気だ。

狂気はブラッドリーに力と狡猾さを与えた。そしてブラッドリーはまだハサミを握っていた。彼はギャリックの傷がまだ治っていないことを知っていた。ブラッドリーは猛然とギャリックの脇を何度も何度も切りつけた。

そのたびに、ギャリックはあえいで後ろに倒れた。

倒れるたびに、ギャリックはまた起きあがって戦った。

エリザベスはふたりの男を見つめたまま立ちあがろうとした。

だが、膝に力が入らない。

彼女は壁のほうへにじり寄り、壁を支えにしてじりじりと立ちあがった。出血している。

手からも、顔からも。首の後ろを血が流れていった。

あたりを見まわす。窓枠から外れた板が転がっている。それを持ちあげるのはまさに拷問だった。エリザベスは板を頭上に掲げて向き直った――ちょうどブラッドリーがギャリックに突進しようというところだった。ギャリックは闘牛士のようにすばやくかわし、相手をひと突きして壁に突っこませた。

ハサミが音を立てて床に落ちた。

ブラッドリーがぐったりとくずおれる。

エリザベスは板を落とした。ほっとして両膝をつく。

ギャリックはブラッドリーの脈を確かめた。「まだ生きてやがる」こぶしを握り、顎をこわばらせた。怒りといらだちで表情が険しくなっている。「とどめを刺さないと」

「だめよ。いけない。そんなことをしてはだめ」エリザベスは泣きだした。痛みと安堵のせいで、ブラッドリー・ホフが自由に息をしている限りはおさまることのない不安のせいで、涙がこぼれた。「そんなことをすれば、あなたはもうＦＢＩで働けなくなる」

「そんなのはどうでもいい。どのみち終わったことだ。それに誰かがこの男を殺さなければならない。こいつは悪だ。死に値する悪人だ」ギャリックは片足でブラッドリーの力の抜けた体を押し、不快そうにため息をつくと、振り返ってエリザベスのほうにやってきた。エリザベスの前にひざまずき、両腕で彼女を抱きしめる。「でも、君は正しい。俺にはそんなことはできない。どんなくず野郎だろうと、意識を失ってる者を殺すような真似はできない」

エリザベスはギャリックの胸で泣いた。

ギャリックはエリザベスに優しくささやきかけながら、携帯電話を取りだした。「救急車を呼ぼう。君は血だらけだ」

「あなたも出血してるわ」

「あいつのせいで傷口が開いたんだ。君は何をされた?」エリザベスの顎を持ちあげ、ギャリックはまじまじと顔を見た。「顔を打ったんだな。痛そうだ。でも、その血はどこから?」

彼女は穴の開いた手を掲げた。

その手を取ったギャリックの顔にはありありと恐怖が浮かんでいた。「これは……なんてことだ、エリザベス。こんな野蛮な仕打ちを、あの男……殺してやる。あいつはやっぱり死に値する男だ」ギャリックはブラッドリーが倒れているほうに向き直った。

だが、そこにブラッドリーの姿はなかった。

ブラッドリーは立っていた。血まみれで、片手に板を握りしめ、邪悪な目をギャリックに向けている。

エリザベスは警告の叫びをあげた。

ギャリックは片方の腕をあげるのがやっとだった。

ブラッドリーが板を振りおろす。

ギャリックは腕の先と額でその一撃を受けとめた。

エリザベスは骨の折れる音を聞いた。「ギャリック！」

ギャリックが床に倒れこむ。

エリザベスは彼のもとに駆け寄った。死んだ？　ギャリックが死んでしまったの？

ブラッドリーが彼女の髪をつかんで引きずり倒した。

痛みとパニックに襲われ、エリザベスは悲鳴をあげた。

ブラッドリーはバラバラに壊れた板の向こうに転がっているハサミのところまでエリザベスを引きずっていった。ハサミを拾い、血まみれの邪悪な顔でにやりと笑った。

ブラッドリーは自分の勝ちだと思っている。

しかし、エリザベスは今や充分すぎるほどにブラッドリーのことをわかっていた。この男が何を恐れているのかも。

エリザベスはブラッドリーの手首をつかんだ。彼を制御しようと必死だった。「まわりを見るといいわ。血が見える？　あなたの血よ。私の血も、ギャリックの血もある。でも、このすべてを引き起こしたのはあなたよ。あなたは痣だらけ。腹にはナイフで刺された傷がある。ＤＮＡ検査をすればあなたがやったという証拠が出るわ。指紋はあなたのものだと証明される。そして誰もが真相を知ることになる。あなたは捕まる。あなたは死ぬ。たとえここでギャリックを殺しても、私を殺しても、私たちの死体を始末しても、あなたは逮捕されるわ。刑務所に入れられて、処刑されるのよ」

ブラッドリーは周囲を見まわした。「私なら逃げられる」

「いいえ、あなたは自分が仕掛けた罠にかかって捕まるの」

ブラッドリーの目の表情で、エリザベスはこの男がそれを理解したのだとわかった。彼女の言うとおりだと。とうとう、ついに、ブラッドリーは正義と向きあうことになる。

一瞬、エリザベスの心の中に希望の火が燃えあがった。

そのとき、ブラッドリーがエリザベスの顔にハサミを押しあてた。「かまわない。ミスティを殺してからというもの、目撃者を逃がしてしまったことに気づいてからというもの、私はどうやっておまえの目をくり抜いてやろうかとずっと考えていたんだ。ここで、この場所で、私が始めたことをどうやって終わらせようかと。今、ようやく夢がかなう。私が最初に殺したのがミスティだった。そして最後はおまえだ。完璧だ」

エリザベスは恐怖で半狂乱になってもがいた。

ハサミが迫ってくる。どんどん、さらに近くへと。

ブラッドリーの手首が彼女の手を押し戻した。

ハサミがエリザベスの目の端に触れる。

エリザベスはブラッドリーから目をそらすことができなかった。ブラッドリーの顔をゆがめている狂気から目を離せなかった。

私が最期に見るものがこれだなんて……。

ふいに、何かに打たれたかのようにブラッドリーが体を震わせた。目が見開かれる。ブラッドリーは驚愕している。口がぽかんと開き……血が噴きだした。

何が……？　いったい……？

エリザベスは彼の肩越しに向こうを見た。

彼女のポケットナイフの切っ先がブラッドリーの背後に立っていた。

チャールズが刃をひねって引き抜いた。ブラッドリーの喉から飛びだしている。ブラッドリーの肩をつかむと娘から引きはがし、その体を突き飛ばした。

ブラッドリーは膝をがくがくさせてよろめいた。振り返り、わけがわからないという顔でチャールズを見つめる。唇が動いたが、エリザベスに聞こえたのはゴボゴボという恐ろしい音だけだった。ブラッドリーは膝からくずおれた。

その胸を彼女の父が蹴った。

ブラッドリーは後ろに倒れた。膝が奇妙な角度に曲がり、両腕は大きく広げられている。

チャールズは落ち着いてブラッドリーの上にかがみこんだ。膝でブラッドリーの胸を押さえつけ、心臓にナイフを突きたてた。

ブラッドリーの痙攣が止まって目から光が消えると、チャールズは割れた窓の向こうの空を見あげた。「ほら、ミスティ、約束は守ったぞ。私たちの娘を救った。私はエリザベスを救ったんだ」

90

シーラがエリザベスとギャリックをオナー・マウンテン・メモリー養護施設に迎え入れたのは真夜中だった。廊下を先に立って歩きながら、シーラは声を低くした。「彼はあなたたちをずっと待ってたわ。あなたたちが来るまで眠ろうとしなかったのよ」

「チャールズこそ今日のヒーローだ」ギャリックは多幸感に包まれていた。「俺がチャールズを連れていかなかったら、俺もエリザベスも死んでいた。それにジョーも。かわいそうに、ジョーはまだ病院にいる。まあ、命があってよかったが」

「でも、うちの患者をそうそう勝手に連れださないでね。それに、チャールズをあまり遅くまで起こしておかないで。彼は……弱ってるのよ」シーラがチャールズの部屋の前で足を止めた。「エリザベスとギャリックが来たわ、ミスター・バナー。ふたりとも無事よ」

チャールズは枕に体をもたせかけていた。常夜灯が頭の上をぼんやりと照らしている。ギャリックたちを見たとたん、チャールズは喜びに顔を輝かせた。「子どもたち、とても心配したよ」

エリザベスがチャールズに駆け寄って抱きしめ、父の肩に顔を押しつけて泣きだした。

ギャリックはとがめなかった。大変な一日で、彼自身も感傷的になっていた。

「さあ、エリザベス」チャールズが娘の背中をぽんぽんと叩いた。「大丈夫かい？　怪我はしていないか？」

エリザベスには答えられなかったので、ギャリックが言った。「俺たちは大丈夫です。ちょっとやられましたが」ずいぶん控えめな言い方だ。「それにエリザベスは髪を切らなければならなかった」

「そうらしいな」チャールズがエリザベスの頭を撫でた。「とても魅力的だよ」

エリザベスは短く整えられた髪に手を触れ、また泣いた。

「彼女は手の手術を受けにシアトルに行かなければなりません」ギャリックは言った。

エリザベスが体を起こした。ひとしきり泣きじゃくって鼻をかむと、ガーゼとテープに包まれた手のひらを掲げてみせた。包帯から突きでた指は腫れて痣ができている。「それにギャリックは左腕を二箇所も骨折したの」

ギャリックはギプスをはめた腕をあげた。

エリザベスが続けた。「でも、お父さんのおかげで私たちは生き延びたわ」

「ギャリックが頑張ってくれたんだ」チャールズが片手を差しだした。

ギャリックはその手を握った。「あなたがブラッドリーにとどめを刺してくれたんです」

チャールズの表情から優しさが消えた。「やつには借りがあったからな」

「わかります」ギャリックはこれ以上ないくらいよくわかっていた。「ミスティはこれで満足しているでしょうか?」

「最近は彼女を見ていない」チャールズが言った。「最初の発作が起きてからずっと」

ギャリックとエリザベスは目を見交わした。

ギャリックはチャールズが発作を起こしたことを認識しているのに驚いていた。

「戻ってくるわ、きっと」エリザベスが言い、混乱と不安の入りまじる目で父を見た。彼女は幽霊など信じていない。ただ父親を安心させたかったのだ。

「そうは思わない。少なくとも生きている限りは。ミスティもいつかは先に進まなければならなかったんだ。わかるだろう?」チャールズはほほえもうとしたが、その声には寂しさがあふれていた。

「次に来るときは記者を連れてきます。ノア・グリフィンという男です。あなたとミスティの話をしてやってください」ギャリックは言った。「彼は本を書きたがってるんです」

「いや、それはいい」チャールズは枕に背を預け、目を閉じて提案を却下した。

「でも、お父さんはヒーローになるわ」エリザベスが言った。

「私はヒーローになどなりたくない」チャールズは目を開けて娘を見た。「よき夫であり、よき父親であればそれでよかったんだ」一本の指でエリザベスの頬を撫でる。「それができなかったことが一番残念だよ。だが、おまえがこんなすてきな女性に育ってくれたことを私は誇りに思う」

「私もお父さんを誇りに思うわ」涙と感情があふれだし、エリザベスの声がかすれた。今まで経験のないことを経験したからこそ生まれた、心の底からわきでた感情だった。

「おまえたちは近々、結婚指輪をつけるのかい?」チャールズが尋ねた。

「ええ、できるだけ早く」ギャリックはきっぱりと言った。「今度はマーガレットがリゾートで結婚式を挙げようと言いだすでしょうけどね。町中の人たちを招待して盛大な式にしようと」

エリザベスははじかれたように背筋を伸ばした。「それはできないわ。私には時間がないの。津波の調査をしないと!」

「九十一歳の女性にそう言えるのかい?」ギャリックは言った。

「そして彼女を傷つけるなんて」チャールズも言う。

男たちはエリザベスが当然の結論に至るのを眺めてにやりとした。

部屋に心地よい沈黙がおりた。ともに戦い、勝利した同志たちの喜びが静かに宙に漂っていた。

ドアのところからシーラの声がした。「もう遅いわ。ミスター・バナーにとって大変な一日だったのよ、ギャリック、エリザベス。彼にはきちんと寝てもらわないと。朝になったら、またいらっしゃい」

「もちろんよ」エリザベスは腰かけていたベッドから立ちあがり、チャールズの頬にキスをした。「おやすみなさい。いい夢を見てね」

「おまえもな、愛しい娘」チャールズは彼女の顔に向かって震えるほほえみを浮かべた。「おまえが生まれたあと、おまえの母さんは言ったよ。〝あなたはきっと、私よりもこの子のほうがずっと美しいと思うようになるわ〟と。誰であろうとミスティより美しくなるなんてありえないが、おまえには彼女と同様に内側から輝く魂がある。私はおまえを心の底から愛しているよ」

エリザベスはまた泣いた。今日は感情をこらえることができなくなっているようだ。そしてチャールズにキスをした。「私もお父さんを愛してるわ」

ギャリックは改めてチャールズと握手した。「おやすみなさい、チャールズ。今日のわれわれはよく戦いました。傷ついた戦士たちは眠りに就く時間です」

「傷ついた戦士たち」チャールズがほほえんだ。「そうだな、その表現は気に入った。われわれのことを完璧に言い表している」

エリザベスはまたチャールズを抱きしめた。

ギャリックはまたチャールズの手を握った。

シーラはふたりを部屋の外へ、それから建物の出口へと案内した。

92

ギャリックとトム・ペレスに率いられたFBI捜査官たちがブラッドリーのアトリエの奥のドアを破って入ると、細くて狭い、窓のない部屋が続いていた。そこにはブラッドリーの犠牲者の絵が並べられていた。彼は背筋も凍る巧みさでそれぞれの肖像画を描いていた。殺人者の喜びと、犠牲者の苦痛と恐怖が生々しく描かれていた——そしてそれぞれのキャンバスにブロンドがひと房添えられていた。

これらの絵は数々の殺人事件を経験してきた捜査官たちさえも恐怖に震えあがらせた。中でもミスティの絵は輝かしく、息をのむほどの傑作だった。ブラッドリー・ホフは美しい女性を見事に描きだしていた。その誘惑的な力を存分に発揮している女性が、海の向こうのおぼろげな水平線を見つめながら、たしかにそこにいた。

ミスティの肖像画に添えられた髪だけに血がついていた。

〝自然派芸術家〟としてのブラッドリーの作品はじきに忘れ去られるだろう。しかし恐怖を伴ったここにある絵は、見る者すべてに語りかける力を持っている。これらの絵は世界有数の美術館に永遠に飾られることになるに違いない。

ブラッドリーは永遠にその名を知られる存在になるだろう。

マーガレットがいみじくも言った。「それと同じだけの時間、あの男は地獄の業火に焼かれることになるんだから、ざまあ見ろだわ」

93

ワシントン大地震が起きて一年という節目の日に、ルイス・サンチェス少尉はカテリの車椅子をガタガタ言わせながら押して、草の生えた小道を進んでいた。目指すは太平洋を見晴らす高い崖のてっぺんだ。サンチェスは、町にとどまって地元の人たちや地震から一周年の行事のためにやってくる人々と交わるよう彼女を説得しようとした。しかしカテリには、今日という日にヴァーチュー・フォールズに戻る理由があった。それはかつての友人たちに憐れまれるためではない。カテリはサンチェスの目をじっと見つめ、ここに連れていくよう命じた。一年間に及ぶ苦痛と裏切りと悲しみの記憶を洗い流してくれるであろう、潮気を含んだそよ風の吹くこの場所へ。

頻繁に見舞いに訪れ、誠実なやり取りを続けてカテリを勇気づけてきたサンチェスは、しぶしぶながら彼女をお祭り騒ぎから離れた場所へ連れていくことに同意した。今、彼は車椅子を止めてカテリの横にしゃがみこんだ。「輝いてるな」

北を見るとヴァーチュー・フォールズの港には、もう二度と津波に襲われることなどないと確信している愚か者たちが再建を急ぐ、建設現場のクレーンがひしめいていた。南にはヴァーチュー・フォールズ・リゾートがある。地震のあと、マーガレット・スミスが私財を投じて再建したすばらしいホテルで、今ではまた活況を呈している。海岸一帯に小さなビーチが並び、白い砂をきらめかせて、そうすぐに津波が起こることはないだろうとお互いを安心させる観光客を迎えている。

ここはその中間地点だった。

海では石でできた小島がアザラシやアシカのねぐらになっており、彼らは存分に日光浴を楽しんでいた。積み重なって大きな柱やアーチを形作っている岩々に波が打ちつける。若い海鳥たちがあたたかな風にのって旋回し、新しい翼を得た喜びを表している。

ここで育った者にはあまりにも見慣れた光景だ。潮と土と踏みつぶされた草の香りが入りまじった空気はおなじみの香水になっている。

カテリは息を吸い、耳を傾け、目を凝らした。

多くの人々が特に意識することもなく使っている生命の機能だ。

カテリにとっては違った。この一年で、あまりにも多くのことが痛みとストレスとやり場のない怒りへと変わった。そしてさらなる痛みが生まれた。ここではそのすべてを忘れることができる。ここが彼女の故郷だった。カテリはサンチェスに言った。「この場所こそ、私がなんとしても沿岸警備隊に入ろうと決め、死ぬ思いで士官学校を卒業した理由よ」

「本当に頑張ったんだな」サンチェスは心からそう言った。

カテリは肩をすくめた。「沿岸警備隊は私を置いておけなかった。私はこんな状態だもの。それに、無能だと非難を浴びたあとだしね。私はカジノでカードを配るディーラーの仕事に戻ることもできない。まあ、客はかわいい女の子のディーラーを望むものよ。ガラス窓から放りだされ、溺れて、ぼろぼろになったことなんてない女の子をね」彼女は腕をあげた。肘はもう正しい角度に曲がることはないし、腕の先は横にねじれている。小指は内側に曲がり、手の甲には青白い傷跡が残っていた。「医師が命を救うことに必死で骨の形を二の次にされてしまうと、こういうことになるのよ」

「俺は君を美しいと思うよ」サンチェスは言った。

「私はあなたをくそ野郎だと思ってるけどね」カテリは性根の美しさが顔からにじみでて輝いているなどという賛辞を口にする隙をサンチェスに与えなかった。「母はいつも私に言った。人生はフェアじゃないって。母はネイティヴ・アメリカンだった。自分がなんのことを言っているのか、母はよくわかってたわ」

それについてサンチェスに言えることはなかったので、賢明にも彼は口を閉じていた。

カテリはふいに言った。「ルイス、あっちに行って」

サンチェスはカテリを見あげた。彼の大きなブラウンの目には心配がにじんでいた。

カテリはサンチェスの頬を包んだ。サンチェスの日に焼けた健康的な肌とは恐ろしいほど対照的に、カテリの手はぼろぼろだった。「行きなさい。自分で車椅子を動かして崖から飛び降りたりしないと約束する。私はただ、ひとりになりたいの。私なんかが享受すべきではなかったこの一年という時間を生きてしまったことを祝福したいだけ」

サンチェスはカテリがわざと皮肉な物言いをしているのがわかっていたので、寛大なラテン紳士らしく、彼女の手を取ってキスをした。

サンチェスにあたるのは間違っている。彼がいつもそばにいるからといって、カテリが辛辣な言葉をぶつけていいということにはならない。カテリは体の向きを変え、サンチェスにまっすぐ向きあった。「ルイス、ひとりになる時間が必要なの。それだけよ。医師と看護師と理学療法士と弁護士に囲まれて、私はこの一年、ひとりきりになれなかった。ここに戻ってくることもできなかった。すべてが起こったこの場所に。私には静かに考える時間が必要なの」なかなか感じのいい言い方だ。

洗練されている。

私の気持ちとは正反対だけど。

サンチェスはだまされなかった。まっすぐカテリの目を見て言う。「祖先の墓に誓って、絶対に何があってもこの崖から海に飛びこんだりしないと誓えるか？」

「あら、私を縛りつけてみる？　約束するわ。私にはただ言わなければならないことがあって、あなたがここにいたらそれができないの」

「言うって、誰に？」

「カエルの神」

「おっと、そうか」サンチェスは立ちあがった。「十分したら戻る。十分だぞ。その時間内に、言うべきことは全部言っておくんだな。十分後にはオークションに出発だ」

「ええと」カテリはさまざまな理由で行きたくなかった。「行かなきゃだめ？　オークションにかけられるのはブラッドリー・ホフの海の絵よ……あの頭がどうかしたくそったれの」

「入札は十万ドルからのスタートだそうだ」

「頭がどうかしたくそったれはブラッドリー・ホフだけじゃないのね」

「まったく。あんなやつの絵を誰が自分の家のリビングルームに飾りたいんだ？」サンチェスは丘をおりかけたところで振り向いて怒鳴った。「十分だぞ！」

彼が視界から消えると、カテリは海に向き直った。「十分ね。この感情を十分でどう表現しろっていうの？　神さま、あなたはいったい何を考えてたのよ？　私にはネイティヴ・アメリカンの血が半分流れてる。両親は離婚した。母は死ぬまで酔っ払っていた。私は毎日必死に働いた。努力して、沿岸警備隊の部隊長になった。この身を海に捧げたのよ。潮目を知り、風を崇め、人々の命を救うために。私が苦労や努力を知らないなんて言わせない。いやというほど知っている。それなのに神は私を船から引きずりだして、私を溺れさせた。生き返らせて、生まれ変わらせた……それはなんのため？　なんのためだったの？　ニューヨークから来た鼻持ちならないくそ野郎のランドン・アダムズに部隊長の座を奪われるため？　私が守り、仕えると誓いを立てたアメリカ合衆国政府にくそ野郎のアダムズの嘘を信じさせ、船を失った無能な部隊長だと私を訴えさせるため？」

カテリは目を閉じ、唾をのみ、咳きこんだ。興奮するとときどき、また溺れているような感覚に襲われる。

彼女はまた口を開いた。今度はもっとゆっくり、もっと静かに話し始める。「たしかに、アダムズは嘘をついていると証言してくれる人たちもいた。津波が来る前に私が防波堤を避けられなかったのはアダムズのせいで、彼は言い逃れをしてると言ってくれた人たちがいた。私にかけられたすべての容疑は晴れた。でも町の愚か者たちは、〝火のないところに煙は立たない〟とか、〝カテリはネイティヴ・アメリカンで母親はアルコール依存症で死んだ〟とか、好き勝手なことを言うのよ。そして政府は、くそ野郎のランドン・アダムズが私の名誉を汚したことを知りながら、私の指揮権をあの男に与えた。私のものなのに」片手を胸にあてた。「アダムズは西海岸のことをまったくわかってない。あいつのもとで部下の誰かが死ぬことになるわ。アダムズがこの職を得たのは国会議員の伯父が再選されたから。それだけのこと。私は自分が情けないわ。部下たちのことが気がかりでならない。でも、あなたは気にもしない。そうでしょ？　神さま、あなたは気にもかけてない」頭の中にあの大きな目が浮かんだ。大きな口がどんどん近づいてくる。

カエルの神に抗議するなど畏れ多いことだと思うべきだった。

でも、神は何をしようというの？　また私を殺すつもり？

「気にかけてよ」カテリはささやいた。「私のことなんて気にかけないというなら、それでもいい。私はあなたに要求する。私の部下たちのことは気にかけてあげて」

大地が震えた。

「そうよ、聞こえたのね。あなたは聞いてるって、私にはわかっているわ」カテリはしばしば黙りこんで考えをまとめた。「みんなが私に言うの。カエルの神は私のために計画してることがあるって。私が大地を揺らしているとみんなは考えてる。今では私を崇拝してるみたいで、正直に言うとそんなのは気味が悪いわ。それにシアトルの医療チームは私を恐れてる。科学者を気取る連中はそのことを認めはしないけど、本当のところはみんなが私を怖がってる。理由は理解できるわ……ときどき、私にはいろんなことがわかってしまうから」

今まで、それを自分で認めたことはなかった――自分でも受け入れがたかったのだ。

「私は弁護士費用を払うのに必死よ。お金を払えなくなって裁判を取りやめたら、政府は喜ぶでしょうね。私のリハビリ費用を支払わなくてすむんだから。今や私は股関節がふたつとも新しくなって、膝も一部を新しく取り換えた。理学療法士は私が二度と自分の足では歩けないだろうと言ってるけど」カテリはフットレストから足を持ちあげた。地面にその足をおろす。両手を車椅子のアームに置いて、彼女はゆっくりと立ちあがった。

一年ぶりとなる最初の一歩を踏みだした。

そして二歩目を歩いた。三歩。四歩。

思いきって高く足をあげた。バランスを取るのはひと苦労だった。萎縮している筋肉が痛みに襲われる。

それを補ったのは意志の力だった。

風が吹く。波が砕ける。大地が震えている。

カテリは大地に足を突っ張った。

彼女はこぶしを海に向け、大声で叫んだ。「私はここにいる。私は生きている。私は歩ける。だから教えてよ、その計画を！　私のために計画してることがあるんでしょう？　今ここに、私はそれを知ることを要求するわ！」

訳者あとがき

ヒストリカル、コンテンポラリー、パラノーマルなど多彩な作品で多くの読者に親しまれているクリスティーナ・ドット。ＲＩＴＡ賞、アメリカロマンス作家協会ゴールデンハート賞の受賞歴を持つ実力派であり、その斬新なストーリー展開には定評があります。今作『失われた愛の記憶を』は、日本における彼女の作品としては初めてのロマンティック・サスペンスです。

物語は、アメリカ西海岸で起こる若い女性を狙った連続殺人事件から幕を開けます。しかしドラマの真の舞台となるのは、原作タイトルになっているワシントン州沿岸部の小さな架空の町、ヴァーチュー・フォールズ。

二十三年前、この静かな町で恐ろしい事件が起きました。ひとりの地質学者が四歳の娘の前で妻をハサミで殺害したのです。妻の不倫が原因とされるも、地質学者は一貫して犯行を否認。しかし地元保安官の捜査により、死体が見つからないまま有罪判決がくだされました。

母が殺されるのを目撃したエリザベスは、ショックで当時の記憶をなくして親戚に引き取られ、他人に心を閉ざしたまま大人になります。いつしか父のあとを追うように地質学者になった彼女は、過去のトラウマから対人関係をうまく結べず、結婚相手と破局してしまいます。

地質調査のためにエリザベスは故郷に戻りますが、そこに大地震と津波が発生、町は大きな被害を受けます。

エリザベスと離婚して失意のどん底にいた停職中のＦＢＩ捜査官ギャリックは、地震のことを知って彼女の安否を憂い、養母として自分を慈しみ育ててくれたヴァーチュー・フォールズのホテルのオーナーであるマーガレットのもとへ向かうのですが……。

凶悪犯罪と自然災害が絡みあうストーリー展開はいかにもドットらしく斬新で、緊張感に満ちています。もちろん、魅力的な主人公ふたりのラブシーンもとびきり熱く、ロマンスファンの期待も裏切りません。

本国アメリカでは、この作品に続きヴァーチュー・フォールズを舞台としたサスペンスが続々と発表されています。うちひとつは、〈アマゾン・ベスト・オブ・ロマンス２０１６〉と〈ブックリスト・ベスト・オブ・ロマンティック・サスペンス２０１６〉に選ばれています。

長いキャリアを誇るクリスティーナ・ドットの勢いあふれる作品がこれからも日本に多く紹介されることを期待してやみません。

二〇一七年七月

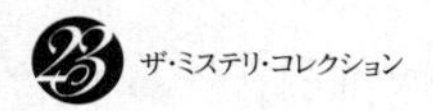

失われた愛の記憶を

著者　クリスティーナ・ドット
訳者　出雲さち

発行所　株式会社 二見書房
東京都千代田区三崎町2-18-11
電話 03(3515)2311［営業］
03(3515)2313［編集］
振替 00170-4-2639

印刷　株式会社 堀内印刷所
製本　株式会社 村上製本所

落丁・乱丁本はお取り替えいたします。
定価は、カバーに表示してあります。

ISBN978-4-576-17122-7
http://www.futami.co.jp/

二見文庫 ロマンス・コレクション

愛は弾丸のように
リサ・マリー・ライス
林啓恵［訳］［プロテクター・シリーズ］

セキュリティ会社を経営する元シール隊員のサム。そんな彼の事務所の向かいに、絶世の美女ニコールが新たに越してきて……待望の新シリーズ第一弾！

運命は炎のように
リサ・マリー・ライス
林啓恵［訳］［プロテクター・シリーズ］

ハリーが兄弟と共同経営するセキュリティ会社に、ある日、質素な身なりの美女が訪れる。元勤務先の上司の不正を知り、命を狙われ助けを求めに来たというが……

情熱は嵐のように
リサ・マリー・ライス
林啓恵［訳］［プロテクター・シリーズ］

元海兵隊員で、現在はセキュリティ会社を営むマイク。ある過去の出来事のせいで常に孤独感を抱える彼の前にひとりの美女が現れる。一目で心を奪われるマイクだったが…

そのドアの向こうで
シャノン・マッケナ
中西和美［訳］［マクラウド兄弟シリーズ］

亡き父のために十七年前の謎の真相究明を誓う女と、最愛の弟を殺されすべてを捨て去った男。復讐という名の赤い糸が結ぶ、激しくも狂おしい愛。衝撃の話題作！

影のなかの恋人
シャノン・マッケナ
中西和美［訳］［マクラウド兄弟シリーズ］

サディスティックな殺人者が演じる、狂った恋のキューピッド。愛する者を守るため、元FBI捜査官コナーは人生最大の危険な賭けに出る！官能ラブサスペンス！

運命に導かれて
シャノン・マッケナ
中西和美［訳］［マクラウド兄弟シリーズ］

殺人の濡れ衣をきせられ過去を捨てたマーゴットは、そんな彼女に惚れ、力になろうとする私立探偵のデイビーと激しい愛に溺れる。しかしそれをじっと見つめる狂気の眼が…

真夜中を過ぎても
シャノン・マッケナ
松井里弥［訳］［マクラウド兄弟シリーズ］

十五年ぶりに帰郷したリヴの書店が何者かに放火され、そのうえ車に時限爆弾が。執拗に命を狙う犯人の目的は？彼女を守るため、ショーンは謎の男との戦いを誓う…！

二見文庫 ロマンス・コレクション

過ちの夜の果てに
シャノン・マッケナ
松井里弥［訳］
〔マクラウド兄弟 シリーズ〕
傷心のベッカが恋したのは孤独な元FBI捜査官ニック。狂おしいほど求めあうふたりに卑劣な罠が……この愛は本物か、偽物か——息をつく間もないラブ&サスペンス

危険な涙がかわく朝
シャノン・マッケナ
松井里弥［訳］
〔マクラウド兄弟 シリーズ〕
あらゆる手段で闇の世界を生き抜いてきたタマラ。幼女を引き取ることになったのを機に生き方を変えた彼女の前に謎の男が現われる。追っ手だと悟るも互いに心奪われ…

このキスを忘れない
シャノン・マッケナ
幡 美紀子［訳］
〔マクラウド兄弟 シリーズ〕
エディは有名財団の令嬢ながら、特殊な能力のせいで家族にすら疎まれてきた。暗い過去の出来事で記憶をなくしたケヴと出会い…。大好評の官能サスペンス第7弾！

朝まではこのままで
シャノン・マッケナ
幡 美紀子［訳］
〔マクラウド兄弟 シリーズ〕
父の不審死の鍵を握るブルーノに近づいたリリー。情報を引き出すため、彼と熱い夜を過ごすが、翌朝何者かに襲われ…。愛と危険と官能の大人気サスペンス第8弾！

その愛に守られたい
シャノン・マッケナ
幡 美紀子［訳］
〔マクラウド兄弟 シリーズ〕
見知らぬ老婆に突然注射を打たれたニーナ。元FBIのアーロと事情を探り、陰謀に巻き込まれたことを知る。そして三日以内に解毒剤を打たないと命が尽きると知り…

略奪
キャサリン・コールター&J・T・エリソン
水川 玲［訳］
元スパイのロンドン警視庁警部とFBIの女性捜査官。謎の殺人事件と〝呪われた宝石〟がふたりの運命を結びつけて——夫婦捜査官S&Sも活躍する新シリーズ第一弾！

激情
キャサリン・コールター&J・T・エリソン
水川 玲［訳］
平凡な古書店店主が殺害され、彼がある秘密結社のメンバーだと発覚する。その陰にうごめく世にも恐ろしい企みに英国貴族の捜査官が挑む新FBIシリーズ第二弾！

迷走
キャサリン・コールター&J・T・エリソン
水川 玲［訳］

テロ組織による爆破事件が起こり、大統領も命を狙われる。人を殺さないのがモットーの組織に何が？英国貴族のFBI捜査官が伝説の暗殺者に挑む！シリーズ第三弾

いつわりは華やかに
J・T・エリソン
水川 玲［訳］

失踪した夫そっくりの男性と出会ったオーブリー。いったい彼は何者なのか？ RITA賞ノミネート作家が描くハラハラドキドキのジェットコースター・サスペンス！

ひびわれた心を抱いて
シェリー・コレール
藤井喜美枝［訳］

女性TVリポーターを狙った連続殺人事件が発生。連邦捜査官ヘイデンは唯一の生存者ケイトに接触するが…？若き才能が贈る衝撃のデビュー作〈使徒〉シリーズ降臨！

秘められた恋をもう一度
シェリー・コレール
水川 玲［訳］

検事のグレイスは、生き埋めにされた女性からの電話を受ける。FBI捜査官の元夫とともに真相を探ることになるが…。好評〈使徒〉シリーズ第2弾！

恋の予感に身を焦がして
クリスティン・アシュリー
高里ひろ［訳］

グエンが出会った〝運命の男〟は謎に満ちていて…。読み出したら止まらないジェットコースターロマンス！アメリカの超人気作家による〈ドリームマン〉シリーズ第1弾

この愛の炎は熱くて
ローラ・ケイ
米山裕子［訳］

ベッカは行方不明の弟の消息を知るニックを訪ねるが拒絶される。実はベッカの父はかつてニックを裏切った男だった。〈ハード・インク・シリーズ〉開幕！

愛の弾丸にうちぬかれて
リナ・ディアス
白木るい［訳］

禁断の恋におちた殺し屋とその美しき標的の運命は⁉ダフネ・デュ・モーリア賞サスペンス部門受賞作家が贈るスリリング&セクシーなノンストップ・サスペンス！